# MONSIEUR

Après avoir travaillé pendant vingt-cinq ans pour la télévision, E L James décide de poursuivre son rêve d'enfant en écrivant des histoires dont les lecteurs tomberaient amoureux. Il en a résulté le très sensuel *Cinquante nuances de Grey* et les deux tomes suivants, *Cinquante nuances plus sombres* et *Cinquante nuances plus claires*, une trilogie vendue à plus de cent cinquante millions d'exemplaires à travers le monde et traduite dans cinquante-deux langues. *Cinquante nuances de Grey* a figuré sur la liste des best-sellers du *New York Times* durant cent trente-trois semaines et, en 2015, l'adaptation cinématographique, dont James a été productrice, a battu les records d'entrées d'Universal Pictures partout dans le monde. E L James vit avec son mari, le romancier et scénariste Niall Leonard, leurs deux fils, et leurs deux chiens dans l'ouest de Londres, et travaille actuellement sur de nouveaux romans et projets de films.

*Paru au Livre de Poche :*

CINQUANTE NUANCES DE GREY
CINQUANTE NUANCES PLUS SOMBRES
CINQUANTE NUANCES PLUS CLAIRES
DARKER
GREY

# E L JAMES

# *Monsieur*

ROMAN TRADUIT DE L'ANGLAIS
PAR DENYSE BEAULIEU, DOMINIQUE DEFERT
ET CAROLE DELPORTE

JC LATTÈS

*Titre original :*
THE MISTER
Publié aux États-Unis par Vintage Books,
une division de Penguin Random House LLC, New York
et simultanément en Grande-Bretagne par Arrow,
un département de Cornerstone,
une division de Penguin Random House Ltd., Londres.

Ceci est une œuvre de fiction. Les noms, personnages, lieux et événements sont imaginaires, ou utilisés de manière fictive. Toute ressemblance avec des personnes, vivantes ou mortes, ou des lieux réels est purement fortuite.

© Erika James Limited, 2019.
Tous droits réservés.
© Éditions Jean-Claude Lattès, 2019, pour la traduction française.
ISBN : 978-2-253-26240-4 – 1<sup>re</sup> publication LGF

*Pour Tia Elba.*
*Merci pour votre sagesse, votre force,*
*votre bonne humeur et votre bon sens.*
*Mais par-dessus tout, merci pour votre amour.*

# Prologue

*Non. Non. Non, pas le noir ! J'étouffe dans le noir. Pas le sac plastique !* La panique la submerge, lui coupe le souffle. *Je ne peux plus respirer. Je suffoque.* Le goût métallique de la peur lui monte à la gorge. *Il le faut. C'est la seule façon. Ne bouge pas. Reste calme. Inspire lentement, par petites bouffées, comme il t'a appris à faire. Ce sera bientôt fini. Bientôt, et tu seras libre. Libre. Libre !*

*Vas-y ! Maintenant ! Cours, cours, cours ! Plus vite !* Elle s'élance à toutes jambes sans se retourner, poussée par la peur, en évitant les rares clients de cette fin de soirée. Elle a de la chance : les portes automatiques sont ouvertes. Elle file sous les décorations de Noël clinquantes et déboule dans le parking. Elle court à perdre haleine. Entre les voitures garées, vers la forêt. Elle court pour ne pas mourir, sur un petit sentier en terre battue, à travers les ronces, les branchages lui fouettant le visage. Elle court jusqu'à ce que ses poumons soient sur le point d'éclater. *Allez. Allez. Allez ! Ne t'arrête pas.*

*Il fait froid. Trop froid.* Elle a l'esprit embrumé par l'épuisement. Et ce froid… Le vent qui hurle entre les branches la traverse jusqu'aux os. Elle se blottit sous un buisson et, de ses mains ankylosées, elle ramasse des feuilles mortes pour s'en faire un nid. *Dormir.* Elle doit dormir. Elle s'allonge sur le sol dur et gelé, trop fatiguée pour avoir peur, trop fatiguée pour pleurer. *Les autres, ont-elles pu s'échapper ?* Elle ferme les yeux. *Est-ce qu'elles ont réussi à fuir ? Pourvu qu'elles soient libres. Pourvu qu'elles soient au chaud… Comment en suis-je arrivée là ?*

Quand elle s'éveille, elle est allongée entre des poubelles, sous un amas de journaux et de cartons. Elle frissonne. Elle a tellement froid. Mais elle doit partir. Elle a une adresse. Elle remercie le dieu de Nana pour ça. De ses doigts tremblants, elle déroule le bout de papier. C'est là qu'elle doit se rendre. *Allez. Allez. Avance !*

Un pied devant l'autre. Marcher. C'est tout ce qu'elle sait faire. Marcher. *Marcher.* Dormir sur le pas d'une porte. Marcher, marcher encore. Elle boit de l'eau au robinet d'un McDonald's. L'odeur de la nourriture la torture.

Elle a froid. La faim la tenaille. Elle marche, marche encore, en s'orientant grâce au plan qu'elle a volé dans un magasin aux décorations scintillantes où résonnaient des chants de Noël. Avec le peu de forces qu'il lui reste, elle attrape un bout de papier froissé, à moitié déchiré d'avoir passé tant de temps dans sa botte. *Fatiguée*. Tellement fatiguée. *Sale*. Elle est sale, elle a froid, elle a peur. Cette adresse est son unique espoir. Elle lève une main tremblante et sonne.

Magda l'attendait. Sa mère lui a écrit pour l'avertir de son arrivée. Elle l'accueille à bras ouverts. Et recule aussitôt. *Seigneur, ma petite, où étais-tu passée ? Tu devais arriver la semaine dernière !*

# 1

Le sexe sans lendemain. Rien à redire, ça a ses avantages. Pas d'engagement, pas d'attentes, pas de déceptions ; il suffit que je me rappelle leurs prénoms. C'était qui, la dernière fois ? Jojo ? Jeanne ? Jody ? Peu importe. Juste un coup d'un soir qui a beaucoup gémi au lit, et en dehors du lit. Allongé, je fixe les reflets ondoyants de la Tamise sur mon plafond. Je suis incapable de dormir. Trop agité.

Ce soir, c'est Caroline. Elle ne se range pas dans la catégorie des coups d'un soir. Elle ne s'y rangera jamais. Mais qu'est-ce qui m'a pris, bon sang ? Je ferme les yeux pour tenter de faire taire la petite voix qui me demande s'il était bien raisonnable de coucher avec ma meilleure amie… une fois de plus. Elle dort à mes côtés, son corps svelte baigne dans la lumière argentée de la lune de janvier, ses longues jambes entremêlées aux miennes, sa tête sur ma poitrine.

C'est mal. Vraiment mal. Je frotte mon visage comme pour en effacer la haine que j'éprouve envers moi-même. Tirée de sa somnolence, elle s'anime et change de position. Un ongle manucuré frôle mon estomac et mes abdos avant de caresser mon nombril. Je devine son sourire ensommeillé tandis que ses doigts glissent vers ma toison pubienne. J'attrape sa main pour la porter à mes lèvres.

— Tu ne crois pas qu'on a déjà fait assez de dégâts pour cette nuit, Caro ?

J'embrasse tour à tour chacun de ses doigts pour atténuer mon refus. Je suis fatigué, démoralisé par cette culpabilité lancinante, malvenue, qui me ronge les tripes. Mon Dieu ! Caroline est ma meilleure amie. Et c'est la femme de mon frère. Son ex-femme.

Non. Pas son ex-femme. Sa veuve. Un mot triste et solitaire, pour un état triste et solitaire.

— Maxim, s'il te plaît. Fais-moi oublier, chuchote-t-elle en plantant un baiser chaud et mouillé sur mon torse.

Elle repousse ses cheveux blonds et lève vers moi des yeux qui brillent de désir et de douleur à travers ses longs cils. Je prends son ravissant visage entre mes mains et secoue la tête.

— Ce n'est pas une bonne idée.

Elle pose un doigt sur mes lèvres pour me faire taire.

— Ne dis pas ça. S'il te plaît. J'en ai besoin.

Je gémis. J'irai en enfer.

— S'il te plaît, me supplie-t-elle.

*Eh merde.* L'enfer, j'y suis déjà.

Car je souffre moi aussi – il me manque, à moi aussi –, et Caroline est mon lien à lui, mes lèvres trouvent les siennes et je la retourne en douceur sur le dos.

Lorsque je me réveille, la chambre est inondée d'un soleil d'hiver étincelant. En me redressant, je suis soulagé de découvrir que Caroline est partie, en laissant derrière elle un sillage de regrets – et un mot sur mon oreiller.

*Tu viens dîner ce soir avec papa et la belle-doche ?*
*Viens, s'il te plaît.*
*Ils sont en deuil, eux aussi.*

*JTM x*

*Putain.* Tout, sauf ça. Je ferme les yeux, soulagé d'être seul dans mon lit et heureux, malgré nos activités nocturnes, que nous ayons décidé de rentrer à Londres deux jours après l'enterrement.

Mais qu'est-ce qui nous a fait déraper comme ça ? Elle a dit « Allez, un dernier verre », et dès que j'ai plongé les yeux dans les siens, si bleus et remplis de chagrin, j'ai compris ce qu'elle voulait de moi. C'était le regard qu'elle m'a lancé la nuit où nous avons appris l'accident de Kit et sa mort. Un regard auquel je n'avais pas su résister. Nous avons souvent failli craquer au fil des ans, mais ce soir-là, résigné face à mon destin et à l'inévitable, j'ai baisé la femme de mon frère.

Et là, nous avons recommencé alors que Kit est enterré depuis deux jours à peine.

Je fixe le plafond, furieux. Je suis un minable, ça ne fait aucun doute. Cela dit, Caroline aussi. Mais elle, au moins, elle a une excuse : elle est en deuil, elle a peur pour l'avenir, et je suis son meilleur ami. Vers qui d'autre aurait-elle pu se tourner ? En voulant réconforter la veuve éplorée, j'ai juste poussé le bouchon un peu loin.

Les sourcils froncés, je froisse son message et le jette par terre. Il roule jusque sous le canapé où s'empilent mes vêtements. Les reflets de l'eau flottent au-dessus de ma tête ; leur jeu d'ombre et de lumière me nargue. Je ferme les yeux pour ne plus le voir.

Kit était un type bien. Kit. Ce cher Kit. Il était le préféré de tout le monde – même de Caroline. Après tout, c'est lui qu'elle avait choisi. L'image du corps brisé de Kit sous un drap à la morgue de l'hôpital me revient. J'inspire profondément pour chasser ce souvenir, la gorge serrée. Il méritait mieux que cette chère Caro et son bon à rien de frère. Il ne méritait pas cette… trahison.

*Putain. Arrête de te faire des films.* Caroline et moi, nous nous méritons l'un l'autre. Elle a satisfait mon envie, j'ai satisfait la sienne. Nous sommes tous les deux des adultes consentants et techniquement libres. Elle aime ça. Moi aussi. Et c'est pour ça que je suis le plus doué : baiser une belle femme qui en meurt d'envie, jusqu'au petit matin. C'est mon loisir préféré et ça me donne quelque chose à faire – ou plutôt, quelqu'un à me faire. La baise, ça me garde en forme, et dans les affres de la passion, j'apprends tout ce que j'ai besoin d'apprendre d'une femme – comment l'exciter, si elle crie ou pleure quand elle jouit…

Caroline est une pleureuse. Elle vient de perdre son mari.

*Merde.*

Et moi, j'ai perdu mon grand frère, mon seul guide au cours de ces dernières années.

*Merde.*

En fermant les yeux, je revois le visage blême et sans vie de Kit, et sa mort ouvre un gouffre en moi. Une perte irréparable.

Qu'est-ce qu'il fichait à moto en pleine nuit sur cette route verglacée ? Ça dépasse l'entendement. Kit est – était – sensé, rassurant, digne de confiance : la sagesse incarnée. De nous deux, c'était Kit qui faisait honneur à la famille, à sa réputation, qui se comportait de façon responsable. Il avait un boulot à la City tout en gérant les affaires des Trevelyan. Il ne prenait jamais de décision irréfléchie, il ne conduisait pas comme un dingue. De nous deux, c'était lui, le frère raisonnable. Lui, qui était à la hauteur. Ce n'était pas un fils prodigue, comme moi. Non, moi, je suis le revers de la médaille. Ma spécialité, c'est d'être le mouton noir. Personne n'attend rien de moi, je m'en suis assuré. Depuis toujours.

Je m'assois dans mon lit, d'humeur sombre dans la lumière crue du matin. Il est temps de passer à la salle de sport du sous-sol. La course, la baise et l'escrime, tout ça m'aide à garder la forme.

La techno pulse dans mes tympans, la sueur me dégouline dans le dos, l'air me brûle les poumons. Mais le martèlement de mes pieds sur le tapis de course chasse mes idées noires. Je n'ai plus qu'un but : repousser les limites de mon corps. D'habitude, quand je cours, je suis concentré et heureux d'éprouver au moins quelque chose – même si ce n'est que la douleur de mes jambes et de mes poumons au bord de l'explosion. Aujourd'hui, je ne veux rien sentir, pas après cette semaine de merde. Ce qu'il me faut, c'est la douleur physique de l'effort et de l'endurance. Pas la douleur du deuil.

Cours. Souffle. Cours. Souffle. Ne pense pas à Kit. Ne pense pas à Caroline. Cours. Cours. Cours.

Pendant la phase de récupération, le tapis ralentit et je termine à petites foulées mon sprint de huit kilomètres, ce qui permet à mes pensées enfiévrées de refluer. Pour la première fois depuis longtemps, j'ai beaucoup à faire.

Avant le décès de Kit, je passais mes journées à me remettre de la nuit de la veille et à planifier les divertissements de la suivante. À peu de chose près, voilà à quoi se résumait ma vie. Je n'éprouve aucun plaisir à exhiber la vacuité de mon existence. Au fond, je sais que je suis un raté. Dès l'âge de vingt et un ans, j'ai hérité d'un fonds fiduciaire conséquent. Du coup, je n'ai jamais bossé. Contrairement à mon grand frère. Il a beaucoup travaillé, lui. Il est vrai qu'on ne lui a pas laissé le choix.

Mais aujourd'hui, c'est différent. Je suis l'exécuteur testamentaire de Kit. Quelle vaste plaisanterie !

18

Me désigner a été sa façon de me faire une dernière blague, j'en suis sûr – mais maintenant qu'il est enseveli dans le caveau familial, il faudra bien lire son testament et… enfin, bref, l'exécuter.

Parce qu'en plus Kit est mort sans héritier.

Je tremble lorsque le tapis de course s'arrête. Je ne veux pas penser à ce que ça implique. Je ne suis pas prêt. J'attrape mon iPhone, je me passe une serviette autour du cou et je remonte à pied jusqu'à mon appartement au sixième étage.

J'arrache mes vêtements et les abandonne sur le sol de ma chambre pour aller prendre une douche. Tout en me lavant les cheveux, je me demande comment m'en tirer avec Caroline. Nous nous connaissons depuis le collège. Nous nous sommes reconnus l'un l'autre, deux pensionnaires de treize ans, enfants de divorcés. J'étais le nouveau, et elle m'a pris sous son aile. Nous sommes vite devenus inséparables. Elle est et restera mon premier amour, ma première baise… ma première baise désastreuse. Bien des années plus tard, c'est mon frère qu'elle a choisi, pas moi. Mais malgré tout, nous avons réussi à rester bons amis et à ne pas nous sauter dessus – jusqu'à la mort de Kit.

*Merde*. Il faut que ça s'arrête ! Je ne veux pas de complications ; j'ai besoin de tout, sauf ça. Pendant que je me rase, deux yeux verts me foudroient. Ne fous pas tout en l'air avec Caroline. C'est l'une de tes rares amies. Ta meilleure amie. Parle-lui. Raisonne-la. Elle sait que nous sommes incompatibles. Plus résolu, j'adresse un signe de tête à mon reflet et j'essuie ma mousse à raser. Je jette ma serviette par terre et me dirige vers mon dressing. Là, j'extrais mon jean noir d'une pile et suis soulagé de trouver une chemise blanche fraîchement repassée et un blazer noir qui sort du pressing. Aujourd'hui, je déjeune avec les avocats de la famille. J'enfile mes boots et attrape un manteau pour me protéger du froid.

Ah oui, merde, on est lundi ! Je viens de me rappeler que Krystyna, ma vieille femme de ménage polonaise, doit passer plus tard dans la matinée. J'extirpe mon portefeuille et je dépose des billets sur la console de l'entrée, j'active le système d'alarme et je sors. Après avoir verrouillé la porte, je n'attends pas l'ascenseur et je descends à pied.

Une fois dehors, sur Chelsea Embankment, seul mon souffle brouille l'air limpide et mordant. Par-delà la Tamise sinistre et grise, je fixe la Peace Pagoda sur la rive opposée. Voilà ce que je veux, la paix, mais elle risque de se faire attendre. J'espère obtenir quelques réponses à mes questions au cours de ce déjeuner. Je lève le bras pour héler un taxi et demande au chauffeur de me conduire à Mayfair.

Logé dans un splendide hôtel particulier géorgien de Brook Street, le cabinet Pavel, Marmont & Hoffman s'occupe des affaires de ma famille depuis 1775. Tout en poussant la porte en bois richement ornée, je marmonne : « Bon, allez, c'est le moment de devenir adulte. »

— Bonjour, monsieur.

La jeune réceptionniste m'adresse un grand sourire ; sous son teint mat, elle rosit. Elle est d'une beauté discrète. En temps normal, je lui aurais soutiré son numéro de téléphone après cinq minutes de conversation, mais ce n'est pas pour cette raison que je suis ici.

— J'ai rendez-vous avec M. Rajah.

— Vous êtes ?

— Maxim Trevelyan.

Ses yeux parcourent son écran d'ordinateur. Elle secoue la tête en fronçant les sourcils.

— Asseyez-vous, je vous en prie.

Elle désigne les deux canapés en cuir brun situés dans le couloir lambrissé, et je m'affale sur le plus proche en attrapant au passage l'édition du jour du *Financial Times*. La réceptionniste parle au téléphone d'une voix pressante tandis que je parcours la une du journal sans rien lire. Lorsque je relève les yeux, c'est Rajah en personne qui franchit les doubles portes pour venir m'accueillir à grands pas, la main tendue.

Je me lève.

— Lord Trevethick, permettez-moi de vous présenter mes plus sincères condoléances, dit Rajah alors que nous nous serrons la main.

— Monsieur suffira. Je ne suis pas encore habitué à porter le titre de mon frère.

*C'est le mien... à présent.*

— Bien entendu, acquiesce M. Rajah avec une déférence qui m'irrite. Si vous voulez bien me suivre ? Nous déjeunons dans la salle à manger des associés, et je dois avouer que nous avons l'une des plus belles caves de Londres.

Fasciné, je fixe les flammes dansantes de la cheminée de mon club, à Mayfair. Comte de Trevethick. C'est moi, maintenant. C'est inconcevable. Accablant. Dire que j'ai envié le titre et la position de mon frère quand j'étais plus jeune ! Dès sa naissance, Kit a été le préféré de mes parents, surtout de ma mère. Il est vrai qu'il était l'héritier, pas le joker. Après avoir porté le titre de vicomte Porthtowan, Kit est devenu le douzième comte de Trevethick à l'âge de vingt ans, lorsque notre père est brusquement décédé. À vingt-huit ans, je suis le treizième, un chiffre porte-bonheur. Et bien que j'aie convoité ce titre et tout ce qui va avec, depuis que c'est le mien, j'ai l'impression d'être un intrus dans le domaine de mon frère.

*Tu as baisé sa comtesse hier soir. Si ce n'est pas une intrusion, ça…*

J'avale une grande gorgée de Glenrothes et je lève mon verre en chuchotant :

— À la santé du Fantôme !

L'ironie de la situation me fait sourire. Le Glenrothes était le whisky préféré de mon père et de mon frère – et à partir d'aujourd'hui, cette cuvée de 1992 est la mienne.

Je ne sais pas quand, au juste, je me suis réconcilié avec l'héritage de Kit et avec Kit lui-même, mais c'était vers la fin de mon adolescence. Il avait le titre, il avait conquis la fille, et je devais l'accepter. Mais désormais, tout est à moi. Tout.

*Même ta femme. En tout cas, hier soir.*

L'ironie de la situation – encore une –, c'est que Kit n'a rien laissé à Caroline dans son testament. Rien. Voilà ce qu'elle redoutait. Comment a-t-il pu être si négligent ? Il a établi un nouveau testament il y a quatre mois mais n'a pris aucune disposition à son égard. Pourtant, ils étaient mariés depuis deux ans…

Qu'est-ce qui lui a pris ?

Évidemment, elle peut contester ce testament. Qui le lui reprocherait ? Je me frotte le visage. Qu'est-ce que je vais faire ?

Mon téléphone vibre.

OÙ ES-TU ?

C'est un SMS de Caroline.

J'éteins mon portable et je commande un autre verre. Je ne veux pas la voir ce soir. Je veux me perdre dans d'autres bras que les siens. Quelqu'un de nouveau. Une rencontre sans lendemain. Je pense que je vais prendre un peu de coke, aussi. Je sors mon téléphone et j'ouvre Tinder.

— Maxim, cet appartement est spectaculaire.

Elle contemple les eaux troubles de la Tamise qui scintillent, éclairées par la Peace Pagoda. J'attrape sa veste que je pose sur le dossier du canapé.

— Un verre, ou quelque chose de plus fort ?

On ne restera pas longtemps dans le salon. À point nommé, elle rejette sa chevelure noire brillante derrière son épaule. Ses yeux noisette soulignés de khôl me fixent intensément.

Elle lèche ses lèvres peintes et hausse un sourcil.

— Quelque chose de plus fort ? répète-t-elle d'une voix aguicheuse. Tu bois quoi ?

Ah… elle n'a pas saisi l'allusion. Donc, pas de coke. Cela dit, elle a une nette longueur d'avance sur moi. Je m'approche, de sorte qu'elle doit renverser la tête en arrière pour me regarder. Je prends soin de ne pas la toucher.

— Je n'ai pas soif, Heather.

J'ai parlé d'une voix grave, ravi de m'être rappelé son prénom. Elle déglutit et entrouvre les lèvres.

— Moi non plus, chuchote-t-elle tandis que son sourire provocant gagne ses yeux.

— Tu veux quoi ?

Je suis ses yeux, qui se posent sur ma bouche. C'est une invitation. J'attends un moment, juste pour m'assurer que j'ai bien compris, avant de me pencher pour l'embrasser. Rien qu'un effleurement fugace : lèvres contre lèvres, c'est tout.

— Je crois que tu sais ce que je veux.

Elle passe ses doigts dans mes cheveux et m'attire vers sa bouche chaude et offerte. Elle a un goût de brandy et de cigarette. Ça me déroute. Je ne me rappelle pas l'avoir vue fumer au club. Je l'écrase contre moi, une main sur sa taille tandis que l'autre parcourt ses courbes généreuses. Elle a une taille fine et de gros

24

seins fermes, qu'elle presse contre moi, aguicheuse. Je me demande s'ils seront aussi bons à goûter qu'à caresser. Ma main glisse vers ses fesses tandis que je l'embrasse plus profondément. J'explore sa bouche avant de chuchoter contre ses lèvres :

— Tu veux quoi, au juste ?

— Toi, souffle-t-elle d'une voix pressante.

Elle est excitée. À fond. Elle commence à déboutonner ma chemise. Je reste immobile pendant qu'elle la fait glisser sur mes épaules et m'en débarrasse.

Je la prends ici, ou dans mon lit ? Le confort l'emporte et je saisis sa main.

— Viens avec moi.

Je la tire doucement et elle me suit du salon au couloir, puis dans la chambre. Elle est bien rangée, comme prévu. Bénie soit Krystyna. J'allume les lampes de chevet et la guide vers le lit.

— Retourne-toi.

Heather obéit en vacillant un peu sur ses talons aiguilles.

— Doucement.

Je l'attrape par les épaules et je la plaque contre moi, puis je tourne sa tête pour voir ses yeux. Ils sont fixés sur mes lèvres, mais lorsqu'elle les lève vers les miens, ils sont brillants. Clairs. Concentrés. Elle est passablement sobre. J'effleure sa nuque de ma bouche pour goûter sa peau douce et parfumée du bout de la langue.

— Je crois qu'il est temps de s'allonger.

Je dégrafe sa minirobe rouge et la fais glisser sur ses épaules, en m'arrêtant un instant lorsque je dénude le haut de ses seins, voilés par un soutien-gorge rouge. Je frôle la dentelle de mes pouces. Elle gémit et se cambre pour pousser ses seins contre mes mains.

*Oui, c'est ça.*

Mes doigts plongent sous l'étoffe délicate et tracent des cercles autour de ses tétons qui durcissent. Quand elle cherche à tâtons le bouton de mon jean, je lui murmure à l'oreille :

— On a toute la nuit.

Je la libère avant de reculer d'un pas, pour que sa robe retombe à ses pieds. Un string rouge révèle son cul bien roulé.

— Retourne-toi. Je veux te voir.

Heather rejette ses cheveux sur son épaule et m'adresse un regard torride sous ses cils. Elle a des seins magnifiques.

Je souris. Elle sourit. On ne va pas s'emmerder.

Elle tend la main pour agripper la ceinture de mon jean et m'attire brusquement vers elle, pour presser ses somptueux nibards contre mon torse.

— Embrasse-moi, grogne-t-elle d'un ton avide.

Elle lèche ses dents, et mon entrejambe frémit.

— Avec plaisir, madame.

Je prends sa tête, plonge mes mains dans ses cheveux soyeux et je l'embrasse, plus durement cette fois. Elle me rend mon baiser en agrippant mes cheveux tandis que nos langues s'entrelacent. Elle s'arrête pour me regarder avec un éclat lascif dans l'œil, comme si elle me découvrait enfin, et que ce qu'elle voyait lui plaisait. Puis ses lèvres fiévreuses trouvent à nouveau les miennes.

Bon sang, elle est vraiment chaude.

Ses doigts habiles finissent par trouver le bouton de mon jean. Elle tire. En riant, j'attrape ses mains et la pousse doucement pour que nous tombions ensemble sur le lit.

Heather. Elle s'appelle Heather, et elle dort à poings fermés à côté de moi. Je jette un coup d'œil à mon réveil. 5:15. C'est un bon coup, rien à redire. Mais maintenant, j'ai envie qu'elle se casse. Combien de temps vais-je devoir supporter le son de sa respiration paisible ? J'aurais peut-être dû aller chez elle. Ça m'aurait permis de partir. Mais mon appartement était plus proche, et nous étions impatients tous les deux. En contemplant le plafond, je me rejoue notre soirée en essayant de me rappeler quelques détails sur elle – si j'en ai appris. Elle travaille pour la télévision – la « télé », comme elle dit – et elle doit aller au bureau ce matin, ce qui signifie qu'elle va partir bientôt, non ? Elle vit à Putney. Elle est bonne. Et chaude. Oui, très chaude. Elle aime être sur le ventre durant l'amour, elle jouit en silence, et elle a une bouche très douée qui sait parfaitement comment s'y prendre pour ressusciter un homme épuisé. Ce souvenir commence à me faire bander, et j'envisage de la réveiller pour remettre le couvert. Sa chevelure sombre est étalée sur l'oreiller, et son expression est sereine lorsqu'elle dort. J'ignore le pincement d'envie que sa sérénité m'inspire et je me demande : si j'apprenais à mieux la connaître, trouverais-je la paix, moi aussi ?

Ah, et puis merde. J'ai envie qu'elle se casse. « Tu ne veux être intime avec personne. » Le reproche de Caroline résonne dans mon esprit.

Caroline. Merde !

Trois SMS geignards et plusieurs appels manqués m'ont mis en rogne. Mon jean gît par terre. J'extirpe mon téléphone de la poche arrière. Je jette un coup d'œil à la silhouette endormie à mes côtés – non, elle n'a pas bougé – et je lis les messages de Caroline.

T OÙ ?

APPELLE-MOI !

#BOUDE

C'est quoi, son problème ? Elle sait à quoi s'en tenir ; elle me connaît depuis suffisamment longtemps. Un coup en vitesse ne changera pas mes sentiments pour elle. Je l'aime… à ma façon. Mais comme une amie, une bonne amie.

Je grimace. Je ne l'ai pas rappelée. Je ne veux pas le faire. Je ne sais pas quoi dire.

« Trouillard », me chuchote ma conscience. Il faut que j'arrange les choses. Au-dessus de ma tête, les eaux scintillantes de la Tamise me narguent. Pour me rappeler ce que j'ai perdu.

Ma liberté.

Et ce dont j'ai hérité.

Des responsabilités.

*Merde*. Je suis submergé par la culpabilité. Je n'ai pas l'habitude d'éprouver ce sentiment désagréable.

Kit m'a tout légué. Tout. Et Caroline n'a rien reçu de son patrimoine. C'est la femme de mon frère. Et on a baisé. Pas étonnant que je me sente coupable. Au fond, je sais qu'elle aussi se sent coupable. C'est pour ça qu'elle est partie au milieu de la nuit sans me réveiller, sans me dire au revoir. Si seulement la fille à mes côtés pouvait faire la même chose.

Je rédige en vitesse un texto à Caro.

Occupé aujourd'hui. Ça va ?

Il est 5 heures du matin. Caroline doit dormir. Je ne risque rien. Je gérerai cette histoire plus tard dans la journée... Ou demain.

Heather remue. Ses paupières s'entrouvrent.

— Salut.

Elle m'adresse un sourire timide. Je le lui rends, mais le sien s'évanouit aussiôt.

— Il faut que j'y aille.

— Ah bon ? dis-je, plein d'espoir avant d'ajouter : Tu n'es pas obligée de partir.

J'arrive à parler comme si j'étais sincère.

— Si, je dois aller bosser, et ma robe rouge, ça ne le fera pas au bureau.

Elle se redresse en remontant le couvre-lit en soie pour cacher ses courbes.

— C'était... bon, Maxim. Si je te laisse mon numéro, tu me rappelleras ? Je préfère parler au téléphone que par Tinder.

— Bien sûr.

Je réussis à mentir sans ciller. J'attire son visage vers le mien et je l'embrasse tendrement. Elle sourit à nouveau timidement. En se levant, elle enroule la courtepointe autour de son corps et se met à ramasser ses vêtements.

— Je t'appelle un taxi ?

— Je peux prendre un Uber.

— Je m'en occupe.

— Merci. Je vais à Putney.

Elle me donne son adresse. Je me lève, enfile mon jean et, prenant mon téléphone, quitte la chambre pour respecter son intimité. Curieux, comme certaines femmes se comportent le lendemain matin. Hier, Heather était une sirène lascive et avide ; aujourd'hui, elle est silencieuse et pudique.

Une fois la voiture commandée, j'attends en contemplant les eaux noires de la Tamise. Lorsqu'elle finit par sortir, elle me tend un bout de papier.

— Mon numéro.

Je le glisse dans la poche arrière de mon jean.

— Merci. Ta voiture arrive dans cinq minutes.

Elle reste plantée là, gênée. Le silence s'éternise entre nous. Elle jette un coup d'œil circulaire en évitant de me regarder.

— Il est beau, cet appart. Lumineux.

Et voilà. Nous en sommes à parler de choses et d'autres pour cacher notre malaise. Elle repère ma guitare, mon piano et s'en approche.

— Tu es musicien ?

— Oui.

— C'est pour ça que tu es si habile de tes mains.

Elle fronce les sourcils, comme si elle venait de se rendre compte qu'elle a parlé à voix haute, et ses pommettes se teintent d'un joli rose. J'ignore son commentaire pour lui demander :

— Et toi, tu joues d'un instrument ?

— Non, je ne suis jamais allée au-delà des leçons de flûte à bec à l'école primaire.

Le soulagement lui adoucit les traits, sans doute parce que j'ai ignoré son commentaire au sujet de mes mains.

— Et ça, ça sert à quoi ?

Elle désigne mes tables de mixage et le Mac sur un bureau dans un coin de la pièce.

— Je suis aussi DJ.

— Ah ?

— Oui, deux fois par mois dans un club à Hoxton.

Elle se tourne vers la bibliothèque où est rangée ma collection de disques.

— D'où tous ces vinyles.

Je hoche la tête. Elle indique les paysages en noir et blanc accrochés aux murs du salon.

— Tu fais aussi de la photo ?

— Oui. Et de temps en temps, je passe de l'autre côté de l'objectif.

Elle ne saisit pas tout de suite.

— Je suis mannequin. Pour des magazines, surtout.

— Ça ne m'étonne pas… Tu es vraiment multifonction !

Elle sourit à présent. Elle a retrouvé son assurance, d'ailleurs totalement justifiée : cette fille est une déesse.

31

— Disons que je suis un touche-à-tout.

J'ai répondu avec un sourire d'autodérision, et tout d'un coup le sien disparaît.

— Il y a quelque chose qui ne va pas? me demande-t-elle.

*Mais de quoi je me mêle?*

— Non, rien.

Mon téléphone vibre. C'est un SMS qui m'avertit que sa voiture est arrivée.

— Je t'appelle, lui dis-je en l'aidant à mettre sa veste.

— Non, tu ne m'appelleras pas. Mais ne t'en fais pas. C'est la loi de Tinder. J'ai passé un bon moment.

Je n'ai aucune raison de la contredire.

— Moi aussi.

Je la raccompagne à la porte.

— Tu veux que je descende avec toi?

— Non merci. Je suis une grande fille. Au revoir, Maxim. J'ai été heureuse de faire ta connaissance.

— Moi aussi… Heather.

— Bravo!

Ravie que je me rappelle son prénom, elle m'adresse un sourire si éclatant qu'il m'est impossible de ne pas lui répondre.

— Voilà qui est mieux, dit-elle. Je te souhaite de trouver ce que tu cherches.

Elle se met sur la pointe des pieds pour déposer un baiser chaste sur ma joue. Puis elle se retourne et chancelle sur ses talons aiguilles jusqu'aux ascenseurs. Tandis que je contemple sa silhouette qui s'éloigne, et son beau cul qui ondule sous sa robe rouge, je fronce les sourcils.

Trouver ce que je cherche ? Qu'est-ce qu'elle veut dire par là ? J'ai tout ça. Je viens de t'avoir. Demain, ce sera une autre. Que demander de plus ?

Pour une raison que j'ignore, ses paroles m'irritent, mais je les chasse aussitôt de mon esprit et retourne me coucher, soulagé par son départ. Malgré tout, alors que je me glisse sous les draps, sa dernière phrase résonne dans ma tête.

« Je te souhaite de trouver ce que tu cherches. »

Pourquoi m'a-t-elle sorti ça ? Je viens d'hériter de domaines immenses en Cornouailles, dans l'Oxfordshire et dans la Northumbria, sans compter une petite portion de Londres – mais à quel prix ?

Je revois le visage blême et sans vie de Kit.

*Merde.*

Il y a des tas de gens qui comptent sur moi, maintenant. Trop, beaucoup trop. Des métayers, le personnel des domaines, celui de quatre maisons, les promoteurs immobiliers de Mayfair...

*Putain...*

*Tu m'emmerdes, Kit. Pourquoi tu es mort.*

Je ferme les yeux pour refouler les larmes que je n'ai pas versées. Les derniers mots de Heather se bousculent encore dans mon crâne lorsque je m'endors comme une masse.

2

Alessia enfonce les mains dans les poches du vieil anorak de Michal, tentant vainement de réchauffer ses doigts. Emmitouflée dans son écharpe, elle avance péniblement sur Chelsea Embankment sous une bruine glaciale. Aujourd'hui, mercredi, elle retourne pour la deuxième fois sans Krystyna dans le grand appartement avec le piano.

Malgré le temps pourri, elle est fière d'avoir survécu au trajet en train à l'heure de pointe sans son anxiété habituelle. Elle commence à comprendre que Londres, c'est comme ça. Trop de monde, trop de bruit, et trop de circulation. Mais le pire, c'est que personne ne se parle, sauf pour dire « Pardon » si on vous bouscule, ou « Reculez dans la rame s'il vous plaît ». Tout le monde se cache derrière son journal gratuit, écoute de la musique, fixe l'écran de son portable ou de sa tablette, en évitant de croiser les regards.

Ce matin-là, Alessia a eu la chance de trouver un siège, mais la femme assise à côté d'elle a passé une bonne partie du trajet à hurler dans son téléphone

34

pour raconter son rendez-vous raté de la veille. Alessia l'a ignorée et s'est plongée dans son journal pour améliorer son anglais, regrettant de ne pas écouter de la musique dans des écouteurs plutôt que de subir les vociférations de cette femme. Une fois finie sa lecture, elle a fermé les yeux et rêvé de montagnes majestueuses couvertes de neige et de pâturages, où l'air sent le thym et vibre du bourdonnement des abeilles. Elle a le mal du pays. La paix et la tranquillité lui manquent. Sa mère lui manque, et son piano aussi.

Elle remue les doigts dans ses poches tandis qu'elle se remémore son morceau d'échauffement : elle entend clairement les notes, elle les voit en couleurs flamboyantes. Depuis combien de temps n'a-t-elle pas joué ? Lorsqu'elle songe au piano qui l'attend dans l'appartement, elle est de plus en plus excitée.

Elle franchit l'entrée du vieil immeuble et, peinant à contenir son enthousiasme, se dirige vers l'ascenseur pour monter au dernier étage. Pendant quelques heures les lundis, mercredis et vendredis, ce lieu merveilleux est tout à elle, avec ses grandes pièces aérées, ses parquets en bois sombre et son quart de queue. Elle déverrouille la porte et s'apprête à désactiver le système d'alarme mais, à son grand étonnement, aucun signal ne résonne. Le système est peut-être en panne, ou alors il n'a pas été activé. Ou alors… Non. Quelle horreur ! Le propriétaire est chez lui. Figée dans le grand couloir décoré de photos de paysages en noir et blanc, elle tend l'oreille pour déceler un signe de vie. Rien.

35

*E mirë.*

Non. *Tant mieux. Pense en anglais*, se dit-elle. La personne qui habite ici a dû partir au travail en oubliant de mettre l'alarme. Elle n'a jamais rencontré ce monsieur, mais elle devine qu'il occupe un poste important, parce que l'appartement est immense. Comment en aurait-il les moyens, autrement ? Elle soupire. Il a beau être riche, c'est un porc. Elle est déjà venue trois fois, dont deux avec Krystyna, et chaque fois l'appartement était dans un tel désordre qu'elles avaient mis des heures à tout ranger et nettoyer.

Un jour gris se déverse par le velux du fond du couloir. Alessia actionne l'interrupteur et le lustre en cristal au-dessus de sa tête illumine l'entrée. Elle retire son écharpe en laine et l'accroche avec son anorak dans le placard à côté de la porte. D'un cabas en plastique, elle sort les vieilles baskets que Magda lui a offertes. Elle les enfile après avoir ôté ses bottes et ses chaussettes détrempées, heureuse de trouver des chaussures sèches – ça permettra à ses pieds gelés de se réchauffer. Son petit pull et son tee-shirt ne la protègent guère du froid. Elle se frotte vigoureusement les bras pour les ranimer tout en traversant la cuisine jusqu'à la buanderie. Là, elle pose son cabas sur le comptoir. Elle en extrait la blouse en nylon informe que Krystyna lui a léguée, la passe, et noue un fichu bleu clair sur sa tête pour contenir sa lourde chevelure tressée. Du placard de l'évier, elle sort son matériel de ménage, saisit le panier à linge placé sur la machine à laver, et va aussitôt dans « sa » chambre. Si elle se dépêche, elle aura le temps de terminer l'appartement avant qu'il soit l'heure de repartir et le piano sera un petit moment à elle.

Il est là.

Le monsieur !

Il dort profondément, allongé sur le ventre, nu, en travers de son grand lit. Elle reste figée, à la fois choquée et fascinée, les pieds plantés dans le parquet. Il est entortillé entre les draps, mais nu… Très nu. Son visage est tourné dans sa direction mais il est caché par des cheveux châtains en bataille. Un bras soutient sa tête sous l'oreiller, l'autre est étalé vers elle. Il a des épaules larges et bien dessinées, et son biceps porte un tatouage compliqué en partie dissimulé par l'oreiller. Son dos est bronzé, plus clair là où ses hanches s'affinent et se creusent de fossettes ; ses fesses fermes sont pâles.

Ses fesses !

*Lakuriq ! Zot !*

Ses longues jambes musclées disparaissent sous un nœud de draps gris et de couvre-lit en soie argent ; seul un pied dépasse du bord du matelas. Lorsqu'il remue, les muscles de son dos ondulent ; ses paupières frémissent et s'ouvrent. Ses yeux, encore dans le vague, sont d'un vert étincelant. Alessia retient son souffle, convaincue qu'il sera furieux d'avoir été réveillé. Leurs regards se croisent, mais il détourne la tête, se détend et se rendort. Soulagée, elle pousse un long soupir.

*Shyqyr Zoti !*

Rouge de honte, elle se retire sur la pointe des pieds et se précipite dans le couloir pour rejoindre le salon. Elle pose ses produits d'entretien par terre et se met à ramasser les vêtements éparpillés.

Pourquoi est-il encore au lit ? À cette heure-ci ? Il va arriver en retard au travail.

Elle jette un coup d'œil au piano, frustrée. Aujourd'hui, elle espérait en jouer. Lundi, elle n'avait pas osé, et maintenant elle en meurt d'envie. Aujourd'hui, ce devait être la première fois ! Dans sa tête, elle entend le *Prélude en do mineur* de Bach. Ses doigts pianotent furieusement les notes, et la mélodie résonne dans sa tête en rouge, jaune et orange éclatants, accompagnant à la perfection sa colère. Le morceau atteint son apothéose puis s'apaise tandis qu'elle ramasse un tee-shirt abandonné pour le jeter dans le panier à linge.

Pourquoi faut-il qu'il soit là ? Elle sait que sa déception est irrationnelle. Monsieur est chez lui. Mais quand elle pense à sa déception, elle ne pense pas à lui. C'est la première fois qu'elle voit un homme nu, un homme nu aux yeux vert vif – de la couleur des eaux calmes et profondes du Drin, un jour d'été. Elle fronce les sourcils ; elle ne veut pas se rappeler son pays natal. Il l'a regardée droit dans les yeux. Dieu merci, il ne s'est pas réveillé. Elle prend la corbeille à linge et s'approche sur la pointe des pieds de la porte entrebâillée de sa chambre, en s'arrêtant pour voir s'il dort encore. Elle entend le bruit de la douche dans la salle de bains.

38

Il est réveillé !

Elle songe un instant à quitter l'appartement mais se ravise. Elle a besoin de ce travail, et si elle part, il pourrait la renvoyer. Prudemment, elle ouvre la porte et écoute le fredonnement peu harmonieux qui filtre de la salle de bains. Le cœur battant, elle fonce dans la chambre pour récupérer les vêtements éparpillés sur le sol avant de retrouver la sécurité de la buanderie, en se demandant pourquoi son cœur s'est emballé.

Elle inspire profondément pour se calmer. Elle a été prise de court en le découvrant dans son lit. Oui. Voilà. C'est tout. Rien à voir avec le fait qu'elle l'ait vu nu. Rien à voir avec son visage fin, son nez droit, ses lèvres pleines, ses épaules larges… ses bras musclés. Rien. Elle a eu un choc. Elle ne s'attendait pas à tomber sur le propriétaire de l'appartement, et elle a été déconcertée de le trouver au lit.

Oui. Il est beau. Beau de la tête aux pieds. Ses cheveux, ses mains, ses jambes, ses fesses… Vraiment beau. Et il l'a regardée droit dans les yeux de son regard si vert.

Un souvenir plus sombre affleure à son esprit. Un souvenir du pays : des yeux d'un bleu glacé, durcis par la colère, la fureur tombant sur elle. Non. *Ne pense pas à lui !* Elle prend sa tête entre ses mains et se frotte le front. Non. Non. Non. Elle s'est enfuie. Elle est ici. Elle est à Londres. Elle est en sécurité. Elle ne le reverra jamais.

Elle s'agenouille pour placer le linge sale dans la machine à laver. Comme Krystyna le lui a recommandé, elle fouille les poches du jean noir et en retire des pièces de monnaie ainsi que le préservatif qu'il semble glisser dans tous ses pantalons. Dans la poche arrière, elle déniche un bout de papier avec un numéro de téléphone et « Heather » inscrits dessus. Elle le glisse dans la poche de sa blouse avec la monnaie et le préservatif, jette une capsule de lessive dans la machine et la met en marche.

Puis elle vide le sèche-linge et sort le fer à repasser. Aujourd'hui, elle va commencer par le repassage et rester cachée dans la buanderie jusqu'à ce qu'il s'en aille.

Et s'il ne s'en allait pas ?

Mais pourquoi se cache-t-elle ? C'est son employeur. Elle devrait peut-être se présenter. Elle a rencontré tous ses autres employeurs, et ils ne l'embêtent jamais, sauf Mme Kingsbury, qui la suit partout pour critiquer sa façon de faire le ménage. Elle soupire. En fait, elle ne travaille que pour des femmes – sauf lui. Et elle se méfie des hommes.

— Au revoir, Krystyna ! lance une voix masculine qui la tire de ses pensées et de son repassage.

La porte d'entrée se referme avec un claquement assourdi et tout redevient calme. Il est parti. Elle est seule. Soulagée, elle s'affaisse contre la planche à repasser.

Krystyna ? Ne sait-il pas qu'elle a remplacé Krystyna ? C'est l'amie de Magda, Agatha, qui lui a trouvé ce job. Personne ne l'a averti du changement de personnel ? Alessia décide de vérifier ce soir si le propriétaire de l'appartement en a été informé. Elle termine une autre chemise, la suspend sur un cintre, puis va jeter un coup d'œil à la console du hall d'entrée et constate qu'il lui a laissé de l'argent. Par conséquent, il ne reviendra pas.

Sa journée s'éclaire aussitôt. Plus déterminée que jamais, elle retourne à la buanderie, prend une pile de vêtements fraîchement repassés et se dirige vers la chambre.

L'immense chambre est la seule pièce de tout l'appartement à ne pas être peinte en blanc : les murs sont gris, relevés de boiseries sombres. Un grand miroir doré est suspendu au-dessus du plus gigantesque lit qu'Alessia ait jamais vu. Au mur, face au lit, sont accrochées deux grandes photos en noir et blanc de femmes nues, tournant le dos à l'objectif. Elle examine la chambre. Elle est dans un désordre sans nom. Vite, elle range les chemises dans le dressing – un dressing plus grand que la chambre d'Alessia – et place les vêtements pliés sur l'une des étagères. Le dressing est lui aussi en pagaille ; il l'est depuis qu'elle a commencé à travailler ici avec Krystyna la semaine dernière. Krystyna l'a toujours laissé en l'état, et bien qu'Alessia meure d'envie d'y mettre de l'ordre, c'est un projet de grande envergure et elle n'a pas le temps maintenant, pas si elle veut jouer du piano.

De retour dans la chambre, elle ouvre les rideaux et jette un coup d'œil à la Tamise par les fenêtres qui montent jusqu'au plafond. Il ne pleut plus, mais la journée est maussade ; la rue, le fleuve, les arbres du parc au loin composent un camaïeu de gris. Tout le contraire de son pays.

Non. Son pays, c'est ici à présent. Elle chasse la vague de tristesse qu'elle sent monter en elle et pose sur la table de chevet les objets qu'elle a trouvés dans les poches du jean. Puis elle se met à ranger et à nettoyer la chambre.

Sa dernière tâche dans cette pièce est de vider la corbeille. Elle évite de regarder les préservatifs usagés lorsqu'elle verse le contenu dans un sac poubelle. La première fois qu'elle l'a fait, elle a été choquée, et c'est toujours le cas. Comment un seul homme peut-il en utiliser autant ?

*Pouah !*

Alessia s'occupe du reste de l'appartement. Elle nettoie, époussette et cire, tout en évitant la seule pièce où elle n'ait pas le droit d'entrer. Elle se demande ce qui peut se cacher derrière cette porte fermée, mais elle ne tente pas de l'ouvrir. Krystyna a été catégorique : cette chambre est une zone interdite.

Elle termine de passer la serpillière avec une demi-heure d'avance. Elle range son matériel dans la buanderie et transfère les vêtements mouillés dans le sèche-linge. Elle retire sa blouse et dénoue son fichu bleu, qu'elle fourre dans la poche arrière de son jean.

Elle pose le sac poubelle plein de détritus près de la porte d'entrée. Elle le jettera en partant dans les bennes situées dans la ruelle derrière l'immeuble.

Anxieuse, elle ouvre la porte d'entrée et scrute le palier. Aucun signe de lui. Elle peut y aller. La première fois qu'elle est venue seule ici, elle n'a pas eu le courage. Elle avait peur qu'il revienne. Mais puisqu'il est parti en disant au revoir, elle est prête à courir le risque.

Elle se précipite dans le salon, elle s'assoit devant le piano et s'immobilise pour savourer l'instant. Noir et verni, l'instrument est éclairé par le lustre impressionnant suspendu au plafond. Ses doigts caressent le logo, une lyre dorée avec l'inscription dessous :

STEINWAY & SONS

Sur le pupitre se trouvent un crayon et la même composition inachevée qu'elle a remarquée, la première fois qu'elle est venue ici avec Krystyna. Tandis qu'elle lit la partition, les notes résonnent en elle : une triste lamentation, chargée de solitude et de mélancolie, comme en suspens, en tons bleu clair et gris. Elle tente de lier cet air profond au bel homme nu entrevu quelques heures plus tôt. C'est peut-être lui, l'auteur ? Elle regarde de l'autre côté de la pièce, où sont rassemblés un ordinateur, un synthétiseur et des tables de mixage. Cet équipement pourrait appartenir à un compositeur. Et puis il y a ce mur plein de vieux disques qu'elle doit épousseter : manifestement, il est mélomane.

Elle chasse ces pensées en se concentrant sur les touches. Depuis combien de temps elle n'a pas joué ?

43

Des semaines ? Un coup au cœur lui arrache un petit cri, elle est au bord des larmes.

Non. Pas ici. Elle ne craquera pas. Elle s'agrippe au piano pour lutter contre sa douleur et son mal du pays. Plus d'un mois sans jouer. Et tant d'événements se sont passés depuis.

Elle frémit et inspire profondément, pour se calmer. Elle approche ses doigts et caresse le clavier.

Noir. Blanc.

Ce simple contact l'apaise. Elle veut goûter ce moment précieux et se perdre dans la musique. Doucement, elle joue un accord en mi mineur. Le son est clair et puissant, d'un vert vif et printanier ; la couleur des yeux de Monsieur, et le cœur d'Alessia s'emplit d'espoir. Le Steinway est accordé à la perfection. Elle se lance dans son morceau d'échauffement, *Le Coucou* ; les touches s'enfoncent en douceur, leur frappe est fluide et sans heurts. Ses doigts courent sur le clavier qui s'anime. Le stress, la peur et le chagrin des dernières semaines s'envolent puis se taisent enfin tandis qu'elle se fond dans les couleurs de la musique.

L'une des résidences londoniennes des Trevelyan se trouve sur Cheyne Walk, non loin de mon appartement. Édifiée en 1771 par Robert Adam, Trevelyan House était la demeure de Kit depuis la mort de mon père. Elle recèle bien des souvenirs d'enfance – certains heureux, d'autres moins. Maintenant, je peux en faire ce que je veux. Du moins, elle fait partie de mon patrimoine. Confronté une fois de plus à mon nouveau statut, je secoue la tête et remonte mon col pour m'abriter du froid mordant, qui semble venir non pas de l'extérieur, mais de mon cœur.

Qu'est-ce que je suis censé foutre de cette maison ? Je n'ai pas revu Caroline depuis deux jours, et je sais qu'elle est furieuse contre moi, mais il va bien falloir que je l'affronte tôt ou tard. Planté devant la porte, je me demande si je dois me servir de ma clé. J'ai toujours eu la clé de la maison, mais entrer sans prévenir me ferait l'effet d'une intrusion.

J'inspire profondément et frappe deux coups. Au bout de quelques instants, la porte s'ouvre et Blake, qui était déjà le majordome de la famille avant ma naissance, m'accueille.

— Lord Trevethick, dit-il en s'inclinant.

— Est-ce vraiment nécessaire, Blake ?

Je passe dans le hall d'entrée. Blake, muet, prend mon manteau.

— Mme Blake va bien ?

— Très bien, milord. Mais elle est très attristée par les récents événements.

— Comme nous tous. Caroline est là ?

— Oui, milord. Je crois que Lady Trevethick est au salon.

— Merci. Je monte. Pas la peine de m'annoncer.

— Bien sûr. Souhaiteriez-vous du café ?

— Oui, s'il vous plaît. Ah, au fait Blake, comme je vous l'ai déjà dit la semaine dernière, un simple « monsieur » suffira.

Blake s'arrête et incline la tête.

— Oui, monsieur. Merci, monsieur.

J'ai envie de lever les yeux au ciel. J'étais l'Honorable Maxim Trevelyan : ici, on m'appelait « Monsieur Maxim ». « Lord » ne s'appliquait qu'à mon père, puis à mon frère. Je vais mettre un moment à me faire à mon nouveau titre.

Je gravis le large escalier et me dirige vers le salon. Il est vide, uniquement meublé des canapés moelleux et des élégants meubles Queen Anne qui sont dans la famille depuis plusieurs générations. Le salon donne sur un jardin d'hiver avec vue sur la Tamise, Cadogan Pier et l'Albert Bridge. C'est là que je trouve Caroline, blottie dans un fauteuil sous un châle en cachemire, en train de regarder par la fenêtre. Elle serre un petit mouchoir bleu dans son poing.

— Salut, dis-je en entrant à grands pas.

Caroline tourne vers moi un visage bouffi par les larmes.

*Merde.*

— Tu étais où, bordel ? aboie-t-elle.

Je tente de l'amadouer :

— Caro…

— Il n'y a pas de Caro, connard ! rugit-elle en se levant, les poings serrés.

Là, elle est vraiment furieuse.

— Qu'est-ce que j'ai encore fait ?

— Tu le sais très bien. Pourquoi tu n'as pas répondu à mes messages ? Ça fait deux jours que j'essaie de te joindre !

— J'ai eu beaucoup de soucis, et plein de travail.

46

— Toi ? Du travail ? Maxim, tu ne saurais pas ce que c'est, même si tu te prenais les pieds dedans et que tu te le fourrais dans le cul.

Cette image me fait d'abord blêmir, puis sourire. Caroline se détend un peu.

— Ne me fais pas rigoler. Je suis en colère contre toi.

Ses lèvres esquissent une moue.

— Tu manies si bien la langue.

J'ouvre les bras et elle se blottit contre moi.

— Pourquoi tu ne m'as pas rappelée ? me demande-t-elle en se pressant contre moi.

— Il me faut du temps pour me faire à l'idée. J'avais besoin de réfléchir.

— Seul ?

Je ne réponds pas. Je ne veux pas mentir. Lundi soir, j'étais avec, euh… Heather, et hier soir c'était… Comment s'appelait-elle, déjà ? Dawn.

Caroline renifle et s'arrache à mon étreinte.

— C'est bien ce que je pensais. Je te connais trop, Maxim. Elle était comment ?

Je hausse les épaules tandis que l'image de la bouche de Heather autour de ma queue me revient à l'esprit.

Caroline soupire.

— Tu es une vraie pute, lâche-t-elle avec son dédain habituel.

Comment la contredire ? Caroline connaît mieux que quiconque mes activités nocturnes. Elle a une collection d'adjectifs bien choisis pour les décrire et me reproche régulièrement ma vie dissolue.

47

*Et pourtant, ça ne l'a pas empêchée de coucher avec moi.*

— Tu fais ton deuil en baisant pendant que je me tape les dîners avec papa et la belle-doche. C'était horrible, lance-t-elle. Et hier soir, je me sentais si seule.

— Je suis désolé.

Je ne trouve rien d'autre à dire. Elle me regarde droit dans les yeux.

— Tu as vu les avocats ?

Je hoche la tête. Je dois reconnaître que c'est aussi pour cette raison que je l'ai évitée. Elle renifle.

— Non… Vu ton air sérieux… Je n'ai rien, c'est ça ?

Elle ouvre de grands yeux angoissés et tristes. Je pose mes mains sur ses épaules pour lui annoncer la nouvelle en douceur :

— Je suis l'unique héritier.

Caroline laisse échapper un sanglot et plaque une main contre sa bouche tandis que ses yeux se remplissent de larmes.

— Le salaud, souffle-t-elle.

Je la reprends dans mes bras.

— Ne t'inquiète pas, on va s'arranger.

— Je l'aimais, murmure-t-elle d'une petite voix.

— Je sais. Moi aussi.

Même si je ne suis pas dupe – elle aimait aussi le titre et la fortune de Kit.

— Tu ne vas pas me virer ?

Je lui prends son mouchoir pour lui essuyer les yeux.

— Non, évidemment. Tu es la veuve de mon frère et ma meilleure amie.

— Et c'est tout ?

Elle m'adresse un sourire amer, et je l'embrasse sur le front au lieu de lui répondre.

— Votre café, monsieur, m'avertit Blake depuis l'entrée du jardin d'hiver.

Je m'écarte immédiatement de Caroline. Blake entre, impassible, portant un plateau chargé de tasses, d'un pot de lait, d'une cafetière en argent et de mes biscuits préférés – des gaufrettes au chocolat.

— Merci, Blake.

Je tente d'ignorer la rougeur qui gagne lentement ma nuque…

Blake pose le plateau sur la table à côté du canapé.

— Ce sera tout, monsieur ?

— Pour le moment, oui.

J'ai parlé d'une voix plus cassante que je ne l'aurais souhaité.

Blake s'éloigne, et Caroline sert le café. Mes épaules se relâchent lorsque Blake disparaît. J'entends la voix de ma mère : « Jamais devant les domestiques. »

Je tiens encore le mouchoir trempé de Caroline. Je le fixe en fronçant les sourcils. Je me rappelle le fragment d'un rêve que j'ai fait cette nuit – ou était-ce ce matin ? Une jeune femme, un ange ? La Vierge Marie, peut-être, ou une religieuse en bleu, debout à l'entrée de ma chambre, me veillait dans mon sommeil. Qu'est-ce que ça peut bien signifier ? Je ne suis pourtant pas croyant.

49

— Quoi ? demande Caroline.

Je secoue la tête en prenant la tasse de café qu'elle me tend.

— Rien.

— Tu sais, je crois que je suis enceinte, dit-elle.

Je blêmis.

— De Kit. Pas de toi. Tu prends toujours tes précautions.

*Y a intérêt...* Le sol se dérobe néanmoins sous mes pieds.

L'héritier de Kit ! Comme si la situation n'était pas déjà assez compliquée... Je me sens soudain soulagé que toutes ces responsabilités passent à l'enfant de Kit, mais aussi anéanti.

— Si c'est le cas, on avisera.

Ce titre est à moi. Pour l'instant.

*Eh merde.* Tu parles d'une embrouille.

3

Mon téléphone vibre alors que je suis dans un taxi, en route pour le bureau. C'est Joe.

— Salut, mon pote, dit-il. Ça va ?

Son ton est lugubre, mais je sais qu'il fait écho à mon état d'esprit depuis la mort de Kit. Je ne l'ai pas revu depuis les obsèques.

— Je survis.

— On se fait un combat ?

— J'adorerais, mais je ne peux pas. Je suis en réunion toute la journée.

— Des emmerdes de comte ?

J'éclate de rire.

— C'est ça. Des emmerdes de comte.

— Alors plus tard cette semaine ? Mon épée commence à rouiller.

— Oui, ça me plairait bien. Ou alors on prend un verre.

— Ouais, je vais voir si Tom est dispo.

— Super. Merci, Joe.

— Pas de souci, mon pote.

Je raccroche, d'humeur morose. Ça me manque, de ne plus faire ce qui me plaît. Avant, si j'avais envie d'un match en plein milieu de journée, c'était possible. Joe est mon sparring-partner et l'un de mes meilleurs amis. Au lieu de ça, je dois aller au bureau et travailler, pour changer.

*Kit. C'est ta faute.*

Chez Loulou, la musique est assourdissante. La basse résonne dans ma poitrine. Je préfère ça. Le vacarme abrège les conversations inutiles. Je me faufile jusqu'au bar. J'ai besoin d'un verre et d'un corps chaud et disponible.

Je viens de passer la journée en réunion avec les deux gestionnaires de fonds qui supervisent le considérable portefeuille d'actions des Trevethick ainsi que leur fondation caritative ; les responsables d'exploitation des domaines des Cornouailles, de l'Oxfordshire et de la Northumbria ; le syndic qui gère toutes les propriétés de Londres ; et le promoteur immobilier qui rénove les trois hôtels particuliers de Mayfair. Oliver Macmillan, le directeur général de Kit et son bras droit, a assisté à toutes ces réunions avec moi. Oliver et Kit étaient amis depuis Eton ; ils avaient tous les deux étudié à la London School of Economics, jusqu'à ce que Kit abandonne pour accomplir les devoirs dus à son rang après la mort de notre père.

Oliver est mince, avec une tignasse de cheveux blonds en bataille et des yeux d'une couleur indécise qui ne ratent rien. Je ne l'ai jamais trouvé sympathique. Il est impitoyable et ambitieux, mais il sait analyser un bilan et diriger toutes les équipes qui travaillent pour le comte de Trevethick.

J'ignore comment Kit s'y prenait pour gérer tout ça alors qu'il travaillait aussi comme gestionnaire de fonds à la City. Il était doué et brillant, ce salaud. Et drôle, avec ça. Il me manque vraiment.

Je commande un Grey Goose tonic. Kit a peut-être réussi parce que Macmillan assurait ses arrières. Je me demande si la loyauté d'Oliver me sera acquise, ou s'il profitera de ma naïveté alors que j'essaie de faire face à mes nouvelles responsabilités. Je ne sais pas. Mais il ne m'inspire pas particulièrement confiance, et il faudra que je reste prudent dans mes rapports avec lui.

Le seul côté plaisant des deux derniers jours a été l'appel de mon agent pour me dire que j'avais un boulot la semaine prochaine. J'ai pris énormément de plaisir à annoncer à cette vieille gorgone que, dans l'immédiat, je n'étais plus disponible pour les séances photo.

Est-ce que ça va me manquer ? Je n'en sais rien. Être mannequin, ça peut être ennuyeux à crever, mais après avoir été renvoyé d'Oxford, ce job m'a obligé à sortir du lit et fourni une excuse pour rester en forme. En plus, il me permettait de rencontrer des tas de femmes très minces et sexy.

J'avale une gorgée de vodka tonic et je scanne la salle. Voilà ce dont j'ai envie, maintenant : d'une

53

femme sexy et disponible, qu'elle soit mince ou pas. Ma baise du jeudi.

Son rire rauque attire mon attention, et nos regards se croisent. Je sens qu'elle me jauge et je lis le défi dans ses yeux ; ma queue s'anime. Elle a de jolis yeux noisette, de longs cheveux bruns brillants et elle boit des shots. Qui plus est, elle est super sexy dans sa minirobe en cuir et ses cuissardes à talons aiguilles.

Oui. Celle-là fera l'affaire.

Il est 2 heures du matin lorsque nous rentrons chez moi. Je prends le manteau de Leticia. Elle se tourne aussitôt vers moi et m'entoure le cou de ses bras.

— Au lit, l'Aristo, chuchote-t-elle avant de m'embrasser brutalement, sans préliminaires.

J'ai encore son manteau dans les mains et je dois m'adosser au mur pour nous empêcher de tomber. Son attaque m'a pris de court. Elle est peut-être plus bourrée que je ne le croyais. Elle a un goût de rouge à lèvres et de Jägermeister – une combinaison intéressante. J'enfonce mes doigts dans ses cheveux et les tire pour l'écarter de ma bouche. Je la gronde :

— Chaque chose en son temps, ma belle. Laisse-moi ranger ton manteau.

— Mon manteau, rien à foutre, tu le mets où tu veux, me dit-elle en m'embrassant à nouveau avec la langue.

*C'est toi que j'ai envie de mettre.*

— Partis comme ça, on n'arrivera jamais à la chambre.

Je pose les mains sur ses épaules pour la repousser doucement.

— Alors montre-moi ton appart, monsieur le mannequin-photographe-DJ, me taquine-t-elle, avec un accent irlandais chantant qui contraste radicalement avec son approche directe.

Tout en la suivant dans le couloir, ses talons aiguilles cliquetant sur le parquet, je me demande si elle sera aussi décomplexée au lit.

— Tu es acteur, aussi ? Très belle vue, au fait, déclare-t-elle en jetant un coup d'œil à la Tamise. Beau piano, ajoute-t-elle en se retournant pour me faire face, les yeux brillant d'excitation. Tu as déjà baisé dessus ?

Bon sang, ce qu'elle peut être crue.

— Pas récemment. (Je lance son manteau sur le canapé.) Pas sûr d'en avoir envie maintenant. Je préfère le lit.

Je ne relève pas sa pique au sujet de mes diverses carrières. Je ne lui ai pas précisé que je gérais désormais un empire. Elle sourit. Son rouge à lèvres déborde, et ma bouche en est sans doute barbouillée. Cette idée me déplaît. Je passe les doigts sur mes lèvres. Elle marche vers moi d'un pas nonchalant et tire sur les revers de ma veste pour me forcer à avancer.

— Alors, l'Aristo, tu me montres de quoi tu es capable ?

Elle pose les mains sur mon torse qu'elle laboure de ses ongles du sternum jusqu'aux bords de ma veste.

C'est presque douloureux. Ce sont des griffes qu'elle a, des griffes assorties à son rouge à lèvres. Elle fait glisser ma veste sur mes épaules, la laisse tomber par terre et commence à déboutonner ma chemise. Vu son humeur, j'ai de la chance qu'elle ne me l'ait pas arrachée – je l'aime bien, cette chemise ! Elle me la retire avant d'enfoncer ses ongles dans mes épaules. Délibérément.

— Ah !

Je pousse un cri de douleur.

— Pas mal, ce tatouage, commente-t-elle tandis que ses mains passent de mes épaules à mes bras, pour se diriger vers ma ceinture, ses ongles laissant leur empreinte sur mon estomac.

Aïe ! Qu'est-ce qu'elle est agressive. Je l'attire dans mes bras, puis je l'embrasse brutalement. Je souffle contre ses lèvres :

— Allez, au lit.

Avant qu'elle puisse répondre, je la prends par la main et l'entraîne vers la chambre. Là, elle me pousse vers le lit et racle encore ses ongles sur mon ventre tandis que ses doigts trouvent le bouton de mon jean.

Putain ! Elle aime le sexe brutal. Je grimace et enserre ses mains comme dans un étau pour éviter ses griffes.

*Tu veux jouer à ça ? Moi aussi, je peux.*

— Sois sage. À toi d'abord !

Je la libère et la repousse pour mieux la voir.

— Déshabille-toi. Maintenant !

Rejetant ses cheveux en arrière, elle pose les mains sur ses hanches avec un sourire à la fois amusé et provocateur. J'insiste :

— Allez !

Le regard de Leticia s'assombrit et elle s'arrête.

— Dis « s'il vous plaît », souffle-t-elle.

Je ricane.

— S'il vous plaît.

Elle éclate de rire.

— J'adore ton accent des beaux quartiers.

— C'est juste un accident de naissance, ma belle. Garde tes bottes.

Elle ricane à son tour et dézippe sa robe en cuir moulante. Elle se tortille pour s'en libérer et la laisse glisser le long de ses cuissardes. Je souris. Elle est superbe. Mince, avec de petits seins fermes, une culotte noire et un soutien-gorge assorti. Et ses cuissardes. Elle enjambe sa robe, s'avance vers moi en ondulant des hanches avec un sourire aguicheur et sexy, puis prend ma main. Avec une force surprenante, elle me tire vers le lit et me pousse si brutalement que je m'étale sur le couvre-lit.

— Enlève ça ! ordonne-t-elle en désignant mon jean tandis que, les jambes écartées, elle me domine de sa hauteur.

— Fais-le, toi.

Inutile de le répéter. Elle grimpe sur le lit pour s'asseoir à cheval sur moi et se frotter contre mon entrejambe. Elle laisse traîner ses ongles au-dessus de ma braguette.

57

Aïe ! Ça suffit !

Je me redresse d'un coup, la prenant par surprise, et la retourne sur le dos. Je la chevauche en plaquant ses bras de chaque côté de sa tête. Elle se débat et tente de me désarçonner.

— Hé ! proteste-t-elle en me foudroyant du regard.

— Je pense que tu as besoin d'être attachée. Tu es dangereuse.

Ma voix est douce. Je jauge sa réaction. Ça passe ou ça casse. Ses yeux s'écarquillent. De peur, ou d'excitation, je ne sais pas.

— Et toi ? murmure-t-elle.

— Si je suis dangereux ? Moi ? Pas autant que toi, en tout cas.

Je la libère pour tendre la main vers le tiroir de la table de chevet. J'en sors une longue corde en soie et une paire de menottes en cuir.

— Tu veux jouer ? je lui demande en brandissant les deux accessoires. Choisis.

Elle lève vers moi des yeux aux pupilles dilatées par le désir et l'anxiété. Je la rassure :

— Je ne vais pas te faire mal. Ça n'est pas mon truc. Je cherche juste à te discipliner.

En réalité, j'ai peur qu'elle *me* fasse mal.

Un sourire taquin et séducteur se dessine sur ses lèvres.

— La soie, dit-elle.

J'acquiesce en jetant les menottes par terre. De la domination comme forme d'autodéfense.

— Choisis un mot d'alerte.

58

— Chelsea.

— Excellent choix.

J'attache le cordon en soie autour de son poignet gauche et le glisse entre les barreaux de la tête de lit, puis, prenant sa main droite, je noue adroitement le lien autour de son poignet. Les bras ainsi tendus, ses ongles deviennent inoffensifs, et elle est magnifique.

— Si tu es très désobéissante, je vais aussi te bander les yeux.

Elle se tortille.

— Tu me donneras la fessée ?

Sa voix n'est plus qu'un chuchotement.

— Si tu es gentille.

*Ah, je sens qu'on va bien s'éclater.*

Elle jouit vite et bruyamment. Elle hurle en tirant sur la corde en soie.

Je me rassois entre ses cuisses, la bouche humide et luisante, je la retourne en lui claquant les fesses.

— Tiens bon, dis-je en enfilant une capote.

— Dépêche-toi !

*Qu'est-ce qu'elle est exigeante !*

— Comme tu veux, je grogne en m'enfonçant en elle.

Je regarde ses seins qui montent et redescendent tandis qu'elle dort. Comme d'habitude, je m'adonne à mon rituel : me souvenir de tout ce que je sais de la femme que je viens de baiser. Deux fois. Leticia. Avocate spécialisée dans la défense des droits de l'homme, agressive sexuellement. Plus âgée que moi. Aime être ligotée. Beaucoup. Il est vrai que, d'après mon expérience, les femmes directes et agressives apprécient souvent ça. C'est une mordeuse, elle hurle quand elle jouit. Bruyante. Distrayante… exténuante.

Je me réveille en sursaut. Dans mon rêve, quelque chose ne cessait de m'échapper, une vision qui n'arrêtait pas d'apparaître et de disparaître, irréelle, tout en bleu. Puis, alors que je venais de l'apercevoir, je tombais dans un immense gouffre. Je frémis.

C'était quoi, ce délire ?

Un pâle soleil d'hiver filtre par les fenêtres et se mêle aux reflets de la Tamise qui ondulent sur mon plafond. Qu'est-ce qui m'a réveillé ?

Leticia.

Une vraie bête sauvage. Elle ne dort pas à mes côtés, et je n'entends personne dans la douche. Elle est peut-être déjà partie. Je tends l'oreille, à l'affût de bruits dans l'appartement.

Tout est silencieux. Je souris. Pas de banalités à échanger pour dissiper la gêne. La journée s'annonce belle, puis je me rappelle que je déjeune avec ma mère et ma sœur. Je gémis en tirant le drap sur ma tête. Elles vont vouloir parler du testament.

*Bordel de merde.*

« La Douairière », comme la surnommait Kit, est une femme redoutable. Pourquoi elle n'est pas rentrée à New York ? Je l'ignore. Sa vie est là-bas, pas ici.

60

Quelque chose tombe par terre, quelque part dans l'appartement. Je me redresse. Merde, Leticia est encore là. Je vais être obligé de lui faire la conversation. À contrecœur, je me traîne hors du lit, j'enfile le jean le plus proche et m'en vais découvrir si elle est aussi déchaînée au grand jour que la nuit. Je passe dans le couloir, pieds nus. Personne dans le salon ou la cuisine.

*Putain, mais qu'est-ce… ?*

En sortant de la cuisine, je me fige. Je m'attendais à voir Leticia, mais c'est une petite jeune femme frêle qui me fixe, plantée là. Ses grands yeux sombres ressemblent à ceux d'une biche étonnée, mais elle porte une horrible blouse bleue, un jean bon marché trop délavé, de vieilles baskets et un fichu bleu qui lui cache les cheveux.

Elle reste muette.

— Bonjour. Vous voulez bien me dire qui vous êtes ?

# 4

*Zot!* Il est là, et il est fâché. Alessia se fige lorsque ses yeux croisent ceux, vert flamboyant, de Monsieur. Grand, mince et à moitié nu, il la domine de sa taille. Ses cheveux châtains sont en bataille avec des reflets dorés qui scintillent sous le lustre du couloir. Il est aussi costaud que dans son souvenir, mais le tatouage sur son épaule est beaucoup plus complexe ; tout ce qu'elle distingue, c'est une aile. La touffe de poils de sa poitrine s'amenuise sur son ventre musclé, puis s'élargit à nouveau sous son nombril pour se perdre dans son jean moulant. Le denim noir est déchiré au genou. Mais c'est surtout son beau visage mal rasé, la ligne dure de ses lèvres pulpeuses et ses yeux couleur de printemps qui lui font détourner le regard. Elle a la bouche sèche. Est-ce la nervosité ou… est-ce à cause de ce qu'elle voit ?

Il est tellement attirant ! Trop attirant. Et il est à moitié nu ! Mais pourquoi est-il aussi contrarié ? Est-ce qu'elle l'a réveillé ? Non ! Elle va être privée de piano. Paniquée, elle baisse les yeux, en cherchant quelque chose à dire, et s'agrippe au manche de son balai pour ne pas s'effondrer.

Qui diable est cette créature effarée ? Je fouille ma mémoire, déconcerté. Est-ce que je l'ai déjà vue quelque part ? Une image d'un rêve oublié se développe comme un Polaroid dans ma mémoire : un ange bleu flottant au pied de mon lit. Mais ça, c'était il y a plusieurs jours. C'était elle ? Et maintenant elle est là, plantée devant moi. Son visage mutin est blême, elle garde les yeux baissés. Ses articulations blanchissent tant elle se cramponne à son balai, comme s'il l'ancrait dans la terre. Un fichu cache ses cheveux, et une blouse en nylon à l'ancienne engloutit sa silhouette menue. Elle n'a pas l'air à sa place. Je reprends, d'une voix plus douce pour ne pas l'effrayer :

— Qui êtes-vous ?

De grands yeux couleur d'expresso, frangés des cils les plus longs que j'aie jamais vus, se lèvent vers moi avant de se détourner aussitôt.

*Merde !* Un seul regard de ces yeux si sombres qu'ils semblent sans fond et je suis… troublé. Elle fait largement une tête de moins que moi, environ un mètre cinquante alors que je mesure un mètre quatre-vingt-deux. Ses traits sont délicats : pommettes hautes, nez retroussé, teint clair, lèvres pâles. Elle aurait besoin de quelques jours au soleil et d'un bon repas.

Apparemment, c'est elle qui fait le ménage. Mais pourquoi ? A-t-elle remplacé l'ancienne ? Agacé par son mutisme, je l'interroge :

— Krystyna n'est pas là ?

Elle est peut-être la fille de Krystyna. Ou sa petite-fille. Elle continue à fixer le parquet, les traits tirés. Ses dents blanches et régulières mordillent ses lèvres. Elle s'obstine à éviter mon regard.

*Regarde-moi.* J'aimerais tendre la main pour lui relever le menton. Comme si elle avait lu dans mes pensées, elle redresse la tête. Ses yeux rencontrent les miens ; nerveuse, elle passe la langue sur sa lèvre supérieure. Tout mon corps se tend sous l'effet d'une vague de désir, qui fond sur moi comme un boulet de canon.

*Non, mais ça va pas ?*

Je plisse le front. L'énervement succède au désir. Je deviens cinglé, ou quoi ? Pourquoi une femme que je n'ai jamais rencontrée me ferait-elle autant d'effet ? C'est exaspérant. Sous l'arc finement dessiné de ses sourcils, ses yeux s'agrandissent encore, et elle recule d'un pas en s'empêtrant dans le balai, qui tombe par terre avec fracas. Elle se penche gracieusement pour le ramasser, et lorsqu'elle se redresse, elle scrute le manche. Ses joues se teintent lentement de rose tandis qu'elle marmonne quelques mots inintelligibles.

Putain, je lui fais peur, ou quoi, à cette pauvre fille ? Ça n'est pas mon intention. Si je suis énervé, ce n'est pas contre elle. Ou alors, pour une autre raison.

— Vous ne me comprenez peut-être pas, dis-je en m'adressant plus à moi-même qu'à elle.

Je passe la main dans mes cheveux et reprends le contrôle de mon corps. De l'anglais, Krystyna

64

ne pigeait que « oui » et « ici », ce qui me forçait à beaucoup gesticuler lorsqu'il fallait lui demander des tâches qui sortaient de sa routine. Cette fille est sans doute polonaise, elle aussi.

— Je suis la femme de ménage, Monsieur, chuchote-t-elle, les yeux toujours baissés, ses cils formant deux éventails sur ses joues diaphanes.

— Et Krystyna, elle est passée où ?

— Elle est rentrée en Pologne.

— Quand ?

— Depuis la semaine dernière.

Première nouvelle. Et pourquoi n'en ai-je pas été averti ? J'aimais bien Krystyna. Elle travaillait pour moi depuis trois ans et connaissait tous mes petits secrets. Je ne lui ai même pas dit au revoir.

Ce n'est peut-être que temporaire.

— Elle va revenir ?

Le visage de la jeune fille se crispe, mais elle ne répond pas et continue de contempler mes pieds. Pour une raison que j'ignore, ça me met mal à l'aise. Les mains sur les hanches, je recule d'un pas, de plus en plus déconcerté.

— Vous êtes ici depuis combien de temps ?

Elle répond d'une voix étranglée, à peine audible :

— En Angleterre ?

— Regardez-moi, s'il vous plaît.

Pourquoi refuse-t-elle de lever la tête ? Ses doigts fins se resserrent à nouveau autour du manche à balai, comme si elle allait le brandir en guise d'arme, puis elle déglutit et me regarde enfin de ses grands yeux d'un noir liquide. Des yeux où je pourrais me noyer. Ma bouche se dessèche, mon corps est à nouveau au garde-à-vous.

*Putain !*

— Je suis en Angleterre depuis trois semaines.

Sa voix est plus claire et plus nette, avec un accent que je ne reconnais pas. Et quand elle parle, elle pousse son petit menton en avant comme pour me défier. Ses lèvres sont roses maintenant ; celle du bas est plus pulpeuse. Elle lèche à nouveau sa lèvre supérieure.

Nom de Dieu ! Je bande encore. Je recule pour m'éloigner d'elle. Déconcerté par l'effet qu'elle produit sur moi, je répète :

— Trois semaines ?

Mais qu'est-ce qui m'arrive ? Qu'est-ce qu'elle a de spécial ?

*Elle est exquise*, rugit la petite voix dans ma tête.

Oui, pour une femme vêtue d'une blouse en nylon, elle est plutôt sexy.

*Concentre-toi. Elle n'a toujours pas répondu à ta question.*

— Non. Je veux dire : depuis combien de temps êtes-vous dans mon appartement ?

D'où sort cette fille ? Je fouille ma mémoire. C'est Mme Blake qui m'a trouvé Krystyna par un de ses contacts. Mais sa remplaçante reste muette.

— Vous parlez anglais ? j'ajoute pour la forcer à répondre. Vous vous appelez comment ?

Elle fronce les sourcils en me dévisageant comme si j'étais complètement idiot.

— Oui. Je parle anglais. Je m'appelle Alessia Demachi. Je suis chez vous depuis 10 heures ce matin.

En effet, elle s'exprime vraiment bien.

— Très bien. Bon. Enchanté, Alessia Demachi. Je m'appelle…

Je dis quoi ? Trevethick ? Trevelyan ?

— Maxim.

Elle m'adresse un petit signe de tête et, pendant une seconde, j'ai l'impression qu'elle va faire une révérence, mais elle reste immobile, toujours agrippée à son balai, me déshabillant de son regard anxieux.

Tout à coup, j'ai l'impression que les murs du couloir se referment sur moi. Je me sens oppressé. J'ai envie de fuir cette inconnue et ses yeux qui fouillent mon âme.

— Eh bien, enchanté de faire votre connaissance, Alessia. Vous pouvez continuer votre travail.

Puis, j'ajoute avec un geste vague en direction de la chambre :

— Vous pouvez changer les draps. Vous savez où le linge est rangé, non ?

Elle hoche à nouveau la tête mais ne bouge toujours pas.

— Je descends à la salle de sport.

Pourquoi je ressens le besoin de me justifier ?

Tandis qu'il retourne à grands pas dans sa chambre, Alessia pousse un immense soupir de soulagement. Elle observe le jeu des muscles de son dos – jusqu'aux deux fossettes qui se creusent juste au-dessus de la

67

ceinture de son jean. C'est un spectacle troublant…
très troublant. Encore plus que lorsqu'il était allongé.
Quand il disparaît, elle ferme les yeux, le cœur serré.

Il ne l'a pas sommée de partir, mais il risque d'appeler Agatha, l'amie de Magda, pour lui demander
de trouver quelqu'un d'autre. Il avait l'air tellement
fâché d'avoir été dérangé.

Pourquoi ? Alessia fronce les sourcils et tente de
calmer sa panique grandissante, tout en jetant un coup
d'œil au piano du salon. Non. Ça n'est pas possible.
Elle le suppliera s'il le faut. Elle ne veut pas partir.
Elle ne peut pas partir. Le piano est sa seule évasion.
Son seul bonheur.

Et puis il y a Monsieur. Son ventre, ses pieds nus,
et son regard intense se sont imprimés dans l'esprit d'Alessia. Il a le visage d'un ange, et le corps
de… Enfin… Elle rougit, contrariée d'avoir de telles
pensées.

Il est tellement beau.

*Non. Arrête. Concentre-toi.*

Elle continue à balayer frénétiquement la poussière inexistante du parquet. Il faut qu'elle devienne
la meilleure femme de ménage qu'il ait jamais eue,
pour qu'il n'ait pas envie de la remplacer. Décidée,
elle passe au salon pour ranger, cirer.

Dix minutes plus tard, elle entend la porte d'entrée claquer alors qu'elle termine de lisser les coussins
noirs du canapé en L.

Tant mieux. Il est parti. Elle se dirige droit vers sa
chambre. Il y règne le même désordre que d'habitude

68

– des vêtements et de curieux bracelets jonchent le sol, les rideaux sont à moitié ouverts, les draps entortillés –, elle ramasse les habits et défait le lit en vitesse. Pourquoi y a-t-il une corde en soie attachée à la tête de lit ? Elle la dénoue et la dépose sur la table de chevet à côté des menottes. Tout en tendant un drap blanc propre sur le matelas, elle se demande à quoi servent ces objets. Elle ne veut pas se hasarder à deviner. Elle finit de faire le lit, puis passe à la salle de bains.

Je cours comme je n'ai encore jamais couru. Je termine mes huit kilomètres en un temps record, mais je ne peux pas m'empêcher de repenser à ma conversation avec ma nouvelle femme de ménage.

*Merde, merde, merde.*

Je me penche, les mains sur les genoux, pour reprendre mon souffle. Je suis en train de fuir ma putain de femme de ménage ! De fuir ses grands yeux noirs.

Non. C'est ma réaction que je fuis. Ces yeux-là vont me hanter toute la journée. Je me redresse, j'essuie mon front. Soudain, je la vois, avec sa blouse, à quatre pattes devant moi. Mon corps se crispe. Encore. Et ça, rien qu'en pensant à elle.

Furieux, je décide de soulever de la fonte. Voilà. Ça devrait m'aider à la sortir de mon crâne. Je prends les deux haltères les plus lourds et j'entame ma routine.

Évidemment, ça me donne le temps de réfléchir. En toute honnêteté, je ne comprends rien à ma réaction. C'est la première fois qu'une fille me fait un tel effet.

C'est sans doute le stress. Oui, voilà. C'est l'explication la plus logique. Je suis en plein deuil et je subis encore les répercussions de la mort de mon frère.

Ça me dépasse. C'est trop pour moi. Kit, tu n'es qu'un salaud de m'avoir laissé toutes ces responsabilités.

Je chasse l'image de Kit et celle de cette fille pour me concentrer sur mes exercices, en comptant mes flexions de biceps.

Et je déjeune avec ma mère dans deux heures.

*Merde.*

Dans la buanderie, Alessia est en train de retirer des vêtements mouillés de la machine à laver pour les mettre dans le sèche-linge lorsqu'elle entend la porte claquer.

*Non ! Il est rentré.*

Soulagée d'être bien à l'abri dans sa cachette, elle déplie la planche à repasser. Il ne mettrait pas les pieds dans l'arrière-cuisine, tout de même ? Elle s'attaque à la cinquième chemise lorsqu'elle entend à nouveau claquer la porte. Enfin seule ! Elle est vaguement vexée qu'il ne lui ait pas dit au revoir, comme lorsqu'il croyait s'adresser à Krystyna, mais elle chasse cette pensée et finit son repassage aussi vite que possible.

Lorsqu'elle a terminé, elle retourne dans la chambre. Comme elle s'y attendait, les vêtements de sport de Monsieur jonchent le sol. Elle les ramasse du bout des doigts. Ils sont trempés de sueur mais, curieusement, elle ne trouve pas ça aussi répugnant qu'auparavant. Elle fourre le tout dans le panier à linge et jette un coup d'œil dans la salle de bains. L'odeur fraîche et propre de son savon flotte encore dans l'air. Elle la respire les yeux fermés et elle se retrouve soudain au milieu des grands sapins qui bordent la maison de ses parents, chez elle, à Kukës. Tout en savourant ce parfum, elle tente d'ignorer la bouffée de nostalgie qui l'envahit. Chez elle, c'est à Londres, désormais.

Un dernier coup d'éponge au lavabo… Elle a terminé le ménage avec une demi-heure d'avance. Aussitôt, elle se précipite dans le salon pour s'asseoir au piano. Ses doigts caressent les touches. Tandis que le *Prélude en do dièse majeur* de Bach s'élève dans l'appartement, des notes aux couleurs vives se mettent à danser dans la pièce et apaisent son âme tourmentée.

Ma mère m'a donné rendez-vous dans son restaurant préféré, sur Aldwych. Je suis en avance, mais je m'en fous. J'ai besoin de boire un verre, non seulement pour oublier ma nouvelle femme de ménage mais aussi pour me donner des forces avant d'affronter la Douairière.

— Maxim !

Je me retourne. La femme que je préfère au monde s'avance vers moi : Maryanne, ma cadette d'un an. Ses yeux, de la même nuance que les miens, s'éclairent dès qu'elle me voit. Quand elle se jette à mon cou, je noie mon visage dans ses cheveux roux, car elle est presque aussi grande que moi. Je la prends dans mes bras.

— Maryanne ! Tu m'as manqué.

— Maxim, répond-elle, des sanglots dans la voix. *Merde. Pas ici.*

Je la serre encore plus fort, en espérant qu'elle ne fondra pas en larmes dans le restaurant. Moi-même, j'ai la gorge nouée. Maryanne renifle ; lorsqu'elle se dégage, je remarque qu'elle a les yeux rouges. Ça ne lui ressemble pas. Sur ce point, elle tient plutôt de ma mère, qui contrôle ses émotions de façon impitoyable.

— Je n'arrive toujours pas à croire qu'il soit parti, murmure-t-elle en serrant un mouchoir en papier dans son poing.

— Je sais. Moi non plus. Allez, viens donc boire un verre.

L'hôtesse nous précède dans la vaste salle au décor classique : murs lambrissés, lampes en cuivre, banquettes en cuir vert bouteille, nappes en lin blanc immaculé et verres en cristal scintillant… Dans cette ambiance feutrée, on n'entend que le bourdonnement des conversations d'affaires et le tintement des couverts sur la porcelaine fine. L'hôtesse a de jolies fesses, moulées dans une jupe crayon, et ses talons aiguilles cliquettent sur le sol carrelé. Je la suis du regard jusqu'à notre table, tire une chaise pour Maryanne, et passe notre commande.

— Deux Bloody Mary.

Tout en nous tendant nos menus, l'hôtesse m'adresse un regard aguicheur, que je feins de ne pas remarquer. Certes, elle a un beau cul et un sourire charmant, mais je ne suis pas d'humeur à draguer. Je reste troublé par ma rencontre avec ma petite femme de ménage et par le souvenir de ses yeux angoissés. Fronçant les sourcils pour chasser cette image, je me tourne vers ma sœur tandis que l'hôtesse s'éclipse avec une moue dépitée.

— Tu es rentrée quand des Cornouailles ?

— Hier.

— Comment va la Douairière ?

— Maxim ! Tu sais bien qu'elle déteste ce surnom.

Je pousse un soupir faussement résigné.

— Très bien, alors comment se porte le Vaisseau-mère ?

Maryanne me fusille du regard, puis son visage se décompose.

*J'y suis peut-être allé un peu fort...* Contrit, je lui demande pardon.

— Elle souffre, mais elle ne le montre pas. Tu la connais.

Un voile passe dans le regard de Maryanne.

— Je crois qu'elle nous cache quelque chose.

J'acquiesce. En effet, je connais notre mère. Son armure rutilante la protège de la moindre faille. Aux obsèques de Kit, elle n'a pas pleuré ; au contraire, elle était l'incarnation même du calme dans l'adversité. Sèche mais courtoise, comme toujours. Moi non plus, je n'ai pas pleuré, mais c'est parce que je me remettais d'une gueule de bois carabinée.

Je déglutis et change de sujet :

73

— Tu retournes quand au boulot?

— Lundi, répond Maryanne avec une petite grimace.

De tous les rejetons du clan Trevelyan, c'est Maryanne qui a fait les meilleures études. En sortant de la Wycombe Abbey School, elle s'est inscrite en médecine au collège Corpus Christi d'Oxford. Elle est désormais interne spécialisée en médecine cardio-thoracique au Royal Brompton Hospital. Elle a suivi sa vocation, née le jour où notre père a succombé à un infarctus. Elle avait quinze ans à l'époque et s'en est toujours voulu de ne pas avoir su le sauver. La mort de notre père a bouleversé nos vies, chacun pour des raisons différentes. Surtout Kit, qui a quitté la fac pour assumer les fonctions dues à son rang. Quant à moi, j'ai perdu mon meilleur allié face à ma redoutable mère.

— Comment va Caro? s'enquiert Maryanne.

— Elle est en deuil. Elle est furieuse que Kit ne lui ait rien laissé dans son testament, ce salaud.

— Un salaud? lance une voix cassante à l'accent mi-américain, mi-anglais.

Rowena, comtesse douairière de Trevethick, se dresse devant nous, avec son carré auburn impeccable, son tailleur Chanel marine et ses rangs de perles.

Je me lève pour déposer un petit baiser distant sur la joue qu'elle me tend, avant de tirer sa chaise.

— Rowena…

— C'est ainsi que tu salues ta mère? me gronde-t-elle.

Elle s'assoit, cale son Birkin à ses pieds et prend la main de Maryanne.

— Bonjour, ma chérie. Je ne t'ai pas entendue sortir, ce matin.

— J'avais besoin de respirer, mère, répond Maryanne.

Rowena, comtesse de Trevethick, a conservé son titre malgré son divorce. Elle passe le plus clair de son temps entre New York, où elle vit et se divertit, et Londres, où elle est rédactrice en chef du magazine féminin *Dernier Cri*.

— Un verre de chablis, commande-t-elle au serveur lorsqu'il pose les deux Bloody Mary sur la table.

Nous en avalons de longues gorgées sous son regard désapprobateur.

Notre mère est toujours aussi mince et belle qu'à l'époque où elle était la « *It Girl* » de sa génération, surtout en photo. Elle a été la muse des plus grands photographes, notamment de mon père, le onzième comte de Trevethick. Il était fou d'elle. Elle l'a épousé pour son titre et sa fortune. Quand elle l'a quitté, il ne s'en est jamais remis. Il est mort le cœur brisé, quatre ans après leur divorce.

Je la scrute à la dérobée. Son visage est aussi lisse que celui d'un bébé – résultat de son dernier peeling, sans doute. Préserver sa jeunesse, c'est son obsession, et elle ne déroge jamais à sa diète rigoureuse de jus de légumes, ou autre régime à la mode, sauf pour boire un verre de vin de temps à autre. Ma mère est belle, c'est indéniable, mais sa beauté n'a d'égale que sa duplicité, et mon pauvre père en a payé le prix fort.

— Tu as vu Rajah, il me semble, me dit-elle.

— Oui.

— Et ?

Elle me fixe d'un regard à la fois sévère et légère-ment myope ; elle est beaucoup trop coquette pour porter des lunettes.

— Tout me revient.

— Et Caroline ?

— Rien.

— Je vois. Mais nous ne pouvons pas la laisser mourir de faim, la pauvre.

— Nous ?

Rowena s'empourpre.

— Toi, corrige-t-elle d'une voix glaciale. Tu ne peux pas laisser cette pauvre fille sans rien. Cela dit, il lui reste son fonds fiduciaire, et quand son père ne sera plus de ce monde, elle héritera d'une fortune. Kit le savait. Il a agi sagement.

Je prends une nouvelle rasade de Bloody Mary. J'en ai besoin.

— À moins que sa belle-mère ne pousse son père à la déshériter.

Ma mère pince les lèvres.

— Pourquoi ne lui proposes-tu pas du travail ? Elle pourrait s'occuper du chantier de Mayfair, par exemple. Elle est assez douée pour la décoration, et cette distraction lui ferait le plus grand bien.

— Si tu veux mon avis, mieux vaut laisser Caroline décider toute seule de sa vie.

Je n'arrive pas à cacher mon ressentiment. Comme d'habitude, ma mère cherche à tout régenter dans cette famille qu'elle a pourtant abandonnée depuis de longues années. Mais elle feint de ne pas m'avoir entendu.

— Tu es d'accord pour qu'elle reste à Trevelyan House ?

— Je n'ai pas l'intention de la mettre dehors, Rowena.

— Maximilian, ça t'ennuierait beaucoup de m'appeler « mère » ?

— J'y songerai quand tu commenceras à te conduire comme telle.

— Maxim ! proteste Maryanne.

Ses yeux verts flamboient. Tel un gamin qu'on vient de gronder, je me tais avant d'ajouter quelque chose que je risquerais de regretter et je me plonge dans l'étude du menu.

Sans ciller, Rowena poursuit :

— Nous devons finaliser les détails de la commémoration. Il faudrait que ce soit avant Pâques. Je demanderai à l'une de mes meilleures plumes de rédiger l'éloge funèbre, à moins que…

Elle se tait un instant, un sanglot dans la voix. Maryanne et moi relevons la tête de nos menus, étonnés. Les larmes affleurent à ses paupières. Pour la première fois depuis qu'elle a enterré son fils aîné, ma mère accuse son âge. Elle tire de son sac un mouchoir monogrammé et le porte à ses lèvres tandis qu'elle se ressaisit.

*Merde.* Je suis un vrai salaud… Elle vient de perdre son enfant préféré. Et moi…

77

Je l'incite à poursuivre :

— À moins que ?

— Tu pourrais l'écrire. Toi ou Maryanne, souffle-t-elle.

Elle nous adresse un regard suppliant. Ça ne lui ressemble pas du tout.

— Bien sûr, accepte Maryanne. Je m'en charge.

— Non, c'est à moi de le faire. Je m'inspirerai de l'éloge funèbre que j'ai prononcé à son enterrement. Vous voulez commander ? dis-je pour changer de sujet, troublé que ma mère ait, pour une fois, exprimé ses émotions.

Rowena picore sa salade et Maryanne pousse son omelette sur son assiette. Je prends une autre bouchée de chateaubriand avant d'annoncer :

— Caroline pense qu'elle est enceinte.

Rowena lève aussitôt la tête.

— Elle m'a confié qu'ils essayaient d'avoir un enfant, en effet, intervient Maryanne.

Notre mère nous dévisage tour à tour d'un œil accusateur.

— Si c'est vrai, c'est sans doute la seule chance qu'a notre famille de garder son titre. Et ma seule chance d'avoir un petit-fils.

— Ce qui ferait de toi une grand-mère, dis-je sèchement. Tu crois que ça plairait à ta dernière conquête new-yorkaise ?

Le goût de Rowena pour les hommes jeunes, parfois plus jeunes encore que son fils cadet, est de notoriété publique. Elle m'adresse un regard noir que je soutiens, la mettant au défi de me répondre. Curieusement, pour la première fois de ma vie, j'ai l'impression d'avoir le dessus sur ma mère. C'est un sentiment inédit : j'ai passé une bonne partie de mon adolescence à tenter, en vain, de gagner son approbation.

Maryanne me fait les gros yeux. Je hausse les épaules, coupe un morceau de mon délicieux steak et le glisse dans ma bouche. Une fois de plus, Rowena choisit d'ignorer mes provocations.

— Ni Maryanne ni toi ne montrez la moindre intention de vous ranger. Après toi, le titre et les domaines risquent de passer au frère de votre père. Pourvu qu'on n'en arrive pas là ! Cameron n'est qu'un bon à rien.

Curieusement, Alessia Demachi me revient à l'esprit. Je fronce les sourcils. Quant à ma sœur, elle fixe son omelette qui refroidit.

*Ah ? Tiens donc...*

— Et ce jeune homme que tu as rencontré au ski à Whistler ? demande Rowena à Maryanne.

Quand je rentre chez moi, légèrement ivre, la nuit tombe déjà. Je me sens vidé. Ma mère m'a soumis à un interrogatoire en règle sur l'état du patrimoine des Trevethick : domaines, immobilier, projets de rénovation des hôtels particuliers de Mayfair, sans oublier notre portefeuille d'actions. J'avais envie de lui répliquer de se mêler de ses affaires mais, au fond, j'étais fier de pouvoir répondre avec précision à chacune de ses questions. C'est nouveau, ça. J'ai même réussi à épater Maryanne. Oliver Macmillan m'a bien briefé.

En m'affalant sur le canapé devant la télé grand écran de mon appart impeccable et désert, je repense une fois de plus à ma conversation de ce matin avec ma petite femme de ménage aux yeux noirs.

Où est-elle en ce moment ? Combien de temps restera-t-elle en Angleterre ? À quoi ressemble-t-elle, sous cette blouse informe ? De quelle couleur sont ses cheveux ? Sont-ils aussi sombres que ses sourcils ? Quel âge a-t-elle ? Elle semble jeune. Trop jeune, peut-être...

*Trop jeune pour quoi ?*

Je m'agite sur le canapé en passant d'une chaîne à l'autre. Pourquoi m'a-t-elle autant troublé ? Bizarre. Pourtant, elle ressemble à une bonne sœur ! Aurais-je un penchant pour les nonnes ? Cette pensée saugrenue me fait rire. Puis mon téléphone vibre. Un SMS de Caroline.

Et ce déjeuner,
c'était comment ?

Fatigant. La Douairière
n'a pas changé.

La Douairière, ce sera moi,
si tu te maries !

80

Pourquoi m'écrit-elle ça ? Je n'ai pas l'intention d'épouser qui que ce soit. En tout cas, pas pour l'instant. La tirade de ma mère me revient à l'esprit et je secoue la tête. Des enfants ? Pas question. Enfin, pas tout de suite.

Ça ne risque pas.

Tant mieux.
Tu fais quoi, là ?

Je suis à la maison.
Je regarde la télé.

Ça va ? Je peux passer ?

J'ai envie de tout, sauf de laisser Caroline m'embrouiller les idées et les sens.

Je ne suis pas seul.

C'est un petit mensonge innocent.

Toujours aussi coureur,
à ce que je vois. :P

Tu me connais.
Bonne nuit, Caro.

81

Je fixe le téléphone du regard en attendant sa réponse, mais il reste muet. Je relève les yeux vers ma télé, rien ne me tente. Je l'éteins et passe à mon bureau pour consulter mes mails. Oliver me fait part de divers problèmes dont je n'ai pas envie de me soucier un vendredi soir. Tout ça attendra lundi matin. En regardant ma montre, je constate, étonné, qu'il n'est que 20 heures. Trop tôt pour aller en boîte. Et puis de toute façon, ce soir…

Je tourne en rond mais, comme je n'ai pas envie de sortir, je finis par m'asseoir à mon piano. Une composition, entamée depuis plusieurs semaines, est restée à l'abandon sur le pupitre. Je parcours les notes, la mélodie résonne dans ma tête et, sans m'en rendre compte, mes doigts se mettent à courir sur les touches. Je revois soudain l'image d'une jeune fille en bleu, et de ses yeux noirs qui m'ont mis à nu. De nouveaux accords se mettent à tourbillonner dans mon esprit, et je continue à improviser.

*Mais qu'est-ce que j'ai ?*

Enthousiasmé, ce qui m'arrive rarement, je m'interromps, extirpe mon téléphone de ma poche, et active le dictaphone avant de reprendre. La musique s'élève, évocatrice, mélancolique, émouvante… Je suis inspiré.

*Je suis la femme de ménage, Monsieur.*

*Oui. Je parle anglais. Je m'appelle Alessia Demachi.* Alessia.

Lorsque je consulte à nouveau ma montre, il est plus de minuit. Tout en m'étirant, je parcours ma partition. J'ai fini. J'ai composé un morceau entier :

un exploit. Combien de fois ai-je tenté de le terminer ?
Il a suffi que je rencontre ma petite femme de ménage
pour y arriver. Je secoue la tête, incrédule. Pour une
fois, je me vais coucher de bonne heure. Et seul.

## 5

C'est avec appréhension qu'Alessia déverrouille la porte de l'appartement au piano. Quand elle constate que l'alarme reste silencieuse, son cœur se serre. Ça signifie que Monsieur est chez lui ; ce Monsieur dont les yeux verts la troublent tellement… Depuis qu'elle l'a surpris, nu dans son lit, il a envahi ses rêves. Elle a été incapable de penser à autre chose de tout le week-end. Pourquoi ? C'est peut-être son regard pénétrant dans le couloir. Ou alors parce qu'il est beau, grand et mince, avec des fossettes au-dessus de ses fesses musclées, athlétiques…

*Arrête ! Contrôle-toi !*

Discrètement, elle ôte ses bottes et ses chaussettes trempées avant de filer vers la cuisine, pieds nus. Le plan de travail est jonché de bouteilles de bière et d'emballages de plats à emporter, mais Alessia préfère se réfugier dans la buanderie. Elle cale ses bottes et ses chaussettes contre le radiateur, avec l'espoir qu'elles sécheront avant son départ.

Elle se débarrasse de son bonnet et de ses gants mouillés, les suspend à un crochet près de la chaudière, puis enlève l'anorak offert par Magda. Elle le place sur le même crochet et regarde les gouttes d'eau dégouliner par terre. La pluie torrentielle a mouillé aussi son jean. Elle le retire en grelottant et passe sa blouse, heureusement restée sèche dans son cabas en plastique. L'ourlet lui arrive aux genoux : même sans son jean, elle reste décente. Elle lance un coup d'œil dans la cuisine pour s'assurer que Monsieur n'y est pas avant de jeter son jean détrempé dans le sèche-linge. Au moins, il sera prêt lorsqu'elle rentrera. Ses pieds rougis sont ankylosés par le froid. Elle attrape une serviette sur la pile de linge propre et les frotte vigoureusement pour ranimer ses orteils. Puis elle enfile ses baskets.

— Alessia ?

*Zot !* Monsieur est réveillé ! Que veut-il ?

Aussi vite que ses doigts glacés le lui permettent, elle extrait son fichu de son cabas et le noue sur ses cheveux mouillés. Elle inspire profondément et sort de la buanderie pour le rejoindre dans la cuisine en se frottant les bras pour se réchauffer.

— Bonjour, dit-il.

Alessia risque un coup d'œil. Un sourire éblouissant illumine son beau visage et ses yeux émeraude. Elle se détourne, à la fois aveuglée par sa beauté et honteuse de la rougeur qui lui monte aux joues.

Au moins, elle a un peu plus chaud.

Il était tellement contrarié la dernière fois – qu'est-ce qui l'a fait changer d'avis ?

— Alessia ? répète-t-il.

— Oui, Monsieur, répond-elle, tête baissée.

Aujourd'hui, il est habillé. Heureusement.

— Je voulais juste vous dire bonjour.

Elle lève les yeux vers lui, sans comprendre où il veut en venir. Son sourire s'est évanoui. Il plisse le front.

— Bonjour, réplique-t-elle, en se demandant ce qu'il attend d'elle.

Il hoche la tête en se dandinant, comme s'il hésitait à parler. Brusquement, il fait volte-face et quitte la cuisine.

Mais quel idiot! Je me répète mon piteux « bonjour » en silence. C'est ridicule. Je n'ai fait que penser à cette fille tout le week-end, et je ne trouve rien de mieux à lui dire que « je voulais juste vous dire bonjour »?

*Nul.*

En regagnant ma chambre, je remarque des traces de pas mouillés sur le sol du couloir. A-t-elle marché pieds nus sous la pluie? Quand même pas?

Ma chambre est sinistre; la vue sur la Tamise me déprime. La pluie qui tombe à verse fouette ma fenêtre depuis ce matin; c'est ce bruit qui m'a réveillé.

*Elle est venue travailler à pied, par ce temps pourri?*

Je me demande une fois de plus où elle habite et si elle doit faire un long trajet pour arriver jusqu'ici. J'espérais entamer une conversation avec elle ce matin pour le découvrir, mais je sens qu'elle n'est pas à l'aise avec moi.

*Les hommes en général, ou moi en particulier ?*

Cette pensée me perturbe. Au fond, c'est peut-être moi qui suis gêné. Après tout, la semaine dernière, c'est moi qui ai fui l'appartement en sa présence. Je n'y comprends rien, mais on ne m'y reprendra pas.

Le fait est qu'elle m'a inspiré. Ce week-end, je me suis replongé dans ma musique. Elle m'a permis d'oublier toutes ces nouvelles responsabilités ; elle a apaisé ma douleur – ou plutôt, elle m'a aidé à la canaliser… En tout cas, j'ai terminé trois morceaux, j'en ai ébauché deux autres, et j'ai commencé à écrire les paroles d'une chanson. Je n'ai répondu ni au téléphone ni à mes mails. Pour la première fois de ma vie, j'ai trouvé du réconfort dans la solitude. Quelle révélation ! Jamais je n'aurais imaginé pouvoir être aussi productif. Ce que je ne saisis toujours pas, c'est pourquoi elle m'a touché à ce point, alors que nous n'avons échangé que quelques mots. Ça n'a aucun sens, mais je n'ai pas trop envie d'y réfléchir.

En prenant mon téléphone sur ma table de chevet, j'aperçois mon lit. Les draps sont sens dessus dessous.

*Je suis vraiment un porc.*

Je le retape en vitesse, j'attrape un sweat à capuche noir dans la pile de vêtements qui jonchent le canapé et je l'enfile par-dessus mon tee-shirt. Il fait frisquet dans l'appart. Elle doit être gelée, avec ses pieds mouillés. Je monte le chauffage depuis le thermostat du couloir. L'idée qu'elle ait froid me déplaît.

Elle sort de la cuisine avec un panier à linge vide et un seau en plastique rempli de produits ménagers et de chiffons. Elle me croise tête baissée, sans s'arrêter, pour se diriger vers ma chambre. Je la regarde s'éloigner dans sa blouse informe : ses longues jambes pâles, ses hanches fines qui ondulent… Est-ce une petite culotte rose que je devine à travers le nylon bleu ? Son épaisse tresse brune se balance lorsqu'elle marche – elle s'échappe de son fichu pour serpenter jusqu'à son sous-vêtement. Cette petite culotte qui remonte jusqu'à sa taille me fascine. Je n'en ai jamais vu d'aussi couvrante. Et mon corps s'en émeut comme celui d'un gamin de treize ans.

*Je suis pervers, ou quoi ?* Je réprime un gémissement et résiste à l'envie de la suivre dans la chambre. Je me dirige vers le salon, où je m'installe devant mon ordinateur pour répondre aux mails d'Oliver et oublier mon désir pour Alessia Demachi.

Alessia est surprise de découvrir que Monsieur a fait son lit. D'habitude, c'est comme si un ouragan était passé dans sa chambre. Certes, ses vêtements sont encore entassés pêle-mêle sur le canapé, mais la pièce est mieux rangée. Elle ouvre grand les rideaux et contemple le fleuve. « La Tamise. » Elle chuchote le mot d'une voix un peu tremblante.

Ses eaux sont sombres et grises comme les arbres dénudés sur l'autre rive… Pas comme le Drin. Pas comme chez elle. Ici, c'est la ville. La foule. Il y a tellement de monde partout… Avant, elle vivait dans

88

une vallée bordée de montagnes couronnées de neige. Elle écarte ce souvenir douloureux. Elle est venue à Londres pour travailler – et ce travail, elle y tient d'autant plus qu'ici il y a un piano. Elle se demande si Monsieur compte rester à la maison toute la journée. Cette perspective la trouble. S'il est là, elle ne pourra pas jouer ses morceaux préférés. Mais elle sera proche de l'homme qui hante ses rêves.

*Ne pense plus à lui !*

Le cœur lourd, elle porte jusqu'au dressing les vêtements qu'elle a ramassés et les met dans le panier à linge.

Un arôme de sapin et de santal flotte dans sa salle de bains. Comme la dernière fois, elle s'arrête un instant pour respirer cette odeur masculine. Elle revoit ses yeux magnifiques… ses épaules larges… son ventre musclé. Elle vaporise le miroir de Windex et l'essuie avec énergie.

*Assez ! Assez ! Assez !*

C'est son employeur. Il ne s'intéressera jamais à elle. Après tout, elle n'est que sa femme de ménage.

Sa dernière corvée dans la chambre consiste à vider la corbeille. Incrédule, elle constate qu'elle est vide. Pas le moindre préservatif usagé. Elle la pose à côté de la table de chevet, sans trop comprendre pourquoi cette poubelle vide la fait sourire.

Tout en rassemblant son matériel de ménage, elle contemple un moment les deux photographies en noir et blanc accrochées au mur. Ce sont des nus.

Sur l'une d'entre elles, une femme est agenouillée. Sa peau est pâle, translucide. On voit la plante de ses pieds, ses fesses et la courbe gracieuse de son dos, et elle relève ses cheveux blonds sur sa tête ; quelques mèches s'échappent pour effleurer sa nuque. Le modèle, en tout cas sous cet angle, est une très belle femme. La seconde photo, un gros plan, montre une femme sublime, les cheveux balayés d'un côté, des épaules aux fesses. Caressée par la lumière, sa peau sombre scintille. Alessia soupire. Si l'on en juge par ces photos, Monsieur doit aimer les femmes. Elle se demande si c'est lui qui les a photographiées. Peut-être qu'un jour il pourrait l'immortaliser, elle aussi. Elle secoue la tête pour chasser cette idée saugrenue et retourne à la cuisine s'attaquer au désordre de boîtes en carton, de bouteilles vides et de vaisselle sale.

J'ai mis de côté les lettres et les mails de condo-léances pour y répondre plus tard. Je ne m'en sens pas encore la force. Comment Kit arrivait-il à s'y retrouver dans ces histoires de subventions européennes ? Com-ment s'y prenait-il pour exploiter ces milliers d'hec-tares de culture et d'élevage ? Pour la première fois, je regrette de ne pas avoir étudié la gestion agricole ou la finance plutôt que les arts plastiques et la musique.

Après la mort de notre père, Kit s'est inscrit à l'université du duché des Cornouailles pour étudier l'agronomie et la gestion d'exploitation. Avec douze mille hectares de terre, je comprends désormais que c'était une décision judicieuse. Kit a toujours été raisonnable – sauf lorsqu'il a décidé de rouler à moto, en plein hiver, sur les routes verglacées de Trevethick. En revoyant une nouvelle fois son corps brisé à la morgue, je prends ma tête entre mes mains. Pour la millième fois, je m'interroge.

*Pourquoi, Kit ?*

La météo de plus en plus exécrable reflète mon humeur. Je m'avance vers la fenêtre pour contempler la vue. Sur le fleuve, deux péniches se croisent. Une vedette de la police file vers l'est ; le bateau-bus se dirige vers Cadogan Pier. Cette scène m'arrache une grimace. Depuis le temps que je vis près des quais, je n'ai jamais emprunté une seule fois le bateau-bus. Quand j'étais petit, je rêvais que notre mère nous emmène faire un tour sur le fleuve, Maryanne et moi, mais en vain. Elle était toujours trop occupée. Toujours. Même pour confier cette tâche à l'une de nos nounous successives. Encore une raison d'en vouloir à Rowena. Mais ça tombe sous le sens : à l'époque, Kit ne vivait plus à la maison. Il était déjà en pension.

Je secoue la tête. En passant devant le piano, j'aperçois mes partitions. Elles me remontent le moral. Je décide de m'offrir une pause avant de me remettre au travail, et je m'assois devant le clavier.

Des trois cuisines où Alessia fait le ménage, celle-ci est sa préférée. Le mur, les étagères et les plans de travail sont en verre bleu clair, donc faciles à nettoyer. Contrairement à la cuisine rurale de bric et de broc de ses parents, son décor est moderne et dépouillé. Elle jette un coup d'œil au four, au cas où Monsieur y aurait fait chauffer un plat, mais il est impeccable. Sans doute n'a-t-il jamais été utilisé.

Elle est en train d'essuyer la dernière assiette lorsque la musique commence. Elle lève la tête ; elle reconnaît aussitôt la mélodie. C'est celle de la partition manuscrite qu'elle a aperçue sur le piano. Mais cette fois, la mélodie inachevée se poursuit ; ses notes douces et tristes retombent autour d'elle en bleus et en gris mélancoliques.

Il faut qu'elle le voie.

Elle pose tout doucement l'assiette sur le plan de travail et sort de la cuisine sur la pointe des pieds pour se diriger vers le salon.

Il est au piano. Les yeux fermés, il vit la musique ; chacun des accords se dessine sur ses traits. Il a le front plissé, le visage renversé en arrière, les lèvres entrouvertes. Elle en a le souffle coupé.

Elle est captivée. Par lui. Par la musique. Il a du talent.

Le morceau déborde de nostalgie et de douleur ; maintenant qu'elle observe Monsieur, les notes résonnent dans sa tête en nuances plus subtiles de bleu et de gris. C'est vraiment le plus bel homme qu'elle ait jamais vu. Il est même plus beau que… *Non !*

Des yeux d'un bleu glacial la fixe. Il est furieux.

*Non. Arrête de penser à ce monstre !*

Elle coupe court à ce souvenir trop éprouvant pour se concentrer sur Monsieur. La mélodie tire à

92

sa fin. Avant qu'il la surprenne à l'épier, Alessia se retire discrètement dans la cuisine. Elle ne veut pas le contrarier.

Elle se rejoue la composition dans sa tête tout en essuyant le plan de travail. Maintenant, il ne lui reste plus qu'à faire le ménage dans le salon – mais il est là.

S'armant de courage, d'une bombe de cire et d'un chiffon, elle se prépare à l'affronter. Elle hésite. Il a le regard fixé sur son écran d'ordinateur, mais quand il lève les yeux, il semble agréablement surpris de la voir.

— Je peux, Monsieur ?

— Bien sûr. Faites ce que vous avez à faire, Alessia. Et appelez-moi Maxim.

Elle lui adresse un petit sourire et commence par le canapé, dont elle redresse les coussins, tout en balayant quelques miettes par terre du revers de la main.

Impossible de me concentrer quand elle est là. Tout en feignant de lire le budget révisé du chantier de Mayfair, je l'observe à la dérobée. Gracieuse, souple et sensuelle, elle se penche au-dessus du canapé, les bras tendus, à la fois graciles et musclés. Quand ses longs doigts fins rassemblent les miettes sur les coussins, un frisson me parcourt. Mon corps tout entier frémit d'une tension délicieuse au rythme de ses mouvements.

Peut-on imaginer un plaisir plus illicite ? Si proche, et pourtant inaccessible… Lorsqu'elle dispose les coussins noirs sur le canapé, sa blouse se tend sur ses fesses, laissant deviner sa culotte rose.

Le souffle court, je ravale un gémissement.

*Pervers, va.*

Puis elle lorgne un instant dans ma direction. Je fais semblant de me plonger dans mes documents, mais je sens mes poils se dresser sur ma nuque. Elle saisit la bombe de cire, en vaporise sur son chiffon et s'attaque au piano. Après m'avoir lancé un autre regard rapide et anxieux, elle entreprend de le polir jusqu'à ce qu'il brille. Lorsqu'elle se penche sur l'instrument, sa blouse se soulève et dévoile l'arrière de ses genoux.

*Bon sang…*

Elle contourne le piano avec des gestes amples et réguliers ; plus elle avance, plus son souffle devient rapide et saccadé. C'est de la torture à l'état pur. Je ferme les yeux en m'imaginant que c'est moi qui la fais haleter.

Je suis obligé de croiser les jambes pour cacher la réaction de mon corps. Ça en devient presque comique.

*Mec, elle nettoie juste ton piano, merde !*

Lorsqu'elle époussette le clavier, les touches n'émettent aucun son. Elle m'observe encore à la dérobée. Aussitôt, je me plonge dans le rapport d'Oliver, mais tout s'embrouille dans mon esprit. Quand j'ose enfin lever les yeux vers elle, elle s'incline, pensive, concentrée, vers la partition posée sur le pupitre. On dirait qu'elle l'étudie…

94

*Sait-elle déchiffrer la musique ? Est-elle en train de lire ma partition ?*

Elle relève la tête et croise mon regard. Confuse, elle écarquille les yeux ; sa langue vient lécher sa lèvre supérieure et le rose lui monte aux joues.

*Je n'en peux plus.*

Elle se détourne aussitôt pour s'accroupir derrière le piano, sans doute pour en frotter les pieds ou le tabouret.

*C'est insoutenable.*

La sonnerie de mon téléphone me fait sursauter. C'est Oliver.

— Allô ? dis-je d'une voix rauque.

Jamais je n'ai été aussi heureux d'être dérangé. Je suis obligé de sortir du salon.

*Et moi qui m'étais promis de ne plus jamais la fuir !*

— Trevethick ?

— Oui, Oliver. Qu'est-ce qu'il y a ?

— Nous avons un problème sur le chantier de Mayfair. Il vaudrait mieux que vous passiez.

Je sors dans le couloir pour écouter Oliver me bassiner avec des histoires de soffites et de murs porteurs auxquelles je ne comprends rien.

Lorsqu'il quitte le salon, c'est comme si une tempête était passée pour aller s'abattre ailleurs. Alessia pousse un soupir de soulagement. Elle l'entend parler au téléphone, d'une voix grave et mélodieuse. Jamais auparavant elle n'a été aussi intensément consciente de la présence d'une autre personne.

95

Elle doit arrêter de penser à lui et se concentrer sur son travail ! Elle finit d'épousseter le piano. C'est bizarre, mais elle a l'impression que tout à l'heure, il l'observait.

*Impossible.*

Peut-être qu'il juge ses compétences de ménagère, comme Mme Kingsbury ? Alessia sourit : quelle idée ridicule ! Soudain, elle se rend compte qu'elle a beaucoup moins froid que lorsqu'elle est arrivée. Fait-il plus chaud dans l'appartement ?

*C'est peut-être sa présence qui me réchauffe.*

Cette pensée absurde la fait à nouveau sourire. Comme il n'est plus dans le salon, elle en profite pour aller chercher l'aspirateur. Monsieur est au bout du couloir, adossé au mur. Impatient, il tape du pied et la suit du regard lorsqu'elle gagne la cuisine. Quand elle revient dans le salon, il est de retour à son bureau, mais il parle toujours au téléphone. Il se lève en la voyant approcher.

— Un instant, Oliver. Allez-y, dit-il à Alessia en l'autorisant, d'un geste, à passer l'aspirateur dans le salon.

Il a dézippé son sweat noir à capuche. Elle aperçoit son tee-shirt gris à col en V avec une couronne noire ailée et l'inscription « LA 1781 ». Elle rougit en remarquant la petite touffe de poils qui en sort. Dans sa tête, elle entend sa mère qui la gronde :

*Alessia ! Mais qu'est-ce qui te prend ?*

*Je regarde un homme, Mama.*

*Un homme que je trouve séduisant.*

*Un homme qui m'électrise.*

Elle sourit en imaginant la mine scandalisée de sa mère.

*Ah, Mama, tu sais, c'est tellement différent ici, en Angleterre. Les hommes. Les femmes. Leur façon de se conduire. Leurs relations.*

Puis l'esprit d'Alessia s'égare vers un lieu plus sombre.

*Non. Ne repense plus à cet homme.*

Elle se sent en sécurité, ici. À Londres. Avec Monsieur. Elle doit à tout prix garder son boulot.

Son aspirateur est un Henry, avec deux gros yeux et un sourire peints sur son cylindre rouge. Chaque fois qu'elle le voit, elle ne peut pas s'empêcher de lui rendre son sourire. Elle le branche. Quinze minutes plus tard, elle a terminé.

Monsieur n'est plus dans le couloir lorsqu'elle traîne Henry pour le ranger dans le placard où il dort. Alessia le tapote amicalement avant de refermer la porte et se diriger vers la cuisine.

— Re-bonjour, dit Monsieur en y entrant. Il faut que je sorte. Votre argent est sur la desserte. Vous pourrez fermer et brancher le système d'alarme ?

Elle hoche la tête, si aveuglée par son grand sourire qu'elle doit fixer le sol. Mais en elle, sa joie s'épanouit comme une fleur, parce qu'il s'en va et qu'elle va pouvoir jouer du piano.

Il hésite un moment avant de lui tendre un grand parapluie noir.

— Je peux vous prêter ça, si vous voulez ? Il pleut des cordes.

97

*Des cordes ?* Encore une expression qu'elle ne connaît pas.

Stupéfaite, Alessia lève les yeux vers lui ; son cœur s'arrête de battre un instant. Quel geste généreux ! Elle prend le parapluie.

— Merci, murmure-t-elle.

— Je vous en prie. À mercredi, Alessia.

Au bout d'un petit moment, elle entend la porte se refermer. Elle observe ce parapluie à l'ancienne, avec sa poignée en bois et son anneau doré. C'est exactement ce qu'il lui faut. Émerveillée par le grand cœur de Monsieur, elle retourne dans le salon, appuie le parapluie contre le piano et s'assoit. En l'honneur de ce temps abominable, elle entame le prélude de « La Goutte d'eau » de Chopin.

Je me prélasse dans le sillage du « merci » chuchoté par Alessia. Je suis tellement fier de moi que j'en deviens grotesque. J'ai enfin pu l'aider, ne serait-ce que par un geste minuscule. Je n'ai pas l'habitude des bonnes actions. Certes, ma bonté n'est pas dénuée d'arrière-pensées mais, pour l'instant, je ne veux pas analyser de trop près mes motivations, car ça risque de confirmer ce que je pense de moi-même : je ne suis qu'un coureur, égoïste et superficiel. Et pourtant, ce geste m'a fait chaud au cœur. C'est pour moi une sensation inédite.

Galvanisé, je renonce à prendre l'ascenseur et dévale l'escalier jusqu'au rez-de-chaussée. Je n'ai aucune envie de sortir, mais j'ai rendez-vous avec

Oliver et divers entrepreneurs sur le chantier de Mayfair. J'espère qu'ils ne s'attendent pas à me voir débarquer en costume. Ce n'est pas mon genre.

Non. Ça, c'était plutôt le style de Kit, qui avait un dressing plein de costumes sur mesure de Savile Row.

Une fois dehors, je me faufile entre les gouttes pour héler un taxi.

— Tout s'est bien passé, non ? dit Oliver.

J'acquiesce. Des ouvriers en vestes fluo et casques jaunes vaquent autour de nous tandis que nous traversons le nouvel atrium en pierre de l'un des hôtels particuliers rénovés, jusqu'à la façade condamnée de l'immeuble. La poussière m'a desséché la gorge. J'ai besoin de boire un verre.

— Vous êtes doué pour ça, Lord Trevethick. Je pense que l'entrepreneur a apprécié vos suggestions.

— Oliver, appelez-moi Maxim, s'il vous plaît. Vous m'appeliez par mon prénom, autrefois.

— Très bien, milord.

— Là, vous me cherchez !

— Maxim, se reprend Oliver avec un petit sourire. Au fait, il faudra trouver un décorateur pour l'appartement témoin. J'ai trois architectes d'intérieur à vous soumettre, Kit faisait souvent appel à eux.

*Kit, c'était Kit. Moi, c'est Maxim.*

— Je pensais demander à Caroline.

— Lady Trevethick ?

— Une idée de ma mère.

99

Oliver semble contrarié. *Tiens donc ?* Oliver aurait-il une dent contre Caroline ? Ou est-ce Rowena qui l'énerve ? Il faut reconnaître qu'elle fait souvent cet effet-là.

— J'en parlerai à Caroline. Mais envoyez-moi les noms de ces décorateurs et des exemples de leur travail.

Oliver accepte d'un signe de tête. Je retire mon casque et le lui remets. Il pousse le panneau de bois qui cache la façade de l'édifice.

— À demain, dit-il.

Il s'est enfin arrêté de pleuvoir, mais la nuit est tombée. Je relève le col de mon manteau. En attendant mon taxi, je me demande si je préfère aller à mon club ou rentrer chez moi.

En passant à côté de mon piano, je revois Alessia quasiment allongée dessus pour polir l'ébène, qui scintille sous le lustre. Jamais je n'aurais cru pouvoir être excité par une femme qui porte une blouse en nylon et une grande culotte rose…

Comment se fait-il que je l'aie déjà dans la peau ? Après si peu de temps ? Je ne sais rien d'elle, sinon qu'elle ne ressemble à aucune autre. Les femmes de ma vie sont audacieuses, assurées, elles savent ce qu'elles veulent et comment le demander. Alessia n'est rien de tout ça. Pudique et totalement concentrée sur sa tâche, elle reste très réservée même quand je tente de lui faire la conversation… À croire qu'elle préférerait être invisible. Son comportement me déconcerte. Je souris en pensant à sa façon timide d'accepter mon parapluie. Elle était tellement surprise et reconnaissante... Je me demande à quoi ressemble sa vie, pour qu'un geste aussi simple suscite autant de gratitude.

Je m'assois au piano et parcours ma première partition. Je la revois en train de l'étudier. Elle doit connaître le solfège. Peut-être même qu'elle joue du piano ? Une part de moi aimerait savoir ce qu'elle pense de ma composition. Mais là, je spécule. Pour l'instant, je ne suis sûr que d'une chose : il faut que j'apaise cette douleur sourde qui me tiraille le bas du ventre.

*Tu n'as qu'à aller tirer un coup !*

Au lieu de ça, je reste assis au piano, à jouer chacune de mes musiques, en boucle.


Alessia est allongée sur son petit lit de camp, dans la chambre minuscule que lui loue Magda. Son esprit est en ébullition. Malgré tous ses soucis, ses pensées la ramènent irrésistiblement à Monsieur et à ses yeux verts. Elle le revoit au piano, les yeux fermés, le front plissé, la bouche ouverte, porté par la musique... Et puis son sourire chaleureux lorsqu'il lui a tendu le parapluie. Ses cheveux ébouriffés, ses lèvres pulpeuses. Elle se demande comment ce serait, de les embrasser.

Sa main parcourt son corps jusqu'à ses seins. Il pourrait l'embrasser, là.

S'abandonnant à son fantasme, elle pousse un petit soupir. Sa main glisse plus bas, et elle s'imagine que c'est sa main à lui qui la touche. Là.

Elle commence à se caresser et étouffe ses gémissements, car les murs de sa chambre sont minces. Elle pense à lui tandis que son plaisir monte, et monte encore.

Son visage. Son dos. Ses longues jambes.

Son plaisir monte encore plus haut.

Ses fesses fermes. Son ventre tout en muscles.

Elle grogne en jouissant, puis s'endort aussitôt, exténuée. Pour rêver de lui.

Je me tourne et me retourne dans mon sommeil.

*Elle est debout dans l'encadrement de la porte, tout en bleu.*

*Entre. Couche-toi près de moi. J'ai envie de toi.*

*Mais elle me tourne le dos et passe au salon. Elle polit le piano. Elle ne porte que sa culotte rose. Quand je tends la main pour la toucher, elle disparaît.*

Et je me réveille. *Putain...* Je bande tellement que j'ai mal. Il faut vraiment que je sorte plus souvent. Je me soulage en vitesse. À quand remonte la dernière fois que j'ai fait ça ? J'ai besoin de baiser. Il faut que je sorte draguer. Voilà. Je me retourne et je sombre dans un sommeil agité.

Le lendemain après-midi, Oliver me montre les comptes de chacun de nos domaines. Nos bureaux, situés près de Berkeley Square, sont installés dans une demeure géorgienne transformée par mon père dans les années 1980. L'édifice fait partie du parc immobilier des Trevethick. Deux autres sociétés louent les étages supérieurs.

Je tente en vain de me concentrer sur les chiffres. La porte du bureau de Kit est entrebâillée. Je ne me suis toujours pas résolu à y travailler. Je peux encore l'entendre parler au téléphone, rire de mes blagues débiles, ou engueuler Oliver pour une bévue quelconque. Je m'attends presque à ce qu'il fasse son apparition. Il était tellement à l'aise dans cet univers dont il maîtrisait parfaitement les règles. Pour lui, tout avait l'air facile.

Mais je sais qu'il enviait ma liberté.

*Pendant que tu culbutes toutes les filles de Londres, Joker, d'autres doivent bosser !*

*Je contemple le corps inerte et brisé de Kit avec le médecin des urgences.*

*Oui. C'est lui. Je le confirme.*

*Merci, Lord Trevethick, murmure-t-elle.*

C'était la première fois qu'on me donnait ce titre…

Oliver me ramène au présent.

— Donc, selon moi, il vaut mieux ne rien changer jusqu'au prochain trimestre, puis on repassera tout en revue. Mais vous devriez vraiment faire la tournée de vos terres.

— Absolument.

*Un de ces jours…*

Je n'ai qu'une vague idée de l'histoire récente des trois domaines, mais je sais que mon grand-père, mon père et mon frère, en gestionnaires avisés, les ont rendus rentables. Contrairement à plusieurs de nos pairs, les Trevelyan n'ont aucun problème d'argent.

Angwin House, situé dans les Cotswolds, dans l'Oxfordshire, est un domaine florissant. Ouvert au public, il dispose d'un immense jardin, d'une aire de jeux et d'une ferme pédagogique pour les enfants, d'un salon de thé et de pâturages dont les visiteurs peuvent profiter. Tyok, dans le Northumberland, est loué à un riche Américain qui joue les lords. Kit et Oliver se sont souvent demandé pourquoi il n'achetait pas sa propre demeure. Maintenant, je me pose à mon tour la question. Quant à Tresyllian Hall en Cornouailles, c'est l'une des plus grandes exploitations d'agriculture biologique du Royaume-Uni. John, mon père, onzième comte de Trevethick, a été l'un des pionniers en la matière. À l'époque, ses contemporains se moquaient de lui… Plus récemment, afin de diversifier nos investissements et d'augmenter nos revenus, Kit a construit des villas de vacances de grand standing aux abords du domaine. Elles sont très demandées, surtout l'été.

— Et maintenant, nous devons discuter de la façon dont vous voulez utiliser les domaines, et du personnel dont vous souhaitez disposer.

— Ah bon ?

Démoralisé, je m'efforce d'écouter la voix monocorde d'Oliver, mais mon esprit vagabonde. Demain, Alessia revient. C'est le seul membre de mon personnel qui m'intéresse pour le moment, et pour toutes les mauvaises raisons du monde. Je me suis épuisé ce matin à la salle de sport, sans arriver à la chasser de mon esprit. Cette fille m'a envoûté, alors que je ne la connais même pas.

Mon téléphone vibre. C'est un texto de Caroline. Lorsque je le lis, mon cuir chevelu picote et j'ai la gorge serrée.

Je ne suis pas enceinte. :´(
Je n'ai rien de Kit.
Pas même son enfant.

Ma douleur me submerge tout d'un coup; ça me prend par surprise.

— Oliver, on va devoir reprendre plus tard. J'ai un imprévu.

— Oui, monsieur. Demain?

— Vous pourriez passer me voir chez moi en milieu de matinée?

— Très bien, mil… Maxim.

— Parfait. Merci.

Je tape ma réponse à Caroline.

J'arrive.

Non, j'ai envie de sortir.
De me bourrer la gueule.

D'accord. Où?

Tu es chez toi?

Non. Au bureau.

105

D'accord. On se retrouve
en ville.

Chez Loulou?

Non. Soho House.
Greek Street. Je connais
moins de monde.

OK, à tout de suite.

Le club privé est bondé mais je réussis à nous trouver une table au deuxième étage, près d'un feu de cheminée. Je préfère l'intimité du 5 Hertford Street, que je considère comme mon club, mais je suis également membre du Soho House, tout comme Caroline. Je m'installe. Je ne l'attends pas longtemps. Elle a l'air fatiguée, triste et amaigrie. Sa bouche est crispée, ses yeux rouges et bouffis. Son carré blond est terne et négligé, et elle est vêtue d'un jean et d'un pull. Un pull de Kit. Ce n'est pas la Caroline exubérante que je connais. Elle me brise le cœur. Je vois le reflet de ma douleur sur son visage.

Je me lève sans rien dire et la prends dans mes bras. Elle renifle.

— Hé.

— La vie, c'est de la merde, murmure-t-elle.

— Je sais, dis-je d'une voix apaisante. Viens t'asseoir en face de moi, personne ne pourra voir que tu vas mal.

106

— Je suis si moche que ça ?

Elle prend un air à la fois vexé et vaguement amusé. J'entrevois la Caroline que je connais. Je dépose un baiser sur son front.

— Tu n'es jamais moche, ma Caro chérie.

Elle se libère de mon étreinte d'un mouvement d'épaules.

— Charmeur, va, marmonne-t-elle, sans que j'arrive à deviner si elle est en colère.

Elle prend place dans un fauteuil en velours.

— Tu veux quoi ?

— Un Soho Mule.

— Excellent choix.

Je fais signe au serveur et passe la commande.

— Tu es resté enfermé ce week-end, dit Caroline.

— J'étais occupé.

— Seul ?

— Oui.

C'est bon de ne pas mentir.

— Qu'est-ce qui t'arrive, Maxim ?

— Quoi ?

Je la regarde sans ciller.

— Tu as rencontré quelqu'un ?

*Mais comment peut-elle… ?*

Je cligne des yeux : l'image d'Alessia, s'étirant au-dessus de mon piano, uniquement vêtue de sa culotte rose, surgit dans mon esprit.

— J'ai deviné ! s'exclame Caroline, stupéfaite.

Je m'agite dans mon fauteuil en secouant vigoureusement la tête.

107

— Pas du tout !

Caroline hausse un sourcil.

— Tu mens.

Apparemment, j'ai manqué de conviction.

— Comment tu le sais ?

Une fois de plus, je suis décontenancé par son aptitude à me percer à jour.

— Je ne le savais pas, mais c'est tellement facile de te faire craquer. Allez, raconte.

— Il n'y a rien à raconter. J'ai passé le week-end seul.

— Ce qui en dit déjà très long.

— Caro, toi et moi, on a chacun sa façon de faire notre deuil de Kit.

— Qu'est-ce que tu me caches ?

Je soupire.

— Tu tiens vraiment à parler de ça ?

— Oui.

L'éclat malicieux de ses yeux me rappelle que la véritable Caroline est prête à ressurgir à tout instant.

— Il y a bien quelqu'un. Mais elle ne sait pas que j'existe.

— Sérieusement ?

— Oui. Sérieusement. C'est juste un fantasme.

Caroline fronce les sourcils.

— Ça ne te ressemble pas. Tu n'es jamais obsédé par tes, euh… conquêtes.

Je laisse échapper un rire amer.

— Ce n'est pas une conquête. Ni de près, ni de loin.

*C'est à peine si elle me voit !*

Le serveur revient avec nos consommations.

— Tu as mangé quand pour la dernière fois ?

Caroline hausse les épaules. Je secoue la tête.

— Mme Blake doit être dans tous ses états. On va grignoter un truc. Pouvez-vous nous apporter le menu ? dis-je au serveur qui acquiesce avant de s'éclipser.

Je lève mon verre, en espérant changer de sujet :

— Aux absents.

— À Kit, murmure-t-elle tandis que nous nous sourions tristement, unis par notre amour pour le même homme.

Il est 2 heures du matin lorsque nous rentrons chez moi, passablement ivres. Caroline n'a aucune envie de retourner à Trevelyan House. « Je ne veux pas. Je ne me sens pas chez moi sans Kit. » Je ne peux pas la contredire.

Nous titubons dans l'entrée. Je tape mon code sur la tablette pour faire taire le bip insistant du système d'alarme.

— Tu as de la coke ? marmonne Caroline d'une voix pâteuse.

— Non. Pas aujourd'hui.

— Tu me sers à boire ?

— Je pense que tu as déjà assez bu.

Elle m'adresse un sourire en coin.

— Depuis quand tu te soucies de ma santé ?

— Je m'occuperai toujours de toi, Caro. Tu le sais bien.

109

— Alors baise-moi, Maxim.

Elle se pend à mon cou et lève son visage vers le mien. Son regard vague se fixe sur ma bouche.

*Eh merde.* Je l'attrape par les épaules pour l'écarter.

— Non. Je vais te mettre au lit.

— C'est-à-dire ? grimace Caroline.

— Tu es ivre.

— Et alors ?

— Caroline, on ne peut pas continuer comme ça. Je dépose un baiser sur son front.

— Pourquoi ?

— Tu le sais très bien.

Son visage se décompose et les larmes lui montent aux yeux. Elle s'écarte de moi en vacillant. Je la reprends dans mes bras.

— Non, s'il te plaît, ne pleure pas. Ça ne peut pas continuer, c'est tout.

*Depuis quand mes scrupules m'empêchent de baiser ?*

Ce soir, j'étais censé sortir pour me trouver une fille bandante et consentante.

— C'est parce que tu as rencontré quelqu'un ?

— Non.

*Oui. Peut-être. Je ne sais pas.*

— Allez, viens te coucher.

Je la prends par les épaules pour la guider vers la chambre d'amis, rarement utilisée.

Dans la nuit, mon matelas se creuse. Caroline s'est glissée à côté de moi. Heureusement, je porte un bas de pyjama. Je la serre dans mes bras.

110

— Maxim, chuchote-t-elle d'une voix suggestive.

Je ferme les yeux.

— Dors.

Peu m'importe qu'elle ait été l'épouse de mon frère. Caroline est ma meilleure amie, et la femme qui me connaît le mieux. C'est aussi un corps chaud qui me réconforte. Moi aussi, je souffre – mais je ne veux plus baiser avec elle.

C'est terminé.

Elle pose la tête sur ma poitrine. J'embrasse ses cheveux et me rendors aussitôt.

# 6

Alessia trépigne d'impatience. Parapluie à la main, elle entre dans l'appartement de Monsieur. Le système d'alarme ne sonne pas et, cette fois, ça la rend heureuse.

*Il est là !*

La veille, dans son petit lit, elle a encore rêvé de lui en train de jouer du piano, perdu dans la musique. De ses yeux verts, de son sourire radieux, de son visage expressif... Elle s'est réveillée haletante, excitée. La dernière fois qu'elle l'a vu, il a eu la gentillesse de lui prêter son parapluie, ce qui lui a permis de s'abriter en rentrant chez elle. Personne ne lui a témoigné autant de bonté depuis son arrivée à Londres, sauf Magda, bien entendu. Ce geste la touche d'autant plus. Enlevant ses bottes et laissant le parapluie dans le hall d'entrée, elle fonce vers la cuisine. Elle a hâte de le voir.

Elle s'immobilise sur le seuil.

*Non !* Une blonde qui ne porte qu'une chemise, la chemise de Monsieur, est en train de se préparer du café. Elle lève les yeux et adresse à Alessia un sourire poli mais chaleureux.

— Bonjour, lui lance la femme.

On dirait qu'elle vient de sortir du lit. Du lit de Monsieur ?

— Bonjour, madame, marmonne Alessia.

Lorsqu'elle parvient à bouger, c'est pour traverser la cuisine tête baissée et se réfugier dans la buanderie. Sonnée, elle reste un moment immobile, le temps de digérer cette horrible découverte. Qui est cette femme aux grands yeux bleus ? Pourquoi porte-t-elle la chemise de Monsieur ? Une chemise qu'Alessia a repassée la semaine dernière…

Cette femme est avec lui. Forcément. Sinon, pourquoi se promènerait-elle dans l'appartement avec sa chemise ? Elle doit le connaître intimement.

*Très intimement.*

Il a une femme dans sa vie, c'est logique.

*Un homme aussi beau.*

Le rêve d'Alessia gît à ses pieds, brisé. Son visage s'assombrit. Le cœur serré, elle soupire en ôtant son bonnet, ses gants et son anorak pour enfiler sa blouse.

Qu'espérait-elle, au juste ? Il ne s'intéressera jamais à elle. Elle n'est que sa femme de ménage. Pourquoi voudrait-il d'elle ?

La petite bulle de joie qui lui gonflait le cœur en arrivant – la première depuis longtemps – vient d'éclater. Elle met ses baskets et déplie la planche à repasser. Son exaltation n'est déjà plus qu'un lointain souvenir. Elle doit affronter la réalité. Elle retire les draps propres du sèche-linge et les empile dans le

113

panier. Elle est à sa place, ici. Voilà ce pour quoi elle a été élevée : pour tenir la maison d'un homme.

Elle pourra toujours l'admirer de loin, comme elle l'a fait depuis qu'elle l'a découvert, nu dans son lit. Rien ne l'en empêchera.

Découragée, elle soupire en remplissant le fer d'eau déminéralisée.

*Alessia est debout sur le seuil de ma chambre, tout en bleu.*

*Lentement, elle retire son fichu et libère sa tresse.*

*Dénoue tes cheveux pour moi.*

*Elle sourit.*

*Entre. Allonge-toi près de moi. J'ai envie de toi.*

*Mais elle fait volte-face et se retrouve dans mon salon. Elle polit le piano. Elle étudie ma partition.*

*Elle ne porte que sa petite culotte rose.*

*Quand je tends la main pour la toucher, elle disparaît.*

*Elle est debout dans le couloir. Les yeux écarquillés. Agrippée à son balai.*

*Nue.*

*Elle a de longues jambes. J'ai envie de les sentir autour de ma taille.*

— Je t'ai fait du café, me chuchote Caroline.

Je grogne. Je n'ai aucune envie de me réveiller. Une certaine partie de mon anatomie jouit aussi de mon rêve. Heureusement, je suis sur le ventre ; mon érection s'enfonce dans le matelas. Ma belle-sœur ne peut pas la voir.

— Il n'y a rien à manger, dans cette baraque. Tu veux qu'on sorte prendre un petit déjeuner, ou que je demande à Blake de nous apporter quelque chose ?

Je grogne à nouveau, ce qui est ma façon de lui dire de me foutre la paix. Mais Caroline s'entête :

— J'ai croisé ta nouvelle femme de ménage. Elle est très jeune. Et Krystyna, qu'est-elle devenue ?

*Merde ! Alessia est là ?*

Je me retourne. Caroline est assise sur mon lit.

— Tu veux que je te rejoigne ? s'enquiert-elle avec un sourire enjôleur, en désignant l'oreiller d'un signe de tête.

— Non.

J'avise sa tenue, seyante mais guère décente.

— Tu as fait le café habillée comme ça ?

Elle fronce les sourcils.

— Oui. C'est mon corps qui te gêne ? Ou bien tu es fâché que je t'aie piqué une chemise ?

J'ai la bonne grâce de rire, tout en attrapant sa main.

— Ton corps n'offusquera jamais qui que ce soit, Caro. Tu le sais bien.

*Alessia risque de mal l'interpréter…*

*Mais bon sang, qu'est-ce que j'en ai à foutre ?*

Un sourire ironique se dessine sur la bouche de Caro.

— Mais tu n'en veux pas. C'est parce que tu as rencontré quelqu'un ?

— Caro, s'il te plaît, ne reviens pas là-dessus. Toi et moi, ça ne peut pas continuer. En plus, tu m'as dit que tu avais tes règles.

115

— Surfer sur la vague rouge, ça ne t'a jamais gêné auparavant, ricane-t-elle.

— Je t'ai raconté ça, moi ?

Je prends ma tête entre les mains et fixe le plafond.

— Eh oui, il y a plusieurs années, déjà.

— Désolé. J'aurais dû garder ça pour moi.

*Ah, les femmes ! Elles n'oublient jamais rien.*

Sur le visage de Caroline, l'humour cède au chagrin. Elle fixe la fenêtre sans rien voir et parle d'une voix douce, bouleversée.

— Pourquoi tu te sens obligé de me rappeler que j'ai mes règles ? On essayait de faire un enfant depuis deux ans. Deux longues années. On en avait tellement envie… Et maintenant, il est parti, et j'ai tout perdu. Je n'ai plus rien.

Elle enfouit son visage dans ses mains et se met à pleurer.

*Je suis vraiment maladroit.*

Je m'assois pour la serrer dans mes bras et la réconforter. Au passage, j'attrape un Kleenex sur ma table de chevet.

— Tiens.

Je le lui tends. Elle l'agrippe comme s'il pouvait donner un sens à sa vie, tandis que je poursuis d'une voix tendre et triste :

— On ne peut pas continuer à faire notre deuil comme ça. Ce n'est pas juste, ni pour toi, ni pour moi, ni pour Kit. Et puis tu n'as pas tout perdu. Tu as ta fortune personnelle. Tu as encore la maison. On s'arrangera pour te verser une pension si tu en as besoin. Au fait, d'après Rowena, c'est toi qui devrais t'occuper de la déco des appartements de Mayfair. (Je dépose un baiser sur ses cheveux.) Et tu m'auras toujours, moi, mais pas comme dérivatif, Caro – en tant qu'ami et beau-frère.

Caroline renifle et s'essuie le nez. Elle se penche et me contemple de ses yeux bleus remplis de larmes. J'en ai le cœur brisé.

— C'est parce que je l'ai préféré à toi, c'est ça ?

Mon cœur se serre.

— On ne va pas recommencer.

— C'est parce que tu as quelqu'un ? Qui ?

Je n'ai aucune envie de prolonger cette conversation.

— Allez, on sort manger.

Je prends ma douche et m'habille en un temps record, soulagé de constater que Caroline est encore dans la salle de bains de la chambre d'amis lorsque je rapporte ma tasse de café dans la cuisine. Mon pouls s'affole à l'idée de revoir Alessia.

Pourquoi suis-je aussi nerveux ? Est-ce parce que je suis heureux ?

Je suis surtout déçu de ne pas la trouver. Je me risque dans la buanderie, où elle est en train de repasser une chemise. Je l'observe sans qu'elle me voie. Les sourcils froncés, concentrée sur sa tâche, elle se meut avec cette grâce sensuelle qui m'a frappé l'autre jour, tout en longs gestes souples. Après avoir terminé la chemise, elle relève la tête d'un coup. Ses yeux s'écarquillent lorsqu'elle m'aperçoit, et un léger rose colore ses joues.

*Elle est si ravissante.*

— Bonjour. Pardon, je ne voulais pas vous faire peur.

Elle repose le fer et baisse les yeux obstinément, en fronçant plus que jamais les sourcils.

*Elle refuse de me regarder, ou quoi ?*

— Je sors prendre le petit déjeuner avec ma belle-sœur.

*Pourquoi est-ce que je lui raconte ça ?*

Ses cils papillonnent. Elle est en train d'assimiler cette information. Je me dépêche d'ajouter :

— Si vous pouviez changer les draps de la chambre d'amis, ce serait formidable.

Elle se fige, puis me répond d'un signe de tête en évitant toujours mon regard, tandis que sa langue passe sur sa lèvre supérieure.

*Ah… Qu'est-ce que j'ai envie de sentir cette langue sur mon corps…*

— Je laisse l'argent au même endroit que…

Elle relève le menton et me regarde de ses beaux yeux sombres, et les mots me restent coincés dans la gorge.

— Merci, Monsieur, chuchote-t-elle.

— Appelez-moi Maxim.

J'ai envie de l'entendre prononcer mon nom avec son bel accent, mais elle reste muette, engoncée dans sa blouse affreuse, avec un petit sourire pincé.

— Maxim ! appelle Caroline, qui entre à son tour dans l'arrière-cuisine. Re-bonjour, dit-elle à Alessia.

118

— Alessia, je vous présente mon amie et belle-sœur… euh… Caroline. Caroline, Alessia.

Le malaise ! Je m'étonne moi-même de la gêne que j'éprouve en les présentant l'une à l'autre. Caroline m'adresse un regard perplexe, mais sourit gentiment à Alessia.

— Alessia, quel prénom charmant. C'est polonais ?

— Non, madame. Italien.

— Ah, alors vous êtes italienne.

— Non, je viens d'Albanie.

Elle recule d'un pas et commence à tripoter un fil qui pend de sa blouse.

*D'Albanie ?*

Elle n'a aucune envie d'en parler, mais je suis tellement curieux que j'insiste.

— Vous êtes venue de loin. Vous faites vos études ici ?

Elle secoue la tête et se met à tirer sur le fil, plus évasive que jamais. Toujours aussi perplexe, Caroline m'attrape par le bras.

— Allez, Maxim, on y va. Ravie de vous avoir rencontrée, Alessia.

J'hésite. Je n'ai pas envie de la quitter.

— À plus tard.


— À plus tard, souffle Alessia en regardant Monsieur suivre Caroline hors de la cuisine.

Sa belle-sœur ?

Elle entend la porte se refermer.

*Belle-sœur. Kunata.*


119

En reprenant son repassage, elle prononce ces mots à haute voix, en anglais et en albanais; leur son et leur sens la font sourire. Mais c'est curieux que sa belle-sœur soit chez lui, et qu'elle porte ses vêtements. Alessia hausse les épaules. Elle a vu suffisamment de feuilletons américains pour savoir qu'à l'Ouest les relations entre hommes et femmes sont différentes.

Elle passe ensuite dans la chambre d'amis pour défaire le lit. La pièce est moderne, blanche et dépouillée comme le reste de l'appartement, mais ce qui plaît le plus à Alessia, c'est qu'on y ait dormi. Avec un sourire soulagé, elle sort des draps blancs de l'armoire à linge.

Depuis qu'elle a croisé Caroline, une inquiétude taraude Alessia. Une fois dans la chambre de Monsieur, elle peut enfin satisfaire sa curiosité. Les bras croisés, elle s'approche prudemment de la corbeille et inspire profondément avant d'y jeter un coup d'œil.

Elle sourit à nouveau.

*Rien. Pas de préservatifs.*

Tout en nettoyant et en rangeant la chambre de Monsieur, Alessia éprouve la même joie qu'elle ressentait en arrivant ce matin-là.

— C'est elle? s'enquiert Caroline dans le taxi qui nous mène à King's Road.

— Qui?

— Ta femme de ménage.

Je ricane.

— Quoi, ma femme de ménage?

— C'est elle ?

— Ne sois pas ridicule.

Caroline croise les bras.

— Tu n'as pas dit non.

— Ta question ne mérite même pas que j'y réponde.

Je fixe les rues mornes de Chelsea à travers les vitres embuées du taxi. La rougeur qui me monte au cou me trahit.

*Comment a-t-elle deviné ?*

— Je ne t'ai jamais vu montrer autant de sollicitude envers ton personnel.

Je la fusille du regard.

— À propos de personnel, c'est Mme Blake qui a recruté Krystyna ?

— Je crois. Pourquoi ?

— Parce que j'ai été un peu étonné qu'elle soit partie sans même me dire au revoir et qu'elle ait été remplacée par Miss Albanie. Personne ne m'a prévenu.

— Si cette fille ne te convient pas, vire-la.

— Ce n'est pas ce que j'ai dit.

— En tout cas, tu te comportes de façon bizarre avec elle.

— Pas du tout.

— Comme tu veux, Maxim.

Caroline pince les lèvres et se détourne, me laissant à mes pensées.

J'ai besoin d'informations sur Alessia Demachi. Je récapitule ce que je sais d'elle.

121

Premièrement, elle est albanaise, pas polonaise. Je connais très peu de choses sur l'Albanie. Qu'est-ce qui l'amène en Angleterre? Quel âge a-t-elle? Où habite-t-elle? Est-ce qu'elle vit seule?

*Je pourrais la suivre lorsqu'elle rentre. Non, ça, ce serait carrément glauque. Ou alors, simplement, lui poser la question.*

Deuxièmement, Alessia n'a pas envie de parler. Ou alors, c'est à moi qu'elle ne veut rien dire. Cette pensée me déprime. Je fixe les rues balayées par la pluie en boudant comme un ado énamouré.

Pourquoi cette femme me déconcerte-t-elle autant? Parce qu'elle est mystérieuse?

Que ses origines n'ont rien à voir avec les miennes?

Est-ce le fait qu'elle travaille pour moi?

Et que, par conséquent, elle m'est interdite?

*Quel merdier…*

La vérité, c'est que j'ai envie de coucher avec elle. Voilà. Je l'ai dit. Je la désire, comme en témoigne mon état de frustration sexuelle. Mais j'ignore totalement comment m'y prendre, d'autant qu'elle m'adresse à peine la parole. Elle me regarde à peine.

Me trouve-t-elle répugnant? Ça doit être ça. Je ne lui plais pas, c'est tout.

À vrai dire, je n'ai aucune idée de ce qu'elle pense de moi. Je me sens désavantagé – elle pourrait être en train de fouiller dans mes affaires en ce moment même. Et, qui sait, découvrir tous mes secrets… Je grimace. C'est peut-être pour cette raison qu'elle ne m'aime pas.

— On dirait que tu la terrifies, commente Caroline.

— Qui ?

Je sais très bien de qui elle parle.

— Alessia.

— Je suis son patron.

— Chaque fois qu'on parle d'elle, tu t'énerves. Je crois qu'elle est terrifiée parce qu'elle est folle de toi.

— Quoi ? Là, tu hallucines. Elle supporte à peine d'être dans la même pièce que moi.

Caroline hausse les épaules.

— C.Q.F.D.

Je fronce les sourcils. Elle soupire.

— Elle ne le supporte pas parce que tu lui plais et qu'elle a peur de se trahir.

J'insiste.

— Caro, c'est ma femme de ménage. C'est tout.

J'ai parlé d'un ton catégorique pour tenter de convaincre Caroline qu'elle fait fausse route, mais sa remarque m'a redonné espoir. Elle ricane tandis que le taxi se range devant le Bluebird. Je tends un billet de vingt livres au chauffeur.

— Gardez la monnaie.

— C'est trop, comme pourboire, ronchonne-t-elle.

Je ne réponds rien. Tout en lui tenant la porte, je rêve d'Alessia Demachi.

— Donc, selon ta mère, je devrais me reprendre en main et retourner bosser ? demande Caroline tandis qu'on nous accompagne à notre table.

— Elle te trouve très douée pour la déco, et elle pense que travailler sur le chantier de Mayfair te changerait les idées.

Caroline pince les lèvres.

— J'ai encore besoin de temps, je crois.

— Je comprends.

— On l'a enterré il y a à peine deux semaines.

Elle remonte le col du pull de Kit jusqu'à son nez et inspire profondément.

— Je sais, je sais, dis-je, me demandant si on y perçoit toujours son odeur.

*À moi aussi, il me manque. Et, au passage, il n'est enterré que depuis treize jours. Il est mort depuis vingt-deux jours.*

Je déglutis. J'ai un nœud dans la gorge.

Comme j'ai raté ma séance de gym ce matin, je grimpe l'escalier en vitesse jusqu'à mon appartement. Le petit déjeuner a duré plus longtemps que prévu et Oliver va débarquer d'un instant à l'autre. J'espère surtout retrouver Alessia.

En m'approchant de l'entrée, j'entends de la musique.

*Bizarre.*

Je glisse la clé dans la serrure et ouvre prudemment la porte. C'est le *Prélude en sol majeur* de Bach. Alessia a peut-être lancé de la musique sur mon ordinateur ? Mais comment connaîtrait-elle mon code ? Ou alors, elle a connecté son téléphone à ma chaîne. Mais je doute qu'elle ait les moyens de s'offrir un smartphone. Je ne l'ai même jamais vue avec un portable.

Et pourtant, la musique résonne dans mon appartement.

124

*Qui l'eût cru ? Ma petite femme de ménage aime la musique classique.*

Encore une pièce du puzzle Alessia Demachi… Je referme la porte doucement. Une fois dans le couloir, je constate que la musique ne vient pas de la chaîne, mais de mon piano. C'est bien du Bach, interprété avec une fluidité, une habileté et une compréhension de la partition dignes d'un concertiste.

*Alessia ?*

Jamais je n'ai réussi à faire chanter mon piano ainsi. Retirant mes chaussures, je parcours le couloir sans un bruit et regarde dans le salon par la porte entrebâillée.

Assise au piano avec sa blouse et son fichu, elle oscille doucement, les yeux fermés. Ses mains courent avec grâce et dextérité sur le clavier. Habitée par la musique, elle joue sans la moindre fausse note. Je l'observe, muet d'admiration.

Elle est incroyable.

Sur tous les plans.

Et je suis complètement envoûté.

Lorsqu'elle termine le prélude, je me glisse dans le couloir en me plaquant contre le mur, au cas où. Je n'ose pas respirer. Mais, sans la moindre pause, elle attaque directement une fugue. Adossé au mur, je ferme les yeux, émerveillé par le talent et l'émotion qu'elle imprime à chaque mesure. Je me laisse porter par la musique et, tout en écoutant, je me rends compte qu'elle n'a pas de partition. Elle joue de mémoire.

*Nom de Dieu, c'est une véritable virtuose.*

Je me rappelle sa concentration intense lorsqu'elle examinait ma partition tout en époussetant le clavier. À l'évidence, elle lisait ma musique.

*Ça alors.* Elle est douée à ce point-là et elle s'intéresse à ma composition ?

La fugue se termine, et elle se lance sans s'arrêter dans un autre morceau. Bach, encore. Le *Prélude en do dièse majeur*, je crois.

*Mais qu'est-ce qu'elle fout à faire des ménages, avec un tel talent ?*

On sonne à la porte et aussitôt, la musique s'arrête. *Eh merde !* J'entends le tabouret du piano qui racle le parquet. Comme je ne veux pas qu'elle me surprenne à l'épier, je me précipite en chaussettes pour ouvrir.

— Bonjour, monsieur.

C'est Oliver.

— Entrez, lui dis-je, un peu essoufflé.

— On m'a ouvert, en bas. J'espère que ça ne vous ennuie pas. Vous allez bien ?

Il s'arrête pour observer Alessia, qui est maintenant debout dans le couloir. Sa silhouette se dessine en contre-jour, éclairée par la lumière filtrant de la porte du salon. Au moment où j'ouvre la bouche pour lui adresser la parole, elle se précipite dans la cuisine.

— Attendez-moi dans le salon. J'ai un mot à dire à ma femme de ménage.

Oliver fronce les sourcils, perplexe, mais s'exécute. J'inspire profondément en passant mes doigts dans mes cheveux, pour tenter de contenir mon… émerveillement.

*Je ne sais plus où j'en suis.*

Je fonce vers la cuisine où je trouve Alessia, paniquée, qui s'efforce d'enfiler son anorak.

— Pardon. Pardon. Excusez-moi, marmonne-t-elle, incapable de me regarder.

Son visage est blême et tendu, comme si elle retenait ses larmes.

*Merde, merde, merde !*

— Hé ! Ça va ? Laissez-moi vous aider.

J'ai parlé d'une voix douce en lui prenant son blouson des mains. Il est de mauvaise qualité, sale, avec le nom « Michal Janeczek » brodé sur le col. Son petit ami ? Mon cuir chevelu picote et les poils de ma nuque se hérissent. C'est peut-être à cause de lui qu'elle ne veut pas me parler.

Le cœur lourd, je l'aide à le passer.

*Ou alors, c'est simplement parce qu'elle ne m'aime pas.*

Elle ferme son anorak et s'écarte de moi pour fourrer sa blouse dans son cabas.

— Pardon, Monsieur, répète-t-elle. Je ne recommencerai plus jamais.

Sa voix s'éraille.

— Alessia, pour l'amour du ciel. C'était un plaisir de vous entendre jouer. Vous pouvez recommencer quand vous voulez.

*Même si vous avez un petit ami !*

Elle fixe le sol. Incapable de résister, je lui relève doucement le menton pour voir son visage.

— Je parle sérieusement. Quand vous voulez. Vous jouez magnifiquement.

127

Sans m'en rendre compte, je caresse du pouce sa lèvre inférieure si pulpeuse.

*Elle est tellement douce.*

Mon corps réagit aussitôt. Mais j'ai commis une erreur. Elle lâche un petit cri étranglé et ses yeux s'écarquillent lui mangeant la moitié du visage.

— Pardon !

Je laisse retomber ma main, atterré par mon geste. Mais les paroles de Caroline me reviennent à l'esprit : *Tu lui plais, mais elle ne veut pas se trahir.*

— Je dois partir, marmonne Alessia.

Sans retirer son fichu, elle me contourne pour foncer vers la porte. Au moment où elle la referme derrière elle, je remarque qu'elle a oublié ses bottes. Je les ramasse et me précipite. Mais Alessia a disparu. En regardant ses bottes, je les retourne pour découvrir, consterné, que leurs semelles sont minces comme du papier.

*D'où les traces de pas mouillés.*

Elle doit être fauchée pour avoir de telles chaussures. Je les rapporte dans la cuisine et jette un coup d'œil par la porte en verre qui donne sur la sortie de secours. Au moins, aujourd'hui, il fait beau. Même en baskets, elle ne se mouillera pas les pieds.

Mais qu'est-ce qui m'a pris de la toucher ? Je frotte mon pouce contre mon index en me rappelant la douceur de sa bouche tout en secouant la tête, mortifié d'avoir à ce point dépassé les bornes. J'inspire profondément avant de rejoindre Oliver dans le salon.

— Qui était-ce ? demande-t-il.

— Ma femme de ménage, comme je vous l'ai dit.

— Elle ne figure pas sur la liste de vos salariés.

— C'est gênant ?

— Oui. Comment la payez-vous ? En liquide ?

*Qu'est-ce qu'il sous-entend par là ?*

— Oui. En cash, dis-je sèchement.

Oliver secoue la tête.

— Vous êtes le comte de Trevethick maintenant. Il va falloir lui faire un contrat.

— Pourquoi ?

— Parce que le ministère des Finances de Sa Majesté verrait cela d'un très mauvais œil. Et croyez-moi, le fisc inspecte nos comptes à la loupe.

— Je ne comprends pas.

— Tous les employés doivent être déclarés. C'est vous qui l'avez engagée ?

— Non. C'est Mme Blake.

— Je suis sûr que cela ne posera pas de problème. Il me faut simplement des renseignements sur elle. Elle est britannique ?

— Euh, non. Albanaise.

— Ah. Alors il lui faudra un permis de travail – à moins qu'elle ne soit étudiante, bien entendu.

*Merde.*

— Je vous tiendrai au courant. Peut-on passer au reste du personnel, maintenant ?

— Absolument. Commençons par Trevelyan House, si vous le voulez bien.

129

Alessia court jusqu'à l'arrêt de bus sans savoir pourquoi ni ce qu'elle fuit. Comment a-t-elle pu être stupide au point de se laisser surprendre ? Il a affirmé qu'elle ne le dérangeait pas en jouant du piano, mais elle ne sait pas si elle doit le croire. Il appelle peut-être l'amie de Madga en ce moment même pour la renvoyer ! Le cœur battant, elle s'assoit sur le banc pour attendre le bus qui la ramènera à la gare de Queenstown Road. Elle se demande si c'est à cause de sa course folle sur Chelsea Embankment que son cœur bat plus vite, ou si c'est lié à ce qui s'est produit dans l'appartement de Monsieur.

Elle caresse sa lèvre du bout des doigts. Les yeux fermés, elle se remémore le frisson délicieux qui l'a parcourue lorsqu'il l'a touchée. Son cœur bondit, lui arrachant un petit cri étranglé.

*Il m'a touchée !*

Comme dans ses rêves ou dans ses fantasmes. Si doucement. Si tendrement. Peut-être qu'il l'aime bien, après tout…

*Non.*

Elle n'ose y croire.

*C'est impossible.*

Comment pourrait-il éprouver des sentiments pour elle ? Elle n'est que sa femme de ménage.

Mais il l'a aidée à passer son blouson. Personne n'a jamais fait ça pour elle…

*Zot !* Elle a oublié ses bottes dans l'appartement. Devrait-elle y retourner pour les récupérer ? À part ses baskets, elle n'a pas d'autres chaussures, et c'est une des rares choses qui lui reste du pays.

130

Non. Elle ne peut pas. Il est en réunion. Si elle l'a mis en colère en jouant du piano, il le sera encore davantage de cette interruption. Le bus arrive… Elle reprendra ses bottes vendredi – si elle a toujours son boulot.

Elle mordille sa lèvre, inquiète. Ce travail, elle en a besoin. Si elle le perdait, Magda risquerait de la mettre à la porte.

*Non. Elle ne ferait pas ça.*

Magda ne serait pas aussi cruelle, et puis Alessia fait aussi le ménage chez Mme Kingsbury et Mme Goode, même si ni l'une ni l'autre n'a de piano. Mais ce n'est pas seulement le piano qui manquerait à Alessia. Il lui faut gagner le plus d'argent possible. Magda et son fils, Michal, émigreront bientôt au Canada, pour rejoindre le fiancé de Magda, Logan, qui habite Toronto. Alessia devra chercher un nouveau logement. Magda lui loue sa chambre minuscule pour la modique somme de cent livres par semaine, et d'après ce qu'elle a vu sur l'ordinateur de Michal, elle sait que c'est une bonne affaire. Elle va avoir du mal à retrouver un toit aussi bon marché à Londres.

Lorsqu'elle songe à Michal, elle a chaud au cœur. Il lui donne de son temps et partage généreusement son ordinateur avec elle, qui ne connaît pas grand-chose à internet car son père était très strict quant à l'usage de leur vieux PC. Michal, au contraire, passe sa vie sur les réseaux sociaux. Facebook, Instagram, Tumblr, Snapchat – il adore. Elle sourit en repensant au selfie qu'ils ont pris la veille. Il fait tout le temps des selfies.

Quand elle monte à bord du bus, elle frémit encore en se rappelant le geste de Monsieur.

— Très bien. On a fait le tour de votre personnel. Il ne me manque plus que les coordonnées de votre femme de ménage pour que je puisse lui faire un contrat, conclut Oliver.

Nous sommes assis à la petite table de mon salon, et j'espère que notre réunion est terminée.

— Maintenant, j'ai une proposition à vous faire, ajoute-t-il.

— Laquelle ?

— Je crois que vous devriez aller inspecter les deux domaines que vous contrôlez directement. On s'occupera de Tyok lorsque le locataire s'absentera.

— Oliver, j'ai vécu sur tous ces domaines à divers moments de ma vie. Pourquoi aurais-je besoin de cette tournée d'inspection ?

— Parce que maintenant vous êtes le patron, Maxim. C'est une façon de montrer que vous attachez de l'importance à leur pérennité.

*Non mais, sans blague ?* Ma mère se ferait offrir ma tête sur un plateau si je négligeais mes devoirs. Elle a toujours été obsédée par nos titres, notre lignée et notre famille – ce qui est assez paradoxal, étant donné que c'est elle qui nous a lâchés. Mais pas avant d'avoir communiqué à Kit sa passion pour l'histoire et le patrimoine de notre famille. Elle l'a bien formé.

Il avait conscience de ses obligations. Et, en bon fils, il a su relever le défi. Quant à Maryanne, elle a appris notre histoire par mimétisme ; c'était une enfant curieuse. Moi, j'étais trop distrait, toujours perdu dans mes rêves.

— Ça va sans dire.

— Pour vos employés, ça n'est pas forcément évident, monsieur, réplique posément Oliver. Disons que votre comportement, la dernière fois...

Il laisse sa phrase en suspens, mais je sais qu'il fait allusion à la veille des obsèques de Kit. J'avais vidé une bonne partie de la cave de Tresyllian Hall. J'étais en colère, car je savais ce que sa mort signifiait pour moi. Je n'avais aucune envie d'endosser ces responsabilités. Et puis j'étais sous le choc.

Je me défends :

— J'étais bouleversé. Je le suis encore. Je n'ai rien voulu de tout ça.

Je ne suis pas prêt à assumer une charge aussi lourde. Pourquoi mes parents ne m'ont-ils pas préparé à cette éventualité ? Pour ma mère, j'ai toujours été un bon à rien. Elle n'en avait que pour mon frère. Elle tolérait ses deux plus jeunes enfants, sans plus. Tout en les aimant à sa façon.

Mais elle adorait Kit. Tout le monde adorait Kit. Mon grand frère blond aux yeux bleus, intelligent, sûr de lui, choyé. L'héritier.

Oliver lève les mains, conciliant.

— Je sais bien... Mais vous devez réparer les pots cassés.

— Alors prévoyons un séjour dans les semaines qui viennent.

— Le plus tôt sera le mieux, si vous me permettez.

Je n'ai aucune envie de quitter Londres. Je progresse un peu avec Alessia, et l'idée de ne pas la revoir pendant plusieurs jours me… déplaît.

— Alors quand ?

— Pourquoi toujours tout remettre à demain ?

— Vous plaisantez ?

Oliver secoue la tête.

— Je vais y réfléchir.

Je sais que je fais des caprices, comme l'enfant gâté que je suis. Mais l'époque où j'étais libre d'agir à ma guise est révolue. Et j'ai tort de me défouler sur Oliver.

— Très bien, monsieur. J'ai annulé tous mes rendez-vous des prochains jours pour vous accompagner.

*Super.*

— Parfait.

— Alors, demain ?

Je grince des dents.

— Pourquoi pas ? On fera la tournée des grands-ducs.

— Maxim, je sais que c'est beaucoup vous demander, mais il est très important de motiver votre personnel. Ils ne connaissent qu'un aspect de votre personnalité. (Il se tait un instant. Je sais qu'il fait allusion à ma piètre réputation.) Rencontrer les administrateurs des domaines sur leur propre terrain serait immensément apprécié. Vous les avez juste croisés, la semaine dernière.

— Ça va, j'ai compris. J'ai dit que j'étais d'accord.

Je sais bien que je suis ronchon, mais je n'ai aucune envie de quitter Londres.

Ou plutôt, aucune envie de m'éloigner d'Alessia.

Ma charmante petite bonne.

7

C'est un jeudi après-midi froid et sinistre. Épuisé, je m'adosse à la cheminée de la vieille mine d'étain pour contempler la mer. Le ciel est noir et menaçant, et le vent cinglant des Cornouailles me transperce. Un orage se prépare. À mes pieds, la mer déchaînée déferle contre les falaises ; le fracas des vagues résonne entre les murs de l'édifice délabré. Les premières gouttes d'une pluie glaciale m'éclaboussent le visage.

Quand nous étions petits, Kit, Maryanne et moi venions souvent jouer au milieu de ces ruines qui se dressent aux confins du domaine de Trevethick. Kit et Maryanne étaient toujours les héros, et moi, le méchant. *Comme par hasard...* Les rôles étaient déjà distribués à l'époque. Ce souvenir me fait sourire.

Les Trevelyan ont tiré une fortune considérable de ces mines. Elles ont été fermées à la fin du XIXe siècle, lorsqu'elles sont devenues moins rentables ; les mineurs ont émigré en Australie ou en Afrique du Sud, où l'industrie minière restait florissante. Je plaque une main contre la pierre usée de la cheminée ; elle est rêche et froide, mais elle a tenu bon au fil des siècles.

*Comme les comtes de Trevethick…*

Ma tournée a été un franc succès. Oliver a bien fait de me pousser à inspecter les deux domaines. Si je doutais de sa loyauté au début, je dois avouer que jusqu'ici il a toujours été de bon conseil. Peut-être a-t-il sincèrement à cœur la prospérité du comté de Trevethick. Désormais, le personnel sait que je le soutiens et que je ne compte pas effectuer de changements radicaux. Je souris, désabusé… Je serais plutôt un adepte de l'adage « le mieux est l'ennemi du bien ». De toute façon, je suis trop paresseux pour agir autrement. Mais le fait est que, sous la direction de Kit et grâce à sa gestion avisée, les domaines des Trevelyan sont florissants. J'espère qu'ils le resteront.

Je suis crevé. J'ai passé plusieurs jours à écouter mes employés en affichant un visage optimiste et sympathique. Je ne suis pas habitué à générer autant d'énergie positive. J'ai rencontré des tas de gens dont je n'avais jamais soupçonné l'existence, ici et à Angwin, dans l'Oxfordshire. Alors que je séjourne dans ces deux domaines depuis que je suis petit, je n'avais aucune idée du nombre de personnes qui œuvraient en coulisse. Je suis épuisé à force de parler, d'écouter, de rassurer, de sourire à tout le monde, d'autant que je ne suis pas d'humeur à ça.

Je contemple le sentier qui descend vers la mer. Je nous revois, Kit et moi, gamins, faire la course jusqu'à la plage, tout en bas. Kit gagnait toujours… C'est vrai qu'il était de quatre ans mon aîné. Fin août, armés de bols et de seaux, nous partions, avec Maryanne, cueillir des mûres dans les ronces qui bordaient le sentier. Notre cuisinière, Jessie, en faisait des crumbles. C'était le dessert préféré de Kit.

*Kit… Toujours Kit. L'héritier. Pas le joker.*

*Mais pourquoi roulait-il à toute allure à moto sur des routes verglacées par une nuit d'hiver ?*

*Pourquoi ?*

Maintenant, il repose sous l'ardoise dure et froide de la crypte familiale des Trevelyan. La douleur me serre la gorge.

*Kit…*

*Assez !*

Je siffle pour rappeler les chiens de chasse de Kit, Jensen et Healey. Les deux setters irlandais me rejoignent à grands bonds. Ils tiennent leurs noms de marques de voitures, car Kit était obsédé par les bolides. Dès son plus jeune âge, il pouvait démonter et remonter un moteur en un rien de temps. Il avait vraiment tous les dons.

Les chiens sautent devant moi et je leur caresse les oreilles. Ils vivent à Tresyllian Hall, sur le domaine de Trevethick. C'est Danny, la gouvernante de Kit – la mienne, désormais –, qui s'occupe d'eux. J'ai envisagé un instant de ramener Jensen et Healey à Londres, mais deux chiens habitués à parcourir la campagne et à traquer du gibier seraient malheureux dans un appartement. Kit adorait chasser, lui.

Je fronce le nez, dégoûté. La chasse est une affaire rentable ; nos villas de vacances sont louées toute l'année par des banquiers et autres financiers de la City, qui adorent jouer les aristos durant la saison de la chasse. Du printemps à l'automne, elles sont occupées par des fous de surf. Le surf, j'aime bien. Le tir au pigeon d'argile, aussi. Mais massacrer de pauvres oiseaux inoffensifs ? Je ne suis pas fan, contrairement à mon père et mon frère qui adoraient ça. C'est mon père qui m'a appris à tirer, et je comprends que c'est en partie grâce aux chasseurs que le domaine est rentable.

Je rabats le col de mon pardessus, j'enfonce mes mains dans mes poches et je remonte vers la grande maison. Morose et agité, je traîne les pieds dans l'herbe mouillée, les chiens sur mes talons.

J'ai envie de rentrer à Londres. De me retrouver auprès d'elle. Mes pensées ne cessent de me ramener à mon adorable petite bonne, avec ses yeux noirs, son ravissant visage et son extraordinaire don pour la musique.

Vendredi. Je la reverrai vendredi, si je ne l'ai pas fait fuir.

Alessia secoue le parapluie couvert de flocons – la neige s'est abattue sur Chelsea alors qu'elle se rendait à l'appartement de Monsieur. Elle ne s'attend pas à ce qu'il soit chez lui – après tout, il lui a laissé assez d'argent la semaine dernière pour lui payer ses deux journées. Mais elle garde espoir. Sa présence ténébreuse lui manque. Son sourire, aussi. Elle n'a pas cessé de penser à lui.

Avant d'ouvrir la porte, elle inspire profondément. Le silence qui l'accueille la fait presque défaillir.

*Pas de signal d'alarme. Il est là. Il est rentré plus tôt que prévu.*

Le sac abandonné dans le couloir confirme sa présence, tout comme les traces de boue. Le cœur d'Alessia s'emballe. Elle va le revoir !

Elle pose avec précaution son parapluie dans l'entrée, pour ne pas faire de bruit, au cas où il dormirait. Elle l'a encore emprunté lundi soir sans demander la permission. Mais elle ne croit pas que Monsieur lui en voudra, car il l'a protégée de la pluie verglaçante jusque chez elle.

*Chez elle ?*

Oui. Chez elle, c'est la maison de Magda, maintenant. Elle essaie de ne pas penser à Kukës.

Elle retire ses bottes et se dirige vers la cuisine sur la pointe des pieds. Dans la buanderie, elle chausse ses baskets, enfile sa blouse et passe son fichu. Par où commencer ? Monsieur est absent depuis vendredi : tout est donc resté propre. Le repassage et la lessive sont faits, son dressing est enfin bien rangé, même s'il déborde de vêtements. La cuisine est immaculée ; il n'a touché à rien. Il faudra juste qu'elle passe la serpillière dans le hall d'entrée – et elle aura enfin le temps d'épousseter les étagères où sont rangés les albums et de nettoyer la porte-fenêtre coulissante du balcon avec vue sur la Tamise et Battersea Park... Sortant le spray à vitres et un chiffon du placard, Alessia s'avance vers le salon.

Elle se fige.

Monsieur est là, affalé dans le canapé. Les yeux clos, la bouche entrouverte, les cheveux ébouriffés et en épis, il dort à poings fermés, tout habillé. Il n'a même pas enlevé son pardessus, qui s'ouvre sur un pull et un jean. Ses bottes pleines de boue maculent le tapis. Dans la lumière blanche qui tourbillonne par le mur en verre, Alessia peut suivre les traces de ses pas depuis la porte.

Fascinée, elle le fixe, avant de s'approcher pour mieux le dévorer des yeux. Son visage est détendu mais un peu pâle, sa mâchoire ombrée de barbe, et ses lèvres pulpeuses frémissent à chaque expiration. Lorsqu'il dort, il paraît plus jeune et un peu moins inaccessible. Si elle osait, elle caresserait cette barbe naissante. Serait-elle douce ou piquante? Elle sourit. Quelle idiote! Elle n'aura pas ce courage, même si elle est tentée. Elle ne veut pas risquer de le mettre en colère en le réveillant.

Ce qui l'inquiète le plus, c'est qu'il n'a pas l'air à l'aise dans cette position. Elle se demande un instant si elle ne devrait pas le réveiller pour qu'il aille se mettre au lit, mais c'est à ce moment-là qu'il remue et ouvre les paupières. Son regard embrumé rencontre celui d'Alessia, qui en a le souffle coupé.

Ses cils sombres papillonnent sur ses yeux ensommeillés, mais il lui sourit en lui tendant la main.

— Te voilà, marmonne-t-il.

Croyant qu'il veut de l'aide pour se relever, elle s'avance pour prendre sa main tendue. Brusquement, il l'attire sur le canapé, l'embrasse rapidement et l'assoit sur ses genoux en marmonnant à voix basse :

— Tu m'as manqué.

Sa main effleure la taille d'Alessia avant de se poser sur sa hanche.

Dort-il?

Tétanisée, elle reste blottie contre lui, ses jambes entre les siennes, le cœur affolé, tenant encore le nettoyant à vitres et le chiffon.

— Tu sens si bon.

Sa voix est à peine audible. Il inspire profondément, son corps se détend sous celui d'Alessia et sa respiration retrouve le rythme paisible du sommeil.

Il rêve! *Zot!* Que faire? Raide et tendue, elle est à la fois terrifiée et subjuguée. Mais si jamais il…? Et s'il…? Toutes sortes de scénarios plus alarmants les uns que les autres défilent dans son esprit. Et elle ferme les yeux pour calmer son anxiété. Au fond, n'est-ce pas ce qu'elle veut? Ce dont elle rêve la nuit? Ce qu'elle désire secrètement, lorsqu'elle est seule? Elle écoute son souffle. Il inspire et expire lentement, régulièrement. Il est vraiment endormi. Au bout d'un moment, elle commence à se détendre. Elle aperçoit une touffe de poils qui émerge de son tee-shirt et de son pull. C'est troublant. Elle pose la joue contre sa poitrine, ferme les yeux et respire son odeur familière.

C'est apaisant.

Il sent le santal et les sapins de Kukës. Il sent le vent, la pluie et la fatigue. Le pauvre. Il est tellement épuisé.

Elle s'approche et dépose un léger baiser sur sa peau.

Son cœur s'affole aussitôt. *Je l'ai embrassé !*

Elle ne désire qu'une chose : rester là, à savourer cette expérience inédite et exaltante. Mais c'est impossible. Elle sait que c'est mal. Elle sait qu'il rêve.

Elle ferme les yeux pour sentir encore une minute cette poitrine qui monte et retombe sous la sienne. Elle meurt d'envie de l'enlacer et de se blottir contre lui, mais c'est impossible. Elle pose donc le nettoyant à vitres et le chiffon sur le canapé pour le secouer doucement par les épaules.

— S'il vous plaît, Monsieur.

— Hum, grogne-t-il.

Elle le secoue un peu plus fort.

— S'il vous plaît, Monsieur. Lâchez-moi.

Il ouvre des yeux égarés. Son expression passe de la confusion à l'horreur.

— S'il vous plaît. Lâchez-moi, répète-t-elle.

Il laisse retomber ses mains, et la libère.

— Merde !

Il se redresse aussitôt et la dévisage, bouche bée, totalement effaré, tandis qu'elle se relève très vite. Mais avant qu'elle ait pu s'enfuir, il l'attrape par la main.

— Alessia !

— Non ! crie-t-elle.

Il la relâche immédiatement.

— Je suis vraiment navré. Je pensais… je pensais… j'étais… Je crois que je rêvais.

Il se met debout lentement, honteux, en tendant les mains pour la rassurer.

— Je suis désolé. Je ne voulais pas vous faire peur.

143

Il passe ses mains dans ses cheveux et se frotte le visage pour se réveiller. Alessia reste hors d'atteinte, mais elle constate à quel point il semble tendu et épuisé.

Il secoue la tête pour s'éclaircir les idées.

— Je suis vraiment navré, insiste-t-il. J'ai conduit toute la nuit. Je suis arrivé à 4 heures du matin. J'ai dû m'endormir en m'asseyant pour dénouer mes lacets.

Ils baissent tous les deux les yeux vers ses bottes et les traces qu'il a laissées dans son sillage.

— Aïe. Pardon, dit-il, penaud.

Au fond, elle éprouve de la compassion pour cet homme. Il est exténué, et il s'excuse d'avoir sali sa propre demeure ? Ça ne va pas du tout. Il ne lui montré que de la bonté en lui prêtant son parapluie et en l'aidant à mettre son anorak ; lorsqu'il l'a surprise au piano, il l'a complimentée et lui a généreusement proposé de la laisser jouer.

— Asseyez-vous, dit-elle.

— Quoi ?

— Assis, répète-t-elle plus énergiquement.

Il obéit. Elle s'agenouille à ses pieds et se met à défaire ses lacets.

— Non, vous n'êtes pas obligée.

Alessia repousse sa main et, sans l'écouter, délace ses bottes et les lui retire. Puis elle se redresse, convaincue d'avoir bien agi.

— Maintenant, il faut dormir.

Elle tient ses bottes dans une main et lui tend l'autre pour l'aider à se relever.

144

Le regard de Maxim passe des yeux d'Alessia à ses doigts. Il hésite un instant, puis prend sa main et se laisse hisser hors du canapé. Doucement, elle le mène dans le couloir jusqu'à sa chambre. Puis elle le lâche, rabat la courtepointe et lui désigne le lit.

— Dormez, lance-t-elle en le contournant pour sortir.

— Alessia ! Merci, murmure-t-il, abattu et indécis, avant qu'elle ait pu quitter la chambre.

Elle acquiesce d'un signe de tête et s'éclipse, les bottes à la main. Une fois la porte refermée, elle s'y adosse, tentant de contenir ses émotions, avant d'inspirer profondément. En quelques minutes, elle est passée de la confusion au ravissement, puis à la compassion et à l'assurance…

Et il l'a embrassée. Et elle l'a embrassé. Elle porte ses doigts à ses lèvres. C'était bref, mais pas déplaisant. Pas déplaisant du tout.

*Tu m'as manqué.*

Elle inspire à nouveau profondément pour calmer les battements de son cœur. Il faut qu'elle revienne à la réalité. Il dormait. Il rêvait. Il ne savait pas ce qu'il disait ou ce qu'il faisait. Elle aurait pu être n'importe qui. À quoi bon se bercer d'illusions ? Elle n'est que sa femme de ménage. Que pourrait-il voir en elle ? Un peu démoralisée, elle prend le sac en cuir de Monsieur et retourne dans la buanderie pour nettoyer ses bottes et trier ses vêtements.

Je regarde la porte qui s'est refermée sur Alessia. Mais quel idiot ! Je lui ai fait peur. Je la voyais en rêve, toute de bleu vêtue – comme une apparition céleste, même dans cette blouse immonde – et je l'ai prise dans mes bras.

Je me frotte le visage, excédé. J'ai quitté les Cornouailles hier soir à 23 heures, et le trajet de cinq heures m'a épuisé. C'était de la folie : j'ai failli m'endormir plusieurs fois au volant. J'ai dû ouvrir les fenêtres même s'il gelait dehors, et chanter avec la radio pour rester éveillé. Et le pire, c'est que je suis rentré précipitamment pour la voir. La météo annonçant du blizzard, je ne voulais pas être coincé en Cornouailles pendant une semaine…

Maintenant, j'ai tout gâché.

Mais elle s'est agenouillée à mes pieds, elle a délacé mes bottes et m'a emmené me coucher comme si j'étais un enfant. Je lâche un petit rire amer. *Dormez !* Je ne sais pas à quand remonte la dernière fois qu'on m'a fait ce coup-là. Jamais une femme ne m'a quitté après m'avoir mis au lit.

Et je l'ai effrayée.

Écœuré par ma propre bêtise, j'arrache mes vêtements et les laisse tomber par terre. Même si je suis trop crevé pour faire quoi que ce soit à part me glisser sous les draps, je regrette qu'elle ne m'ait pas déshabillé puis rejoint. Je soupire en me rappelant son parfum suave et propre de rose et de lavande, la douceur de son corps dans mes bras. À la fois épuisé et excité, je m'endors comme une masse et m'abandonne à elle en rêve.

Je me réveille en sursaut avec un curieux sentiment de culpabilité. Mon téléphone vibre sur ma table de chevet. Je le prends, mais trop tard. J'ai raté l'appel de Caroline. Je le repose en notant que mon portefeuille, ma monnaie et mon préservatif y sont aussi. Je fronce les sourcils, et puis d'un coup, ça me revient.

*Oh mon Dieu.* Alessia. Je lui ai sauté dessus. *Non, mais quel con !* Je referme les yeux pour échapper à la honte qui me submerge. *Merde, merde, merde !*

Je m'assois dans mon lit. Elle a ramassé mes vêtements. C'est elle qui a vidé les poches de mon jean. Ça me paraît si intime, glisser les doigts dans mes vêtements...

Je préférerais qu'elle les pose sur moi.

*Rêve toujours, gros débile. Tu l'as tout simplement fait fuir.*

Dans combien de maisons fait-elle le ménage ? Combien de poches fouille-t-elle, comme elle fouille les miennes ? Cette idée me déplaît. Je devrais l'engager à plein temps. Mais alors, cette douleur sourde qui me tenaille le ventre ne se dissiperait jamais... À moins que... Il n'y a qu'une seule façon de m'en débarrasser.

*Et ça, ça ne risque pas d'arriver.*

Quelle heure est-il ? L'eau de la Tamise ne se reflète pas sur le plafond. Par la fenêtre, je ne vois que du blanc.

*Il neige.*

Le blizzard prévu par la météo s'est abattu sur Londres. Je jette un coup d'œil à mon réveil. 13 : 45.

Elle devrait être encore ici. Je me lève d'un bond, et attrape un jean et un tee-shirt à manches longues dans mon dressing.

Alessia est dans mon salon. Elle lave les vitres. Mes traces de boue ont disparu.

— Bonjour.

En attendant sa réaction, mon cœur bat à tout rompre. J'ai l'impression d'avoir à nouveau quinze ans.

— Bonjour. Vous avez bien dormi ?

Elle m'adresse un coup d'œil, bref mais indéchiffrable, avant de baisser les yeux sur le chiffon qu'elle tient à la main.

— Oui, merci. Au fait, désolé pour tout à l'heure.

L'air contrit, je désigne d'un geste le canapé, terrain de mon délit. Elle hoche la tête avec un petit sourire pincé, mais ses joues se teintent d'une ravissante nuance de rose.

Derrière elle, les flocons de neige forment un rideau. La tempête bat son plein. Tout n'est qu'un déluge immaculé. Je me rapproche d'elle pour regarder par la fenêtre.

— Il ne neige pas souvent, à Londres.

*Me voilà qui lui parle de la pluie et du beau temps. Bravo.*

Elle s'écarte, mais regarde à son tour. La neige est si dense qu'on distingue à peine la Tamise. Elle grelotte en croisant les bras.

— Vous habitez loin d'ici ?

Je m'inquiète. Comment va-t-elle faire avec cette tempête ?

— Dans l'ouest de Londres.

— Comment rentrez-vous, normalement ?

— Par le train.

— Vous partez de quelle gare ?

— Euh… Queenstown Road.

— Ça m'étonnerait que les trains roulent encore.

Je me dirige vers mon bureau, agite la souris, et mon Mac s'anime. Une photo de Kit, Caroline, Maryanne et moi avec les deux setters irlandais de Kit apparaît sur mon écran. Je secoue la tête pour chasser la nostalgie qui me gagne.

— South Western Trains ?

Elle acquiesce.

— Tous les services sont suspendus.

— Sus-pen-dus ?

Elle plisse le front. Elle ne comprend pas le mot.

— Les trains ne marchent pas.

— Ah.

Elle fronce à nouveau les sourcils, et je crois l'entendre répéter à plusieurs reprises « suspendus » à mi-voix.

— Vous pouvez rester ici, si vous voulez.

J'évite de regarder ses lèvres en lui faisant cette proposition. Je sais parfaitement qu'elle ne restera pas, surtout après la façon dont je me suis comporté ce matin. J'esquisse une grimace avant d'ajouter, penaud :

— Je promets de ne pas vous toucher.

Elle secoue la tête, un peu trop rapidement à mon goût, en tortillant son chiffon.

149

— Non. Je dois partir.

— Comment?

Elle hausse les épaules.

— À pied.

— Ne soyez pas ridicule. Vous allez mourir de froid.

*Surtout avec ces bottes et ce blouson minable.*

— Il faut que je rentre à la maison, insiste-t-elle.

— Je vous emmène.

*Quoi? Qu'est-ce que je viens de dire?*

Elle secoue à nouveau la tête, plus vigoureusement, en ouvrant de grands yeux.

— Non!

— Vous ne pouvez pas refuser. En tant que… euh… en tant qu'employeur, j'y tiens.

Elle blêmit. Je baisse les yeux vers mes pieds nus.

— Je me chausse, et on y va.

Je désigne le piano en ajoutant :

— Si vous voulez jouer, allez-y.

Je me dirige vers ma chambre tout en me demandant pourquoi je lui ai proposé de la raccompagner.

*Parce que c'est ce qu'il convient de faire? Ou parce que je veux passer plus de temps avec elle?*

Stupéfaite, Alessia le regarde sortir du salon, pieds nus. Il va la raccompagner chez elle? Mais elle sera seule en voiture avec lui!

*Est-ce convenable?* Que dirait sa mère? Elle l'imagine soudain, les bras croisés, avec un air désapprobateur.

150

Et son père ? Instinctivement, elle porte sa main à sa joue. Non. Son père n'approuverait pas. Son père n'a jamais accepté qu'un seul homme.

Un homme cruel.

*Non. Ne pense pas à lui !*

Monsieur la ramène à la maison. Heureusement qu'elle a mémorisé l'adresse de Magda. Elle revoit encore l'écriture maladroite de sa mère sur le bout de papier, véritable bouée de sauvetage pendant sa fuite, puis elle frissonne en regardant à nouveau dehors. Elle aura sûrement froid mais, si elle se dépêche, elle pourrait s'éclipser pendant que Monsieur se change. Elle ne veut pas le déranger. Pourtant, l'idée d'aller aussi loin n'a rien d'attrayant, même s'il lui est déjà arrivé de marcher beaucoup plus longtemps... Six ou sept jours, avec un plan volé... Elle frissonne à nouveau. Si seulement elle pouvait oublier cette semaine ! En plus, il l'a autorisée à jouer du piano. Elle lance un regard avide au Steinway avant de taper des mains, surexcitée, et de s'élancer vers la buanderie, où elle se change en quelques secondes. Attrapant son blouson, son écharpe et son bonnet, elle se précipite vers le piano.

Posant ses affaires sur une chaise, elle s'assoit sur le tabouret et inspire pour retrouver le calme. Elle place ses mains sur les touches, en savourant leur fraîcheur familière. Pour elle, le piano est un point d'ancrage. Un foyer. Un havre. Jetant un nouveau coup d'œil à la fenêtre, elle entame *Les Jeux d'eaux à la Villa d'Este*, son morceau préféré de Liszt. La musique s'élève en tourbillonnant autour de l'instrument, avec des tonalités de blanc aussi éclatantes que les flocons de neige. Les souvenirs de son père, de ses six jours d'errance et de la désapprobation de sa mère se fondent dans les couleurs tournoyantes et glacées de la musique.

Adossé au cadre de la porte, je l'observe, fasciné. Son interprétation est extraordinaire. Chaque note est jouée avec une telle précision, une telle émotion… Elle est habitée par la musique. La moindre inflexion se lit sur son beau visage et dans les accords qui coulent sous ses doigts. Je ne connaissais pas ce morceau.

Elle a retiré son foulard. Je me demandais si elle le portait pour des raisons religieuses, mais c'est peut-être simplement pour faire le ménage. Ses cheveux sont épais et sombres, presque noirs. Tandis qu'elle joue, une boucle s'échappe de sa tresse et vient lui caresser la joue. À quoi ressembleraient ses cheveux dénoués, retombant en cascade sur ses épaules ? Je ferme les yeux pour l'imaginer nue, comme dans mes rêves, et laisser la musique me submerger.

*Vais-je me lasser un jour de l'écouter ?*

J'ouvre les yeux.

*De la regarder ? D'admirer sa beauté, son talent ?*

Elle joue ce morceau difficile de mémoire. Cette fille est un génie.

Pendant mon absence, j'ai cru que mon imagination m'avait poussé à embellir son jeu. Mais non. Sa technique est parfaite.

Alessia est parfaite.

En tous points.

Elle termine le morceau, tête baissée, paupières closes. J'applaudis.

— C'était époustouflant. Où avez-vous appris à jouer aussi bien ?

Ses joues s'empourprent lorsqu'elle rouvre ses yeux noirs et qu'un sourire timide illumine son visage. Elle hausse les épaules.

— Chez moi.

— Vous me raconterez ça dans la voiture. Vous êtes prête ?

Elle se lève. C'est la première fois que je la vois sans sa blouse hideuse. J'ai la bouche sèche. Elle est plus mince que je ne l'imaginais mais ses courbes délicates sont celles d'une femme. Elle porte un petit pull vert étriqué à col en V ; sa poitrine bombée, soulignée par le lainage, accentue sa taille fine et son jean moulant met en valeur ses hanches menues joliment arrondies.

Elle est sublime.

Elle retire rapidement ses baskets pour les fourrer dans son cabas en plastique, et enfile ses bottes toutes usées.

— Vous ne mettez pas de chaussettes ?

Elle secoue la tête en se penchant pour lacer ses bottes, mais ses joues rosissent à nouveau.

*Ne pas porter de chaussettes, c'est peut-être une coutume albanaise ?*

Je jette un coup d'œil par la fenêtre. Heureusement que je la raccompagne. Non seulement je resterai plus

153

longtemps avec elle, mais je découvrirai où elle habite et je l'empêcherai d'avoir des engelures.

Je lui tends la main.

— Donnez-moi votre blouson.

Elle m'adresse un sourire timide quand je l'aide à le passer.

*Cette loque ne lui tiendra jamais assez chaud.*

Lorsqu'elle se retourne pour me faire face, je remarque une petite croix dorée à son cou et un écusson sur son pull – celui d'un lycée ?

Tout d'un coup, je panique.

— Vous avez quel âge ?

— Vingt-trois ans.

*Elle est donc majeure et vaccinée. Ouf.* Je secoue la tête, soulagé.

— On y va ?

Elle acquiesce. Elle attrape son sac en plastique et sort de l'appart derrière moi.

Nous attendons en silence l'ascenseur pour descendre au garage. Dans la cabine, Alessia se tient aussi loin de moi que possible. Elle ne m'accorde décidément pas sa confiance.

*Après mon comportement de ce matin, ça devrait m'étonner ?*

Cette pensée me donne le cafard. Je tente d'afficher un air calme et nonchalant, mais dans cet espace confiné, j'ai une conscience aiguë de sa présence. De son corps.

Ce n'est peut-être pas moi. Peut-être qu'elle n'aime pas les hommes, tout simplement. Je chasse aussitôt de mon esprit cette perspective déprimante.

Le garage est petit, mais comme l'édifice appartient à ma famille, j'ai deux places de parking pour mon Land Rover Discovery et ma Jaguar F-Type. Je ne suis pas un dingue de bagnoles comme Kit, qui était un collectionneur passionné, dont la flotte de voitures anciennes m'appartient désormais. Personnellement, tout ce que je demande à un moteur, c'est qu'il soit neuf et ne me complique pas la vie. Dieu sait ce que je vais faire de la collection de Kit. Il faudra que je pose la question à Oliver. Dois-je la vendre ? La léguer à un musée en mémoire de Kit ?

Perdu dans mes pensées, je déverrouille le Discovery à distance. Ses phares clignotent en signe de bienvenue. Avec ses quatre roues motrices, je n'aurai aucun mal à circuler sur la chaussée enneigée. La voiture est encore maculée de boue et de crasse après mon retour des Cornouailles, et quand j'ouvre la portière côté passager à Alessia, je découvre l'amas de détritus qui jonche le plancher.

— Un instant.

Je ramasse les gobelets à café, les sachets de chips et les emballages de sandwichs, et les fourre dans un sac en plastique que je jette sur le siège arrière.

*Pourquoi suis-je aussi bordélique ?*

Parce que j'ai vécu toute ma vie avec des nounous, puis en pension, et ensuite avec des domestiques qui rangeaient pour moi.

Avec un sourire que j'espère rassurant, je fais signe à Alessia de monter. Je n'en suis pas certain, mais j'ai l'impression qu'elle esquisse un sourire, elle aussi. Peut-être que ce foutoir l'amuse.

155

Je l'espère.

Elle se blottit dans le siège et écarquille les yeux en examinant le tableau de bord.

— Quelle est votre adresse ?

— 43 Church Walk, à Brentford.

*Brentford ! Bon sang, elle habite à perpète.*

— Code postal ?

— TW8 8BV.

Je programme la destination dans le GPS et enclenche la marche arrière. J'appuie sur un bouton et la porte du garage s'ouvre pour révéler graduellement un tourbillon de blancheur. Il y a déjà sept à dix centimètres de neige au sol, et le blizzard se déchaîne toujours.

— Je n'ai jamais vu ça ! (Je me tourne vers Alessia.) Est-ce qu'il neige autant en Albanie ?

— Oui, il y a beaucoup de neige chez moi.

— Et où est-ce, chez vous ?

Je sors du garage et me dirige au bout de la rue.

— Kukës.

*Connais pas.*

— C'est une petite ville. Pas comme Londres, précise Alessia.

Un bip retentit.

— Vous pourriez boucler votre ceinture, s'il vous plaît ?

— Oh ! s'étonne-t-elle. Chez moi, il n'y en a pas.

— Eh bien ici, c'est obligatoire.

Elle tire la sangle sur sa poitrine.

— Voilà ! dit-elle avec fierté.

C'est à mon tour d'esquisser un sourire. Elle n'a peut-être pas souvent l'occasion de se déplacer en voiture.

— Vous avez appris à jouer du piano chez vous ?

— C'est ma mère qui m'a appris.

— Elle joue aussi bien que vous ?

Alessia secoue la tête.

— Non.

Elle frissonne. Je ne sais pas si c'est parce qu'elle a froid ou parce que quelque chose lui fait peur. J'augmente le chauffage et nous prenons Chelsea Embankment. Les lumières de l'Albert Bridge scintillent entre les flocons tourbillonnants.

— C'est joli, murmure Alessia.

— C'est vrai.

*Comme toi.*

— On va devoir rouler lentement. On n'est pas habitués à autant de neige, à Londres.

Heureusement, les routes sont relativement dégagées.

— Alors, dites-moi, pourquoi êtes-vous venue à Londres, Alessia ?

Elle me regarde les yeux écarquillés, puis fronce les sourcils et baisse la tête.

— Le travail ?

Elle acquiesce mais on dirait qu'elle se dégonfle comme un ballon.

*Merde.* Un picotement me parcourt le dos. Elle s'est complètement renfermée. Il y a quelque chose qui ne va pas. Pas du tout. Je m'empresse de changer de sujet.

157

— Peu importe. On n'est pas obligés d'en parler…
Je voulais vous demander, comment faites-vous pour
mémoriser chaque morceau?

Elle relève la tête. Manifestement, elle préfère discuter piano. Elle se tapote la tempe.

— Je vois la musique. Comme un tableau.

— Vous avez une mémoire photographique?

— Je vois la musique en couleurs. Ce sont les couleurs qui m'aident à me rappeler les notes.

J'ai déjà entendu parler de ce phénomène.

— Waouh. Alors c'est de la synesthésie?

— Syn-ette-té…

Elle se tait, incapable de prononcer le mot.

— Synesthésie.

Elle fait une nouvelle tentative, plus réussie.

— Qu'est-ce que c'est?

— Ça veut dire que vous voyez les notes en
couleurs.

— Oui, c'est ça, acquiesce-t-elle, ravie.

— Ça ne m'étonne pas. Il paraît que plusieurs
grands musiciens sont synesthètes. Et vous voyez autre
chose en couleur?

Ma question la laisse perplexe.

— Des lettres? Des chiffres?

— Non, seulement la musique.

— Incroyable. (Je lui souris.) L'autre jour, j'étais
sérieux. Vous pouvez jouer du piano quand vous
voulez.

Elle me décoche un sourire radieux. Ma queue
réagit aussitôt.

158

— D'accord. J'aime bien jouer sur votre piano.

— Et moi, j'aime vous écouter.

Quarante minutes plus tard, je m'engage dans un cul-de-sac à Brentford et me gare devant une modeste maison mitoyenne. La nuit est tombée. Dans la salle de séjour, on repousse un rideau : j'aperçois le visage d'un jeune homme, éclairé par le lampadaire.

*C'est lui, son mec ? Il faut que je sache.*

— C'est votre petit ami ?

En attendant sa réponse, mon cœur s'emballe et mon sang pulse dans mes tympans.

Alessia part d'un rire doux et mélodieux. C'est la première fois que je l'entends rire, j'ai envie que ce soit plus souvent…

— Non, c'est Michal, le fils de Magda. Il a quatorze ans.

— Ah. Il est grand pour son âge !

— C'est vrai.

Son visage s'éclaire, et j'éprouve un petit pincement de jalousie. Manifestement, elle a beaucoup d'affection pour lui.

— C'est la maison de Magda.

— Je vois. C'est une amie ?

— Oui, une amie de ma mère. Elles sont… comment dit-on ? Correspondantes.

— Je ne pensais pas que ça existait encore. Elles se rendent visite ?

159

— Non. (Elle pince les lèvres et examine ses ongles.) Merci de m'avoir raccompagnée, souffle-t-elle, mettant un terme à la conversation.

— Ça m'a fait plaisir, Alessia. Et encore une fois, je suis désolé, pour ce matin. Ce n'était pas un traquenard.

— Un traquenard?

— Euh… un piège. Quand je vous ai sauté dessus, comme un chat attrape une souris.

Elle rit à nouveau, et son beau visage s'éclaire.

*Je pourrais m'habituer à cette musique.*

— Vous rêviez.

*De toi.*

— Vous voulez entrer boire un thé? propose-t-elle.

C'est à mon tour de rire.

— Non. Ne vous embêtez pas pour moi. En plus, je suis plutôt café.

Elle fronce les sourcils.

— Nous avons aussi du café.

— Il faut que je rentre. Ça va me prendre du temps, vu l'état des routes.

— Merci encore.

— À vendredi, alors.

— Oui. À vendredi.

Un sourire radieux illumine son ravissant visage, et je craque.

Elle sort de la voiture pour se diriger vers la porte qui s'entrouvre, dessinant un rai de lumière chaude sur le sentier enneigé. Le grand ado est sur le seuil. Michal. Il me fusille du regard.

160

Ça m'amuse. Du moment que ce n'est pas son petit ami… Je fais demi-tour, mets la musique à fond puis, avec un air niais collé au visage, je repars pour Londres.

# 8

C'était qui ? s'enquiert Michal d'une voix sèche et glaciale, tout en lançant un coup d'œil furieux au Discovery par la fenêtre.

Perché sur ses longues jambes dégingandées, il n'a que quatorze ans, mais avec ses cheveux noirs en bataille, il domine Alessia d'une bonne tête.

— Mon patron, répond-elle en regardant la voiture s'éloigner par la porte entrouverte.

Lorsqu'elle la referme, incapable de contenir sa jubilation, elle serre spontanément Michal dans ses bras. Il se dégage. Son visage s'est empourpré mais ses yeux bruns brillent de gêne et de joie mêlées. Alessia lui adresse un sourire radieux, et Michal lui répond par un petit rictus qui trahit son béguin d'adolescent pour elle. Elle s'écarte, soucieuse de ne pas se montrer trop affectueuse. Elle ne veut pas le blesser. Après tout, sa mère et lui l'ont traitée avec bonté.

— Où est Magda ? demande-t-elle.

— Dans la cuisine.

Les traits du jeune homme se décomposent. Il baisse d'un ton.

162

— Quelque chose ne va pas. Elle fume beaucoup.

— Oh non…

Alessia sent son pouls s'accélérer, elle a un mauvais pressentiment. Elle retire son anorak et le suspend à la patère du petit couloir qui mène à la cuisine. Assise à une minuscule table en Formica, Magda tient une cigarette. Des volutes de fumée forment un nuage au-dessus de sa tête. Bien qu'elle soit petite, la cuisine est propre et en ordre, comme toujours, et la radio babille en polonais. Magda lève la tête, visiblement soulagée de la voir.

— Tu as pu rentrer malgré la tempête ! J'étais inquiète. Tu as passé une bonne journée ?

Le sourire de Madga est forcé. Elle tire une longue bouffée sur sa cigarette.

— Oui. Et toi, ça va ? Et ton fiancé ?

C'est Magda qui a offert un toit à Alessia. Blonde et pulpeuse, avec des yeux noisette qui pétillent d'humour et de malice, elle est à peine plus jeune que sa mère. D'habitude, elle fait dix ans de moins mais aujourd'hui, elle a le teint pâle et la bouche tombante. La cuisine empeste la cigarette, alors que Magda déteste cette odeur, même si elle fume.

Elle exhale une bouffée.

— Oui, ça va. Ça n'a rien à voir avec lui. Ferme la porte et assieds-toi.

Un frisson parcourt Alessia. Et si Magda lui demandait de partir ? Elle obtempère et s'assoit sur une chaise en plastique.

— Des agents de l'immigration sont passés aujourd'hui. Ils te cherchaient.

*Oh, mon Dieu.* Alessia blêmit. Elle entend le sang battre à ses tempes.

— Tu étais déjà partie au travail, ajoute Magda.

— Qu'est-ce que… tu leur as dit ? bégaie Alessia en tentant de réfréner les tremblements de ses mains.

— Je ne leur ai pas parlé. C'est M. Forrester, le voisin, qui leur a répondu. Ils ont frappé chez lui parce qu'on était sortis. Il s'est méfié et leur a dit qu'il n'avait jamais entendu parler de toi. Il a prétendu que Michal et moi, nous étions en Pologne.

— Ils l'ont cru ?

— Oui, selon M. Forrester. Ils sont repartis.

— Comment m'ont-ils trouvée ?

— Je ne sais pas, grimace Magda. Va savoir comment ils s'y prennent ? (Elle tire sur sa cigarette.) Il faut que j'écrive à ta mère.

Alessia agrippe la main de Magda.

— Non ! S'il te plaît.

— Je lui ai déjà dit que tu étais arrivée saine et sauve. J'ai menti.

Alessia rougit. Magda ne connaît pas tous les détails de son périple jusqu'à Brentford.

— S'il te plaît, répète-t-elle, je ne veux pas qu'elle s'inquiète.

— Alessia, s'ils te pincent, tu seras expulsée en Albanie…

Magda se tait.

— Je sais… Je ne peux pas retourner là-bas, souffle Alessia, la gorge serrée par la peur, tandis qu'une goutte de sueur coule le long de son dos.

— Michal et moi, on part dans deux semaines. Tu vas devoir chercher un autre logement.

— Je sais. Je me débrouillerai.

L'anxiété noue l'estomac d'Alessia. Tous les soirs, dans son lit, elle passe en revue les différentes alternatives. À ce jour, elle a mis trois cents livres de côté en faisant des ménages. Cet argent va lui servir de caution pour louer une chambre. Avec l'aide de Michal, qui lui prête son ordinateur, elle essaiera de trouver un toit.

— Il faut que je prépare le dîner, soupire Magda en écrasant sa cigarette.

La fumée qui s'élève en tourbillons du cendrier se mêle à l'atmosphère tendue de la pièce.

— Je vais t'aider.

Plus tard, blottie dans son petit lit, Alessia fixe le plafond en tripotant sa croix en or. La lueur du lampadaire perce les voilages pour éclairer le papier peint fané. L'esprit en ébullition, elle essaie de ne pas paniquer. Dans la soirée, après une heure sur internet, elle a fini par dénicher une chambre dans une maison près de Kew Bridge Station. D'après Magda, ce n'est pas loin de chez elle. Alessia a rendez-vous vendredi soir, lorsqu'elle rentrera de chez Monsieur. Elle a à peine les moyens de se la payer, mais elle doit déménager, surtout si les agents de l'immigration sont à ses trousses. Il ne faut pas qu'elle soit expulsée. Elle ne peut pas rentrer en Albanie.

C'est inenvisageable.

Elle se retourne pour ne plus voir la lumière qui filtre par les rideaux et s'entortille dans sa couette trop mince pour garder autant de chaleur que possible. Les pensées tourbillonnent dans sa tête, la submergent.

*Ne pense pas à l'Albanie.*

*Ne pense pas à ce voyage.*

*Ne pense pas aux autres filles… à Bleriana.*

Elle ferme les yeux et, aussitôt, elle revoit Monsieur endormi sur son canapé, les cheveux ébouriffés, les lèvres entrouvertes. Elle se souvient de ses bras. Son baiser rapide. Elle s'imagine qu'elle est à nouveau contre lui, qu'elle hume son odeur, qu'elle embrasse sa peau, sent le rythme régulier de son cœur contre sa poitrine.

*Tu m'as manqué.*

Elle gémit. Toutes les nuits, il occupe ses pensées. Il est si séduisant. Plus que ça… Il est beau et bon.

*J'aime vous écouter.*

Il l'a raccompagnée chez elle. Il n'était pas obligé.

*Vous pouvez rester ici, si vous voulez.*

Rester chez lui ?

Elle pourrait peut-être lui demander de l'aide ?

*Non.* C'est à elle de régler le problème. Jusque-là, elle s'est débrouillée seule. Pas question de rentrer à Kukës, aussi longtemps que cet homme est là-bas.

*Il me secoue de toutes ses forces.*

*Arrête ! Arrête, tout de suite ! Ne pense pas à lui !*

C'est à cause de lui qu'elle est en Angleterre. Il fallait mettre autant de kilomètres que possible entre elle et lui.

*Pense à Monsieur. Rien qu'à Monsieur.*
Sa main glisse le long de son corps.
*Ne pense qu'à lui...*
Comment l'a-t-il appelée ? Quel était ce mot, déjà ?
Synesthésie... Elle se le répète encore et encore tandis que sa main l'emmène de plus en plus haut...

Le lendemain matin, Alessia se réveille au pays des merveilles. Tout est blanc et silencieux. Même la rumeur lointaine de la circulation est assourdie par la couverture de neige. Elle regarde par la fenêtre de sa chambre et elle éprouve le même ravissement que lorsqu'elle était petite, quand il neigeait à Kukës. Puis elle se rappelle que c'est la journée de Mme Kingsbury. Heureusement, c'est à Brentford, à quelques minutes à pied, même si Mme Kingsbury la suit partout dans la maison pour critiquer sa façon de faire le ménage. Mais Alessia se doute que si la vieille dame rouspète, c'est parce qu'elle se sent seule. Malgré ses reproches, elle offre toujours du thé et des biscuits à Alessia lorsqu'elle a terminé. Elles bavardent, et Mme Kingsbury tente de la retenir aussi longtemps que possible. Alessia ne comprend pas pourquoi Mme Kingsbury vit seule. Elle a vu des photos de ses enfants et de ses petits-enfants sur sa cheminée. Pourquoi sa famille ne s'occupe pas d'elle ? Nana a bien vécu chez les parents d'Alessia après la mort de son mari... Mme Kingsbury accepte-rait-elle d'avoir une locataire ? Quelqu'un qui pourrait prendre soin d'elle ? Elle a de la place après tout. Et Alessia est seule au monde, elle aussi.

Vêtue du bas de pyjama Bob l'éponge de Michal et de son vieux maillot de foot d'Arsenal, elle prend ses vêtements et descend l'escalier quatre à quatre, traversant la cuisine pour gagner la salle de bains.

Magda a été généreuse. Elle lui a donné de vieux habits de Michal. Elle se plaint souvent qu'il grandit trop vite, mais pour Alessia, c'est une aubaine. Presque tout ce qu'elle porte vient de Michal. Sauf ses chaussettes, pleines de trous. Elle en a deux paires, seulement.

*Vous ne portez pas de chaussettes ?*

Alessia rougit en se rappelant le commentaire de Monsieur. Elle n'a pas eu le courage de lui avouer qu'elle n'avait pas les moyens de s'en acheter. Pas tant qu'elle économise pour se payer une chambre.

Elle allume le ballon et attend quelques instants que l'eau chauffe. Elle se déshabille, entre dans la baignoire et se lave aussi vite que possible sous le filet d'eau tiède.


Les mains plaquées contre le carrelage, je halète sous le jet d'eau brûlante. Me voilà réduit à me branler sous la douche... une fois de plus.

*C'est quoi, cette vie ?*

*Pourquoi je ne vais pas tirer un coup ?*

Ses yeux couleur d'expresso bien noir me contemplent à travers ses longs cils.

Je gémis.

J'en ai assez.

*Enfin, merde, quoi ! C'est ma femme de ménage !*

Hier soir, je me suis agité dans mon lit, tout seul, une fois de plus. Son rire résonnait dans mes rêves. Elle était insouciante et heureuse, et elle jouait du piano pour moi, nue dans sa petite culotte rose, avec ses longs cheveux qui lui retombaient sur les seins.

*Ah...*

Même ma séance de gym éreintante de ce matin n'a pas pu me la faire oublier.

Il n'y a qu'une seule façon de me libérer de cette obsession.

*Ce qui ne risque pas de se produire.*

Pourtant, lorsqu'elle est descendue de la voiture, son sourire m'a redonné espoir. Je la revois demain. Plus optimiste, j'empoigne une serviette. Tout en me rasant, je vérifie mon téléphone. Oliver m'a envoyé un SMS. Il est coincé en Cornouailles par la tempête de neige je peux donc consacrer la matinée à répondre aux mails de condoléances, puis déjeuner avec Caroline et Maryanne. Et ce soir, je sors avec mes potes.

— Ça y est, on a enfin réussi à te tirer de ton antre ! Comment je t'appelle maintenant ? « Lord Trevethick » ou « milord » ? lance Joe en levant sa pinte de Fuller's pour me saluer.

— Ouais, moi non plus, je ne sais pas si je dois te donner du « Trevethick » ou « Trevelyan », grogne Tom.

Je hausse les épaules.

— L'un ou l'autre. Ou juste mon prénom : Maxim.

— Je vais devoir t'appeler Trevethick… mais je vais avoir du mal à m'y faire. C'est ton titre, après tout, et Dieu sait que mon père ne plaisante pas avec le sien !

Je hausse un sourcil.

— Heureusement, je ne suis pas ton père.

Tom lève les yeux au ciel.

— Ça ne sera plus pareil, sans Kit, marmonne Joe.

Les flammes font scintiller ses yeux noirs. Pour une fois, il est sérieux.

— Non. Paix à ton âme, Kit, ajoute Tom.

Joseph Diallo et Thomas Alexander sont mes plus vieux amis. Les plus proches aussi. Après que j'ai été renvoyé d'Eton, mon père m'a expédié à Bedales. C'est là que j'ai connu Joe, Tom et Caroline. Et c'est notre amour de la musique et notre désir pour Caroline qui nous ont réunis. On a même formé un groupe. Quant à Caroline… elle a choisi mon frère.

Je me joins au toast.

— Repose en paix, Kit. Tu me manques, mon salaud.

Nous sommes confortablement installés dans l'arrière-salle du Coopers Arms, un pub chaleureux et accueillant à deux pas de chez moi, à siroter nos pintes près d'un bon feu de cheminée. Nous terminons notre deuxième tournée, et je commence à sentir les effets de la bière.

— Tu tiens le coup, vieux ? me demande Joe en rejetant ses dreadlocks en arrière.

En plus d'être un excellent escrimeur, Joe est un créateur de mode masculine et sa carrière s'annonce prometteuse. Son père, un émigré du Sénégal, est l'un des plus grands gestionnaires de hedge funds du Royaume-Uni.

— Disons que ça va. Mais je ne suis pas certain d'être prêt à assumer mes nouvelles responsabilités.

— Je te comprends, dit Tom.

Roux aux yeux ambrés, Tom est le troisième fils d'un baronnet, qui a suivi la tradition familiale en s'enrôlant dans l'armée. En tant que lieutenant des Coldstream Guards, il a servi deux fois en Afghanistan et a vu de nombreux camarades tomber. Il y a deux ans, il a été mis à la retraite après avoir été blessé suite à l'explosion d'une bombe, à Kaboul. Sa jambe gauche a été rafistolée avec des pièces en titane, mais il a gardé son tempérament sanguin. Joe et moi avons appris à reconnaître l'éclat qui s'allume dans le regard de Tom, indiquant qu'il est temps de changer de sujet ou de pub. À sa demande, nous ne mentionnons jamais L'Accident.

— La messe commémorative, c'est pour quand? s'enquiert Tom.

— J'en parlais aujourd'hui avec Caroline et Maryanne. On s'est dit que ça pourrait être après Pâques.

— Caroline, ça va?

Je me tortille sur mon siège et hausse les épaules.

— Elle est encore sous le choc.

Tom me dévisage en plissant les yeux. J'ai piqué sa curiosité.

— Il y a quelque chose que tu ne nous dis pas?

*Merde.* Depuis L'Accident, Tom est devenu plus belliqueux, mais aussi tellement clairvoyant que c'en est énervant.

— Allez, Trevelyan, tu nous caches quelque chose. C'est quoi?

— Rien. Ça ne te regarde pas. Et Henrietta, comment va-t-elle, au fait?

— Henry? Très bien, merci. Mais elle n'arrête pas de me laisser entendre qu'il serait temps que je prenne mon courage à deux mains pour lui demander la sienne.

Joe et moi sourions tous les deux.

— Tu es condamné, vieux, dit Joe en lui tapant dans le dos.

De nous trois, Tom est le seul à être en couple. Henrietta est une sainte. Elle a soigné Tom lorsqu'il était traumatisé par ses blessures, et elle supporte ses incartades, son syndrome post-traumatique, son caractère de chien. Il aurait pu tomber plus mal.

Joe et moi, nous préférons enchaîner les conquêtes. Du moins, c'était mon cas jusqu'ici. Sans crier gare, l'image d'Alessia Demachi avec ses cheveux de jais me vient à l'esprit.

*C'était quand, la dernière fois que j'ai eu un rapport sexuel?*

Je fronce les sourcils. Je ne sais même plus.

— Et Maryanne? me demande Joe.

— Ça va. Elle fait son deuil, elle aussi.

— Elle a besoin d'être réconfortée?

*Comme j'ai réconforté Caroline?*

— Bas les pattes ! dis-je.

*Règles de la maison : les sœurs, pas touche !* Je secoue la tête. Joseph a encore un faible pour Maryanne, mais il est temps de casser son rêve…

— Elle a rencontré un type dans une station de ski à Whistler. Il habite Seattle. Il est psychologue, je crois. Elle va le revoir bientôt.

Joe m'interroge du regard.

— Vraiment ?

Il se gratte le menton, songeur.

— En tout cas, s'il rapplique ici, il va falloir qu'on vérifie si le mec est à la hauteur.

— Il va peut-être passer à Londres le mois prochain. Elle a vraiment hâte.

— Maintenant que tu es le comte, tu vas devoir nous faire un héritier et un joker, lance Tom.

— Ouais, c'est ça. Il n'y a pas le feu.

*Voilà ce que j'ai toujours été. Le Joker… C'est ainsi que me surnommait Kit.*

En fin de compte, le titre et les terres en ont eu besoin, du joker.

— Tu n'es pas prêt de te caser, mon pote. Tu es aussi serial baiseur que moi. Et j'ai besoin d'un complice, ajoute Joe avec un grand sourire.

— Allez, Trevelyan, avoue que tu as sauté la moitié de Londres, me provoque Tom, sans que je sache s'il est écœuré ou épaté par mes exploits.

— Va te faire foutre, Tom, dis-je d'une voix placide.

Nous éclatons de rire.

La patronne du pub fait sonner la cloche au-dessus du bar.

— Messieurs, il est l'heure, lance-t-elle.

— On va chez moi ?

Tom et Joe sont d'accord. Nous vidons le reste de nos pintes.

— Tu peux faire le chemin à pied, Tom ?

— Pauvre con. Comment je suis arrivé jusqu'ici, à ton avis ?

— Alors la réponse est oui.

— Moi, en avril, je cours le 5 kilomètres, espèce de branleur.

Je lève les mains. J'oublie toujours que sur le plan physique, Tom a été réparé…

La journée est claire et ensoleillée, mais il fait un froid cinglant. Son souffle la précède tandis qu'elle presse le pas sur Chelsea Embankment. De grosses plaques de glace sont toujours visibles, mais on a répandu du sable sur la chaussée. La circulation est revenue à la normale : Londres est à nouveau en état de marche. Le train d'Alessia a eu du retard ce matin, et maintenant elle doit se dépêcher. Mais elle aurait été capable de venir à pied de Brentford, rien que pour le revoir.

Alessia sourit. Elle est enfin devant la porte de l'appartement de Monsieur, l'endroit qu'elle préfère au monde. Elle glisse sa clé dans la serrure et se prépare à entendre l'alarme retentir. Elle est soulagée d'être accueillie par le silence. En refermant la porte, une odeur l'assaille. L'appartement empeste l'alcool.

Cette odeur inattendue lui fait plisser le nez. Elle se dirige vers la cuisine, pieds nus. Les plans de travail sont jonchés de bouteilles de bière vides et de boîtes de pizza pleines de graisse.

Elle sursaute en voyant un beau jeune homme athlétique debout devant le réfrigérateur ouvert, en train de boire du jus d'orange à même la brique. Il a la peau sombre, de longs cheveux tressés et il ne porte qu'un boxer. Alessia le fixe, bouche bée. Il se tourne vers elle et le grand sourire qui se dessine sur son visage dévoile des dents éblouissantes.

— Tiens donc ! Bonjour, dit-il, en ouvrant de grands yeux admiratifs.

Alessia rougit et marmonne « Bonjour » avant de courir se réfugier dans la buanderie.

*Qui est cet homme ?*

Elle retire précipitamment son blouson et met sa tenue de travail, blouse et fichu, puis elle glisse ses pieds dans ses baskets.

Elle passe une tête dans la cuisine. Monsieur, vêtu d'un tee-shirt noir et d'un jean déchiré, partage la brique de jus d'orange avec l'inconnu.

— Je viens de faire peur à ta petite bonne aux pieds nus. Tu te l'es tapée ? Elle est canon.

— Joe, je t'emmerde. Et ça ne m'étonne pas que tu lui aies fait peur. Va t'habiller, espèce d'exhibitionniste.

— Pardon, milord.

L'inconnu esquisse une révérence.

175

— Allez, casse-toi, dit Monsieur d'une voix amicale en avalant une autre rasade de jus d'orange. Tu peux utiliser ma salle de bains.

L'homme aux cheveux noirs éclate de rire et, en partant, surprend Alessia qui écoute leur conversation. Il lui adresse un petit salut. Monsieur se tourne vers elle aussi. Son regard s'illumine et un sourire se dessine sur son visage. Alessia n'a pas le choix : elle sort de sa cachette.

— Joe, je te présente Alessia. Alessia, Joe.

Ses paroles sonnent comme un avertissement, mais elle ne sait pas si celui-ci s'adresse à elle ou à Joe.

— Bonjour, Alessia. Pardonnez-moi ma tenue débraillée.

Joe s'incline exagérément et, lorsqu'il se redresse, un éclat malicieux s'allume dans ses yeux sombres. Son corps est aussi mince et musclé que celui de Monsieur. Chaque muscle de son ventre se dessine nettement.

— Bonjour, chuchote-t-elle.

Monsieur foudroie Joe du regard. Mais Joe l'ignore et fait un clin d'œil à Alessia avant de sortir tranquillement de la cuisine en sifflotant.

— Désolé, dit Monsieur en tournant vers elle ses yeux émeraude. Comment allez-vous aujourd'hui ?

Il sourit à nouveau. Alessia rougit d'autant plus, mais son cœur s'emballe. Cette question pourtant banale lui remonte le moral.

— Je vais bien, merci.

— Je suis ravi que vous ayez réussi à venir jusqu'ici. Les trains circulent normalement ?

176

— Ils sont un peu en retard.

— Bonjour.

Un homme à l'air revêche et à la chevelure flamboyante, également vêtu d'un boxer, entre en boitillant dans la cuisine.

— Non, mais c'est pas vrai ! marmonne Monsieur en passant sa main dans ses cheveux.

Alessia contemple ce nouvel ami. Il est grand et beau, lui aussi, mais sur la peau claire de sa jambe gauche et de sa hanche, des cicatrices s'entrecroisent comme des rails de chemin de fer.

Il remarque le regard d'Alessia.

— Blessure de guerre, grogne-t-il.

— Je suis désolée.

Elle baisse les yeux vers le sol – si seulement il pouvait l'engloutir !

— Tom, tu veux du café ? demande Monsieur.

Alessia a l'impression qu'il essaie de détendre l'atmosphère.

— Et comment ! J'ai une sacrée gueule de bois.

Alessia se réfugie dans la buanderie pour commencer le repassage. Au moins, dans sa cachette, elle ne risque pas de contrarier les amis de Monsieur.

Je suis des yeux la retraite précipitée d'Alessia dans l'arrière-cuisine, avec sa tresse qui se balance en lui frôlant la taille.

— Qui est cette jeune beauté ?

— Ma femme de ménage.

Tom hoche la tête, l'air graveleux. Heureusement qu'elle s'est retirée, loin du regard curieux de Tom

177

et de Joe. Leur réaction me met mal à l'aise. Je sens un instinct protecteur naître en moi. Un sentiment inédit. Je n'ai aucune envie que mes amis la reluquent. Elle est à moi. Enfin, disons plutôt qu'elle est mon employée.

*Vous êtes le comte de Trevethick, maintenant. Il va falloir lui faire un contrat.*

Mon employée, pas tout à fait… Il faudra que je régularise ça le plus vite possible. Aucune envie de me faire harceler par Oliver ou par le fisc.

— Qu'as-tu fait de Krystyna ? Je l'aimais bien, cette vieille bique.

— Krystyna est rentrée en Pologne. Maintenant, tu veux bien aller t'habiller ? Il y a une dame, ici, bordel !

— Une dame ?

Le regard que j'adresse à Tom le fait blêmir. Pour une fois, il ne prend pas la mouche.

— Désolé, vieux. Je vais m'habiller. Avec du lait et sans sucre pour moi.

Il sort de la cuisine en traînant des pieds. Je m'en veux d'avoir invité mes amis à passer la nuit chez moi le jour où Alessia vient travailler. Je ne commettrai plus cette erreur.

Alessia a réussi à éviter les amis de Monsieur presque toute la matinée, mais elle est soulagée lorsqu'ils finissent par s'en aller. Elle a même envisagé un instant de se cacher dans la chambre interdite, mais Krystyna a été très claire sur ce point : elle n'a pas le droit d'y mettre les pieds.

Elle a retiré les couvertures du canapé du salon et changé les draps du lit de la chambre d'amis. La chambre de Monsieur est rangée ; quelle agréable surprise de constater qu'il n'y a toujours pas de préservatif usagé dans la poubelle. Il s'en débarrasse peut-être ailleurs ? Elle ne s'attarde pas sur cette pensée désagréable. Elle va dans le dressing pour ranger le repassage et ramasser ses vêtements sales. Elle n'a été absente que deux jours, mais la pièce est à nouveau en désordre.

Monsieur travaille à son ordinateur. Elle ne sait toujours pas ce qu'il fait dans la vie. Elle se rappelle le sourire éblouissant et contagieux qui a illuminé son visage lorsqu'il l'a aperçue ce matin. Elle sourit à son tour comme une idiote, examine la pile de vêtements qui jonche son dressing. À genoux, elle s'empare d'une chemise, puis jette un coup d'œil furtif à la porte entrebâillée. Certaine d'être seule, elle porte la chemise à son visage, ferme les yeux, et respire son odeur.

*Il sent si bon.*

— Ah, vous voilà !

Alessia sursaute et se lève un peu trop vite, ce qui la fait trébucher vers l'arrière. Deux mains puissantes l'attrapent par les bras et l'empêchent de tomber.

— Doucement.

Il la maintient jusqu'à ce qu'elle retrouve l'équilibre. Lorsqu'il la libère, elle sent encore l'empreinte de ses mains sur son corps.

— Je voulais prendre un pull. Il fait beau, mais froid. Vous avez assez chaud ? demande-t-il.

Elle hoche vigoureusement la tête en essayant de reprendre son souffle. Pour l'instant, dans cet espace confiné, si près de lui, elle crève de chaud.

Il examine l'amas de vêtements éparpillés dans le dressing en fronçant les sourcils.

— Quel foutoir ! marmonne-t-il, l'air penaud. Je suis pathologiquement bordélique.

— Path-o-log…

— Pathologique.

— Je ne connais pas ce mot.

— Ah. Euh… Ça désigne un comportement extrême.

— Je vois, répond Alessia, qui baisse les yeux en hochant la tête. Oui. Pathologique, répète-t-elle avec un air complice qui le fait éclater de rire.

— Je vais ranger, propose-t-il.

— Non, non, laissez, je m'en occupe.

Alessia agite le bras pour l'éloigner.

— Vous n'êtes pas obligée…

— C'est mon travail.

Il sourit et tend le bras pour attraper un gros pull crème sur une étagère. Ce faisant, il frôle l'épaule d'Alessia. Elle sursaute. Son cœur s'affole.

— Pardon, dit-il.

L'air un peu découragé, il quitte le dressing.

*Il n'a pas remarqué l'effet qu'il a sur moi ?* En plus, il l'a surprise en train de renifler sa chemise. Elle enfouit son visage dans ses mains. Il doit la prendre pour une véritable idiote. Mortifiée, furieuse contre elle-même, elle s'agenouille pour trier ses vêtements et fourre toutes ses affaires sales dans le panier à linge.

Je ne peux pas m'empêcher de la toucher. Toutes les excuses sont bonnes.

*Bas les pattes, mec.*

Dès que je la frôle, elle est tétanisée. Morose, je retourne d'un pas lent dans le salon. Elle ne m'aime pas, c'est aussi simple que ça.

*C'est une première, non ?*

Je crois. Les femmes n'ont toujours été qu'un divertissement pour moi. Mais avec un compte bancaire bien garni, un appartement à Chelsea, une belle gueule et une famille aristocratique, je n'ai jamais eu de problème de ce côté-là.

*Jamais. Jusqu'ici. Je devrais l'inviter à dîner. Un bon repas, j'ai l'impression que ça lui ferait du bien. Et si elle refusait ? Au moins, je serais fixé.*

Je marche de long en large devant la baie vitrée du salon en m'arrêtant pour contempler la Peace Pagoda pendant quelques minutes. J'essaie de rassembler mon courage.

Pourquoi est-ce aussi difficile ? Pourquoi elle ?

Elle est belle. Elle est talentueuse.

*Elle n'est pas intéressée.*

C'est peut-être aussi simple que ça. C'est la première femme qui me dit non.

Elle ne m'a pas dit non. Elle me donnera peut-être ma chance.

*Invite-la à dîner.*

181

J'inspire profondément et passe dans le couloir. Elle est là, son panier à linge à la main, devant ma chambre noire. Je la rejoins. Ses ravissants yeux interrogent les miens. Je me rappelle tout à coup qu'à l'époque j'avais interdit à Krystyna d'y entrer. D'ailleurs, je n'y ai pas mis les pieds depuis un bon moment.

— C'est mon labo photo dis-je en m'approchant.

Heureusement, cette fois, elle n'a pas de mouvement de recul.

— Vous voulez voir ?

Elle hoche la tête. Lorsque je m'empare du panier, mes doigts effleurent les siens. Mon cœur fait un tel bond qu'il s'écrase contre mes côtes.

— Donnez-moi ça.

J'ai parlé d'une voix rauque. Tout en tentant de me calmer, j'ouvre la porte, j'allume et je m'efface pour la laisser entrer.

Alessia pénètre dans une petite pièce baignée d'une lumière rouge. Une mystérieuse odeur de produits chimiques flotte dans l'air. Le long d'un mur, de grands bacs en plastique sont alignés sur un plan de travail, posé sur un meuble à tiroirs. Au-dessus, il y a des étagères encombrées de flacons, de piles de papier photo et de tirages. Une corde à linge est suspendue entre deux murs.

Il allume un plafonnier qui dissipe la lumière rouge.

— Vous faites de la photo ? demande Alessia.

— En amateur. Même si j'ai songé un temps à en faire mon métier.

— Les photos dans l'appartement sont de vous?

— Oui. J'ai eu quelques commandes aussi, mais…

Il ne finit pas sa phrase.

*Les paysages et les nus.*

— Mon père était photographe.

Il se tourne vers une armoire vitrée et l'ouvre pour en sortir un appareil photo. Alessia reconnaît la marque : un Leica.

J'étudie Alessia dans l'objectif. Ses yeux sombres, ses longs cils, ses pommettes hautes et ses lèvres pulpeuses qui s'entrouvrent… Ma queue frémit. J'appuie sur l'obturateur.

— Vous êtes très belle.

Bouche bée, Alessia secoue la tête et se couvre le visage des mains, sans cacher son sourire. Je prends une autre photo.

— C'est vrai. Regardez.

Je retourne l'appareil photo pour lui montrer l'écran. Elle fixe l'image numérique puis elle pose les yeux sur moi – et je me noie dans son regard noir, si noir…

— Vous voyez? Vous êtes magnifique.

Je tends la main pour lui relever le menton. Me penchant vers elle, je rapproche mon visage du sien, assez doucement pour lui permettre de reculer si elle le souhaite, avant d'effleurer ses lèvres. Elle en oublie de respirer. Quand je m'écarte, elle porte ses doigts à sa bouche, les yeux écarquillés.

— J'en avais tellement envie…

*Va-t-elle me gifler ? S'enfuir ?*

Elle me dévisage. Irréelle dans cette lumière tamisée, elle lève une main timide pour suivre le contour de mes lèvres du bout des doigts. Je me fige et ferme les yeux. Je n'ose pas respirer. Je ne veux pas l'effrayer. Ce geste tendre, léger comme une plume, résonne dans tout mon corps…

*Je n'en peux plus…*

Sans m'en rendre compte, je l'attire dans mes bras pour l'enlacer. Elle se fond contre moi ; sa chaleur me pénètre.

*Bon sang, quelle sensation.*

Je glisse les doigts sous son fichu et je le fais tomber. J'attrape sa tresse à la naissance de sa nuque et je tire légèrement dessus, pour rapprocher ses lèvres des miennes. Je souffle « Alessia » et je l'embrasse, doucement, pour ne pas lui faire peur. D'abord figée, elle finit par poser les mains sur mes bras en fermant les yeux pour accepter mon baiser.

Je l'embrasse plus profondément. Quand ma langue taquine ses lèvres, elle entrouvre la bouche.

*C'est tellement bon.*

Sa langue hésite puis s'abandonne. Elle a le goût de la grâce et de la séduction. C'est adorable, envoûtant, excitant…

Je dois me contrôler alors que je n'ai qu'une envie, me perdre en elle… Mais je ne crois pas qu'elle me laisserait faire. Je murmure :

— Je m'appelle comment ?

— Monsieur, chuchote-t-elle.

Je lui caresse la joue.

— Maxim. Dis-le : Maxim.

— Maxim, souffle-t-elle.

— Oui.

J'adore l'entendre prononcer mon nom avec son accent.

*Tu vois, ça n'était pas si difficile.*

Soudain, on frappe brutalement à la porte.

*Eh merde. Qu'est-ce que c'est ? Comment a-t-on pu entrer dans l'immeuble ?*

Je m'écarte à regret en levant un doigt.

— Surtout, ne bouge pas.

— Ouvrez, monsieur Tre…an ! Immigration ! hurle une voix désincarnée.

Alessia porte sa main à sa gorge, les yeux agrandis par la terreur.

— N'aie pas peur.

On cogne à nouveau.

— Monsieur Tre…yan !

La voix devient plus insistante.

— Je m'en occupe.

Furieux d'avoir été interrompu, je laisse Alessia dans la chambre noire puis me dirige vers l'entrée. J'examine les deux hommes à travers le judas. L'un est petit, l'autre grand. Avec leurs costumes gris bon marché et leurs parkas noires, ils n'ont pas des têtes de fonctionnaires. Je me demande si je dois leur ouvrir… Mais il faut que je sache pourquoi ils sont là, et si c'est bien Alessia qu'ils recherchent.

Je mets la chaîne avant d'entrebâiller la porte.

185

L'un des deux tente d'entrer de force, mais comme je fais pression, la chaîne tient bon. C'est un petit chauve râblé au regard sournois, qui suinte la brutalité par tous les pores.

— Elle est où ? aboie-t-il.

Je recule d'un pas. *Qui sont ces voyous ?*

Mince, silencieux et inquiétant, le partenaire du crâne d'œuf reste en retrait. Mes cheveux se hérissent sur ma nuque. C'est à mon tour de devenir menaçant.

— Montrez-moi une pièce d'identité.

— Ouvrez. Nous sommes des agents du service de l'immigration, et nous avons des raisons de croire que vous dissimulez une demandeuse d'asile déboutée dans votre appartement.

Les narines de Crâne d'œuf palpitent de colère. Il a un accent d'Europe de l'Est très prononcé.

— Il vous faut un mandat. Montrez-le-moi.

J'ai parlé avec l'autorité que seule une vie de privilèges peut donner.

Crâne d'œuf hésite un moment. Il y a quelque chose de louche dans cette histoire. *Qui sont ces types ?*

— Votre mandat. Je veux le voir.

Crâne d'œuf regarde son complice d'un air dubitatif.

— Où est la fille ? reprend le grand mince.

— Il n'y a que moi, ici. Qui cherchez-vous ?

— Une fille…

Je ricane.

— Vous n'êtes pas le seul. Maintenant, je vous suggère de foutre le camp et de revenir avec un mandat, sinon j'appelle la police. (Je sors mon téléphone.) Mais sachez une chose. Il n'y a aucune fille ici, et encore moins d'immigrée clandestine.

Le mensonge m'est venu aisément. C'est le résultat de l'éducation dispensée par l'une des meilleures écoles privées de Grande-Bretagne.

— J'appelle la police ?

Ils reculent d'un pas. C'est le moment que choisit ma voisine, Mme Beckstrom, pour ouvrir sa porte, son chien de poche, Heracles, dans les bras.

— Bonjour, Maxim ! lance-t-elle.

*Merci, madame Beckstrom, vous tombez à pic !*

— Très bien, monsieur Trev… Trev.

Il est incapable de prononcer mon nom. *Et puis c'est Lord Trevethick, connard !*

— On reviendra avec un mandat.

Il se retourne, fait signe à son collègue de le suivre, et bouscule Mme Beckstrom en se dirigeant vers l'escalier. Elle les foudroie du regard, puis me sourit. Je lui adresse un petit salut avant de refermer la porte.

Comment ces voyous ont-ils découvert qu'Alessia était chez moi ? Pourquoi la poursuivent-ils ? Qu'a-t-elle fait ? Ça n'existe pas, le « service de l'immigration ». L'agence s'appelle la Border Force depuis plusieurs années. J'inspire profondément pour me calmer avant de regagner la chambre noire, où je devine qu'Alessia est blottie dans un coin, tremblante.

Elle n'est plus là. Paniqué, je parcours tout l'appartement en l'appelant. Elle n'est ni dans les chambres,

187

ni dans le salon, ni dans la cuisine. Son anorak et ses bottes ont disparu de l'arrière-cuisine, et la porte de l'issue de secours est entrebâillée...

Alessia a pris la fuite.

# 9

Galvanisée par la peur et l'adrénaline, le cœur battant, Alessia dévale l'escalier de secours jusqu'à la ruelle. La grille donnant sur la rue est verrouillée de l'intérieur. Elle devrait être en sécurité mais, par précaution, elle se glisse entre les bennes à ordures. Elle s'adosse contre le mur en brique et inspire profondément pour tenter de reprendre son souffle.

Comment l'ont-ils retrouvée ? *Comment ?*

Elle a immédiatement reconnu la voix de Dante, et tous ses souvenirs refoulés ont aussitôt ressurgi, terrifiants.

Le noir. La peur. Le froid. L'odeur. Pouah. Cette puanteur...

Les larmes lui montent aux yeux. Elle cligne des paupières pour les chasser. Elle les a conduits à Monsieur ! Elle sait à quel point ils sont impitoyables, et ce dont ils sont capables. Secouée de sanglots, elle fourre son poing dans sa bouche en se recroquevillant sur le sol glacial.

*Pourvu qu'ils ne lui aient pas fait de mal !*

Il faut qu'elle remonte. Elle ne peut pas fuir s'il est blessé. *Réfléchis, Alessia. Réfléchis.* La seule personne qui sache où elle est, c'est Magda.

*Magda ! Non !* Ont-ils trouvé Magda et Michal ?

*Qu'est-ce qu'ils leur ont fait ?*

Magda. Michal. Monsieur… *Maxim !*

Son souffle est coupé par la panique. Elle a l'impression qu'elle va s'évanouir puis, d'un coup, elle sent son estomac se soulever, la bile lui remonte à la gorge et elle se penche pour vomir son petit déjeuner. Les mains à plat contre le mur, elle a des haut-le-cœur jusqu'à ce que son estomac se soit entièrement vidé. Cet effort physique l'a épuisée, mais un peu calmée. Elle s'essuie la bouche du revers de la main, se redresse, étourdie, et jette un coup d'œil dans la ruelle pour voir si on l'a entendue. Elle est toujours seule.

*Dieu merci.*

*Réfléchis, Alessia, réfléchis.*

D'abord, il faut qu'elle sache si Monsieur est sain et sauf. En inspirant profondément, elle quitte son refuge et gravit l'escalier de secours. Mue par un instinct de protection, elle se déplace prudemment. Il faut qu'elle sache si la voie est libre. L'appartement est au sixième étage. Au cinquième, hors d'haleine, elle monte la dernière volée de marches tout en scrutant l'intérieur de l'appartement entre les rampes en métal. La porte de la buanderie est fermée mais elle peut voir dans le salon. Aucun signe de vie. Soudain, Monsieur fait irruption, prend quelque chose sur

190

son bureau et ressort en trombe. Elle s'affale sur la balustrade.

*Dieu merci, il est sain et sauf.*

Rassurée, elle redescend l'escalier à toute vitesse. Pourvu qu'il ne soit rien arrivé à Magda et Michal !

Une fois dans la ruelle, elle chausse ses bottes et se dirige vers la grille qui donne sur la porte arrière du bâtiment. Elle s'arrête un moment. Et s'ils l'attendaient devant l'immeuble ? Son cœur bat la chamade. Elle ouvre la grille et jette un coup d'œil à la rue. Pas le moindre signe de Dante et de son acolyte, Ylli. Elle tire son bonnet en laine de son sac, se l'enfonce sur la tête et se dirige vers l'arrêt de bus.

Elle marche rapidement, tête baissée, les mains dans les poches, en résistant à l'envie de courir pour ne pas attirer l'attention. À chaque pas, elle prie le dieu de sa grand-mère pour qu'il protège Magda et Michal. Elle répète sa prière sans arrêt, en alternant entre l'albanais et l'anglais.

*Ruaji, Zot.*
*Ruaji, Zot.*
*Mon Dieu, protégez-les.*


Pris de panique, je reste paralysé dans l'entrée pendant une éternité. Mon sang cogne à mes oreilles.

Où est-elle ? À quelle embrouille est-elle mêlée ? Que faire ? Comment pourra-t-elle affronter seule ces deux brutes ?

*Quel merdier ! Il faut que je la retrouve.*

Où a-t-elle pu se réfugier ?

Chez elle. À Brentford. *Bien sûr !*

Je fonce dans le salon pour prendre les clés de la voiture sur mon bureau, avant de me précipiter vers la porte, ne m'arrêtant que pour attraper mon manteau. J'ai la nausée. Mon estomac se tord. Ces types n'étaient pas des « agents de l'immigration », c'est évident.

Une fois dans le garage, j'appuie sur la clé électronique en m'attendant à ce que le Discovery se déverrouille, mais c'est la Jaguar qui s'anime avec un bip.

*Eh merde.* Dans ma hâte, j'ai pris la mauvaise clé.

*Tant pis.* Je n'ai pas le temps de remonter. Je m'assois dans la Jag et je mets le contact. Le moteur rugit, et je fais marche arrière. La porte du garage s'ouvre lentement ; je prends à gauche et fonce jusqu'au bout de la rue... C'est là que s'arrête ma course. Vendredi après-midi, au début de l'heure de pointe, les voitures roulent au pas sur Chelsea Embankment. Ces embouteillages exacerbent mon anxiété et me font bouillir de rage. Je me repasse à plusieurs reprises mon échange avec les deux imposteurs, en quête d'indices sur les ennuis d'Alessia. Ils avaient un accent d'Europe de l'Est et une allure de gangsters. Alessia s'est enfuie. Donc, soit elle les connaît, soit elle croit que ce sont vraiment des « agents de l'immigration », ce qui signifie qu'elle doit être une immigrée clandestine. Ça ne m'étonne pas. Chaque fois que je lui ai demandé ce qu'elle faisait à Londres, elle a éludé mes questions.

*Alessia, à quoi es-tu mêlée ? Et où t'es-tu cachée ?*
J'espère qu'elle est rentrée à Brentford.

Dans le train, Alessia tripote nerveusement sa petite croix en or. Elle appartenait à sa grand-mère. C'est le seul objet qui lui vienne de sa chère Nana, et elle le chérit. Lorsqu'elle est stressée, cette croix la réconforte. Ses parents n'étaient pas croyants mais sa grand-mère, si... Elle fait tourner le bijou entre ses doigts tout en répétant son invocation.

*Protégez-les, de grâce.*

*Protégez-les, de grâce.*

Elle est folle d'angoisse. Comment l'ont-ils retrouvée ? Sont-ils passés chez Magda ? Il faut qu'elle sache si Magda et Michal vont bien. Pourquoi ce train roule-t-il si lentement ? Il vient juste d'arriver en gare de Putney. Encore vingt minutes avant d'atteindre Brentford.

*S'il vous plaît, plus vite.*

Ses pensées la ramènent à Monsieur Maxim. Il est sain et sauf, du moins pour l'instant.

Brusquement, son cœur s'arrête de battre.

*Maxim. Il m'a embrassée. Deux fois !*

Il lui a fait des compliments.

*Vous êtes très belle. Vous êtes magnifique.*

Et il l'a embrassée !

*J'en avais tellement envie.*

En d'autres circonstances, elle serait en extase. Elle effleure ses lèvres du bout des doigts. C'est un souvenir aussi doux qu'amer. Alors que ses rêves se réalisaient enfin, Dante est venu les briser… une fois de plus.

Pas question qu'elle ait une histoire avec Monsieur. *Avec Maxim.* Il s'appelle Maxim. Elle lui ferait courir un danger terrible. Elle doit le protéger de ces monstres.

*Zot ! Son boulot !*

Elle n'aura plus de boulot. Qui se risquerait à l'employer, alors que des criminels comme Dante sont à ses trousses ?

Que faire ?

Elle doit être prudente en rentrant à Brentford. Il ne faut pas que Magda se fasse repérer par Dante. Elle doit se protéger, elle aussi.

La peur la prend à la gorge. Elle frémit et se recroqueville sur son siège. En un instant, elle vient de perdre tout espoir. Dans un rare moment d'apitoiement, elle se berce pour se réconforter.

*Pourquoi le train est-il si lent ?*

Il vient de s'arrêter en gare de Barnes.

— Plus vite, plus vite ! souffle Alessia en se cramponnant à sa croix en or.

Je file sur l'A4. Tout en zigzaguant entre les voitures, je pense tour à tour à Alessia, aux brutes qui la poursuivent, puis à Kit.

*Kit ? Tu ferais quoi, toi ?*

Il saurait, lui. Il savait toujours.

Je me rappelle nos dernières vacances de Noël. Kit était tellement en forme. Maryanne et moi les

194

avions rejoints, lui et Caroline, pour assister à un festival de jazz à La Havane. Deux jours plus tard, nous étions tous partis pour St. Vincent, puis nous avions affrété un bateau pour Bequia afin de passer Noël ensemble. Ensuite, Maryanne était allée faire du ski à Whistler et passer le Nouvel An avec des amis, tandis que Caroline, Kit et moi étions rentrés au Royaume-Uni.

La semaine avait été extraordinaire.

Le lendemain du jour de l'an, Kit est mort.

*Ou bien il s'est tué.*

*Voilà. Je l'ai dit.*

*Mon soupçon inexprimé.*

*Nom de Dieu, Kit. Espèce de salaud.*

L'A4 devient la M4 : j'aperçois les tours qui dominent Brentford. Je prends la bretelle d'accès à quatre-vingts kilomètres heure. Heureusement, les feux sont au vert. Et comme j'ai raccompagné Alessia chez elle le jour du blizzard, je sais où elle habite.

Six minutes plus tard, je me gare devant sa maison, sors d'un bond de la voiture et me précipite vers la porte. Il y a encore des plaques de neige sur la pelouse, et les restes pitoyables d'un bonhomme de neige. La sonnette résonne dans le vide. Personne.

La peur me submerge.

*Où est-elle ?*

Mais bien sûr ! Elle rentre en train.

En tournant sur Church Walk, j'ai vu des panneaux signalant la gare. Je laisse la Jaguar garée devant la maison d'Alessia, je prends à droite au pas de course pour atteindre la rue principale. La station est à moins de deux cents mètres.

Tout en dévalant les marches, j'aperçois un train, mais il se dirige vers Londres. Je m'arrête pour me concentrer. Il n'y a que deux quais, et je suis sur celui qui dessert l'Ouest. Donc, je n'ai plus qu'à attendre. Au-dessus de ma tête, un tableau électronique annonce l'arrivée du prochain train à 15 h 07. Je consulte ma montre : il est 15 h 03.

Je m'adosse à l'un des piliers en fer qui soutiennent le toit de la gare. D'autres voyageurs attendent le train. La plupart, comme moi, cherchent à s'abriter. Je suis des yeux un sachet de chips vide que le vent pousse sur le quai. Il ne retient pas longtemps mon attention. Toutes les secondes, je scrute la voie déserte en priant pour que le train de Londres se présente.

*Allez. Allez. Tu arrives, oui ou non ?*

Le train apparaît enfin, entre lentement – trop lentement – en gare et s'arrête. Je me redresse, l'estomac noué. Les portes s'ouvrent. Quelques personnes descendent.

Douze en tout.

Pas d'Alessia.

*Putain de bordel de merde !*

Lorsqu'il repart, je consulte à nouveau le tableau électronique. Le prochain est prévu dans quinze minutes.

*Ce n'est pas si long.*

*C'est une éternité !*

*Maudit train.*

196

Heureusement, malgré mon départ précipité, j'ai songé à prendre mon manteau. Qu'est-ce qu'il fait froid ! Je souffle dans mes mains, tape des pieds et remonte mon col pour me protéger du vent glacial. Les mains fourrées dans les poches, je fais les cent pas sur le quai.

Mon téléphone vibre. Un instant, je m'imagine que c'est Alessia. Mais c'est absurde. Elle n'a pas mon numéro… Caroline ? Elle peut attendre. Je ne réponds pas.

Après quinze minutes de suspense intolérable, le 15 h 22 de London-Waterloo se profile. Il ralentit en entrant en gare et, au bout d'une minute, il s'immobilise.

Le temps est suspendu.

Les portes s'ouvrent. Alessia est la première à descendre.

*Merci, mon Dieu !*

Je manque tomber à genoux tellement je suis soulagé, mais le simple fait de la voir me calme.

Quand Alessia l'aperçoit, elle reste clouée sur place. Les autres passagers les contournent tandis qu'elle et Maxim se dévisagent. Les portes se referment avec un sifflement d'air comprimé, et le train quitte lentement la gare, les laissant seuls. Il est le premier à rompre le silence.

— Salut. Tu es partie sans me dire au revoir.

Le visage d'Alessia se décompose, et ses yeux s'emplissent de larmes qui roulent sur ses joues.

197

Sa détresse me déchire le cœur. Je lui ouvre mes bras.

— Ma beauté…

Elle enfouit son visage dans ses mains et se met à sangloter. Ne sachant que faire, je la serre contre moi en murmurant contre son bonnet en laine :

— Je suis là. Je suis là.

Elle renifle. Je lui relève le menton pour l'embrasser tendrement sur le front.

— Je parle sérieusement. Je suis là.

Alessia écarquille les yeux et s'arrache à mes bras.

— Et Magda ?

— On y va.

Je la prends par la main et, ensemble, nous gravissons à toute vitesse l'escalier qui débouche sur la rue principale. Sa main est froide dans la mienne. Je n'ai qu'une envie, qu'Alessia soit en sécurité. Mais d'abord, il faut que je comprenne à quoi elle est mêlée. J'espère juste qu'elle ne se renfermera pas et qu'elle aura la force de se confier.

Nous marchons rapidement mais en silence jusqu'à 43 Church Walk. Une fois devant la porte, Alessia extirpe une clé de sa poche, la déverrouille, et nous entrons.

Le couloir est minuscule et d'autant plus étroit que deux gros cartons sont entassés dans un coin. Alessia enlève son bonnet et son anorak, que j'accroche à la patère.

— Magda ! appelle-t-elle tandis que je retire à mon tour mon manteau pour le suspendre à côté du sien.

Pas de réponse. La maison est vide. Je la suis dans la cuisine.

*Bon sang, mais c'est une boîte à chaussures !*

Du seuil, je regarde Alessia remplir la bouilloire. Elle porte le jean moulant et le pull vert qu'elle avait l'autre jour.

— Café ?

— S'il te plaît.

— Lait ? Sucre ?

Je secoue la tête.

— Non, merci.

Je déteste l'instantané et je n'aime que le café noir, mais ce n'est pas le moment de discuter de mes préférences.

— Assis, dit-elle en désignant la petite table blanche.

J'obéis et j'attends. Je ne veux pas la bousculer.

Elle se fait un thé avec du sucre et du lait et me tend un mug avec le logo du FC Brentford. Puis elle s'installe en face de moi et fixe le contenu de son propre mug, qui porte l'emblème d'Arsenal. Entre nous, le silence s'éternise. Je le brise en premier.

— Tu comptes m'expliquer ce qui se passe ? Ou il faut que je devine ?

Elle ne répond rien, se contentant de passer sa langue sur sa lèvre supérieure. En d'autres circonstances, ça me rendrait fou de désir.

— Regarde-moi.

Ses grands yeux noirs finissent par croiser les miens.

— Parle-moi. Je veux t'aider.

Elle fait signe que non, apeurée.

Je soupire.

— Très bien. On va jouer au jeu des vingt questions.

Elle a l'air perplexe. Je m'explique :

— Je te pose une question. Tu me réponds par oui ou non.

Elle fronce encore davantage les sourcils et agrippe la petite croix en or qui pend à son cou.

— As-tu été déboutée de ta demande d'asile ?

Alessia me fixe avant de secouer la tête presque imperceptiblement.

— D'accord. Es-tu ici légalement ?

Elle blêmit. Cette réponse me suffit.

— Donc clandestinement ?

Au bout d'une seconde, elle hoche la tête.

— Tu es devenue muette ?

J'espère qu'elle aura remarqué la note d'humour dans ma voix. Son visage s'éclaire d'un maigre sourire.

— Non, répond-elle en rosissant légèrement.

— J'aime mieux ça.

Elle prend une gorgée de thé.

— Parle-moi. S'il te plaît.

— Vous allez tout raconter à la police ?

— Non. Bien sûr que non. C'est ça qui te fait peur ?

Elle acquiesce.

— Alessia, je ne dirai rien à la police. Tu as ma parole.

200

Elle s'accoude, joint les mains et y appuie son menton. Une gamme d'émotions contradictoires parcourt ses traits tandis que le silence emplit la pièce. Je la supplie des yeux de se confier. Enfin, son regard sombre affronte le mien. Il est déterminé. Elle se redresse et pose ses paumes sur ses genoux.

— L'homme qui est venu chez vous, il s'appelle Dante, murmure-t-elle avec peine. Il m'a amenée, avec d'autres filles, d'Albanie en Angleterre.

Un frisson me remonte jusqu'au cuir chevelu et mon estomac se tord. Je devine ce qu'elle est sur le point de m'avouer.

— On pensait qu'on venait ici pour travailler. Pour une meilleure vie. Le quotidien à Kukës est difficile pour certaines femmes. Les hommes qui nous ont emmenées ici… On nous a trompées…

Sa voix douce s'étrangle à ce mot. Je ferme les yeux. La bile me monte à la gorge. C'est aussi grave que je le croyais.

— Trafic d'êtres humains ?

J'observe sa réaction. Elle hoche brièvement la tête en plissant les paupières.

— Pour le sexe.

Ses mots sont à peine audibles, mais j'y perçois sa honte et son dégoût.

Jamais je n'ai ressenti une telle rage. Je serre les poings pour contrôler ma colère.

Alessia est livide. Je comprends tout, maintenant. Sa réserve. Sa peur. De moi. Des hommes.

*Putain de bordel de merde !*

201

Je tente de m'exprimer d'une voix posée.

— Comment t'es-tu échappée ?

Nous sursautons tous deux en entendant la clé dans la porte. Alessia se lève d'un bond. Moi aussi, si précipitamment que je renverse ma chaise.

— Reste ici, dis-je en ouvrant la porte de la cuisine.

Une femme blonde dans la quarantaine se tient au milieu du couloir. Elle pousse un petit cri étranglé en me voyant.

— Magda ! s'écrie Alessia.

Elle me contourne pour s'élancer vers la femme, qu'elle prend dans ses bras.

— Alessia ! Tu es là. J'ai cru… j'ai cru… Pardon. Pardon, bafouille Magda en se mettant à pleurer. Ils sont revenus. Ces hommes.

Alessia la saisit par les épaules.

— Dis-moi. Dis-moi ce qui s'est passé.

Méfiante, Magda tourne vers moi son visage mouillé de larmes.

— C'est qui ?

— C'est… Monsieur Maxim. Chez qui je fais le ménage.

— Ils sont venus chez lui ?

— Oui.

Magda déglutit et plaque ses mains sur sa bouche.

— Je suis tellement désolée, souffle-t-elle.

— Si Magda est d'accord, on va lui préparer un thé et elle nous racontera ce qui est arrivé, dis-je doucement.

202

Nous sommes assis tous les trois à la table de la cuisine. Magda enchaîne les cigarettes. Elle m'en a offert une. Que j'ai refusée. La dernière fois que j'ai fumé, ça a déclenché une suite d'événements qui ont conduit à mon exclusion de l'école. J'avais treize ans et j'étais avec une fille du coin sur le terrain d'Eton.

— Je ne crois pas qu'il s'agissait d'agents de l'immigration. Ils avaient une photo de Michal et de toi, dit Magda à Alessia.

Je n'en reviens pas.

— Mais comment est-ce possible ?

— Ils l'ont trouvée sur Facebook.

— Non ! s'exclame Alessia, horrifiée. (Elle me regarde.) Michal a pris des selfies avec moi.

— Des selfies ?

— Oui. Pour le Facebook, précise Alessia, les sourcils froncés.

Sa petite faute me donne envie de sourire. Magda reprend :

— Ils m'ont dit qu'ils connaissaient le lycée de Michal. Ils savaient tout sur lui. Tout est sur sa page Facebook.

Elle aspire une longue bouffée, la main tremblante.

— Ils ont menacé Michal ?

Le visage d'Alessia est livide. Magda hoche la tête.

— Je n'avais pas le choix. J'avais peur. Je suis désolée. (Sa voix n'est plus qu'un murmure.) Je ne pouvais pas te contacter. Je leur ai donné l'adresse où tu travailles.

*Voilà qui élucide le mystère.*

— Qu'est-ce qu'ils te veulent, Alessia ? lui demande-t-elle.

Alessia m'implore brièvement du regard, et je comprends que Magda ne connaît pas tous les détails à propos de l'arrivée d'Alessia à Londres. Je passe ma main dans mes cheveux.

*Que faire ? Dans quoi me suis-je embarqué ?*

— Vous avez contacté la police ?

— Pas la police ! s'écrient Magda et Alessia en même temps.

— Vous êtes sûres ?

Je comprends la réaction d'Alessia, mais pas celle de Magda. À moins qu'elle ne soit clandestine, elle aussi.

— Pas la police, répète Magda en tapant sur la table, ce qui nous fait sursauter, Alessia et moi.

Je lève la main pour l'apaiser.

— D'accord.

C'est la première fois que je rencontre des gens qui se méfient de la police.

Il est évident qu'Alessia ne peut pas rester à Brentford, pas plus que Magda et son fils. Les brutes qui se sont présentées à ma porte contenaient à peine leur violence.

— Il n'y a que vous trois, ici ?

Elles hochent toutes les deux la tête.

— Où est votre fils ?

— Chez un ami. Il ne risque rien. Je l'ai appelé avant de rentrer.

— Je ne pense pas qu'Alessia soit en sécurité ici. Ni vous, d'ailleurs. Ces types sont dangereux.

— Très dangereux, renchérit Alessia.

Magda blémit.

— Mais mon boulot… Le lycée de mon fils… Nous partons dans deux semaines…

— Magda, non ! l'interrompt Alessia.

— … pour le Canada, reprend Magda sans tenir compte de l'objection d'Alessia.

— Le Canada ?

Je regarde Alessia, puis Magda.

— Oui. Michal et moi, on émigre. Je vais me remarier. Mon fiancé vit à Toronto.

Elle a un petit sourire affectueux. Je la félicite avant de me tourner vers Alessia.

— Et vous, où irez-vous ?

D'instinct, devant Magda, je me suis remis à la vouvoyer. Elle hausse les épaules, comme s'il n'y avait aucune raison de s'en faire.

— Je trouverai un autre endroit. *Zot !* Je devais visiter une chambre ce soir. (Elle jette un coup d'œil à l'horloge de la cuisine.) Il faut que j'y aille !

Elle se lève, prise de panique. J'interviens :

— Je ne crois pas que ce soit une bonne idée. Et franchement, c'est le cadet de vos soucis pour l'instant.

Elle est ici illégalement – comment va-t-elle arriver à se loger ?

Elle se rassoit.

— Ces types sont susceptibles de revenir à n'importe quel moment. Ils pourraient vous enlever dans la rue.

Je frémis. Ces salopards veulent la récupérer. Que faire ?

205

*Réfléchis. Réfléchis.*

Nous planquer à Trevelyan House, mais Caroline me poserait des questions. Trop compliqué. Je pourrais ramener Alessia chez moi – mais ils connaissent l'adresse. Un autre endroit à Londres ? Chez Maryanne ? Non. Et si je l'emmenais en Cornouailles ? Personne ne nous retrouverait, là-bas.

En envisageant ces diverses options, je me rends compte, stupéfait, que je ne veux plus jamais la quitter des yeux.

*Plus jamais.*

— Je veux que vous veniez avec moi, lui dis-je.

— Quoi ? s'exclame Alessia. Mais…

— Je vous trouverai un nouveau logement, ne vous en faites pas. (*J'ai suffisamment de propriétés à ma disposition !*) Vous n'êtes pas en sécurité, ici. Il vaut mieux que vous partiez avec moi.

— Oh.

Je me tourne vers Magda.

— Magda, puisque vous ne voulez pas mêler la police à cette affaire, vous n'avez que trois options. Je peux vous installer à l'hôtel ou dans une maison en ville. Ou alors, vous restez ici, votre fils et vous, avec une protection rapprochée.

— Je n'ai pas les moyens de m'offrir l'hôtel, balbutie Magda.

— Ne vous en faites pas pour ça.

J'effectue un rapide calcul mental. Vu mes revenus, ça ne me coûtera pas grand-chose. Et peut-être que Tom me fera un prix. Après tout, c'est un pote.

Et puis Alessia sera en sécurité. Bref, j'en aurai largement pour mon argent.

Magda me scrute intensément.

— Pourquoi faites-vous tout ça pour nous?

Je m'éclaircis la gorge. Je me pose moi-même la question.

Parce que c'est ce qui est juste?

*Non, je ne suis pas altruiste à ce point.*

Parce que je veux être seul avec Alessia?

*Oui. La voilà, la vraie raison.*

Mais après ce qu'elle a vécu, voudra-t-elle être seule avec moi, elle?

Embarrassé, je me passe la main dans les cheveux. En fait, je n'ai aucune envie d'examiner mes motivations à la loupe.

— Parce que Alessia est une employée que j'apprécie énormément.

*Tiens donc. C'est convaincant, comme argument.*

Magda me dévisage d'un air suspicieux.

— Voulez-vous venir avec moi? dis-je à Alessia. Vous serez à l'abri.

Alessia ne sait plus où elle en est. Monsieur Maxim lui offre une porte de sortie. Elle connaît à peine cet homme et pourtant, il est venu de Chelsea pour elle. Il l'a attendue à la gare. Quand elle s'est mise à pleurer, il l'a prise dans ses bras. Il n'y a que sa grand-mère et sa mère qui l'ont déjà consolée ainsi. Et, hormis Magda, personne ne l'a traitée avec autant de bonté depuis qu'elle est arrivée en Angleterre. L'offre de

207

Monsieur Maxim est généreuse. Trop généreuse. Dante et Ylli sont le problème d'Alessia, pas le sien. Elle refuse de le mêler à ses ennuis. Au contraire, elle veut l'en protéger. Mais elle n'est qu'une clandestine. Dante a gardé son passeport et toutes ses affaires. Elle est prise au piège. Et Magda part bientôt pour Toronto.

Monsieur Maxim attend sa réponse. *Que veut-il en retour ?* Alessia sait si peu de choses sur lui. Pas même ce qu'il fait dans la vie, excepté que cette vie est très différente de la sienne.

— Il ne s'agit que de vous mettre à l'abri. Sans contrepartie.

*Contrepartie ?*

— Je ne vous demanderai rien en retour, lui explique-t-il, comme s'il lisait dans ses pensées.

*Sans contrepartie.*

Elle l'aime bien. Elle est même un peu amoureuse de lui. Ce n'est sans doute qu'un béguin mais il est le seul à qui elle a osé avouer comment elle est arrivée en Angleterre.

— Alessia, s'il vous plaît, répondez-moi, insiste-t-il.

Son expression est anxieuse et son regard, sincère. Peut-elle lui faire confiance ?

*Tous les hommes ne sont peut-être pas des monstres ?*

— Oui, murmure-t-elle avant de changer d'avis.

— Formidable.

Il a l'air soulagé. Mais Magda dévisage Alessia, stupéfaite.

— Quoi ? Tu le connais bien, ce monsieur ?

— Elle sera en sécurité avec moi. Je m'en charge.

— Je vais aller avec lui, Magda, chuchote Alessia.

Si elle part, Magda et Michal ne courront plus aucun danger, se dit-elle.

Magda allume une nouvelle cigarette.

— Et vous, que préférez-vous ? lui demande Monsieur Maxim.

Magda les observe tour à tour, abasourdie.

— Alessia, tu ne m'as toujours pas expliqué ce que te voulaient ces hommes.

La jeune femme est restée évasive sur son arrivée en Angleterre. Impossible de faire autrement. Magda et sa mère sont très proches. Elle ne pouvait pas courir le risque que Magda lui révèle la vérité. Sa mère aurait été anéantie.

Alessia secoue la tête.

— Je ne peux pas.

Magda soupire et, exaspérée, tire sur sa cigarette.

— Et ta mère ?

— Ne lui dis rien.

— Elle a le droit de savoir.

— S'il te plaît, la supplie Alessia.

Magda soupire à nouveau, résignée cette fois, et se tourne vers Maxim.

— Je ne veux pas partir de chez moi.

— D'accord. Protection rapprochée, alors.

Il se lève pour sortir son iPhone de la poche de son jean. Alessia ne peut s'empêcher de l'admirer. *Il est beau à tomber.*

— Il faut que je passe quelques coups de fil.

Quand Tom Alexander a été mis à la retraite de l'armée, il a fondé une agence de sécurité située dans le centre de Londres. Désormais, il va me compter parmi ses clients riches et célèbres.

— Dans quel merdier tu t'es fourré, Trevelyan?

— Je l'ignore, Tom. Tout ce que je sais, c'est que j'ai besoin d'une surveillance vingt-quatre heures sur vingt-quatre pour une femme et son fils qui vivent à Brentford.

— À Brentford? Ce soir?

— Oui.

— Tu as de la chance que je puisse t'aider.

— Je sais, Tom, je sais.

— Je vais venir moi-même avec mon meilleur gars, Dene Hamilton. Je crois que tu l'as déjà rencontré. Il était avec moi en Afghanistan.

— Oui, je me souviens de lui.

— On se retrouve dans une heure.

Alessia est dans le couloir, vêtue de son anorak. Elle porte deux cabas en plastique.

— C'est tout?

Alessia pâlit et baisse la tête. Je fronce les sourcils. *C'est là tout ce qu'elle possède.*

— Bon, d'accord, donnez-moi ça, et on y va.

Elle me tend ses sacs sans me regarder. Ils ne pèsent pratiquement rien.

— Vous allez où? s'enquiert Magda.

— J'ai une maison dans le West Country. On va rester là-bas quelques jours, puis on avisera.

210

— Je vais revoir Alessia ?

— Je l'espère.

*Pas question de la laisser revenir ici tant que ces salopards sont dans la nature.*

Magda se tourne vers Alessia.

— Au revoir, ma douce, chuchote-t-elle.

Alessia serre Magda dans ses bras et s'accroche à elle. Les larmes coulent sur ses joues.

— Merci. Tu m'as sauvée.

— Chut, ma chérie, murmure Magda. Je ferais n'importe quoi pour ta mère, tu le sais bien.

Elle pose ses mains sur les épaules d'Alessia, avant de saisir son visage et de l'embrasser sur la joue.

— Tu es forte et courageuse. Ta mère serait fière de toi.

— Dis au revoir à Michal pour moi, bredouille Alessia, bouleversée.

J'ai le cœur lourd. *Est-ce la meilleure solution ?*

— Tu vas nous manquer. Un jour, peut-être que tu viendras nous voir au Canada ?

Alessia hoche la tête mais elle a la gorge trop serrée pour parler. Elle sort en essuyant ses larmes. Je la suis, en tenant ses maigres possessions.

Posté devant la maison, Dene Hamilton scrute la rue. Sa posture trahit l'ancien militaire. Grand, avec les épaules larges et des cheveux noirs coupés en brosse, il est plus redoutable que ne le laisserait croire son élégant costume gris. Il alternera avec un autre garde du corps qui arrivera demain matin. L'équipe de Tom protégera Magda et Michal vingt-quatre heures sur vingt-quatre jusqu'à leur départ pour le Canada.

Je m'arrête pour serrer la main d'Hamilton, qui balaye la rue du regard. Rien ne lui échappe.

— Ne vous faites pas de souci, Lord Trevethick.

Je suis encore décontenancé lorsqu'on s'adresse à moi en me donnant mon nouveau titre.

— Merci. Vous avez mon numéro. Contactez-moi si vous avez besoin de quoi que ce soit.

— Absolument, monsieur.

Hamilton prend congé d'un signe de tête. Je rejoins Alessia, qui détourne le visage lorsque je la prends par les épaules, sans doute pour me cacher ses larmes.

*Ai-je pris la bonne décision ?*

Je salue Magda et Hamilton d'un geste tout en guidant Alessia vers la Jaguar. Je la déverrouille et lui ouvre la portière. Elle hésite, tendue. Je lui caresse le menton du dos de la main.

— Je suis là. Tu es en sécurité.

Alessia se jette à mon cou et me serre contre elle de toutes ses forces. Son élan me prend totalement au dépourvu.

— Merci, chuchote-t-elle.

Avant que je puisse répondre, elle monte dans la voiture. Je range ses deux sacs dans le coffre et m'assois à mon tour.

— En avant pour l'aventure ! dis-je pour tenter de la dérider, malgré ma gorge nouée.

212

Quand Alessia me dévisage, les yeux noyés de chagrin, je sais que j'ai fait le bon choix. J'en suis même sûr.

*Mais pas forcément pour les bonnes raisons.*

Je soupire, mets le contact et le moteur rugit.

## 10

Je fonce sur l'A4. Alessia est recroquevillée sur le siège passager. Cette fois, elle s'est souvenue d'attacher sa ceinture. Elle fixe les friches industrielles et les concessions automobiles mais, de temps en temps, elle passe sa manche sur son visage. Elle pleure encore.

*Comment les femmes font-elles pour pleurer en silence ?*

— Tu veux que je m'arrête pour t'acheter des Kleenex ? Je suis désolé, je n'en ai pas dans la voiture.

Elle secoue la tête sans me regarder. Je comprends ses larmes. Moi-même, je suis bouleversé par les événements de la journée. Je crois qu'il est préférable que je la laisse seule avec ses pensées. En plus, il est tard, et j'ai des coups de fil à passer.

J'appuie sur l'icône téléphone et trouve le numéro de Danny. La sonnerie retentit grâce au système mains-libres. Elle répond presque aussitôt. Je reconnais son accent écossais familier.

— Tresyllian Hall.

— Danny, c'est Maxim.

— Monsieur Maxim… pardon, je veux dire…

Je l'interromps en jetant un rapide coup d'œil à Alessia, qui me dévisage.

— C'est bon, Danny, ne vous en faites pas pour ça. Le Hideout ou le Lookout sont-ils disponibles ce week-end ?

— Je crois qu'ils le sont tous les deux, mil…

Je la coupe à nouveau :

— Et la semaine prochaine ?

— Le Lookout est loué pour le week-end.

— Alors je prends le Hideout.

*Le Refuge… Comme c'est approprié.*

Je jette un coup d'œil au visage pâle d'Alessia.

— Il faudrait préparer deux chambres et apporter des vêtements et des produits de toilette du Hall.

— Vous ne dormirez pas au Hall ?

— Pas pour le moment, non.

— Deux chambres, vous dites ?

*J'aurais préféré une seule…*

— Oui, s'il vous plaît. Et pourriez-vous demander à Jessie de mettre dans le frigo de quoi prendre un petit déjeuner, et peut-être un en-cas pour ce soir ? Du vin, de la bière et pour le reste, dites-lui d'improviser.

— Bien sûr. Quand comptez-vous arriver ?

— Tard ce soir.

— Bien sûr. Tout va bien, monsieur ?

— Tout va bien. Ah, Danny, vous pourriez faire accorder le piano ?

— Je les ai tous fait accorder hier, comme vous me l'aviez demandé.

215

— Formidable. Merci, Danny.

— À votre service, mil…

Je coupe la communication avant qu'elle termine sa phrase et je me tourne vers Alessia.

— Tu veux écouter de la musique ?

Ses yeux rouges me serrent le cœur.

— Très bien, dis-je sans attendre sa réponse.

Sur l'écran tactile, je trouve un album que j'espère apaisant et j'appuie sur lecture. Tandis que le son d'une guitare acoustique emplit l'habitacle, je me détends un peu. La route va être longue.

— Qui est-ce ? demande Alessia.

— Un auteur-compositeur, Ben Howard.

Elle fixe un instant l'écran avant de se tourner à nouveau vers la fenêtre.

Je passe en revue tous mes échanges avec Alessia à la lumière de ce qu'elle m'a appris aujourd'hui. Je comprends maintenant pourquoi elle se montre aussi réservée. Dans mes fantasmes, je m'étais imaginé que lorsque je serais enfin seul avec elle, elle serait gaie et insouciante ; qu'elle me regarderait avec des yeux de biche énamourée. La réalité est très différente.

Et pourtant, ça ne me dérange pas. J'ai envie d'être auprès d'elle. Je veux qu'elle soit en sécurité.

Je la veux, tout court.

La voilà, la vérité.

Jamais je n'ai éprouvé de tels sentiments. Tout s'est passé tellement vite. Je ne suis plus si sûr d'avoir bien agi. Mais je sais que je ne peux pas l'abandonner à ces salauds. Je dois la protéger.

*Comme c'est chevaleresque !*

Mes pensées prennent un tour plus morbide lorsque j'imagine ce qu'elle a pu subir aux mains de ces monstres.

*Putain.* La colère me brûle la gorge comme de l'acide. J'agrippe le volant.

*Si jamais je mets la main sur ces ordures…*

J'ai des envies de meurtre.

*Qu'est-ce qu'ils lui ont fait ?*

Je veux savoir.

*Non.*

Je ne veux pas savoir.

Oui. Non.

Je jette un coup d'œil au tableau de bord. Je roule trop vite. *Ralentis, mon gars. Lève le pied. Tout doux…* J'inspire profondément pour m'éclaircir les idées. *Du calme.*

Il faut que je lui demande ce qu'elle a subi. Ce qu'elle a vu. Mais ce n'est pas le bon moment. Tous mes projets, tous mes fantasmes s'évanouiront si elle ne peut plus supporter d'être avec un homme, quel qu'il soit.

Je n'ai pas le droit de la toucher.

*C'est foutu.*

Alessia tente de retenir ses larmes. Elle est hébétée, submergée par ses émotions. La peur, l'espoir, le désespoir… Peut-elle faire confiance à Monsieur ? C'est la deuxième fois qu'elle est à la merci d'un homme. Et avec Dante, ça s'est mal fini.

217

Elle ne connaît pas Monsieur Maxim. Pas vraiment. Mais depuis qu'elle l'a rencontré, il ne lui a témoigné que de la bonté, et ce qu'il a fait pour Magda dépasse tout ce qu'on aurait pu espérer de la part d'un étranger. Avant de le rencontrer, Magda était la seule personne au monde en qui Alessia avait confiance. Elle lui a sauvé la vie, l'a recueillie, nourrie, vêtue, lui a trouvé du travail grâce au réseau d'entraide des Polonaises de West London...

Et maintenant, Alessia s'éloigne à toute allure de son unique refuge. Au moins, Magda l'a rassurée : une autre fille s'occupera des maisons de Mme Kingsbury et de Mme Goode à sa place.

Combien de temps durera son absence ? Où l'emmène Monsieur ? Et si Dante était sur leur trace ?

Elle se tasse un peu plus sur son siège. Le seul fait de songer à Dante lui rappelle son effroyable traversée vers l'Angleterre. Or elle ne veut pas y repenser, plus jamais. Mais dans ses moments de tranquillité comme dans ses cauchemars, ce souvenir la poursuit. Que sont devenues Bleriana, Vlora, Dorina et les autres ?

*S'il vous plaît, faites qu'elles se soient échappées, elles aussi.*

Bleriana n'avait que dix-sept ans. C'était la plus jeune.

Alessia frémit. La chanson qu'ils écoutent parle de la peur. Alessia serre les paupières. C'est la peur qui lui tord les tripes, cette peur avec laquelle elle vit depuis si longtemps. Ses larmes continuent de couler.

Vers 22 heures, je m'arrête sur l'aire de service Gordano de la M5. Je suis affamé malgré le sandwich au fromage que m'a préparé Magda à Brentford. Alessia dort. J'attends un moment en me demandant si elle se réveillera, maintenant que la voiture est à l'arrêt. Sous la lueur orangée des halogènes du parking, son visage serein est d'une beauté irréelle – la courbe de ses joues translucides, ombrées de ses cils noirs, la mèche qui s'est échappée de sa tresse et lui retombe dans le cou... Dois-je la laisser dormir ? Il vaut mieux qu'elle ne reste pas seule.

— Alessia ?

J'ai murmuré ça comme une prière. Je suis tenté de caresser sa joue, mais je résiste et répète son prénom. Elle se réveille en sursaut avec un petit cri, les yeux écarquillés, en regardant autour d'elle, inquiète. Lorsque ses yeux croisent les miens, elle tressaille.

— Hé ! C'est moi. Tu dormais. J'ai envie de manger quelque chose, et il faut que j'aille aux toilettes. Tu veux venir avec moi ?

Elle cligne plusieurs fois des paupières. Ses longs cils papillonnent sur ses prunelles expressives encore embrumées de sommeil.

*Elle est sublime.*

Elle se frotte le visage, regarde le parking autour d'elle et soudain, son corps entier se tend.

— S'il vous plaît, Monsieur, ne me laissez pas ici, me supplie-t-elle.

— Je n'en ai pas la moindre intention. Qu'est-ce qui ne va pas ?

Elle secoue la tête. Elle est livide.

— On y va?

Je sors pour m'étirer. Dès qu'elle s'extirpe de la voiture, elle court me rejoindre en scrutant les alentours, aux aguets.

*Que se passe-t-il?*

Je lui donne ma main. Elle s'en empare et la serre de toutes ses forces. De sa main libre, elle s'accroche à mon bras. J'en suis à la fois étonné et ravi.

— Tu sais, tu m'as appelé Maxim aujourd'hui, dis-je pour tenter de la faire sourire. J'aime bien mieux que « Monsieur ».

Elle me lance un regard anxieux.

— Maxim, chuchote-t-elle, sans cesser de scruter le parking des yeux.

— Alessia, tu es en sécurité.

Elle paraît dubitative.

*Ça ne va pas du tout.*

Je lui lâche la main pour la prendre par les épaules.

— Alessia, que se passe-t-il? Je t'en prie, dis-le-moi.

Elle change d'expression; ses grands yeux deviennent soudain inexpressifs, comme hantés. Nos souffles se mêlent dans l'air glacé. Je la supplie à nouveau :

— S'il te plaît, parle.

— Je me suis échappée, souffle-t-elle.

*Nom de Dieu!* Elle est sur le point de me confier le reste de son histoire ici, sur le parking d'une station-service de l'autoroute M5... Je l'encourage :

220

— Continue.

— C'était un endroit comme ici.

Elle regarde à nouveau autour d'elle.

— Quoi, une aire d'autoroute ?

Elle hoche la tête.

— Ils se sont arrêtés. Ils voulaient qu'on se lave. Ils étaient… gentils. En tout cas, c'était ce que pensaient certaines des filles. Ils ont fait comme si c'était pour nous…pour notre… comment on dit ? Notre bien ? Voilà, pour notre bien. Parce qu'en étant plus propres, on serait vendues plus cher.

*Je sens la colère monter.*

— Pendant le voyage, je les avais entendus parler en anglais de ce qui allait nous arriver ici. Ils ne savaient pas que je comprenais.

— Bon sang.

— J'ai tout raconté aux autres filles. Certaines ne me croyaient pas. Mais trois m'ont crue.

*Quoi ? Il y avait d'autres femmes ?*

— C'était la nuit, comme maintenant. L'un des hommes, Dante, a emmené trois filles dans les toilettes. On a foncé toutes les trois. Il ne pouvait pas toutes nous rattraper. Il faisait noir. J'ai couru dans les bois, couru, couru… J'ai réussi à m'enfuir. Les autres, je ne sais pas.

Sa voix se teinte de regret.

*Oh, mon Dieu.*

C'est plus que je ne peux en supporter. Bouleversé par les horreurs qu'elle a subies, je la serre contre moi pour, la rassurer :

221

— Je suis là.

Je me sens à la fois désemparé et fou de rage. Nous restons ainsi un moment – quelques secondes, quelques minutes, je ne sais plus – sur ce parking glacial. Puis, timidement, elle m'enlace à son tour et se détend. Elle tient parfaitement dans mes bras. Je pose un instant mon menton sur sa tête. Lorsqu'elle lève enfin les yeux, c'est comme si elle me voyait pour la première fois. Son regard noir, intense, déborde de questions… et de promesses.

J'en ai le souffle coupé.

*À quoi pense-t-elle ?*

Elle fixe mes lèvres puis elle lève à nouveau les yeux, pour me signifier son intention.

— Tu veux que je t'embrasse ?

Elle acquiesce.

*Nom de Dieu.*

J'hésite. Je me suis promis de ne pas la toucher, mais elle semble s'offrir à moi… Incapable de résister, je dépose un baiser doux et chaste sur ses lèvres, et elle se fond contre moi avec un petit gémissement. Ma libido s'éveille. Je grogne devant ses lèvres entrouvertes.

*Non.*

Pas maintenant.

Pas ici.

Pas après tout ce qu'elle a subi.

Pas sur une aire d'autoroute.

Je l'embrasse sur le front.

— Allez, on va manger.

222

Étonné par mon self-control, je la prends par la main pour la conduire à l'intérieur de la boutique.

Alessia marche derrière Maxim, en s'accrochant à lui tandis qu'ils traversent le parking. Elle se concentre sur son étreinte réconfortante et sur son tendre baiser, pour ne pas penser à ce qui lui est arrivé la dernière fois qu'elle s'est arrêtée dans un endroit comme ça. Elle se cramponne à lui. Il l'aide à oublier, et elle lui en est reconnaissante. Les portes de la station-service s'ouvrent. Soudain, elle se raidit. Il s'arrête.

L'odeur. *Zot!* Cette odeur de friture, de sucreries, de café et de désinfectant… Alessia grimace en se rappelant comment on l'a traînée vers les toilettes. Tous les clients avaient fait mine de ne pas remarquer sa détresse.

— Ça va ? s'enquiert Maxim.

— Juste des souvenirs qui remontent.

Il lui serre la main.

— Je suis là. Allez. Il faut vraiment que j'aille aux toilettes.

Il lui adresse un sourire penaud.

— Moi aussi, avoue timidement Alessia.

— Malheureusement, je ne peux pas t'accompagner. (Maxim désigne la porte des WC femmes d'un signe de tête.) Mais je serai là quand tu sortiras, d'accord ?

Rassurée, Alessia inspire profondément et entre dans les toilettes en lui lançant un dernier coup d'œil. Il n'y a pas la queue. Seules deux femmes sont là, l'une plus âgée, l'autre plus jeune, en train de se laver les mains. Elles ne ressemblent pas à des victimes de trafiquants d'Europe de l'Est.

*Mais je m'attendais à quoi ?*

La plus âgée des deux, dans la cinquantaine, lui sourit lorsqu'elle se tourne pour utiliser le sèche-mains. Enhardie, Alessia se dirige vers une cabine.

Lorsqu'elle ressort, Maxim est là, adossé au mur, grand et musclé, un pouce passé dans la ceinture de son jean. Ses cheveux sont en bataille et son regard intense. En la voyant, son visage s'illumine comme celui d'un enfant le jour de Noël. Il lui tend la main. Elle la prend avec joie.

Le café est un Starbucks ; Alessia le reconnaît, car elle en a vu plusieurs à Londres. Maxim se commande un double expresso ; elle demande un chocolat chaud.

— Tu veux manger quoi ?

— Je n'ai pas faim.

Il hausse les sourcils.

— Tu n'as rien mangé chez Magda. Chez moi non plus.

Alessia fronce les sourcils. En plus, elle a vomi son petit déjeuner, mais elle ne va pas lui raconter ça. Elle secoue la tête. Elle est trop perturbée par les événements de la journée pour avaler quoi que ce soit.

Maxim pousse un soupir de frustration et commande un panini.

— Ou plutôt, deux, dit-il en regardant Alessia du coin de l'œil.

224

— Je vous les apporte, répond la serveuse en adressant un sourire coquin à Maxim.

— C'est pour emporter.

Maxim lui tend un billet de vingt livres.

— Très bien.

La serveuse papillonne des cils dans sa direction. Il se tourne vers Alessia.

— J'ai de l'argent, dit-elle.

Maxim lève les yeux au ciel.

— C'est bon.

Ils vont au bout du comptoir pour attendre leur commande. Alessia se demande comment elle va se débrouiller. Elle a un peu d'argent, mais elle doit le garder pour sa chambre. Même si Monsieur Maxim lui a dit qu'il pouvait lui en trouver une.

*Une chambre dans son appartement ? Ou ailleurs ?*

Elle ne sait pas. Elle n'a aucune idée de leur destination ni de la durée de leur séjour, et elle ne sait pas comment elle va pouvoir continuer à gagner sa vie. Elle aimerait bien le lui demander, mais interroger un homme, ça ne se fait pas.

— Si c'est l'argent qui t'inquiète, ne t'en soucie pas, déclare Maxim.

— Je...

— S'il te plaît.

Son expression est sérieuse.

Comme il est généreux... Une fois de plus, Alessia s'interroge : quel est son métier ? Il a un grand appartement et deux voitures. Il a payé les agents de sécurité de Magda. Est-il compositeur ? Les compositeurs

225

gagnent-ils beaucoup d'argent en Angleterre ? Elle l'ignore.

— Je vois que tu te poses des tas de questions. Qu'est-ce que tu veux savoir ? Demande. Je ne mords pas, ajoute Maxim.

— Je veux savoir ce que vous faites comme travail.

Il sourit.

— Ce que je fais dans la vie ?

— Vous êtes compositeur ?

Il éclate de rire.

— À l'occasion.

— Je pensais que c'était votre profession. J'ai beaucoup aimé vos morceaux.

— Vraiment ?

Il sourit plus largement mais il paraît un peu gêné.

— Tu parles très bien anglais.

— Vous trouvez ?

Ce compliment inattendu la fait rosir.

— Oui, je trouve.

— Ma grand-mère était anglaise.

— Tout s'explique. Que faisait-elle en Albanie ?

— Elle y est allée dans les années 1960 avec son amie Joan, la mère de Magda. Quand elles étaient petites, Magda et ma mère correspondaient. Elles sont devenues amies. Elles vivent dans des pays différents mais elles sont restées très proches, même si elles ne se sont jamais rencontrées.

— Jamais ?

— Non. Mais ma mère aimerait bien, un jour.

La serveuse les interrompt.

226

— Deux paninis au jambon et au fromage, annonce-t-elle.

Maxim saisit le sac en papier.

— Merci ! Allez, on y va. Tu pourras continuer à me raconter tout ça dans la voiture, dit-il à Alessia en prenant son café. N'oublie pas ton chocolat.

Alessia sort derrière lui, sans le quitter d'une semelle.

Une fois dans la voiture, Maxim avale son expresso et retire la moitié de son panini de son emballage en papier puis en croque une énorme bouchée.

Un arôme appétissant emplit la voiture.

— Mmm, murmure Maxim, en exagérant sa mimique.

Tout en mangeant, il observe Alessia à la dérobée. Elle fixe sa bouche.

— Tu en veux ? demande-t-il.

Elle hoche la tête.

— Vas-y, sers-toi.

Il lui tend le second panini et démarre en souriant. Alessia mord dans le sandwich avec précaution. Un filet de fromage fondu lui colle aux lèvres. Elle le fourre dans sa bouche et se lèche les doigts. Puis elle se rend compte qu'elle meurt de faim. C'est délicieux.

— Ça va mieux ? s'enquiert Maxim.

Alessia sourit.

— Vous êtes rusé comme un loup.

— Rusé, c'est mon surnom, dit-il, l'air tellement fier de lui qu'Alessia ne peut s'empêcher d'éclater de rire.

Quel joli son !

Je me range à côté des pompes à essence.

— J'en ai pour une minute. Mange.

Je sors de la voiture. Mais Alessia sort à son tour précipitamment, son panini à la main, pour me rejoindre.

— Je te manque déjà ?

J'ai plaisanté pour détendre l'atmosphère, et elle esquisse un sourire, tout en scrutant les environs. Ce lieu l'angoisse. Je fais le plein.

— C'est cher ! s'exclame Alessia en voyant le prix.

— Oui, en effet.

Je me rends compte que je n'ai jamais fait attention au prix du carburant. Je n'en ai jamais eu besoin.

— Allez, on va payer.

Tandis que nous faisons la queue devant la caisse, Alessia reste à côté de moi, en croquant dans son sandwich de temps à autre et elle contemple les étalages, émerveillée.

— Tu veux quelque chose ? Un magazine ? Un snack ? Des bonbons ?

Elle secoue la tête.

— Il y a tellement de choses à vendre.

Je regarde autour de moi. Tout me paraît banal.

— Vous n'avez pas de magasins, en Albanie ?

Je la taquine. Elle pince les lèvres.

— Si, évidemment. Il y a beaucoup de magasins à Kukës, mais pas comme ça.

— Ah ?

— Ici, tout est propre et ordonné. Très bien rangé. Pathologique.

— Pathologiquement ordonné ? je lui demande, amusé.

— Oui. Le contraire de vous.

Je ris.

— Les magasins ne sont pas bien rangés en Albanie ?

— Pas à Kukës. Pas comme ça.

À la caisse, je glisse ma carte dans le lecteur. Elle observe mes moindres gestes.

— C'est magique !

— Magique ?

Elle n'a pas tort. C'est magique, en effet. Je n'ai rien fait pour gagner cet argent. Je ne dois ma fortune qu'au hasard de ma naissance.

— Oui, je murmure. C'est magique.

De retour dans la voiture, j'attends un moment avant de démarrer.

— Quoi ? demande Alessia.

— La ceinture.

— J'oublie toujours. C'est comme hocher ou secouer la tête.

*Mais de quoi parle-t-elle ?*

Elle s'explique :

— En Albanie, on secoue la tête pour dire oui, et on la hoche pour dire non.

— Il y a de quoi s'embrouiller.

— C'est votre façon de faire qui est bizarre. Magda et Michal ont dû m'apprendre.

La moitié de mon panini à la main, je démarre pour rejoindre la M5.

229

*Alors elle confond le oui et le non ?* Je me demande si je dois passer en revue toutes nos conversations à la lumière de cette nouvelle information.

— On va où ? me demande Alessia en regardant droit devant elle.

— Ma famille a une maison en Cornouailles. C'est à trois heures de route.

— C'est loin ?

— De Londres ? Oui.

Elle avale une gorgée de chocolat chaud.

— Parle-moi de chez toi.

— Kukës ? C'est une petite ville. Il ne se passe jamais rien… C'est… euh… Seul ?

— Isolé ?

— Oui. Isolé. Et… rural.

Elle hausse les épaules. Apparemment, elle n'a pas envie d'en dire davantage.

— Les Cornouailles, c'est rural, aussi. Tu verras. Tout à l'heure, tu me parlais de ta grand-mère…

Elle sourit. Manifestement, elle préfère ce sujet. Voilà ce que j'espérais lorsque j'avais concocté notre projet d'évasion cet après-midi : une conversation détendue qui me permettrait d'en apprendre plus sur elle. Je me cale dans mon siège et lui lance un regard encourageant.

— Ma grand-mère et son amie Joan sont venues en Albanie en tant que missionnaires.

— Des missionnaires ? En Europe ?

— Oui. Les communistes avaient interdit la religion. L'Albanie a été la première nation athée.

— Ah. Je l'ignorais.

— Elle est venue aider les catholiques. Elle passait des livres en contrebande du Kosovo. Des bibles. C'était dangereux. Puis elle a rencontré un Albanais et… (Elle se tait un instant. Son visage s'adoucit.) Ils sont tombés amoureux. Et… comment dit-on ? Ils vécurent heureux et eurent beaucoup d'enfants.

— C'était dangereux, tu dis ?

— Oui. Elle nous a raconté des tas d'histoires à mettre les cheveux debout sur la tête.

Je souris.

— Tu veux dire à faire dresser les cheveux sur la tête.

— C'est ça. Dresser les cheveux sur la tête.

— Et la mère de Magda ?

— Elle est partie en Pologne en tant que missionnaire et a épousé un Polonais. Elles sont restées amies. Et leurs filles sont devenues amies, elles aussi.

— C'est pour ça que tu es allée chez Magda quand tu t'es évadée.

— Oui. Elle a été une bonne amie pour moi.

— Je suis heureux qu'il y ait eu quelqu'un pour t'aider.

*Et maintenant, tu m'as, moi.*

— Tu veux l'autre moitié de ton panini ?

— Non merci.

— Tu le partagerais avec moi ?

Alessia me dévisage un moment.

— D'accord, dit-elle en le sortant de son sac pour me l'offrir.

231

— Prends la première bouchée.

Elle s'exécute, puis me le tend.

— Merci.

Je suis soulagé de la voir de meilleure humeur.

— Encore de la musique ?

Elle hoche la tête.

— Choisis. Tu n'as qu'à appuyer sur ce bouton.

Alessia examine l'écran et se met à explorer mes playlists. Cette tâche l'absorbe entièrement. Illuminé par l'écran, son visage est sérieux et concentré.

— Je ne connais aucune de ces musiques, murmure-t-elle.

Je lui rends le panini.

— Choisis-en une.

Son doigt tapote l'écran, et je souris en découvrant sa sélection.

*Bhangra. Pourquoi pas ?*

Un homme se met à chanter a cappella.

— C'est dans quelle langue ? s'enquiert Alessia en prenant une nouvelle bouchée.

Un bout de mozzarella fondue s'échappe du coin de sa bouche. Elle le repousse de l'index avant de se sucer le doigt. Mon corps se met au garde-à-vous.

Je me cramponne au volant.

— C'est du pendjabi, je crois.

Le groupe se met à jouer, et Alessia me redonne le panini. Elle oscille sur son siège au rythme de la musique.

— Je n'ai jamais entendu quelque chose comme ça.

— J'en utilise parfois un passage quand je fais le DJ. Encore ? dis-je en lui proposant la fin du sandwich.

Elle secoue la tête.

— Non merci.

J'engloutis le reste, ravi de l'avoir persuadée de manger plus.

— Faire le DJ ?

— Dans une boîte. Où les gens dansent. Je suis DJ deux fois par mois à Hoxton.

Je me tourne brièvement vers Alessia, qui me regarde sans comprendre.

*Elle ne voit absolument pas de quoi je parle.*

— Très bien, alors il va falloir que je t'emmène en boîte.

Alessia est toujours aussi inexpressive, mais elle continue à battre du pied au rythme de la musique. Je secoue la tête. Elle a été élevée sous cloche, ou quoi ?

Vu ce qu'elle a vécu, pas vraiment. Quelles atrocités a-t-elle subies ? Mon esprit s'emballe. J'imagine le pire. Puis je me rappelle sa confession sur le parking.

Elle s'est évadée. *Évadée !*

*En étant plus propres, on serait vendues plus cher.*

Je pousse un soupir.

J'espère qu'elle a réussi à éviter l'horreur. Mais j'en doute. Son voyage a dû être un vrai cauchemar. Je reste bluffé par tout ce qu'elle a réussi à faire, après avoir traversé une telle épreuve. Elle est parvenue à s'enfuir. Elle a trouvé un logement. Un travail. Et elle s'est échappée de mon appartement cet après-midi.

233

Certes, elle ne possède rien, mais elle ne manque pas de ressources : c'est une jeune femme ingénieuse, talentueuse, courageuse et belle. Mon cœur se gonfle d'une fierté inattendue.

— Tu es vraiment incroyable, Alessia.

J'ai chuchoté. Perdue dans la musique, elle ne m'a pas entendu.

Il est plus de minuit lorsque je m'engage sur l'allée en gravier et m'arrête devant le garage du Hideout, l'une des villas de vacances du domaine de Trevethick. Je ne tiens pas à intimider Alessia en l'emmenant tout de suite au Hall – plus tard, peut-être. Et à vrai dire, j'ai envie d'être seul avec elle. Il y a trop de personnel dans la grande maison. En plus, je ne sais pas encore comment je vais expliquer sa présence, ou ce que je vais lui dire, à elle, à propos de ce domaine. Pour l'instant, elle ne connaît ni mon titre, ni ma fortune, et ça me plaît… Ça me plaît beaucoup.

Elle dort. Elle doit être épuisée. J'étudie son visage. Même sous la lumière crue du garage, ses traits sont doux et délicats.

*Ma belle au bois dormant.*

Je pourrais la contempler pendant des heures. Elle grimace brièvement. À quoi rêve-t-elle ?

*De moi ?*

J'envisage de la porter dans la maison mais je me ravise. Les marches qui descendent à la porte sont escarpées, parfois glissantes. Je pourrais la réveiller d'un baiser, comme une princesse ? Non, là, je deviens

234

ridicule et en plus, je me suis promis de ne pas la toucher. Je murmure :

— Alessia ?

Elle ouvre les yeux et me regarde, ensommeillée.

— Salut, dit-elle.

— Salut, ma belle. On est arrivés.

## 11

Alessia cligne des yeux pour chasser le sommeil. Elle ne voit qu'une lumière aveuglante au-dessus d'une grande porte en acier et un petit portail en bois à côté du garage. Il fait trop noir pour distinguer quoi que ce soit, mais elle entend un grondement assourdi au loin. Maintenant que le chauffage est éteint, l'air glacé de l'hiver s'infiltre dans la voiture. Elle frissonne.

Ils sont arrivés. Elle est seule avec lui.

Elle lui lance un regard anxieux. Là, dans le noir, avec cet homme qu'elle connaît à peine, elle se demande si c'était raisonnable de le suivre. Les seules personnes qui l'ont vue partir sont Magda et le garde du corps.

— Allez, viens, dit Maxim.

Il sort de la voiture pour récupérer les sacs d'Alessia. Ses chaussures font crisser le gravier.

S'armant de courage, elle ouvre la portière et pose le pied dehors. Un vent polaire siffle dans ses oreilles et elle resserre les pans de son anorak. Le grondement lointain devient plus puissant. Elle se demande ce que c'est. Maxim l'enlace, sans doute pour la protéger du froid, et ils marchent ensemble jusqu'à la porte en bois gris. Il la déverrouille, la pousse, et s'efface pour laisser passer Alessia. Il active un interrupteur et de petites lumières encastrées de part et d'autre de l'escalier en pierre éclairent la voie qui mène à une cour.

— Par ici, indique-t-il.

Une imposante maison contemporaine se dresse devant eux, baignée de lumière, tout en murs blancs et en verre. Alessia s'émerveille de sa modernité. Maxim ouvre la porte et la fait entrer. Sous la lumière tamisée, elle découvre la pièce couleur d'albâtre.

— Donne-moi ton manteau, dit-il en faisant glisser l'anorak d'Alessia sur ses épaules.

Du hall d'entrée, elle aperçoit une magnifique cuisine américaine, ouverte sur un vaste salon. Au fond se trouvent deux canapés turquoise avec une table basse, et une bibliothèque.

*Des livres!*

Tout en les admirant, elle remarque une autre porte derrière la bibliothèque.

*Cette maison est immense.*

En se retournant, elle découvre un escalier entre deux murs en verre, dont les marches en bois semblent suspendues en l'air. Mais elles sont ancrées à un bloc en béton massif qui passe au centre de la cage d'escalier.

Jamais elle n'a vu de maison aussi moderne. Et pourtant, malgré son décor dépouillé, elle reste chaleureuse et accueillante.

237

Alessia défait ses lacets tandis que Maxim se dirige vers la cuisine pour déposer ses cabas et leurs manteaux sur le plan de travail. En mettant les pieds sur le parquet, elle constate avec étonnement qu'il est chauffé.

— Voilà, déclare-t-il avec un grand geste. Bienvenue au Hideout.

— Le Hideout ?

— C'est le nom de cette maison. Ça veut dire « Le Refuge ».

Le séjour se trouve de l'autre côté de la cuisine. La table blanche peut accueillir une douzaine de personnes ; deux grands canapés gris tourterelle sont disposés face à une cheminée en acier.

— De l'intérieur, ça fait plus grand, commente Alessia, intimidée par la taille et l'élégance de la maison.

— Je sais. Les apparences sont trompeuses.

*Ça doit prendre des heures de faire le ménage !*

— Et cette maison, elle est à vous ?

— Oui. C'est une villa qu'on loue aux particuliers. Mais il est tard et tu dois être épuisée. Tu voudrais quelque chose à manger ou à boire avant de te coucher ?

Alessia reste clouée sur place dans le hall d'entrée.

*Ça aussi, c'est à lui ? Il doit avoir beaucoup de succès, comme compositeur.*

Elle hoche la tête.

— Ça veut dire oui ? plaisante-t-il.

Elle sourit à son tour.

— Une bière ? Du vin ? Quelque chose de plus fort ?

Elle s'approche. Chez elle, les femmes ne boivent pas d'alcool, bien qu'elle se permette discrètement un

238

ou deux verres de raki, mais uniquement le soir du Nouvel An, et seulement depuis deux ans. Son père n'approuve pas qu'elle boive.

Il y a tant de choses que son père n'approuve pas…

Sa grand-mère lui a fait goûter du vin, mais elle n'a pas aimé.

— Une bière, répond Alessia, pour embêter son père parce qu'à Kukës seuls les hommes en boivent.

— Excellent choix.

Maxim sort deux bouteilles du frigo.

— Une blonde, ça te va ?

Elle ne sait pas ce que c'est qu'une blonde, mais elle acquiesce.

— Dans un verre ? demande-t-il en décapsulant les bouteilles.

— Oui, s'il vous plaît.

D'un autre placard, il tire un grand verre et y verse adroitement le contenu de l'une des bouteilles.

— Santé ! lance-t-il en tendant sa bière à Alessia.

Il entrechoque le verre d'Alessia avec sa bouteille et en avale une rasade à même le goulot, les yeux fermés pour mieux la savourer. Curieusement, ce geste donne envie à Alessia de détourner le regard.

*Ses lèvres.*

— *Gëzuar*, chuchote-t-elle.

Il hausse les sourcils, étonné de l'entendre parler sa langue maternelle. C'est un toast, porté en général par les hommes, mais ça, il l'ignore. Elle avale une gorgée du liquide ambré.

239

— Mmm.

Elle ferme les yeux et prend une autre goulée, plus longue cette fois.

— Tu as faim ?

Il a parlé d'une voix rauque.

— Non.

C'est exaltant de la voir savourer un plaisir aussi simple qu'une gorgée de bière… Mais, pour la première fois de ma vie, je ne sais pas quoi dire. Comme c'est étrange. J'ignore totalement comment me conduire avec elle, et ce qu'elle attend de moi. L'intimité que nous avons partagée dans la voiture s'est évanouie. Je me rends compte que nous n'avons rien en commun.

— Viens, je vais te faire visiter la maison en vitesse.

Je lui tends la main.

— Le salon. Ou plutôt, la pièce à vivre.

Alessia remarque tout de suite le piano droit, d'un blanc étincelant, contre le mur du fond.

*Un piano !*

— Tu peux jouer autant que tu veux, maintenant, dit Maxim.

Le cœur d'Alessia bondit dans sa poitrine. Elle lui adresse un sourire radieux, lâche sa main et va soulever le couvercle. À l'intérieur, elle lit ce mot :

KAWAI

240

Elle ne reconnaît pas ce nom, mais peu importe. Elle appuie sur le do serrure, dont la lueur jaune d'or résonne dans la vaste pièce.

— *E përkryer*, souffle-t-elle.

*Parfait.*

— Le balcon est par ici, poursuit Maxim en désignant une baie vitrée à l'autre bout de la pièce. Il a vue sur la mer.

Elle fait aussitôt volte-face.

— La mer ?

— Oui, répond-il, à la fois déconcerté et amusé par sa réaction.

Elle s'élance vers la porte-fenêtre coulissante.

— Je n'ai jamais vu la mer, murmure-t-elle.

Elle plisse les yeux et colle son nez contre le verre froid pour tenter de l'apercevoir. En vain : il fait nuit noire.

— Jamais ? s'étonne Maxim, incrédule, en s'avançant pour la rejoindre.

— Non.

Elle remarque la petite trace laissée par son nez et son haleine sur la vitre. Tirant sa manche par-dessus sa main, elle l'essuie.

— Demain, on ira se balader sur la plage.

Le sourire d'Alessia se mue en bâillement. Maxim consulte sa montre.

— Tu es fatiguée. Il est minuit et demi. Tu veux aller au lit ?

Alessia le regarde, le cœur battant. La question de Maxim reste suspendue entre eux.

241

*Au lit ? Votre lit ?*

— Je vais te montrer ta chambre, murmure-t-il.

Mais ils restent cloués sur place en se dévisageant. Alessia ne sait pas si elle est soulagée ou déçue. Plutôt déçue que soulagée ? Elle n'en sait rien.

— Tu fronces les sourcils, murmure-t-il. Pourquoi ?

Elle se tait. Elle ne veut pas, ne peut pas exprimer ce qu'elle éprouve. Elle est curieuse. Elle l'aime beaucoup. Mais elle ne connaît rien au sexe.

— Non, articule-t-il en secouant la tête, comme s'il se parlait à lui-même. Allez, je vais te montrer ta chambre.

Il prend ses sacs sur le comptoir de la cuisine et la précède dans l'escalier jusqu'à un palier brillamment éclairé qui donne sur deux portes. Maxim ouvre la seconde.

La chambre ivoire est spacieuse et aérée, avec une baie vitrée et un grand lit contre le mur du fond. Le linge de lit est également ivoire, mais les coussins sont assortis à l'impressionnante marine suspendue au-dessus du lit.

Maxim lui fait signe d'entrer et pose ses cabas sur une banquette brodée de couleurs vives. Elle contemple son reflet dans la vitre. Maxim s'approche. Il est grand, mince et beau ; à côté de lui, elle paraît blafarde et dépenaillée. Ils ne sont égaux en rien. Ça ne lui a jamais paru aussi évident.

*Que me trouve-t-il ? Je ne suis que sa femme de ménage.*

Elle repense à la belle-sœur de Maxim, si élégante alors qu'elle n'était vêtue que d'une chemise d'homme. Alessia se retourne. Elle ne veut plus sentir son propre reflet la narguer. Maxim abaisse le store vert d'eau et continue à lui montrer la chambre, arrachant Alessia à ses réflexions moroses.

— Voici ta salle de bains.

*Ma propre salle de bains !*

— Merci.

Ce petit mot lui semble ridicule, par rapport à tout ce qu'elle lui doit.

Il se plante devant elle. Ses yeux verts sont pleins de compassion.

— Je sais que tout est arrivé très vite, Alessia. Et que nous nous connaissons à peine. Mais je ne pouvais pas te laisser à la merci de ces hommes. Il faut que tu le comprennes.

Il prend une boucle qui s'est échappée de sa tresse et la cale doucement derrière son oreille.

— Ne te fais plus de soucis. Tu es en sécurité, ici. Je ne vais pas te toucher. Enfin, sauf si tu le veux.

Alessia respire son parfum de santal et de sapin. Elle ferme les yeux pour contenir ses émotions.

— C'est ici que ma famille passe ses vacances, poursuit-il. Toi aussi, tu peux te dire que ce sont des vacances. Un temps pour réfléchir, prendre du recul, oublier ces événements terribles. Apprendre à nous connaître tous les deux…

Une boule se forme dans la gorge d'Alessia, et elle se mordille la lèvre.

243

*Ne pleure pas. Ne pleure pas. Mos qaj.*

— Si tu as besoin de quoi que ce soit, ma chambre est juste à côté. Mais pour l'instant, il est très tard et nous avons tous les deux besoin de dormir.

Il embrasse Alessia sur le front, tendrement.

— Bonne nuit.

— Bonne nuit, fait-elle d'une voix éraillée et presque inaudible.

Il s'éclipse. Elle reste seule, dans la plus magnifique chambre où elle ait jamais dormi. Son regard passe du tableau à la salle de bains au lit somptueux. Lentement, elle tombe à genoux, se roule en boule sur le parquet, et se remet à sangloter.

Après avoir rangé nos manteaux dans la penderie, je reprends ma bière sur le comptoir de la cuisine et j'en savoure une longue gorgée.

*Quelle journée !*

Ce premier, ce délicieux baiser – je gémis rien que d'y penser –, interrompu par ces salopards, et puis sa disparition soudaine et ma course folle pour la retrouver dans sa banlieue paumée…

Et sa révélation. Victime de trafiquants sexuels.

*Nom de Dieu.*

Maintenant, nous voici seuls, tous les deux.

Je me frotte le visage. Je devrais être épuisé après ce long trajet en voiture et toutes ces tribulations mais, au lieu de ça, je suis à cran. En levant les yeux vers le plafond, je repère l'endroit précis où Alessia est paisiblement endormie, du moins je l'espère. La voilà, la véritable raison de mon agitation. Il m'a fallu faire un grand effort pour ne pas la prendre dans mes bras et… Et quoi ? Même après tout ce qu'elle m'a raconté, je me sens aussi frustré qu'un lycéen en rut.

*Enfin, merde, après tout ce qu'Alessia a subi, tu ne crois pas qu'elle mérite qu'on lui foute la paix ?*

C'est d'un ami qu'elle a besoin, pas d'un satyre !

*Qu'est-ce qui ne va pas, chez moi ?*

Je vide ma bouteille d'un trait, puis je prends le verre d'Alessia, qu'elle a à peine entamé. J'avale une lampée et me passe la main dans les cheveux. Je sais très bien ce qui ne va pas.

J'ai envie d'elle.

Je suis fou d'elle.

Je brûle de désir pour elle.

Voilà. C'est dit. Dès l'instant où j'ai posé les yeux sur elle, Alessia a envahi mes pensées et mes rêves. Mais dans tous mes fantasmes, ce désir, elle le partage. J'ai envie d'elle, oui. Mais je veux qu'elle ait envie de moi, elle aussi. Je sais bien que je pourrais la séduire. Mais pour l'instant, si elle se donnait à moi, ce serait pour de mauvaises raisons.

D'ailleurs, je lui ai promis que je ne la toucherais pas, à moins qu'elle veuille de moi.

Je ferme les paupières.

*Depuis quand ai-je une conscience ?*

Au fond, je connais la réponse. Ce qui me paralyse, c'est notre inégalité.

Elle n'a rien.

J'ai tout.

Si je profite d'elle, je ne vaudrai guère mieux que les ordures qui l'ont enlevée. Je l'ai emmenée en Cornouailles pour la protéger d'eux. Faudra-t-il maintenant que je la protège de moi ?

Je suis en terrain inconnu.

Tout en buvant le reste de sa bière, je me demande ce qui se passe au Hall. Je décide d'aller m'en informer demain, et de prévenir Oliver que je suis ici. Je doute qu'il y ait une urgence, autrement, il m'aurait contacté. Je peux travailler depuis le Hideout, j'ai mon téléphone. Je regrette simplement de ne pas avoir apporté mon ordinateur.

Mais pour l'instant, il faut que je dorme.

Je pose le verre vide et la bouteille sur le comptoir. J'éteins et je monte. Devant la porte de sa chambre, je tends l'oreille.

Elle pleure.

Des femmes éplorées, je n'ai vu que ça au cours des quatre dernières semaines : Maryanne, Caroline, Danny, Jessie… L'image du corps sans vie de Kit me revient à l'esprit et ma douleur refait cruellement surface, toujours aussi vive.

*Kit. Enfin, merde. Pourquoi ?*

Tout à coup, je me sens exténué. J'envisage de la laisser pleurer mais j'hésite. Ça me brise le cœur. Avec un soupir, je m'arme de courage avant de frapper doucement et d'entrer.

Elle est roulée en boule par terre, la tête entre les mains, là où je l'ai quittée. Sa douleur fait écho à la mienne.

— Alessia, non !

Je la soulève en murmurant :

— Chut…

Je m'assois sur le lit et l'installe sur mes genoux pour la serrer dans mes bras. Le visage enfoui dans ses cheveux, je ferme les yeux en respirant son doux parfum et je resserre mon étreinte pour la rassurer.

— Je suis là.

Je n'ai pas pu sauver mon frère des démons qui l'ont poussé à foncer en moto par une nuit glaciale, mais je peux secourir cette jeune femme, belle et courageuse.

Lorsqu'elle cesse enfin de sangloter, elle pose sa paume sur mon cœur battant, finit par s'apaiser et se détend contre moi.

Elle s'est endormie.

Elle se sent en sécurité dans mes bras.

Ma belle au bois dormant.

Je dépose un léger baiser dans ses cheveux et la couche sur le lit, puis je la recouvre d'un plaid. Sa tresse serpente sur l'oreiller. J'aurais envie de la dénouer et de libérer sa crinière, mais elle marmonne des mots inintelligibles dans sa langue et je ne veux pas la réveiller. Je me demande une fois de plus si je hante ses rêves comme elle hante les miens.

— Dors, ma belle.

J'éteins et attends d'avoir refermé avant d'allumer sur le palier. Je laisse la porte de ma chambre entrouverte.

*Si jamais elle avait besoin de moi…*

La baie vitrée de ma chambre donne sur la mer. J'actionne la fermeture électrique des stores. Dans le dressing, je retire mes vêtements, trouve un pyjama rapporté par Danny de la maison principale et enfile le pantalon. À Londres, je dors nu, mais en Cornouailles, avec les domestiques, je n'ai pas le choix. Je laisse mes vêtements en tas par terre et m'allonge. J'éteins la lampe de chevet et contemple la nuit.

Demain, tout ira mieux. Demain, j'aurai la ravissante Alessia Demachi pour moi tout seul. Allongé dans le noir, je m'interroge. J'ai arraché Alessia à tout ce qu'elle connaît. Elle est sans ressources, sans amis, totalement seule dans la vie. Elle n'a rien, sauf moi, à condition que je sache me tenir.

— Tu te ramollis avec l'âge, je marmonne avant de sombrer, exténué, dans un sommeil sans rêves.

Je suis réveillé par son cri perçant.

## 12

Je mets deux secondes à me rappeler où je suis.
Puis j'entends un second cri.

*Alessia !*

Je bondis hors du lit, boosté par l'adrénaline qui
affûte mes sens. J'allume sur le palier et fais irruption
dans sa chambre. Assise dans son lit, Alessia se tourne
brusquement en m'entendant entrer. Terrifiée, elle
s'apprête à crier à nouveau.

— Alessia, c'est moi, Maxim !

Un torrent de mots sort de sa bouche :

— *Ndihmë. Errësirë. Shumë errësirë. Shumë
errësirë !*

*Quoi ?*

Je m'assois à côté d'elle. Aussitôt, elle se pend à
mon cou, manquant de me faire tomber à la renverse.

— Doucement…

Lorsque je retrouve l'équilibre, je tente de l'apaiser
en lui caressant les cheveux.

— *Errësirë. Shumë errësirë. Shumë errësirë*, répète-
t-elle en s'agrippant à moi, tremblante comme un pou-
lain qui vient de naître.

249

— Parle anglais. Anglais.

— Le noir, chuchote-t-elle contre mon cou. Je déteste le noir. Il fait tellement sombre ici.

*Ce n'est que ça ?*

À ces mots, je me détends. J'avais imaginé les pires horreurs et j'étais prêt à combattre tous les monstres imaginables. Sans la lâcher, je me penche pour allumer la lampe de chevet.

— C'est mieux comme ça ?

Elle s'accroche toujours à moi.

— C'est bon. C'est bon. Je suis là…

Je dois le répéter plusieurs fois avant qu'elle cesse de trembler et se détende. Elle se redresse pour me faire face.

— Pardon, chuchote-t-elle.

— Chut. Ne t'inquiète pas. Je suis là.

Elle baisse les yeux vers ma poitrine et le rose lui monte aux joues. Je plaisante :

— Eh oui, normalement, je dors nu. Tu as de la chance : ce soir, j'ai mis un pantalon.

Sa bouche s'adoucit.

— Je sais, dit-elle en me regardant à travers ses longs cils.

— Tu sais ?

— Oui. Vous dormez nu.

— Tu m'as vu ?

— Oui.

Son sourire est inattendu.

— Bon… Qu'est ce que je dois penser de ça ?

Elle semble s'être remise de sa terreur nocturne, mais elle continue d'observer anxieusement autour d'elle.

250

— Je suis désolée. Je ne voulais pas vous réveiller. J'avais peur.

— Tu as fait un cauchemar ?

Elle acquiesce.

— Et quand j'ai ouvert les yeux et qu'il faisait… il faisait tellement noir… (Elle frémit.) Je ne savais plus si je dormais ou si j'étais éveillée.

— N'importe qui se mettrait à crier. Ici, ce n'est pas comme à Londres. Il n'y a pas de pollution lumineuse à Trevethick. Quand il fait noir… il fait noir.

— Oui. Comme…

Elle se tait et se recroqueville, horrifiée.

— Comme ?

Sur son visage, l'amusement a cédé à l'angoisse. Elle se détourne et baisse les yeux. Je lui frotte le dos et je l'encourage à parler.

— Dis-moi…

— Comme dans le… comment dit-on ? Dans le camion ! s'exclame-t-elle, brusquement inspirée.

Je déglutis.

— Le camion ?

— Oui. Qui nous a emmenées en Angleterre. Il était en métal. Comme une boîte. Et il faisait noir. Et froid. Et l'odeur…

Ses mots sont à peine audibles.

— Quelle horreur, dis-je à mi-voix.

Elle semble un peu gênée de me tenir dans ses bras, sans doute parce que je suis torse nu. Mais il n'est pas question de la laisser affronter seule ses cauchemars. D'un mouvement, je la soulève et la presse contre ma poitrine. Elle pousse un petit cri d'étonnement.

— Je pense que tu devrais dormir avec moi.

Sans attendre sa réponse, je la porte dans ma chambre, allume toutes les lumières et la pose à côté du dressing. J'y trouve une veste de pyjama que je lui tends en lui désignant la salle de bains.

— Tu peux te changer là. Tu ne dois pas être à l'aise pour dormir, avec ce jean et ce pull.

Je grimace en regardant son pull vert en laine. Elle cligne plusieurs fois des yeux. *Là, j'ai peut-être dépassé les bornes.* Tout d'un coup, je me sens un peu idiot.

— Évidemment, si tu préfères dormir seule…

— Je n'ai jamais dormi avec un homme, bredouille-t-elle.

*Ah ?*

— Je ne te toucherai pas. On va dormir, c'est tout. Si tu cries, je serai là, à côté de toi.

*Évidemment, je préférerais te faire crier pour d'autres raisons.*

Alessia hésite. Son regard passe de mon lit à moi. Puis elle pince les lèvres, comme si elle avait pris sa décision.

— Je veux dormir ici, avec vous.

Elle se dirige vers la salle de bains, sans fermer la porte avant d'avoir trouvé l'interrupteur.

Soulagé, je fixe cette porte fermée.

*Elle a vingt-trois ans, et elle n'a jamais couché avec un homme ?*

252

Je ne veux pas y penser pour l'instant. Il est plus de 3 heures du matin, et je suis fatigué.

Alessia contemple son visage pâle dans le miroir. De grands yeux cernés la contemplent en retour. Avec une profonde inspiration, elle s'arrache aux derniers lambeaux de son cauchemar : elle était encore enfermée dans le camion, mais cette fois, sans les autres filles.

Elle était seule. Dans le noir. Dans le froid. Dans la puanteur.

Elle frissonne en se déshabillant. Elle avait oublié où elle était, jusqu'à ce qu'il apparaisse.

Monsieur Maxim. Il est venu à sa rescousse, une fois de plus. Son Skënderbeu à elle... Le héros de l'Albanie. Ça devient une habitude, chez lui. Et maintenant qu'elle va dormir à ses côtés, il va la protéger de ses mauvais rêves.

Si son père l'apprenait, il la tuerait. Et sa mère... elle voit sa mère s'évanouir à l'idée qu'Alessia a dormi avec un homme. Un homme qui n'est pas son mari.

*Ne pense pas à Baba et Mama.*

Sa chère, sa très chère maman qui a envoyé Alessia en Angleterre en pensant la sauver. Comme elle se trompait.

*Ah, Mama, si tu savais...*

Pour l'instant, elle est en sécurité avec Monsieur Maxim. Elle met la veste de pyjama, beaucoup trop grande pour elle, dénoue sa tresse, ébouriffe sa chevelure, tente de la dompter avec ses doigts avant d'y renoncer. Ses vêtements sous le bras, elle ouvre la porte.

Cette chambre, plus spacieuse, est également ivoire, mais les meubles sont en bois ciré, assortis au grand lit-bateau.

Il est debout au pied du lit.

— Te voilà enfin. J'étais en train de me demander s'il fallait que j'envoie une équipe de secours.

Le regard d'Alessia passe des yeux verts étincelants de Monsieur Maxim au tatouage sur son bras. Jusque-là, elle n'en a aperçu que des détails, mais maintenant, même de l'autre bout de la pièce, elle le voit entièrement.

*Un aigle à deux têtes.*

*L'aigle de l'Albanie.*

— Quoi ?

Il suit le regard d'Alessia et baisse les yeux vers son tatouage.

— Ah, ça ! Une folie de jeunesse.

Il a l'air un peu gêné et fronce les sourcils, intrigué par l'intérêt d'Alessia. Elle s'avance vers lui, fascinée par son tatouage. Il lève le coude pour qu'elle puisse mieux le voir.

Inscrit sur son biceps, un blason noir porte l'image d'un aigle à deux têtes, au-dessus de cinq cercles en forme de V inversé. Alessia pose ses vêtements sur le tabouret au pied du lit. Du regard, elle demande à Maxim la permission de toucher son bras.

Je retiens mon souffle tandis qu'elle effleure les contours de mon tatouage du bout des doigts. Ce léger

254

contact résonne jusqu'à ma queue, et je réprime un gémissement.

— C'est le symbole de mon pays, souffle-t-elle. L'aigle à deux têtes est sur le drapeau de l'Albanie.

*Quelle coïncidence incroyable!*

Je serre les dents. Je ne sais pas si je pourrai supporter longtemps qu'elle me touche sans le faire moi aussi.

— Mais pas ces cercles jaunes, ajoute-t-elle.

— On les appelle des besants.

— Besants.

— Oui. Ils représentent des pièces de monnaie.

— En Albanie, on a le même mot. Pourquoi avez-vous ce tatouage? Qu'est-ce qu'il veut dire?

Ses yeux ensorcelants se lèvent vers moi.

*Que dire? C'est un détail des armoiries de ma famille.*

Je n'ai aucune envie lui faire une leçon d'héraldique à 3 heures du matin. Surtout que, si je me suis fait tatouer à l'époque, c'était pour emmerder ma mère. Elle déteste les tatouages... mais le blason de la famille? Ça lui avait cloué le bec.

— Folie de jeunesse, je te l'ai déjà dit.

Mon regard passe de ses yeux à ses lèvres. Je déglutis.

— Il est trop tard pour parler de ça. On dort?

Je rejette la courtepointe et m'efface pour qu'elle se glisse dans le lit. Elle obéit, révélant de longues jambes fines sous la veste de pyjama beaucoup trop grande pour elle.

255

*C'est de la torture.*

— Pourquoi ce mot, « folie » ? demande-t-elle tandis que je contourne le lit.

Elle est accoudée et sa magnifique chevelure sombre retombe en boucles folles sur ses épaules et le contour de ses seins, jusque sur le lit. Elle est sublime, et je vais devoir m'abstenir de la toucher.

— « Folie », dans ce cas, ça signifie une bêtise, dis-je en me couchant.

Cette définition manque de me faire ricaner. *Si dormir à côté de cette beauté n'est pas une folie, je ne sais pas ce que ce mot veut dire.*

— Folie, répète-t-elle en posant sa tête sur l'oreiller.

Je baisse la lumière de la lampe de chevet sans l'éteindre, au cas où elle se réveillerait à nouveau.

— Oui, une folie. (Je m'allonge et ferme les yeux.) Dors.

— Bonne nuit, murmure-t-elle d'une voix douce. Et merci.

Je geins. Cette nuit va être une torture. Je lui tourne le dos et me mets à compter les moutons.


*Je suis allongé dans l'herbe, près de l'imposant mur en pierre qui entoure le potager de Tresyllian Hall.*

*Le soleil d'été réchauffe ma peau.*

*L'arôme de la lavande qui borde la pelouse et le doux parfum des rosiers grimpants imprègnent l'air.*

*J'ai chaud.*

*Je suis heureux.*

*Je suis chez moi.*


256

*Un rire de jeune fille attire mon attention.*

*Je tourne la tête pour voir d'où vient ce son mais je suis aveuglé par le soleil et je ne la vois qu'à contre-jour. Ses longs cheveux de jais volent dans la brise, et elle est engoncée dans une blouse bleue transparente qui flotte autour de sa silhouette élancée.*

*Alessia.*

*L'odeur des fleurs s'intensifie, et je ferme les yeux pour humer leur parfum doux et enivrant.*

*Lorsque je les rouvre, elle a disparu.*

Je me réveille en sursaut. La lumière du matin filtre entre les stores. Alessia a envahi mon côté du lit. Elle est blottie sous mon bras, son poing serré sur mon ventre, sa tête sur ma poitrine, ses jambes enlacées aux miennes.

*Elle s'est complètement abandonnée.*

Et elle dort profondément. Mais ma queue, elle, est tout à fait réveillée, et dure comme de la pierre. Je frôle ses cheveux du bout du nez.

*Lavande et rose.* Enivrant.

Mon cœur bat à tout rompre tandis que je dresse la liste de toutes les possibilités offertes par ce scénario : Alessia est dans mes bras. Elle est prête. Elle m'attend. Elle est si tentante, si proche… trop proche. Si je me retourne, elle sera sur le dos et je pourrai enfin me perdre en elle. Je fixe le plafond en priant pour avoir la force de me retenir. Je sais que si je bouge, elle se réveillera, alors je continue à me torturer et reste immobile, à savourer le délicieux, si délicieux

257

tourment de son corps contre le mien. Je prends une de ses boucles entre mes doigts, étonné de la trouver aussi douce et soyeuse. Elle remue, son poing s'ouvre et ses doigts s'écartent sur mon ventre pour chatouiller la naissance de mes poils pubiens.

*Merde, merde, merde !*

Je bande tellement que je n'ai qu'une envie : attraper sa main et la poser sur mon érection. J'exploserais aussitôt.

— Mmm, murmure-t-elle.

Ses paupières s'entrouvrent et elle me regarde, rêveuse.

— Bonjour, Alessia.

Elle pousse un petit cri et recule en vitesse. Je la taquine :

— Ta visite de mon côté du lit m'a fait plaisir.

Elle tire la couverture jusqu'au menton, les joues roses, en souriant timidement.

— Bonjour, dit-elle.

Je me retourne pour lui faire face.

— Tu as bien dormi ?

— Oui, merci.

— Tu as faim ?

*Moi, oui. Mais pas de nourriture.*

Elle hoche la tête.

— Ça veut vraiment dire oui ?

Elle fronce les sourcils.

— Hier dans la voiture, tu as dit qu'en Albanie c'était le contraire.

— Vous vous souvenez de ça ?

258

Elle semble à la fois étonnée et ravie.

— Je me souviens de tout ce que tu dis.

J'ai envie de lui confier à quel point elle est ravissante ce matin. Mais je me ravise. Je me tiens.

— J'aime bien dormir avec toi, lâche-t-elle tout d'un coup.

Elle m'a tutoyé ! J'en reste ébahi.

— Moi aussi, j'aime dormir avec toi.

— Je n'ai pas fait de cauchemars.

— Tant mieux. Moi non plus.

Elle rit, et je tente de me rappeler le rêve qui m'a réveillé. Tout ce dont je me souviens, c'est qu'elle y figurait. Comme toujours.

— J'ai rêvé de toi.

— De moi ?

— Oui.

— Vous… tu es sûr que ce n'était pas un cauchemar ? plaisante-t-elle.

— Tout à fait sûr.

Elle sourit, de son sourire ensorcelant. Des dents blanches parfaites. Des lèvres roses entrouvertes, prometteuses…

— Tu es très désirable.

Ces paroles me sont venues sans que j'y prenne garde. Ses prunelles noires se dilatent, me captivent. Elle inspire brusquement.

— Désirable ?

— Oui.

Nous nous regardons. Le silence s'éternise entre nous.

— Je ne sais pas quoi faire, chuchote-t-elle enfin.

259

Je ferme les yeux et déglutis. Ses paroles de la veille résonnent dans mon esprit.

*Je n'ai jamais dormi avec un homme.*

— Tu es vierge ?

J'écarquille les yeux pour mieux étudier son expression.

— Oui.

Cette simple affirmation me fait l'effet d'une douche froide. Je n'ai couché qu'avec une vierge, Caroline. C'était ma première fois, à moi aussi, et ça s'est soldé par un désastre qui a failli nous faire renvoyer de l'école. Après ça, mon père m'a emmené dans un bordel de luxe de Bloomsbury.

*Si tu dois baiser, Maxim, autant que tu apprennes.*

J'avais quinze ans, et Caroline est allée de l'avant…

Jusqu'à la mort de Kit.

*Nom de Dieu.*

Alessia est vierge à vingt-trois ans ? Ça ne m'étonne pas, au fond. Elle ne ressemble à aucune autre femme que j'aie connue.

Elle me dévisage de ses grands yeux. Elle attend. Je me demande à nouveau si ce n'était pas une folie de l'amener ici.

Alessia fronce les sourcils. L'anxiété se lit sur ses traits. Je tends la main et caresse du pouce sa lèvre inférieure boudeuse. Elle inspire brusquement.

— J'ai envie de toi, Alessia. Très envie. Mais je veux que tu aies envie de moi, toi aussi. Je pense qu'il faut que nous apprenions à mieux nous connaître avant d'aller plus loin.

*Là. C'était une réponse d'adulte, non ?*

— D'accord, chuchote-t-elle.

Elle n'a pas l'air très convaincue. Elle paraît même un peu déçue.

*Qu'attend-elle de moi ?*

Je sais que je dois m'éloigner pour pouvoir réfléchir à tout ça. Ici, dans mon lit, elle me déconcentre, avec sa moue boudeuse, ses lèvres offertes, sa beauté. Je m'assois et prends son visage entre mes mains.

— On va profiter de nos vacances, d'accord ?

Je l'embrasse et sors du lit. Le moment est mal choisi. Ce serait injuste pour elle. Et c'est injuste pour moi.

— Tu t'en vas ? s'étonne Alessia en s'asseyant sur le lit.

Ses cheveux retombent comme un voile autour de sa silhouette menue. Ses yeux inquiets se sont arrondis ; malgré ma veste de pyjama trop grande, elle est sexy sans le faire exprès.

— Je vais prendre une douche et nous préparer le petit déjeuner.

— Tu sais cuisiner ?

Son air stupéfait me donne envie d'éclater de rire.

— Assez pour faire cuire des œufs et du bacon.

Je lui adresse un sourire penaud et disparais dans la salle de bains.


Et voilà. Encore une branlette sous la douche.

L'eau ruisselle sur mon corps. Je jouis rapidement en me tenant d'une main aux carreaux en marbre, en pensant à celle d'Alessia sur mon ventre, autour de ma queue…

*Vierge.*

Au moins, elle n'a pas été brutalisée par ces salauds. La colère me tord les tripes lorsque je repense à eux. Elle est en sécurité ici. C'est toujours ça de pris.

Elle est peut-être croyante? Elle a bien dit que sa grand-mère était une missionnaire, et elle porte une croix en or autour du cou. Ou peut-être que le sexe avant le mariage est tabou en Albanie. Je n'en ai aucune idée. Je me lave les cheveux et le corps avec le savon que Danny m'a laissé.

Ce n'est pas ce que j'avais en tête lorsque je l'ai emmenée ici. Son inexpérience totale me refroidit. J'aime les femmes sexuellement entreprenantes qui savent ce qu'elles font, ce qu'elles veulent, et qui connaissent leurs limites.

Initier une vierge, c'est une énorme responsabilité.

*C'est un sale boulot, mais si quelqu'un doit se dévouer, autant que ce soit moi.*

Je me sèche les cheveux et dévisage le mufle qui me regarde dans le miroir.

*Grandis un peu, mec!*

Elle veut peut-être une relation durable?

Je n'ai eu que deux histoires dans ma vie, mais aucune n'a duré plus de huit mois. Charlotte était trop ambitieuse. Elle est passée à un baronnet de l'Essex. Et Arabella aimait trop les drogues à mon goût. Un peu de temps en temps, pourquoi pas, mais tous les jours? Pas question. Elle doit être dans un centre de désintoxication en ce moment.

262

Une relation avec Alessia… Qu'est-ce que ça impliquerait ?

Ouh là, doucement, je vais plus vite que la musique ! Je noue une serviette autour de ma taille et retourne dans la chambre. Elle a disparu.

Mon rythme cardiaque s'emballe. S'est-elle encore enfuie ?

Je frappe à la porte de sa chambre. Pas de réponse. J'entre, et je suis soulagé d'entendre la douche.

*Reprends-toi !*

Je file m'habiller.

Alessia n'a aucune envie de sortir de cette douche. Elle pourrait y rester à jamais. Chez elle, à Kukës, la salle de bains était équipée d'une douche rudimentaire et il fallait passer la serpillière par terre après s'en être servi. Chez Magda, il n'y avait qu'une baignoire. Ici, l'eau chaude tombe en cascade du plus gros pommeau de douche qu'elle ait jamais vu. Plus gros, même, que celui de la salle de bains de Monsieur Maxim. C'est le paradis : elle n'a jamais rien éprouvé de tel. Elle se lave les cheveux et se rase méticuleusement avec le rasoir jetable offert par Magda. Puis elle se savonne avec le gel douche qu'elle a apporté de chez elle. Quand sa main passe sur ses seins, elle ferme les yeux.

*J'ai envie de toi, Alessia. Très envie.*

Il a envie d'elle.

Sa main glisse sur son ventre.

Dans son esprit, c'est sa main à lui qui parcourt son corps. Qui la touche. Intimement.

Elle aussi, elle a envie de lui.

Elle se rappelle s'être réveillée dans ses bras. Sa chaleur, sa force. Sa peau contre sa peau. Ce souvenir fait frémir son ventre. Ses doigts bougent de plus en plus vite. Plus vite encore. Elle s'appuie contre le carrelage tiède et relève la tête. Sa bouche s'ouvre, haletante.

*Maxim.*

*Maxim.*

*Ah.*

Les muscles de son ventre se crispent quand elle jouit. Puis elle rouvre les yeux en reprenant son souffle. C'est ce qu'elle veut… non ?

Peut-elle lui faire confiance ?

*Oui.*

Il n'a rien fait pour ébranler cette confiance. Hier soir, il l'a sauvée de ses terreurs nocturnes. Il a été bon et doux. Il l'a laissée dormir avec lui pour la protéger de ses cauchemars.

Elle se sent en sécurité.

Il y a si longtemps qu'elle n'a pas ressenti ça. C'est une sensation inédite, même si elle sait que Dante et Ylli sont encore à sa recherche.

*Non. Ne pense pas à eux.*

Elle regrette de ne rien savoir des hommes. À Kukës, les hommes et les femmes n'ont pas les mêmes rapports qu'en Angleterre. Chez elle, les hommes fréquentent les hommes et les femmes, les femmes. Depuis toujours. Parce qu'elle n'a pas de frères et qu'on ne la laisse pas s'approcher de ses cousins lors

264

des fêtes, son expérience se borne aux quelques étudiants croisés à l'université – et à son père, bien sûr.

Elle passe ses mains dans ses cheveux.

Monsieur Maxim ne ressemble à aucun homme qu'elle ait rencontré.

Tandis que l'eau ruisselle sur son visage, elle se résout à oublier tous ses problèmes. Aujourd'hui, comme l'a dit Maxim, elle est en vacances. Pour la première fois.

Elle noue une serviette autour de ses cheveux et un drap de bain autour de son corps, puis elle revient dans la chambre. Un rythme insistant monte du rez-de-chaussée. Elle tend l'oreille. Cette musique contredit tout ce qu'elle croit savoir de lui. Ses compositions laissent deviner un homme plus calme et plus introverti que celui qui fait retentir cette musique assourdissante dans toute la maison.

Elle met ses vêtements sur le lit. Tous, sauf son jean et son soutien-gorge, lui ont été offerts par Magda et Michal. Malheureusement, elle n'a aucune tenue affriolante. Elle enfile son jean avec un vieux tee-shirt à manches longues. Il est un peu informe, mais il faudra s'en contenter.

Elle sèche ses cheveux et les brosse avant de descendre. Par la paroi en verre de l'escalier, elle observe Maxim dans la cuisine. Il porte un pull gris clair avec son jean noir déchiré. Un torchon sur l'épaule, il vaque devant la cuisinière. Il fait frire du bacon – ça sent délicieusement bon – tout en se dandinant au rythme de la dance music qui pulse dans la pièce.

265

Alessia ne peut s'empêcher de sourire. Quand elle faisait le ménage dans son appartement, elle n'aurait jamais deviné qu'il savait cuisiner.

Chez elle, les hommes ne font pas la cuisine.

Et ils ne dansent pas pendant qu'ils la font.

Le mouvement de ses larges épaules, les ondulations de ses hanches étroites, ses pieds nus qui battent le rythme, tout cela la fascine. Elle sent son ventre se resserrer délicieusement. Il passe ses doigts dans ses cheveux mouillés, puis retourne le bacon. Alessia en salive.

*Mmm… cette odeur.*

*Mmm… ce spectacle.*

Il fait soudain volte-face, et son visage s'illumine lorsqu'il la voit dans l'escalier. Son immense sourire reflète celui d'Alessia.

— Un ou deux œufs ? crie-t-il par-dessus la musique.

— Un, articule-t-elle en descendant l'escalier pour arriver dans la grande pièce.

Elle lâche un petit hoquet de surprise en regardant par les fenêtres qui vont du sol au plafond.

*La mer !*

— *Deti ! Deti !* La mer ! s'exclame-t-elle en s'élançant vers la porte-fenêtre coulissante qui donne sur le balcon.

Je réduis le feu sous la poêle et rejoins Alessia devant la porte-fenêtre.

— On peut aller à la mer ? s'écrie-t-elle en dansant sur place, les yeux brillant d'excitation.

266

— Bien sûr. Attends…

Je déverrouille la baie vitrée pour qu'elle puisse accéder au balcon. Le vent glacial nous fait frissonner, mais Alessia s'en moque et se rue à l'extérieur en tee-shirt, pieds nus, les cheveux mouillés.

*Elle n'a définitivement rien à se mettre ?*

J'attrape le plaid gris sur le canapé et la suis. L'enveloppant dans la couverture, je la serre contre moi pendant qu'elle admire la vue. Son visage rayonne de bonheur.

Le Hideout, comme nos trois autres résidences d'été, a été érigé sur un promontoire rocheux. Au bout du jardin, un sentier descend jusqu'à la plage. C'est une belle journée ensoleillée malgré un froid mordant et un vent implacable. La mer, d'un bleu profond, est recouverte d'écume, et les vagues s'écrasent avec fracas sur les falaises. L'air est chargé d'embruns. Alessia tourne vers moi un visage émerveillé.

— Viens, il faut qu'on mange. (Je n'ai pas oublié le bacon dans la poêle.) Tu vas attraper la mort ici. On ira à la plage après le petit déjeuner.

Nous retrouvons la chaleur de la maison, et je crie par-dessus la musique :

— Je n'ai plus qu'à préparer les œufs !

— Je vais t'aider ! répond Alessia sur le même ton.

Elle m'accompagne dans la cuisine, toujours emmitouflée dans sa couverture.

Je baisse le volume de la chaîne via l'application de mon téléphone :

— Voilà, c'est mieux.

— Intéressante, cette musique, commente Alessia.

À son ton, je devine que ce n'est pas vraiment son truc.

— C'est de la techno coréenne. Je m'en sers parfois quand je mixe. (Je sors les œufs du réfrigérateur.) Tu es sûre que tu n'en veux pas deux?

— Non, un seul, s'il te plaît.

— D'accord. Va pour un œuf. Tu peux t'occuper des toasts? Le pain est dans le réfrigérateur. Et le grille-pain là-bas.

Tandis que nous nous activons ensemble, j'en profite pour l'observer. De ses doigts fins et agiles, elle attrape les toasts grillés et les beurre avec délicatesse.

— Tiens…

Je sors deux assiettes du chauffe-plat et les pose sur le comptoir. Elle me sourit pendant que je sers les œufs et le bacon.

— Je ne sais pas toi, mais moi, je meurs de faim.

Abandonnant la poêle dans l'évier, j'emporte nos assiettes dans la salle à manger, où j'ai dressé deux couverts.

Alessia paraît impressionnée.

Pourquoi ai-je soudain le sentiment d'avoir fait quelque chose de bien?

— Mets-toi ici. Tu profiteras mieux de la vue.

— Alors, c'est comment? interroge Maxim.

Alessia préside à l'immense table, une place qu'elle n'a jamais occupée, et savoure son petit déjeuner en admirant la mer.

268

— Délicieux. Tu as plein de talents cachés.

— Et tu n'as encore rien vu, répond-il d'un ton mystérieux.

Pour une raison qu'elle ignore, sa réponse la trouble.

— Toujours partante pour une balade au bord de la mer ?

— Oui !

— Super.

S'emparant de son téléphone, Maxim compose un numéro.

*Qui appelle-t-il donc ?*

— Danny ? Non, tout va bien. Pouvez-vous m'apporter un sèche-cheveux ?… Ah, vraiment ? D'accord. Il me faut aussi une paire de bottes en caoutchouc… (Il se tourne vers Alessia.) Quelle pointure ?

Elle ne voit pas du tout de quoi il parle.

— Pour tes chaussures ? précise-t-il.

— Ah ! Trente-huit.

— Eh bien, je dirais… une taille cinq. Et des chaussettes, si vous en avez. Oui, pour femme… Non, peu importe. Et un manteau bien chaud ? Oui… pour femme aussi. De petite taille. Dès que possible, merci.

Puis il écoute un moment son interlocutrice avant de s'exclamer :

— Fantastique !

Et il raccroche. Alessia proteste aussitôt :

— J'ai déjà un anorak !

— Il n'est pas assez chaud. Et je ne sais pas si on porte des chaussettes en Albanie, mais ici, on se gèle !

Elle rougit. Elle n'a que deux paires de chaussettes – et elle ne pouvait pas en emprunter une autre à Magda. Son amie l'a déjà suffisamment aidée.

Dante et Ylli lui ont confisqué sa valise, et quand Alessia est arrivée à Brentford, Magda a brûlé presque tous les vêtements qu'elle avait sur elle. Ils étaient trop usés.

— Qui est Danny ?

— C'est une voisine, répond Maxim en se levant pour débarrasser la table.

— Je vais le faire ! Je vais les laver, s'empresse-t-elle de dire en lui prenant les assiettes des mains.

— Non, je m'en occupe. Il y a un sèche-cheveux dans la commode de ta chambre. Va te sécher les cheveux.

— Mais…

*Il ne va quand même pas faire la vaisselle ! Les hommes ne font jamais ça !*

— Il n'y a pas de « mais ». Je m'en charge. Tu l'as assez fait pour moi.

— Mais c'est mon travail !

— Pas aujourd'hui. Tu es mon invitée. Allez, file.

Son ton est sans appel. Catégorique. Un frisson d'appréhension la parcourt.

— S'il te plaît, ajoute-t-il plus doucement.

— D'accord, murmure-t-elle avant de tourner les talons, mal à l'aise.

Est-il en colère contre elle ? *S'il te plaît, ne te fâche pas.*

— Alessia !

Elle s'immobilise au pied de l'escalier, les yeux baissés.

— Tout va bien ? s'inquiète-t-il.

Elle hoche la tête et monte les marches sans demander son reste.

Bon sang, mais qu'est-ce qui lui prend ? Qu'est-ce que j'ai dit ?

Je la regarde disparaître à l'étage, elle évite délibérément mon regard.

*Merde.*

Je l'ai blessée, mais je ne sais pas pourquoi. J'ai envie de lui courir après, mais je me ravise, et commence à remplir le lave-vaisselle.

Vingt minutes plus tard, alors que je pose la poêle sur l'égouttoir, on sonne à l'interphone.

*Danny.*

Je jette un coup d'œil à l'escalier, espérant voir réapparaître Alessia, mais non, rien. J'ouvre à Danny et éteins la chaîne – la gouvernante n'aime guère ce genre de musique.

Alessia se coiffe nerveusement, le vrombissement du sèche-cheveux dans les oreilles. Les coups de brosse apaisent peu à peu les battements effrénés de son cœur.

*Il avait la même voix que Baba.*

Et elle a réagi comme avec son père, en prenant la fuite. Baba n'a jamais pardonné à sa mère de lui avoir donné une fille unique. Ni à elle. Mais c'est sa pauvre mère qui a fait les frais de la colère paternelle.

Monsieur Maxim n'a rien en commun avec son père.

Rien du tout !

Elle finit de se coiffer en songeant que l'unique moyen de retrouver la paix et d'oublier sa famille est de jouer du piano. La musique est son refuge. Sa seule manière d'échapper à son passé.

Quand elle redescend, Monsieur Maxim n'est plus là. Elle aimerait le chercher, mais ses doigts sont impatients de courir sur le clavier. Elle s'installe devant le piano droit blanc et, sans s'échauffer, se lance dans le *Prélude en do mineur* de Bach. La musique explose dans une gerbe de rouge et orange éclatants, chassant ses idées noires.

Lorsqu'elle rouvre les yeux, Maxim l'observe.

— C'était incroyable, murmure-t-il.

— Merci.

Il s'approche et lui caresse la joue, puis lui relève le menton pour l'envelopper de son regard magnétique. Ses yeux sont d'un vert inouï. De près, elle distingue des cercles plus sombres autour des iris – de la couleur des sapins de Kukës – et, près de la pupille, ils sont clairs comme une fougère au printemps. Il se penche lentement et, un instant, elle croit qu'il va l'embrasser.

— Je n'ai pas voulu te blesser tout à l'heure, tu sais.

Elle pose un doigt sur ses lèvres pour qu'il se taise.

— Tu n'as rien fait de mal.

Il effleure doucement ses doigts de sa bouche. Elle retire sa main.

— Si c'est le cas, j'en suis désolé. Bon, tu veux toujours aller à la plage ?

Son visage s'éclaire.

— Oui !

— OK. Mais d'abord, il faut t'habiller chaudement.

Alessia trépigne d'impatience. Elle me pousse presque sur le chemin pavé. Dès que nous posons le pied sur la plage, elle me lâche la main et s'élance vers la mer déchaînée. Son bonnet a été emporté par le vent et ses cheveux sont tout emmêlés.

— La mer ! La mer ! s'exclame-t-elle en tournoyant sur elle-même, les bras en l'air.

L'incident de tout à l'heure est oublié. Un immense sourire illumine son visage. Je marche à grands pas sur le sable épais et ramasse son bonnet.

— La mer ! hurle-t-elle pour couvrir le rugissement de l'eau.

Elle court vers les vagues en agitant les mains et recule dans un grand éclat de rire pour leur échapper.

Comment ne pas s'attendrir en la voyant découvrir la mer pour la première fois ? Elle pousse un cri chaque fois qu'une déferlante s'écrase à ses pieds. Elle est un peu ridicule dans cet accoutrement : des bottes et une veste trop large. Mais avec ses joues et son nez roses, elle est d'une beauté époustouflante. Mon cœur se serre.

273

Elle revient vers moi au pas de course et m'attrape la main avec une innocence désarmante.

— La mer ! répète-t-elle en m'entraînant vers l'eau. Je me laisse faire, gagné par sa joie enfantine.

13

Ils marchent main dans la main sur le chemin côtier et font halte devant des ruines.

— C'est quoi, cet endroit ? interroge Alessia.

— Une mine d'étain abandonnée.

Tous deux s'adossent à l'immense cheminée et contemplent la houle écumante. Le vent glacial siffle entre les pierres.

— C'est si beau. Si sauvage. Ça me rappelle mon pays.

*Sauf que je suis plus heureuse ici. Je me sens... en sécurité.*

*Parce que je suis avec Monsieur Maxim.*

— Moi aussi, j'adore cet endroit. C'est là que j'ai grandi.

— Dans la maison où on a dormi ?

Il détourne les yeux.

— Non. Cette maison, mon frère l'a fait construire récemment.

Le visage de Maxim se décompose. Il semble soudain abattu.

— Tu as un frère ?

— J'avais…, corrige-t-il d'une voix triste. Il est mort.

Il enfonce les mains dans les poches de son manteau et regarde l'horizon avec une mine sinistre.

— Désolée.

À l'expression douloureuse de Maxim, elle devine que son frère est mort récemment. Se rapprochant de lui, elle pose la main sur son bras.

— Il te manque.

— Oui, je l'aimais tellement.

Sa franchise la surprend.

— Tu as d'autres frères et sœurs?

— Une sœur. Maryanne. (Son visage s'anime brièvement, puis se ferme à nouveau.) Et il y a ma mère.

— Et ton père?

— Il est mort quand j'avais seize ans.

— Oh, pardon. Ta mère et ta sœur habitent ici?

— Plus maintenant. Elles viennent de temps en temps, pour le week-end. Maryanne vit et travaille à Londres. Elle est médecin, ajoute-t-il avec fierté.

— *Ua!* Et ta mère?

— Ma mère passe le plus clair de son temps à New York.

Il ne s'étend pas. À l'évidence, il ne veut pas parler d'elle.

*Comme je ne veux pas parler de mon père.*

Elle préfère changer de sujet:

— On a des mines près de Kukës, lance-t-elle en observant la haute cheminée de pierre.

— Ah oui? Et elles produisent quoi?

276

— *Krom*. Je ne connais pas le mot en anglais.

— Du chrome?

Elle hausse les épaules.

— Je ne sais pas.

— Je crois qu'on devrait investir dans un dictionnaire anglais-albanais, marmonne Maxim. Bon, si on allait au village? On pourra déjeuner là-bas.

— Le village?

Alessia n'a vu aucune habitation pendant leur balade.

— Trevethick. Un village au sommet de la colline. Très prisé par les touristes.

Alessia lui emboîte le pas.

— Les grandes photos dans ton appartement, elles sont d'ici?

— Les paysages? Oui, répond-il, surpris. Tu es une bonne observatrice.

Alessia se rend compte qu'il est impressionné. Elle lui adresse un petit sourire, et prend la main qu'il lui tend.

Le sentier finit par déboucher sur une ruelle bordée de haies soigneusement taillées. Çà et là, les buissons de ronces sont recouverts de petits paquets de neige. Après un virage serré, le bourg de Trevethick apparaît. Les vieilles maisons en pierres blanchies à la chaux offrent un spectacle pittoresque. Alessia n'a jamais rien vu de pareil. Tout est d'une propreté impeccable; aucune poubelle n'est visible. Dans son pays, les rues sont jonchées de détritus et de débris, et la plupart des habitations sont en béton.

277

Ils flânent sur les quais en pierre, d'où l'on peut admirer le petit port. Trois grands bateaux de pêche y sont amarrés. Sur le front de mer, il y a quelques magasins – deux boutiques, un commerce de proximité, une petite galerie d'art –, et deux pubs – le Watering Hole et le Two-Headed Eagle. À l'extérieur du second, une pancarte affiche un blason qu'Alessia reconnaît aussitôt :

— Regarde ! s'écrie-t-elle en le pointant du doigt. Ton tatouage !

Maxim lui fait un clin d'œil.

— Tu as faim ?

— Oui. La promenade était longue.

— Bonjour, milord !

Un vieil homme en ciré vert, écharpe noire et casquette, sort du Two-Headed Eagle. Il est suivi d'un chien au poil hirsute de race indéterminée, le dos recouvert d'un lainage rouge avec le nom *Boris* brodé au fil doré.

— Père Trewin, le salue Maxim.

— Comment allez-vous, jeune homme ? demande-t-il en lui tapotant affectueusement le bras.

— Bien, je vous remercie.

— Je suis heureux de l'apprendre. Et qui est cette charmante personne ?

— Révérend, permettez-moi de vous présenter Alessia Demachi, mon… amie, qui nous vient d'un pays lointain.

— Ravi de faire votre connaissance, ma chère, déclare Trewin en lui tendant la main.

278

— Enchantée, répond Alessia, surprise et flattée qu'il s'adresse directement à elle.

— Alors, comment trouvez-vous nos Cornouailles ?

— C'est très beau, ici.

Trewin lui adresse un sourire chaleureux, puis se tourne vers Maxim.

— J'imagine que je n'ai guère d'espoir de vous croiser à l'office dominical demain ?

— Nous verrons, mon père.

— Il faut donner l'exemple, mon fils. Ne l'oubliez pas.

— Je sais, je sais, réplique Maxim d'un air résigné.

— Quelle belle journée ! commente le père Trewin pour changer de sujet.

— En effet.

Trewin siffle Boris, qui attendait patiemment la fin de la conversation.

— Au cas où vous l'auriez oublié, le service commence à 10 heures précises.

Il leur fait un petit signe de tête avant de s'éloigner.

— Le révérend, c'est le prêtre, n'est-ce pas ? s'enquiert Alessia alors que Maxim ouvre la porte et l'entraîne dans le pub.

— Oui. Tu es croyante ?

Sa question la prend de court.

— N...

— Bonjour, milord ! lance un homme corpulent aux cheveux roux et au visage rougeaud, interrompant leur conversation.

279

Il se tient derrière un grand comptoir décoré de pichets et de verres à bière. Dans la salle, les clients sont assis sur des banquettes à dossier haut, devant de longues tables en bois. Des gens du coin ou des touristes, Alessia ne sait pas faire la différence. Au plafond pendent des cordes, des filets et du matériel de pêche. L'ambiance est chaleureuse. Au fond, près de la grande cheminée, un couple s'embrasse sans retenue. Gênée, Alessia détourne le regard, et se rapproche de Monsieur Maxim.

— Salut, Jago, dis-je au barman. Une table pour deux, s'il te plaît. Pour déjeuner.

— Megan va s'occuper de vous, répond Jago en désignant le fond de la salle.

— Megan ?

— Ouais, elle travaille ici maintenant.

*Merde.*

J'observe furtivement Alessia, qui semble déconcertée.

— Tu es sûre d'avoir faim ?

— Oui, affirme-t-elle.

— Une Doom Bar ? propose Jago en jaugeant Alessia d'un œil appréciateur.

— Oui, merci.

J'ai envie de le fusiller du regard, mais je m'abstiens.

— Et pour la demoiselle ? demande le barman d'une voix enjôleuse, en continuant de la dévisager.

— Qu'est-ce que tu veux boire, Alessia ?

280

Elle enlève son bonnet, libérant une cascade de cheveux noirs. Ses joues sont rosies par le froid.

— La bière qu'on a bue hier ? suggère-t-elle.

Avec sa chevelure jusqu'à la taille, ses prunelles noires étincelantes et son sourire radieux, elle est d'une beauté exotique. Je suis sous le charme. Totalement conquis. Je ne peux pas en vouloir à Jago de la dévorer des yeux.

— Un demi pour la dame, dis-je sans le regarder.

— Qu'est-ce qu'il y a ? interroge Alessia en enlevant la veste empruntée à Maryanne.

En fait, moi aussi je la fixe bêtement. Je secoue la tête.

— Bonjour Maxim, ou bien devrais-je dire « milord » maintenant ?

*Merde.*

Quand je me retourne, Megan est plantée devant moi, le visage aussi sombre que ses vêtements.

— Une table pour deux ?

Son ton mielleux est aussi faux que son sourire.

— Oui, s'il te plaît. Comment vas-tu ?

— Bien, réplique-t-elle sèchement.

Je me fige, me rappelant l'avertissement de mon père.

*Évite de culbuter les filles du coin, mon garçon.*

Je m'efface pour laisser passer Alessia. Megan nous conduit à une table près d'une fenêtre qui donne sur les quais. La meilleure du pub.

Je me tourne vers Alessia et lui demande, ignorant délibérément Megan :

281

— Ça te va ?

— C'est parfait, répond Alessia, déroutée par la mine revêche de la serveuse.

Nous prenons place. Jago arrive avec nos boissons, et Megan s'éloigne, sans doute pour aller chercher les menus… ou une batte de cricket.

Je lève ma pinte.

— Santé !

— Santé ! renchérit Alessia.

Après une gorgée, elle murmure :

— Je crois que Megan est en colère contre toi.

— Oui, je crois aussi.

Je hausse les épaules, balayant le sujet. Je ne vais quand même pas lui parler de mon ex !

— Alors, qu'est-ce que tu disais à propos de la religion ?

Elle me regarde bizarrement, comme si elle se posait des questions sur Megan, mais n'insiste pas.

— Dans mon pays, les communistes ont banni la religion.

— Ah c'est vrai, tu me l'as expliqué hier dans la voiture. Pourtant, tu portes une croix dorée.

— Les menus, lance Megan en nous tendant des cartes plastifiées. Je reviens prendre la commande dans une minute.

Elle me jette un coup d'œil mauvais et retourne au bar. Je l'ignore.

— Tu disais ?

Alessia observe la serveuse s'éloigner d'un air soupçonneux, mais ne fait pas de commentaire. Elle poursuit :

282

— Elle appartenait à ma grand-mère. Nana était catholique et priait en secret, explique-t-elle en caressant sa croix.

— Alors il n'y a pas de religion dans ton pays?

— Aujourd'hui, si. Depuis qu'on est devenus une République, à la chute du communisme. Mais en Albanie, ce n'est pas très important.

— Oh, je croyais que la religion était très présente dans les Balkans.

— Pas en Albanie. On est… comment on dit? Un État laïc? La religion est une affaire personnelle, tu sais. C'est entre toi et ton dieu. À la maison, on est catholiques, même si la plupart des gens sont musulmans à Kukës. Mais on n'y pense pas beaucoup. Et toi?

— Moi? Eh bien, j'imagine que je fais partie de l'Église d'Angleterre. Mais je ne suis pas pratiquant.

Les mots du père Trewin me reviennent. *Il faut donner l'exemple, mon fils.*

*Bon sang!*

Je devrais peut-être aller à l'église demain. Kit s'arrangeait toujours pour assister à un ou deux offices par mois à Trevethick.

Moi, je m'en fichais. Encore un devoir que je dois remplir maintenant.

— Est-ce que tous les Anglais sont comme toi? s'enquiert Alessia, me tirant de mes réflexions.

— Par rapport à la religion? Certains, oui. D'autres, non. La Grande-Bretagne est un pays multiculturel.

283

— Ça, j'avais remarqué. Quand j'ai pris le train pour Londres, j'ai entendu plein de langues différentes.

— Ça te plaît ? Londres ?

— C'est bruyant, surpeuplé, et très cher. Mais c'est super. Je n'étais jamais allée dans une ville aussi grande.

— Même pas à Tirana ?

Grâce à ma coûteuse scolarité, je sais que c'est la capitale de l'Albanie.

— Non. Je n'ai jamais voyagé. Aujourd'hui, grâce à toi, j'ai vu la mer pour la première fois.

Alors qu'elle regarde par la fenêtre, j'en profite pour admirer son profil : longs cils, nez retroussé, lèvres charnues… Je m'agite sur mon siège ; le sang fuse dans mes veines.

*Calme-toi.*

Megan revient avec son air pincé, les cheveux tirés en arrière. Je sens les problèmes arriver.

*Ma parole, elle m'en veut encore. Pourtant c'était juste un été, il y a sept ans. Un seul putain d'été !*

— Vous avez choisi ? demande-t-elle en me foudroyant du regard. La pêche du jour est la morue.

La précision a tout d'une insulte.

Alessia plonge dans le menu, mal à l'aise.

Agacé, je fixe Megan droit dans les yeux, la mettant au défi de faire une scène.

— Je prends la tourte au poisson.

— Moi aussi.

— Deux tourtes au poisson, répète Megan avec une grimace. Du vin ?

Je m'efforce de répondre calmement :

— Je vais rester à la bière.

Megan se tourne vers ma jolie Alessia.

— Et pour vous ? grince-t-elle.

— Moi aussi, je reste à la bière.

— Merci, Megan, dis-je pour la mettre en garde.

*Elle va sûrement cracher dans ma tourte – ou pire, dans celle d'Alessia.*

Je ne peux retenir un juron en la voyant retourner en cuisine.

Ma réaction n'a pas échappé à Alessia. Je me sens obligé de me justifier.

— Ça remonte à plusieurs années, dis-je en tirant sur le col de mon pull, gêné.

— De quoi tu parles ?

— Megan et moi.

— Oh.

Son ton reste neutre.

— Mais c'est de l'histoire ancienne. Parle-moi de ta famille. Tu as des frères et sœurs ?

Je cherche désespérément à changer de sujet.

— Non, répond-elle sèchement.

Il est évident qu'elle est contrariée.

— Des parents ?

— J'ai un père et une mère, comme tout le monde, réplique-t-elle en levant un sourcil finement dessiné.

*Oh, la charmante Mlle Demachi sait montrer les dents.*

— Et comment sont-ils ?

— Ma mère est… courageuse, lâche-t-elle, pensive.

— Courageuse ?

— Oui.

Ses traits s'assombrissent et de nouveau, son regard se perd vers l'horizon.

*D'accord. Le sujet est tabou.*

— Et ton père ?

Elle secoue la tête et hausse les épaules.

— C'est un Albanais normal.

— Ce qui veut dire ?

— Mon père est très traditionnel et on n'est pas… comment on dit ? Sur la même longueur de pensée.

À sa mine sombre, je devine que ça aussi, c'est tabou.

— Sur la même longueur d'onde, je la corrige. Parle-moi de l'Albanie alors.

Son visage s'éclaire.

— Qu'est-ce que tu veux savoir ?

Elle m'observe à travers ses longs cils noirs, et ça me fait chavirer. Je me penche pour chuchoter :

— Tout.

Je bois ses paroles, je suis complètement sous le charme. Elle dresse un portrait éloquent et vibrant de son pays natal. Elle me décrit l'Albanie comme un lieu spécial, où la famille est le centre de tout. Au fil des siècles, son pays a été influencé par différentes cultures et idéologies. Elle m'explique qu'il est tourné à la fois vers l'Orient et vers l'Occident, mais qu'il s'inspire de plus en plus de l'Europe. Elle est fière de la ville où elle a grandi. Kukës se situe au nord, près de la frontière avec le Kosovo. Elle ne

286

se lassera jamais de ses lacs, ses rivières, ses gorges, et surtout, des montagnes de sa région. Elle s'anime tout particulièrement quand elle se remémore ces paysages spectaculaires. Il est clair que c'est ce qui lui manque le plus.

— C'est pour ça que j'aime autant cet endroit. Les paysages en Cornouailles sont merveilleux.

Nous sommes interrompus par Megan, qui nous apporte nos tourtes. Elle pose bruyamment les assiettes sur la table et s'en va sans un mot. Heureusement, nos plats sont délicieux – elle a peut-être renoncé à cracher dedans.

Je m'enquiers prudemment :

— Quel est le métier de ton père ?

— Il a un garage.

— Il vend de l'essence ?

— Non. Il répare des voitures. Des pneus. Des trucs mécaniques.

— Et ta mère ?

— Elle reste à la maison.

J'aimerais savoir pourquoi elle a quitté l'Albanie, mais cela lui rappellerait son voyage éprouvant jusqu'en Angleterre.

— Et toi, tu faisais quoi à Kukës ?

— J'étudiais et mon université a fermé. Du coup, j'ai trouvé un emploi dans une école avec des petits enfants. Parfois, aussi, je jouais du piano…

Sa voix n'est plus qu'un murmure. Est-ce la nostalgie ? Ou bien autre chose ?

— Et ton travail ? lance-t-elle.

287

Il est évident qu'elle préfère changer de sujet, mais comme je ne veux pas lui révéler ce que je fais vraiment, je lui parle de mon métier de DJ.

— J'ai même mixé deux étés à San Antonio, à Ibiza. Là-bas, on sait vraiment faire la fête !

— Ça explique tous tes disques.

— Effectivement.

— C'est quoi ta musique préférée ?

— J'aime tous les styles. Et toi ? À quel âge as-tu commencé à jouer ?

— À quatre ans.

*Waouh.*

— Et tu as étudié la musique ?

— Non.

Encore plus impressionnant.

Ça me fait plaisir de voir Alessia manger. La roseur de ses joues, la lueur dans son regard… mais après deux bières, je la soupçonne d'être un peu ivre.

— Tu as envie d'autre chose ?

Elle secoue la tête.

— Alors on s'en va.

C'est Jago qui nous apporte l'addition. Megan a sûrement refusé. Ou bien elle est en pause. Je règle la note et saisis la main d'Alessia pour sortir du pub.

— Viens, je voudrais faire un petit détour par le magasin.

— D'accord, acquiesce-t-elle avec son petit sourire en coin.

288

Les boutiques de Trevethick appartiennent au domaine et sont louées à des gens du coin. Ces commerces tournent bien entre Pâques et le Nouvel An. Le seul vraiment utile est le magasin d'alimentation générale. À des dizaines de kilomètres de la première grande ville, il offre un large choix de denrées et d'articles en tous genres. Un carillon annonce notre arrivée.

— Si tu as besoin de quoi que ce soit, n'hésite pas, dis-je à Alessia, qui s'arrête devant le présentoir de journaux.

Je me dirige vers la caisse.

— Je peux vous aider ? demande une jeune femme très grande que je vois pour la première fois.

— Vous avez des veilleuses ? Pour les enfants ?

Elle quitte son poste pour fouiller sur une étagère dans une allée toute proche.

— C'est tout ce que nous avons en stock.

Elle me tend une boîte contenant un petit dragon en plastique.

— Je le prends.

— Vous avez des piles ?

— Non. Je vais en acheter aussi.

Elle retourne à son comptoir, derrière lequel je repère des préservatifs.

*Qui sait, ça pourrait être mon jour de chance ?*

Je jette un coup d'œil à Alessia, occupée à feuilleter un magazine.

— Je voudrais aussi une boîte de préservatifs, s'il vous plaît.

La jeune femme rougit. Heureusement que je ne la connais pas.

— Lesquels ?

— Ceux-là.

Je désigne ma marque préférée. D'un geste rapide, elle glisse le paquet dans le sachet en plastique avec la veilleuse.

Mes achats payés, je rejoins Alessia près de l'entrée, où elle examine le petit présentoir de rouges à lèvres.

— Quelque chose te ferait plaisir ?

— Non, merci.

Son refus ne me surprend pas. Je ne l'ai jamais vue maquillée.

Elle me saisit la main et nous quittons le magasin.

— Qu'est-ce que c'est, là-bas ?

Elle désigne une cheminée au loin, alors que nous reprenons le chemin de l'ancienne mine. La haute cheminée de l'aile ouest de Tresyllian Hall s'impose à l'horizon. La somptueuse demeure de mes ancêtres.

*Merde.*

— Là-bas ? C'est le domaine du comte de Trevethick.

— Ah.

Son front se plisse un moment, puis nous poursuivons notre route en silence, tandis que je lutte intérieurement.

*Dis-lui que c'est toi le comte de Trevethick, bordel !*

*Pas question.*

*Pourquoi ?*

*Je vais le faire, mais pas tout de suite.*

290

*Pourquoi !?*

*Parce que je veux qu'elle apprenne à me connaître d'abord.*

*C'est une blague ?*

*Non. Je veux passer du temps avec elle.*

— On peut retourner sur la plage ? demande Alessia, les yeux brillant d'excitation.

— Bien sûr.

Alessia adore la mer. Elle court à perdre haleine au bord de l'eau. Ses bottes en caoutchouc la protègent des vagues qui roulent à ses pieds.

— C'est… magique !

Monsieur Maxim lui a offert la mer.

Submergée par l'émotion, elle ferme les yeux, étire les bras vers le ciel, et respire à pleins poumons l'air vif et salé. Elle n'a jamais éprouvé un tel sentiment de… plénitude. Pour la première fois depuis très longtemps, elle est vraiment heureuse. Et elle ressent une puissante connexion avec la nature, qui lui rappelle son pays natal.

Ici, elle est chez elle. Elle est entière.

En se retournant, elle voit Maxim sur le littoral, les mains dans les poches, qui ne la quitte pas des yeux. Le soleil fait miroiter des reflets dorés dans ses cheveux décoiffés par le vent. Son regard émeraude brille de joie.

Il est à tomber.

Le cœur d'Alessia déborde d'amour.

Oui. Elle l'aime.

Ça lui donne le vertige. Voilà ce que c'est, l'amour ! Le bonheur, la plénitude, la liberté... Cette révélation la gifle comme le vent des Cornouailles.

Elle est amoureuse de Monsieur Maxim.

Tous ses sentiments refoulés font brusquement surface, et son visage s'illumine. Le sourire de Maxim est si radieux que, l'espace d'un instant, elle ose espérer...

*Peut-être qu'un jour il m'aimera lui aussi ?*

Dans un élan de passion, elle s'élance vers lui et se jette à son cou.

— Merci de m'avoir emmenée ici ! s'écrie-t-elle, à bout de souffle.

Il lui sourit et l'enlace tendrement.

— Tout le plaisir est pour moi, Alessia.

— J'espère vraiment, dit-elle, la bouche soudain sèche.

Elle le veut. Tout entier.

Par une pirouette, elle lui échappe, et retourne en courant vers la mer.

Bon sang, elle est un peu ivre. Et si belle. J'en suis fou.

Tout à coup, elle tombe, et une vague s'abat sur elle.

*Merde.*

Paniqué, je me précipite. Elle essaie de se relever, mais trébuche une seconde fois. Quand j'arrive près d'elle, Alessia rit à gorge déployée. Je l'aide à se redresser. Elle est complètement trempée. Contrarié, je marmonne :

— Bon, je crois que ça suffit pour aujourd'hui. On se gèle. Rentrons à la maison.

Je la tire par la main vers le sentier. Elle me suit sans se départir de son joli sourire en coin. Elle s'arrête à plusieurs reprises, semblant regretter de s'éloigner de la mer, mais elle paraît comblée. Je ne voudrais pas qu'elle attrape froid.

De retour dans l'agréable chaleur du Hideout, je la prends dans mes bras.

— Ton rire est irrésistible, dis-je en lui donnant un petit baiser, avant de lui enlever sa veste mouillée.

Son jean aussi est trempé, mais par chance, le reste de ses vêtements sont secs. Je lui frotte vigoureusement les bras pour la réchauffer.

— Tu devrais monter te changer.

— D'accord.

Comme si elle flottait sur un petit nuage, Alessia se dirige vers l'escalier.

Je suspends son manteau – enfin, celui de Maryanne – au-dessus du radiateur du couloir, pour le faire sécher. Puis, je me débarrasse de mes bottes et de mes chaussettes, mouillées elles aussi.

Je m'assois au comptoir de la cuisine et téléphone à Danny pour organiser le repas de ce soir.

Mon appel suivant est pour Tom Alexander.

— Trevethick! Bon sang! Ça va?

— Oui, merci. Du nouveau du côté de Brentford?

— Non. Tout est calme sur ce front-là. Et les Cornouailles?

— Glaciales.

— C'est quand même bizarre, vieux. Tout ce mal que tu te donnes pour ta femme de ménage. C'est une jolie fille, c'est sûr. J'espère juste qu'elle en vaut la peine.

— Elle en vaut la peine, Tom. Tu peux me croire.

— C'est drôle, je ne t'imaginais pas en sauveur de demoiselles en détresse.

— Ce n'est pas une d…

— J'espère au moins que tu as pu conclure.

— Va te faire foutre, Tom !

— D'accord, d'accord ! J'imagine que ça veut dire non, ricane-t-il.

— Tom !

— Du calme, Trevethick ! Ici, tout va bien. C'est l'essentiel.

— Merci. Tiens-moi au courant.

— Bien sûr. À bientôt.

Après avoir raccroché, je contemple le téléphone en fronçant les sourcils.

*Connard.*

Et j'envoie un mail à Oliver.

---

**De :** Maxim Trevelyan
**Objet :** Affaire personnelle
**Date :** 2 février 2019
**À :** Oliver Macmillan

Oliver,
Je suis en Cornouailles pour raison personnelle. Je réside au Hideout pour une durée indéterminée.

Tom Alexander va me facturer ses services via sa société de sécurité, un paiement à régler depuis mon compte privé. Si vous voulez me joindre, envoyez-moi un mail car, comme vous le savez, le réseau est capricieux ici.
Merci.
MT

Puis j'écris un texto à Caroline.

> Suis en Cornouailles.
> Pour un bon moment.
> J'espère que ça va. Mx

Elle me répond aussitôt.

Je te rejoins si tu veux?

> Non, j'ai des affaires à régler.
> Merci pour ta proposition.

Tu m'évites?

> Ne sois pas parano.

☹ Te crois pas.
Je t'appelle au Hall.

> Suis pas au Hall.

Où es-tu alors!?
Et tu fais quoi là-bas?

Laisse tomber stp.

T'appelle la semaine pro.

Je comprends pas.

Et tu me manques.

Je dois encore

voir la belle-doche ce soir.

Cxxxx

Bonne chance. Mx

Putain, comment expliquer à Caroline ce que je fiche ici ? Je me passe la main dans les cheveux, espérant trouver l'inspiration. Comme rien ne vient, je vais chercher Alessia. Elle n'est dans aucune des chambres du haut.

— Alessia ?

Je retourne dans le salon, mais elle ne répond pas. Me précipitant en bas, j'ouvre les trois chambres d'amis, la salle de jeux et la salle de cinéma.

Aucune trace d'Alessia. Complètement angoissé, je remonte rapidement pour inspecter le jacuzzi et le sauna. Rien.

*Où est-elle passée ?*

Je vérifie la buanderie.

Elle est là ! Assise par terre, jambes nues, elle est en train de lire, tandis que le sèche-linge tourne derrière elle.

— Ah, te voilà.

Je cache mon exaspération, me sentant un peu ridicule d'avoir cédé à la panique.

Elle lève vers moi ses grands yeux d'ébène.

— Qu'est-ce que tu fais ? dis-je en me laissant glisser par terre à côté d'elle.

Elle plie les genoux et tire son tee-shirt blanc pour cacher ses jambes. Elle rougit et me répond d'un ton embarrassé :

— Je lis en attendant mon jean.

— Je vois ça. Pourquoi tu ne te changes pas ?

— Me changer ?

— Oui. Mets un autre jean.

Elle devient écarlate.

— J'en ai pas d'autre.

Elle a répondu d'une toute petite voix.

*Bordel de merde.*

Je me rappelle alors les deux malheureux sacs en plastique que j'ai chargés dans le coffre de ma voiture. Ils contiennent tout ce qu'elle possède.

Fermant les paupières, je m'adosse au mur, avec le sentiment d'être un véritable abruti.

*Cette fille n'a rien.*

Pas de fringues. Pas même de chaussettes.

Je jette un coup d'œil à ma montre, mais les magasins sont déjà fermés. Et avec les deux pintes que j'ai bues, je ne peux pas conduire – jamais d'alcool au volant.

— Aujourd'hui, il est trop tard, mais demain, on ira à Padstow pour t'acheter des vêtements.

— Je n'ai pas d'argent. Et mon jean sera bientôt sec.

Ignorant son commentaire, je baisse les yeux sur son livre.

— Qu'est-ce que tu lis ?

— Je l'ai trouvé dans la bibliothèque.

Elle me montre la couverture de *L'Auberge de la Jamaïque*, de Daphné du Maurier.

— Ça te plaît ? L'histoire se passe en Cornouailles.

— Je viens de commencer.

— D'après mes souvenirs, c'est un bon bouquin. Et je dois pouvoir te trouver quelque chose à te mettre.

Je me lève et lui tends la main. Serrant son livre, elle se redresse en chancelant. Le haut de son tee-shirt est mouillé.

*Merde.* Elle va s'enrhumer.

J'essaie de ne pas reluquer ses longues jambes nues. De ne pas les imaginer enroulées autour de ma taille. Peine perdue.

Et elle porte sa petite culotte rose.

*Une vraie torture.*

Une vague de désir me submerge.

*Je vais être obligé de prendre une douche. Froide. Encore.*

— Viens, lui dis-je d'une voix rauque.

Heureusement, elle ne semble pas remarquer mon trouble. Nous regagnons l'étage. Elle s'éclipse dans la chambre d'amis pendant que je vais dans le dressing examiner les vêtements apportés par Danny.

298

Alessia apparaît peu après sur le seuil, vêtue d'un bas de pyjama Bob l'éponge et d'un maillot d'Arsenal.

— J'ai ça, dit-elle en souriant comme pour s'excuser.

J'arrête de fouiller les piles de fringues. Même en pyjama d'enfant et maillot de foot, elle est sublime.

— Ça fera l'affaire.

Je déglutis en imaginant faire glisser ce pantalon jusqu'à ses pieds.

— C'est à Michal.

— J'avais deviné.

— C'est trop petit pour lui.

— Et trop grand pour toi. On t'achètera d'autres vêtements demain.

Comme elle ouvre la bouche pour protester, je pose mon index sur ses lèvres.

— Chut.

Elles sont tellement douces.

*Je veux cette femme.*

Elle embrasse mon doigt avec une petite moue et m'observe intensément. Mon cœur s'emballe. J'éloigne ma main en murmurant :

— S'il te plaît, ne me regarde pas comme ça.

— Comme… quoi ? demande-t-elle d'une voix faible.

— Tu sais bien. Comme si tu avais envie de moi.

Elle s'empourpre et baisse les yeux.

— Désolée.

*Merde ! Je l'ai blessée.*

— Alessia…

Je m'approche si près que nos corps se touchent presque. Son odeur de lavande et de rose mêlée d'embruns me donne le vertige. Je lui caresse la joue et elle presse son doux visage contre ma paume.

— J'ai envie de toi, souffle-t-elle en vrillant son regard noir au mien. Mais je ne sais pas quoi faire.

J'effleure sa lèvre inférieure.

— Je crois que tu as un peu trop bu, ma jolie.

Elle cligne des yeux, confuse. Puis elle relève le menton et quitte la chambre sans un mot.

*Qu'est-ce qui lui prend ?*

— Alessia !

Je l'appelle dans l'escalier, mais elle m'ignore.

Dépité, je me frotte le visage. Pourtant, j'essaie – j'essaie vraiment de me montrer chevaleresque !

L'ironie de la situation me fait ricaner. Je connais le regard qu'elle vient de me lancer. Je l'ai vu si souvent !

Un regard qui veut dire *baise-moi-tout-de-suite*.

C'est bien pour ça que je l'ai emmenée ici, non ? Mais elle n'est pas dans son état normal.

Et elle n'a rien, ni personne.

Si. Elle m'a, *moi*.

Ce serait si facile de la baiser. De profiter de la situation. De toute façon, c'est simple. Je ne peux pas.

Et je l'ai blessée. *Merde.*

Une mélopée douloureuse s'élève soudain. C'est le mélancolique *Prélude en mi bémol mineur* de Bach. Je le sais car je l'ai étudié en quatrième ou cinquième année de conservatoire, quand j'étais ado. Elle joue divinement, tissant admirablement les émotions et révélant toute la profondeur du morceau. Elle a un talent incroyable. Et elle exprime tout ce qu'elle ressent à travers la musique. Là, elle est en colère. Contre moi.

*Bordel.*

Je devrais peut-être accepter sa proposition – la baiser et la ramener à Londres. Mais je m'en sens tout simplement incapable.

Je dois lui trouver un endroit où habiter.

Je me frotte de nouveau le visage. Elle pourrait vivre avec moi.

*Quoi ? Non.* Je n'ai jamais vécu avec personne.

*Et ce serait si désastreux ?*

La vérité, c'est qu'il ne doit rien arriver à Alessia Demachi. Je veux la protéger.

Je soupire.

*Mais qu'est-ce que j'ai ?*

Alessia déverse sa frustration en interprétant le prélude de Bach. Elle veut oublier. Le regard de Maxim. Ses doutes. Son rejet. La musique la traverse lentement et s'insinue dans la pièce, la peignant de la couleur sombre du regret. Alors que ses doigts courent sur le piano, elle s'abandonne à la mélodie pour oublier. Tout.

Quand la dernière note meurt, elle ouvre les yeux, et voit Monsieur Maxim debout près du comptoir de la cuisine. Il l'observe.

— Je suis désolé, dit-il. Je ne voulais pas te faire de peine. C'est la deuxième fois aujourd'hui.

— Tu es très compliqué…

Alessia ne sait pas comment expliquer son trouble. Elle finit par ajouter :

— C'est à cause de mes habits ?

— Quoi ?

— Tu ne les aimes pas.

Après tout, il insiste pour lui en acheter d'autres. Elle se lève et, sans se démonter, tournoie sur elle-même. Elle espère le faire sourire.

Il passe en revue son maillot de foot et son pyjama Bob l'éponge en se frottant le menton, comme s'il réfléchissait sérieusement à la question.

— J'adore ton look de gamin de treize ans, lâche-t-il d'un air amusé.

Alessia ne peut s'empêcher de rire. C'est plus fort qu'elle. Et il se met à l'imiter.

— J'aime mieux ça, murmure-t-il en plantant un baiser sur ses lèvres. Tu es une femme très désirable, Alessia, quoi que tu portes. Ne laisse personne te dire le contraire. Tu es aussi bourrée de talents. Joue un autre morceau, s'il te plaît. Pour moi.

Rassurée par ses paroles, elle se rassoit devant le piano. Après un regard entendu à Maxim, elle plaque le premier accord.

C'est ma composition.

Celle que j'ai terminée après notre rencontre. Elle la connaît par cœur, et la joue sacrément mieux que moi. J'ai commencé à l'écrire quand Kit était encore vivant… et voilà que je perçois mon propre chagrin

302

et mes regrets dans les harmonies qui emplissent la pièce. La douleur déferle sur moi comme un tsunami et m'emporte dans les profondeurs. Je me noie. L'émotion forme un nœud dans ma gorge, m'empêchant de respirer. Je la contemple, envoûté par la mélodie qui déchire mon cœur, révélant le vide laissé par la disparition de Kit. Alessia a les yeux clos. Concentrée, elle se perd dans la musique solennelle.

Je tente de refouler ma tristesse. Mais elle est là. Elle m'habite depuis le jour de sa disparition. J'ai avoué à Alessia que j'aimais mon frère. C'est la vérité. Je l'aimais vraiment. Mon grand frère.

Mais je ne le lui ai jamais dit. Pas une seule fois.

Et aujourd'hui, il me manque à en crever.

*Kit. Pourquoi ?*

Adossé au mur, les larmes me brûlent les paupières tandis que je lutte contre le désespoir. Je me cache derrière mes mains.

La musique s'arrête.

— Pardon, chuchote-t-elle.

Je secoue la tête, incapable de parler ou de la regarder. Le crissement du tabouret m'indique qu'elle s'est levée. Puis je sens sa présence toute proche, et sa paume sur mon bras. Un geste tendre… qui cause ma perte.

— Ça me rappelle mon frère. (Les mots peinent à sortir de ma gorge.) On l'a enterré ici, il y a trois semaines.

*Oh, non.*

Bouleversée, elle m'enlace en murmurant :

— Je suis tellement désolée.

J'enfouis mon visage dans ses cheveux et respire son odeur apaisante. Mes larmes coulent sans retenue.

*Merde.*

Elle m'a mis à nu.

Je n'ai pas pleuré à l'hôpital.

Je n'ai pas pleuré aux obsèques.

Je n'ai pas pleuré depuis la mort de mon père, j'avais seize ans.

Mais là, je laisse mon chagrin s'exprimer et sanglote dans les bras d'Alessia.

## 14

Le cœur d'Alessia bat la chamade. Paniquée, elle le serre contre elle, pendant que son esprit s'emballe.

*Qu'est-ce que j'ai fait ?*

*Monsieur. Monsieur Maxim. Maxim.*

Elle pensait lui faire plaisir en lui jouant sa composition.

Au contraire, elle a ravivé son chagrin. Ses remords lui labourent les entrailles. Comment a-t-elle pu se montrer aussi insensible ? Il s'accroche à elle, pleurant en silence. Trois semaines. C'est comme si c'était hier. Pas étonnant qu'il souffre autant. Elle l'étreint encore plus fort et lui caresse le dos. Elle se rappelle sa propre douleur à la mort de sa grand-mère. Nana était la seule qui la comprenait. La seule à qui elle pouvait vraiment parler. Elle est partie depuis un an.

Elle ravale la sensation de brûlure dans sa gorge. Maxim est si triste, si vulnérable qu'elle ferait n'importe quoi pour le consoler. Il s'est tellement occupé d'elle. Elle prend délicatement son visage entre ses mains et le tourne vers elle. L'espoir a déserté ses yeux émeraude, emplis de tristesse. Lentement, elle approche ses lèvres et l'embrasse.

Je ne peux retenir un grognement quand sa bouche effleure la mienne. Son baiser est timide, si inattendu et – oh – si doux. Je serre les paupières tout en combattant la douleur qui m'étreint.

— Alessia.

Son prénom est une bénédiction. Je glisse les mains dans ses cheveux soyeux tout en savourant son baiser hésitant. Elle m'embrasse une fois, deux fois, trois fois.

— Je suis là, souffle-t-elle.

Ses paroles aspirent tout l'air de mes poumons. Je veux la serrer à l'étouffer et ne plus jamais la laisser partir. Personne ne m'a jamais consolé quand j'avais du chagrin.

Elle dépose un baiser dans mon cou. Sur ma mâchoire. Puis sur mes lèvres.

Et je lâche prise.

Peu à peu, la souffrance reflue, laissant place à une envie puissante. L'envie d'elle. Je combats mon attirance depuis le jour où je l'ai vue dans mon appartement, agrippée à son foutu balai. Elle a brisé toutes mes défenses. Elle a révélé ma peine. Mon besoin. Mon désir. Et je n'ai pas la force de résister.

Elle caresse mes joues mouillées de larmes, ce qui déclenche en moi une décharge d'adrénaline. Je suis perdu. Vaincu par sa compassion, son courage, et son innocence. Sa douceur m'a terrassé.

Et mon corps réagit immédiatement.

Je la veux. Tout de suite. Je l'ai toujours désirée.

Je la tiens par la nuque d'une main, tandis que de l'autre, je l'enlace et la presse contre moi. Je l'embrasse plus profondément, avec une ardeur nouvelle. Alessia laisse échapper un cri étranglé, et j'en profite pour goûter sa langue. Elle pousse un gémissement.

Je m'illumine comme un sapin de Noël.

Soudain, elle me repousse, rompant notre étreinte, et me regarde avec un étonnement mêlé de crainte.

*Qu'est-ce qu'il y a ?*

Le souffle court, les joues rouges, les pupilles dilatées…

*Bordel, elle est exquise.* Je ne veux pas qu'elle s'en aille.

— Ça va ?

Elle hoche la tête et me sourit timidement.

*Ça veut dire oui ou non ?*

— Oui ?

Il faut que ce soir clair.

— Oui, confirme-t-elle d'une petite voix.

— On t'a déjà embrassée ?

— Seulement toi.

Je ne sais pas quoi répondre.

— Encore, gémit-elle.

Il ne m'en faut pas plus. Ma douleur n'est plus qu'un souvenir ancien. Je profite du moment présent avec cette belle et innocente jeune femme. Saisissant ses cheveux, je lui renverse la tête pour qu'elle m'offre ses lèvres, et taquine sa langue avec la mienne.

Un grondement sourd roule dans ma gorge. Mon corps tout entier se tend de désir, ma queue frémit dans mon jean.

Alessia s'accroche à moi tandis que nos langues se mêlent avec avidité. Encore et encore.

Je pourrais l'embrasser toute la journée. Tous les jours.

Je glisse la main le long de son dos, jusqu'à ses fesses parfaites.

*Oh mon Dieu.*

La paume au creux de ses reins, je la plaque contre mon érection.

Elle pousse un petit cri et s'écarte pour m'observer. Sa respiration est haletante, et ses yeux couleur de nuit s'arrondissent de surprise.

*Putain.*

Je soutiens son regard et fais appel à toute ma volonté pour lui demander :

— Tu veux arrêter ?

— Non, réplique-t-elle vivement.

*Merci, mon Dieu.*

— Qu'est-ce qui ne va pas ?

Elle secoue la tête.

— Ça ? dis-je en poussant mes hanches contre elle.

Elle a un hoquet de surprise.

— Oui, ma beauté, j'ai envie de toi.

Elle entrouvre les lèvres et inspire lentement. Je murmure à son oreille :

— Je veux te toucher, Alessia. Partout. Avec mes mains. Avec mes doigts. Avec ma langue.

308

Ses prunelles s'assombrissent. Je reprends d'une voix grave :

— Et je veux que tu me touches.

Sa bouche forme un petit o parfait. Une lueur d'inquiétude passe sur son visage.

— Ça va trop vite ?

Elle secoue la tête et serre mes cheveux dans son poing pour m'attirer contre elle.

— Ah ! (Une flèche de désir remonte de mon entrejambe à ma colonne vertébrale.) Oui, Alessia, je veux que tu me touches.

*J'en ai besoin.*

Elle glisse timidement sa langue entre mes lèvres. Et je prends ce qu'elle me donne avec reconnaissance.

*Oh, Alessia.*

Nous nous embrassons à perdre haleine. Et je crois que je vais éclater. J'écarte l'élastique de son pyjama et mes doigts effleurent la peau douce et chaude de ses fesses. Elle s'immobilise un instant, puis m'agrippe et m'embrasse avec fièvre.

— Doucement… On a tout le temps.

Elle déglutit et s'appuie sur mes bras, l'air un peu perdue.

— J'aime quand tu me caresses les cheveux, dis-je pour la rassurer.

Et je lui embrasse la mâchoire et remonte jusqu'à l'oreille. Elle laisse échapper un soupir de contentement.

Une douce musique pour ma queue.

— Tu es si belle.

309

Je tire doucement ses cheveux pour lui relever le menton et je picore sa gorge de baisers doux comme des plumes. J'empoigne ses fesses, tandis que ma langue explore plus profondément sa bouche, la possédant et la goûtant sans relâche. Je trace une ligne de baisers de ses lèvres à son cou, jusqu'à la veine qui palpite sous la peau. Je grogne :

— Je veux te faire l'amour.

Alessia tressaille.

Je prends son visage dans mes mains et frôle ses lèvres de mon pouce.

— Parle-moi. Tu veux que j'arrête ?

Elle se mordille la lèvre en regardant vers la fenêtre où le ciel se strie de rose à l'approche du crépuscule.

— Personne ne peut nous voir, tu sais.

Elle répond à ma question d'un ton hésitant :

— N'arrête pas.

Je lui caresse la joue du bout des doigts et me perds dans ses yeux d'ébène.

— Tu es sûre que c'est ce que tu veux ?

Elle hoche la tête.

— Dis-le-moi, Alessia. J'ai besoin de l'entendre.

— Oui, chuchote-t-elle, les paupières closes.

— Oh, mon ange. Passe tes jambes autour de moi.

Je la soulève sans effort. Elle pose les mains sur mes épaules.

— Tes jambes, Alessia.

Le visage rayonnant d'espoir et de désir, elle les enroule autour de ma taille et passe ses bras derrière ma nuque.

310

— Accroche-toi.

Je la porte dans l'escalier pendant qu'elle m'embrasse dans le cou.

— Tu sens bon, commente-t-elle, comme pour elle-même.

— Oh, ma chérie, toi aussi.

Je la dépose sur le lit et l'embrasse à nouveau.

— Je veux te voir.

Mes mains trouvent à tâtons le bas de son maillot de foot. Lentement, je le fais glisser au-dessus de sa tête. Bien qu'elle porte un soutien-gorge, elle croise les bras sur ses seins, tandis que sa chevelure sombre cascade sur son dos.

Elle est douce. Innocente. Merveilleuse.

Je suis à la fois fou de désir et ému, mais je veux la mettre à l'aise.

— Tu préfères être dans le noir ?

— Non ! s'écrie-t-elle. Pas dans le noir.

*Bien sûr.* Elle déteste ça.

— D'accord, d'accord, je sais.

Jetant son haut par terre, je la contemple, émerveillé.

— Tu es sublime, Alessia.

Dégageant ses cheveux de son visage, je lui saisis le menton et l'embrasse doucement, sentant son corps se détendre peu à peu. Les mains sur mon torse, elle me rend mes baisers avec fougue, et tire plusieurs fois sur mon tee-shirt.

— Tu veux que je l'enlève ?

Elle hoche vigoureusement la tête.

— Tout ce que tu voudras, ma belle.

311

J'ôte mon pull et mon tee-shirt et les laisse tomber par terre, à côté du maillot d'Arsenal. Elle lève les yeux sur mon torse nu. Je ne bouge pas… je la laisse me regarder.

— Touche-moi, Alessia.

Elle a un petit hoquet.

— Tu peux y aller, je ne mords pas.

*Sauf si tu me le demandes…*

Les yeux brillants, elle pose la main sur mon cœur.

*Bordel.*

Je suis sûr qu'elle le sent battre. Je ferme les yeux pour savourer cette sensation.

Elle se penche et m'embrasse à l'endroit où mon cœur cogne dans ma poitrine.

*Oui.*

Je dégage sa chevelure et mes lèvres courent sur sa gorge, son épaule, jusqu'à la bretelle de son soutien-gorge – rose. D'un doigt, je la fais glisser sur son bras. La respiration d'Alessia s'accélère.

— Tourne-toi.

Elle lève sur moi des yeux étincelants. De nouveau, elle croise les bras sur ses seins. Je repousse ses cheveux et l'embrasse dans la nuque pendant que mon autre main s'agrippe à sa hanche pour la presser contre mon érection.

Elle gémit.

*Putain.*

Lentement, je descends la seconde bretelle tout en parsemant son épaule de baisers.

Sa peau est douce. Pâle. Et presque sans défaut.

Elle a un minuscule grain de beauté à la base du cou, sous la chaînette de sa croix en or. Une odeur de printemps.

— Tu sens merveilleusement bon, dis-je en décrochant son soutien-gorge.

Remontant la main, je perçois le poids de ses seins sur mon bras. Elle inspire brusquement, et plaque son soutien-gorge sur sa poitrine.

— Ne t'inquiète pas, ma chérie.

Tout en la maintenant contre moi, je fais descendre mes doigts sur son ventre et glisse mon pouce sous l'élastique de son pyjama, en mordillant tendrement son oreille.

— *Zot*, grogne-t-elle.

Je lui chuchote :

— Je te veux. Et je ne mords pas.

— *Edhe unë të dëshiroj.*

— En anglais.

Je lui embrasse le lobe et ma main s'aventure sous son pantalon, jusqu'à son sexe.

*Elle est rasée !*

Elle se raidit sous ma caresse, et j'effleure son clitoris. Une fois. Deux fois. Trois fois. À la quatrième, elle rejette la tête en arrière en gémissant.

— Oui, dis-je dans un souffle.

Je continue à la caresser, à la tourmenter, à faire enfler son désir.

Elle décroise les bras, son soutien-gorge glisse par terre, et elle m'agrippe les jambes, empoignant mon jean. Sa bouche s'entrouvre et sa respiration devient haletante.

313

— C'est ça, ma belle, laisse-toi aller, je l'encourage en lui titillant l'oreille de mes dents.

Elle mordille sa lèvre tandis que mes doigts poursuivent leur assaut implacable.

— *Të lutem, të lutem, të lutem.*

— En anglais !

— S'il te plaît, s'il te plaît, s'il te plaît...

Je continue à lui donner ce qu'elle réclame. Ce dont elle a besoin.

Ses jambes commencent à trembler. Je resserre mon étreinte. Elle y est presque.

*Est-ce qu'elle le sait ?*

Je lui susurre :

— Je suis là.

Elle est si fermement cramponnée à mes jambes que j'en ai la circulation presque coupée. Elle gémit et pousse un cri au moment où son corps convulse, avant de s'abandonner dans mes bras.

Je la laisse savourer son orgasme, abandonnée contre moi.

— Oh, Alessia.

Je la soulève, retire la couverture et l'allonge sur le dos. Sa chevelure s'étale sur l'oreiller et sur sa poitrine, sans cacher les pointes sombres de ses seins.

*Bordel de merde.*

Dans la lueur du crépuscule, elle est à couper le souffle – même avec son bas de pyjama Bob l'éponge. Devant son regard étonné, je lui chuchote :

— Sais-tu à quel point tu es désirable ?

— *Ua !* Waouh !

314

— Waouh, oui.

Je me sens horriblement serré dans mon jean, et je meurs d'envie de lui arracher son pyjama et de me perdre en elle. Mais elle a besoin de temps, je le sais. J'espère que ma queue va comprendre. Sans la quitter des yeux, je baisse ma braguette pour donner un peu d'espace à mon érection.

Je devrais peut-être enlever mon pantanlon?

Gardant mon caleçon, je me débarrasse de mon jean et prends une grande inspiration pour garder le contrôle.

— Je peux venir près de toi?

Les yeux écarquillés, elle acquiesce, et il ne m'en faut pas plus. Je m'allonge à côté d'elle et me mets sur un coude. Enroulant une de ses mèches autour de mon doigt, je m'émerveille de leur douceur.

— Tu aimes? demande-t-elle timidement.

— Oui, j'aime.

Elle se lèche la lèvre supérieure. Je réprime un râle et fais courir mon index sur sa joue, son menton, son cou, m'arrêtant à la petite croix.

En la voyant, je suis pris d'un doute.

— Tu es sûre que c'est ce que tu veux?

Son regard indéchiffrable fouille le mien. Soudain, je me sens nu, comme si elle sondait mon âme. Un sentiment troublant.

Elle déglutit.

— Oui.

— S'il y a quelque chose que tu n'aimes pas ou ne veux pas, tu me le dis. D'accord?

315

Elle hoche la tête et tend la main pour me caresser le visage.

— Maxim, souffle-t-elle.

Je me penche pour lui effleurer les lèvres. Elle mêle ses doigts à mes cheveux et sa langue vient jouer avec la mienne. Le désir m'embrase. Je la veux. Tout entière. Tout de suite.

Sa langue se fait plus audacieuse. Tentatrice.

Je la couvre de baisers, de son cou à sa poitrine, et dégage ses cheveux de ses seins pour atteindre mon but. Elle halète, les mains pressées sur ma tête, tandis que je prends son téton entre mes dents et tire dessus. Fort.

— Ah !

Je souffle doucement dessus pendant qu'elle se tortille sous cette voluptueuse torture. Puis je passe à l'autre sein, enchanté par sa réaction quand j'en titille la pointe. En un instant, son téton se dresse. Elle commence à onduler des hanches, un mouvement que je connais trop bien. Je glisse ma main vers son ventre en continuant à jouer avec ses tétons.

Mes doigts s'insinuent sous son pyjama et elle pousse son sexe vers ma main. Elle est à ma merci. Je grogne en sentant son sexe humide.

Elle est prête.

Lentement, très lentement, j'insère un doigt en elle. Elle est étroite. Et trempée.

*Oui.*

Je retire mon doigt, puis l'enfonce à nouveau.

— Ah ! geint-elle en froissant les draps.

— Oh, ma chérie, j'ai tellement envie de toi. Je t'ai désirée à l'instant où je t'ai vue.

Son corps se cabre pour venir trouver ma paume et sa tête se renverse sur l'oreiller. Je sème des baisers sur son ventre et taquine son nombril avec mon nez, pendant que mes doigts vont et viennent en elle. Ma langue trace un chemin brûlant d'une hanche à l'autre.

— Zot...

— Il est temps de te débarrasser de ça...

Je me redresse.

— Je n'aurais jamais cru...

Sa voix s'évanouit quand je lui enlève son bas et l'envoie rejoindre mon jean.

— Waouh !

Enfin, elle est nue dans mon lit, et terriblement sexy !

— Toi, ma belle, tu m'as déjà vu nu.

— Oui. Mais tu étais allongé sur le ventre.

— C'est vrai.

*Eh bien, tu n'es pas au bout de tes surprises !*

Je me déleste de mon caleçon, libérant enfin mon sexe. Et avant que la vue de ma queue dressée ne la choque ou l'inquiète, je me penche pour l'embrasser. Avec fougue, je déverse tout mon désir dans ce premier baiser peau contre peau. Elle me répond avec la même fièvre, la même urgence. Je l'attire contre moi, elle est douce et tiède. Du genou, je lui écarte les cuisses. Son corps vient à la rencontre du mien, tandis que ses doigts s'enfoncent dans mes

317

cheveux. Goûtant sa peau, je baise sa gorge jusqu'à sa croix, pendant que ma paume se referme sur son sein au galbe parfait. Elle grogne quand mon pouce effleure son téton, qui durcit instantanément. Mes lèvres s'emparent de la pointe dressée et tirent doucement dessus.

— Oh *Zot*, dit-elle en empoignant mes cheveux.

Je ne m'arrête plus. Enflammé et impatient, je suce, lèche, mordille une pointe après l'autre, sans relâche. Elle gémit et se tortille sous moi, tandis que ma main se dirige vers son but ultime. Alessia se fige, haletante, quand mes doigts effleurent son sexe.

*Oui.*

Elle m'attend.

Je décris des cercles autour de son clitoris, encore et encore, et glisse à nouveau un doigt en elle. Ses mains délaissent mes cheveux pour caresser mon dos, et ses ongles se plantent dans mes épaules. Mais je continue, faisant aller et venir mon doigt en elle, pendant que mon pouce titille son clitoris.

Ses reins se cambrent et ses jambes se raidissent sous moi. Elle va jouir. Abandonnant ses seins, je l'embrasse et lui mords la lèvre inférieure. Elle serre les poings et rejette la tête en arrière.

— Alessia.

Je prononce son prénom quand elle jouit, son orgasme déferlant en une vague puissante. Je serre son corps tremblant, puis m'agenouille entre ses jambes. Elle ouvre ses grands yeux noirs et me regarde d'un air à la fois surpris et comblé.

318

Saisissant un préservatif, je m'efforce de contenir ma queue en feu.

— Tu es prête ? Ça va être rapide.

Elle hoche la tête. Je l'attrape par le menton.

— Dis-moi.

— Oui, souffle-t-elle.

*Putain de merde.*

Je déchire le sachet avec mes dents et déroule le préservatif sur mon sexe, me demandant, l'espace d'un horrible instant, si je ne vais pas jouir tout de suite.

*Merde.*

Je garde ma queue sous contrôle et m'allonge sur elle en restant sur les coudes. Elle ferme les yeux et se raidit.

— Hé…

J'embrasse ses paupières. Passant les bras autour de mon cou, elle soupire.

— Alessia.

Ses lèvres trouvent les miennes et m'embrassent avec passion. Je ne peux plus me retenir.

Avec une lenteur délibérée, je plonge en elle.

*Oh, mon Dieu que c'est bon !*

Chaud, étroit, humide. Le paradis.

Elle pousse un cri. Je ne bouge plus.

— Ça va ?

Je lui laisse le temps de s'habituer.

— Oui, susurre-t-elle.

Je ne suis pas sûr qu'elle dise vrai, mais je la crois sur parole. Je vais et je viens lentement en elle. Encore. Et encore. Et encore.

319

*Ne jouis pas, ne jouis pas, ne jouis pas.*

Je voudrais que ça ne s'arrête jamais.

Elle grogne et ondule des hanches au même rythme.

— C'est ça, ma princesse, suis-moi.

Ses gémissements de plaisir ont raison de moi.

Des gouttes de sueur roulent dans mon dos alors que je m'efforce de me contenir. Je poursuis jusqu'à ce qu'elle se cabre et plante ses ongles dans ma chair.

Encore un coup, deux, trois… et elle pousse un cri avant de s'abandonner, vaincue par l'extase.

Je jouis avec une puissance inouïe. En criant son nom.

## 15

Alessia s'efforce de retrouver son souffle, le corps de Maxim pesant lourdement sur elle. Après un tel déferlement de sensations, elle est complètement vidée. Surtout, elle a été prise de court par... cette possession. Elle est comme consumée de l'intérieur.

Il secoue la tête, se hisse sur les coudes pour la délivrer de son poids, et l'observe d'un air inquiet.

— Ça va ?

Elle dresse mentalement l'inventaire de ses membres. À dire vrai, c'est un peu douloureux. Elle ne pensait pas que faire l'amour serait aussi physique. Sa mère l'avait prévenue que ça faisait mal la première fois.

Elle avait raison.

Mais ensuite, une fois habituée à la présence de Maxim en elle, ça lui a plu. Beaucoup même. À la fin, elle a perdu toute conscience de son être et elle a eu la sensation de se briser en minuscules morceaux. C'était... incroyable.

Quand il se retire d'elle, elle grimace. Il remonte la couverture sur eux et lui demande :

321

— Tu ne m'as pas répondu. Ça va ?

Elle hoche la tête, mais Maxim ne paraît pas très convaincu.

— Je t'ai fait mal ?

Ne sachant quoi dire, elle se mordille la lèvre.

Il roule sur le côté pour se lever.


*Merde, je lui ai fait mal.*

J'ai été arraché à mon désespoir pour atteindre l'extase, mais mon euphorie post-coïtale disparaît comme un lapin dans le chapeau d'un magicien. Dégoûté, j'enlève mon préservatif. Quand je le laisse tomber par terre, je découvre avec stupeur du sang sur mes mains.

*Son sang.*

*Putain.*

Je frotte ma main sur ma cuisse et me retourne, prêt à affronter ses reproches. Mais elle me regarde d'un air vulnérable.

— Je suis désolé de t'avoir fait mal, dis-je en déposant un baiser sur son front.

— Ma mère m'avait prévenue. Mais c'est seulement la première fois.

Elle tire la couverture sur son menton. Étonné, je répète :

— Seulement la première fois ?

Elle acquiesce, et l'espoir renaît dans ma poitrine. Je lui caresse la joue.

— Alors tu voudras… recommencer ?

— Oui, je crois que oui.

Elle me sourit. Ma queue approuve.

*Recommencer ? Vraiment ?*

— Si tu en as envie…, ajoute-t-elle.

— Si j'en ai envie ?

Je ne peux cacher mon incrédulité. J'éclate de rire et l'embrasse à pleine bouche. Puis je murmure :

— Ma douce et tendre Alessia.

Soudain, mon cœur tambourine dans ma poitrine. J'ai besoin de savoir.

— C'était bien… pour toi ?

Ses joues se colorent de rose.

— Oui. Surtout à la fin quand…

*Quand tu as joui !*

Je souris comme un gosse.

*Merci !*

Elle baisse les yeux sur le couvre-lit qu'elle serre entre ses poings, et fronce les sourcils.

— Qu'est-ce qu'il y a ?

— Et toi ? interroge-t-elle, mal à l'aise. C'était bien pour toi ?

J'éclate de rire.

— Bien ?

Je suis follement heureux, un sentiment que je n'ai pas éprouvé depuis des lustres.

— Alessia, c'était exceptionnel. Ma meilleure baise… euh relation sexuelle depuis des années.

*Comment ça se fait ?*

Les yeux écarquillés, elle a un petit hoquet.

— Quel vilain mot, Monsieur Maxim.

Elle a pris un ton désapprobateur, mais son air mutin la trahit. Je caresse sa bouche du pouce.

— Maxim.

Je veux l'entendre prononcer mon prénom avec son irrésistible accent.

— Dis-le. Dis mon prénom.

— Maxim, murmure-t-elle.

— Encore.

— Maxim…

— C'est mieux. Je crois que tu as besoin d'un brin de toilette, ma belle. Je vais nous faire couler un bain.

Je rejette les couvertures, me lève, ramasse le préservatif, et je vais dans la salle de bains.

*Merde.* Je me sens… sonné.

À mon âge, j'ai les jambes en coton !

Le sexe avec elle, c'est bien meilleur que la coke… ou toute autre drogue.

Je jette la capote à la poubelle et ouvre les robinets de la baignoire, puis j'ajoute un gel pour le bain et je regarde la mousse se former. J'attrape un gant de toilette et le pose sur le rebord.

Pendant que l'eau monte, je réfléchis à cette merveilleuse journée. J'ai enfin couché avec ma petite femme de ménage. D'habitude, après la baise, je préfère être seul. Pas aujourd'hui. Pas avec Alessia. À croire qu'elle m'a jeté un sort. Et, par miracle, je vais passer toute cette semaine et la suivante avec elle… Quelle perspective excitante !

Ma queue frémit de contentement.

Je jette un coup d'œil au miroir et ne reconnais pas ce type au sourire idiot.

*Qu'est-ce qui m'arrive ?*

Tandis que je me passe la main dans les cheveux, je me rappelle que j'ai du sang sur les doigts.

Une vierge.

Maintenant, je dois l'épouser. Cette idée ridicule me fait ricaner et, tout en me lavant les mains, je me demande si certains de mes ancêtres se sont retrouvés dans cette situation. Deux d'entre eux ont été impliqués dans des liaisons scandaleuses – restées dans les annales –, mais ma connaissance de l'histoire familiale est plutôt sommaire. Kit était incollable. Et jamais il ne se serait mis dans une telle situation. Il avait bien appris sa leçon. Mon père y avait veillé. Ma mère aussi. Ça faisait partie de ses devoirs d'héritier. Préserver la lignée était la priorité pour notre famille.

Mais il n'est plus là.

*Pourquoi je n'ai rien voulu apprendre ?*

Je retourne dans la chambre, le moral en berne. Mais la vue d'Alessia me revigore aussitôt.

*Ma petite femme de ménage.*

Son expression est indéchiffrable. Dès qu'elle me voit, elle ferme les yeux.

Pourquoi ?

*Ah, c'est vrai, je suis nu.*

J'ai envie de rire, mais ce n'est sans doute pas une bonne idée, alors je m'adosse à la porte, les bras croisés, et j'attends.

Au bout d'un moment, elle remonte le drap sur son nez et ouvre un œil.

Je souris de toutes mes dents.

— Profite du spectacle, dis-je en écartant les bras.

Elle cligne des paupières et me regarde avec un mélange de gêne, de curiosité et… d'admiration, peut-être. Elle glousse et se cache à nouveau.

— Tu te moques de moi, gronde-t-elle d'une voix étouffée.

— Je plaide coupable.

Incapable de me retenir, je saute sur le lit. Elle serre les draps de toutes ses forces. Je me penche pour déposer un baiser sur ses mains et susurre :

— Lâche ça.

Contre toute attente, elle obéit. Elle pousse un petit cri quand j'arrache les couvertures. Aussitôt, je la soulève hors du lit.

— Maintenant, nous sommes nus tous les deux.

Elle passe les bras autour de mon cou. Je la porte dans la salle de bains jusqu'à la baignoire. Instinctivement, elle couvre ses seins.

— Ne sois pas timide, lui dis-je en enroulant une mèche de cheveux autour de mon index. Tu as une chevelure magnifique. Et un corps de rêve.

Son sourire me confirme que c'est ce qu'elle avait besoin d'entendre. Je l'attire doucement vers moi et je dépose un baiser sur son front.

— Regarde…

Du menton, je désigne la baie vitrée derrière la baignoire. Elle se retourne et réprime un hoquet de surprise. Elle est impressionnée par le coucher de soleil sur la crique, qui fait vibrer le ciel d'une symphonie de couleurs : or, opale, rose et orange se mêlent au-dessus des eaux sombres. C'est fabuleux.

— *Sa bukur!* s'écrie-t-elle, aux anges. C'est si beau !

Et elle laisse tomber ses bras le long de son corps.

— Comme toi.

Je lui embrasse les cheveux. Son odeur – mélange de rose, de lavande, et de sexe – m'enivre. Je ferme les yeux. Elle n'est pas seulement belle. Elle a tout pour elle : l'intelligence, le talent, l'humour. Et le courage. Oui, le courage surtout.

Soudain, l'émotion me submerge.

Ravalant mon trouble, je lui prends la main et la porte à mes lèvres, effleure ses doigts un à un, puis je l'aide à grimper dans la baignoire.

— Installe-toi.

Elle noue ses cheveux en un chignon lâche au-dessus de sa tête et se glisse dans le bain moussant. Elle grimace, et je ressens aussitôt une pointe de culpabilité. Mais son visage se détend rapidement en contemplant le coucher de soleil.

J'ai une idée.

— Je reviens tout de suite ! lui dis-je en sortant en trombe de la pièce.

L'eau est chaude, douce, et la mousse dégage une odeur exotique, qu'Alessia ne reconnaît pas. Elle lit l'étiquette sur la bouteille.

Jo Malone
Londres
Poire & Freesia

Ça doit être très cher.

Elle s'allonge dans l'eau et son corps se relaxe peu à peu tandis qu'elle admire le jeu des couleurs à l'horizon.

Quelle vue incroyable !

*Ua !*

À Kukës, le crépuscule est tout aussi spectaculaire, mais le soleil se couche derrière les montagnes. Ici, il plonge lentement dans la mer, avec une lumière dorée.

En se revoyant courir après les vagues un peu plus tôt, elle sourit bêtement. Elle s'est donnée en spectacle ! Mais elle s'est sentie si heureuse, si libre, pendant ces quelques heures. À présent, elle se prélasse dans la baignoire de Monsieur Maxim. Cette salle de bains est plus grande que celle de la chambre d'amis – avec deux immenses lavabos surmontés de miroirs ornementés. Un instant, elle est triste en pensant au frère de Maxim, qui a construit cette propriété et ne peut plus en profiter. Cette maison est vraiment magnifique.

Avec le gant de toilette, Alessia se lave prudemment entre les cuisses. La zone est sensible.

Elle l'a fait !

Oui.

Selon ses propres conditions, avec un homme de son choix, un homme qu'elle désirait. Sa mère serait choquée. Son père… elle frissonne en imaginant sa réaction. Elle l'a fait avec Monsieur Maxim, un Anglais aux yeux couleur de printemps et au visage d'ange. Elle soupire en songeant à sa gentillesse, à sa prévenance, et sent son pouls s'accélérer. Il a redonné vie à son corps. Elle ferme les yeux pour se rappeler son odeur fraîche, le contact de ses mains sur sa peau, la douceur de ses cheveux… et ses baisers enflammés. Son regard émeraude, brillant de désir. Elle retient son souffle…

Et il veut recommencer.

Les muscles de son ventre se crispent.

— Ah…

Quelle sensation délicieuse.

Oui. Elle aussi, elle le veut.

Elle rit et savoure ce moment de béatitude. Elle ne ressent aucune honte. Mais c'est bien normal. Après tout, c'est ça l'amour, non ?

Maxim réapparaît avec une bouteille et deux coupes. Il est toujours nu.

— Champagne ? propose-t-il.

*Du champagne !*

Elle en a entendu parler, mais ne pensait pas pouvoir en goûter un jour.

— Oui, s'il te plaît, répond-elle en reposant le gant.

Elle essaie de ne pas regarder son pénis, qui suscite chez elle un mélange de gêne et de fascination.

Il est grand. Et mou – pas du tout comme tout à l'heure.

Son expérience du sexe masculin se limite aux œuvres d'art. C'est la première fois qu'elle en voit un en vrai.

— Tiens-moi ça, s'il te plaît.

Maxim interrompt ses pensées, et elle se sent rougir. Il lui tend les verres et lui sourit.

329

— Tu vas t'y habituer, plaisante-t-il.

Il parle du champagne... ou de son membre ? Elle vire au rouge tomate. Arrachant le papier métallique, il enlève le fil de fer et fait sauter le bouchon sans effort. Puis il verse le liquide pétillant. Alessia est ravie de découvrir qu'il est rosé. Posant la bouteille sur le rebord de la fenêtre, Maxim passe de l'autre côté de la baignoire et se glisse lentement dans l'eau. La mousse arrive jusqu'en haut, mais ne déborde pas.

Il fait tinter sa coupe contre la sienne.

— À la femme la plus courageuse et la plus belle que j'aie jamais rencontrée. Merci, Alessia Demachi.

Il ne plaisante plus, il plante son regard ardent dans le sien. Alessia déglutit en sentant son ventre se contracter de nouveau.

— *Gëzuar*, Maxim ! lance-t-elle en levant son verre.

Elle boit une gorgée de champagne. Le liquide léger et pétillant a un goût d'été et de moisson. C'est délicieux.

— Mmm...

— Alors, c'est meilleur que la bière ?

— Oui, bien meilleur.

— J'ai pensé qu'on devait fêter ça. Aux premières fois !

— Aux premières fois, répète-t-elle en contemplant le coucher de soleil.

*Le champagne a la couleur du ciel.*

Elle sait que Maxim l'observe intensément, et que lui aussi aime ce spectacle.

330

— C'est tellement étrange, murmure-t-elle comme pour elle-même.

Prendre un bain avec un homme qui n'est pas son mari – un homme avec qui elle vient de faire l'amour pour la première fois – et boire du champagne rosé.

Elle ne connaît même pas son nom de famille. Cette pensée la fait pouffer.

— Quoi ? interroge-t-il.

— Ton nom de famille, c'est Milord ?

Maxim ouvre la bouche et éclate de rire. Alessia pâlit en avalant une nouvelle gorgée.

— Désolé, c'est juste que… euh… Non, mon nom est Trevelyan.

— Tre-ve-lyan, répète Alessia plusieurs fois.

C'est un nom compliqué – pour un homme compliqué ? Elle n'en sait rien. Après tout, il ne paraît pas si bizarre. Il est seulement différent des hommes qu'elle a rencontrés.

— Bon, maintenant… (Maxim pose son verre près de la bouteille et saisit le gant de toilette.)… Je vais te laver les pieds.

*Me laver les pieds !*

— Fais-moi confiance, ajoute-t-il en percevant son trouble.

Posant sa coupe, elle tend un pied vers lui, et il commence à le frotter avec le savon.

— Oh.

Elle ferme les yeux pendant que les mains expertes de Maxim lui massent la plante du pied, puis remontent vers le talon, jusqu'à la cheville.

331

— Ah, gémit-elle.

Ensuite, il lave les orteils un par un, et les fait rouler entre ses doigts. Elle se trémousse dans l'eau et rouvre les yeux. Le regard étincelant de Maxim dardé sur elle lui coupe le souffle.

— C'est bon ?

— Oui. Plus que ça, répond-elle d'une voix rauque.

— Où as-tu des sensations ?

— Partout.

Quand il presse le petit orteil, tous ses muscles se tendent. Elle se récrie quand, avec un sourire malicieux, il embrasse son gros orteil.

— L'autre à présent, ordonne-t-il d'une voix douce.

Cette fois, elle n'hésite pas. Les doigts de Maxim opèrent de nouveau leur magie, et quand il a terminé, son corps est totalement ramolli. Il embrasse ses orteils l'un après l'autre, puis les prend dans sa bouche, et les suce. Fort.

— Ah !

Son ventre se noue. Elle ouvre les yeux et lui lance un regard chargé d'attente, tandis qu'il sourit d'un air satisfait.

— Mieux ?

— Mmm…

Elle ne parvient pas à formuler une parole cohérente. Une étrange sensation lui laboure les entrailles.

— Il faut sortir. L'eau commence à refroidir.

Il se hisse hors du bain. Alessia ferme les paupières en se demandant si elle s'habituera un jour au corps nu de Maxim et à la faim dévorante qu'elle éprouve à cet instant.

— Viens.

Il enroule une serviette autour de sa taille. Un peu hésitante, elle saisit la main qu'il lui tend. Il l'enveloppe dans un peignoir moelleux et trop grand pour elle. Quand elle se tourne vers lui, il l'embrasse passionnément, jouant de sa langue et explorant sa bouche à lui faire perdre haleine. Lorsqu'il la libère, elle est à bout de souffle.

— Je pourrais faire ça toute la journée, chuchote-t-il.

Des gouttelettes brillent sur sa peau comme de la rosée. Un peu étourdie, Alessia est tentée de les lécher.

*Non mais ça va pas ?*

Elle inspire profondément et mobilise toute sa raison.

*Quelle effrontée !*

Elle sourit. Finalement, elle va peut-être s'habituer à le voir nu.

— Tout va bien ?

Elle acquiesce. Il la prend par la main pour la ramener dans la chambre, puis enfile son jean. Quand il se sèche le dos avec la serviette, elle l'observe, fascinée.

— On profite de la vue ? raille-t-il.

Le visage en feu, elle soutient son regard.

— J'aime ça, s'enhardit-elle.

L'expression moqueuse de Maxim fait place à un large sourire.

— Eh bien, moi aussi. Et je suis tout à toi.

333

Soudain, comme pris d'un doute, il fronce les sourcils et détourne les yeux. Puis il passe son tee-shirt et son pull, et s'approche pour lui caresser la joue. Il a retrouvé sa bonne humeur.

— Tu n'es pas obligée de t'habiller tout de suite. Mais j'attends Danny avec notre dîner.

— Ah ?

*Toujours cette Danny ? Qui est cette femme ? Pourquoi tant de mystère ?*

Il se penche pour l'embrasser.

— Encore du champagne ?

— Non, merci, je vais m'habiller.

À son ton, je comprends qu'elle préfère rester seule.

— Tout va bien ?

Elle me répond d'un petit signe de tête.

— D'accord.

Je vais chercher nos flûtes et le Laurent-Perrier dans la salle de bains. Le soleil a disparu, plongeant l'horizon dans l'obscurité. Je regagne le rez-de-chaussée, allume les lumières de la cuisine et remets le champagne au frais en songeant à Alessia.

*Quelle femme étonnante !*

Elle paraît plus heureuse, et plus détendue, mais je ne sais pas si c'est l'effet du massage de pieds, du bain, du champagne ou du sexe. L'observer dans la baignoire était un délicieux supplice. Quand elle gémissait sous mes caresses, les yeux fermés, elle était la tentation incarnée.

*Tant de possibilités…*

Je secoue la tête pour chasser mes pensées lascives. J'étais déterminé à la laisser tranquille. Oui, déterminé. Mais quand j'ai enfin donné libre cours à mon chagrin, elle était là pour moi. Pour me consoler. Et j'ai succombé… à une femme en pyjama Bob l'éponge et maillot de foot. J'ai du mal à y croire.

Je me demande ce que Kit penserait d'Alessia.

*Tu te tapes la bonne alors, Joker ?*

Kit n'approuverait sans doute pas, même s'il aurait trouvé Alessia à son goût. Il avait l'œil pour les jolies filles.

— Il fait si chaud dans cette maison, commente Alessia, interrompant mes réflexions.

Elle se tient devant le comptoir, en bas de pyjama et tee-shirt blanc. Je plaisante :

— Trop chaud ?

— Non.

— Encore des bulles ?

— Des bulles ?

— Du champagne ?

— Oui, s'il te plaît.

Je sors la bouteille du réfrigérateur et remplis nos verres. Après une gorgée, je l'interroge :

— Qu'est-ce que tu aimerais faire ?

Moi, je sais ce que je veux, mais elle a sans doute encore mal, alors ce n'est sûrement pas une bonne idée.

*Peut-être plus tard dans la soirée.*

Alessia s'assoit avec sa coupe sur un canapé du coin lecture et repère l'échiquier sur la table basse. L'interphone sonne.

— C'est sûrement Danny, dis-je en actionnant l'ouverture.

Alessia se relève d'un bond. Je tente de la rassurer.

— Tu n'as pas à t'inquiéter, elle est très gentille.

À travers la baie vitrée, je vois Danny descendre d'un pas hésitant l'escalier de pierre de l'entrée avec une cagette en plastique blanc dans les bras. Ça a l'air lourd.

J'ouvre la porte et monte rapidement les marches pieds nus pour aller à sa rencontre.

*Putain. Le sol est gelé.*

— Danny, laissez-moi vous aider.

— Non, ça va, Maxim. Vous allez attraper la mort ! gronde-t-elle. Milord, je veux dire, ajoute-t-elle après réflexion.

— Danny, donnez-moi ça.

Pas question qu'elle refuse. Avec une moue contrariée, elle me tend son fardeau.

— Merci beaucoup, dis-je avec un large sourire.

— Je vais vous préparer tout ça.

— C'est inutile. Je suis sûr que je peux m'en sortir seul.

— Ce serait plus simple si vous étiez au Hall, monsieur.

— Je sais. Désolé. Et remerciez Jessie pour moi.

— C'est votre plat préféré. Oh, et Jessie a mis un ustensile dans le panier pour cuire les pommes de terre. Elles ont déjà été passées au micro-ondes, alors ça devrait être rapide. Allez, j'entre avec vous. Maxim, vous n'avez pas de chaussures !

Elle me pousse vers la porte d'un air réprobateur. Comme je suis frigorifié, je lui obéis. Par la baie vitrée, elle aperçoit Alessia sur le canapé, et lui fait un petit signe de la main. Alessia lui rend son salut.

— Merci, Danny. Ça ira comme ça.

Dans l'entrée, le chauffage au sol me revigore instantanément. Je ne lui présente pas Alessia. Je sais que c'est malpoli, mais je veux profiter encore un peu de l'intimité que nous partageons au Hideout. Les présentations seront pour plus tard.

Tout en secouant la tête, ses cheveux blancs ébouriffés par le vent, Danny remonte les marches. Je la regarde s'éloigner. Cette femme a pansé mes genoux égratignés et mes coudes entaillés, elle a soigné tous mes bobos depuis que je suis en âge de marcher – toujours avec sa jupe écossaise et ses solides chaussures, jamais en pantalon. Je souris. C'est Jessie, sa compagne depuis douze ans, qui porte la culotte dans leur couple. Pourquoi ne se sont-elles pas mariées ? C'est légal depuis très longtemps. Elles n'ont pas vraiment d'excuse.

— Qui c'était ? s'enquiert Alessia en jetant un œil dans la cagette.

— Danny. Je te l'ai dit, elle habite pas loin et elle nous a apporté notre dîner.

Je sors la marmite, les quatre grosses pommes de terre, et salive en découvrant la tarte banane-caramel.

*Jessie est un vrai cordon bleu.*

— On va faire réchauffer le ragoût, et on le mangera avec des pommes de terre au four. Ça te va ?

— Oui, c'est très OK.

— Très OK ?

— Oui, répète-t-elle en clignant des yeux. C'est mon anglais ?

— Ton anglais est parfait.

Je brandis l'ustensile à quatre piques pour cuire les pommes de terre.

— Je m'en charge, propose Alessia, malgré son air perplexe.

— Non, je vais le faire. (Je me frotte les mains.) Je me sens l'âme d'un chef ce soir et crois-moi, ça n'arrive pas souvent. Alors profites-en !

Alessia hausse un sourcil, visiblement amusée, comme si elle me voyait sous un jour nouveau. J'espère que c'est une bonne chose.

— Tiens… (Je sors le seau à glace d'un placard.) Tu peux le remplir ? Il y a un distributeur de glaçons dans le frigo de l'arrière-cuisine. Pour le champagne.

Un ou deux verres plus tard, Alessia est blottie sur l'un des canapés turquoise. Les pieds repliés, elle me regarde mettre la marmite au four.

Je viens m'asseoir près d'elle et lui demande :

— Tu sais jouer ?

Son regard papillonne vers l'échiquier en marbre avant de m'observer d'un air indéchiffrable.

— Un peu, répond-elle en buvant une gorgée.

— Un peu, hein ?

C'est à mon tour de hausser un sourcil. Qu'est-ce qu'elle mijote ? Sans la quitter des yeux, j'attrape un pion blanc et un pion noir, les mélange derrière mon dos, et lui présente mes poings fermés. Elle passe sa langue sur sa lèvre supérieure et fait courir lentement son index sur ma main droite. Mon entrejambe réagit instantanément.

*Waouh.*

— Celle-là, dit-elle en battant des cils.

Je m'agite sur mon siège, tentant de garder mon corps sous contrôle, et ouvre ma paume droite.

— Tu as les noirs. (Je fais pivoter le plateau pour positionner les pions devant elle.) Alors c'est moi qui commence.

Au bout de quatre coups, je me frotte la tête, déconcerté.

— Comme d'habitude, tu me caches des choses, non ?

J'ai pris un ton de reproche. Alessia se mord la lèvre pour s'empêcher de rire et me regarde me débattre sur l'échiquier avec une satisfaction manifeste.

Bien sûr, elle joue à merveille.

*Décidément, elle est pleine de surprises.*

Je me renfrogne, espérant la pousser à la faute. Mais face à son visage radieux, je ne peux m'empêcher de sourire.

*Elle est époustouflante.*

— Tu es plutôt douée à ce jeu.

Elle hausse les épaules.

— Il n'y a pas grand-chose à faire à Kukës. À la maison, on a un vieil ordinateur, mais pas de consoles de jeux ni de téléphones intelligents. Le piano, les échecs et la télévision, c'est tout ce qu'on a.

339

Elle jette un coup d'œil envieux à la bibliothèque au fond de la pièce.

— Et des livres?

— Oh, oui. Beaucoup. En albanais et en anglais. Je voulais devenir professeur d'anglais.

Elle étudie l'échiquier un moment. Sa bonne humeur s'est envolée.

*Et maintenant, elle est femme de ménage, après avoir échappé à du trafic sexuel.*

— Tu aimes lire?

— Oh oui! Surtout en anglais. Ma grand-mère faisait entrer des livres clandestinement dans le pays.

— Ah, c'est vrai, tu m'en as parlé. Ça devait être très risqué.

— Oui. C'était dangereux pour elle. Les livres en anglais étaient interdits par les communistes.

*Interdits!*

Encore une fois, je m'aperçois que j'en sais très peu sur son pays.

*Mec, concentre-toi sur la partie.*

Je lui prends son cavalier avec un sentiment de triomphe. Mais en observant Alessia à la dérobée, je devine qu'elle m'a tendu un piège. Elle fait avancer sa tour de quatre cases et ricane.

— *Schah…* non. Échec.

*J'y crois pas!* Sentant poindre la défaite, je grommelle :

— D'accord, c'était notre première et dernière partie.

340

Déconfit, je secoue la tête. *C'est comme avec Maryanne. Elle gagne à tous les coups.*

Alessia replace une mèche derrière son oreille et boit un peu de champagne, puis elle caresse sa croix. Il est évident qu'elle s'amuse comme une folle.

C'est un moment d'humilité.

*Allez, fais un effort.*

Trois tours plus tard, elle me porte le coup fatal.

— Échec et mat ! s'exclame-t-elle en dardant sur moi ses grands yeux noirs.

— Bien joué, Alessia Demachi. (Je sens le désir affluer dans mes veines.) Tu es vraiment très forte.

Elle baisse les yeux sur l'échiquier, brisant le charme. Quand elle relève la tête, elle répond timidement :

— J'ai commencé à jouer avec mon grand-père quand j'avais six ans. C'était – comment on dit ? – un joueur diabolique. Il voulait toujours gagner. Même contre une enfant.

— Excellent professeur, en tout cas.

Je m'efforce de me concentrer sur la conversation. Ce que je veux vraiment, c'est la prendre, là tout de suite, sur le canapé. Je pourrais lui sauter dessus – mais on doit manger d'abord.

— Il est encore vivant, ton grand-père ?

— Non, il est mort quand j'avais douze ans.

— Oh, je suis désolé.

— Il a eu une belle vie.

— Tu disais que tu voulais devenir prof d'anglais. Pourquoi ça ne s'est pas fait ?

— Ma fac a fermé. Ils n'avaient plus d'argent.

— Ça craint.

Elle glousse.

— Ouais, ça craint. Mais j'aimais bien travailler avec les enfants. Je leur enseignais la musique et je leur lisais de l'anglais. Seulement deux jours par semaine, parce que je ne suis pas… c'est quoi le mot ? Qualifiée. Et j'aidais ma mère à la maison. On fait une autre partie ?

Je secoue la tête.

— Mon ego a besoin de temps pour se remettre. Tu as faim ?

Elle acquiesce.

— Ça sent très bon. Et mon ventre crie famine.

Le ragoût de bœuf aux prunes est le plat de Jessie que je préfère. L'hiver, elle faisait la cuisine quand Kit, Maryanne et moi venions au domaine pour la chasse. Nous servions de rabatteurs, pour repousser les oiseaux vers les tireurs. L'odeur me fait saliver. Après nos occupations d'aujourd'hui, j'ai une faim de loup.

Alessia insiste pour nous servir pendant que je dresse la table. Du coin de l'œil, je l'observe en train de s'affairer dans la cuisine. Ses mouvements sont fluides et précis. Elle est gracieuse, sensuelle, comme une danseuse. Quand elle se tourne, des mèches retombent sur son visage angélique, qu'elle écarte d'un geste souple du poignet. Ses doigts fins et agiles s'emparent du couteau de cuisine pour couper les pommes de terre, libérant des volutes de vapeur. Les sourcils froncés, elle dépose une noix de beurre sur chacune d'elles, puis se lèche le doigt.

Ma queue frémit.

*Bordel de merde.*

Elle surprend mon regard.

— Qu'est-ce qu'il y a ?

— Rien.

Ma voix est rauque. Je m'éclaircis la gorge.

— Je t'admire, c'est tout. Tu es charmante. (Je m'approche et l'entoure de mes bras, la prenant par surprise.) Je suis si heureux que tu sois ici avec moi.

Mes lèvres trouvent les siennes et lui donnent un rapide baiser.

— Moi aussi, Maxim, répond-elle avec un petit sourire.

Mon cœur fond. J'adore l'entendre prononcer mon prénom avec son accent. Je prends les assiettes.

— Allez, à table !

La viande est tendre, juteuse, et parfaitement relevée.

— Mmm, murmure Alessia en fermant les yeux. *I shijshëm.*

— C'est l'expression albanaise pour « Je déteste » ? demande Maxim.

Elle glousse.

— Non, c'est un délice. Demain, je ferai la cuisine pour toi.

— Tu sais cuisiner ?

343

— Quoi ? (Elle pose la main sur son cœur, faisant mine d'être vexée.) Bien sûr ! Je suis albanaise. Dans mon pays, toutes les femmes savent cuisiner.

— D'accord. On ira faire des courses pour acheter ce qu'il te faut. (Soudain, son visage s'assombrit.) Est-ce que tu me raconteras toute l'histoire un jour ?

— Toute l'histoire ?

Le cœur d'Alessia s'emballe.

— La raison qui t'a poussée à venir en Angleterre.

— Oui, un jour.

*Un jour. Un jour ! UN JOUR !*

Ces deux mots sont pleins de promesses ! Ils impliquent un avenir avec cet homme.

*N'est-ce pas ? Mais en tant que quoi ?*

Alessia a du mal à comprendre les interactions entre les hommes et les femmes en Angleterre. À Kukës, c'est très différent. Elle a vu beaucoup de séries américaines – quand sa mère ne la surveillait pas. Et à Londres, les hommes et les femmes sont si libres en public… Ils s'embrassent, se parlent, se tiennent la main. Elle sait que ces couples ne sont pas tous mariés. Ils sont souvent amants.

Maxim lui tient la main. Ils parlent. Ils font l'amour…

*Des amants.*

C'est sûrement ce que Monsieur Maxim et elle sont maintenant. Des amants.

L'espoir enfle dans sa poitrine, une sensation exaltante et effrayante à la fois. Elle l'aime. Elle devrait lui dire. Mais elle est trop timide pour lui faire une déclaration. Et elle ne sait pas ce qu'il ressent pour elle. Elle sait seulement qu'elle irait au bout du monde avec lui.

— Tu veux du dessert ?

Alessia se tapote le ventre.

— Je n'en peux plus.

— C'est une tarte banane-caramel.

— Ah oui ?

— Oui, banane, caramel et crème chantilly.

Elle secoue la tête.

— Non, merci.

Il rapporte leurs assiettes vides dans la cuisine et revient avec une part de tarte. Assis sur le canapé, il pose l'assiette sur la table basse et en prend un morceau.

— Mmm…, lâche-t-il dans un râle de plaisir.

— C'est de la provocation. Tu veux que je mange ton dessert ?

— Je veux un tas de choses. Pour le moment, j'ai envie de cette tarte incroyable.

Maxim se lèche les lèvres avec un sourire malicieux. De sa fourchette, il pique un morceau couvert de crème chantilly et le lui offre.

— Goûte, murmure-t-il, enjôleur.

Son regard est hypnotique.

*Oh, Zot i madh !*

Elle ferme les yeux pour savourer la pâte crémeuse. Un goût de paradis. Quand elle le regarde à nouveau, il affiche un air satisfait – *Je te l'avais dit !* – et lui propose un autre morceau, plus gros. Cette fois, elle ouvre la bouche sans hésiter, mais au lieu de le lui donner, il l'avale, espiègle. Elle rit. Il est si joueur !

Comme elle fait la moue, il la console en lui offrant un autre bout de tarte. Les yeux de Maxim s'attardent sur ses lèvres quand il passe son doigt dessus.

— Tu en as oublié un peu, chuchote-t-il en lui tendant son index couvert de crème.

L'humour de Maxim s'est envolé. Chassé par une mine sombre, intense. Le pouls d'Alessia s'accélère. Elle ne sait pas si c'est le champagne, ou le regard brûlant de Maxim, mais elle se laisse guider par son instinct. Penchée vers son doigt tendu, elle lèche la crème du bout de la langue. Maxim ferme les paupières et un grognement de plaisir roule dans sa gorge. Enhardie par sa réaction, elle lèche de nouveau son doigt, puis en mordille le bout. Les yeux de Maxim s'ouvrent aussitôt, tandis qu'elle prend l'index dans sa bouche et le suce. Fort.

*Mmm... Il a un goût de propre. Et de mâle.*

Maxim en reste bouche bée. Elle continue à le sucer et voit ses pupilles se dilater. Elle est aux anges. Qui aurait cru qu'elle avait un tel pouvoir sur lui ? C'est une révélation. Elle mord son index, lui arrachant un nouveau grognement.

— Tant pis pour la tarte, marmonne-t-il.

Il retire lentement son doigt et s'empare de ses lèvres, l'entraînant dans un baiser fiévreux, comme s'il réclamait sa récompense. Alessia plonge sa main dans ses cheveux et lui répond avec le même abandon. Il a un goût de banane et de caramel. Et de Maxim. Un mélange qui donne le vertige.

— Sexe ou échecs ? susurre-t-il.

*Quoi ? Encore ? Oui !*

Un frisson la parcourt de la tête aux pieds.

— Sexe !

— Bonne réponse.

Il lui effleure la joue, les yeux brillant d'une promesse sensuelle. Il l'entraîne dans l'escalier. Sur le seuil de la chambre, il éteint la lumière pour ne laisser que la lampe de chevet allumée. Prenant son visage entre ses mains, il l'embrasse fougueusement et la plaque contre le mur. Le cœur d'Alessia s'affole quand il presse son corps contre elle. Il a envie d'elle, elle le sent.

— Touche-moi, souffle-t-il. Partout.

Ses lèvres la réclament à nouveau, possessives et ardentes, lui arrachant un gémissement.

— Oh oui, ma belle.

Il agrippe sa taille. Elle pose les mains sur son torse pendant qu'ils échangent un baiser passionné. Quand il s'écarte, tous deux sont à bout de souffle. Il colle son front contre le sien, et murmure, haletant :

— Tu me fais un de ces effets.

Sa voix est douce comme une brise printanière. Son regard lourd d'attente la frappe en plein cœur. Il saisit le bas de son tee-shirt et le fait passer par-dessus sa tête. Elle est nue en dessous et, instinctivement, elle veut se couvrir la poitrine. Mais il lui saisit les poignets.

— Tu es magnifique, ne te cache pas.

Il l'embrasse encore, mêlant ses doigts aux siens, paumes contre paumes. La tenant fermement, il poursuit l'exploration avide de sa bouche. Quand elle se recule pour reprendre sa respiration, il sème des baisers sur sa gorge, sa mâchoire, et au creux de son cou.

Son sang pulse dans ses veines et son cœur bat à tout rompre. À l'intérieur, elle se sent fondre. Elle veut reprendre le contrôle de ses mains, mais il l'en empêche.

— Tu veux me toucher ? interroge-t-il.

Elle gémit.

— Réponds-moi.

— Oui.

Il lui titille le lobe du bout des dents. Elle geint et se tortille contre lui. Cette fois, il la libère et lui empoigne les hanches pour la plaquer contre son sexe.

— Tu sens mon désir, Alessia ?

*Oui, je le sens.*

Elle est prête. Elle l'attend. Elle a envie de lui.

Et il a envie d'elle.

— Déshabille-moi..., murmure-t-il.

Après une hésitation, elle lui enlève son tee-shirt, puis le laisse tomber par terre.

— Et maintenant, qu'est-ce que tu vas faire de moi ? demande-t-il d'un air de défi.

Alessia inspire profondément, troublée par cette proposition audacieuse. Ses doigts brûlent d'explorer son corps, de sentir sa peau.

— Vas-y, l'encourage-t-il d'une voix sourde.

Elle veut caresser sa poitrine, son ventre. Elle veut aussi l'embrasser partout. Cette idée fait naître une délicieuse sensation en elle. D'une main hésitante, elle

348

trace une ligne de son torse à ses abdominaux. Il ne la quitte pas des yeux alors qu'elle poursuit son exploration jusqu'à son jean, où le courage l'abandonne.

Maxim grogne et lui attrape la main pour la porter à sa bouche. Du bout de la langue, il goûte l'intérieur de son poignet, là où son sang palpite. La respiration d'Alessia s'accélère. Avec un sourire, il la saisit par la nuque et l'embrasse à pleine bouche.

Quand il la relâche, elle cherche son souffle.

— À mon tour, gronde-t-il.

Avec une lenteur insupportable, il passe un doigt entre ses seins, descend jusqu'à son nombril, puis en fait deux fois le tour avant de s'insinuer sous l'élastique de son pyjama. Le cœur d'Alessia cogne dans sa poitrine, en écho au martèlement dans son crâne.

Soudain, il tombe à genoux devant elle.

*Quoi ?*

Elle se cramponne à ses épaules pour garder l'équilibre. Les mains de Maxim pétrissent ses fesses tandis qu'il glisse sa langue de ses seins à son ventre, et s'attarde sur son nombril.

— Ah ! lâche-t-elle en empoignant ses cheveux.

Il lève vers elle un regard affamé puis, la maintenant fermement, plonge le nez dans son sexe.

— Qu… !

Alessia est sous le choc.

— Tu sens bon, murmure-t-il.

Elle réprime un hoquet. Maxim continue de malaxer ses fesses nues pendant que son nez taquine son clitoris.

349

Si elle s'attendait à ça ! Le voir à genoux à ses pieds, et faire ce qu'il fait, c'est trop ! Elle ferme les yeux, renverse la tête, et gémit. Soudain, elle sent son pyjama descendre le long de ses jambes.

*Zot.*

— Maxim ! s'écrie-t-elle, scandalisée, en tentant de le repousser.

— Chuuuut. Tout va bien.

Ignorant ses récriminations, sa langue plonge au cœur de son intimité.

— Ah !

Il continue, décrivant des cercles autour de son clitoris, encore et encore et encore. Elle ne lutte plus. Elle s'abandonne à ses sensations et au plaisir charnel. Comme ses jambes se mettent à trembler, Maxim lui agrippe les hanches pour poursuivre son assaut.

— S'il te plaît...

Il se relève prestement. Elle s'accroche à lui, offrant sa bouche, et il l'embrasse goulûment. Il a un goût différent – salé – et soudain, elle se rend compte que c'est son propre goût !

*O perëndi !*

Les mains de Maxim dévalent le long de son corps, ses pouces effleurent les pointes de ses seins avant de rejoindre la jonction de ses cuisses. Un doigt caresse son clitoris, puis s'introduit en elle. Chancelante, elle se presse contre lui – elle en veut encore.

— Oui, murmure-t-il avec une satisfaction évidente.

Il imprime un mouvement circulaire en elle. Quand elle rejette la tête en arrière, les yeux fermés, il extirpe un préservatif de sa poche. Il ne lui faut pas long-temps pour se débarrasser de son jean. Alessia le regarde déchirer l'emballage et dérouler le latex sur son sexe avec un mélange de trouble et de fascination. Elle halète… et veut le toucher… là. Sauf qu'elle n'ose pas. Pas encore.

Et ils ne sont même pas dans le lit ! Que va-t-il faire ? Il l'embrasse et l'enlace par la taille.

— Tiens-toi bien, l'avertit-il en la soulevant. Enroule tes jambes autour de moi.

*Quoi ? Encore ?*

Elle lui obéit, surprise par l'agilité avec laquelle il la plaque contre le mur.

— Ça va ? demande-t-il, le souffle court.

Elle hoche la tête, les yeux écarquillés. Son corps le désire… éperdument. Il l'embrasse et, doucement, la pénètre.

Elle grimace quand il prend pleinement possession d'elle. Il s'immobilise.

— C'est trop ? interroge-t-il, inquiet. Si tu veux que j'arrête, tu n'as qu'un mot à dire.

Elle serre les cuisses. Ça va. Elle en est capable. Elle en a envie. Son front contre le sien, elle murmure :

— Encore. S'il te plaît.

Il grogne et commence. Lentement au début, puis plus vite, au rythme de la respiration haletante d'Alessia. Elle le tient de toutes ses forces, quand une décharge de plaisir jaillit en elle. La sensation est si puissante qu'elle perd pied.

*Oh, non.* C'est trop. Beaucoup trop.

351

Elle plante ses ongles dans ses épaules, puis gémit.

— Maxim, Maxim, je ne peux pas.

Il s'interrompt immédiatement. Il prend une profonde inspiration, la porte sur le lit, toujours en elle. Il s'assoit, l'allonge délicatement sur le dos et vrille ses yeux dans les siens. Ses pupilles dilatées trahissent son désir. Elle se redresse et lui caresse la joue, ébahie par sa force physique.

— C'est mieux comme ça ? demande-t-il en s'étendant sur elle, appuyé sur ses coudes pour ne pas l'écraser.

— Oui, acquiesce-t-elle.

Elle joue avec les cheveux de Maxim tandis qu'il lui mordille la lèvre, et se remet en mouvement. C'est plus facile comme ça, et sans qu'elle s'en rende compte, son corps se met au diapason, ondulant au même rythme, tandis qu'il va et vient, encore et encore. Elle se noie en lui, avec lui... et sent ses membres se raidir.

— Oui ! dit Maxim.

Il donne un puissant coup de reins, avant de se figer dans un râle. Alessia pousse un cri et explose, une fois, deux fois, emportée dans une spirale incontrôlable.

Quand elle rouvre les yeux, ceux de Maxim sont clos.

— Oh, Alessia, soupire-t-il.

Au bout d'un moment, leurs regards se rivent l'un à l'autre. Il est si tendre. Si merveilleux.

— *Të dua*, murmure-t-elle.

— Qu'est-ce que ça veut dire ?

Elle sourit. Il la contemple d'un air émerveillé et… admiratif ? Il se penche pour lui embrasser les lèvres, les paupières, les joues, le menton, puis se retire doucement. Alessia grogne, éprouvant une étrange sensation de perte, puis se laisse aller. Épuisée et comblée, elle s'endort dans ses bras.

Elle est blottie contre moi, enroulée dans le couvre-lit.

Fragile. Vulnérable. Et si belle.

Cette jeune femme qui a traversé tant d'épreuves est près de moi à présent. Là où je peux la protéger. Je regarde sa poitrine se soulever paisiblement. Ses lèvres entrouvertes, ses longs cils noirs, sa peau claire… Elle est magnifique. Et je sais que je ne me lasserai jamais de l'admirer. Je suis totalement sous son emprise. Alessia m'a ensorcelé.

J'ai eu d'innombrables partenaires sexuelles, mais jamais je n'ai ressenti une telle connexion avec une femme. C'est un sentiment nouveau, terriblement troublant. Et j'en veux plus.

J'écarte une mèche de son front – une excuse pour la toucher. Alessia s'agite et marmonne quelque chose en albanais. Je me raidis, craignant de l'avoir réveillée. Mais elle retombe dans un doux sommeil. Je me rappelle alors qu'elle a peur du noir. Je me lève discrètement et vais chercher la veilleuse que j'ai achetée à Trevethick. Je la pose sur la table de nuit d'Alessia. Voilà, si elle se réveille, elle ne sera pas dans le noir.

353

Une fois sous les draps, je me tourne pour la regarder. Elle est adorable – la courbe de sa joue, de son menton, la petite croix nichée au creux de son cou. Tout en elle est si délicat. Elle paraît sereine. J'enroule une longue mèche de cheveux autour de mon doigt. J'espère qu'elle se sent en sécurité ici. Et que ses rêves n'ont rien de commun avec ses cauchemars de la veille. Elle soupire et sourit. Son visage est un enchantement. Je l'admire jusqu'à ce que mes paupières soient trop lourdes. Et avant de sombrer dans les bras de Morphée, je murmure son prénom.

*Alessia.*

## 16

Je sens sa présence avant d'être complètement réveillé. La chaleur de son corps se propage à travers le mien. Savourant le contact de sa peau, j'ouvre les yeux dans la lueur grise du petit matin et vois la délicieuse Alessia. Lovée contre moi, elle est profondément endormie, une main sur le ventre, la tête sur ma poitrine. Le bras autour de ses épaules, je serre son corps nu contre moi. Mon sexe réagit aussitôt.

*Tout peut changer en une journée.*

Je reste étendu un moment, enivré par l'odeur de ses cheveux. Elle bouge et marmonne des mots inintelligibles, puis ses paupières s'ouvrent en papillonnant.

— Bonjour, ma belle. Je te réserve un réveil très spécial...

Je l'allonge sur le dos et l'embrasse sur le bout du nez, puis derrière l'oreille. Le sourire aux lèvres, elle enroule ses bras autour de mon cou, tandis que mes doigts dévalent vers son sein.

Le soleil brille. L'air est froid et vivifiant.

« No Diggity » pulse dans la stéréo de la voiture, alors que nous filons sur l'A39 en direction de Padstow. J'ai renoncé à la messe dominicale. Tout le monde me connaît dans la paroisse. Quand j'aurai révélé à Alessia qui je suis, alors peut-être... Sur le siège passager, elle tape du pied au rythme de la musique. Elle me lance un sourire éblouissant, de ceux qui me réchauffent le bas-ventre.

*Cette femme m'a envoûté !*

Son sourire illumine l'intérieur de la Jaguar – et éclaire ma journée.

Je repense à nos ébats de ce matin. Et d'hier soir. Elle replace une mèche derrière son oreille et rougit légèrement. Peut-être a-t-elle les mêmes images en tête. Je l'espère. J'ai une vision d'elle étendue sur mon lit, la tête renversée, poussant un cri au moment où elle jouit, sa chevelure étalée sur l'oreiller. Ces souvenirs réveillent ma queue, qui tressaille de plaisir. *Ouais*. Elle a aimé. Beaucoup même. Un peu chamboulé, je presse le genou d'Alessia.

— Ça va ?

— Très bien, répond-elle, les yeux brillants.

— Moi aussi.

Je lui saisis la main et dépose un baiser au creux de sa paume.

Je suis heureux – sur un petit nuage. Je n'ai pas été aussi heureux depuis... depuis la mort de Kit. Non, bien avant sa disparition. Et je sais que c'est grâce à Alessia.

Je suis fou d'elle.

Toutefois je ne m'éternise pas sur mes sentiments. Je ne veux pas. Ils sont nouveaux, et ça me perturbe. Je n'ai jamais ressenti ça. Pour tout dire, je vais faire du shopping avec une femme, et cette perspective m'enchante. Si ce n'est pas une première !

Mais je m'attends à devoir batailler avec Alessia. Elle est si fière. C'est peut-être propre aux Albanaises. Ce matin, elle était intraitable : pas question que je lui achète des vêtements. Et là, elle est assise à côté de moi dans son unique jean, son haut élimé, ses bottes trouées et la vieille veste de ma sœur. Cette bataille, je ne vais pas la laisser l'emporter.

Je me gare sur le grand parking près des quais. Intriguée, Alessia observe les alentours.

— Tu veux qu'on aille se balader ?

C'est un paysage de carte postale : des cottages en pierre grise des Cornouailles se blottissent le long du petit port où mouillent quelques bateaux de pêche, au repos ce dimanche.

— C'est charmant, déclare Alessia en resserrant les pans de sa veste autour d'elle.

Je l'enlace et la serre contre moi.

— Viens, on va t'acheter des vêtements chauds.

Elle s'écarte aussitôt.

— Maxim, je n'ai pas d'argent.

— C'est moi qui régale.

— Qui régale ? répète-t-elle, les sourcils froncés.

— Alessia, tu n'as rien à te mettre. C'est si simple pour moi d'y remédier. S'il te plaît. Laisse-moi faire. J'en ai envie.

357

— Ce n'est pas bien.

— D'après qui ?

Elle tapote ses lèvres, comme si elle n'avait jamais réfléchi à cet argument.

— D'après moi, finit-elle par répliquer.

Je soupire.

— C'est un cadeau pour tout le travail que…

— Un cadeau, parce que j'ai couché avec toi !

— Quoi ? Non !

Je ris, à la fois consterné et amusé. Après un coup d'œil aux environs pour m'assurer que personne ne nous écoute, je m'explique :

— Je t'ai proposé de t'acheter des vêtements avant qu'on couche ensemble, Alessia. Allez, regarde. Tu es frigorifiée. Et je sais que tes bottes sont trouées. J'ai vu tes traces de pas dans le couloir. (Elle ouvre la bouche mais je lève la main pour l'arrêter.) J'insiste. Ça me ferait vraiment très plaisir.

Guère impressionnée, elle fait la moue. J'opte pour une autre stratégie :

— Écoute, je vais t'acheter tout ce que je veux, même si tu n'es pas d'accord. Autant choisir ce qui te plaît.

Elle croise les bras.

*Merde*. Alessia Demachi est une foutue tête de mule.

— Fais-le pour moi…

J'ai pris un ton suppliant. Comme elle me fusille du regard, je lui adresse mon plus beau sourire. Elle soupire – résignée, je crois – et accepte ma main tendue.

*Victoire !*

358

Monsieur Maxim a raison. Elle a besoin de vêtements. Pourquoi s'obstine-t-elle à refuser son offre
généreuse ? Sans doute parce qu'il en a déjà trop fait.
Elle trottine derrière lui sur le quai, ignorant la voix
outrée de sa mère dans sa tête.

*Il n'est pas ton mari ! Il n'est pas ton mari !*

Elle secoue la tête. *Ça suffit !*

Sa mère ne va tout de même pas la culpabili-
ser. Alessia est en Angleterre maintenant. Elle est
libre. Comme une Anglaise. Comme sa grand-mère.
Et Monsieur Maxim a dit qu'elle était en vacances.
Alors si ça lui fait plaisir… Après tout ce qu'elle
a découvert grâce à lui, comment pourrait-elle lui
dire non ? Elle rougit en se rappelant… comment
a-t-il appelé ça ?

*Un réveil très spécial.*

Alessia ne peut s'empêcher de sourire. Il pourrait
la réveiller comme ça tous les jours.

Il lui a aussi préparé le petit déjeuner.

Il la gâte ! Ça fait si longtemps que ça ne lui est
pas arrivé.

A-t-elle déjà connu ça un jour ?

Elle l'observe discrètement alors qu'ils traversent le
centre de Padstow. Son cœur se serre quand il tourne
vers elle son beau visage, au regard pétillant. Il a l'air
un peu différent ce matin. Sans doute à cause de sa
barbe naissante. Elle aime passer la langue dessus.
Elle aime la sensation de brûlure sur sa peau.

*Arrête !*

Elle ne pensait pas être aussi délurée. Monsieur Maxim a réveillé un monstre. Elle rit toute seule.

*Qui l'aurait cru ?*

Ses pensées prennent un tour plus sombre. Que fera-t-elle une fois de retour à Londres, quand les vacances seront finies ? Elle glisse la main sous son bras et se rapproche de lui, refusant de penser à ça. Pas maintenant. Pas aujourd'hui.

*Je suis en vacances.*

Et alors qu'ils flânent dans les rues, ces mots deviennent son mantra.

*Ky është pushim.*

Padstow est plus grand que Trevethick, mais les petites maisons anciennes et les rues étroites sont identiques. C'est un village pittoresque et animé, où des touristes et des locaux profitent du soleil, malgré le froid glacial. Des enfants se régalent de glaces. Des jeunes se promènent main dans la main, comme Maxim et elle. Et des couples âgés marchent bras dessus bras dessous. Alessia s'émerveille de voir tous ces gens exprimer leur affection librement dans la rue. C'est si différent de Kukës.

J'entre dans la première boutique de vêtements pour femme, une chaîne locale. Puis je m'arrête au milieu du magasin pour regarder les articles. Il y a sûrement des trucs sympas ici, mais je me sens un peu perdu. Alessia est collée à mon bras comme une ventouse. Par où commencer ? J'espérais susciter chez elle un brin d'enthousiasme, mais elle ne semble pas intéressée par les fringues.

Une jeune vendeuse vient à notre rencontre. Blonde, les cheveux coiffés en queue-de-cheval, elle a une mine joviale et un sourire communicatif.

— Puis-je vous aider, monsieur ?

— Ma… euh… ma petite amie a besoin d'un peu de tout. Elle a laissé ses affaires à Londres, et nous sommes ici pour une semaine.

*Petite amie ? Oui, ça fonctionne.*

Alessia me jette un regard surpris. La vendeuse s'adresse à elle :

— Bien sûr. De quoi avez-vous besoin ?

Alessia hausse les épaules. Je viens à la rescousse :

— On pourrait commencer par des jeans.

— Quelle taille ?

— Je ne sais pas, dit Alessia.

Déconcertée, la vendeuse l'examine de la tête aux pieds.

— Vous n'êtes pas d'ici, n'est-ce pas ?

— Non, répond-elle en rougissant.

— Vous faites certainement une taille S. Un 8 ou un 10 en Angleterre.

Elle nous observe tour à tour, attendant une confirmation.

Alessia hoche la tête, mais je crois que c'est par pure politesse.

— Attendez-moi dans la cabine d'essayage pendant que je vais vous chercher des taille S. On verra pour la suite…

— D'accord, marmonne Alessia.

— Au fait, je m'appelle Sarah, précise la vendeuse.

Je pousse un soupir de soulagement en voyant Sarah attraper plusieurs jeans sur une étagère. Et j'ajoute :

— Un foncé, un clair et un noir, s'il vous plaît.

Elle acquiesce en faisant danser sa queue-de-cheval.

J'examine quelques portants. Qu'est-ce qui irait à Alessia ? J'ai déjà fait du shopping avec des amies, mais elles savaient très bien ce qu'elles voulaient. En général, elles attendent que je paie la note ou donne un avis qu'elles n'écouteront pas. Les femmes que je connais ont un style vestimentaire affirmé. Je devrais peut-être l'envoyer faire les boutiques avec Caroline.

*Quoi ? À Londres ?*

Non. Très mauvaise idée. C'est trop tôt. Je fronce les sourcils.

À quoi je joue, là ?

*Je baise la femme de ménage. Voilà à quoi je joue.*

Dans ma tête, j'entends ses cris de plaisir. Ma queue durcit à ce souvenir.

*Putain.*

Oui. Je la baise, et j'ai bien l'intention de continuer.

C'est pour ça que je suis là.

Elle me plaît. Vraiment. Et je veux la protéger, après tout ce qu'elle a enduré… Et j'ai tout, alors qu'elle n'a rien.

Je ricane. C'est la redistribution des richesses. Oui. Quel altruisme de ma part. Me voilà devenu communiste ! Ça ne plairait guère à ma mère. Cette perspective m'amuse.

Je repère deux robes plutôt jolies, l'une noire et l'autre vert émeraude, que je tends à la vendeuse.

Seront-elles à son goût ?

Assis dans un fauteuil confortable à l'extérieur des cabines, j'attends Alessia en chassant mes doutes.

Elle apparaît vêtue de la robe verte.

*Waouh.*

J'ai un peu la tête qui tourne. C'est la première fois que je la vois en robe.

Ses cheveux tombent en cascade sur ses seins, qui se dessinent sous le tissu soyeux. Et moulant. Les seins, le ventre plat, les hanches… La robe ne cache rien et s'arrête juste au-dessus des genoux. Et elle est pieds nus. Dans cette tenue, elle est éblouissante – et paraît plus âgée. Plus sophistiquée aussi.

— Ce n'est pas trop ouvert ? demande-t-elle en tirant sur le décolleté.

— Non, dis-je en déglutissant. Non, c'est parfait.

— Elle te plaît ?

— Oui, oui. Beaucoup. Tu es très jolie.

Elle me sourit timidement. D'un geste de la main, je lui fais signe de tourner sur elle-même. Elle s'exécute en gloussant.

Le tissu moule son cul à merveille.

*Waouh, elle est fabuleuse.*

— C'est parfait ! dis-je avec un hochement de tête.

Satisfaite, elle retourne dans la cabine.

Quarante-cinq minutes plus tard, Alessia a une nouvelle garde-robe : trois jeans, quatre hauts à manches longues de différentes couleurs, deux jupes, deux chemises unies, deux pulls, deux robes, un manteau, des chaussettes, des collants et des sous-vêtements.

— Ça fait un total de mille trois cent cinquante-cinq livres, déclare Sarah d'un air radieux à Maxim.

— Quoi ? s'étrangle Alessia.

Maxim tend sa carte de crédit à la vendeuse, puis enlace Alessia et lui donne un baiser appuyé. Quand il la libère, elle a le souffle coupé. Elle baisse les yeux, mortifiée, incapable de regarder Sarah. Dans sa ville natale, se tenir la main en public est mal vu. S'embrasser... non, jamais. Jamais en public.

— Hé, dit Maxim en lui prenant doucement le menton.

— C'est beaucoup trop d'argent, murmure-t-elle.

— S'il te plaît. Ne te fâche pas.

Elle scrute mon visage avec intensité, mais je ne sais pas ce qu'elle pense.

— Merci, lâche-t-elle finalement.

— Je t'en prie, dis-je, soulagé. À présent, on va te trouver des chaussures correctes.

Le visage d'Alessia s'éclaire comme un ciel d'été.

*Ah, les chaussures. Le point faible des femmes.*

Dans un magasin tout proche, elle choisit de solides bottines noires.

— Tu as besoin de plusieurs paires.

— Non, une me suffit.

— Regarde, celles-là sont jolies.

364

Je brandis des ballerines. J'aurais préféré des escarpins à talons hauts ultrasexy mais bon, ce magasin ne propose pas ce genre d'articles.

Elle hésite. Je cherche à l'influencer :

— Moi, elles me plaisent.

— D'accord, si elles te plaisent… elles sont jolies, c'est vrai.

Je souris.

— J'aime bien celles-là aussi.

J'ai tout de même déniché des bottes en cuir brun à talons.

— Maxim ! gronde-t-elle.

— S'il te plaît…

Elle me jette un regard désapprobateur.

— Bon, si tu veux.

On peut laisser tes vieilles chaussures ici, propose Maxim, alors qu'ils se tiennent devant le comptoir du magasin.

Alessia observe ses nouvelles bottes, puis les anciennes. C'est tout ce qui lui reste de chez elle.

— J'aimerais les garder.

— Pourquoi ?

— Elles viennent d'Albanie.

— Ah. (Il semble surpris.) Dans ce cas, on pourrait peut-être les faire ressemeler.

— Ressemeler ? Ça veut dire quoi ?

— Réparer. Remplacer les semelles. Tu vois ?

— Oui, oui. D'accord.

Elle regarde Maxim tendre une nouvelle fois sa carte bancaire à la vendeuse.

365

Comment le remercier ?

Un jour, elle gagnera assez d'argent pour payer sa dette envers lui. En attendant, elle va devoir trouver un autre moyen.

— N'oublie pas, aujourd'hui, c'est moi qui cuisine.

*C'est un premier pas.*

— Aujourd'hui ? répète Maxim en saisissant les sacs.

— Oui. Je veux préparer à manger pour toi. Pour te remercier. Ce soir.

— D'accord. On va mettre ça dans le coffre, et on ira faire les courses après le déjeuner.

Ils déposent leurs achats dans la voiture et se dirigent main dans la main vers le restaurant. Alessia essaie de ne pas trop penser à la générosité de Maxim. Dans sa culture, c'est impoli de refuser un cadeau, mais elle imagine la réaction de son père s'il était au courant. Il la tuerait ou il aurait une crise cardiaque. Probablement les deux. Elle l'a bel et bien désho-noré et ce matin encore elle en porte les stigmates. Si seulement il pouvait être plus ouvert d'esprit – et moins violent.

*Baba.*

Son moral chute en flèche.

Nous déjeunons au Rick Stein's Café. Alessia est silencieuse, et quand nous passons la commande, elle paraît un peu déprimée. Est-ce à cause de la somme que j'ai dépensée pour ses vêtements ? Dès que la serveuse s'éloigne, je lui presse tendrement la main.

— Alessia, tu n'as pas à t'inquiéter, pas pour l'argent, je t'assure. (Elle boit une gorgée d'eau gazeuse d'un air triste.) Qu'est-ce qui ne va pas ?

Elle secoue la tête.

— Dis-moi, s'il te plaît.

Elle se renfrogne et regarde par la fenêtre.

*Qu'est-ce que j'ai encore fait ?*

— Alessia ?

Quand elle se tourne enfin vers moi, elle paraît désespérée.

*Merde.*

— Qu'est-ce qui se passe ?

Ses grands yeux éplorés me font l'effet d'un coup de poing dans le ventre.

— Dis-le-moi, je t'en prie.

— Je ne peux pas faire semblant d'être en vacances, explique-t-elle doucement. Tu m'achètes des affaires que je ne pourrai jamais te rembourser. Et je ne sais pas ce qui va m'arriver quand on rentrera à Londres. Je pense à mon père et à ce qu'il me ferait… (Elle marque une pause et déglutit.) … À ce qu'il *nous* ferait, s'il savait… Je sais comment il m'appellerait, quel mot il emploierait. Et je suis fatiguée. Je ne veux plus avoir peur. (Sa voix n'est plus qu'un murmure et ses yeux brillent de larmes.) Voilà à quoi je pense.

Sous le choc, je l'observe un moment sans rien dire. J'ai mal. Mal pour elle. Je réponds à voix basse :

— Ça fait beaucoup de choses, effectivement.

La serveuse revient avec nos assiettes : sandwich au poulet pour moi et soupe de courge musquée pour Alessia.

— Vous avez tout ce qu'il vous faut ? demande-t-elle d'un air enjoué.

— Oui, merci.

Alessia saisit sa cuillère et remue lentement son potage pendant que je cherche vainement les mots justes. D'une voix à peine perceptible, elle reprend :

— Je ne suis pas ton problème, Maxim.

— Ce n'est pas ce que j'ai voulu dire, Alessia. Peu importe ce qu'il y a entre nous, je veux que tu sois en sécurité.

Elle a un sourire las.

— C'est gentil de ta part, merci.

Sa réponse me rend furieux. Je me fous de sa gratitude. Elle a une conception complètement dépassée des relations hommes-femmes. Coucher avec moi est visiblement honteux à ses yeux. Mais on est en 2019, pas en 1819 ! Et que vient faire son père là-dedans ?

Qu'est-ce qu'elle veut, à la fin ?

*Et moi, je désire quoi ?*

Je la regarde porter la cuillère à sa bouche, le visage blême. Au moins, elle mange.

*Alors, j'attends quoi de cette fille ?*

J'ai déjà son corps splendide. Mais ça ne me suffit pas.

Soudain, ça me tombe dessus. Comme une évidence.

C'est son cœur que je veux.

## 17

*L'amour*. Bouleversant. Irrationnel. Frustrant… Exaltant. C'est tout ça à la fois. Voilà. Je suis follement et bêtement amoureux de cette fille qui est assise en face de moi.

Ma femme de ménage. Alessia Demachi.

C'est ce que je ressens depuis que je l'ai vue agrippée à son balai dans le couloir de mon appartement. Je me rappelle combien j'étais troublé… et fasciné. Comme si, piégé par mes émotions, les murs se refermaient sur moi et que je n'avais aucune échappatoire. Voilà ce que je cherchais à fuir. Je pensais juste être attiré par elle. Mais ce n'était pas seulement son corps que je convoitais. C'est la première fois que j'éprouve ce sentiment. Je l'aime. Voilà pourquoi je l'ai suivie quand elle s'est réfugiée à Brentford. Pourquoi je l'ai emmenée ici. Pour la protéger. Pour la rendre heureuse. Et être avec elle.

*Putain. Quelle révélation !*

Elle ignore qui je suis. Ce que je fais. Et j'en sais si peu à son sujet. En réalité, je n'ai aucune idée de ce qu'elle ressent pour moi. Pourtant, elle est ici, en ma compagnie. Ça veut sûrement dire quelque chose. Je pense qu'elle m'apprécie. Mais encore une fois, avait-elle le choix ? J'étais sa seule porte de sortie. Elle était terrorisée et n'avait nulle part où aller. Bien sûr, je le savais, et j'ai bien essayé de garder mes distances, mais je n'ai pas pu, car elle a trouvé le chemin de mon cœur.

Je suis tombé amoureux de ma bonne.

*Quelle merde.*

Elle se confie enfin à moi – mais, en dépit de mes efforts, elle a toujours peur. Je n'ai rien arrangé.

Mon appétit s'est envolé.

— Je suis désolée. Je ne voulais pas rabattre ta joie.

Elle coupe court à mes réflexions.

— Rabattre ma joie ?

— Euh… c'est mon anglais encore ? demande-t-elle en fronçant les sourcils.

— Je crois que tu voulais dire *être rabat-joie*. Tu ne l'es pas, crois-moi. On va trouver une solution, Alessia, fais-moi confiance.

Elle acquiesce, même si elle ne semble guère convaincue.

— Tu n'as pas faim ? s'inquiète-t-elle.

Je jette un coup d'œil à mon assiette, et mon estomac se met à gargouiller. Elle glousse – son rire est une douce musique à mes oreilles.

— J'aime mieux ça, dis-je avec un sourire.

Soulagé qu'elle ait retrouvé sa bonne humeur, je mords dans mon sandwich.

370

Alessia se sent plus détendue. C'est la première fois qu'elle lui parle de ses sentiments, et il ne paraît pas fâché. Au contraire, il la regarde avec chaleur.

*On va trouver une solution, Alessia, fais-moi confiance.*

Elle baisse les yeux sur sa soupe de courge et son appétit revient. C'est étonnant, cette série d'événements qui l'ont amenée jusqu'ici. Quand sa mère l'a fait monter dans le minibus à Kukës, elle savait que son existence ne serait plus jamais la même. Elle espérait tant de sa nouvelle vie en Angleterre. Mais elle n'aurait pas imaginé une seconde que le voyage serait si éprouvant – et si dangereux ! Dire qu'elle cherchait justement à fuir le danger… Quelle ironie !

Et pourtant, elle est avec lui maintenant.

*Monsieur Maxim.*

Son beau visage, sa joie de vivre et son merveilleux sourire. Elle le regarde. Il est très bien éduqué. Il ne pose pas les coudes sur la table et mange la bouche fermée. Sa grand-mère anglaise, très à cheval sur les bonnes manières, aurait approuvé.

Il lève sur elle ses yeux d'un vert lumineux. Une teinte extraordinaire. La couleur du Drin. La couleur de son pays.

Elle pourrait l'admirer toute la journée. Il lui adresse un sourire rassurant.

— Ça va ?

Elle hoche la tête. Elle aime son visage chaleureux, elle aime la lueur de désir dans son regard… Elle rougit à cette idée. Elle n'aurait jamais imaginé tomber amoureuse.

371

*L'amour, c'est pour les idiots*, disait sa mère.

Elle est sûrement idiote, car elle l'aime. Et elle le lui a dit. Heureusement, il ne comprend pas sa langue.

— Hé !

Il a terminé son assiette.

— Alors, cette soupe ?

— Très bonne.

— Eh bien, mange. J'ai envie de rentrer à la maison.

— OK.

Elle aime l'idée de partager une maison. Avec lui. Pour toujours.

Mais elle sait que c'est impossible.

*On a le droit de rêver.*


Sur le trajet du retour, ils gardent le silence. Maxim semble préoccupé, et écoute une musique bizarre. À la sortie de Padstow, ils se sont arrêtés dans un supermarché pour acheter les ingrédients dont Alessia a besoin pour la préparation de son *tavë kosi*, le plat préféré de son père. Pourvu que ça plaise à Maxim !

Elle contemple la campagne à travers la vitre. Toujours figé dans l'hiver, le paysage lui rappelle son pays. Sauf qu'ici les arbres sont taillés et balayés par le vent des Cornouailles.

Elle se demande comment vont Magda et Michal, à Brentford. C'est dimanche, Michal doit être en train de faire ses devoirs ou de jouer en ligne. Magda prépare le repas ou parle à son fiancé, Logan, sur Skype. Ou peut-être qu'elle fait ses valises pour le Canada.

Alessia espère surtout qu'ils sont en sécurité. Elle observe Maxim à la dérobée – il paraît perdu dans ses réflexions. Il sait sûrement si Magda et Michal vont bien, puisqu'il est en contact avec son ami. Peut-être qu'elle pourrait lui emprunter son portable tout à l'heure, pour avoir des nouvelles de la maison.

Non, Brentford n'est pas chez elle.

Où est sa maison maintenant ?

Décidée à ne pas se laisser démoraliser, elle chasse ces pensées et écoute les sons extraordinaires diffusés par la stéréo. Les couleurs sont éclatantes : pourpre, rouge, turquoise... Ça ne ressemble à rien de ce qu'elle connaît.

— C'est quoi cette musique ?

— Ça vient de la bande-son de *Premier Contact*.

— *Premier Contact* ?

— Le film. Tu l'as vu ?

— Non.

— Il est génial. Un vrai casse-tête. Sur le temps et le langage, la difficulté à communiquer. On pourra le regarder à la maison si tu veux. Tu aimes la musique ?

— Oui. C'est étrange. Expressif. Et coloré.

Il a un sourire bref. Trop bref. Il est d'humeur maussade. Est-ce que ça a un lien avec leur conversation de tout à l'heure ? Elle a besoin de savoir.

— Tu es fâché contre moi ?

— Non, bien sûr que non ! Pourquoi est-ce que je serais fâché contre toi ?

Elle hausse les épaules.

— Je ne sais pas. Tu ne dis rien.

— Ce que tu m'as confié m'a incité à réfléchir.

— Désolée.

— Tu n'as pas à t'excuser. Tu n'as rien fait de mal…

— Toi non plus.

— Tant mieux si c'est ce que tu penses.

Il lui adresse un grand sourire, dissipant ses doutes.

— Il y a certaines choses que tu n'aimes pas ?

Elle aurait dû lui poser la question avant de faire les courses pour le dîner.

— Non, je mange de tout. J'étais en pension pendant ma scolarité, ajoute-t-il, comme si ça expliquait son rapport à la nourriture.

Mais la connaissance d'Alessia sur le sujet se limite à *Malory School*, une série de livres pour enfants écrits par Enid Blyton, que sa grand-mère adorait.

— Ça t'a plu, l'internat ?

— Le premier, non. J'ai été renvoyé. Le deuxième, oui. C'était une bonne école. Je me suis fait des copains là-bas. Tu les as rencontrés, d'ailleurs.

— Ah, oui.

Elle rougit en se rappelant les deux hommes en sous-vêtements.

La conversation se poursuit, et lorsqu'ils arrivent à la maison, elle se sent bien mieux.


Pendant qu'Alessia déballe les provisions dans la cuisine, je monte avec les sacs de vêtements. Je les dépose dans la chambre d'amis, puis je change d'avis et les apporte dans mon dressing.

Je veux qu'elle reste avec moi.

374

*Ce n'est pas un peu prématuré ?*

*Merde.* Je ne sais plus quoi penser. Ni comment me comporter avec elle.

Assis sur le lit, je me prends la tête entre les mains. J'avais sûrement ma petite idée en venant ici, n'est-ce pas ?

Non. Je pensais avec ma queue. Et à présent… eh bien, j'espère que je pense avec ma tête et que j'écoute mon cœur. Pendant le trajet du retour, j'ai réfléchi à la marche à suivre. Faut-il lui avouer que je l'aime ? Ou pas ? Elle ne m'a donné aucune raison de croire qu'elle avait des sentiments pour moi.

Pourtant, elle est là.

Ça signifie sûrement quelque chose ?

Elle aurait pu rester avec son amie Magda, mais c'était dangereux, avec ces deux truands dans les parages. Mon sang se glace. Je frissonne à l'idée de ce qu'ils voulaient lui faire. Non. J'étais sa seule option. Comment aurait-elle pu refuser ma proposition ?

Cependant, elle est arrivée en Angleterre sans rien et a réussi à s'en sortir. Elle est pleine de ressources, mais à quel prix ? Ça me mine. Quels sacrifices a-t-elle faits pour survivre avant de trouver Magda ?

L'angoisse dans son regard au restaurant. C'était… bouleversant.

*Je ne veux plus avoir peur.*

Depuis combien de temps vit-elle dans la crainte ? Depuis qu'elle est en Grande-Bretagne ? Je ne sais même pas quand elle a débarqué dans ce pays. Je ne sais presque rien de sa vie.

Mais je veux qu'elle soit heureuse.

*Réfléchis. Comment l'aider ?*

D'abord, en régularisant sa situation ici. Mais comment ? Mes avocats sauraient quoi faire. J'imagine la tête de Rajah si je lui annonçais que j'héberge une immigrée clandestine.

Sa grand-mère était anglaise. C'est peut-être une piste.

*Bordel. Je ne sais pas.*

Je pourrais l'épouser.

*Quoi ? Me marier ?*

Cette idée est si farfelue que je ris tout haut.

*Pourquoi pas, après tout ?*

Ça ferait flipper ma mère. Rien que pour cette raison, ça vaut le coup de se poser la question. Les paroles de Tom me reviennent à l'esprit : *Maintenant que tu es le comte, tu vas devoir nous faire un héritier et un joker.*

Et Alessia deviendrait ma comtesse.

Mon cœur s'emballe. Ce serait sacrément osé.

Et un peu précipité.

Je roule des yeux. Ça ne mène à rien. Je ne la connais pas assez. Comment envisager de lui demander d'être ma femme ? Je sais à peine placer l'Albanie sur une carte ! Cela dit, je peux combler tout de suite cette lacune.

Extirpant mon téléphone de ma poche, j'ouvre Google.

Alors que la nuit tombe, je constate que la batterie est presque déchargée. Étendu sur le lit, j'ai lu tout

ce que j'ai trouvé sur l'Albanie. C'est un pays fasci-
nant, entre tradition et modernité, avec une histoire
mouvementée. J'ai déniché la ville d'Alessia. Elle est
située dans le Nord-Est, au cœur d'un massif mon-
tagneux, à quelques heures de route de la capitale.
D'après mes recherches, dans cette région, le mode
de vie est plutôt traditionnel.

Ce qui explique pas mal de choses.

Alessia est en train de préparer le dîner. Je ne sais
pas ce qu'elle concocte, mais l'odeur est appétissante.
Je me lève, m'étire, et la rejoins dans la cuisine.

Elle est toujours en jean et haut blanc. Occupée
à mélanger des ingrédients dans une poêle, elle me
tourne le dos. Ça sent vraiment très bon.

— Salut, dis-je en me juchant sur un des tabourets
du comptoir.

Je remarque qu'elle s'est tressé les cheveux. Je mets
mon portable en charge sur le bar et allume la chaîne
hi-fi.

— Quelle musique tu veux écouter ?

— Je te laisse choisir.

Je sélectionne une liste de morceaux calmes et
appuie sur lecture. La voix de RY X explose dans
les haut-parleurs au-dessus de nos têtes, nous faisant
sursauter tous les deux. Je baisse le son.

— Désolé. Qu'est-ce que tu prépares ?

— Une surprise, répond-elle avec son petit sourire
en coin.

— J'adore les surprises. Ça sent bon. Je peux te
donner un coup de main ?

— Non, merci. Tu veux un verre boire?
Je ris.

— Oui, j'ai bien envie de *boire un verre*. Ça ne te gêne pas que je corrige ton anglais?

— Non, je dois apprendre.

— Veux-tu boire un verre? C'est la formulation correcte.

— D'accord, dit-elle avec un nouveau sourire.

— Et la réponse est oui, s'il te plaît.

Elle éteint le feu sous la poêle et s'empare de la bouteille de vin rouge.

— J'ai lu un tas de choses sur l'Albanie.

Elle me regarde d'un air surpris.

— Mon pays, murmure-t-elle, émue.

— Parle-moi de Kukës.

Sans doute distraite par la préparation de son plat, elle me décrit la maison où elle a grandi avec ses parents. Elle vivait près d'un grand lac entouré de sapins... Et alors qu'elle se dévoile enfin, je la regarde évoluer avec sa grâce habituelle, saupoudrant sa préparation de muscade et ajustant la température du four comme si elle vivait ici depuis des années. On dirait une professionnelle. Elle goûte son plat, me ressert du vin, lave la poêle, tout en m'expliquant combien la vie à Kukës lui paraissait étouffante.

— Alors tu ne sais pas conduire?

— Non, dit-elle en dressant la table.

— Et ta mère?

— Oui. Mais pas souvent.

Mon étonnement l'amuse.

378

— La plupart des Albanais ne conduisaient pas avant le milieu des années 1990. Avant la chute du communisme. On n'avait pas de voitures.

— Incroyable !

— J'aimerais bien apprendre.

— À conduire ? Je peux t'aider !

Elle paraît abasourdie.

— Avec ta voiture de course ? Certainement pas !

Elle éclate de rire comme si je venais de l'inviter à déjeuner sur la lune.

— Je pourrais te montrer.

Nous avons suffisamment de terres pour qu'elle puisse s'exercer. Ce serait sans danger. Une vision d'Alessia au volant d'une des voitures de Kit, peut-être la Morgan, prend forme dans mon esprit. Oui. Parfait pour une comtesse.

*Une comtesse ?*

— Ce sera prêt dans une quinzaine de minutes, annonce-t-elle en se tapotant la bouche.

Elle a quelque chose en tête.

— Que veux-tu faire en attendant ?

Elle se mordille la lèvre.

— Dis-moi !

— J'aimerais téléphoner à Magda.

Évidemment. Magda est sans doute sa seule amie. Pourquoi n'y ai-je pas pensé plus tôt ?

— Bien sûr. Tiens.

Je prends mon téléphone et cherche Magda dans mes contacts. Quand l'appel est lancé, je tends le portable à Alessia, qui me remercie avec chaleur.

379

— Magda… Oui, c'est moi.

Alessia va s'asseoir sur le canapé – j'essaie de ne pas épier leur conversation. J'imagine que son amie est soulagée de la savoir en sécurité.

— Non, c'est OK, dit-elle en me regardant à la dérobée, les yeux brillants. Très OK même, ajoute-t-elle avec un large sourire à mon attention.

Je suis aux anges. Et je ne me lasserai jamais de ce « très OK ».

Elle s'esclaffe à une remarque de Magda, ce qui me fait chavirer. C'est si bon de l'entendre rire ; mais trop rare, à mon goût.

Pendant qu'elle discute avec son amie, je ne peux m'empêcher de l'observer. Elle joue avec une mèche échappée de sa tresse tout en racontant à Magda sa balade au bord de la mer et sa baignade forcée.

— Non. C'est si beau ici. Ça me rappelle chez moi.

Elle lève les yeux, et je me consume dans son regard étincelant.

*Chez moi.*

Ça pourrait être ici.

J'ai la bouche sèche.

*Mec, tu perds la tête !*

Je me retourne pour m'arracher à l'envoûtante Alessia. Troublé par mes propres réflexions, je bois une gorgée de vin.

Cette idée est tout simplement absurde.

— Comment va Michal ? Et Logan ? interroge Alessia, avide de nouvelles.

380

Elle évoque ensuite avec son amie son départ pour le Canada – et son futur mariage.

Elle rit encore, puis sa voix change, se fait plus douce, plus tendre. Elle discute avec Michal, et je devine à son ton qu'elle tient beaucoup à lui. Je ne devrais pas être jaloux – ce n'est qu'un gamin – mais, après tout, si je l'étais ? Je ne suis pas sûr d'aimer cette nouvelle sensation.

— Sois sage, Michal… Tu me manques… Au revoir.

Elle me lance un coup d'œil.

— D'accord. Je le ferai… Au revoir, Magda.

Elle raccroche et s'approche pour me rendre mon téléphone. Elle paraît heureuse. Je suis content qu'elle ait pu leur parler.

— Tout va bien ?

— Oui, merci.

— Et Magda ?

— Elle prépare son déménagement. Elle est à la fois heureuse et triste de quitter l'Angleterre. Et soulagée d'avoir un agent de sécurité près d'elle.

— Super. Elle doit être impatiente de commencer sa nouvelle vie.

— Oui. Son fiancé est un homme bien.

— Qu'est-ce qu'il fait comme travail ?

— Un truc avec les ordinateurs.

— Il faudrait que je te trouve un portable, pour que tu puisses les appeler quand tu veux.

Elle se récrie :

— Non, non, c'est trop ! Tu ne peux pas faire ça !

Je hausse un sourcil. Bien sûr que si, je peux.

Elle croise les bras, agacée, mais je suis sauvé par la sonnerie du four.

— Le dîner est prêt !

Alessia pose la marmite sur la table, à côté de la salade qu'elle a préparée. La croûte au yaourt forme un dôme brun croustillant – elle est satisfaite. Maxim paraît impressionné.

— Ça a l'air succulent.

Alessia le soupçonne d'en faire un peu trop. Elle lui sert une large part et s'assoit.

— C'est de l'agneau, du yaourt et quelques ingrédients… euh… secrets. Ça s'appelle *tavë kosi*.

— On ne cuit pas le yaourt en Angleterre. On le met dans le muesli.

Elle rit.

Il prend une bouchée et ferme les yeux pour la savourer.

— Mmm…

Il rouvre les yeux et hoche vigoureusement la tête.

— C'est un délice ! Tu ne mentais pas quand tu disais que tu savais cuisiner.

Le compliment fait rougir Alessia.

— Tu peux te remettre aux fourneaux quand tu veux !

— Ça me plairait beaucoup, murmure-t-elle.

*Oui, vraiment beaucoup.*

Nous mangeons en bavardant gaiement. Je ressers du vin à Alessia et lui pose des questions. De nombreuses questions. Sur son enfance. Son école. Ses amis. Sa famille. Mes lectures sur l'Albanie m'ont inspiré. Dîner avec Alessia est si agréable. Elle est pleine de vie. Les yeux pétillants, elle parle avec animation et explique son point de vue en faisant de grands gestes.

Elle est captivante.

De temps à autre, elle joue avec une mèche échappée de sa tresse, ou la remet en place derrière son oreille.

*J'ai envie de sentir ses doigts sur moi.*

Je m'imagine déjà plonger mes mains dans sa chevelure douce comme la soie. Je suis heureux de la voir si enthousiaste, pour une fois. Au rose qui colore ses joues, je devine que le vin italien a fait son petit effet. Rassasié, je repousse mon assiette et avale une gorgée de barolo. Remplissant à nouveau son verre, je l'interroge :

— Raconte-moi une journée ordinaire en Albanie.

— Une de mes journées ?

— Oui.

— Il n'y a pas grand-chose à raconter. Les jours où je travaille, mon père me conduit à l'école. Et quand je reste à la maison, j'aide ma mère. À faire le ménage. Comme chez toi.

Elle darde son regard d'ébène sur moi. Elle est incroyablement sexy.

— C'est à peu près tout, conclut-elle.

383

— Ça paraît un peu ennuyeux.

Et ça ne correspond pas à la brillante Alessia Demachi. Elle se sentait sûrement seule.

— C'est sûr ! s'exclame-t-elle en riant.

— D'après ce que j'ai lu, le nord de l'Albanie est plutôt conservateur.

— Conservateur ? (Elle fronce les sourcils et sirote son vin.) Tu veux dire traditionnel ?

— Oui.

— Dans la région où j'ai grandi, on est plutôt traditionnels, oui. (Elle se lève pour débarrasser.) Mais l'Albanie est en train de changer. À Tiranë...

— Tirana ?

— Oui. C'est une ville moderne. Les gens ne sont pas aussi conservateurs là-bas, commente-t-elle en posant les assiettes dans l'évier.

— Tu connais ?

— Non.

— Et tu voudrais y aller ?

Elle se rassoit et incline la tête sur le côté, pensive.

— Oui, un jour.

— Tu as déjà voyagé ?

— Non. Seulement dans les livres. (Son visage s'éclaire.) J'ai fait le tour du monde comme ça. Et je suis allée en Amérique grâce aux séries télévisées.

— Des séries américaines ?

— Oui. Sur Netflix. HBO.

— En Albanie ?

Mon air ébahi l'amuse.

— Oui. On a la télé !

384

— Et tes distractions ?

— Mes distractions ?

— Tu sais, pour t'amuser.

Elle semble un peu perplexe.

— Je lis. Je regarde la télé. Et je joue du piano. Parfois, j'écoute la radio avec ma mère. La BBC.

— Tu sortais le soir ?

— Non.

— Jamais ?

— Si. L'été, parfois, on allait faire un tour en ville. Mais c'était toujours avec ma famille. Et je donnais des concerts, aussi.

— Des récitals ? En public ?

— Oui. Dans les écoles et les mariages.

— Tes parents doivent être très fiers.

Une ombre passe sur son visage.

— Oui, ils l'étaient. Ils le sont... Mon père, reprend-elle d'une voix triste, il aime attirer l'attention.

Ses épaules s'affaissent, comme si elle se repliait sur elle-même.

— Ils doivent te manquer.

— Ma mère... Ma mère me manque, murmure-t-elle en prenant une gorgée de vin.

*Pas son père ?*

Je préfère ne pas insister. Sa gaieté s'est envolée. Je devrais changer de sujet, mais si sa mère lui manque vraiment, elle veut peut-être retourner dans son pays. Je n'ai pas oublié ses paroles : *On pensait qu'on venait ici pour travailler. Pour une meilleure vie. Le quotidien à Kukës est difficile pour certaines femmes. Les hommes qui nous ont emmenées ici... On nous a trompées...*

C'est peut-être ce qu'elle désire. Retourner chez elle. Et alors que j'appréhende sa réponse, je lui lance :

— Tu veux rentrer chez toi ?

Ses yeux s'écarquillent.

— Non, je ne peux pas, impossible, murmure-t-elle, horrifiée.

Son ton me donne la chair de poule. Elle n'ajoute rien, mais j'ai besoin de comprendre.

— Parce que tu n'as pas de passeport ?

— Non.

— Alors pourquoi ? Ce serait si terrible ?

Elle serre les paupières et baisse la tête, comme si elle avait honte.

— Je ne peux pas parce que... je suis promise à quelqu'un.

## 18

J'ai l'impression d'avoir reçu un coup de poing dans le plexus.

*Promise ?*

C'est quoi ce concept moyenâgeux ?

Elle lève sur moi un regard plein de détresse. L'adrénaline fuse dans mes veines. Je répète d'une voix sourde, comme si je ne comprenais pas :

— Promise ?

*Elle appartient à un autre, bordel !*

Tête baissée, Alessia répond d'une voix morne :

— Oui.

*J'ai un rival.*

— Et tu comptais m'annoncer ça… quand ? Alessia, regarde-moi.

Elle porte la main à sa bouche – pour réprimer un sanglot ? Je ne sais pas. Elle déglutit, puis ouvre ses grands yeux noirs. Son désespoir est palpable. Ma colère se dissipe aussitôt, laissant place à l'abattement.

— Je te le dis maintenant.

Elle n'est pas libre.

La douleur est fulgurante. Viscérale. Violente. Je suis en chute libre.

*Qu'est-ce que ça veut dire, putain ?*

Mon monde s'écroule. Mon vague projet. Être avec elle… L'épouser…

Impossible.

— Tu l'aimes ?

Elle se redresse brusquement et s'écrie :

— Non !

C'est un non franc et définitif.

— Je ne veux pas me marier avec lui ! C'est pour ça que j'ai quitté l'Albanie.

— Pour lui échapper ?

— Oui. Je devais l'épouser en janvier. Après mon anniversaire.

*C'était son anniversaire ?*

Je l'observe sans comprendre. Et soudain, j'ai l'impression que les murs se referment sur moi. J'ai besoin d'espace. Comme la première fois que je l'ai vue. Je suffoque, pris dans un tourbillon de doute et de confusion. Je dois réfléchir. Je me lève d'un bond pour rassembler mes idées. Alessia se recroqueville instinctivement. Elle se cache la tête dans les mains et se raidit, comme si elle s'attendait à…

*À quoi ?*

— Merde, Alessia ! Tu croyais que j'allais te frapper ?

Je recule, horrifié par sa réaction. Une autre pièce du puzzle Alessia Demachi se met en place. Pas étonnant qu'elle garde toujours ses distances. Je pourrais tuer ce salaud.

388

— Il t'a frappée? C'est ça?

Elle garde les yeux rivés sur ses genoux. De honte, sans doute.

Ou bien éprouve-t-elle une forme de loyauté mal placée pour ce connard sorti de nulle part qui croit avoir des droits sur la femme que j'aime?

*Putain de merde.*

Je serre les poings avec des envies de meurtre. Elle est immobile. Tête baissée. Prostrée.

*Calme-toi, mec. Calme-toi.*

Les mains sur les hanches, je prends une profonde inspiration.

— Alessia, je te demande pardon.

Elle relève vivement la tête. Son regard est franc et direct.

— Tu n'as rien fait de mal.

Même à cet instant, elle cherche à apaiser les eaux troubles en moi.

Les quelques pas qui nous séparent me mettent à l'agonie. Elle me regarde approcher avec méfiance, et m'accroupir à côté d'elle.

— Je suis désolé. Je ne voulais pas t'effrayer. J'ai juste été choqué d'apprendre que tu as un... prétendant. Et moi un rival.

Ses paupières papillonnent.

— Tu n'as pas de rival, chuchote-t-elle.

Une chaleur rassurante se diffuse dans ma poitrine, chassant les dernières traces d'adrénaline. Elle ne pouvait prononcer de mots plus doux à mes oreilles.

*Il y a encore de l'espoir.*

389

— Cet homme, tu l'as choisi ?

— Non, mon père l'a fait pour moi.

Je saisis sa main et baise chacun de ses doigts.

— Je ne peux pas rentrer, ajoute-t-elle dans un souffle, j'ai déshonoré mon père. Et si je retournais là-bas, on me forcerait à me marier.

— Ton… prétendant, tu le connais ?

— Oui.

— Tu l'aimes ?

— Non !

Sa réponse catégorique me suffit. Il est peut-être vieux. Ou moche. Ou les deux.

Ou bien il est violent.

*Putain !*

Je me lève et l'attire contre moi. Elle se blottit et je referme les bras sur son corps frissonnant. J'ignore qui de nous deux est le plus désespéré. L'imaginer avec un autre homme, un homme capable de lui faire du mal, m'est insupportable. J'enfouis mon visage dans sa chevelure qui sent si bon, reconnaissant de l'avoir ici. Avec moi.

— Je suis désolé que tu aies connu un tel merdier.

Elle lève les yeux et pose un doigt sur ma bouche.

— C'est un très vilain mot.

— Oui, un vilain mot pour une vilaine situation. Mais tu es en sécurité maintenant. Je suis là.

Je me penche pour l'embrasser avec tendresse et, comme une étincelle sur un fétu de paille, je m'embrase. Elle renverse la tête et m'offre ses lèvres. Je ne peux pas résister. En fond sonore, RY X chante les tourments de l'amour de sa voix grave et mélancolique.

— Danse avec moi.

Ma voix est rauque. Alessia retient son souffle quand je l'enlace. Elle plaque ses paumes sur ma poitrine et les fait glisser sur mon tee-shirt pour me toucher, me sentir. Me rassurer. Repliant les doigts sur mes bras, elle suit le mouvement langoureux de mon corps.

Nous nous laissons guider par le rythme lancinant de la musique. Ses mains remontent sur mes épaules et se mêlent à mes cheveux, tandis que je la serre contre moi.

— Je n'ai jamais dansé comme ça, chuchote-t-elle.

— Je n'ai jamais dansé avec toi.

D'une main, je la maintiens fermement. De l'autre, je tire doucement sur sa tresse, l'obligeant à lever le menton, et je l'embrasse. Éperdument. Je redécouvre la saveur de sa bouche, tout en dénouant l'élastique qui retient ses cheveux. Elle secoue la tête pour les libérer. Prenant son visage entre mes paumes, je l'embrasse avec la même langueur que la musique. J'en veux plus. Tellement plus. Je veux la prendre encore. Elle est à moi. Elle n'appartient pas à un connard violent qui vit dans un pays lointain.

— Viens…, dis-je d'une voix sourde.

— Je dois faire la vaisselle.

*Quoi?*

— Rien à foutre de la vaisselle.

Elle fronce les sourcils.

— Mais…

391

— Non, laisse tomber tout ça.

L'idée surgit à nouveau dans ma tête : si je l'épousais, elle n'aurait plus jamais à faire la vaisselle.

— Fais-moi l'amour, Alessia.

Elle inspire brusquement, puis un sourire timide, approbateur, se dessine sur ses lèvres.

Nos corps sont au diapason. Elle est douce, belle, forte sous moi. Je mets toute mon âme et tout mon cœur dans mes baisers. Je n'ai jamais ressenti ça avec personne. Chaque caresse me rapproche un peu plus d'elle. Ses mains explorent mon dos, ses ongles courent sur ma peau. J'étudie son visage ravi, ses prunelles noires. Je désire ardemment la voir. Tout entière. Je m'écarte et pose mon front contre le sien.

— J'ai besoin de te contempler.

Je nous fais rouler sur le côté et elle se retrouve au-dessus de moi. La manœuvre la surprend. Je la positionne sur mes hanches, ses jambes de part et d'autre de moi. Puis je me redresse et l'embrasse. Attrapant son sein, je taquine une pointe entre mon pouce et mon index tandis que ma langue explore sa gorge. Elle renverse la tête et pousse un grognement de plaisir. Ma queue se met aussitôt au garde-à-vous.

*Oui.*

Je murmure contre ses cheveux à l'odeur enivrante :

— On va essayer autre chose.

Je l'enlace par la taille et la soulève, mes yeux vrillés aux siens, puis la fais redescendre lentement sur mon érection.

*Putain.*

Elle est étroite. Mouillée. Exquise.

Elle ouvre la bouche. Son regard s'embrase de désir.

— Ah! gémit-elle.

Mes lèvres réclament les siennes, mes doigts dans sa chevelure. Haletante, elle agrippe mes épaules.

— Ça va?

Elle secoue vigoureusement la tête.

— Oui! murmure-t-elle.

Il me faut un moment pour me rendre compte qu'elle est revenue à ses habitudes albanaises. Je lui saisis les mains et m'allonge en contemplant la femme qui me chevauche. La femme que j'aime.

Ses cheveux dévalent sur ses épaules et ses seins. C'est si sexy. Elle se penche et pose ses paumes sur ma poitrine.

*Oui, touche-moi.*

Ses doigts parcourent mon ventre et ses tétons effleurent mon torse, m'envoyant au septième ciel.

— Ah!

Elle se mordille la lèvre inférieure et affiche un sourire victorieux.

— C'est ça, ma belle. J'aime que tu me touches.

*Je t'aime.*

Elle se penche et susurre :

— J'aime ça aussi.

Son aveu innocent fait durcir ma queue. Je grogne :

— Prends-moi.

Elle me regarde sans comprendre, alors je la soulève pour la faire descendre sur mon sexe. Alessia pousse un cri, un cri de plaisir guttural, qui me précipite au bord du gouffre. Elle s'accroche à mon torse pour garder l'équilibre.

— Encore, lui dis-je entre mes dents serrées.

Je la soulève de nouveau. Elle a un petit hoquet, puis imite mon mouvement, se mettant à aller et venir sur ma queue. Je ferme les yeux, tout à cette sensation.

— C'est ça, ma beauté.

— Ah ! fait-elle.

*Merde. Pas trop vite.*

Elle y va d'abord lentement, mais à mesure qu'elle prend confiance, elle trouve son rythme. J'ouvre les yeux et me cambre pour aller à sa rencontre. Ses gémissements embrasent mes sens.

Je saisis ses hanches, ondulant de plus en plus vite. Accrochée à mes bras, elle halète. De petites respirations brèves et saccadées. La tête rejetée en arrière, elle a tout d'une déesse. Elle me rend fou. Elle se cabre et pousse un cri déchirant quand elle jouit.

Son cri me libère et j'explose en elle, encore et encore, et encore.

Alessia se délecte de l'ivresse qui suit l'amour. La tête de Maxim sur son ventre, elle fait jouer ses doigts dans ses cheveux, savourant cette sensation de bonheur parfait. Sa mère ne lui a jamais laissé entendre que l'acte sexuel pouvait procurer du plaisir. Elle n'avait peut-être pas ce genre de relations avec Baba. Non, Alessia ne peut pas imaginer ses parents en pleine action. Son esprit s'égare, elle pense à sa grand-mère, Virginia, qui s'était mariée par amour. Ses grands-parents étaient comblés. Même âgés, ils échangeaient des regards qui faisaient rougir Alessia. Sa Nana avait fait un mariage heureux. Pas comme ses parents, qui ne laissent rien paraître.

Maxim n'hésite jamais à lui tenir la main ou à l'embrasser en public. Et il lui parle. A-t-elle déjà passé une soirée à discuter avec un homme ? Dans son pays, si un homme s'adresse à une femme pendant un certain temps, c'est considéré comme une marque de faiblesse.

Elle observe le petit dragon lumineux sur sa table de chevet. Un phare dans la nuit. Il lui a acheté cette lampe parce qu'elle a peur du noir. Pour la protéger. Il lui a préparé à manger. Il lui a acheté des vêtements. Il lui a fait l'amour…

Des larmes perlent au coin de ses paupières, son cœur est submergé par l'incertitude et l'espoir. Elle l'aime. Son émotion est si forte qu'elle serre les poings. Il ne s'est pas fâché quand elle lui a annoncé qu'elle était fiancée. Pour tout dire, il semblait plutôt troublé à l'idée que son cœur appartienne à un autre.

*Non. Mon cœur t'appartient, Maxim.*

Et il a été choqué quand Alessia a eu peur de lui. Elle porte machinalement sa main à sa joue. Son père n'est pas très causant, c'est plus un homme… d'action.

Caressant l'épaule de Maxim, elle trace les contours de son tatouage du bout du doigt. Elle aimerait mieux le connaître. Peut-être devrait-elle lui poser des questions ? Il est si évasif au sujet de son travail. Il en a peut-être plusieurs ? Elle secoue la tête. Ce n'est pas son rôle de l'interroger. Que dirait sa mère si elle l'assaillait de questions ? Pour le moment, elle veut profiter de leur intimité en Cornouailles.

Maxim frotte le nez sur son ventre, puis l'embrasse tendrement, arrachant Alessia à son passé. Il lève la tête vers elle, ses yeux verts scintillent dans la lueur de la veilleuse.

— Reste avec moi, murmure-t-il.

Elle dégage les cheveux de son front et fronce les sourcils.

— Je suis là.

— Bien, dit-il en l'embrassant sur le ventre, avant de descendre plus bas… et encore plus bas.


Quand j'ouvre les yeux, la lumière pâle du petit matin filtre à travers les stores. J'ai la tête sur la poitrine d'Alessia, un bras autour de sa taille. L'odeur de sa peau réveille mes sens, et mon corps répond aussitôt à l'appel du plaisir. Nichant le nez dans son cou, je parsème sa gorge de baisers.

— Bonjour, princesse.

Ses paupières s'ouvrent et elle me sourit.

— Bonjour… Maxim.

Elle a prononcé mon prénom avec tendresse – serait-ce de l'amour ? Non, c'est sûrement le fruit de mon imagination. Je prends mes désirs pour la réalité.

*Oui, je veux son amour.* Tout entier.

Au fond de moi, j'en suis convaincu.

*Mais est-ce que je suis capable de le lui avouer ?*

Une belle journée nous attend, pleine de promesses et de liberté. Un jour entier avec elle. Je marmonne d'une voix ensommeillée :

— Et si on restait au lit ?

Elle me caresse le visage.

— Tu es fatigué ?

— Non, dis-je avec une grimace espiègle.

— Oh…

Elle me sourit à son tour.


Maxim. Sa langue. Sa bouche. Il lui fait tant d'effet ! Alessia est emportée par un tourbillon de sensations. Les mains de Maxim se referment sur ses poignets tandis qu'elle vacille, au bord du précipice. Elle est si proche. Proche du vertige. Il la tourmente sans relâche de sa langue experte, puis insère un doigt en elle. Alors elle chute et pousse un cri, emportée par l'orgasme.

Il lui embrasse le ventre, les seins, et remonte lentement vers sa bouche.

— Quelle merveilleuse musique, Alessia, lui susurre-t-il en déroulant un préservatif sur son sexe, avant de plonger lentement en elle.


Quand je reviens de la salle de bains, son côté du lit est vide.

*Oh.*

Ma déception est sincère. J'en veux encore. Je ne me lasserai jamais d'Alessia. Une lumière grise baigne la pièce ; c'est le milieu de la matinée. Et il pleut. Tandis que je remonte les stores, j'entends des pas et retourne rapidement me glisser sous les draps. Elle entre, vêtue de mon haut de pyjama, portant le petit déjeuner sur un plateau.

— Bonjour ! lance-t-elle.

— Bonjour, ma belle !

L'arôme de café me met l'eau à la bouche. J'adore le café corsé. Je me redresse et elle pose le plateau sur mes jambes : œufs brouillés, café, toasts beurrés.

— Waouh, tu me gâtes !

— Tu as dit que tu voulais passer la journée au lit.

Elle grimpe à côté de moi et me vole une tartine beurrée.

— Tiens…

Je lui propose une bouchée d'œufs brouillés. Elle ouvre la bouche comme un oisillon.

— Mmm…, grogne-t-elle en fermant les yeux.

Ma queue frémit de plaisir.

*Tout doux. D'abord, le petit déjeuner.*

Les œufs sont parfaits. Elle a ajouté de la feta je pense.

— C'est le paradis, Alessia.

Elle s'empourpre et boit une gorgée.

— Je voulais jouer de la musique.

— Du piano ?

— Non, je voulais dire, écouter de la musique.

— Oh, tu as besoin du téléphone ? Le voilà.

Je me penche pour attraper mon iPhone.

*Il faut vraiment que je lui achète un portable.*

Je tape le code de sécurité pour le déverrouiller.

— Retiens ces chiffres. Et sers-toi de cette application – Sonos. Tu peux mettre de la musique n'importe où dans la maison.

Elle s'empare de l'appareil et fait défiler les titres.

— Tu en as tellement.

— J'adore la musique.

— Moi aussi, murmure-t-elle.

Je goûte mon café.

*Argh!* Je m'étrangle.

— Combien de sucres as-tu mis là-dedans ?

— Oh, désolée. J'ai oublié que tu n'aimes pas avec du sucre.

Elle grimace, sans doute parce qu'elle n'imagine pas son café sans sucre.

— C'est comme ça que tu le bois ?

— En Albanie, oui.

— Tu as de la chance d'avoir encore toutes tes dents.

Elle éclate de rire, me laissant voir sa dentition parfaite.

— Je vais en refaire, s'écrie-t-elle en faisant glisser ses longues jambes nues hors du lit.

— Non, ne te sauve pas !

— Si, si, je t'assure.

Et elle disparaît avec mon téléphone. Un peu plus tard, j'entends Dua Lipa chanter *One Kiss* au rez-de-chaussée.

Alessia ne s'arrête pas à la musique classique. Je souris. Cette chanteuse est albanaise elle aussi, je crois.

399

Alessia danse dans la cuisine en préparant un autre café. Elle ne se rappelle pas avoir été aussi heureuse. Bien sûr, elle adorait chanter et se trémousser avec sa mère dans la cuisine de leur maison. Mais ici, elle a beaucoup plus de place, et avec les lumières allumées, elle peut voir son reflet dans les baies vitrées. Elle a l'air épanouie. Quelle différence depuis son arrivée en Cornouailles !

Dehors, le temps est gris et pluvieux. Elle observe le paysage par la fenêtre. Le ciel et la mer forment un camaïeu de gris, tandis que le vent balaie les arbres le long du sentier qui mène à la plage. Un tableau magique. Les vagues blanchies par l'écume se brisent avec fracas sur le sable, pourtant elle ne perçoit qu'un rugissement étouffé à travers la vitre. C'est impressionnant. Elle est si reconnaissante d'être là, dans la chaleur et le confort de cette maison avec Maxim.

Lorsque la machine à expresso se met à crachoter, elle retourne en courant dans la cuisine.

Il est toujours au lit, mais il a terminé son petit déjeuner et posé le plateau par terre.

— Ah, te voilà ! Tu me manquais…

Alessia lui tend son café noir, qu'il boit d'un trait pendant qu'elle le rejoint sous les draps.

— C'est bien meilleur, je dois dire.

— Ça te plaît ?

— Beaucoup. (Il pose la tasse sur la table de nuit.) Mais tu me plais encore plus.

400

Il passe le doigt sous le bouton du pyjama trop large et tire dessus. Le bouton cède, révélant le doux renflement de ses seins. Il darde sur elle un regard brûlant tout en glissant le doigt jusqu'à son téton. La pointe se dresse aussitôt, et elle inspire brusquement.

Le regard intense d'Alessia est une invitation. Ma queue tressaille. Je demande dans un grognement :

— Encore ?

*Serai-je un jour rassasié de cette femme ?*

Son sourire d'encouragement me suffit. Je me penche pour l'embrasser tout en défaisant les boutons de sa chemise, que je repousse sur ses épaules.

— Tu es si belle.

Je ne peux cacher mon admiration. Elle lève une main hésitante et effleure ma barbe naissante. La bouche entrouverte, elle se lèche les lèvres avec une moue lascive. Sa voix roule dans sa gorge :

— Mmm…

— Ça te va là ? Ou tu préfères que je me rase ?

Elle secoue la tête.

— J'aime ça, dit-elle en me caressant le menton.

Elle m'embrasse au coin des lèvres, puis fait courir sa langue sur ma mâchoire. Ma queue approuve.

— Oh, Alessia.

Son visage entre mes mains, je l'allonge sous moi. Mes lèvres la possèdent et, comme toujours, elle me rend mes baisers avec avidité. Mes doigts parcourent son corps, ses seins, ses hanches, et agrippent ses fesses. Ma langue prend le relais, tourmentant les

401

pointes de ses seins jusqu'à ce qu'elle se mette à gigoter. Quand je lève le nez vers elle pour reprendre mon souffle, elle halète. Je murmure :

— Je voudrais essayer autre chose.

Sa bouche forme un petit o.

— Tu veux bien ?

— Oui…, murmure-t-elle, les yeux écarquillés.

— Ne t'inquiète pas. Je pense que tu vas aimer. Sinon, tu me dis stop, d'accord ?

— D'accord.

— Tourne-toi.

Elle paraît déboussolée.

— Sur le ventre.

— Oh.

Elle glousse et obéit. Je me hisse sur un coude et dégage ses cheveux de ses omoplates. Elle a un dos superbe et un cul encore plus dingue. Je fais glisser ma main le long de ses reins, émerveillé par sa peau lisse et soyeuse. J'embrasse le grain de beauté à la base de son cou.

— Tu es si douce…

Je sème des baisers sur son épaule tandis que ma main s'insinue entre ses fesses. Elle remue le cul quand j'enfonce mes doigts plus profondément et encercle son clitoris. Comme sa joue repose sur l'oreiller, je peux facilement l'observer. Ses yeux sont fermés, sa bouche entrouverte alors qu'elle absorbe les sensations de plaisir.

— Oh oui, ma belle, dis-je en glissant un pouce en elle.

402

Elle gémit. Elle est humide, chaude, délicieuse. Elle plaque ses fesses contre ma paume pendant que je continue de décrire des cercles en elle. Ses halètements font durcir ma queue. J'accélère le rythme. Encore et encore. Elle agrippe les draps et serre les paupières en râlant. Elle y est presque. Presque… J'enlève mon pouce et attrape un préservatif.

Elle cligne des yeux, le souffle court. Elle m'attend.

— Ne bouge pas, je murmure en lui écartant les jambes de mon genou.

Je la fais asseoir sur moi pour qu'elle me chevauche, le visage tourné vers le mur. Mon sexe se niche entre ses fesses.

Je lui chuchote :

— On va le faire par-derrière.

Elle se tourne vers moi, sourcils froncés.

Je ris.

— Non, pas comme ça. Regarde.

La soulevant, je la descends lentement sur mon érection. Ses ongles se plantent dans mes cuisses, sa tête retombe sur mon épaule pendant que je lui mordille l'oreille. Pantelante, elle se hisse à nouveau pour me prendre.

*Oui !*

— C'est ça.

Je caresse ses seins et vrille ses tétons entre mes doigts.

— Ah !

Elle pousse un cri primal, tellement sexy.

*Bordel.*

— Ça va ?

— Oui !

Lentement, je la fais aller et venir, tandis qu'elle pose les mains sur le matelas. Je m'enfonce pleinement en elle. Elle râle et se penche, la tête et les épaules sur le lit.

Elle est époustouflante. Les cheveux étalés sur les draps, les yeux fermés, la bouche ouverte, le cul offert. Cette vision érotique me donne envie de jouir. La sensation est incroyable. La posséder tout entière me rend dingue. J'agrippe ses hanches et continue.

— Ah, gémit-elle.

De plus en plus dur, j'accentue mon va-et-vient.

C'est le paradis.

Elle hurle. Je m'immobilise.

— Non, supplie-t-elle. Ne t'arrête pas.

*Oh, ma princesse.*

Et je lâche tout. Je la prends. Encore et encore. Le front en sueur, je poursuis mon assaut impitoyable jusqu'à ce qu'elle crie sa libération. Je donne un dernier coup de reins et l'emplis entièrement, l'aime éperdument, avant de m'effondrer sur elle en gémissant son nom.


Allongée sur le ventre, Alessia reprend peu à peu ses esprits. Maxim est avachi sur elle. Son poids est... agréable. Elle n'aurait jamais imaginé éprouver autant de plaisir. Alanguie, elle se sent totalement vidée, et comblée, après son incroyable orgasme.

Mais tout en retrouvant son calme, un sentiment de culpabilité l'assaille. C'est la première fois qu'elle passe toute une matinée au lit.

Il roule sur le côté, l'enlace, et lui chuchote à l'oreille :

— Tu es incroyable.

Fermant les yeux, elle murmure :

— Non, c'est toi… Je ne savais pas que… enfin…

Elle se tait et lève les yeux sur lui.

— Que ça pouvait être aussi intense ?

— Oui.

Il fronce les sourcils.

— Je vois ce que tu veux dire. (Il regarde le ciel pluvieux par la fenêtre.) Tu veux sortir ?

Elle se rapproche de lui et respire profondément. Elle adore l'odeur de sa peau. La chaleur de son corps.

— Non, je préfère rester ici près de toi.

— Moi aussi.

Il pose un baiser sur ses cheveux et ferme les yeux.

Je suis tiré de ma somnolence par les accords de Rachmaninov – mon concerto préféré – qui résonnent au rez-de-chaussée. C'est étrange… Soudain, je me rends compte que c'est juste le piano. On n'entend pas l'orchestre – évidemment !

*Bon sang, je dois voir ça.*

Je dégringole du lit, enfile mon jean, mais je n'arrive pas à mettre la main sur mon pull. Tant pis, j'arrache le couvre-lit et le jette sur mes épaules avant de dévaler l'escalier.

405

Alessia joue du piano avec mon pull beige pour seul vêtement. Les yeux fermés, elle écoute mon iPhone avec des écouteurs, tout en faisant courir ses doigts sur les touches. Sans partition. Sans orchestre. Est-ce le concerto ?

Sûrement.

Ses mains virevoltent d'un bout à l'autre du clavier, emplissant la pièce d'une mélodie si puissante que j'en ai le souffle coupé. J'entends presque l'orchestre derrière elle.

*Comment fait-elle ?*

Quelle virtuose !

Fasciné, je me fige, transporté par sa musique. C'est si… bouleversant.

Elle atteint le crescendo à la fin du mouvement, ses cheveux ondoyant dans son dos… et s'arrête. Elle se tient un moment immobile, les mains sur les genoux, tandis que les dernières notes s'évanouissent dans l'air. J'ai l'impression d'être un entomologiste en train d'observer un spécimen rare dans son habitat naturel. Mais je ne peux m'empêcher de briser le charme en applaudissant.

Elle ouvre les yeux et semble surprise de me voir.

— C'était sensationnel !

Elle retire ses écouteurs et me sourit timidement.

— Désolée, je ne voulais pas te réveiller.

— Je ne dormais pas.

— C'est une des premières fois que je le joue. Je l'apprenais avant de partir…

— Eh bien, c'était fantastique. Je percevais même l'orchestre.

— Dans le téléphone?

— Non, dans mon imagination. C'est dire comme tu es douée. Tu écoutais le concerto?

Elle rougit.

— Merci. Oui, effectivement.

— Tu devrais te produire sur scène. Je paierais cher pour avoir une place. (Son sourire s'élargit.) Quelles couleurs voyais-tu?

— Dans la mélodie?

J'acquiesce.

— Oh… un arc-en-ciel! s'écrie-t-elle, emportée par l'enthousiasme. Tant de couleurs différentes…

Elle tente de m'expliquer la complexité de sa vision. Mais c'est un phénomène que je ne comprendrai jamais.

— C'est comme… comme…

— Un kaléidoscope?

— Oui! Exactement.

Alors qu'elle hoche vigoureusement la tête, j'imagine que le mot est le même en albanais.

— C'est merveilleux. J'aime ce concerto.

*Je t'aime.*

Je m'approche et effleure ses lèvres d'un baiser.

— Je suis sidéré par votre talent, mademoiselle Demachi.

Elle se lève et enroule ses bras autour de mon cou.

— Je suis sidérée par le vôtre, Monsieur Maxim, dit-elle en m'attirant vers elle pour m'embrasser.

*Quoi? Encore?*

407

Elle va et vient avec grâce. Fière et passionnée. Ses seins bondissant au rythme de sa chevauchée sauvage. Son regard intense est rivé sur moi. Elle a pris le pouvoir, et c'est incroyablement sexy ! Elle m'emporte de plus en plus loin, ses doigts mêlés aux miens, et m'embrasse. Un baiser ardent, profond, exigeant. Je grogne :

— Oh, ma beauté… j'y suis presque.

Elle renverse la tête et crie mon nom en laissant exploser sa jouissance.

*Putain !* Je m'abandonne et atteins l'extase.

Quand j'ouvre les paupières, elle m'observe tendrement.

Alessia est allongée contre Maxim, par terre, près du piano. Les battements de son cœur s'apaisent petit à petit, mais elle frissonne. Elle a un peu froid.

— Tiens, dit Maxim en l'enveloppant dans le couvre-lit. (Il enlève le préservatif en soupirant.) À ce rythme-là, tu vas m'épuiser, ma belle.

— J'aime t'épuiser. Et j'aime être au-dessus, ajoute-t-elle d'un air mutin.

— Et moi en dessous.

Regarder Maxim jouir quand elle le chevauche lui a donné un sentiment de pouvoir. Ce qu'elle n'aurait jamais imaginé – ça lui donne le vertige. Si seulement elle avait le courage de le toucher… partout.

Ses yeux émeraude plongent dans les siens.

— Tu ne cesseras jamais de m'étonner, Alessia, lâche-t-il en écartant une mèche de son visage.

408

Un moment, elle croit qu'il va ajouter autre chose. Mais il se contente de sourire, puis lance :

— J'ai faim !

Elle réprime un petit cri.

— Je dois te nourrir !

Elle veut bouger, mais il l'en empêche.

— Ne pars pas. Tu me tiens chaud. Je devrais faire un feu dans la cheminée.

Il lui butine le menton et elle se dégage en riant.

Jamais elle n'aurait cru éprouver un jour un tel sentiment de paix.

— On peut sortir déjeuner, propose Maxim. Il doit être plus de 16 heures.

La pluie tombe toujours à verse.

— Je veux cuisiner pour toi.

— Tu es sûre ?

— Oui, j'aime préparer le repas. Surtout pour toi.

— D'accord.

Alessia se rassoit en grimaçant. Je m'empresse de lui demander :

— Qu'est-ce qu'il y a ?

Le couvre-lit tombe sur sa taille. Je le ramasse et le replace sur ses épaules.

Elle rougit.

— J'ai un peu mal.

*Merde !*

— Pourquoi tu ne l'as pas dit ?

— Parce que tu n'aurais sûrement pas fait… *ça*, répond-elle d'une petite voix.

409

— Bon sang, bien sûr que non ! (Je pose mon front contre le sien.) Je suis désolé.

*Non mais quel con.*

Elle pose un doigt sur mes lèvres.

— Non, non, ne sois pas désolé.

— On n'est pas obligés de faire *ça*, tu sais.

*Qu'est-ce que je raconte ?*

— Mais ça me plaît. Je t'assure.

— Alessia, il faut que tu me parles. Que tu me dises franchement ce que tu penses. Moi, je pourrais passer la journée au lit avec toi. Allez, ça suffit. On va faire un tour. Mais avant, il faut prendre une douche.

Je ramasse nos vêtements éparpillés par terre, puis nous remontons ensemble dans la chambre.

J'ouvre le robinet pendant qu'Alessia, enveloppée dans la couverture, m'observe de ses grands yeux mystérieux. La lumière de l'après-midi commence à décliner. Je passe la main sous le jet. La température est idéale.

— Prête ?

Elle hoche la tête, laisse tomber le couvre-lit et s'avance sous le jet d'eau chaude. Je la rejoins et l'enlace dans la vapeur de la cabine. Prenant le gel douche, je me félicite qu'Alessia n'ait plus peur de montrer son corps sublime.

*Voilà ce qui arrive quand on passe la journée à baiser...*

Je souris en faisant mousser le savon entre mes mains.

410

C'est la première fois qu'elle prend une douche avec quelqu'un. Elle le sent derrière elle… une partie bien précise de son corps. Qu'elle n'ose pas encore toucher. Elle en a envie – elle doit juste s'armer de courage.

L'eau chaude lui procure une sensation délicieuse. Elle ferme les yeux et soupire de plaisir. Sa peau rosit sous la morsure du jet puissant.

Maxim dégage les cheveux de sa nuque et dépose un baiser sur son épaule.

— Tu es si belle.

Les mains de Maxim lui massent la peau. Ses longs doigts pétrissent ses muscles.

— Ah, râle-t-elle.

— Ça te plaît ?

— Oui, énorment.

— Énorment ?

— C'est mon anglais ?

Alessia devine l'air amusé de Maxim dans son dos.

— Il est bien meilleur que mon albanais.

Elle ricane.

— C'est vrai. C'est drôle, je n'ai pas l'impression de me tromper, mais quand tu me donnes le mot correct, je comprends mon erreur.

— C'est sûrement à cause de mon accent. Tu veux que je te lave partout ?

Sa respiration s'accélère.

— Partout ?

— Mmm, confirme Maxim avec un grondement rauque.

411

Il passe ses bras autour d'elle et fait glisser ses mains pleines de mousse sur son corps. D'abord son cou, ses seins, son ventre, puis doucement entre ses cuisses. Elle renverse la tête contre son torse et, parcourue de frissons, elle s'abandonne à ses caresses exquises. Elle entend la respiration de Maxim s'emballer derrière elle.

Soudain, il s'arrête.

— Voilà, c'est terminé. On peut sortir.

— Quoi ?

Elle se sent perdue tout à coup sans les mains de Maxim sur elle.

— Allez ! fait-il en quittant la cabine.

— Mais…

Il attrape une serviette et l'enroule autour de sa taille pour couvrir son érection.

— Ma volonté a des limites, ma belle. Et mon corps est de nouveau prêt à l'action ! (La voyant faire la moue, il éclate de rire.) Ne me tente pas…

Il ouvre le peignoir bleu et l'attend. Elle sort à son tour de la douche et se laisse envelopper dans le tissu éponge.

— Tu es irrésistible, mais on a besoin d'une pause… Et j'ai faim !

Il lui dépose un baiser sur le haut du crâne et la libère. Elle le regarde s'éloigner, le cœur débordant d'amour.

*Et si je lui disais ?* se demande-t-elle.

Quand elle le retrouve dans la chambre, le courage l'abandonne. Elle aime leur relation actuelle. Et puis

412

elle ne sait pas comment il réagirait, et elle ne veut pas faire éclater leur bulle de bonheur.

— Je vais m'habiller et te préparer à manger, propose-t-elle.

Il hausse un sourcil.

— Tu n'as pas besoin de t'habiller, susurre-t-il.

Elle se sent rougir.

*Il n'a pas honte ?*

Mais son sourire éblouissant la laisse sans voix.

Il est bientôt minuit. Je suis étendu à côté d'Alessia, qui s'est endormie en un clin d'œil.

Ce lundi était merveilleux. Une délicieuse journée de paresse.

Une journée parfaite.

Faire l'amour. Manger. Faire l'amour. Boire. Faire l'amour. Écouter Alessia jouer du piano... la regarder préparer le repas.

Elle s'agite et marmonne quelque chose dans son sommeil. Sa peau est diaphane dans la lueur de la veilleuse, sa respiration paisible. Elle est sûrement épuisée après tout ça... Bien sûr, elle est encore un peu timide. Un jour, j'aimerais qu'elle me touche. Partout.

Je me raidis à cette pensée.

*Ça suffit !*

Elle le fera. Quand elle sera prête. J'en suis sûr. Nous n'avons pas mis le nez dehors aujourd'hui. Pas une seule fois. Elle a encore cuisiné pour moi. Un autre plat savoureux. Demain, j'aimerais organiser quelque chose de spécial avec elle – une activité en plein air, si le temps le permet.

*Montre-lui où tu as grandi.*

*Non. Pas encore.* Je secoue la tête.

*Dis-lui.*

Une idée me vient à l'esprit. S'il ne pleut pas, ça pourrait être amusant. Ce serait l'occasion de lui avouer qui je suis… Enfin, on verra.

Effleurant sa tempe d'un baiser, je respire son parfum. Elle remue, bredouille des mots incompréhensibles, et se rendort.

*Je suis amoureux de toi, Alessia.*

Je ferme les yeux.

## 19

Alessia se réveille en entendant la voix grave de Maxim. Quand elle ouvre les yeux, il est au téléphone, assis près d'elle. Il lui sourit en poursuivant sa conversation.

— Si Mlle Chenoweth est d'accord, c'est parfait. Pour la dame, je dirais un calibre 20. Je vais prendre mes Purdey.

De quoi peut-il bien parler? se demande-t-elle. Il semble tout excité.

— On va s'en tenir aux oiseaux les plus simples. Oui. (Il lui fait un clin d'œil.) Une dizaine? D'accord. Je verrai avec Jenkins. Merci, Michael.

Il raccroche et se glisse sous les draps.

— Bonjour, Alessia, dit-il en lui plantant un baiser léger sur les lèvres. Bien dormi?

— Oui, merci.

— Tu es adorable. Tu as faim?

Elle s'étire à côté de lui, ce qui éveille aussitôt ses sens.

— Hum…

— Tu es une vraie tentatrice.

Elle sourit.

— Mais il faut que tu te reposes. (Il l'embrasse sur le bout du nez.) Et j'ai une surprise pour toi aujourd'hui. Après le petit déj, on sort ! Habille-toi chaudement. Et tu peux te tresser les cheveux.

Alessia fait la moue. Elle se sent en pleine forme ce matin. Mais avant qu'elle puisse le retenir, il saute du lit et tournoie, nu, dans la chambre. Elle contemple son corps athlétique, les muscles de son dos, ses longues jambes… ses fesses. Sur le seuil, il lui lance un coup d'œil espiègle, puis ferme la porte.

*Qu'est-ce qu'il peut bien mijoter ?*

— On va où ? interroge Alessia.

Elle porte son bonnet vert, son nouveau manteau, et plusieurs couches en dessous. Cette fois, elle est bien couverte.

Je lui jette un regard en coin avant de démarrer la voiture.

— C'est une surprise…

Ce matin, j'ai appelé le Hall pour parler à Michael, l'administrateur du domaine. C'est une belle journée, parfaite pour le programme que j'ai prévu. Après nos activités d'intérieur de la veille, nous avons besoin de prendre l'air.

Rosperran Farm appartient au domaine de Trevethick depuis l'époque géorgienne. Et ça fait plus de cent ans que la famille Chenoweth exploite la ferme. La gérante actuelle, Abigail Chenoweth, nous a donné l'autorisation de nous installer sur l'un des terrains en friche du sud de la propriété. Alors que nous nous approchons, je regrette de ne pas avoir pris le 4 × 4. Ma Jaguar n'aime pas beaucoup les champs, mais je peux la garer sur le chemin. À notre arrivée, le portail est déjà ouvert, et Jenkins nous attend dans son Land Rover. D'un signe de la main, il nous invite à entrer.

Je précise à Alessia :

— Nous allons faire du tir au pigeon.

Elle me regarde, médusée.

— Des pigeons ?

— Oui, mais en argile.

Elle ne semble guère plus avancée.

Soudain, je ne suis plus aussi sûr que ce soit une bonne idée.

— On va bien s'amuser, tu vas voir !

Je descends de voiture. L'air est frais, mais pas assez pour que mon souffle se transforme en buée. J'espère que ça ira.

— Bonjour, milord ! s'exclame Jenkins.

— Bonjour. (Je me retourne pour vérifier si Alessia nous écoute, mais elle sort de la Jaguar.) *Monsieur* suffira, dis-je à voix basse, alors qu'Alessia s'approche. Jenkins, je vous présente Alessia Demachi.

Elle lui tend la main.

— Bonjour, mademoiselle.

— Bonjour, lui répond-elle gaiement.

Jenkins rougit jusqu'aux oreilles. Sa famille est employée par les Trevelyan depuis trois générations, principalement dans les propriétés d'Angwin et de l'Oxfordshire. Il y a quatre ans, Jenkins a quitté le cocon familial pour travailler comme assistant garde-chasse à Tresyllian Hall. Il est un peu plus jeune que moi et surfe très bien. Je l'ai déjà vu sur une planche – Kit et moi faisions pâle figure à côté de lui. C'est aussi un excellent tireur et un grand connaisseur de la forêt. Il gère les nombreuses parties de chasse organisées sur le domaine. Sous sa casquette et ses cheveux délavés par le soleil, il a une tête bien pleine et un sourire franc.

Alessia m'observe d'un air dubitatif.

— Nous allons tirer sur des oiseaux ?

— Non, ce sont des disques en argile.

— Oh.

— J'ai pris plusieurs fusils pour la dame. J'ai aussi vos Purdey, et Mme Campbell a insisté pour que je vous apporte votre veste de chasse, monsieur.

— Bien.

— Sans oublier le café. Et des friands à la saucisse. Et des chauffe-mains, ajoute-t-il.

*Danny a pensé à tout.*

— Les lanceurs sont prêts, monsieur.

— Parfait. (Je me tourne vers Alessia.) Alors, bonne surprise ?

— Oui, répond-elle.

C'est un petit oui.

— Tu as déjà tiré au fusil ?

Elle secoue la tête.

— Mon père a des armes.

— Ah oui ?

— Pour chasser. En fait, il sort avec son fusil. La nuit. Pour tuer les loups.

— Des loups !

Elle rit en voyant mon expression horrifiée.

— Oui, on a des loups en Albanie. Mais je n'en ai jamais vu. Et mon père non plus je pense. (Elle me sourit.) Je veux bien essayer.

Jenkins la guide vers l'arrière du Land Rover, où se trouvent les armes et tout l'équipement nécessaire.

Elle l'écoute attentivement. Jenkins lui donne les consignes de sécurité et lui montre le fonctionnement du fusil. Pendant ce temps, je me débarrasse de mon manteau pour enfiler ma veste de chasse. Il fait froid, mais je suis à l'aise dans ce vieux vêtement. J'ouvre ma mallette et saisis l'un des deux Purdey calibre 12 à double canon. C'est un modèle de collection, qui appartenait à mon grand-père. En 1948, il avait commandé deux fusils de chasse identiques, ornés des armoiries familiales gravées en argent. La crosse est en noyer. Mon père en a hérité à la mort de mon grand-père, et en a offert un à Kit pour ses dix-huit ans. Au décès de mon père, Kit m'a donné celui-ci – celui de mon père.

Et maintenant que Kit n'est plus là, les deux m'appartiennent.

Une douleur sourde m'envahit. Une scène restera à jamais inscrite dans ma mémoire : mon père et mon frère en train de nettoyer leurs calibres douze, et moi, du haut de mes huit ans, tout heureux d'être autorisé à rester avec eux dans la salle d'armes. Mon père nous expliquait comment démonter l'arme, graisser le mécanisme, nettoyer le canon. Il était très méticuleux.

Tout comme Kit. Je me rappelle les avoir regardés, totalement fasciné.

— Vous êtes prêt, monsieur? s'enquiert Jenkins, m'arrachant à ma rêverie.

— Oui, merci.

Alessia porte des lunettes de protection et un casque antibruit. Elle n'en demeure pas moins charmante. Et penche son visage sur le côté.

— Qu'est-ce qu'il y a?

— J'aime bien ta veste.

Je ris.

— Ce vieux truc? C'est une Harris Tweed.

Je saisis plusieurs cartouches, mes lunettes de protection et mon casque, et je fais basculer le canon de mon arme.

— Prête, Alessia?

Elle hoche la tête et, avec son Browning ouvert, me suit vers la zone de tir que Jenkins a délimitée par des balles de foin.

— J'ai réglé les lanceurs pour que les cibles volent juste au-dessus de cette butte, pour un tir à basse altitude, précise Jenkins.

— Je peux en voir une?

— Bien sûr.

Jenkins presse sa télécommande, et un disque d'argile jaillit dans le ciel à une centaine de mètres devant nous.

Alessia pousse un cri étranglé.

— Je ne pourrai jamais toucher ça!

— Mais si! Je vais te montrer… Reste derrière moi.

J'ai envie de l'impressionner. Elle est meilleure pianiste que moi, elle cuisine mieux, elle me bat aux échecs...

— Deux oiseaux, Jenkins !

— Oui, monsieur.

Je chausse mes lunettes de protection, ouvre le canon et insère deux cartouches. Paré.

— *Pull !*

Jenkins libère deux disques qui fendent l'air devant nous. J'appuie sur la détente pour actionner le canon supérieur, puis le canon inférieur, et atteins les deux oiseaux coup sur coup. Les disques explosent et une pluie de débris retombe sur le sol.

— Joli tir, monsieur, déclare Jenkins.

— Tu les as eus ! s'exclame Alessia.

— Oui ! (J'affiche un air de triomphe.) Bon, à ton tour.

Je fais basculer le canon de mon arme et me positionne à côté d'Alessia.

— Écarte les pieds. Le poids de ton corps sur la jambe arrière. Bien. Regarde le lanceur. Tu connais la trajectoire de ta cible, il faut juste suivre son mouvement. (Elle hoche vigoureusement la tête.) Cale bien la crosse contre ton épaule. Pour encaisser le choc.

— D'accord.

Elle suit scrupuleusement mes instructions.

— Reculez un peu votre pied droit, mademoiselle, ajoute Jenkins.

— OK.

— Voici tes cartouches.

421

Je lui en donne deux, qu'elle glisse dans la chambre, avant de charger le fusil. Je me recule.

— Quand tu es prête, tu cries « *Pull* ». Jenkins lancera un plateau. Tu auras deux chances de le toucher.

Elle me jette un regard inquiet, puis épaule son fusil. Elle est adorable avec son bonnet, ses joues roses et sa tresse.

— *Pull!* lance-t-elle.

Le disque fuse, elle tire – une fois, deux fois.

Manqué.

Elle le regarde tomber au loin avec une moue de déception.

— C'est un coup de main à prendre. Essaie encore.

Une lueur de défi s'allume dans son regard. Jenkins s'avance pour lui donner quelques conseils.

À la quatrième tentative, elle atteint sa cible.

— Oui! je m'écrie pour l'encourager.

Elle se tourne vers moi en bondissant de joie. Avec Jenkins, nous nous exclamons en chœur :

— Ouh là! Canon vers le sol!

— Désolée. (Elle glousse et ouvre son arme.) Je peux recommencer?

— Bien sûr. Nous avons toute la matinée.

Elle m'adresse un large sourire, ravie de cette nouvelle expérience. Son visage ferait fondre le cœur le plus endurci, et le mien déborde d'allégresse. C'est si bon de la voir heureuse, après tout ce qu'elle a traversé.

Alessia et Maxim sont assis à l'arrière du Land Rover de M. Jenkins, les jambes dans le vide, et boivent le café d'un thermos en mangeant des feuilletés à la viande. Du porc, on dirait.

— Tu t'es bien débrouillée, la félicite Maxim. Vingt touches sur quarante, c'est un excellent score pour une première fois.

— Tu as fait bien mieux.

— J'ai de l'entraînement. (Il boit une gorgée de café.) Ça t'a plu?

— Oui. J'aimerais bien recommencer. Peut-être un jour où il fera moins froid.

— Très bonne idée.

Elle affiche un air gai malgré l'incertitude. Mais après tout, lui aussi veut recommencer. C'est sûrement bon signe. Elle goûte le café.

— Argh!

— Quoi?

— Pas de sucre!

— C'est mauvais?

Elle avale une autre gorgée.

— Non, pas si mauvais.

— Tes dents te remercieront. Qu'est-ce que tu veux faire maintenant?

— On peut retourner voir la mer?

— Bien sûr. Et ensuite, on ira déjeuner.

Jenkins est de retour.

— Voilà, j'ai tout remballé, monsieur.

— Parfait. Merci pour tout, Jenkins.

— C'était un plaisir, mi… monsieur.

— Je vais rapporter mes fusils au Hideout pour les nettoyer.

— Bien sûr. Vous trouverez tout ce qu'il vous faut dans la mallette.

— Bien.

— Bonne journée, monsieur. (Nous échangeons une poignée de main.) Au revoir, mademoiselle, ajoute-t-il en rougissant.

— Merci, monsieur Jenkins, déclare Alessia, tout sourire.

Je crois qu'elle lui a tapé dans l'œil, à lui aussi.

— On y va, Alessia ?

— Il est à toi, ce fusil ?

— Oui.

Elle fronce les sourcils.

— D'habitude, Jenkins me le garde. Officiellement, il doit être sous clé. On a une armoire spéciale pour les armes au Hideout.

— Oh.

Il est clair qu'elle ne comprend pas très bien la situation. Et je ne lui laisse guère le temps de réfléchir :

— Tu es prête ?

Elle hoche la tête. Je brandis la mallette.

— Je dois d'abord déposer ça à la maison. Ensuite, on ira se balader sur la plage. Et puis on trouvera un restau sympa pour déjeuner.

— OK.

Je lui ouvre la portière, et elle grimpe dans la voiture, ravie.

*Bon sang, c'était moins une.*
*Dis-lui maintenant !*

Chaque jour qui passe, je lui mens un peu plus.
*C'est aussi simple que ça.*

J'ouvre le coffre et place les armes à l'intérieur.
*Décide-toi, bordel.*

Je m'assois au volant, ferme la portière, et l'observe à la dérobée.

— Alessia…

— Regarde ! s'écrie-t-elle en pointant le doigt.

Devant nous se tient un superbe daim avec son pelage gris d'hiver – ses taches blanches sont cachées sous sa fourrure. D'où sort-il ? Vu sa taille, il a moins de quatre ans, pourtant il arbore des bois impressionnants, qu'il perdra d'ici deux mois. Vient-il du troupeau du Hall ou bien est-il sauvage ? Majestueux, il lève son museau et nous fixe de ses yeux noirs.

— *Ua…*, murmure Alessia.

— Tu avais déjà vu un daim ?

— Non.

Nous observons l'animal qui hume l'air. Je chuchote :

— Peut-être que les loups les ont tous mangés.

Elle se tourne vers moi et éclate de rire. Un son cristallin, merveilleux.

*Je la fais rire !*

Dans le champ voisin, Jenkins démarre son Land Rover, et le bruit du moteur effraie l'animal. Le daim franchit d'un bond le mur en pierres sèches pour disparaître dans les fourrés.

— Je ne savais pas qu'il y avait des bêtes sauvages dans ce pays, commente Alessia.

— On en a quelques-unes.

Le moment est passé. Je mets le contact.

*Je lui dirai plus tard.*

Pourtant, au fond de moi, je sais que plus j'attends, plus j'aurai du mal à cracher le morceau.

Mon téléphone vibre dans ma veste. J'ai reçu un texto. Je sais qu'il est de Caroline. Un autre problème que je vais devoir régler.

Mais pour l'instant, j'emmène ma princesse à la plage.

Allongée sur le lit à côté de Maxim, Alessia soulève le dragon, petite lueur dans la nuit.

— Merci, souffle-t-elle. Pour aujourd'hui. Pour hier. Pour le dragon.

— Tout le plaisir était pour moi, Alessia. J'ai trouvé cette journée merveilleuse.

— Moi aussi. Je ne voulais pas qu'elle s'arrête. C'était la meilleure de toutes.

Maxim lui caresse la joue.

— La meilleure de toutes, oui. Je suis heureux de l'avoir passée avec toi. Tu es vraiment adorable.

Elle déglutit, soulagée que la pénombre masque sa rougeur.

— Je n'ai plus du tout mal, tu sais.

Maxim tressaille et sonde son regard.

— Oh, ma chérie, chuchote-t-il en réclamant ses lèvres.

426

Il est plus de minuit. Alessia somnole près de moi. Je dois lui dire qui je suis.

*Le comte de Trevethick.*

Elle a le droit de savoir. Je me frotte le visage.

*Pourquoi est-ce si difficile ?*

Parce que je ne sais pas ce qu'elle ressent pour moi. Et, en plus de mon titre, il faut que je lui parle de mon immense fortune.

*Bordel.*

La nature soupçonneuse de ma mère a laissé son empreinte.

*Les femmes te courront après pour ton argent, Maxim. Ne l'oublie jamais.*

Mon Dieu, Rowena peut être une vraie garce.

Doucement, prenant garde à ne pas la réveiller, j'enroule une de ses mèches autour de mon doigt. Elle ne veut pas que je lui achète de fringues, alors qu'elle ne possède rien. Elle refuse que je lui donne un téléphone, et choisit toujours le plat le moins cher du menu. Pas vraiment le profil d'une femme vénale.

*N'est-ce pas ?*

Et l'autre jour, elle m'a avoué que je n'avais pas de rival. Je crois qu'elle tient à moi. Si c'est le cas, j'aimerais qu'elle me le dise. Ce serait tellement plus facile. Elle est talentueuse, courageuse, intelligente – et pleine de bonne volonté. Je souris en songeant à son corps offert, à ses baisers ardents… Oui. Pleine de bonne volonté. Je me penche et murmure dans ses cheveux :

— Je t'aime, Alessia Demachi.

Puis je pose la tête sur l'oreiller sans la quitter des yeux. Ma précieuse, ma fabuleuse Alessia.

La sonnerie de mon téléphone me réveille en sursaut. À en juger par la faible lueur qui filtre à travers les stores, il est bien trop tôt. Alessia est enroulée autour de moi. Je m'étire pour attraper mon portable. C'est Mme Beckstrom, ma voisine à Londres.

*Pourquoi elle m'appelle à cette heure ?*

Je réponds à voix basse :

— Bonjour, madame Beckstrom, tout va bien ?

— Ah, Maxim, enfin ! Je suis désolée de vous appeler si tôt, mais je crois que vous avez été cambriolé.

## 20

Quoi ?

Un frisson me parcourt l'échine et d'un coup, je suis parfaitement réveillé.

*Cambriolé ? Comment ? Quand ?*

Mon esprit se met à fonctionner à toute allure.

— Oui. J'ai sorti Heracles ce matin. J'adore le promener sur les quais à l'aube, même s'il ne fait pas beau. C'est si paisible…

Je roule des yeux. *Accouchez, madame Beckstrom !*

— Votre porte était ouverte. Cela fait peut-être plusieurs jours qu'elle est comme ça. Je ne sais pas. Mais j'ai trouvé ça bizarre. Alors aujourd'hui, j'ai jeté un coup d'œil à l'intérieur, et bien sûr, vous n'étiez pas là.

*Ai-je oublié, dans la panique, de fermer quand je suis parti chercher Alessia ?*

Je ne m'en souviens pas.

— Oh, Maxim, c'est un chantier effroyable chez vous !

*Merde.*

— Je voulais appeler la police, mais j'ai préféré vous prévenir d'abord.

— Eh bien, merci. Vous avez bien fait. Je vais m'en occuper.

— Je suis navrée d'être porteuse de si mauvaises nouvelles.

— Ne vous inquiétez pas, madame Beckstrom. Merci.

Je raccroche.

*Quel bordel !*

Qu'est-ce que ces truands ont volé ? Je n'ai pas grand-chose de valeur… le plus important est dans le coffre. J'espère qu'ils ne l'ont pas trouvé.

*Putain.*

C'est vraiment la merde. Je vais sûrement devoir rentrer à Londres, même si je n'en ai aucune envie. Je suis si bien ici avec Alessia. Je m'assois sur le lit et la regarde. Elle cligne des yeux. Je la rassure d'un sourire :

— Ne bouge pas, je dois juste passer un coup de fil.

Comme je ne veux pas l'inquiéter avec tout ça, je me lève, noue le couvre-lit autour de ma taille, et vais dans la chambre d'amis avec mon téléphone. J'appelle Oliver en faisant les cent pas.

*Pourquoi l'alarme ne s'est-elle pas déclenchée ?*

*J'ai oublié de l'activer ? Je suis parti tellement vite. Je ne sais pas.*

— Maxim ? (Oliver est surpris par mon appel.) Un problème ?

— Oliver, ma voisine vient de m'appeler. Elle dit que j'ai été cambriolé.

430

— Oh, merde !

— Exactement.

— Je file chez vous tout de suite. Ça ne devrait pas me prendre plus de quinze minutes à cette heure.

— Super. Je vous rappelle dans vingt minutes.

Je raccroche, d'humeur morose, et je réfléchis à mes objets de valeur. Mes appareils photo... mes tables de mixage... mon ordinateur...

*Mon Dieu ! Les appareils photo de mon père ?*

J'y crois pas ! C'est certainement un petit voyou ou un drogué qui a mis mon appart à sac.

*Putain de merde.*

Moi qui pensais passer la journée avec Alessia, et peut-être aller visiter l'Eden Project. Bon, ce n'est pas forcément fichu, mais je dois évaluer les dégâts – et pas sur l'écran de mon téléphone. Si je rappelle Oliver sur FaceTime avec le Mac du Hall, je verrai bien mieux.

Avec un sentiment de malaise, comme si on avait violé mon intimité, je retourne dans la chambre. Alessia n'a pas bougé.

— Qu'est-ce qui se passe ? demande-t-elle.

Elle est sexy avec ses cheveux en bataille et sa mine ensommeillée. Cette vision me met du baume au cœur. Et ravit ma queue. Malheureusement, je dois partir tout de suite. Et je ne veux pas l'alarmer. Elle a eu assez de problèmes ces dernières semaines.

— Je dois sortir pour régler un truc. On va peut-être devoir rentrer à Londres. Mais reste au lit. Je sais que tu es fatiguée. Je reviens dès que je peux.

Elle repousse la couverture, les sourcils froncés. Je lui donne un petit baiser et file prendre une douche.

Quand je sors de la salle de bains, Alessia n'est plus là. J'enfile rapidement un jean et une chemise blanche. Je la trouve dans la cuisine, vêtue de mon haut de pyjama, en train de faire la vaisselle d'hier. Elle me tend une tasse de café noir.

— Pour te réveiller, précise-t-elle avec entrain, malgré l'appréhension qui se lit sur son visage.

Je bois mon café d'un trait. Chaud et corsé, il est parfait. Un peu comme Alessia.

— Ne t'inquiète pas, je serai vite de retour.

Je l'embrasse à nouveau, attrape mon manteau, et franchis la porte. Je monte les marches sous une pluie battante, grimpe dans la voiture, et démarre en trombe.

Alessia regarde Maxim refermer le portail. Où va-t-il ? Il est arrivé un malheur, elle le sent. Sans savoir pourquoi, elle a un mauvais pressentiment. Elle soupire. Elle ignore tant de choses sur lui.

Et ils vont probablement rentrer à Londres. Elle devra alors affronter la réalité.

Elle n'a nulle part où aller.

*Zot.*

Ces derniers jours, elle a mis ses problèmes de côté, mais de nombreuses questions restent en suspens. Où va-t-elle vivre ? Dante a-t-il renoncé à la retrouver ? Quels sont les sentiments de Maxim pour elle ?

Elle inspire profondément, espérant qu'il va régler son problème et revenir rapidement. Sans lui, la maison paraît si vide. Ces dernières journées ont été merveilleuses. Elle voudrait tant rester en Cornouailles. Non, elle n'est pas prête à se confronter à la réalité. Elle n'a jamais été aussi heureuse qu'ici, avec lui. En attendant son retour, elle décide de vider le lave-vaisselle. Puis elle prendra une douche.

Je coupe par les petites routes pour gagner Tresyllian Hall – c'est plus rapide que par la voie principale. La pluie tambourine contre le pare-brise tandis que je fonce sur la chaussée étroite. Franchissant l'entrée sud du domaine, je ralentis avant le passage canadien, qui empêche les bêtes de sortir, puis accélère pour remonter l'allée. Sous la pluie, le paysage est gris et terne, parsemé çà et là de moutons. Le printemps venu, le bétail se dispersera dans les prés. À travers les arbres dénudés, j'aperçois la maison. L'impressionnante demeure de style gothique semble tout droit sortie d'un roman des sœurs Brontë. La bâtisse originelle avait été érigée sur le site d'un prieuré bénédictin. Mais les terres et l'abbaye ont été confisquées par Henri VIII au moment de la dissolution des monastères. Un siècle plus tard, en 1661, avec la Restauration anglaise, le domaine a été donné – avec le titre de comte de Trevethick – à Edward Trevelyan, pour ses services rendus à Charles II. La propriété qu'il a fait construire a été détruite par un incendie en 1862, et cette monstruosité néogothique, avec ses fleurons et ses faux remparts, a pris sa place. C'est la résidence des comtes de Trevethick, une énorme maison pleine de courants d'air, que j'ai toujours adorée.

*Et aujourd'hui, elle est à moi.*

*J'en suis le gardien.*

La voiture tressaute sur un deuxième passage, et je ralentis à l'approche des anciennes écuries qui abritent la collection de voitures de Kit. Abandonnant la Jaguar, je me précipite vers la porte de la cuisine, et suis soulagé de la trouver ouverte.

Jessie est en train de préparer le petit déjeuner, les setters de Kit à ses pieds.

— Bonjour, Jessie ! dis-je en entrant à grands pas.

Jensen et Healey se redressent et se précipitent vers moi. La voix de Jessie me suit dans le couloir :

— Maxim ! Euh… milord !

Je l'ignore et me dirige vers le bureau de Kit. *Merde.* Non. *Mon* bureau. L'odeur de la pièce me rappelle mon grand frère. Je m'arrête sur le seuil, assailli par le chagrin.

*Kit, enfoiré, tu me manques.*

La vérité, c'est que ce bureau était celui de mon père, et que Kit l'a laissé tel quel. Il a juste installé son Mac. C'était le refuge de mon père. Les murs rouge vif sont couverts de ses photographies – des paysages et des portraits, dont deux de ma mère. Le mobilier date d'avant-guerre – des années 1930, je dirais. Débordant d'enthousiasme, queues remuantes et langues pendantes, les chiens me font la fête.

— Oui, là ! Tout doux ! Braves bêtes ! Tout doux !

Je les flatte en pénétrant dans le sanctuaire.

434

— Monsieur, quel plaisir de vous voir, déclare Jessie en arrivant derrière moi. Tout va bien ?

— L'appartement de Chelsea a été cambriolé. Je vais gérer la situation d'ici.

— Oh, non !

Elle plaque sa main sur sa bouche. Je la rassure aussitôt :

— Personne n'a été blessé. Oliver est sur place pour évaluer les dégâts.

— C'est terrible, s'exclame-t-elle.

— Des emmerdes, voilà ce que c'est.

— Je peux vous apporter quelque chose ?

— Je veux bien du café.

— Tout de suite.

Jensen et Healey me jettent des regards éplorés avant de la suivre. Je m'assois au bureau de Kit – à *mon* bureau.

Le Mac allumé, j'ouvre FaceTime et clique sur le contact d'Oliver.

Alessia se délecte du jet chaud et puissant sur son corps. Ça va lui manquer quand elle sera de retour à Londres. Cette idée l'attriste. Elle a adoré ces quelques jours en Cornouailles, rien que tous les deux. C'était magique. Elle gardera précieusement le souvenir de son séjour avec lui dans cette maison extraordinaire.

*Maxim.*

En faisant mousser ses cheveux, elle reste aux aguets, incapable de chasser son angoisse. Même avec la porte de la salle de bains fermée à clé, elle se sent nerveuse. Elle n'aime pas être seule. Et il lui manque. Elle s'était habituée à sa présence. Partout. Elle rougit.

*Oui. Partout.*

Ah, si seulement elle trouvait le courage de le toucher…

La majeure partie de l'appartement est intacte. Les cambrioleurs n'ont pas touché à ma chambre noire, où se trouve mon matériel de photographie. Surtout, j'ai toujours les appareils photo de mon père, qui ont pour moi une grande valeur sentimentale. Et par chance, ils n'ont pas trouvé le coffre-fort. Ils ont pris des chaussures et des vestes dans mon dressing, mais c'est difficile à évaluer, car des vêtements sont éparpillés un peu partout dans ma chambre.

Le salon, en revanche, est un vrai foutoir. Toutes mes photos ont été arrachées des murs. Mon Mac est fracassé par terre. Mon ordinateur portable et mes tables de mixage ont disparu, et mes vinyles jonchent le sol. Heureusement, le piano n'a rien.

— Je crois que c'est tout, commente Oliver.

Il parcourt l'appartement son portable à la main pour que je puisse me rendre compte des dégâts.

— Les salauds ! Vous savez quand ça s'est passé ?

— Non, votre voisine n'a rien vu. Mais ça a pu arriver n'importe quand ce week-end.

— Peut-être vendredi, après mon départ. Comment sont-ils entrés ?

— Vous avez vu l'état de la porte d'entrée…

436

— Ouais. Ils l'ont sûrement forcée avec un truc lourd. J'ai dû oublier d'activer l'alarme, dans la précipitation.

— Effectivement, elle ne s'est pas déclenchée. Mais je crois que ça ne les aurait pas arrêtés.

— Il y a quelqu'un… ?

Une voix atone résonne à l'autre bout de l'appartement.

— C'est sûrement les flics, dit Oliver.

— Vous les avez joints ? Ils n'ont pas traîné. Bon, rappelez-moi quand ils seront partis. J'aimerais connaître leurs conclusions.

— Bien sûr, monsieur.

Il raccroche. Je contemple l'écran d'un air absent. Je n'ai pas envie de rentrer à Londres. Je veux rester ici, avec Alessia.

On frappe à la porte, et Danny apparaît sur le seuil.

— Bonjour, monsieur. J'ai cru comprendre que vous avez été cambriolé ?

— Bonjour, Danny. Oui. Mais apparemment, ils n'ont rien volé d'important. Ils ont juste fichu un bazar pas possible.

— Mme Blake va devoir tout remettre en ordre. Quelle poisse !

— Je ne vous le fais pas dire.

— Où voulez-vous prendre votre petit déjeuner ?

— Mon petit déjeuner ?

— Jessie vous a préparé du pain perdu. Comme vous l'aimez.

*Oh.* Je voulais retourner rapidement auprès d'Alessia.

437

Percevant mon hésitation, Danny me lance son fameux coup d'œil *par-dessus ses lunettes.* Celui qui nous faisait trembler, Kit, Maryanne et moi, quand on était gamins. *Tenez-vous bien, les enfants, et terminez votre assiette, sinon, je vais le dire à votre mère.* Elle jouait toujours la carte de la mère.

— Je le prendrai dans la cuisine avec vous et le reste du personnel, mais ce sera du rapide.

— Très bien, monsieur.

Alessia sort de la douche et s'enroule dans une serviette. Dans le dressing, elle fouille parmi les vêtements que Maxim lui a achetés quelques jours plus tôt. Elle n'arrive pas à se débarrasser de son appréhension. Et sursaute au moindre bruit dans la maison. Elle n'a pas l'habitude d'être seule. Chez elle, à Kukës, sa mère était toujours dans les parages, et le soir, son père était souvent là. Même à Brentford, quand elle vivait avec Magda, Alessia se retrouvait rarement seule. Il y avait toujours Magda ou Michal.

Il faut qu'elle se concentre sur sa tâche. Après tout, elle a une nouvelle garde-robe. Son choix se porte sur un jean noir, un haut gris et un joli gilet rose. Elle espère que cette tenue plaira à Maxim.

Enfin habillée, elle s'empare du sèche-cheveux. Le vrombissement de l'appareil déchire le silence.

La cuisine bruisse des conversations du personnel, qui vont bon train en ce début de matinée. Jessie se trouve parmi eux. En me voyant entrer, tous se lèvent,

438

avec une forme de déférence que je trouve un peu irritante. Mais je laisse faire.

— Bonjour à tous. Je vous en prie, asseyez-vous. Et profitez de votre petit déjeuner.

Plusieurs voix marmonnent « milord ».

À la grande époque, Tresyllian Hall employait plus de trois cent cinquante employés, mais aujourd'hui, le domaine tourne avec douze personnes à plein temps et une vingtaine à temps partiel. Nous avons aussi huit métayers, que je suis allé voir lors de mon dernier séjour. Ils élèvent du bétail et cultivent quatre mille hectares. Une agriculture entièrement biologique. Grâce à mon père.

Selon la tradition des Trevethick, le personnel de maison et les employés du domaine ne mangent pas au même service. À cette heure, les jardiniers, le garde-chasse et les assistants de l'administrateur et du garde-chasse savourent le petit déjeuner préparé par Jessie. Je remarque que je suis le seul à avoir du pain perdu.

— Il paraît qu'on vous a cambriolé, monsieur ? s'inquiète Jenkins.

— Malheureusement, oui. Un sacré merdier.

— Désolé de l'apprendre, milord.

— Michael n'est pas là ?

— Il avait rendez-vous chez le dentiste ce matin. Il doit être de retour à 11 heures.

J'attaque mon assiette. Le pain savoureux et fondant me ramène tout droit en enfance… Kit et moi en train de débattre des scores du cricket ou de nous chamailler pour savoir qui a donné le premier des coups de pied sous la table ; Maryanne, le nez dans un livre ; et le pain perdu de Jessie, servi avec des fruits. Aujourd'hui, c'est pomme à la cannelle.

— C'est bon de vous avoir ici, milord, déclare Danny. J'espère que vous n'allez pas devoir retourner à Londres.

— La police vient d'arriver à l'appartement. Je serai vite fixé.

— J'ai averti Mme Blake. Elle va se rendre chez vous avec Alice pour ranger.

— Merci, je vais demander à Oliver de prendre contact avec elle.

— Tout va bien au Hideout ? s'enquiert Danny. Je lui souris.

— Très bien. Merci. La maison est très agréable.

— On m'a dit que vous aviez eu une belle séance de tir, hier.

— Oui, c'était super. Merci encore, Jenkins.

Il m'adresse un signe de tête.

— Oh, j'y pense, reprend Danny, deux individus douteux vous cherchaient hier.

— Quoi ?

Je suis aussitôt en alerte, comme tout le personnel autour de la table. La gouvernante pâlit :

— Ils ont demandé après vous, monsieur. Je les ai priés de partir.

— Des types douteux ?

— Avec des mines patibulaires. Et agressifs. D'Europe de l'Est, il me semble, mais...

440

— Merde !

*Alessia !*


Alessia se brosse les cheveux. Ils sont enfin secs. Elle éteint l'appareil, inquiète. Elle se demande si elle n'a pas entendu un bruit. Mais ce n'est que le roulement des vagues sur la crique en contrebas. Debout devant la fenêtre, elle contemple la mer.

*Monsieur Maxim m'a donné la mer.*

Elle sourit en se rappelant ses singeries sur la plage. La pluie s'est enfin calmée. Ils pourraient retourner se balader au bord de l'eau aujourd'hui. Et déjeuner au pub. C'était une merveilleuse journée. Toutes les journées passées en sa compagnie étaient merveilleuses.

Au rez-de-chaussée, elle entend un meuble crisser sur le parquet, puis des voix masculines étouffées.

*Quoi ?*

Maxim a-t-il ramené quelqu'un à la maison ?

— *Urtë !* grogne un homme à voix basse.

De l'albanais ! La peur et l'adrénaline affluent dans son corps ; elle est pétrifiée.

Dante et Ylli.

Ils l'ont retrouvée.

## 21

Je file à travers le domaine, traverse les passages canadiens sans ralentir, et enfonce l'accélérateur de la Jaguar. Je dois retourner à la maison. Il n'y a pas une seconde à perdre. L'angoisse m'oppresse. J'ai du mal à respirer.

*Alessia.*

Pourquoi l'ai-je laissée seule ? S'il lui arrive quelque chose… je ne pourrai jamais me le pardonner.

Mon cerveau est en ébullition.

Ce sont eux ? Les ordures qui voulaient en faire une esclave sexuelle ? J'ai la nausée. Comment nous ont-ils retrouvés ? *Comment ?!* C'est peut-être eux qui ont cambriolé mon appartement. Ils ont pu trouver des informations sur Trevethick et Tresyllian Hall. Et maintenant, ils sont là. À poser des questions. Rien n'arrête ces salopards ! Venir frapper à ma porte ! J'agrippe le volant.

*Vite. Vite. Vite.*

S'ils découvrent qu'elle se cache au Hideout… Je ne la reverrai plus.

Ma panique redouble.

442

Ils vont l'emmener en enfer. Et je ne la retrouverai jamais.

*Non. Putain. Non.*

Je prends un virage serré pour bifurquer dans l'allée du Hideout, projetant des graviers sur les haies.

Le cœur d'Alessia cogne dans sa poitrine. Le sang se retire de son cerveau et la pièce se met à tourner autour d'elle. Elle a les jambes en coton.

Elle vit son pire cauchemar.

Par la porte entrebâillée, elle entend des chuchotements en bas. Comment sont-ils entrés ? Un craquement dans l'escalier la pousse à agir. Elle se réfugie dans la salle de bains et ferme la porte sans un bruit. D'une main tremblante, elle la verrouille, la respiration saccadée.

Comment l'ont-ils retrouvée ?

*Comment ?*

La peur lui donne le vertige. Avec un sentiment d'impuissance, elle fouille la pièce du regard, à la recherche de quelque chose pour se défendre. *N'importe quoi.* Le rasoir de Maxim ? Sa brosse à dents ? Elle saisit les deux et les glisse dans sa poche arrière.

Les tiroirs sont vides… Il n'y a rien.

Elle ne peut que se terrer ici. Son seul espoir est que la porte tienne bon jusqu'au retour de Maxim.

*Non. Maxim !*

Il ne fera pas le poids contre eux. Un seul homme – face à ces deux truands. Ils vont s'en prendre à lui. Les larmes lui brouillent la vue. Elle s'affale par terre, incapable de tenir sur ses jambes, et s'adosse contre la porte, pour la bloquer, au cas où ils essaieraient de l'enfoncer.

— J'ai entendu du bruit.

C'est Ylli. Il est dans la chambre. Depuis quand sa propre langue est-elle aussi terrifiante ?

— Vérifie de ce côté, grommelle Ylli.

— T'es là-dedans, petite salope ? crache Dante en tournant la poignée.

Alessia se mord le poing pour s'empêcher de crier, le visage noyé de larmes. Son corps se met à trembler violemment. Terrorisée, elle peine à respirer. Elle n'a jamais eu aussi peur de sa vie. Pas même dans le camion qui l'a emmenée en Angleterre. Elle est totalement impuissante. Elle ne sait pas se battre et n'a aucune échappatoire. Et elle ne peut pas prévenir Maxim.

— Sors de là !

La voix de Dante la fait sursauter. Elle n'est qu'à quelques centimètres de son oreille.

— Si tu m'obliges à fracasser cette porte, je vais t'en faire voir !

Alessia serre les paupières et étouffe ses pleurs. Soudain, il y a un choc, un bruit sourd, comme si un sac de grain tombait par terre.

Zot. Zot. Zot.

Il essaie d'enfoncer la porte. Mais elle tient bon. Alessia se lève et cale son pied contre le battant, regrettant d'être pieds nus. Elle pèse de tout son poids, espérant l'empêcher de céder.

— Quand je te mettrai la main dessus, je te tuerai, petite garce. Tu sais combien tu m'as coûté ? Hein ?

Il donne un nouveau coup violent.

Ce n'est plus qu'une question de temps. Alessia ravale un sanglot, gagnée par le désespoir. Elle n'a pas trouvé le courage d'avouer à Maxim qu'elle l'aimait.

La Jaguar remonte l'allée à toute vitesse. Je repère une vieille BMW couverte de boue abandonnée près du garage.

*Ils sont là !*

*Non. Non. Non.*

Ma peur et ma rage grimpent d'un cran.

*Alessia !*

*Du calme, mec. Garde ton sang-froid. Réfléchis.*

Je gare la voiture en travers du portail. Ils ne s'échapperont pas si facilement. Si j'entre par l'escalier de l'entrée principale, ils vont me voir, et je perdrai l'effet de surprise. J'ouvre la portière à la volée et m'élance pour accéder à l'arrière-cuisine. Ma respiration s'accélère et l'adrénaline se répand dans mes veines.

*Ne panique pas.*

La porte de l'arrière-cuisine est entrebâillée.

*Merde.* Ils sont sûrement passés par là. Le cœur battant, je prends une profonde inspiration, et entre prudemment. L'adrénaline aiguise mes sens et le sang bat contre mes tempes.

445

*Du calme.*

Des cris. Là-haut.

*Non. Non. Non.*

S'ils touchent à un cheveu de sa tête, je les tue. Je fonce sur l'armoire contenant les armes et la déverrouille. J'y ai rangé les fusils hier, avant de retourner à la plage avec Alessia. M'efforçant de contrôler ma respiration, je saisis prudemment l'un des Purdey. Le plus calmement possible, je fais basculer le canon et insère deux cartouches. J'en glisse quatre supplémentaires dans la poche de ma veste. Jamais je n'ai été aussi reconnaissant envers mon père de m'avoir appris à tirer.

*Reste calme. Tu n'as aucune chance de la sauver si tu paniques.*

Je me répète ça en boucle. J'ôte le cran de sûreté, cale le fusil contre mon épaule et gagne la pièce principale à pas de loup. Personne au rez-de-chaussée, mais un grand fracas à l'étage, suivi d'éclats de voix dans une langue étrangère.

Alessia pousse un cri strident.

Elle hurle quand la porte cède, et se réfugie à l'autre bout de la pièce. Emporté par son élan, Dante manque de tomber. Alessia roule en boule par terre, paralysée. Sa vessie lâche, et un liquide chaud coule le long de ses jambes, souillant son jean neuf.

Son destin est scellé.

Elle inspire par à-coups, la gorge serrée. Sa tête tourne. La terreur lui donne le vertige.

— Te voilà, salope ! vocifère Dante en l'empoignant brutalement par les cheveux pour lui relever la tête.

Elle hurle et reçoit une gifle.

— Tu sais combien tu m'as coûté, petite pute ? Tu vas me le payer avec ton cul.

Le visage de Dante est à quelques centimètres du sien. Ses yeux sombres brillent de rage. Son haleine est rance, et son corps dégage une odeur de rat mort.

Il la gifle à nouveau et la tire par les cheveux pour la relever. La douleur est indescriptible – comme si on lui arrachait la peau du crâne.

— Dante ! Non ! Non ! gémit-elle.

— Arrête de pleurnicher, et bouge-toi les fesses !

Il la secoue comme un prunier et la projette dans la chambre, où Ylli l'attend. Elle s'étale face contre terre comme une étoile de mer. Et se recroqueville aussitôt.

C'est sûrement un cauchemar.

Elle serre les paupières, se préparant aux coups inévitables.

*Tuez-moi. Tuez-moi. Tuez-moi.* Elle veut juste mourir.

— Et tu t'es pissé dessus ! Sale *piçka*, je vais te défoncer.

Dante s'approche et lui donne un violent coup de pied dans le ventre. Elle en a le souffle coupé.

— Écarte-toi d'elle, connard !

La voix de Maxim résonne dans la pièce.

*Quoi ?*

Alessia ouvre des yeux troubles. *Il est là.*

447

Maxim se tient sur le seuil, tel un archange dans son long manteau noir, le regard d'un vert tranchant, armé de son fusil de chasse.

*Il est venu me sauver.*

Le salopard se tourne pour me faire face. Il blêmit et recule d'un pas, bouche ouverte ; la sueur perle sur son crâne chauve. Son complice au visage taillé à la serpe opère un retrait prudent, les mains en l'air, les lèvres frémissantes. On dirait un putain de rat dans sa parka trop grande. Mon doigt sur la détente me démange. Je dois lutter pour ne pas leur exploser la tête. Crâne d'œuf m'observe de ses petits yeux perçants, tentant de me jauger. Vais-je tirer ? Ai-je les couilles de le faire ? Je rugis :

— Ne me tente pas, bordel ! Les mains en l'air ou je te bute. Écarte-toi de la fille. Tout de suite !

Il fait un nouveau pas en arrière. Son regard passe d'Alessia à moi, comme s'il cherchait une solution.

Il n'en a aucune.

*Connard.*

— Alessia. Lève-toi. Allez ! Vite !

Je lui aboie dessus, car elle est toujours à la portée de ces salauds.

Elle se remet péniblement debout. Sa joue est rouge et enflée – là où on l'a frappée. Je ne sais pas ce qui me retient…

— Viens derrière moi, je grogne entre mes dents.

Elle obéit. Sa respiration est altérée, sans doute par la peur.

448

— À genoux ! MAINTENANT ! Et pas un mot.

Les deux brutes échangent un regard interrogateur.

Je leur expose la situation :

— Deux canons. Chargés. Je peux vous buter tous les deux. Ou alors je fais sauter vos bijoux de famille.

Je pointe mon arme sur l'entrejambe de Crâne d'œuf.

Ses sourcils se haussent sur son front livide, et les deux hommes tombent à genoux.

— Les mains derrière la tête !

Ils s'exécutent, mais je n'ai rien pour les attacher. *Merde.*

— Alessia, ça va ?

— Oui.

Mon portable vibre dans ma poche. *Merde.* Je parie que c'est Oliver.

— Tu peux répondre, Alessia ? dis-je en gardant les deux ordures en joue.

Elle récupère mon téléphone et je l'entends murmurer :

— Allô ? (Elle marque une pause avant de reprendre d'une voix étranglée :) Je suis la femme de ménage de Monsieur Maxim.

*Bon Dieu. Elle est tellement plus que ça.*

Crâne d'œuf crache des mots à son complice :

— *Është pastruesja e tij. Nëse me pastruese do të thuash konkubinë.*

Face de rat lui rétorque :

— *Ajo nuk vlen asgjë. Grueja asht shakull për me bajt.*

449

Je gronde :

— La ferme, vous deux ! Alessia, qui est-ce ?

— C'est M. Oliver.

— Dis-lui que nous avons capturé deux intrus au Hideout et demande-lui de prévenir la police. Tout de suite. Et aussi d'appeler Danny pour qu'elle envoie Jenkins immédiatement.

D'une voix blanche, elle répète mes instructions mot pour mot.

— M. Oliver répond qu'il s'en occupe... Au revoir, ajoute-t-elle avant de raccrocher.

— À terre, vous deux. À plat ventre. Les mains derrière le dos.

Crâne d'œuf jette un coup d'œil à Face de rat. Va-t-il tenter quelque chose ? Je m'avance et baisse le fusil vers son front.

— Ohé ! appelle une voix au rez-de-chaussée.

C'est Danny. Déjà ? Comment est-ce possible ?

— À l'étage, Danny ! je crie sans lâcher les deux hommes des yeux.

Du bout de mon fusil, je leur fais signe de se remuer. *À plat ventre, connards.*

Ils s'allongent sans moufter. Je m'approche des deux silhouettes à terre.

— Fais pas le malin, dis-je en pressant le canon sur le dos de Crâne d'œuf. T'as pas intérêt à jouer avec mes nerfs. Le coup te casserait la colonne et t'éclaterait le ventre. Et tu crèverais après une longue agonie – exactement ce que tu mérites, espèce de porc.

450

— Non, non, s'il vous plaît, pleurniche-t-il avec une mine de chien battu.

— La ferme ! Bouge pas, OK ? Hoche la tête si t'as compris.

Les deux hommes acquiescent vivement. J'en profite pour regarder Alessia à la dérobée. Les yeux écarquillés, le teint pâle, elle est blottie contre la porte. Derrière elle, apparaît Danny – puis Jenkins.

— Oh, mon Dieu. (Danny plaque la main sur sa bouche.) Que se passe-t-il ici ?

— Oliver vous a appelée ?

— Non, milord. Nous vous avons suivi après votre départ précipité. Nous nous doutions qu'il était arrivé quelque chose...

— Ces deux kidnappeurs se sont introduits dans la maison. Ils cherchaient Alessia.

Je presse mon fusil sur la nuque de Crâne d'œuf et interroge Jenkins :

— Vous avez de quoi les attacher ?

— J'ai de la ficelle pour les balles de foin à l'arrière du Land Rover, répond-il en quittant la pièce au pas de course.

— Danny, emmenez Alessia au Hall, s'il vous plaît.

— Non ! proteste Alessia.

— Vas-y. Il vaut mieux que tu ne sois pas là quand la police arrivera. Je te rejoins dès que je peux. Tu seras en sécurité avec Danny.

— Venez, mon petit, insiste Danny.

— J'ai besoin de me changer, marmonne Alessia.

451

Je fronce les sourcils. *Pour quoi faire ?*

Alessia se précipite dans le dressing et revient peu après avec un sac de vêtements. Elle me lance un regard indéchiffrable, puis suit Danny dans l'escalier.

Pelotonnée sur son siège, Alessia regarde défiler le paysage, pendant que la vieille dame prénommée Danny conduit la grosse voiture sur une route de campagne.

*Où allons-nous ?*

Sa tête lui fait mal, comme si quelque chose tambourinait dans son crâne. Elle sent aussi une douleur lancinante dans les côtes chaque fois qu'elle inspire. Elle essaie de ne pas respirer trop fort.

Danny l'a emmitouflée dans une couverture qu'elle a prise sur le canapé de la maison.

— Il n'est pas question que vous attrapiez froid, mon petit.

Elle a une voix douce, affable, et un accent qu'Alessia ne connaît pas. C'est sûrement une bonne amie de Monsieur Maxim pour qu'elle prenne soin d'elle comme ça.

*Maxim.*

Elle n'oubliera jamais son regard quand il est venu la sauver, avec son long manteau noir et son fusil, comme le héros d'un vieux film américain.

Dire qu'elle avait peur pour lui.

Son ventre se contracte. Elle va être malade.

— Arrêtez-vous, s'il vous plaît.

452

Danny se gare sur le bas-côté, et Alessia dégringole du véhicule. Elle se plie en deux et vomit son petit déjeuner au bord de la route. Danny vient à son secours et lui écarte les cheveux tandis que son estomac se vide.

Elle finit par se redresser, elle tremble de tous ses membres.

— Oh, mon petit, soupire Danny en lui tendant un mouchoir. Nous allons vous ramener au Hall.

Lorsqu'elles reprennent leur route, Alessia entend des sirènes au loin. La police est sans doute arrivée au Hideout. Elle triture le mouchoir entre ses doigts.

— Ça va aller, la rassure la vieille dame. Vous n'avez plus rien à craindre maintenant.

Alessia secoue la tête, s'efforçant de comprendre ce qui vient de se passer.

*Monsieur Maxim m'a sauvée. Pour la deuxième fois.*

Pourra-t-elle le remercier un jour ?

Jenkins attache les mains des deux brutes dans leur dos. Il leur immobilise aussi les chevilles.

— Milord, regardez !

Il soulève la parka de Face de rat, révélant la crosse d'un pistolet.

— Violation de domicile, tentative d'enlèvement et détention d'armes. De mieux en mieux.

Heureusement qu'il n'a pas tenté de s'en servir contre moi – ou Alessia. Je confie mon fusil à Jenkins et, après une hésitation, je donne un coup de pied dans les côtes de Crâne d'œuf.

— Ça, c'est pour Alessia, enfoiré.

L'homme gémit de douleur et, pendant que Jenkins le tient toujours en joue, je le frappe une deuxième fois, plus fort.

— Et ça, c'est pour toutes les femmes que vous avez vendues comme esclaves !

Jenkins a un hoquet de stupeur.

— Esclaves sexuelles ?

— Oui. Il cherchait Alessia. Et lui aussi !

Je désigne Face de rat, qui me jette un regard haineux. Jenkins lui balance aussi un coup de pied.

Je m'agenouille près de Crâne d'œuf et lui relève la tête en lui tirant l'oreille.

— Tu es la lie de l'humanité. Tu vas croupir en prison et je vais faire en sorte qu'ils jettent la clé.

Il essaie de me cracher au visage, mais il manque son coup, et sa bave dégouline sur son menton. Je lui cogne la tête par terre. Avec un peu de chance, il aura une migraine carabinée. Je me relève et me retiens de ne pas shooter dans son crâne comme dans un ballon.

— On pourrait les finir et se débarrasser des corps, milord, propose très sérieusement Jenkins en pointant son arme sur Face de rat. On ne les retrouverait jamais dans le domaine.

Un moment, je me demande si Jenkins plaisante ou pas – peu importe, car Face de rat le croit et serre les paupières, le visage défiguré par la peur.

*Comme ça au moins, tu sais ce qu'a ressenti Alessia, petite merde.*

454

— Même si c'est très tentant, ça foutrait un sacré bordel ici. Et je crois que le personnel n'apprécierait pas.

Nous levons les yeux en entendant les sirènes.

— Sans oublier le léger problème de la police.

Danny bifurque sur une petite route et passe devant une jolie maison en pierre. La grosse voiture bringuebale sur des grilles en métal, puis traverse de grandes prairies. Ici, l'herbe est verdoyante, alors que c'est l'hiver. Et tout est bien entretenu. C'est très différent des paysages sauvages qu'elle a vus depuis son arrivée. Quelques gros moutons se promènent. Au bout du chemin, une immense demeure grise se dresse devant elles. Imposante. Alessia n'a jamais vu une maison de cette taille. Elle reconnaît la cheminée. Elle l'a vue pendant sa promenade avec Maxim. Il lui a dit qu'elle appartenait à quelqu'un – elle ne se rappelle plus qui. Peut-être que Danny habite ici.

*Si elle vivait là, elle ne cuisinerait pas pour Monsieur Maxim.*

Danny s'arrête devant la porte de derrière.

— Nous y sommes. Bienvenue à Tresyllian Hall.

Alessia descend de voiture sans parvenir à sourire. Les jambes toujours flageolantes, elle entre avec Danny dans ce qui ressemble à une cuisine. C'est une salle spacieuse, très aérée. Alessia n'en a jamais vu de si grande. Avec des placards en bois et du carrelage. Tout est parfaitement propre. Ancien et moderne à la fois. Et il y a deux cuisinières. Deux !

455

Et une table massive où une quinzaine de personnes peuvent s'asseoir. Deux gros chiens au pelage roux bondissent vers elle. Alessia prend peur.

— Jensen ! Healey ! Au pied ! ordonne Danny.

Les chiens s'arrêtent net et s'aplatissent sur le sol, levant vers les deux femmes des yeux interrogateurs. Alessia les observe avec méfiance. Ils sont magnifiques, mais dans son pays, les chiens restent dehors.

— Ils sont inoffensifs, ma chère. Simplement heureux de vous rencontrer. Venez avec moi. Aimeriez-vous prendre un bain ?

Elle est pleine de sollicitude, mais Alessia rougit, mortifiée.

— Oui, je veux bien.

*Elle sait !* Oui, elle a vu qu'Alessia avait mouillé son pantalon.

— Vous avez dû avoir affreusement peur.

Alessia hoche la tête et bat des cils pour chasser ses larmes.

— Oh, mon petit, ne pleurez pas. Monsieur le comte aurait de la peine. Nous allons arranger ça.

*Monsieur le comte ?*

Elle suit Danny le long d'un couloir aux murs lambrissés où sont accrochés des tableaux représentant des paysages, des chevaux, des bâtiments, des scènes religieuses, ainsi que plusieurs portraits. Elles passent devant de nombreuses portes et empruntent un étroit escalier en bois qui débouche sur un autre corridor. Enfin, Danny s'arrête et ouvre une jolie chambre au mobilier blanc et aux murs bleu pâle. Elle traverse la pièce pour entrer dans la salle de bains attenante, et tourne les robinets de la baignoire. Derrière elle, Alessia resserre les pans de la couverture autour de ses épaules, tandis que la vapeur d'eau envahit la pièce. Danny ajoute des sels de bain de la marque Jo Malone – comme au Hideout.

— Je vais chercher des serviettes. Si vous déposez vos vêtements sur le lit, je les ferai laver et sécher en un rien de temps.

Elle lui adresse un sourire chaleureux et la laisse seule.

Alessia regarde l'eau couler, formant une mousse épaisse. La baignoire est ancienne, avec des pieds en forme de pattes de lion. Son corps tremble à nouveau. Elle s'emmitoufle dans la couverture.

Quand Danny revient avec des serviettes propres, Alessia n'a pas bougé. La vieille dame les dépose sur un fauteuil en rotin blanc, ferme les robinets, puis se tourne vers Alessia, ses yeux bleus emplis de compassion.

— Vous voulez toujours prendre un bain, mon petit ?

Alessia hoche la tête.

— Souhaitez-vous que je vous laisse ?

Elle secoue la tête. Non, elle ne veut pas rester seule. Danny pousse un soupir.

— D'accord. Je vous aide à vous déshabiller alors ? C'est ça ?

Alessia acquiesce.

457

— Nous allons devoir interroger votre fiancée, déclare l'agent de police.

Grande et élancée, le regard vif et intelligent, l'agent Nicholls a à peu près mon âge et prend note de tout ce que je raconte.

Je pianote sur la table du séjour. Combien de temps ça va durer ? Je suis impatient de retrouver Alessia, ma *fiancée*...

Nicholls et son supérieur, le sergent Nancarrow, ont patiemment écouté mon récit de la tentative d'enlèvement d'Alessia. Naturellement, j'ai passé certains détails sous silence, mais je suis resté le plus près possible de la vérité.

— Bien sûr, dès qu'elle se sentira mieux. Ces salauds l'ont drôlement secouée. Si je n'étais pas revenu à temps...

Je ferme brièvement les yeux et un frisson me parcourt l'échine.

*J'aurais pu la perdre pour toujours.*

— Vous avez tous les deux vécu une terrible épreuve, commente Nancarrow en secouant la tête. Vous avez appelé un médecin ?

— Oui.

Pourvu que Danny ait eu la présence d'esprit de le faire.

— J'espère qu'elle se remettra vite, ajoute le sergent.

Je suis content que Nancarrow soit là. Je le connais depuis longtemps. Nous avons eu quelques prises de bec lors de soirées un peu trop arrosées sur la plage, mais il s'est toujours montré impartial. Et bien sûr, c'est lui qui est venu à la maison pour nous annoncer le tragique accident de Kit.

— Si ces types ont un casier, on va les trouver dans notre base de données. Délits mineurs ou crimes plus graves, on aura tout l'historique, Lord Trevethick, poursuit Nancarrow. (Puis il s'adresse à sa collègue :) Vous avez tout ce qu'il vous faut, Nicholls ?

— Oui, monsieur. (Elle se tourne vers moi :) Merci, milord.

Elle a l'air enchantée. Je devine que c'est la première fois qu'elle traite une affaire d'enlèvement.

— Bien. (Nancarrow lui fait un signe de tête approbateur.) C'est une belle maison que vous avez là, milord.

— Merci.

— Et comment allez-vous ? Depuis la mort de votre frère ?

— On tient le coup.

— Triste histoire.

— En effet.

— C'était un homme bien.

Je hoche la tête.

Mon téléphone vibre. C'est Oliver. J'ignore l'appel.

— Nous allons vous laisser, milord. Je vous tiendrai au courant des suites de l'enquête.

— Je parie que ce sont ces connards qui ont cambriolé mon appartement à Chelsea.

— Nous allons vérifier.

Je les raccompagne.

459

— Oh, et tous mes compliments pour votre futur mariage, déclare Nancarrow en me tendant la main.

— Merci. Je transmettrai vos félicitations à ma fiancée.

*Il faut juste que je lui demande d'abord de m'épouser...*

L'eau chaude lui fait du bien. Danny est partie laver les vêtements sales d'Alessia. Elle a promis de revenir dans une *petite* minute. Elle va aussi récupérer le reste de ses affaires dans la voiture et lui apporter un médicament contre la migraine. Elle a mal au crâne depuis que Dante l'a tirée par les cheveux. Ses tremblements se sont calmés, mais son angoisse est toujours présente. Quand elle ferme les yeux, elle voit le visage haineux de Dante tout près du sien. Et dès qu'elle les rouvre, elle se remet à grelotter en se rappelant son odeur.

*Zot.* L'odeur fétide de cet homme. Sa transpiration. Et son haleine immonde.

Elle inspire brusquement, et s'asperge le visage pour chasser ce souvenir, mais l'eau chaude lui brûle la joue – là où il l'a frappée.

Les paroles d'Ylli résonnent encore dans sa tête.

*Nëse me pastruese do të thuash konkubinë.*

*Sauf si femme de ménage veut dire concubine.*

Concubine.

Le terme est adéquat. Elle ne veut pas le reconnaître, mais c'est la vérité. Elle est la concubine de Maxim – et sa femme de ménage. Son humeur s'assombrit. Qu'espérait-elle au juste ? Son destin est scellé depuis le jour où elle a défié son père. Mais elle n'avait pas le choix. Si elle était restée à Kukës, elle serait mariée à un homme instable et violent. Un frisson la parcourt. Elle avait supplié son père de rompre ses fiançailles. Mais il avait ignoré les suppliques de sa mère comme les siennes. Il avait donné sa parole d'honneur à cet homme.

Sa *besa*.

Sa mère et elle ne pouvaient rien faire. Baba ne reviendrait pas sur sa parole. Ce serait jeter l'opprobre sur leur famille. Pour l'aider à sortir de cette impasse, sa mère l'avait involontairement livrée à ces gangsters. Mais maintenant qu'ils étaient aux mains de la police, ils n'étaient plus une menace, et elle devait accepter de regarder la réalité en face. Depuis qu'elle est en Cornouailles, à courir sur la plage, boire de la bière, manger au restaurant, et faire l'amour avec Monsieur Maxim, elle a perdu toute notion de la vraie vie. Elle s'est bercée d'illusions. Comme sa grand-mère – qui lui a farci la tête d'idées folles sur l'indépendance et la liberté. Alessia a quitté son pays pour échapper à un mariage forcé, mais aussi, en toute bonne foi, pour trouver du travail. C'était son plan : travailler et être indépendante – ne pas être une femme entretenue.

Elle regarde les bulles éclater une à une dans le bain.

Elle ne s'attendait pas à tomber amoureuse...

Danny réapparaît avec un grand peignoir bleu marine.

— Allez, sortez de là. Sinon, vous allez virer au cramoisi.

*Cramoisi ?*

Alessia se lève. En pilote automatique. Danny l'enveloppe dans le tissu éponge et l'aide à sortir du bain.

— Ça va mieux ?

Elle hoche la tête.

— Merci, madame.

— Danny. Il est vrai que nous n'avons pas été officiellement présentées. Tout le monde m'appelle comme ça ici. Je vous ai apporté un verre d'eau, de l'aspirine et une poche de glace pour votre tête. Et aussi de l'arnica pour votre joue. Ça la fera désenfler. J'ai appelé le médecin pour qu'il vienne examiner cette vilaine blessure aux côtes. Vous devriez vous allonger maintenant. Vous êtes sûrement épuisée.

Elle entraîne Alessia dans la chambre.

— Et Maxim ?

— Monsieur le comte reviendra dès qu'il aura terminé avec la police. Venez, mon petit.

— Monsieur le comte ?

— Oui, ma chère.

Alessia fronce les sourcils, aussitôt imitée par Danny, qui s'étonne :

— Vous ne le saviez pas ? Maxim est le comte de Trevethick.

## 22

*Le comte de Trevethick?*

— C'est sa maison, explique Danny comme si elle parlait à une enfant. Et toutes les terres autour. Et le village aussi… Il ne vous en a pas parlé?

Alessia secoue la tête.

— Ah… (Ses sourcils blancs se froncent, puis elle hausse les épaules.) Il doit avoir ses raisons. Je vais vous laisser pour que vous puissiez vous habiller. Votre sac est sur la chaise.

Alessia acquiesce et Danny quitte la pièce. Stupéfaite, la jeune femme regarde fixement la porte. Ses pensées se bousculent dans son esprit. Son savoir en matière de noblesse anglaise se limite à ce qu'elle a lu dans deux romans de Georgette Heyer, des livres que sa grand-mère avait rapportés clandestinement en Albanie. À sa connaissance, il n'y a pas d'aristocratie dans son pays. Autrefois, oui. Mais quand les communistes ont pris le pouvoir après la Seconde Guerre mondiale, les nobles ont tous fui l'Albanie.

Mais ici… Monsieur Maxim est un comte.

Non. Pas Monsieur Maxim. Lord Maxim!

*Milord.*

Pourquoi ne le lui a-t-il pas dit?

Et la réponse s'impose à elle, douloureuse.

Parce qu'elle n'est que sa femme de ménage.

*Nëse me pastruese do të thuash konkubinë.*

*Sauf si femme de ménage veut dire concubine.*

Elle resserre les pans de son peignoir. Elle grelotte. L'air froid sans doute, mais aussi cette nouvelle.

Pourquoi lui a-t-il caché ça?

Parce qu'elle n'est pas assez bien pour lui!

Elle est juste bonne pour...

Son estomac se vrille. Comment a-t-elle pu être aussi naïve! Humiliée par cette trahison, elle essuie une larme qui perle de ses yeux. Elle a préféré ne pas voir l'évidence.

Leur relation était trop belle. Trop belle pour être vraie.

Au plus profond de son âme, elle le savait. Maintenant, elle en a la preuve.

Toutefois, il ne lui a jamais rien promis. C'est elle qui s'est emballée. Il ne lui a pas dit qu'il l'aimait... Il ne lui a pas joué la comédie de l'amour. Et pourtant, en un rien de temps, elle est tombée amoureuse. *Tombée*, c'est bien le mot... une chute vertigineuse!

Quelle idiote!

Des larmes amères, où se mêlent la honte et le regret, roulent sur ses joues. Furieuse, elle se sèche le visage.

Il est temps de se réveiller!

464

Elle prend une grande inspiration. Assez pleuré ! Sa colère lui donne une nouvelle énergie. Fini les lamentations. Elle est furieuse, contre lui, contre elle. Comment a-t-elle pu être aussi stupide !

Bien sûr, en son for intérieur, elle sait que cette rage n'est qu'un écran pour masquer sa souffrance. Mais c'est mieux que rien. Tout plutôt que laisser cette trahison la ronger !

Elle ôte le peignoir, attrape son sac sur la chaise, et en vide le contenu sur le lit. Heureusement qu'elle a récupéré ses anciens habits. Elle enfile sa culotte rose, son soutien-gorge, puis son jean, son maillot d'Arsenal et ses baskets. Ce sont là toutes ses possessions. Elle n'a pas pensé à prendre son blouson, mais elle a toujours un des pulls que lui a offerts Monsieur Maxim – Lord Maxim – et la couverture que Danny a récupérée au Hideout.

Dante et Ylli vont être arrêtés, et dès que la police aura découvert tout ce qu'ils ont fait, ils seront incarcérés pour longtemps. Elle n'a plus rien à craindre de ces brutes.

Elle est libre de partir.

Pas question de s'attarder ici !

Elle ne veut pas rester avec un homme qui lui a menti. Un homme qui va la chasser dès qu'il se lassera d'elle. Mieux vaut s'en aller qu'être répudiée.

Filer maintenant. Et vite !

Elle avale les deux pilules que Danny lui a laissées, puis, après avoir contemplé une dernière fois cette jolie chambre, elle entrouvre la porte. Personne sur le palier. Elle sort de la pièce, referme doucement le battant. Il lui faut trouver un moyen de retourner au Hideout. Elle doit récupérer son argent et ses affaires. Elle ne peut pas quitter la maison par le même chemin. Danny risque d'être dans la cuisine. La jeune femme prend alors à droite et s'engage dans un long couloir.

Dans un crissement de gravier, je m'arrête devant les anciennes écuries. Je sors en trombe de la Jaguar et fonce dans la maison. J'ai tellement hâte de voir Alessia.

Danny et Jessie sont dans la cuisine.

— Plus tard ! Plus tard ! dis-je aux chiens qui viennent me faire la fête.

— Bonjour, milord. La police est partie ? s'enquiert Danny.

— Oui. Où est Alessia ?

— Dans la chambre bleue.

— Merci.

Je me dirige vers la pièce.

— Euh, milord…, lance Danny dans mon dos.

Il y a une vibration dans sa voix. Je m'arrête aussitôt.

— Quoi ? Il y a un problème ? Comment va-t-elle ?

— Elle est encore sous le choc. Elle a vomi en chemin.

— Mais tout va bien maintenant ?

— Elle a pris un bain. Je lui ai donné des vêtements propres. Et je…

466

Danny jette un coup d'œil guère rassuré à Jessie qui s'empresse de retourner à ses pommes de terre.

— Qu'est-ce qu'il y a ?

Danny pâlit.

— Je lui ai dit que vous étiez le comte de Trevethick.

*Quoi ?*

— Merde !

Je me précipite dans le couloir de l'aile ouest, grimpe l'escalier de service vers la chambre bleue, avec Jensen et Healey sur mes talons. Mon cœur tambourine dans ma poitrine.

*Putain, je voulais le lui dire ! J'imagine ce qu'elle doit penser maintenant !*

Je m'arrête devant la porte de la chambre pour reprendre mon souffle, ignorant les chiens qui me tournent autour. Ils doivent croire que je veux jouer.

Alessia a vécu un cauchemar aujourd'hui. Elle se retrouve dans une maison inconnue, avec des gens tout aussi inconnus. Elle doit être perdue…

*Et furieuse contre moi, parce que je ne lui ai rien dit.*

Je toque à la porte. Trois petits coups fébriles.

J'attends.

Je frappe à nouveau.

— Alessia !

Pas de réponse.

*Merde. Elle est vraiment furieuse !*

Avec précaution, j'entre dans la chambre. Ses habits sont abandonnés sur le lit, son peignoir en tas sur le sol. Mais aucune trace d'elle. Je vérifie dans la

467

salle de bains. Personne. Juste son odeur. Un mélange de lavande et de rose. L'espace d'un instant, je ferme les yeux. C'est une senteur si apaisante.

Où est-elle ?

Partie explorer la maison ?

*À moins qu'elle ne se soit enfuie ?*

*Non !*

Je me rue hors de la pièce et l'appelle. Ma voix résonne dans le couloir où sont accrochés les portraits de mes aïeux. Mais seul le silence me revient. Une sueur froide me coule dans le dos. Est-elle évanouie quelque part ?

*Non, elle est partie !*

C'était trop pour elle. Ou alors elle pense qu'elle ne compte pas pour moi…

*Merde !*

Je fonce dans le couloir, avec les chiens dans les pattes. J'ouvre toutes les portes, inspecte toutes les pièces.


Alessia est perdue. Elle cherche un chemin pour sortir de cette maison. Progressant sur la pointe des pieds dans un autre couloir lambrissé, elle dépasse une enfilade de pièces et de tableaux, et finit par arriver devant une double porte. Elle pousse les lourds battants et se retrouve devant un grand escalier, couvert d'un tapis rouge et bleu, qui descend vers un hall plongé dans la pénombre. Le palier est éclairé par une haute fenêtre à meneaux, flanquée de deux armures de chevalier tenant une lance. Une tapisserie orne le mur du fond, plus grande que la table de la cuisine au rez-de-chaussée. Malgré les couleurs passées, elle y distingue un homme à genoux devant son roi. Enfin, c'est ce qu'elle suppose parce que le personnage debout a une couronne sur la tête. Sur les deux autres murs, il y a deux tableaux. Gigantesques. Deux hommes. L'un semble dater de plusieurs siècles. L'autre est plus récent. Il y a des similitudes dans les deux visages. Et soudain, le point commun lui apparaît. Les yeux ! Ce regard vert si impérieux. Les mêmes yeux que Maxim !

Les membres de sa famille ! Sa lignée ! Ça dépasse l'entendement.

Puis elle remarque les aigles à deux têtes qui ornent les poteaux de la balustrade, un sur le palier, l'autre à l'angle, et encore un autre tout en bas de l'escalier.

*Le symbole de l'Albanie.*

Elle entend qu'on l'appelle. Ce bruit soudain la fait sursauter.

*Il est de retour !*

Il la cherche. Elle perçoit de l'inquiétude dans sa voix. Du désespoir. Alessia reste plantée en haut du grand escalier, cerné par toutes ces reliques. C'est un vrai dilemme. Quelque part, en contrebas, une horloge se met à sonner. Une fois, deux fois, trois fois...

— Alessia ! crie Maxim.

Il est plus près cette fois. Elle entend ses pas. Il court. Il court vers elle.

L'horloge sonne encore. Ça ressemble à des coups de gong.

Que faire ?

Prête à descendre, elle agrippe l'aigle de l'escalier quand Maxim et les deux chiens jaillissent par la double porte. Il se fige. Il l'examine de la tête aux pieds et fronce les sourcils.

Je l'ai trouvée ! Mais mon soulagement est de courte durée. Elle a une drôle d'expression, froide et distante, elle porte ses vieux vêtements et a dans les bras un pull et une couverture.

Ça s'annonce mal.

Elle a la même tête que lorsque je l'ai vue la première fois chez moi. Ça me paraît si loin déjà. Elle s'accroche à la rampe de l'escalier comme autrefois à son manche à balai. Aussitôt, tous mes voyants passent au rouge.

*Il va falloir la jouer finement.*

— Ah, te voilà… Où tu vas comme ça ?

Elle rejette ses cheveux en arrière avec grâce et relève le menton.

— Je pars.

*Non !* J'ai l'impression d'avoir reçu un uppercut.

— Quoi ? Mais pourquoi ?

— Tu le sais très bien ! réplique-t-elle, la voix vibrante de colère.

— Alessia. Je suis désolé. J'aurais dû te le dire.

— Mais tu ne l'as pas fait.

C'est la vérité. Je la regarde. Et le chagrin qui brille au fond de ses yeux sombres me transperce de part en part.

— C'est normal, lâche-t-elle en soulevant une épaule. Je ne suis que ta femme de ménage.

— Non, non, non ! (Je m'avance vers elle.) Ça n'a rien à voir.

Une voix résonne au bas de l'escalier.

— Monsieur ? Tout va bien ?

C'est Danny. Je me penche sur la rambarde. Elle est dans le hall, avec Jessie et Brody, l'un des régisseurs du domaine. Tous trois m'observent, bouche ouverte, telles des carpes au fond d'un bassin.

— Laissez-nous. Allez-vous-en ! Tous !

Les deux femmes échangent un regard inquiet mais déguerpissent avec Brody.

Je reporte mon attention sur Alessia.

— Voilà pourquoi je ne t'ai pas fait venir ici. Il y a trop de monde dans cette maison.

Elle détourne les yeux, front plissé, bouche pincée.

— Ce matin, dis-je, j'ai déjeuné avec neuf membres de l'équipe. Je ne voulais pas t'intimider avec… tout ça.

D'un geste, je désigne les portraits de mon père et du premier comte de Trevethick. Elle reste silencieuse, tout en effleurant l'aigle bicéphale.

Une larme roule sur sa joue.

*Eh merde…*

— Tu sais ce qu'il a dit ? murmure-t-elle.

— Qui ça ?

— Ylli.

L'un des salopards qui sont entrés au Hideout.

— Non.

*Où veut-elle en venir ?*

— Il a dit que je suis ta… concubine.

Sa voix est à peine audible, pleine de honte.

— C'est absurde, enfin. On est au XXI<sup>e</sup> siècle !

Je brûle de la prendre dans mes bras, de la serrer contre moi, mais je me retiens. Je suis si près d'elle. Je sens la chaleur de son corps enflammer ma peau.

— Je dirais que tu es… « ma chérie ». C'est comme ça qu'on dit de nos jours. Mais je ne veux pas m'avancer. On n'a jamais discuté de notre relation. C'est arrivé si vite. Mais c'est ainsi que je te considère. Comme ma petite amie, ma compagne. Ça signifie qu'on est ensemble. À condition, bien sûr, que tu sois d'accord.

Ses cils battent devant ses grands yeux sombres.

— Tu es une femme brillante et douée, Alessia. Et tu es libre. Libre de tes choix.

— Non, je ne le suis pas.

— Tu vis ici désormais. Je sais que tu viens d'une autre culture, et que nous sommes d'un niveau social différent, mais c'est juste le hasard des naissances… Nous sommes égaux pour tout le reste. J'ai merdé. J'aurais dû te le dire. Je suis désolé, vraiment désolé. Je ne veux pas que tu partes. Reste, s'il te plaît.

Son regard impénétrable scrute mon visage, comme s'il sondait mon âme. Puis elle tourne la tête vers l'aigle sculpté.

*Pourquoi est-elle si distante ?*

C'est à cause de ce qu'elle vient d'endurer ?

Ou parce que ces ordures sont hors-jeu et qu'elle n'a plus besoin de moi ?

*Putain, c'est pour ça ?*

— Alessia… je ne peux pas t'empêcher de partir, si c'est ce que tu veux. Mais Magda déménage au Canada. Où vas-tu aller en attendant ? Reste ici… le temps d'y voir plus clair au moins. Je t'en prie. Ne pars pas. Pas maintenant.

*Je ne veux pas que tu t'en ailles.*

*Pardon ! Pardon !*

Je retiens mon souffle.

Quelle torture ! J'ai l'impression d'être un accusé attendant le verdict.

Elle se tourne vers moi, le visage en pleurs.

— Tu n'as pas honte de moi ?

*Honte ?*

Je n'en peux plus. Je passe mon index sur sa joue, recueille une larme.

— Bien sûr que non. Au contraire, je… je suis amoureux de toi.

Ses lèvres s'entrouvrent. J'entends son petit hoquet de stupeur.

Pourvu qu'il ne soit pas trop tard !

Ses yeux brillent, s'embuent à nouveau. Mon cœur se serre. Est-ce qu'elle va me rejeter ? Mon angoisse monte de plusieurs crans d'un coup. Je me sens si vulnérable.

*Alors, Alessia ? Quelle est ta sentence ?*

J'ouvre les bras, ses yeux passent de mes mains à mon visage. Elle hésite. C'est insupportable. Elle se mord la lèvre, s'approche. Je referme mes bras autour d'elle et la serre contre moi. Je redoutais tellement qu'elle s'en aille. Tout mais pas ça ! Je ferme les paupières, j'enfouis mon nez dans ses cheveux, je respire son odeur.

— Mon amour…

Elle frémit, avant de fondre encore en larmes.

— Oui, je sais… Je t'ai menti. Tu as eu très peur. Je t'ai laissée seule. C'était idiot de ma part. Pardon, pardon. Mais ces salauds sont entre les mains de la police maintenant. C'est fini. Ils ne te feront plus jamais de mal.

Enfin, ses bras se referment autour de moi. Ses mains s'agrippent aux pans de mon manteau. Elle m'étreint en sanglotant.

— J'aurais dû te le dire, Alessia. Je suis désolé.

On reste enlacés plusieurs secondes, plusieurs minutes… De guerre lasse, Jensen et Healey redescendent l'escalier.

— Pleure ! N'aie pas peur…

Elle renifle. Je relève son menton et contemple ses yeux magnifiques encore humides. Je poursuis :

— J'ai eu si peur… Je me suis dit que s'ils t'attrapaient… je ne te reverrais plus jamais. (Elle déglutit, m'offre un pâle sourire.) Et je veux que tu le saches… c'est un honneur pour moi d'être avec toi. J'ai besoin de toi.

Je desserre mon étreinte et caresse son visage, en prenant soin d'éviter l'ecchymose sur sa joue. Et la vue de cet hématome m'emplit de colère. Avec précaution, j'essuie ses larmes. Elle pose sa main sur ma poitrine. Je sens la chaleur de sa paume à travers ma chemise. L'onde s'étend. Gagne chaque parcelle de mon corps.

Alessia s'éclaircit la voix.

— Moi aussi, j'ai cru ne plus jamais te revoir. Mais mon plus grand regret… mon plus grand remords, ç'aurait été de ne t'avoir jamais dit que je t'aimais.

## 23

Ma joie est comme un feu d'artifice qui explose en moi. J'en ai le souffle coupé. Je n'arrive pas à y croire.

— Tu m'aimes ?

— Oui, murmure-t-elle avec un sourire timide.

— Depuis quand ?

Elle hausse les épaules, tout aussi timidement.

— Depuis que tu m'as donné le parapluie.

Je la dévore des yeux.

— C'est si bon d'entendre ça. Tu avais laissé des traces partout dans le couloir... Alors ? Ça signifie que tu restes ?

— Oui.

— Ici ? Je suis si heureux, mon amour.

Je caresse sa bouche et me penche pour l'embrasser. Alors que je pose doucement mes lèvres sur les siennes, elle se met brusquement à onduler contre moi, me prenant par surprise. Ses lèvres, sa langue... elle est si avide. Ses mains fouillent mes cheveux, m'empoignent. Elle en veut davantage. Tellement plus. Je pousse un gémissement, tout mon corps s'éveille. Et je réponds à son baiser. Je prends tout

ce qu'elle m'offre. Sa bouche me demande, me qué-
mande. Tout son corps me cherche. Et je ne cherche
qu'à exaucer ses souhaits. Mes mains à leur tour se
glissent dans ses cheveux, je la tiens, la retiens. Je la
veux ici, maintenant, sur ce palier.

*Alessia!*

J'ai une érection dans l'instant.

Je la veux.

Je la désire.

Je l'aime.

Mais elle vient de traverser une véritable épreuve…
Elle grimace quand je pose ma main sur ses côtes. Et
cette réaction me ramène à la réalité.

— Non…

Je la repousse doucement. Elle me contemple avec
un sourire lascif, et en même temps dépité.

— Tu es blessée.

— Tout va bien.

Haletante de désir, elle relève la tête pour m'embrasser encore.

— Attendons un peu, dis-je en posant mon front
sur le sien. Ta matinée a été épouvantable.

Elle est à fleur de peau. C'est peut-être le contre-
coup du traitement que ces salauds lui ont fait subir.

Et cette pensée éteint toutes mes ardeurs.

Ou alors c'est parce qu'elle m'aime réellement?

Je préfère largement cette seconde option.

Nous restons front contre front pour reprendre
notre souffle.

Elle caresse ma joue, puis penche la tête. Elle a
un petit sourire.

— Tu es le comte de Trevethick ? Toi ? me taquine-t-elle. Quand comptais-tu me raconter toute l'histoire ?

Une lueur malicieuse brille dans ses yeux. Je ris malgré moi. Elle me retourne ma question de l'autre soir !

— Maintenant, justement.

Elle sourit et tapote sa lèvre.

Je pivote et, d'un geste théâtral, je désigne le portrait qui date de 1667.

— Je te présente Edward, le premier comte de Trevethick. Et ce gentleman... (Je désigne l'autre tableau.) C'est mon père, le onzième du nom. Un propriétaire terrien et photographe à ses heures, lui aussi. C'était un ardent supporter de Chelsea, alors il n'aurait pas trop apprécié ton maillot d'Arsenal.

Alessia me lance un coup d'œil surpris.

— Ce sont deux équipes rivales de Londres.

— Le drame ! s'exclame-t-elle en riant. Et toi, où est ton portrait ?

— Il n'y en a pas. C'est trop récent. C'était mon frère aîné, Kit, qui était comte. Mais il n'a jamais trouvé le temps de faire réaliser son portrait.

— Ton frère qui est mort ?

— Oui. Il avait le titre et tout ce qui va avec, jusqu'à ces dernières semaines. Je n'étais pas destiné à endosser cette... charge. (Je désigne du menton les armures.) M'occuper de cet endroit. De ce musée. Tout est nouveau pour moi.

— C'est pour ça que tu ne m'as rien dit ?

478

— Oui, entre autres. Je pense qu'une part de moi refusait de voir la réalité. Tous ces biens, tous ces domaines... c'est une grande responsabilité. Je n'y connais rien.

*Alors que Kit...*

La conversation prenant un tour trop intime et dérangeant, je poursuis avec un petit sourire :

— J'ai beaucoup de chance. Jusqu'à présent, je n'ai jamais été obligé de travailler, et voilà que tout est à moi. Je dois protéger le patrimoine pour les prochaines générations. C'est mon devoir. (Je hausse les épaules.) Voilà, tu sais tout de moi. Et je suis heureux que tu aies décidé de rester.

Une voix résonne en bas :

— Milord ?

C'est encore Danny !

Les épaules de Maxim s'affaissent. À l'évidence, il aimerait qu'on le laisse tranquille.

— Oui, Danny ? répond-il.

— Le docteur est ici. Pour voir Alessia.

Maxim se tourne vers la jeune femme, inquiet.

— Un médecin ?

— Tout va bien, murmure Alessia.

Il fronce les sourcils.

— Qu'elle monte dans la chambre bleue.

— Ce n'est pas le Dr Carter, c'est le Dr Conway, monsieur. Je vous l'envoie tout de suite.

— Merci. (Puis Maxim se tourne vers Alessia.) Qu'est-ce que ce salaud t'a fait ?

479

Alessia ne parvient pas à le regarder. Elle a honte, honte d'avoir introduit toute cette horreur dans la vie de Maxim.

— Il m'a frappée. À coups de pied, précise-t-elle. Danny voulait qu'un médecin m'examine.

Elle soulève son maillot pour montrer sur son côté une marque rouge de la taille d'un poing.

— Putain... (Le visage de Maxim se durcit, il grommelle entre ses dents :) J'aurais dû tuer cette ordure.

Il la ramène à la chambre bleue où les attend un vieil homme avec une grosse sacoche. Elle constate que les affaires qu'elle avait laissées sur le lit et par terre ont été rangées.

— Docteur Conway. Ça faisait longtemps.

Maxim lui serre la main. Le médecin a des cheveux blancs en bataille, une petite moustache et une barbe. Ses yeux bleus sont de la même couleur que son nœud papillon fripé.

— Je vous croyais trop vieux pour exercer ?

— Certes. Mais c'est juste pour aujourd'hui. Le Dr Carter est en congé. Et cela me fait plaisir de vous revoir en pleine forme.

Il tapote l'épaule de Maxim. Les deux hommes échangent un regard affectueux.

— Moi de même, docteur, répond Maxim d'une voix faussement bourrue.

Est-ce que le médecin s'inquiète de l'état de santé de Maxim depuis la mort de son frère ? se demande Alessia.

— Comment se porte votre mère ?

480

— Comme d'habitude, réplique Maxim avec un sourire en coin.

Le rire du Dr Conway est grave et caverneux. Il reporte son attention sur Alessia. Par réflexe, elle serre plus fort la main de Maxim.

— Bonjour, ma chère. Je suis Ernest Conway, à votre service.

Il lui fait une petite révérence.

— Docteur Conway, voici mon amie, Alessia Demachi.

Maxim lance un regard plein de fierté à la jeune femme. Puis son expression se durcit quand il s'adresse au médecin :

— Elle a été agressée. On l'a rouée de coups de pied. Le responsable est en ce moment sous bonne garde au poste de police. Mlle Campbell a jugé utile de la faire examiner.

*Mlle Campbell ?*

— Danny, répond-il à la question silencieuse de la jeune femme. Je vous laisse. Tu es entre de bonnes mains.

— Non. Ne pars pas.

Elle ne veut pas rester seule avec cet inconnu.

Maxim hoche la tête, compréhensif.

— Comme tu voudras.

Il s'installe dans un petit fauteuil, étend ses longues jambes. Rassurée, Alessia se tourne vers le médecin.

— Vous avez donc été agressée ? répète Conway d'un ton professionnel.

Alessia acquiesce en rougissant.

— Vous m'autorisez à jeter un coup d'œil?

— D'accord.

— Asseyez-vous, je vous prie.

Le médecin est gentil et patient. Il lui pose plusieurs questions avant de lui demander de soulever son maillot, et continue de parler comme si de rien n'était pendant qu'il l'examine. Ses manières douces sont rassurantes. Elle apprend ainsi que le Dr Conway a mis au monde Maxim, ainsi que son frère et sa sœur. Alessia cherche le regard de Maxim qui lui retourne un sourire.

Elle est tout émue.

*Monsieur Maxim m'aime!*

Elle lui rend son sourire.

Mais le charme est rompu dès que le docteur se met à palper son abdomen, puis sa cage thoracique. Elle grimace au contact des doigts.

— Rien de grave. Vous avez de la chance, il n'y a aucune côte cassée. Prenez un ibuprofène si vous avez mal. Mlle Campbell doit avoir ça. (Il lui tapote gentiment le bras.) Vous allez survivre.

— Merci, docteur.

— Je vais faire une photo de l'hématome. Pour la police, au besoin.

— Quoi? s'affole Alessia.

— Bonne idée, renchérit Maxim.

— Lord Trevethick, voulez-vous bien m'aider? (Il tend à Maxim son smartphone.) Juste l'ecchymose.

— Ne t'inquiète pas, ma chérie. Le bleu. Rien d'autre.

482

Elle hoche la tête et remonte davantage son maillot. Maxim prend quelques clichés.

— Voilà, dit-il en rendant le téléphone au médecin. Je vais vous raccompagner, docteur.

Alessia se lève et saisit la main de Maxim. Il lui répond en lui serrant doucement les doigts.

— Nous allons vous raccompagner tous les deux, annonce-t-il en désignant la porte.

Et ils suivent le vieil homme dans le couloir.

Tandis que la vieille voiture du médecin s'éloigne, Maxim passe son bras autour des épaules d'Alessia. Elle est blottie contre lui. Ça semble si… naturel. Ils sont dans le grand hall de la maison.

— Tu sais, tu peux me tenir aussi, suggère-t-il d'une voix douce et apaisante.

Timidement, elle entoure la taille de Maxim.

— Tu vois comme on s'emboîte bien, lui fait-il remarquer en déposant un baiser sur sa tête. Je te ferai visiter plus tard. Pour l'instant, j'ai quelque chose à te montrer.

Alessia se fige quand elle aperçoit la grande sculpture au-dessus de la cheminée. C'est le blason qui est tatoué sur le biceps de Maxim, mais en plus ornementé : deux cerfs de chaque côté, un heaume de chevalier, et au sommet, dans un chatoiement jaune et noir, une couronne supportant un lion. Sous le blason, dans un cartouche en forme de ruban, il est inscrit : *fides vigilantia*.

483

— C'est la devise de la famille.

— Ici, comme sur ton bras. Qu'est-ce que ça signifie, l'inscription ?

— C'est du latin. Loyauté dans la vigilance.

Elle est troublée. Maxim hausse les épaules.

— Un truc entre le premier comte de Trevethick et le roi Charles II. Viens !

Il semble vouloir changer de sujet. Tout joyeux, il l'entraîne et son plaisir est contagieux. Des profondeurs de la demeure, l'horloge sonne à nouveau. Il sourit. Ça lui donne un air enfantin irrésistible. Il est amoureux d'elle ! Elle a encore du mal à y croire. Maxim est brillant, séduisant, gentil, riche, et il l'a sauvée une fois de plus de Dante et Ylli.

Main dans la main, ils empruntent le long couloir décoré de tableaux, agrémenté de consoles chargées de bustes, de statues, de vases et d'urnes en céramique. Ils gravissent l'escalier monumental où il lui a fait sa déclaration un peu plus tôt et traversent le palier.

— Je pense que tu vas aimer, lâche Maxim en ouvrant une porte d'un geste théâtral. Après toi !

Alessia entre dans une grande pièce aux murs lambrissés et au plafond orné de moulures raffinées. Au fond, une bibliothèque recouvre tout un mur. De l'autre côté, baigné par la lumière qui filtre d'une gigantesque fenêtre à meneaux, se trouve un piano à queue ! Jamais elle n'a vu d'instrument aussi ouvragé.

Elle étouffe un petit cri et se retourne vers Maxim.

— Vas-y. Joue, lui propose-t-il.

Alessia tape dans ses mains, comme une enfant, et s'élance en faisant claquer ses petits pieds sur le parquet.

Elle s'arrête à un mètre du piano pour l'admirer. Son bois est d'un poli parfait, chaud, profond et lumineux. Les pieds sont massifs et délicatement ciselés, avec des motifs de vignes et de raisins, les flancs sont marquetés de feuilles de lierre dorées. Elle passe son doigt sur le cartouche. C'est une merveille.

— Il est très ancien, explique Maxim juste derrière elle.

Elle ne l'a pas entendu s'approcher tant elle est fascinée. Pourquoi a-t-il ce ton étrange, comme s'il s'excusait ?

— Il est magnifique. Je n'ai jamais vu de piano comme ça.

— Il a été fabriqué aux États-Unis. Il date des années 1870. Mon arrière-grand-père a épousé à New York la fille d'un magnat de l'industrie ferroviaire. Le piano est venu avec elle.

— Il est vraiment très beau. Et le son ?

— Essaie donc.

Rapidement, Maxim soulève le couvercle, place la béquille pour le maintenir ouvert.

— Je ne pense pas que tu en aies besoin, mais tu veux peut-être le voir, annonce Maxim en dépliant le pupitre. (Une pièce décorée d'un filigrane délicat.) Joli, non ?

Alessia acquiesce en silence, impressionnée.

— Installe-toi. Et joue.

Ravie, Alessia approche le tabouret. Maxim s'écarte pour sortir de son champ de vision. Elle ferme les yeux, pose les mains sur les touches, savourant le contact doux de l'ivoire sous ses doigts. Elle plaque un ré bémol majeur. L'accord s'élève, amplifié par la caisse de résonance. Le timbre est riche, comme le vert sombre d'un sapin d'Albanie, et en même temps l'attaque du son est limpide. Le toucher est léger pour un mécanisme si ancien. Elle rouvre les yeux et contemple les touches. Comment un tel instrument a-t-il pu résister au temps et à un si long voyage depuis les Amériques ? Ça a dû être une odyssée épique. Maxim et sa famille devaient chérir particulièrement ce piano. Elle secoue la tête, elle n'en revient pas que cet instrument soit encore dans un tel état de conservation. Elle pose à nouveau ses doigts sur le clavier. Sans prendre le temps de jouer son morceau d'échauffement, elle entame son prélude de Chopin préféré. Les notes des quatre premières mesures tintent et volettent dans la pièce tels des papillons, un vert printanier comme les yeux de Maxim. Mais au fil des accords, la coloration s'assombrit, devient plus menaçante. La pièce se nimbe de mystères et de sinistres augures. Une à une, les notes délicates la traversent et emportent son angoisse et sa peur. Toutes les horreurs du matin se dissolvent dans le vert émeraude de ce chef-d'œuvre.

Je la regarde, saisi. Alessia joue le fameux prélude de « La Goutte d'eau ». Les yeux clos, elle s'abandonne à la musique, je lis sur son visage toutes les images, toutes les émotions que Chopin a voulu mettre dans ce morceau. Dans son dos, ses cheveux brillent comme une aile de corbeau sous le soleil d'hiver. Elle est merveilleuse. Même affublée de ce maillot de foot.

Les notes s'épanouissent, emplissent la pièce… et mon cœur.

Elle m'aime.

Elle me l'a dit.

Il va quand même falloir que je sache pourquoi elle a voulu s'enfuir, pourquoi elle a cru que c'était la meilleure solution. Pour le moment, je l'écoute et la regarde jouer. Soudain, j'entends un petit toussotement derrière moi et je me retourne. C'est Danny et Jessie, sur le seuil de la porte. Je leur fais signe d'entrer.

Je veux qu'elles voient mon Alessia !

Elles s'approchent sur la pointe des pieds en ouvrant de grands yeux, comme moi lorsque je l'ai entendue jouer pour la première fois. Non, elle n'a pas de partition ! Tout est dans sa tête !

*Voici ce dont mon Alessia est capable !*

Elle termine les deux dernières mesures et les notes restent en suspens… Nous sommes tous sous le charme. Quand elle rouvre les yeux, Danny et Jessie applaudissent. Moi aussi. Ma belle musicienne esquisse un sourire timide.

Je me penche pour l'embrasser.

— Bravo, mademoiselle Demachi ! C'était exceptionnel !

Mes lèvres effleurent les siennes. Quand je me redresse, Danny et Jessie ont disparu, aussi discrètes qu'à leur arrivée.

— Merci, murmure Alessia.

— Merci pour quoi ?

— Pour m'avoir sauvée. Une fois de plus.

— C'est toi qui m'as sauvé.

Elle fronce les sourcils, guère convaincue. Je m'assois à côté d'elle sur le tabouret.

— Je t'assure, Alessia. Tu m'as sauvé en bien des manières. Je ne sais pas ce que je serais devenu sans toi. Je n'ose même pas l'imaginer.

Je l'embrasse à nouveau.

— Mais je t'ai tellement compliqué la vie.

— Pas du tout. Et tu n'y es pour rien. Je t'en prie, ôte-toi ça de la tête.

Elle pince les lèvres un bref instant. Je sais qu'elle n'est pas d'accord avec moi. Mais elle reste silencieuse et caresse mon menton.

— Et merci pour ça aussi, dit-elle en désignant le piano avant de me donner un baiser. Je peux encore jouer un peu ?

— Tant que tu veux. Tant que tu voudras. Je vais passer quelques coups de fil. Mon appartement a été cambriolé ce week-end.

— Non !

— Sans doute les deux salopards qui sont en cellule en ce moment. C'est comme ça qu'ils nous ont retrouvés. Il faut que j'appelle Oliver.

— C'est l'homme que j'ai eu au téléphone ?

— Oui. Il travaille pour moi.

— J'espère qu'ils ne t'ont pas volé trop de choses.

Je caresse son visage.

— Rien qui ne puisse être remplacé. Il n'y a que toi qui sois irremplaçable.

Ses yeux noirs se mettent à briller, et elle enfouit son visage dans ma main. Je caresse ses lèvres et essaie d'ignorer la chaleur que je sens monter dans mon ventre. *Plus tard.*

— Je n'en ai pas pour longtemps.

Je l'embrasse une dernière fois et me dirige vers la porte. Alessia se lance dans *Le Coucou* de Daquin que j'ai appris quand j'avais dix ans, et dont le délicat staccato m'accompagne dans le couloir.

Pour appeler Oliver, je me rends dans *mon* bureau – ce n'est plus celui de Kit. Notre conversation est purement professionnelle. Il a géré les suites du cambriolage. Mme Blake et l'une des femmes de chambre sont parties remettre tout en ordre à l'appartement, deux ouvriers du chantier de Mayfair ont été envoyés pour réparer la porte, et un serrurier change les serrures de l'entrée sur la rue. L'alarme est intacte. Par sécurité, nous décidons de changer le code. Je choisis la date de naissance de Kit comme nouveau numéro. Oliver veut que je rentre à Londres. Il a des papiers à me faire signer. C'est pour le Crown Office, afin que la succession soit officialisée et mon nom enregistré dans le Registre des lords. Maintenant que les agresseurs d'Alessia sont arrêtés, nous n'avons plus aucune raison de rester en Cornouailles.

489

Après ma conversation avec Oliver, j'appelle Tom pour prendre des nouvelles de Magda et de son fils. Je lui raconte la tentative de kidnapping.

— C'était osé, putain. Et comment va la demoiselle ? Rien de cassé ?

— Elle est plus robuste qu'on pourrait le croire.

— Tant mieux. À mon avis, on devrait garder un œil sur Mme Janeczek et son fils encore quelques jours. Le temps qu'on sache ce que les flics vont faire de ces deux ordures.

— D'accord.

— Je te tiens au courant.

— Merci. Et toi ? Ça va ?

— À merveille.

— Parfait ! s'esclaffe Tom. À plus.

Quelques instants après avoir raccroché, mon téléphone se met à sonner. C'est Caroline.

Je l'ai pourtant avertie que je la rappellerais la semaine prochaine.

Merde ! On est *déjà* la semaine prochaine.

J'ai perdu toute notion du temps. Je prends la communication en soupirant.

— Oui ?

— Te voilà enfin !

— Bonjour, Caroline. Ravi de t'entendre aussi. Merci, je vais bien. J'ai passé un super week-end.

— Arrête ce petit jeu, Maxim. Pourquoi tu ne m'as pas appelée ?

Au ton de sa voix, je comprends qu'elle est blessée.

— Je suis désolé. Les événements se sont précipités. Ça a été un peu compliqué ici. Je t'expliquerai dès mon retour. Je rentre demain ou après-demain.

— Quels événements ? Le cambriolage ?

— Oui et non.

— Pourquoi tu es aussi vague ? Qu'est-ce qui se passe, Maxim ? Tu me manques, ajoute-t-elle dans un murmure.

Sa souffrance est évidente. Dans chacun de ses mots. Je me sens nul.

— Je te raconte tout dès qu'on se voit.

Je l'entends renifler. Elle doit pleurer.

*Merde !*

— Caro, je t'en prie.

— Promis ?

— Promis. Dès que je suis à Londres, je passe chez toi.

— Très bien. On fait comme ça.

— Allez. Au revoir.

Je raccroche et m'efforce d'ignorer le nœud qui s'est formé dans mon estomac. Comment va-t-elle réagir quand je vais tout lui expliquer ?

*Je le sais déjà. Ça va être très pénible.*

Je lâche un autre soupir. Depuis l'arrivée d'Alessia Demachi dans ma vie, celle-ci est sens dessus dessous. Et malgré tout, je suis au comble du bonheur.

*Alessia, mon amour.*

Nous pourrions rentrer à Londres dès demain. J'aimerais voir de mes propres yeux les dégâts dans l'appartement.

On toque à la porte.

— Entrez.

C'est Danny.

— Monsieur, Jessie a préparé un déjeuner pour vous et Alessia. Où souhaitez-vous le prendre ?

— Dans la bibliothèque. Merci, Danny.

Le grand séjour serait un peu trop solennel pour nous deux, et la salle du petit déjeuner un peu triste. Alessia aime les livres…

— Si cela vous convient, milord, nous servirons dans cinq minutes.

— Parfait.

Tout à coup, je m'aperçois que je suis affamé. La vieille horloge géorgienne accrochée au-dessus de la porte indique 14 h 15. Son tic-tac me rappelle quand j'attendais que mon père vienne me passer un savon à chacune de mes bêtises – et elles étaient fréquentes. Pour l'instant, l'horloge annonce juste : À table !

— Danny…

— Oui, milord ?

— Après le déjeuner, vous irez récupérer nos affaires au Hideout. Mettez-les toutes dans ma chambre, y compris la petite veilleuse dragon qui se trouve à côté du lit.

— Ce sera fait, monsieur.

Avec un petit salut de la tête, elle s'éclipse.

En m'approchant de l'escalier, j'entends qu'Alessia s'est lancée dans un nouveau morceau, une œuvre complexe que je ne connais pas. Même d'en bas, ça paraît magnifique. Je gravis les marches quatre à quatre

492

et m'arrête sur le seuil pour écouter. Ce doit être du Beethoven. Je n'ai jamais entendu Alessia jouer cette œuvre. Une sonate ? La musique est tour à tour intense et puissante, puis douce et retenue. Quel lyrisme ! Quelle magnifique interprétation ! Alessia devrait se produire en concert, elle remplirait les salles.

Le morceau se termine dans une spirale de notes. Alessia reste une seconde immobile, la tête baissée, les yeux clos. En les rouvrant, elle m'aperçoit. Je m'approche.

— Encore un grand moment de musique. C'était quoi ?

— Beethoven, « La Tempête ».

— Je pourrais t'écouter jouer comme ça toute la journée. Mais le déjeuner est servi. Un peu tardivement, certes. Tu dois avoir faim ?

— Oh oui !

Elle se lève d'un bond et accepte ma main tendue.

— J'adore ce piano. Il a une sonorité si… riche.

— Oui, c'est le mot.

— Il y a beaucoup d'instruments dans cette pièce. Mais je n'ai eu d'yeux qu'avec le piano.

Amusé, je rectifie.

— Je n'ai eu d'yeux que *pour* le piano. Ça ne t'embête vraiment pas si je te corrige ?

— Au contraire. J'aime apprendre.

— Le violoncelle est à ma sœur Maryanne. Mon père jouait de la contrebasse. La guitare est à moi. Et la batterie, c'est celle de Kit.

— Kit ? Ton frère ?

493

— Oui.

— C'est un drôle de prénom.

— C'est le diminutif de Christopher. C'était un dieu à la batterie. (Je m'arrête devant la cymbale crash et passe mon doigt sur sa surface brillante.) Kit, le roi de la *drum kit* !

Je souris à Alessia, qui me regarde en fronçant les sourcils.

— C'était une petite blague entre nous. (Je secoue la tête en me souvenant des solos endiablés de Kit.) Allez, viens. Je meurs de faim !

Les yeux de Maxim ont beau être lumineux quand il la regarde, Alessia y perçoit de la tension. La douleur d'avoir perdu son frère est encore présente.

— Bref, c'était notre salon de musique, explique-t-il en l'entraînant vers l'escalier.

Arrivé en bas des marches, il désigne une double porte.

— La salle à manger est par là, mais aujourd'hui, nous allons dîner dans la bibliothèque.

— Il y a une bibliothèque, ici ?

Il esquisse un sourire.

— Oui. On a quelques livres. Certains sont très anciens.

Dans le couloir, Maxim s'arrête devant une porte.

— Je préfère te prévenir, mon grand-père avait un faible pour tout ce qui est égyptien.

Il ouvre le battant et s'écarte pour laisser passer la jeune femme. Elle fait quelques pas et s'immobilise.

494

Elle a l'impression de pénétrer dans un autre monde ! Un temple dédié à la littérature et à l'Antiquité. Sur chaque mur, des rayonnages montent du sol au plafond, croulant sous les livres. À chaque angle, trône une stèle ou une vitrine présentant des pièces égyptiennes : des vases canopes, des bustes de pharaons, des sphinx. Il y a même un sarcophage entier !

Un grand feu crépite dans une cheminée en marbre, installée entre deux hautes fenêtres qui donnent sur la cour. Au-dessus du manteau, un tableau ancien représentant les pyramides apporte la touche finale au thème de la pièce.

— Allons bon… Elles ont sorti le grand jeu, murmure Maxim.

Alessia suit son regard. Devant l'âtre, une table est dressée pour deux : nappe délicate en lin, argenterie, verres en cristal ciselé, vaisselle en porcelaine décorée de motifs floraux. Maxim tire une chaise.

— Assieds-toi.

La jeune femme a l'impression d'être dame Donika Kastrioti, l'épouse de Skënderbeu, le héros national albanais du XVe siècle. Elle lui sourit et s'installe, face au feu. Maxim prend place en bout de table.

— Dans les années 1920, quand il était jeune, mon grand-père travaillait avec Lord Carnarvon et Howard Carter sur des fouilles en Égypte. Il a dû piller quelques sites archéologiques. Je devrais peut-être les restituer au musée du Caire… C'était le dilemme de Kit, reprend-il au bout d'une minute.

— Cette maison est si chargée d'Histoire…

— Oui. Peut-être un peu trop. C'est l'héritage de la famille.

Alessia est impressionnée. Ce doit être une telle responsabilité…

Quelqu'un frappe à la porte. Sans attendre de réponse, Danny entre, suivie d'une jeune femme portant un plateau.

Maxim déplie sa serviette sur ses genoux. Alessia l'imite. Danny prend deux assiettes sur le plateau et les dépose devant eux. Une sorte de salade avec de la viande, de l'avocat et des petites baies rouges.

— C'est du porc qui provient de l'une de nos fermes, avec une salade de jeunes pousses, assaisonnée d'un jus de grenade avec ses graines, annonce la gouvernante.

— Merci, répond Maxim en lançant un regard amusé à Danny.

— Voulez-vous que je serve le vin, milord ?

— Je vais m'en occuper. Merci.

Danny acquiesce et se retire, entraînant la jeune fille derrière elle.

— Un verre de vin ? propose-t-il en étudiant l'étiquette de la bouteille. C'est un chablis. Un bon.

— Oui. Merci.

Elle le regarde remplir son verre à moitié.

— On ne m'a jamais… servée comme ça, articule-t-elle. Il n'y a qu'avec toi que ça m'arrive.

— On ne m'a jamais *servie*… et ça ne fait que commencer, autant t'y habituer.

Il lui lance un clin d'œil.

— Tu n'as pas de domestiques à Londres ? demande-t-elle.

— Non. Quoique ça risque de changer. (Il fronce brièvement les sourcils, puis lève son verre.) Aux fuites *in extremis* !

Elle lève son verre à son tour.

— *Gëzuar*, Monsieur Maxim. Milord.

Il rit de bon cœur.

— Je ne suis toujours pas habitué au titre ! Mange ! Ta matinée a été éprouvante.

— Je suis sûre que l'après-midi va être beaucoup plus agréable.

Une lueur s'allume dans les yeux de Maxim. Alessia sourit et avale une petite gorgée de vin.

— Mmm…

Rien à voir avec le vin qu'elle avait goûté chez sa grand-mère !

— Tu aimes ?

Elle hoche la tête et contemple l'argenterie. Il y a tout un assortiment de couteaux et de fourchettes de part et d'autre de son assiette. Elle observe Maxim. Elle le voit s'emparer des couverts placés le plus à l'extérieur.

— Il suffit de prendre les couverts suivants à chaque plat, explique Maxim.

## 24

Après le déjeuner, nous sortons nous promener. La main d'Alessia est chaude dans la mienne. L'air est froid et piquant, le soleil est déjà bas quand nous descendons l'allée de hêtres qui mène au portail. Jensen et Healey gambadent autour de nous, ravis de cette sortie imprévue. Après la panique du matin, cette petite marche est revigorante.

— Regarde ! s'exclame Alessia en désignant un troupeau de bêtes qui galope au bout de la prairie nord.

— Il y a des daims depuis toujours sur le domaine.

— Celui qu'on a vu hier. Il venait d'ici ?

— Non. Je pense que celui-là était sauvage.

— Les chiens ne les embêtent pas ?

— Non. Mais on leur interdit le pré sud au moment de l'agnelage. On ne veut pas qu'ils embêtent les brebis.

— Vous n'avez pas de chèvres ?

— Non, on est plus moutons et vaches.

— Chez nous, c'est les chèvres.

Elle me fait un grand sourire. Son nez est tout rouge à cause du froid. Elle s'est emmitouflée dans son manteau, avec un bonnet et une écharpe. Elle est mignonne à croquer. Comment imaginer qu'elle a failli se faire kidnapper ce matin même?

Ma chérie est solide comme un roc.

Toutefois une question continue de me chiffonner. Il faut que j'en aie le cœur net.

— Pourquoi tu as voulu partir? Pourquoi ne pas avoir attendu mon retour pour qu'on en parle?

J'espère qu'elle ne perçoit pas mon inquiétude.

— Pour qu'on en parle?

— Oui. Se parler. S'expliquer.

Elle s'arrête sous un arbre et baisse la tête. J'ignore si elle va me répondre.

— J'étais blessée, lâche-t-elle après un long silence.

— Je sais. Je suis désolé. Je ne voulais pas te faire souffrir. Jamais. Mais où comptais-tu aller comme ça?

— Aucune idée, répond-elle en levant les yeux vers moi. C'était juste un… comment vous dites déjà? Un réflexe. Avec Ylli et Dante… je fuis depuis si longtemps déjà. J'ai paniqué.

— Tu as vécu un cauchemar. Personne ne peut imaginer ce que tu as enduré.

Je ferme les paupières et remercie tous les dieux du ciel d'être arrivé à temps.

— Mais tu ne peux pas t'enfuir chaque fois qu'on a un problème. Parle-moi. Pose-moi des questions. Sur tout ce que tu veux. Je suis ici. Je t'écouterai. Engueule-moi. Crie-moi dessus. Je ferai pareil. J'aurai tort, tu auras tort. Peu importe. Mais pour régler nos différends, nous devons communiquer. Nous parler.

Un voile de terreur passe sur son visage.

Je soulève son menton et l'attire à moi.

— Ne fais pas cette tête-là. Si tu dois… si tu dois vivre avec moi, il faut que tu puisses me confier ce que tu ressens.

— Vivre avec toi? murmure-t-elle.

— Oui.

— Ici?

— Ici. À Londres. Oui. Je veux que tu vives avec moi.

— Comme ta femme de ménage?

Je secoue la tête en riant.

— Non. Comme ma compagne. Ce que je t'ai dit dans l'escalier, c'était vrai. Faisons ça. Vivons ensemble.

Je retiens mon souffle. Mon cœur bat la chamade. Ça tambourine dans ma poitrine. Bien sûr, elle n'a pas beaucoup d'autres choix en ce moment… mais je l'aime. Je la veux à mes côtés. La demander en mariage serait un peu prématuré. Je n'ai pas envie de lui faire peur. Ce serait vraiment soudain pour elle.

*Pour elle, comme pour toi!*

— Oui, répond-elle dans un souffle.

— Tu es d'accord?

— Oui.

Exultant de joie, je la soulève dans mes bras et la fais tournoyer. Les chiens se mettent à aboyer en agitant la queue. Ils veulent eux aussi être de la fête! Tout à coup, elle grimace.

*Merde!* Je la repose immédiatement.

— Je t'ai fait mal ?

— Non.

Je prends sa tête entre mes mains. Sur son visage grave, ses yeux brillent d'amour, et peut-être de désir.

*Alessia.*

Je me penche pour l'embrasser. Et ce baiser qui se veut une simple déclaration d'amour se meut en autre chose… Elle s'ouvre comme une fleur exotique, m'embrasse avec passion en retour, un élan qui me déstabilise. Je suis étourdi par tout l'amour qu'elle me donne.

Sa langue s'enfonce dans ma bouche.

Ses mains étreignent mon dos, s'agrippent à mon manteau.

Toute la tension du matin – quand j'ai cru ne plus jamais la revoir, quand je l'ai aperçue à la merci de ces ordures… –, tout s'efface, tout s'évanouit. Je dépose dans notre baiser mes peurs et ma gratitude infinie. Parce qu'elle est bien là, avec moi ! Quand nous retrouvons notre respiration, nos souffles se mêlent, ses doigts sont enroulés dans les pans de mon manteau.

Jensen enfouit sa truffe entre mes cuisses. Je l'ignore et contemple le visage d'Alessia, son regard fébrile.

— Je crois que Jensen veut se joindre à nous.

Son petit rire haletant réveille aussitôt mon entrejambe.

— Je crois aussi qu'on a bien trop de vêtements, dis-je en posant mon front sur le sien.

— Tu veux me déshabiller ? répond-elle en se léchant la lèvre.

— Comme toujours.

— Tu as raison. J'ai trop chaud.

*Vraiment ?*

Je la regarde encore. Cette remarque, c'était juste pour la faire sourire.

*Elle est sérieuse ?*

— Oh… mon amour… après ce que tu viens de traverser ?

Elle hausse une épaule, comme pour dire « Et alors ? », puis détourne les yeux.

— Qu'est-ce que tu essaies de me faire comprendre ?

— Tu le sais très bien.

— Tu veux aller au lit ?

Son grand sourire vaut tous les encouragements du monde. Au diable la raison ! J'attrape sa main. Et nous revenons en courant vers la maison, impatients, affamés, avec les chiens à nos basques.

Voici ma chambre, annonce Maxim en s'écartant pour laisser entrer Alessia.

Elle se trouve à quelques portes de la bleue où Danny l'a installée plus tôt.

Un magnifique lit à baldaquin trône dans cette pièce aux nuances vert d'eau. Le lit est du même bois que le piano, et tout aussi ouvragé. Le feu dans l'âtre projette des ombres dansantes sur les motifs des colonnes. Un tableau représentant la maison dans son écrin de verdure est accroché au-dessus de la cheminée. Au fond de la pièce, elle aperçoit une grosse armoire assortie au lit. Tous les murs sont couverts de livres et de curiosités, mais c'est sur la table de nuit que le regard d'Alessia s'arrête. Il y a sa veilleuse dragon !

Maxim jette une bûche dans la cheminée.

— C'est bien. Quelqu'un a eu la bonne idée de faire une flambée.

Il se relève, s'approche de la jeune femme et désigne un panier en osier posé sur l'ottomane au pied du lit.

— J'ai fait rapporter tes affaires du Hideout. Ça te va ?

Sa voix est grave et douce. Ses yeux perçants semblent de plus en plus grands… de désir.

Un frisson parcourt le dos d'Alessia.

— Bien sûr que ça me va.

— Tu as eu une rude journée.

— Je veux aller au lit.

Elle se souvient de leur baiser dans l'escalier. Elle se serait bien déshabillée sur-le-champ, si elle avait osé.

Il lui caresse les joues.

— Tu es peut-être encore sous le choc ?

— C'est sûr, murmure-t-elle. Sous le choc parce que tu m'aimes.

— Oui, je t'aime. De tout mon cœur. (Il la serre contre lui et se cambre pour qu'elle sente son érection.) Et avec ça.

Une lueur avide brille dans ses yeux. Elle lui retourne un sourire impatient. Elle sent un feu s'allumer dans son ventre. Elle a tant envie de le toucher.

503

Lui, il l'a touchée partout, avec ses mains, avec sa bouche, comme il lui avait promis. Son regard s'attarde sur les lèvres sensuelles et habiles de Maxim tandis que les flammes embrasent ses entrailles.

— Qu'est-ce que tu veux, beauté?

Il caresse son visage du bout des doigts, ses yeux émeraude enfièvrent son âme. Elle le désire tellement depuis qu'il lui a avoué qu'il l'aimait.

— Toi. Je te veux toi, murmure-t-elle d'une voix à peine audible.

Il pousse un grognement.

— Tu ne cesseras jamais de me surprendre.

— Tu aimes les surprises?

— Venant de toi, toujours.

Alessia tire sur sa chemise pour la sortir de son pantalon.

— Tu veux me déshabiller? souffle-t-il d'une voix rauque comme s'il avait oublié de respirer.

Elle lève la tête vers lui.

— Oui.

Elle peut le faire. Rassemblant son courage, les doigts tremblants, elle commence par le dernier bouton de la chemise.

— Continue, susurre-t-il.

Alessia sent l'excitation vibrer dans la voix de Maxim et ça l'emplit de désir. Elle enlève le suivant et découvre le bouton de son jean et la ligne de poils qui remonte vers ses abdominaux. Puis le troisième bouton, révélant ainsi le nombril et la peau lisse et ferme de son ventre. La respiration de Maxim s'accélère. Devient plus intense. Ce bruit l'excite. Ses doigts courent sur les autres boutons, puis elle ouvre complètement sa chemise, dévoilant son torse bronzé. Elle brûle de poser ses lèvres sur cette peau.

— Et maintenant, Alessia ? Fais ce que tu veux de moi, ajoute-t-il au bout d'un moment.

Ça l'affole. Elle se penche et embrasse cette poitrine chaude, là où elle sent le cœur palpiter.

Je brûle de la toucher. Mais je n'ose pas. Depuis notre première fois, jamais elle n'a été aussi audacieuse. Mon corps est tendu comme un arc. Comment ces contacts innocents peuvent-ils être aussi érotiques ? Elle me rend fou. Elle fait glisser ma chemise sur mes épaules, jusque vers mes coudes. Je lui présente mes poignets.

— Détache-moi.

Tout en me souriant, elle déboutonne chaque manche, puis ôte ma chemise et la jette sur le fauteuil devant la cheminée.

— Et maintenant ? demande-t-il.

Alessia recule d'un pas pour admirer le corps musclé de Maxim à la lueur des flammes. Ses poils sont mordorés, ses yeux d'un vert étincelant. Son regard est plein d'attente et de promesses.

Enhardie, elle retire son pull et passe son maillot de foot par-dessus sa tête, ce qui libère ses cheveux. Mais son courage l'abandonne lorsqu'elle dégrafe son soutien-gorge et garde pudiquement son maillot devant ses seins. Maxim s'approche et le lui enlève doucement.

— Tu es délicieuse. J'aime te regarder. Tu n'as pas besoin de ça.

Ses habits vont rejoindre la chemise sur le fauteuil. Puis il prend une mèche de ses cheveux et la porte à sa bouche, avant d'y poser un baiser.

— Tu es si courageuse. De tellement de manières. Et je suis amoureux de toi. À la folie. Passionnément.

Ces paroles l'électrisent. Maxim ferme le verrou. Il l'attire à lui et l'embrasse comme si sa vie en dépendait.

Sa peau est chaude contre celle d'Alessia. Elle sent son désir monter. Elle le veut. Tout entier. Elle l'embrasse avec voracité. Sa langue s'enroule à celle de Maxim. Ses mains s'accrochent à sa nuque, l'attirent à elle. Les lèvres de Maxim courent sur sa mâchoire, sa gorge, tandis qu'elle fait glisser ses doigts le long de son dos. Jusqu'à son jean.

Elle veut caresser chaque centimètre de son corps, mais elle ne sait pas comment s'y prendre. Elle s'arrête. Maxim lui relève doucement le menton.

— Alessia, lui chuchote-t-il à l'oreille. Je veux que tu me touches.

Le désir dans sa voix est tellement excitant.

— Moi aussi.

Il lui mordille le lobe de l'oreille.

— Ah…, gémit-elle tandis que son ventre se contracte.

— Ouvre mon jean.

506

Il lui embrasse le cou ; ses baisers légers sont comme des papillons. Les doigts d'Alessia suivent la ceinture du pantalon, effleurent son pénis qui se durcit. Elle se fige, fascinée. Prise d'une audace soudaine, elle pose sa main sur son sexe.

— Oh…

Ses doigts en suivent le contour.

Il hoquette. Elle s'arrête aussitôt.

— Je te fais mal ?

— Non. Non. C'est bon, souffle-t-il. Très bon. Continue.

Elle sourit, rassurée. Avec des gestes adroits, elle défait le bouton. Il se fige quand elle approche sa main de la braguette.

Je retiens mon souffle. Je suis sa chose. Son plaisir est contagieux. Elle ose enfin me déshabiller. À la lueur du feu, sa peau est lumineuse, et ses cheveux constellés de reflets rouges et bleus. Je veux la renverser sur le lit et la pénétrer, lui faire l'amour tendrement. Mais je dois me retenir. Laissons-la suivre son propre rythme. Pendant qu'elle descend ma braguette, elle semble ne plus se soucier d'être observée. Et elle a oublié qu'elle n'a plus de soutien-gorge. Elle a des seins magnifiques. J'ai envie de les honorer l'un après l'autre, de les caresser jusqu'à ce que ses tétons durcissent, et qu'elle se cambre de plaisir sous mes doigts. Mais je chasse cette image de mes pensées et étouffe mon grognement. Elle fait glisser mon pantalon le long de mes jambes. Je me tiens devant elle, en caleçon.

— À ton tour, dis-je.

Rapidement je lui retire son jean et je prends son visage entre mes mains pour l'embrasser avec douceur.

— Il fait froid. Allons dans le lit.

— Oui, répond-elle en se glissant sous les draps sans me quitter des yeux. Il est tout froid !

— On va le réchauffer.


Alessia observe la bosse sous le caleçon.

— Quoi ? demande-t-il avec un sourire.

Elle sent ses joues s'empourprer.

— Quoi ? répète-t-il.

— Enlève ça.

— D'accord.

Maxim fait glisser une chaussette en souriant. Puis l'autre.

— Voilà.

— Je ne parlais pas de ça ! réplique-t-elle, amusée de le voir agir comme un petit enfant.

Un sourire toujours aux lèvres, il ôte son caleçon, libérant son sexe, et le lance vers elle.

— Hé ! s'exclame-t-elle en évitant le projectile.

Il saute sur le lit et atterrit à côté d'Alessia.

— Brrr ! Fais-moi de la place ! la supplie Maxim. Laisse-moi te tenir un moment. Quand je pense que j'ai failli te perdre aujourd'hui !

Il plante un baiser dans ses cheveux et la serre contre lui. Elle remarque qu'il ferme les yeux, comme s'il souffrait.

508

— Mais je suis là, murmure-t-elle. Je me serais battue comme une lionne pour rester avec toi.

— Ils t'auraient fait du mal.

Soudain, il se redresse pour examiner son hématome, d'un air sévère.

— Regarde ce qu'ils t'ont fait.

— C'est rien.

Elle a connu bien pire.

— Peut-être qu'on devrait juste dormir, suggère Maxim.

— Quoi ? Mais non…

— Je pense qu'on ne…

— Maxim ! Arrête de penser.

— Alessia…

Elle pose un doigt sur sa bouche.

— S'il te plaît…

— Oh, mon amour…

Il lui prend la main, embrasse chaque phalange. Puis se penche pour déposer un baiser sur son ecchymose. Elle glisse ses doigts dans ses cheveux, les empoigne et le force à relever la tête.

— Ça te fait mal ?

— Non, réplique-t-elle avec impatience. C'est ta bouche que je veux. C'est toi que je veux.

Il soupire, sa bouche remonte de son ventre jusqu'à ses seins. Il les suce, les tète. Elle s'abandonne à ses caresses et ses baisers en gémissant. Elle presse sa main dans le creux de ses reins, sent son érection contre sa hanche. Elle veut explorer son corps, tout son corps.

Il relève les yeux vers elle.

— Qu'est-ce qu'il y a?

— Je...

Elle rougit encore.

— Dis-moi.

Elle laisse échapper un petit rire gêné, puis ferme les paupières.

— Vas-y. Je t'écoute.

Elle les rouvre et lui lance un coup d'œil.

— Arrête de jouer à ça. Dis-moi.

— Je veux te... *toucher*, lâche-t-elle avant de cacher son visage dans ses mains.

Entre ses doigts, elle voit Maxim sourire. Un sourire attendri, pas ironique. Il s'étend à côté d'elle.

— Sers-toi.

Elle se redresse sur un coude et cherche son regard.

— Tu es si adorable, souffle-t-il.

En caressant sa joue, elle aime le contact rêche de sa barbe naissante.

— Je vais t'aider...

Il dépose un baiser dans sa paume et la pose sur son torse. Alessia ressent la chaleur de sa peau. Il entrouvre les lèvres de plaisir.

— J'aime quand tu me touches.

Encouragée, elle fait glisser sa main, ses doigts jouent dans sa toison. Elle titille un téton, qui durcit aussitôt.

— Oh..., murmure-t-elle, ravie.

— Oui..., fait-il d'une voix rauque.

Ses yeux, d'un vert profond et lumineux, se voilent de désir. Elle se lèche la lèvre.

510

— Non, n'arrête pas.

Ravie de voir l'effet produit, elle continue de descendre sa main sur sa peau douce. Elle effleure ses abdominaux. Il frémit, sa respiration s'accélère. Elle atteint la ligne des poils pubiens, dernière étape avant destination. Et son courage l'abandonne de nouveau.

— Allez…, dit-il doucement.

Il prend sa main et la pose sur son pénis. Elle pousse un petit cri ; elle est à la fois apeurée et excitée. C'est grand et dur, et en même temps si doux, comme du velours. Son pouce effleure l'extrémité. Maxim ferme un instant les yeux. Elle resserre les doigts pour mieux apprécier ce contact sur sa paume, et sentir le sang battre à l'intérieur. Il la regarde, ses yeux sont comme des braises.

— Comme ça, murmure-t-il.

Prenant sa main, il la guide vers le bas, doucement, puis vers le haut.

Jamais je n'ai eu à montrer à une femme comment faire. Et c'est la chose la plus excitante que j'ai vécue. Alessia est si concentrée qu'elle en plisse le front, mais ses yeux brillent de désir et d'émerveillement. Pendant qu'elle me fait ça, sa bouche s'est entrouverte. Finalement, elle trouve le bon rythme et me rend fou de plaisir. Quand je la vois passer sa langue sur ses lèvres avec gourmandise, je veux venir dans sa main.

— Alessia, attends. Je vais jouir.

Elle retire aussitôt sa main comme si elle venait de se brûler.

J'aurais dû me taire !

Je brûle de l'empoigner, de la pénétrer, mais il y a ce foutu hématome. Et je ne veux pas lui faire mal. C'est elle qui prend les devants. Elle se juche sur moi, enfonce sa langue dans ma bouche. Elle me dévore. Ses cheveux forment un rideau soyeux autour de nous. L'espace d'une seconde, nos regards se croisent, se figent dans la lueur dansante des flammes. Dans ses prunelles couleur d'ébène vient se mirer le vert des miennes. Elle est ensorcelante. Si généreuse. Si sensuelle. Et cette fée est ici, avec moi.

Elle se penche à nouveau sur moi, m'embrasse encore et encore. Je n'y tiens plus. Je tends le bras vers la table de nuit pour saisir un préservatif.

— Tiens, lui dis-je en lui tendant le sachet.

Pendant un instant, je me demande si elle va oser le prendre et me le mettre. Mais elle bat des paupières, hésitante.

— Attends, je vais te montrer.

Je déchire le sachet, sors le préservatif, pince l'extrémité et le déroule sur ma queue frémissante.

— Voilà, c'est fait. Il ne te reste plus qu'à enlever ta culotte.

Elle rit quand je la renverse sur le matelas et passe mes pouces sous l'élastique. Sa fameuse petite culotte rose. Je la fais glisser le long de ses jambes puis la lance par terre. Je me place entre ses cuisses, m'assois sur les talons et la tire à moi, en évitant de toucher son ecchymose.

— Ça va comme ça ?

Elle s'agrippe à mes épaules. Je la soulève et la tiens juste au-dessus de mon pénis. J'attends sa réponse. Elle se penche vers moi, ses lèvres fiévreuses cherchent les miennes. Je prends ça pour un oui. Et lentement… ah… si lentement, je la fais descendre sur moi. Elle me mordille la lèvre. J'ai l'impression qu'elle va me manger.

Quand je suis tout entier en elle, elle lâche ma lèvre.

— Ça va ?

— Oui, souffle-t-elle. Oh oui !

Elle m'attrape à nouveau par les cheveux pour plaquer sa bouche contre la mienne. Elle est vorace. Affamée. Elle m'embrasse avec la même intensité que dans l'escalier. Tant de fougue… Est-ce à cause de ce qui s'est passé ce matin ? Ou parce que je lui ai dit que je l'aimais ? Elle est déchaînée. Elle va et vient sur moi. Encore et encore. Elle s'empare de moi, m'emporte…

C'est un tourbillon. Un tourbillon ardent. Irrésistible et frénétique.

*Je ne vais jamais pouvoir tenir !*

— Hé, doucement, dis-je en la serrant contre moi pour réfréner ses ardeurs. Doucement. On a toute la soirée et toute la nuit. Et demain. Et encore demain…

Ses yeux sombres papillonnent, égarés. Et mon cœur se gonfle d'amour.

— Je suis là. Avec toi. Pour toujours.

— Maxim…, lâche-t-elle dans un souffle.

Et elle m'embrasse à nouveau, ses bras noués à mon cou. Elle recommence à bouger, très lentement, pour que je puisse savourer mon plaisir. Millimètre par millimètre… plus fort… plus intensément… C'est divin.

*Argh…*

Et elle va et vient. Va et vient. M'emporte avec elle. Ça monte et monte encore, jusqu'à ce qu'elle jouisse dans un cri, la tête renversée vers le ciel, bouche ouverte. Et son orgasme libère le mien.

— Oh, Alessia… !

Nous sommes allongés, immobiles. Silencieux. Nous nous regardons. Les yeux, le nez, les joues, les lèvres, le visage… Un examen attentif et émerveillé. La seule lumière provient du feu. J'entends le crépitement des bûches et les battements de mon cœur qui ralentissent. Alessia approche sa main et passe ses doigts sur mes lèvres.

— Je t'aime, Maxim, chuchote-t-elle.

Je me penche vers elle et l'embrasse. Son corps vient contre le mien et nous faisons à nouveau l'amour, tendrement.

Au-dessus de nous, les draps forment une tente improvisée. Nous sommes face à face, assis en tailleur, nos genoux se touchant presque, nous dévorant du regard, éclairés par le petit dragon qui nous a rejoints dans notre nid d'amour.

Elle se confie.

Elle n'arrête pas de parler.

Et moi, je l'écoute.

514

Elle est nue, ses cheveux tombent en cascade devant elle, cachant pudiquement son intimité. Elle m'explique comment elle apprend un nouveau morceau au piano.

— Quand je lis la partition pour la première fois, je vois des couleurs. Il y a une… comment vous dites ? Une correspondance ?

— Tu veux dire qu'il y a une couleur pour chaque tonalité ?

— Oui. Un ré bémol majeur, par exemple, est vert. Le vert des sapins. Comme il y en a tout autour de Kukës. Le prélude « La Goutte d'eau » par exemple, ce n'est que du vert. Un vert qui s'assombrit au fur et à mesure. D'autres tonalités ont d'autres couleurs. Il peut y avoir plusieurs couleurs dans un morceau. Comme pour le concerto de Rachmaninov. Et ensuite, ça s'imprime dans ma tête. C'est comme ça que je me souviens de la partition.

— Si je pouvais avoir cette chance, dis-je en caressant ses joues si douces. Tu es unique. Absolument unique.

Elle rougit.

Je change de sujet :

— Et qui est ton compositeur préféré ? Bach ?

— Ah, Bach…, murmure-t-elle, admirative. Sa musique est…

Elle agite la main, à la recherche du mot juste pour exprimer ce qu'elle ressent. Puis elle ferme les yeux, comme si elle était prise d'une sorte d'extase mystique.

— Stupéfiante ?

515

Elle rit.

— Voilà. Sa musique provoque la stupeur !

Elle redevient grave, baisse les yeux, puis les relève vers moi.

— Mais mon compositeur préféré, c'est toi.

J'en ai le souffle coupé. Je ne suis guère accoutumé aux compliments.

— Tu parles de mon morceau ? Ça me flatte. Et quelles couleurs tu y vois ?

— C'était triste et solennel. Des bleus et des gris.

— Ça colle pas mal.

Alors que mes pensées s'envolent vers Kit, Alessia me touche la joue pour me faire revenir à elle.

— Je t'ai regarder jouer. Je sais, j'étais censée faire le ménage, mais je n'ai pas pu m'en empêcher. De te regarder. Et de t'écouter. La musique était très belle. Je t'ai encore plus aimé après…, ajoute-t-elle dans un murmure.

— Ah bon ?

Elle hoche la tête. Et mon cœur s'emballe sous ces mots délicieux.

— Je ne savais pas que tu m'écoutais. Mais je suis content d'apprendre que ça t'a plu. Tu l'as joué si bien au Hideout.

— J'ai adoré. Tu es un compositeur très doué.

Je prends sa main, effleure sa paume de mes ongles.

— Et toi, une pianiste merveilleuse.

Elle rougit à nouveau.

*Elle devrait pourtant être habituée aux compliments.*

— Tu es talentueuse. Belle. Et si courageuse.

Je caresse son visage et approche ma bouche de la sienne. Sous notre tente de fortune, nous nous embrassons, oublieux du reste du monde. Quand Alessia s'écarte pour reprendre son souffle, ses yeux brillent de désir.

— On peut recommencer ? Faire l'amour ? On peut encore ?

Elle se penche et dépose un baiser sur ma poitrine, juste au-dessus de mon cœur.

*Oh...*

Allongée en travers du lit, Alessia a posé sa tête sur mon torse, et tapote une mélodie sur mon ventre. Je ne sais pas laquelle, mais ça m'enchante. J'appelle les cuisines.

— Danny, j'aimerais dîner dans ma chambre. Vous pouvez nous faire monter des sandwichs et du vin ?

— Bien sûr, milord. Un sandwich au rosbif ?

— Parfait. Et une bouteille de Château Haut-Brion.

— Je laisserai le plateau devant votre porte, monsieur.

— Merci infiniment.

Le ton joyeux de la gouvernante me fait sourire. Je raccroche. Visiblement, Danny sent qu'Alessia est différente des autres. Un sixième sens ? J'ai déjà fait venir des femmes ici, mais jamais Danny n'a été autant aux petits soins pour une invitée. Elle a dû voir que j'étais amoureux.

*Amoureux à la folie !*

517

— Tu as un téléphone pour appeler dans la maison ? s'étonne Alessia.

— C'est plutôt grand, ici.

— J'ai vu ça ! lance-t-elle en riant.

Elle regarde la fenêtre. Il fait nuit noire. Quelle heure est-il ? 19 heures ? 22 heures ? J'ai perdu toute notion du temps.

Enveloppée dans un plaid, et pelotonnée dans un fauteuil en face de la cheminée, Alessia savoure son sandwich en buvant du vin rouge. Ses cheveux dévalent de ses épaules, presque jusqu'à la taille. C'est charmant. Elle est belle et lumineuse. Et irrésistible. Et elle est avec moi.

Je jette une autre bûche dans le feu, m'assois en face d'elle, et bois une gorgée de ce vin délicieux. Jamais, depuis la mort de Kit, je ne me suis senti aussi en paix. Jamais de toute ma vie, en fait.

Maxim pose son verre et prend un sandwich. Il est magnifique comme ça : tout décoiffé, avec sa barbe naissante, ses yeux malicieux qui brillent de désir et de passion à la lueur des flammes. Il a enfilé son gros pull beige et son jean noir déchiré au genou. Elle ne peut s'empêcher de contempler le croissant de peau en dessous.

— Tout va bien ?

— Oui, répond-elle. Ça ne pourrait pas aller mieux.

Il esquisse un sourire.

518

— Pareil. Je crois que je n'ai jamais été aussi heureux. Je sais que tu aimerais bien rester ici, moi aussi, mais il va falloir qu'on retourne demain à Londres. Si ça ne te dérange pas trop. J'ai des trucs à faire.

— D'accord.

Elle se mordille la lèvre.

— Quoi ?

— J'aime bien les Cornouailles. C'est plus calme que Londres. Il y a moins de gens. Moins de bruit.

— Je sais. Mais je dois rentrer. Vérifier l'état de mon appartement.

Alessia examine son verre de vin.

— Retour à la réalité !

— Ça va aller, ne t'inquiète pas.

Elle contemple le feu. Une bûche s'effondre, dans une cascade de braises.

— Ma chérie, qu'est-ce qui ne va pas ?

— Je veux… Je veux travailler.

— Travailler ? Dans quoi ?

— Je ne sais pas. Faire le ménage ?

Il fronce les sourcils.

— Non, Alessia. Tu n'en as plus besoin. Tu es pleine de talent. Tu tiens vraiment à être femme de ménage ? Tu vas trouver quelque chose de plus intéressant. Mais d'abord, on doit s'assurer que tu as le droit de travailler ici. Que, légalement, tu ne risques rien. Je vais m'en occuper. Je connais des gens.

Son sourire est si doux, si rassurant.

— Je veux gagner mon propre argent.

519

— Je comprends. Mais si tu es arrêtée, tu risques d'être expulsée.

— Non !

Alessia sent la panique s'emparer d'elle.

— Pas question de rentrer au pays !

— Ne t'inquiète pas. On va trouver une solution. En attendant, tu pourrais continuer la musique, non ?

Elle l'observe.

— Et être entretenue, comme une maîtresse, commente-t-elle d'une voix sourde.

Cette idée la révolte.

— Le temps d'avoir tes papiers…, la rassure-t-il en souriant. Il faut voir ça comme une redistribution des richesses.

— Vous êtes un vrai communiste, Lord Trevethick !

— Va savoir…

Il lève son verre. Elle l'imite. Au moment de boire une gorgée, une idée lui vient. Mais sera-t-il d'accord ?

— Quoi ? demande-t-il aussitôt en remarquant son air pensif.

Elle prend une grande inspiration.

— Je vais faire le ménage… pour toi. Et tu vas me payer pour ça.

Maxim fronce les sourcils, décontenancé.

— Alessia, non… Tu n'as pas besoin de…

— S'il te plaît… J'y tiens.

Elle le regarde avec intensité, priant en silence pour qu'il accepte.

— Alessia…

— Je t'en supplie.

520

Il lève les yeux au ciel, visiblement agacé.

— Entendu ! Si c'est vraiment ce que tu veux. Mais à une condition.

— Laquelle ?

— Blouse et fichu, interdits ! C'est mon veto absolu.

— J'y réfléchirai.

Il éclate de rire et elle soupire de soulagement : elle sera occupée pendant que les relations de Maxim s'occuperont de régulariser sa situation.

Une douce chaleur l'envahit. Elle ne pensait pas que sa vie prendrait cette tournure et qu'elle atterrirait ici, dans cette grande maison, avec cet homme si doux, si prévenant, si beau. Bien sûr, elle rêvait plus ou moins de rencontrer un prince charmant. Mais elle pensait ce rêve inaccessible.

Elle a bravé le destin et pris des risques en quittant l'Albanie. Et le destin a mis des obstacles sur sa route. Mais Monsieur est intervenu et maintenant elle est là, avec lui.

*À l'abri.*

Il l'aime et elle l'aime. L'avenir s'ouvre à elle, un chemin plein de possibles ! Cette fois, peut-être que la chance est de son côté.

## 25

Un hurlement me tire de mon rêve.

*Alessia !*

Dans la lumière que diffuse le petit dragon, je la vois endormie à côté de moi, totalement immobile, les poings serrés sous son menton. Elle est pétrifiée comme ces victimes dans les cendres de Pompéi. Elle ouvre la bouche et crie à nouveau. Une plainte qui donne froid dans le dos. Je me redresse sur un coude pour la secouer.

— Alessia, mon amour. Réveille-toi.

Elle ouvre les paupières. Elle regarde autour d'elle, terrifiée, et commence à me frapper.

— Alessia, c'est moi… Maxim.

Je lui attrape les mains.

— Je suis là. Avec toi.

Je la prends dans mes bras et la réconforte, lui embrasse la tête. Elle est toute tremblante.

— J'ai cru… j'ai cru…, bredouille-t-elle.

— C'est fini. C'est juste un cauchemar. Tu es en sécurité.

Je lui caresse le dos. J'aimerais tant pouvoir la soulager de cette peur, de cette souffrance. Elle frissonne encore mais paraît s'apaiser. Elle finit par se rendormir.

Je ferme les yeux, une main sur ses cheveux, l'autre dans le creux de ses reins, savourant le doux contact de son corps. Je vais y prendre goût.

Alessia se réveille au petit matin, lovée contre Maxim, sa main posée sur son ventre. Il dort profondément, le visage tourné vers elle. Ses cheveux sont en bataille, les lèvres entrouvertes et une légère barbe ombre le bas de son visage. Il semble si détendu, il est irrésistible. Elle s'étire. Elle a encore un peu mal. Son hématome est toujours visible, mais elle se sent bien.

*Mieux que bien.*

Pleine d'espoir. Sereine. Forte. À l'abri.

Parce que cet homme dort à côté d'elle.

Elle l'aime. De tout son cœur.

Et, le plus incroyable, il l'aime, lui aussi ! Elle n'en revient toujours pas.

Il lui a redonné espoir.

Maxim remue, il ouvre les yeux.

— Bonjour, murmure-t-elle.

— Oui, c'est un *bon jour*… Parce que tu es là, répond-il avec une lueur malicieuse dans les yeux. Tu es vraiment magnifique. Bien dormi ?

— Oui.

— Tu as fait un cauchemar.

— Moi ? Cette nuit ?

— Tu ne t'en souviens pas ?

Alessia secoue la tête. Il lui caresse la joue.

523

— Tant mieux. Comment te sens-tu ?

— Bien.

— Juste bien ?

Elle sourit.

— Non, très bien.

Maxim roule sur elle et la plaque contre le matelas. Il plante ses yeux vert émeraude dans les siens.

— Mon Dieu, comme j'aime me réveiller à côté de toi !

Et il l'embrasse dans le cou.

Elle referme ses bras autour de lui et s'abandonne à ses baisers.

— On ferait bien de se lever et de rentrer à Londres, suggère Maxim, la tête posée sur son ventre.

Elle lui caresse les cheveux. Elle n'a pas la force de bouger. Elle veut profiter de ces instants de paix après le tumulte des sens. Mais il la tire de ses rêveries.

— Allez. À la douche ! Tu la prends avec moi ? lui propose-t-il avec un sourire.

Comment lui résister ?

Alessia se sèche les cheveux avec une serviette pendant que je me rase. L'ecchymose semble avoir diminué, mais la marque est toujours aussi pourpre.

Je me sens coupable. Ni cette nuit, ni ce matin, elle n'a montré qu'elle avait mal. Elle m'adresse un sourire radieux par-dessus son épaule, et ma culpabilité se dissipe aussitôt, telle une brume marine sous le soleil du matin.

524

Une part de moi voudrait rester ici à jamais. Mais en même temps je suis pressé de partir. Je ne veux pas que le sergent Nancarrow ou sa collègue débarque au Hall pour interroger Alessia. La police ne doit pas s'approcher d'elle. Au besoin, je téléphonerai pour expliquer que des affaires m'ont rappelé à Londres.

Quel dommage de s'en aller. J'aime bien notre nouvelle complicité. Quel changement chez mon Alessia ! Elle paraît tellement plus sûre d'elle, et pourtant il ne s'est passé que quelques jours. Elle rejette ses cheveux en arrière, me lance un coup d'œil coquin, et sort de la salle de bains en tenue d'Ève. Par l'entrebâillement de la porte, je profite du spectacle : les cheveux ondulant dans son dos, elle s'arrête près du lit et farfouille dans le panier en osier posé sur l'ottomane pour trouver des vêtements. Elle lève la tête et, voyant que je l'observe, elle se met à glousser. Je reporte mon attention sur le miroir. Sa nouvelle assurance me ravit. C'est si sexy.

Quelques instants plus tard, Alessia apparaît dans l'encadrement de la porte et s'appuie au chambranle. Elle a enfilé les habits que je lui ai achetés. La journée s'annonce sous les meilleurs auspices.

— Dans le bas de l'armoire, il doit y avoir un sac. Tu peux y laisser ton linge sale. Ou Danny peut s'en charger.

— Je m'en occuperai. (Elle croise les bras et m'observe) J'aime bien te regarder te raser.

— Et moi j'aime te regarder tout court, dis-je en passant une dernière fois la lame.

Je me retourne pour l'embrasser, puis essuie les traces de mousse à raser.

— Allons déjeuner, et en route !

Alessia est toute joyeuse pendant le trajet. Nous parlons, rions, et parlons encore. Son rire est si communicatif. Quand nous arrivons sur l'autoroute, elle se penche vers l'autoradio et sélectionne le deuxième concerto de Rachmaninov. Dès que les premières mesures s'élèvent, je la revois jouer ce morceau, et l'émotion me submerge. Elle s'abandonnait totalement à la musique, et j'étais transporté aussi. Du coin de l'œil, je vois ses doigts pianoter dans l'air. J'adorerais qu'elle joue à nouveau ce concerto, mais cette fois avec tout un orchestre.

— Tu as vu *Brève Rencontre* ?

— Non, répond-elle.

— C'est un classique du cinéma anglais. Il y a cette musique tout au long du film. C'est l'un des films préférés de ma mère.

— Ça me plairait de le voir. J'aime beaucoup ce morceau.

— Et tu le joues divinement bien.

— Merci. Comment elle est ? reprend-elle après un moment d'hésitation.

— Qui ça ? Ma mère ? Ambitieuse. Brillante. Drôle. Mais pas très maternelle.

En disant cela, j'ai l'impression de lui planter un couteau dans le dos. En même temps, c'est la vérité. Enfants, nous avons toujours eu l'impression que notre présence la dérangeait. Des nounous s'occu-paient de nous et, dès que ça a été possible, elle nous a envoyés en pension. Ce n'est qu'à la mort de mon père qu'elle a commencé à s'intéresser à nous.

Bien que Kit ait été son préféré.

— Oh, c'est dommage..., murmure Alessia.

— Mes relations avec ma mère sont... un peu ten-dues. Je ne lui ai jamais vraiment pardonné d'avoir quitté mon père.

— Elle est partie ? s'étonne Alessia.

— Oui. Elle nous a tous abandonnés. Quand j'avais douze ans.

— Je suis désolée.

— Elle a rencontré quelqu'un de plus jeune et ça a brisé le cœur de mon père.

— Oh.

— C'est bon. C'est vieux tout ça. Aujourd'hui, on a établi une sorte de trêve. Enfin, depuis la mort de Kit.

Parler de tout ça est trop sinistre. Dès que le concerto est terminé, je demande :

— Choisis donc quelque chose de plus gai.

Elle fait défiler la liste à l'écran.

— *Melody* ?

— Les Rolling Stones ? Bonne idée !

Nous entendons le décompte résonner dans les enceintes, *Two. One, two, three*, suivi des notes jazzy du piano. Alessia a un grand sourire. Elle aime ça. Il y a tellement de musiques que j'aimerais partager avec elle !

527

Il n'y a pas beaucoup de circulation et nous roulons bien. Nous avons déjà dépassé la sortie pour Swindon. Il nous reste un peu plus de cent kilomètres pour rejoindre Chelsea. Mais je dois faire le plein. Je quitte l'autoroute pour m'arrêter dans une station Membury. Aussiôt, le comportement d'Alessia change : ses mains agrippent la poignée de la portière et elle jette des coups d'œil inquiets autour d'elle.

— Je sais que les stations-service te rendent nerveuse. Mais on va juste prendre de l'essence.

Je me penche et pose ma main sur son genou pour la rassurer. Elle acquiesce, mais reste sur le qui-vive. Je sors et me dirige vers la pompe. Elle descend aussitôt pour se planter à côté de moi pendant que je fais le plein. Je plaisante :

— C'est gentil de me tenir compagnie.

Elle hoche la tête, et sautille sur place pour se réchauffer. Elle surveille les alentours, en particulier le parking des poids lourds. Ça me fait de la peine de la voir dans cet état. Elle était si détendue ce matin…

— Tu ne risques plus rien, tu sais ? Ils ont été arrêtés, dis-je pour la rassurer. (Mais quand la pompe se coupe dans un claquement, nous sursautons tous les deux.) Allons payer !

Je remets le pistolet en place, passe mon bras autour de ses épaules, et nous nous dirigeons vers la boutique.

Pendant que nous faisons la queue à la caisse, je m'enquiers :

— Ça va ? Tu tiens le coup ?

Le visage blême d'angoisse, elle scrute tous les clients.

— C'était une idée de ma mère, bredouille-t-elle à voix basse. Elle voulait m'aider.

Il me faut une seconde pour comprendre de quoi elle parle.

*Non... elle ne va pas me raconter ça ici?*

Un frisson me parcourt le dos. Pas maintenant.

— Attends une seconde…, dis-je en levant l'index.

Je tends ma carte bancaire à l'employé, qui regarde Alessia à plusieurs reprises.

*Laisse tomber, elle est trop belle pour toi!*

— Vous pouvez faire votre code, s'il vous plaît, m'indique le caissier en souriant à Alessia.

Sans lui accorder un regard, elle continue de surveiller les pompes et les véhicules qui arrivent.

Après avoir payé, je lui prends la main.

— On va parler de tout ça dans la voiture?

Elle hoche la tête.

Au moment de remonter dans la Jag, je me demande pourquoi elle choisit toujours les stations-service et les parkings pour ses confessions. Je démarre et vais me garer face aux arbres. Je coupe le moteur.

— OK. Tu veux continuer?

Alessia fixe les troncs devant elle.

— Mon fiancé. C'est un homme violent. Un jour, il…

L'angoisse m'étreint.

*Qu'est-ce que ce salaud lui a fait?*

— Il n'aime pas que je joue au piano. Parce que ça attire trop l'attention… sur moi.

529

Je méprise encore plus ce type.

— Ça le met en colère. Il veut m'empêcher de jouer.

Je me cramponne au volant.

Alessia poursuit d'une voix à peine audible :

— Alors, il me frappe. Il menace de me casser les doigts.

— Quoi ?

Elle contemple ses mains, si précieuses. Elle les referme l'une sur l'autre dans un geste craintif.

*Ce salopard lui a fait mal !*

— Je devais m'enfuir, tu comprends.

— Bien sûr.

Je veux la toucher pour qu'elle sache que je suis de son côté. Je prends ses mains dans les miennes, les serre doucement. J'ai envie de l'étreindre pour lui montrer que je suis là, que tout ça est fini, mais je me retiens. Elle a besoin de parler. Elle me lance un regard hésitant.

— J'ai pris un minibus pour Shkodër et ensuite on a voyagé dans un camion. Dante et Ylli étaient là avec cinq autres filles. L'une d'elles n'avait que… dix-sept ans.

*Dix-sept ans ?*

— Elle s'appelait Bleriana. On a parlé pendant le trajet. Elle habitait aussi le nord de l'Albanie. À Fierza. On est devenues amies. On se demandait comment on allait trouver du travail. On échangeait des idées.

Elle s'interrompt. Soit son histoire est trop douloureuse, soit elle se demande ce qu'est devenue son amie.

— Ils nous ont tout pris. Ils nous ont juste laissé nos vêtements et nos chaussures. Et il n'y avait qu'un seau à l'arrière pour… enfin tu vois.

— C'est horrible.

— Oui. L'odeur surtout, précise-t-elle en frissonnant. Et on n'avait droit qu'à une seule bouteille d'eau. Une bouteille par personne.

Elle serre les genoux. Son visage est livide.

— Tout va bien. Je suis là. Continue.

Elle tourne vers moi des yeux implorants.

— Tu veux vraiment ?

— Oui. Mais il ne faut pas te forcer.

Elle me scrute avec intensité. Ses yeux semblent forer mon crâne, comme lors de notre rencontre dans le couloir.

*Pourquoi je tiens tant à savoir ?*

Parce que je l'aime.

Parce qu'elle est la somme de toutes ses expériences et que celle-ci, aussi sinistre soit-elle, fait partie de l'équation.

Elle prend une grande inspiration pour se donner du courage.

— On est restés dans le camion trois ou quatre jours. Je ne sais pas trop. On a fait une halte avant que le camion n'embarque dans un… ferry ? C'est bien le mot ? Un bateau où on met les poids lourds et les voitures. On nous a donné du pain. Et des sacs en plastique noir. On devait se les mettre sur la tête.

— Quoi ?

531

— C'est comme ça qu'on passe à la douane. Ils mesurent le taux de… *diosidin e karbonit*?

— Le dioxyde de carbone?

— Oui. C'est ça.

— Dans la cabine?

— Je ne sais pas. Mais s'il y en a trop, ils savent qu'il y a des gens dans le camion. Bref, ils mesurent ça. Après on est montés sur le ferry. Le bruit était assourdissant. Infernal. Le vacarme des moteurs, des autres camions… et on était dans le noir. J'avais la tête dans le sac. Et le camion s'est arrêté. Ils ont coupé le moteur. Puis ça a été le silence. On entendait la coque et tout le bateau grincer. La mer était mauvaise. Vraiment mauvaise. On s'est toutes allongées. (Ses doigts effleurent la petite croix à son cou.) J'avais du mal à respirer. J'ai cru que j'allais mourir.

J'ai la gorge nouée.

— Je comprends pourquoi tu ne supportes pas l'obscurité, dis-je d'une voix rauque. Ça a dû être terrifiant.

— L'une des filles a été malade. Cette odeur!

Elle s'arrête, à bout de souffle.

— Alessia…

Mais elle reprend. Elle veut aller au bout.

— Avant de monter sur le ferry, quand on mangeait notre morceau de pain, j'ai entendu Dante plaisanter… Il a parlé en anglais – il ne savait pas que je comprenais cette langue. Il a dit qu'on allait gagner notre argent avec nos fesses. Alors j'ai su ce qui nous attendait.

532

La rage me submerge. J'aurais dû tuer ces salopards quand j'en avais l'occasion ! Les tuer et nous débarrasser des corps, comme l'avait suggéré Jenkins. Je me sens si démuni, si impuissant. Alessia baisse la tête. Je lui soulève doucement le menton.

— Je suis désolé. Tellement désolé.

Elle me regarde. Ses yeux brillent. Ce n'est pas du regret que je vois. Ni de l'apitoiement. Mais de la colère. Une véritable colère.

— J'avais entendu des rumeurs, avant. Des filles avaient disparu en ville, et dans des villages voisins. Et c'était pareil au Kosovo. Ça me trottait dans la tête quand je suis montée dans le bus… mais on a toujours de l'espoir.

Elle déglutit. Derrière sa fureur, je perçois l'angoisse. Je me sens idiot.

— Alessia, tu n'as rien à te reprocher. Ni à toi, ni à ta mère. Elle croyait bien faire.

— Je sais. Et je devais m'enfuir.

— Je comprends.

— J'ai raconté aux autres filles ce que Dante avait dit. Trois d'entre elles m'ont crue. Bleriana m'a crue. Et quand l'occasion s'est présentée, on s'est enfuies. Je ne sais pas si les autres ont réussi. Je ne sais pas non plus pour Bleriana, ajoute-t-elle avec une pointe de culpabilité dans la voix. J'avais l'adresse de Magda sur un bout de papier. Les gens ici fêtaient Noël. J'ai marché pendant plusieurs jours… Six ou sept, je crois. Je ne sais plus. Pour rejoindre enfin sa maison. Et elle s'est occupée de moi.

533

— Heureusement qu'elle était là.

— Oui.

— Où dormais-tu pendant ce temps-là ?

— Je n'ai pas dormi. Pas vraiment. Il faisait trop froid. J'ai trouvé une boutique et j'ai volé une carte.

— Tu as vécu un cauchemar. Ça dépasse l'entendement. Je suis désolé.

— Tu n'y es pour rien. C'était avant de te rencontrer. Maintenant voilà, tu sais tout.

— Je te remercie de m'avoir confié ça. (Je me penche pour lui embrasser le front.) Tu es si courageuse.

— Merci de m'avoir écoutée.

— Je t'écouterai toujours, Alessia. Toujours. Tu crois qu'on peut rentrer à la maison ?

Soulagée, elle acquiesce. Je démarre, quitte le parking et rejoins l'autoroute.

— Il y a une chose que je voudrais savoir, dis-je en songeant à son récit.

— Oui ?

— Comment il s'appelle ?

— Qui donc ?

— L'autre... celui que tu dois épouser.

Cette pensée me fait horreur.

Elle secoue la tête.

— Je ne dis jamais son nom.

— Comme Voldemort.

— Dans *Harry Potter* ?

— Tu connais *Harry Potter* ?

— Oh oui, ma grand-mère...

— Ne me dis pas qu'elle s'est procuré ces livres illégalement.

— Non, répond Alessia en riant. Bien sûr que non. Elle les a reçus par la poste. Magda les lui a envoyés. Ma mère me les lisait quand j'étais petite. En anglais.

— Voilà pourquoi tu t'exprimes si bien. Elle aussi ?

— Maman ? Oh oui. Mais mon père n'aimait pas quand on parlait anglais entre nous.

— Tu m'étonnes.

Décidément, plus j'en apprends sur son père, plus il me déplaît. Mais je garde ça pour moi.

— Et si tu nous mettais un autre morceau ?

Elle fait défiler les titres et son visage s'éclaire en découvrant RY X.

— On a dansé là-dessus.

— Oui, notre première danse.

Je souris à ce souvenir. Ça paraît si loin.

Nous nous laissons bercer par la musique. Déjà emportée par la mélodie, elle bouge la tête en rythme. Je suis heureux de la voir retrouver un peu de sérénité.

Pendant qu'elle sélectionne une autre chanson, je rumine. Ce type, ce salaud qui l'a frappée, son *fiancé*, je dois tout savoir sur lui. Il le faut, si je veux la protéger. Et la situation d'Alessia doit être régularisée de toute urgence. Comment ? Aucune idée. L'épouser aiderait pas mal, mais je crois que c'est impossible si elle est entrée en Angleterre clandestinement. Je vais voir ça avec Rajah, au plus vite.

Un petit rire amusé m'échappe quand j'aperçois le panneau de sortie pour Maidenhead. Je secoue la tête. J'ai l'impression d'avoir douze ans ! Je jette un coup d'œil à Alessia. Elle ne réagit pas. Elle ne sait sans doute pas que ça veut dire « hymen » – le trésor des vierges ! Elle semble au contraire plongée dans ses pensées. Elle se tapote les lèvres.

— Il s'appelle Anatoli. Anatoli Thaçi.

— Quoi ? Celui dont on ne doit pas prononcer le nom ?

— Oui.

Je le note dans un coin de mon esprit.

— Et tu as décidé de me le dire ?

— Oui.

— Pourquoi ?

— Parce que ne pas dire son nom le rend plus fort.

— Comme Voldemort ?

Elle hoche la tête.

— Qu'est-ce qu'il fait dans la vie ?

— Je ne sais pas trop. Mon père lui doit beaucoup d'argent, une dette pour ses affaires, je crois. Mais pour quoi exactement, je l'ignore. Anatoli est un homme puissant. Et riche.

— Ah oui ?

J'ai la gorge sèche. J'espère que son compte en banque n'est pas plus gros que le mien.

— Je ne pense pas que ses affaires soient… légales. C'est comme ça qu'on dit ?

— Absolument. Bref, c'est un escroc.

— Un gangster.

— Encore ? Tu les collectionnes ! (Elle éclate de rire. Un rire adorable.) Je ne vois pas ce qu'il y a de drôle.

536

— Ta tête !

— Ah… C'est une bonne raison.

— J'adore ta tête.

— J'y tiens assez d'ailleurs.

Elle rit encore, puis se calme.

— Tu as raison. Il n'est pas drôle, commente-t-elle.

— Mais il est loin. Tu ne risques rien ici. On va bientôt arriver à la maison. On peut réécouter Rachmaninov ?

— Bien sûr, répond-elle en faisant à nouveau défiler la playlist à l'écran.

Je gare la Jaguar devant le bureau. Oliver vient m'accueillir et me tend les clés de l'appart.

— Je vous présente Alessia Demachi.

Oliver se penche à la fenêtre pour lui serrer la main.

— Comment allez-vous ? demande-t-il. J'aurais préféré vous rencontrer en d'autres circonstances.

Elle lui répond par un sourire. Son irrésistible sourire.

— J'espère que vous allez rapidement vous remettre.

Alessia acquiesce.

— Merci de vous être occupé de tout, dis-je à Oliver. On se voit demain.

Il me salue de la main et je repars.

Maxim pose les sacs devant l'ascenseur. Pour Alessia, c'est bizarre d'être de retour. Cette fois,

537

elle va rester. Les portes s'ouvrent. Ils pénètrent dans la cabine. Maxim la prend dans ses bras.

— Bienvenue à la maison !

Ces paroles l'emplissent de joie. Elle se hisse sur la pointe des pieds pour l'embrasser. Leurs lèvres se cherchent, ne se lâchent plus. Ils s'embrassent si longtemps qu'elle oublie tout, jusqu'à l'endroit où elle se trouve.

Quand les portes se rouvrent, ils sont hors d'haleine. Une vieille dame est plantée devant l'ascenseur. Elle porte de grandes lunettes de soleil et un chapeau rose bonbon, avec des boucles d'oreilles et un manteau de la même couleur. Elle tient dans ses bras une boule de poils. Maxim relâche Alessia.

— Bonjour, madame Beckstrom.

— Oh, Maxim ! Je suis ravie de vous voir ! s'exclame-t-elle de sa voix de crécelle. Ou dois-je désormais vous appeler par votre titre ?

— Maxim fera l'affaire. (Il laisse sortir Alessia et tient la porte pour la vieille dame.) Je vous présente mon amie Alessia Demachi.

— Enchantée ! répond Mme Beckstrom avec un grand sourire, avant de reporter son attention sur Maxim. Je vois que votre porte est réparée. Ils ne vous ont rien pris de valeur ?

— Rien d'irremplaçable.

— J'espère que les voleurs ne reviendront pas.

— La police les a déjà arrêtés.

— Tant mieux. Et qu'ils les pendent haut et court ! On pend les gens ici ? s'étonne Alessia.

— Je vais promener Heracles, explique Mme Beckstrom. Maintenant qu'il ne pleut plus.

— Bonne journée !

— J'y compte bien ! Vous aussi.

Elle jette un coup d'œil à Alessia qui ne peut s'empêcher de rougir. Les portes de l'ascenseur se referment sur Mme Beckstrom qui disparaît de sa vue.

— C'est ma voisine depuis toujours. Elle a cent mille ans et elle est toquée.

— Toquée ?

— Folle. Et méfie-toi du chien. C'est une teigne ! Alessia sourit.

— Depuis combien de temps tu habites ici ?

— Depuis que j'ai dix-neuf ans.

— Je ne sais même pas ton âge…

— J'ai largement l'âge de raison !

Elle fronce les sourcils pendant qu'il ouvre la porte.

— Vingt-huit ans.

— Mais tu es vieux !

— Ah oui ?

Il la soulève d'un coup et la juche sur ses épaules, en prenant soin d'épargner son flanc meurtri. Elle glousse pendant qu'il la transporte à travers l'appartement, en exécutant des petits pas de danse.

L'alarme se met à biper. Maxim se tourne pour qu'Alessia se retrouve face au clavier de commande. Retenant son souffle, elle entre le nouveau code qu'il lui donne. Quand les bips cessent, il la repose à terre et elle se retrouve dans ses bras.

— Je suis heureux que tu sois ici, dit-il.

539

— Moi aussi.

Il sort de sa poche le trousseau de clés que vient de lui remettre Oliver.

— C'est pour toi.

Alessia les prend. Les clés sont attachées à une chaîne avec un écusson en cuir bleu où est inscrit Angwin House.

— Les clés du royaume, souffle-t-elle.

— Bienvenue chez toi ! déclare Maxim avec un grand sourire.

Il se penche pour l'embrasser, leurs bouches se soudent. Elle gémit, ondule contre lui. Et ils oublient tout.

Alessia jouit dans un cri. Le plus excitant des cris. Ses mains agrippent les draps. Sa tête est renversée en arrière. Sa bouche ouverte. Je continue de titiller son clitoris tandis que son bassin se cambre sous moi. Puis je remonte, j'embrasse son ventre, son nombril, ses seins, pendant qu'elle se tortille. Je prends son cri dans ma bouche et je la pénètre.

Mon téléphone vibre. Sans même regarder l'écran, je sais qui c'est : Caroline ! Je lui avais promis de passer la voir. Je reporte mon attention sur Alessia qui est endormie auprès de moi. C'est si bon de l'avoir ici. Je me penche, sème quelques baisers sur son épaule. Elle remue.

— Je dois sortir.

— Où tu vas ? murmure-t-elle.

— Rendez-vous avec ma belle-sœur.

— Oh.

— Je ne l'ai pas vue depuis plusieurs jours et j'ai des choses à régler avec elle. Je n'en ai pas pour longtemps.

Alessia se redresse.

— D'accord.

Elle tourne la tête vers la fenêtre. Il fait déjà nuit.

— Il est 18 heures, dis-je.

— Tu veux que je prépare à manger ?

— Bonne idée. Si tu trouves quelque chose.

Elle sourit.

— Je vais me débrouiller.

— S'il n'y a rien, on sortira. J'en ai pour une heure environ.

À contrecœur, je repousse les draps. Je sors du lit et m'habille en hâte sous le regard intéressé d'Alessia.

Inutile de lui avouer que cette rencontre m'inquiète.

## 26

— Bonsoir, milord, me lance Blake en ouvrant la porte de Trevelyan House.

— Bonjour, Blake. (Je ne le corrige pas. Après tout, je suis effectivement le nouveau comte.) Lady Trevethick est ici ?

— Je crois qu'elle est dans le petit salon.

— Parfait. Je monte. D'ailleurs, remerciez Mme Blake d'avoir tout remis en ordre après le cambriolage. C'est nickel.

— Je le lui dirai, milord. C'est une affaire bien triste. Voulez-vous que je vous débarrasse de votre manteau ?

— Oui, merci.

Je lui laisse mon pardessus qu'il plie avec soin.

— Vous désirez quelque chose à boire ?

— Non. Tout va bien. Merci, Blake.

Je gravis l'escalier puis tourne à gauche. Arrivé devant la porte du petit salon, je prends une grande inspiration.

Alessia contemple le bazar dans le dressing. Les tiroirs, les étagères, tout déborde de vêtements. Il n'y a aucune place libre. Elle emporte son sac dans la chambre d'amis, commence à le déballer et accroche ses nouveaux habits dans la petite armoire.

Après avoir déposé sa trousse de toilette sur le lit, elle part faire un tour dans l'appartement. Tout lui paraît familier et nouveau à la fois. Car son regard a changé. Ça a toujours été chez Monsieur Maxim, l'endroit où elle travaillait. Jamais elle n'aurait imaginé vivre ici un jour, avec lui. Jamais elle n'aurait espéré habiter dans un endroit aussi magnifique. Elle s'arrête dans la cuisine, tourne sur elle-même, toute joyeuse, comblée. C'est une sensation si rare et précieuse. Elle a peut-être encore beaucoup de problèmes à régler mais, pour la première fois, l'espoir est là. Avec Maxim à ses côtés, rien n'est insurmontable. Pourvu qu'il revienne vite ! Il lui manque déjà.

Elle passe sa main sur le mur du couloir. Les photographies ont disparu. Est-ce les voleurs qui les ont prises ?

*Le piano !*

Elle se précipite dans le salon. Il est là, intact. Elle pousse un soupir de soulagement et allume les lumières. La pièce paraît propre et rangée. Les disques sont là, mais le bureau est vide. L'ordinateur et le matériel audio ont disparu. Ici aussi, les photos se sont volatilisées. Elle s'approche du piano et l'examine sous toutes les coutures. Sous la lumière du lustre, il a un bel éclat. Il a dû être astiqué récemment. Elle pose la main sur l'ébène, caresse les courbes élégantes. Quand elle arrive à côté du tabouret, elle s'aperçoit que les compositions de Maxim ont disparu. Est-ce que quelqu'un les a rangées ? Elle soulève le couvercle du clavier et appuie sur le do serrure. Une note dorée s'élève dans la pièce vide, l'enveloppe, l'apaise. Elle s'assoit, chasse son sentiment de solitude et de manque, et commence à jouer le *Prélude n° 23 en si majeur* de Bach.

Caroline est assise devant la cheminée, elle regarde fixement le feu, emmitouflée dans un plaid en tartan. Elle ne se retourne pas à mon arrivée.

— Bonjour.

Je la salue avec si peu d'entrain que le crépitement des flammes manque de couvrir ma voix.

Elle pivote la tête vers moi. Elle a un regard triste, sa bouche esquisse une moue maussade.

— Ah, c'est toi.

— Tu attendais quelqu'un d'autre ?

Elle ne se lève pas pour m'accueillir. Je vois que je ne suis pas le bienvenu.

— Pardon, dit-elle dans un soupir. Je pensais à Kit, à ce qu'il ferait s'il était ici.

Le chagrin remonte d'un coup, m'enveloppe comme une couverture rêche. Je me secoue et déglutis pour desserrer le nœud qui s'est formé dans ma gorge. Je m'approche et je m'aperçois qu'elle pleure.

— Oh... Caro...

Je m'accroupis à côté d'elle.

— Maxim, je suis veuve. J'ai vingt-huit ans et je suis veuve. Ça ne faisait pas partie du plan.

Je prends sa main.

— Je sais. Ce n'était le plan de personne. Encore moins celui de Kit.

Ses yeux bleus se plantent dans les miens.

— Je ne sais pas.

— Comment ça ?

Elle se penche vers moi et murmure :

— Je pense que Kit a voulu se tuer.

Je serre ses doigts.

— Caro. Bien sûr que non. Ne te dis pas ça. C'est juste un accident. Un horrible accident.

Je m'efforce de soutenir son regard, de rester imperturbable, mais, à dire vrai, j'ai eu la même pensée. Je ne veux pas qu'elle le sache, et je ne veux pas y croire non plus. Un suicide serait trop lourd à porter pour nous tous.

— Depuis ce matin, cette question me hante, insiste-t-elle en scrutant mon visage. Mais j'ai beau me creuser la tête, je ne vois pas pour quelle raison il aurait fait ça.

Moi non plus, je n'ai pas trouvé de réponse. Alors je répète, pour moi-même aussi :

— C'était un accident.

Je lui lâche la main et vais m'asseoir dans le fauteuil en face du sien.

— Tu veux boire quelque chose ? s'enquiert-elle. Après tout, tu es chez toi.

Je choisis d'ignorer l'amertume de sa voix. Je n'ai pas envie que l'on se dispute.

— Blake me l'a déjà proposé. Je n'ai pas soif.

545

Elle pousse un nouveau soupir et contemple les flammes. Je l'imite. Elle et moi, nous sommes encore sous le choc de la disparition de Kit. Je m'attendais à subir un interrogatoire en règle, mais elle ne dit rien. Nous restons silencieux, mal à l'aise. Au bout d'un moment, le feu commence à s'éteindre. Je me lève pour remettre deux bûches et rassemble les braises.

— Tu veux que je m'en aille ?

Elle secoue la tête.

Je me rassois. Ses cheveux lui tombent sur le visage. Finalement, elle les cale derrière son oreille.

— J'ai appris pour le cambriolage. Ils t'ont pris des choses importantes ?

— Non. Juste mon ordinateur portable et mes tables de mixage. Et ils ont fracassé mon Mac.

— Quelles ordures.

— Oui.

— Qu'est-ce que tu as fait en Cornouailles ?

— Des trucs…

J'essaie de garder un ton détaché.

— Ça, c'est de la réponse ! s'exclame-t-elle en roulant des yeux. (Je retrouve un peu la Caroline taquine que je connais.) Pourquoi tu es allé là-bas ?

— Pour échapper à des malfrats, si tu veux tout savoir.

— À des malfrats ?

— Oui… et pour tomber amoureux.


Alessia explore les placards et les tiroirs de la cuisine, à la recherche d'inspiration pour le dîner.

C'est la première fois qu'elle s'intéresse vraiment à ce qu'il y a dedans. En fouillant, elle remarque de nombreux ustensiles de cuisine intacts, des casseroles et des poêles flambant neuves. Maxim n'a jamais dû s'en servir. Deux poêles ont toujours leurs étiquettes. Elle découvre quelques denrées dans le garde-manger : des pâtes, du pesto, des tomates séchées en bocal, des herbes et des épices. Il y a de quoi faire un repas, mais ces ingrédients ne sont guère excitants. Elle jette un coup d'œil à la pendule. Maxim ne va pas rentrer tout de suite. Elle a le temps d'aller à la supérette acheter de quoi préparer un bon dîner à son homme.

Un grand sourire naît sur ses lèvres.

*Monsieur Maxim...*

*Mon homme !*

Au bas de l'armoire, elle récupère le petit porte-monnaie qu'elle a caché dans la vieille chaussette de rugby de Michal – le sac où elle garde toutes ses économies. Elle prend deux billets de vingt livres qu'elle glisse dans la poche de son jean, enfile son manteau, enclenche l'alarme et sort.

— Quoi ? Toi ? Amoureux ? se moque Caroline.

— Et pourquoi pas ?

Je constate que la partie « malfrat » ne l'intéresse pas du tout.

— Maxim, la seule chose que tu aimes, c'est ta bite.

— C'est faux !

Elle éclate de rire. C'est bon de la voir rire, mais j'aurais préféré que ce ne soit pas à mes dépens.

547

Voyant ma mine renfrognée, elle essaie de réfréner son amusement.

— D'accord. Qui s'est enfilé dessus ?

— Tu n'es pas obligée d'être si vulgaire.

— Ça ne répond pas à ma question.

Je la regarde longuement. Son air goguenard s'évanouit.

— Qui est-ce ?

— Alessia.

Elle fronce les sourcils, fouille dans ses souvenirs… D'un coup, ça lui revient.

— Ta femme de ménage ? Non !

— Comment ça « non » ?

— Elle est là pour astiquer les meubles ! Pas t'astiquer la queue !

Son visage s'assombrit. La tempête se prépare.

Je me redresse, agacé par sa réaction.

— Elle ne fait plus le ménage.

— Je le savais ! Je l'ai su dès que je l'ai vue. Dans ta cuisine. Tu étais bizarre avec elle. Aux petits soins !

Ses mots sont autant de gouttes de venin qu'elle me crache au visage.

— Ne tombe pas dans le mélo, Caro. Ça ne te va pas !

— Au contraire ! Ça me va très bien.

— Et depuis quand ?

— Depuis que mon putain de mari s'est levé un matin et a décidé de se tuer ! réplique-t-elle, les yeux étincelant de fureur.

*Elle ose se servir de la mort de Kit…*

548

J'encaisse le choc et la fixe du regard, l'air vibre de toutes les questions que nous n'exprimons pas.

Brusquement, elle reporte son attention sur le feu, avec un agacement et un mépris évidents. Je le vois à la ligne dure de son menton.

— Sors-toi cette fille de la tête, et du reste, grogne-t-elle.

— C'est impossible. Et je ne veux pas. Je suis amoureux d'elle.

Mes paroles flottent dans l'air. J'attends la réaction de Caroline.

— Tu es devenu fou.

— Pourquoi?

— Tu le sais très bien! C'est ta boniche!

— Aucune importance.

— Bien sûr que si!

— Bien sûr que non!

— C.Q.F.D.! Si tu ne vois pas le problème, c'est bien que tu es fou!

— Fou d'amour, oui.

Et ça, c'est vrai.

— Amoureux de ta bonne… Au secours!

— Caro, ne sois pas aussi snob. On ne choisit pas qui on aime. Ça te tombe dessus, c'est tout.

— Foutaises! s'exclame-t-elle, furieuse, en se levant d'un bond. Épargne-moi tes clichés à la con! Elle a senti le filon, Maxim. Elle profite de toi! Ouvre les yeux!

— Tu m'emmerdes, Caroline! (Je me lève à mon tour et me plante devant elle. Nos nez se touchent presque.) Tu ne sais rien d'Alessia, je t'interdis de…

— Je connais ce genre de fille.

— Ah oui? Tu connais ce genre de fille? Toi, la petite Lady Trevethick?

Je hausse le ton, mes mots résonnent dans la petite pièce aux murs bleus ornés de tableaux. J'enrage.

Comment ose-t-elle juger Alessia? Elle qui, comme moi, a toujours été privilégiée.

Caroline blêmit et recule d'un pas. Elle me considère avec de grands yeux, comme si je l'avais giflée.

*Ça dérape complètement!*

Je passe mes doigts dans mes cheveux pour me calmer.

— Caroline… ce n'est pas la fin du monde.

— Ça l'est pour moi.

— Pourquoi?

Elle me fixe du regard, avec un mélange de douleur et de fureur. Je secoue la tête.

— Je ne comprends pas. Qu'est-ce que ça peut bien te faire?

— Et nous deux? articule-t-elle.

— Il n'y a pas de « nous », dis-je, agacé. On a baisé. On était déboussolés. On l'est encore. J'ai finalement rencontré quelqu'un qui me fait avancer, qui m'ouvre les yeux, et…

— Mais j'ai cru que…, m'interrompt-elle, sans pouvoir finir sa phrase.

— Quoi? Qu'est-ce que tu as cru? Qu'on était ensemble? Nous deux. On a déjà essayé! Mais tu as choisi mon frère!

— On était jeunes… Et maintenant Kit est mort.

— Non, non, non ! Ne joue pas à ce petit jeu. Ne cherche pas à me faire porter le chapeau. On était deux sur ce coup-là. Et c'est toi qui as fait le premier pas quand on était terrassés de chagrin. C'était peut-être juste un prétexte pour toi. Je n'en sais rien. Mais nous deux, ça ne marche pas. Ça n'a jamais marché. On a eu notre chance, mais tu as raté le coche. Tu as préféré coucher avec mon frère. Tu l'as choisi, lui et son titre. Désolé, mais je ne serai pas ton lot de consolation.

Elle ouvre la bouche, horrifiée.

*Merde, je suis allé trop loin.*

— Sors d'ici !

— Tu me chasses de ma propre maison ?

— Fous le camp ! hurle-t-elle. Casse-toi ! Salaud !

Elle ramasse son verre vide et me le balance à la figure. Heureusement, elle rate son coup. Le verre atterrit sur ma cuisse, puis se brise contre le sol. Nous nous faisons face dans un silence pesant.

Des larmes pointent dans ses yeux.

Je n'en peux plus. Je tourne les talons et m'en vais en claquant la porte.

Alessia se dirige d'un pas vif vers la supérette qu'elle a repérée sur Royal Hospital Road. Il fait froid et nuit noire. Elle enfouit les mains dans ses poches, heureuse de porter ce manteau bien chaud que Maxim lui a acheté. Toutefois, un frisson lui parcourt la nuque. Elle sent ses poils se hérisser.

Elle se retourne, inquiète. Sous les lampadaires, tout est tranquille. Elle est seule dans la rue, à l'exception d'une femme qui promène son gros chien sur le trottoir d'en face. Alessia secoue la tête. Elle se fait bien trop de soucis. En Albanie, elle se serait méfiée des djinns – ces esprits qui rôdent la nuit. Bien sûr, ce n'est qu'une superstition. Mais elle est encore traumatisée par le face-à-face avec Dante et Ylli. Elle presse le pas pour rejoindre le Tesco Express au coin de la rue.

Comme d'habitude, il y a du monde dans le magasin, et la vue de tous ces gens arpentant les allées la rassure. Elle prend un panier et se dirige vers le rayon fruits et légumes et commence à inspecter les étalages.

— Bonjour, Alessia. Comment vas-tu?

Il lui faut une petite seconde pour se rendre compte qu'on lui parle en albanais. Et une autre pour que la peur lui pulvérise le cœur et l'âme.

*Non! Il est ici!*

Je me tiens devant Trevelyan House et m'efforce de chasser ma mauvaise humeur. Je remonte vivement le col de mon manteau pour me protéger de la bise de février.

*Ça ne pouvait pas plus mal se passer.*

Je serre les poings et les enfonce dans mes poches.

Je suis trop en colère. Je ne veux pas retrouver Alessia dans cet état-là. Il faut d'abord que je me calme. Je prends à droite et remonte Chelsea Embankment.

Comment Caroline pouvait-elle s'imaginer que ça allait marcher entre nous?

On se connaît trop bien. On est censés être amis. C'est toujours ma meilleure amie. Et la femme de mon frère. Sa veuve !

*Quel bordel !*

Mais elle devait savoir. Qu'est-ce qu'elle croyait ? Elle et moi, c'était juste pour le cul.

Putain, elle est jalouse !

*Jalouse d'Alessia !*

Je ne sais plus quoi penser. Je traverse Oakley Street et passe devant la concession Mercedez-Benz. Même la vue familière de la statue du *Garçon au dauphin* ne parvient pas à m'apaiser. Ma colère est aussi noire que la nuit.

Alessia se retourne, le cœur battant. La peur se propage dans toutes ses veines. Elle est prise de vertige, sa bouche est sèche. Anatoli se tient devant elle. Il est tout près, bien trop près.

— Je t'ai cherchée partout, poursuit-il en albanais.

Ses grosses lèvres se retroussent en un simulacre de sourire. Mais ses yeux bleus restent froids et implacables. Il la fixe du regard, exige des réponses. Son visage taillé à la serpe est plus maigre encore, ses cheveux blonds plus longs que dans son souvenir. Il se penche vers elle. Il porte un élégant manteau d'un couturier italien. Il cherche déjà à l'intimider.

Elle se met à trembler. Comment l'a-t-il retrouvée ?

— Bonjour, Anatoli, bredouille-t-elle.

— C'est tout, *carissima* ? Pas même un sourire pour ton futur mari ?

*Non, non, non…*

Elle a l'impression que ses pieds sont rivés au sol. Le désespoir l'écrase. Ses pensées se bousculent dans sa tête. Comment s'échapper ? Il y a bien des gens autour d'elle, occupés à faire leurs courses, mais jamais elle ne s'est sentie aussi seule et isolée. Personne ne comprend ce qui se passe.

Anatoli lui caresse la joue de sa main gantée. Elle sent son estomac se révulser.

*Ne me touche pas !*

— Je suis venu te ramener à la maison, annonce-t-il tranquillement comme s'ils venaient de se quitter.

Incapable de parler, Alessia l'observe.

— Pas même un petit mot doux ? Tu n'es pas contente de me voir ?

Elle reconnaît l'agacement dans ses yeux. Et quelque chose d'autre. Quelque chose de plus sombre. Du calcul ? De l'admiration ? Du défi ?

De la bile lui remonte dans la gorge. Elle déglutit. Il lui attrape brutalement le coude.

— Tu viens avec moi. J'ai dépensé une fortune pour te retrouver. Tes parents se font un sang d'encre depuis ta disparition. Ton père dit que tu ne leur as pas donné de nouvelles. Ils ne savent même pas si tu vas bien.

Alessia est perdue. Comment Anatoli est-il arrivé là ? Sait-il que c'est sa mère qui l'a aidée à s'enfuir ? Mama ? Elle va bien ? Qu'est-ce qu'elle lui a raconté ?

Il resserre sa poigne sur son bras.

554

— Tu devrais avoir honte de t'être évanouie dans la nature comme ça. Mais on en parlera plus tard. Pour le moment, allons chercher tes affaires. On rentre chez nous.

## 27

Je descends Cheyne Walk toujours aussi furieux.

Il me faut un verre! Pour me calmer. Je consulte ma montre. Alessia ne m'attend pas avant 19 heures. J'ai le temps. Je fais demi-tour, repars vers Oakley Street et mets le cap sur le Cooper Arms.

Le vent se lève mais je ne sens pas le froid. Je bous de colère. Je n'en reviens toujours pas de la réaction de Caroline.

Au fond, je m'en doutais peut-être.

Au point de me chasser de ma propre maison?

*Quelle merde!*

D'ordinaire, la seule personne capable de me mettre dans cet état, c'est ma mère! Elles sont aussi snobs l'une que l'autre!

Comme moi.

*Non! Je ne suis pas comme ça!*

Et je n'ose pas imaginer la réaction de Caroline quand je vais lui dire que je compte épouser Alessia.

Sans parler de celle de ma mère!

*Épouse quelqu'un qui a de l'argent.*

*Kit a bien choisi.*

Mon humeur s'assombrit encore.

— Je ne pars pas avec toi, répond Alessia d'une voix tremblante.

— Allons discuter de ça dehors, réplique Anatoli en resserrant sa prise sur son bras, au point de lui faire mal.

— Non ! crie-t-elle en se dégageant. Ne me touche pas !

Il la fusille du regard et plisse les yeux, qui deviennent des échardes de glace.

— Pourquoi tu te comportes comme ça ?

— Tu le sais très bien.

Il pince les lèvres.

— J'ai fait un long voyage pour te retrouver. Je ne vais pas repartir sans toi. Ton père m'a promis ta main. Tu veux le déshonorer ?

Alessia rougit.

— C'est à cause de cet homme ? demande-t-il.

— Quel homme ?

Le cœur de la jeune femme s'affole. *Il est au courant pour Maxim ?*

— Si c'est le cas, je vais le tuer.

— Il n'y a personne, murmure-t-elle.

Un frisson la parcourt. Elle se sent sombrer dans le désespoir.

— L'amie de ta mère… elle a envoyé un mail. Elle dit qu'il y a un homme.

Alessia est stupéfaite.

*Magda ?*

Anatoli lui prend le panier des mains et lui agrippe à nouveau le bras.

— Allons-y.

Il l'entraîne vers les portes automatiques et remet au passage le panier à sa place. Encore sous le choc, Alessia se laisse faire.


Je suis au bar, avec un Jameson entre les mains. Le liquide ambré me brûle la gorge, mais m'apaise peu à peu.

Je suis un abruti.

Un vulgaire queutard !

Je savais que c'était une mauvaise idée de coucher avec Caroline. Qu'il y aurait un retour de bâton.

Elle a raison, c'est vrai. Je pense avec ma bite. Mais depuis Alessia tout est différent.

Et c'est pour le mieux.

Jamais je n'ai rencontré quelqu'un comme elle. Quelqu'un qui ne possède rien, hormis son talent, son courage et son beau visage. Qu'aurais-je fait de mon existence si je n'étais pas né avec une cuillère en argent dans la bouche ? Jouer dans les bars pour gagner ma vie ? Encore aurait-il fallu que j'apprenne la musique. Tant de choses me semblent aller de soi ! Je me suis laissé porter par le courant, tout m'était offert sur un plateau. Je n'avais aucun effort à fournir, aucun problème à surmonter, rien ne me touchait et je faisais exactement ce qui me plaisait. Et maintenant, je dois travailler pour vivre, et le bien-être de centaines de personnes dépend de mes décisions. C'est une grande mission, une responsabilité énorme qu'il me faut assumer si je veux pouvoir maintenir mon niveau de vie.

Et au milieu de tout ce tumulte, j'ai trouvé Alessia. En quelques jours, je tiens plus à elle qu'à quiconque. Plus encore qu'à moi-même ! Je l'aime. Et elle m'aime. Oui, je compte aussi pour elle. Elle est un don du ciel, une femme merveilleuse qui a besoin de moi. Comme j'ai besoin d'elle. C'est elle qui me tire vers le haut.

Elle fait de moi un homme meilleur.

C'est bien ce qu'on attend de sa compagne ou de son compagnon ?

Et puis, il y a Caroline. En contemplant mon verre, je reconnais que je déteste me disputer avec elle. C'est mon amie. Elle l'a toujours été. Mon monde ne tourne plus rond si nous sommes brouillés, elle et moi. Il est déjà arrivé qu'on s'engueule mais elle ne m'a jamais mis dehors.

Le pire, c'est que je comptais lui demander de l'aide pour régulariser la situation d'Alessia ici, au Royaume-Uni. Son père est haut placé au Home Office. Si quelqu'un peut faire quelque chose pour Alessia, c'est bien lui.

Mais c'est hors de question, pour l'instant.

Je vide mon whisky. Caroline va certainement se calmer.

*Enfin, j'espère.*

Je repose le verre sur le comptoir et salue le barman. Il est 19 h 15. Il est temps de rentrer. Je veux retrouver mon amour.

Anatoli ne lâche pas le bras d'Alessia pendant qu'ils se dirigent vers l'immeuble de Maxim.

— Tu es sa domestique ?

— Oui.

Surtout ne pas paniquer. Elle doit réfléchir, analyser les différentes options.

*Et si Maxim est à la maison ?*

Anatoli a dit qu'il voulait le tuer.

Cette pensée la terrifie.

Magda a dû écrire à sa mère. Pourquoi ? Alessia l'avait suppliée de ne pas le faire.

Et si elle s'enfuit, elle sait qu'il la rattrapera.

*Trouve une solution, Alessia !*

— C'est donc ton patron ?

— Oui.

— C'est tout ?

— Bien sûr ! réplique-t-elle vivement.

Il s'arrête et l'oblige à le regarder. Sous les réverbères, ses yeux brillants la scrutent avec suspicion.

— Tu ne lui as pas donné ce qui est à moi ?

Il faut un moment à Alessia pour comprendre à quoi il fait allusion.

— Non, s'empresse-t-elle de répondre.

Mais elle rougit jusqu'aux oreilles, malgré le froid de l'hiver. Anatoli hoche la tête. Il semble la croire. C'est déjà ça.

Il la suit dans l'appartement. L'alarme émet ses petits bips.

*Ouf, Maxim n'est pas rentré !*

Anatoli contemple le hall d'entrée. Du coin de l'œil, elle remarque son étonnement.

— Il a de l'argent cet homme, marmonne-t-il. (Elle ne sait pas trop si c'est une question.) Et tu vis ici ?

— Oui.

— Où tu dors ?

— Dans cette pièce.

Elle désigne la porte de la chambre d'amis.

— Et lui ?

Elle indique la grande chambre. Anatoli entre dans la pièce. Alessia reste sur le seuil, terrorisée. Est-ce l'occasion de s'enfuir ? Mais il revient déjà, une petite poubelle dans les mains.

— Et ça ? grogne-t-il.

Alessia parvient à ne rien laisser paraître, se penche et observe le préservatif usagé au fond de la poubelle. Elle hausse les épaules, avec un détachement qu'elle espère crédible.

— Il a une petite amie. Ils sont sortis pour le moment.

Il repose la poubelle, apparemment satisfait par la réponse.

— Ramasse tes affaires. Je suis garé en bas. (Elle reste immobile, le cœur battant.) Allez ! Dépêche-toi. Je ne tiens pas à le croiser. Autant éviter les scènes pénibles.

Il ouvre son manteau, glisse sa main sous sa veste et en sort un pistolet.

— Je suis sérieux.

Alessia pâlit. Elle manque soudain d'air.

*Il va tuer Maxim !*

Tout se met à tourner. Elle invoque le dieu de sa grand-mère pour qu'il retarde le retour de Maxim.

— Je viens te sauver, explique Anatoli. Je ne sais pas ce que tu fiches ici. On en reparlera. Mais pour l'instant, je veux que tu fasses tes valises. On s'en va.

Son destin est scellé ! Elle va suivre Anatoli. Il le faut pour protéger l'homme qu'elle aime. Elle n'a pas le choix. Comment imaginait-elle pouvoir échapper à la *besa* de son père ?

Des larmes de désespoir embuent sa vue alors qu'elle entre dans la chambre d'amis. Elle rassemble ses affaires en silence, vite, les mains tremblant de rage et de terreur. Elle doit partir avant que Maxim ne revienne. Il faut qu'elle le protège.

Anatoli apparaît sur le seuil. Il examine la pièce vide, puis l'observe.

— Tu parais différente. Très… occidentale, je dirais.

Alessia garde le silence et referme son sac. Elle est contente d'avoir encore son manteau sur elle.

— Je ne comprends pas pourquoi tu pleures, dit-il avec sincérité.

— J'aime l'Angleterre. J'aimerais rester. J'étais heureuse ici.

— Tu t'es assez amusée comme ça. Il est temps de rentrer à la maison et d'assumer tes responsabilités, *carissima*.

Il range son arme dans sa poche intérieure et attrape le sac.

— Il faut que je laisse un mot…

— Pour quoi faire ?

— Parce que c'est poli. Mon patron va s'inquiéter. Il a été gentil avec moi, ajoute-t-elle en manquant de fondre en larmes.

Anatoli la regarde un moment. Impossible de savoir ce qu'il pense. Réfléchit-il à ce qu'elle vient de dire ?

— D'accord, concède-t-il.

Il la suit dans la cuisine ; un stylo et un carnet sont posés à côté du téléphone. Alessia se dépêche d'écrire en s'efforçant de bien choisir ses termes. Pourvu que Maxim parvienne à lire entre les lignes ! Elle ne sait pas jusqu'à quel point Anatoli comprend l'anglais, mais elle ne veut prendre aucun risque. Elle ne peut pas écrire ce qu'elle souhaiterait :

*Merci de m'avoir protégée.*

*Merci de m'avoir montré ce qu'est l'amour.*

*Mais je ne peux échapper à mon destin.*

*Je t'aime. Je t'aimerai toujours. Jusqu'à ma mort.*

*Maxim. Mon amour.*

— Qu'est-ce que tu as mis ?

Elle lui montre le mot. Anatoli parcourt les lignes. Il hoche la tête.

— Allons-y.

Elle laisse son jeu de clés sur le mot. Ces clés qui ont été les siennes si peu de temps. Quelques heures de bonheur.

Il fait froid dehors. Le givre commence à scintiller sous le halo des réverbères. En arrivant au coin de la rue, j'aperçois au loin un homme qui referme la portière d'une Mercedes Classe S garée devant mon immeuble.

— Maxim !

Je me retourne. C'est Caroline qui accourt.

*Qu'est-ce qui lui prend ?*

Mais quelque chose chez cet homme à la Mercedes attire mon attention. La scène est bizarre, parce qu'il a fait le tour de la voiture. C'est étrange. Quelque chose m'échappe. Mes sens sont aussitôt en alerte. J'entends les talons de Caroline claquer sur le bitume. Je sens aussi la brise humide qui monte de la Tamise. Je plisse les yeux pour distinguer la plaque minéralogique de la voiture. Malgré la distance, je constate qu'il s'agit d'une plaque étrangère.

L'homme ouvre la portière côté conducteur.

— Maxim ! appelle Caroline dans mon dos.

Je me retourne. Elle se jette dans mes bras avec une telle force que je manque de tomber à la renverse.

— Pardon ! Pardon ! Je suis désolée, sanglote-t-elle.

Je ne dis rien, cette voiture continue de m'intriguer. Le chauffeur monte et claque la portière pendant que Caroline se répand en excuses. Je l'ignore encore. Le clignotant de la Mercedes s'allume, le véhicule s'éloigne du trottoir et passe sous la lumière d'un réverbère.

C'est alors que je le vois. Sur la plaque, un petit écusson rouge et noir. L'emblème de l'Albanie !

Alessia entend quelqu'un crier le nom de Maxim dans la rue. Elle se retourne sur le siège passager pendant qu'Anatoli fait le tour de la voiture. Maxim est à cent mètres de là. Une femme blonde lui saute dans les bras, le serre contre elle.

*Qui est-ce ?*

Elle se contorsionne pour avoir un meilleur angle de vue.

*Non !*

Il la tient par la taille.

Et elle la reconnaît : c'est la femme qui portait la chemise de Maxim dans sa cuisine.

*Alessia, je vous présente mon amie et belle-sœur... Caroline.*

Anatoli claque la portière. Le bruit la fait sursauter. Aussitôt, elle se redresse pour regarder droit devant elle.

*Sa belle-sœur ? La femme de son frère qui est mort ? Sa veuve !*

Alessia ravale un sanglot.

Voilà où il est allé. Il était avec cette Caroline. Et maintenant ils s'enlacent dans la rue. Il la tient dans ses bras ! La trahison est un véritable coup de poignard. La douleur la transperce, met en charpie sa confiance en elle. En lui.

*Pas lui ! Pas Monsieur Maxim.*

Une larme roule sur sa joue quand Anatoli démarre. Lentement, il quitte sa place le long du trottoir et s'engage dans la rue, l'emportant loin du seul bonheur qu'elle ait jamais connu.

L'angoisse me serre le ventre, comme un fourmillement noir.

— Merde !

Caroline sursaute.

— Qu'est-ce qu'il y a ?

— Alessia !

J'abandonne Caroline et me précipite vers la voiture qui disparaît au loin.

— Non ! Pas encore !

Je me prends la tête dans les mains. Je suis perdu. Je ne sais plus que faire.

— Maxim ? Que se passe-t-il ?

Caroline m'a rejoint devant l'entrée de l'immeuble.

— Ils l'ont emmenée !

Je fouille mes poches à la recherche de mes clés.

— Qui ça ?

— Alessia !

J'ouvre la porte. Sans attendre l'ascenseur, je fonce dans l'escalier. Je gravis les marches quatre à quatre jusqu'au sixième, laissant Caroline derrière. Lorsque j'entre dans l'appartement, l'alarme se met à biper. C'est bien ce que je craignais !

Alessia n'est plus ici.

Je désactive l'alarme et tends l'oreille en espérant m'être trompé. Mais le silence est total, hormis les bourrasques qui claquent sur le velux du couloir et mon sang qui bat à mes oreilles.

Pris de panique, je commence à fouiller toutes les pièces. Je pense au pire. Ils l'ont kidnappée ! Ils ont recommencé ! Ma douce, ma tendre… Qu'est-ce que ces monstres vont lui faire ? Ses vêtements ne sont pas dans ma chambre, ni dans la chambre d'amis…

Dans la cuisine, je trouve ses clés et un mot :

> Monsieur Maxim,
> mon fiancé est ici.
> Et il me ramène
> à la maison en Albanie
> Merci pour tout.
>                    Alessia

— Non !

Je suis fou de désespoir.

Je prends le téléphone et le jette contre le mur. Je me laisse glisser au sol, la tête dans les mains.

Pour la deuxième fois en moins d'une semaine, les larmes me montent aux yeux.

## 28

— Maxim, tu vas m'expliquer ce qui se passe !

Je relève la tête.

Caroline se tient sur le seuil. Elle est décoiffée, sa veste de travers, mais elle semble avoir retrouvé son calme.

— Il l'a emmenée, dis-je d'une voix grave.

J'ai du mal à contenir ma rage et mon chagrin.

— Qui ça ?

— Son fiancé.

— Parce que Alessia a un fiancé ?

— C'est compliqué.

Elle croise les bras et fronce les sourcils. Elle paraît vraiment soucieuse.

— Ça n'a pas l'air d'aller...

— Non. Ça ne va pas du tout.

Je me relève lentement.

— La femme que je veux épouser vient d'être kidnappée.

— *Épouser ?*

Caroline pâlit.

— Oui. Épouser !

Nous nous dévisageons. Mes mots restent en suspens entre nous, vibrant de regrets et de reproches. Caroline ferme les yeux et ramène ses cheveux derrière ses oreilles. Quand elle rouvre les paupières, son regard brille d'une résolution nouvelle.

— Eh bien, va la chercher ! Qu'est-ce que tu attends ?


Alessia tourne la tête vers la fenêtre, cachant ses larmes qui ne cessent de couler.

Maxim avec Caroline.

Caroline et Maxim.

Tout ce qu'elle a vécu avec lui n'était donc que des mensonges ?

Non ! Impossible. Il a dit qu'il l'aimait. Et elle l'a cru, et elle veut toujours le croire. Mais tout ça n'a plus aucune importance à présent. Elle ne le reverra jamais.

— Pourquoi tu pleures ? demande Anatoli.

Elle ne lui répond pas. Il peut bien lui faire ce qu'il veut, elle s'en fiche. Son cœur est en miettes. Il est brisé à jamais. Anatoli allume la radio. Une chanson pop-rock résonne dans l'habitacle, mettant les nerfs d'Alessia en pelote. Il a fait ça pour ne pas entendre ses sanglots. Il baisse le volume et lui tend une boîte de Kleenex.

— Tiens. Sèche-toi les yeux. Ça suffit les enfantillages. Ou alors je vais te donner une bonne raison de pleurer.

Elle pioche quelques mouchoirs. Elle ne trouve pas la force de regarder Anatoli.

Elle sait qu'elle va mourir. Mourir sous ses coups. Et elle ne peut rien y faire.

Ou alors, elle peut s'enfuir encore? En Europe… Ou alors, se tuer? Se tuer elle-même – un ultime geste de résistance? Elle ferme les yeux. L'enfer l'a rattrapée.

Aller la chercher? Mais comment?

Tout se bouscule dans ma tête.

— Oui, aller la chercher réplique Caroline. Mais d'abord, explique-moi ce qui te fait croire qu'elle a été kidnappée?

— Son mot.

— Quel mot?

— Celui-là.

Je lui tends le bout de papier froissé et me frotte le visage en tâchant de reprendre mes esprits.

Où va-t-il l'emmener?

Elle serait partie de son plein gré?

Non. Ce gars la dégoûte.

*Ce salaud a voulu lui casser les doigts!*

Il a dû la forcer à l'accompagner.

*Comment la retrouver?*

— Maxim, dans ce mot, elle ne dit pas qu'elle a été kidnappée. Elle a peut-être décidé de rentrer chez elle, ça ne t'est pas venu à l'esprit?

— Elle est partie sous la contrainte, Caro. Crois-moi. Il faut que je la ramène.

*Vite!*

Je passe devant Caroline et me précipite dans le salon.

— Merde !

— Qu'est-ce qu'il y a encore ?

— Je n'ai plus un seul ordinateur !

— Donne-moi ton passeport, ordonne Anatoli en fonçant dans les rues de Londres.

— Quoi ?

— On va prendre l'Eurotunnel. Il me faut ton passeport.

*L'Eurotunnel... non !*

Alessia sent une boule se former dans sa gorge. C'est donc vrai ! Il la ramène en Albanie !

— Je n'ai pas de passeport.

— Comment ça, tu n'as « pas de passeport » ?

Elle le fixe droit dans les yeux.

— Pourquoi, Alessia ? Tu as oublié de le prendre ? Je ne comprends pas ! Explique-toi !

— On m'a fait passer clandestinement en Angleterre. Et des hommes ont pris mes papiers.

— Clandestinement ? Des hommes ? Qui ça ? (Il serre les dents. Un muscle palpite près de sa mâchoire.) C'est quoi cette histoire ?

Ce serait trop long à expliquer, et elle n'en a pas la force.

— Je n'ai plus de passeport, point.

— Putain de merde ! lâche Anatoli en frappant le volant.

Alessia sursaute sous la violence du coup.

— Alessia, réveille-toi.

Qu'est-ce qui se passe ? Où est-elle ?

*Maxim ?*

Elle rouvre les paupières et son cœur se serre. Non, elle est avec Anatoli, et la voiture est garée sur le bord d'une route. Il fait toujours nuit, mais à la lueur des phares, elle distingue tout autour des champs blanchis par le givre.

— Sors de la voiture.

Soudain pleine d'espoir, Alessia le regarde avec de grands yeux : il va la laisser là ! Elle pourra retourner à Londres à pied. Elle l'a déjà fait.

— Sors ! répète-t-il avec impatience.

Il descend de la voiture et va ouvrir la portière côté passager. Il lui attrape la main, la tire de l'habitacle et l'entraîne vers l'arrière du véhicule. Il ouvre alors le coffre. Il est vide, hormis une petite valise à roulettes et son propre sac.

— Monte là-dedans.

— Quoi ? Non !

— On n'a pas le choix. Tu n'as pas de passeport. Monte !

— Non, je t'en prie ! Je ne supporte pas le noir.

Il fronce les sourcils.

— Soit tu y entres toute seule, soit je t'y mets de force.

— Anatoli ! S'il te plaît. Non. Pas ça. Pas dans le noir !

Sans qu'elle ait le temps de réagir, il la soulève, la jette dans le coffre et ferme le capot.

— Non ! hurle-t-elle.

572

L'obscurité est totale. Elle se met à donner des coups de pied en criant tandis que les ténèbres s'emparent de son corps. Elle suffoque comme quand elle avait le sac sur la tête. Elle va revivre le cauchemar de la traversée.

Elle ne peut plus respirer. Elle hurle.

*Pas le noir! Pas ça! J'ai peur!*

Quelques secondes plus tard, le capot s'ouvre et une lumière vive l'éblouit.

— Tiens. Prends ça, dit-il en lui tendant une lampe torche. Je ne sais pas combien de temps les piles vont tenir. Mais on n'a pas d'autre solution. Quand on sera dans le train, je pourrai entrouvrir le coffre.

Elle prend la lampe dans sa main tremblante, et la serre contre sa poitrine. Anatoli déplace le sac pour lui faire un oreiller, ôte son manteau et l'étend sur elle.

— Il risque de faire froid. Je ne sais pas si c'est chauffé. Maintenant, dors! Et plus de bruit.

Il lui lance un regard sévère avant de claquer le coffre.

Alessia se cramponne à la lampe et ferme les yeux pour contenir son angoisse. Et, tandis que la voiture redémarre, elle se met à jouer mentalement le *Prélude n° 6 en ré mineur* de Bach. Elle se le passe en boucle. Les couleurs s'élèvent, un camaïeu bleu et turquoise. Ses doigts virevoltent sur le cylindre de la lampe, comme sur un clavier.

Quelqu'un la secoue. Alessia a du mal à se réveiller. Anatoli a ouvert le coffre. Il est penché au-dessus d'elle. Sous la lumière d'un réverbère, son souffle forme un nuage blanc autour de lui. Il a l'air inquiet.

— Tu en as mis du temps pour émerger ! J'ai cru que tu étais tombée dans les pommes !

Il semble soulagé.

*Soulagé ? Lui ?*

— On va dormir ici.

Alessia bat des paupières, écarte le manteau. Il fait froid. Elle a la tête qui tourne à force d'avoir pleuré. Ses yeux sont rouges et bouffis. Et elle ne veut pas passer la nuit avec lui.

— Descends ! ordonne-t-il en lui tendant la main.

Avec un soupir, elle se redresse. Un vent glacial lui fouette le visage, les cheveux. Tout engourdie, elle s'extirpe du coffre sans l'aide d'Anatoli. Elle refuse de toucher sa main. Il récupère son manteau et l'enfile, puis sort sa valise et tend à la jeune femme son sac.

Ils sont sur un parking. L'endroit est quasiment désert. Il y a juste deux autres voitures. Non loin de là, se dresse un bâtiment cubique. Un hôtel, sans doute.

— Suis-moi !

Alors qu'il se dirige rapidement vers l'entrée, Alessia pose sans bruit son sac par terre, tourne les talons et s'enfuit à toutes jambes.

Je fixe le plafond des yeux tout en réfléchissant au plan de sauvetage que j'ai imaginé. Demain, je m'envole avec Tom Alexander pour l'Albanie. Le délai étant trop serré pour avoir un jet privé, nous allons

574

devoir prendre un vol commercial. Grâce à Magda, nous avons récupéré l'adresse des parents d'Alessia. Malheureusement, c'est aussi grâce à elle que son fiancé l'a retrouvée. Je préfère ne pas y penser. Ça me rend trop furieux.

*Du calme !*

Nous louerons une voiture à l'aéroport et nous filerons à la capitale, pour passer la nuit à l'hôtel Plaza Tirana. Tom nous a trouvé un interprète qui nous accompagnera ensuite à Kukës le lendemain.

Nous resterons là-bas le temps qu'il faudra pour attendre l'arrivée d'Alessia et de son ravisseur.

Une nouvelle fois, je regrette de ne pas lui avoir acheté un téléphone. C'est si frustrant de ne pouvoir la joindre...

J'espère qu'elle va bien.

Je ferme les yeux, repoussant les pires scénarios.

Ma douce...

Ma douce et tendre Alessia.

Je viens te chercher.

*Je t'aime.*

Alessia court dans la nuit, l'adrénaline lui donne des ailes. Elle dépasse l'asphalte, continue sa course dans l'herbe. Elle entend un cri. C'est lui ! Ses pas martèlent le sol. Il se rapproche !

Se rapproche encore.

Puis c'est le silence.

Lui aussi a gagné l'herbe.

*Non...*

Elle accélère, priant pour que ses jambes la portent loin de lui. Mais il la rattrape et la fait tomber. Elle heurte le sol si violemment que l'herbe gelée l'égratigne. Anatoli la plaque au sol, haletant.

— Espèce d'idiote ! Où tu comptais aller comme ça en pleine nuit ? lui souffle-t-il dans l'oreille.

Il la retourne sur le dos, se juche sur elle, et la gifle. Le coup est si violent que sa tête pivote sur le côté. Il se penche sur elle, pose sa main sur sa gorge et commence à serrer.

Il va la tuer.

Elle ne se débat pas.

Les yeux d'Anatoli sont vrillés dans les siens. Des yeux de glace. Elle entrevoit toute la noirceur de son âme. Sa haine. Sa colère. Sa folie. Ses doigts se resserrent davantage sur son cou. Il lui prend sa vie. Le monde se met à tourner. Par réflexe, elle s'accroche à ses bras.

*C'est ici que je vais mourir. Comme ça !*

Quelque part en France, sous les coups de cette brute. Et c'est tant mieux. Elle refuse de vivre dans la peur, comme sa mère.

— Vas-y, parvient-elle à articuler. Tue-moi.

Anatoli pousse un grognement et la relâche.

Dans un râle, elle porte ses mains à sa gorge, se met à tousser et à cracher. Son corps reprend le dessus, se bat pour survivre, cherche l'air dont il a été privé.

— Voilà pourquoi je ne veux pas t'épouser ! lance-t-elle d'une voix rauque.

Son larynx est en feu.

Anatoli lui attrape les mâchoires et se penche sur elle. Son visage est si proche qu'elle sent son haleine sur ses joues.

— Une femme est un sac qui doit tout supporter, lâche-t-il avec une lueur cruelle dans les yeux.

Alessia le regarde avec intensité tandis que des larmes ruissellent sur ses joues, coulent dans ses oreilles. Elle ne s'est pas rendu compte qu'elle pleurait. Il fait allusion au Kanun de Lekë Dukagjini, l'ancien droit coutumier des tribus du nord et de l'est de son pays. Et dont l'usage perdure.

Anatoli se redresse.

— Plutôt mourir que vivre avec toi ! réplique-t-elle.

Il fronce les sourcils, déconcerté.

— Ne dis pas de bêtises, grogne-t-il en se relevant. Debout.

Alessia tousse encore une fois et obéit. Il lui prend le bras et la ramène à son sac abandonné sur le parking. Il récupère sa valise à roulettes qu'il a laissée quelques mètres plus loin.

L'enregistrement à l'hôtel est rapide. Alessia se tient en retrait, pendant qu'Anatoli présente son passeport et sa carte de crédit à la réception. Il parle très bien français. Elle est trop épuisée et endolorie pour s'en étonner.

Leur suite spartiate se compose de deux pièces. Le salon est équipé de meubles gris, avec une kitchenette sur un côté. Le mur derrière le canapé est décoré d'un papier peint à bandes bigarrées. La porte de la chambre est entrouverte. Elle aperçoit deux lits jumeaux. Elle soupire de soulagement. Deux lits. Pas un lit double.

Anatoli lâche le sac par terre et retire son manteau. Alessia l'observe. Elle sent son pouls battre à ses oreilles. Dans le silence de cette chambre, le bruit est assourdissant.

*Et maintenant. ? Qu'est-ce qu'il va décider ?*

— Tu ressembles à rien. Va te refaire une beauté, lui ordonne Anatoli en montrant la salle de bains.

— La faute à qui ?

Il la fusille du regard. Pour la première fois, elle remarque ses cernes rouges, son teint pâle. Il paraît épuisé.

— Fais ce que je te dis.

C'est perceptible aussi dans sa voix.

Elle traverse la chambre pour aller dans la salle de bains. Elle claque la porte si fort qu'elle en sursaute elle-même.

La salle d'eau est petite et sinistre. Malgré la lumière faible, elle laisse échapper un petit cri de stupeur quand elle découvre son reflet dans la glace. Tout un côté de son visage est rouge, la trace de la gifle. Sur l'autre côté, sa pommette est égratignée, là où sa tête a heurté la terre gelée. Autour du cou, elle distingue la marque des doigts d'Anatoli. Demain, elles auront viré au violacé. Mais le plus saisissant, ce sont ses yeux. Deux yeux éteints et mornes la regardent sous des paupières enflées.

Elle est déjà morte !

Avec des gestes automatiques, elle se nettoie le visage, en grimaçant de douleur quand le savon touche

578

ses blessures. Elle se tamponne les joues doucement à l'aide d'une serviette.

Lorsqu'elle revient dans le salon, Anatoli a accroché sa veste et inspecte le minibar.

— Tu as faim ?

Elle secoue la tête.

Il se sert un verre – du whisky, apparemment – et le vide d'un trait, en fermant les yeux pour mieux savourer l'instant. Quand il les rouvre, il semble plus détendu.

— Retire ton manteau.

Alessia ne bouge pas.

Il se pince l'arête du nez.

— Alessia, je ne veux pas me battre avec toi. Je suis fatigué. Il fait chaud ici. Demain, on retourne dans le froid. S'il te plaît, enlève-moi ça.

À contrecœur, elle s'exécute. Anatoli continue de l'observer, ce qui la met mal à l'aise.

— Le jean te va bien.

Alessia ignore sa remarque. Elle se sent comme un mouton dans une foire aux bestiaux. Elle entend encore les bouteilles tinter dans le réfrigérateur, mais cette fois il sort un Perrier.

— Tiens. Tu dois avoir soif.

Il remplit un verre et le lui tend. Après un moment d'hésitation, Alessia se décide à le prendre et boit.

— Il est près de minuit. Allons nous coucher.

Ses yeux rencontrent les siens. Il esquisse un petit sourire.

— Ah, *carissima*. Je devrais te faire mienne maintenant, pour m'avoir fait courir tout à l'heure.

Il approche la main de son menton. Elle tressaille à son contact.

*Ne me touche pas !*

— Tu es vraiment belle, murmure-t-il, comme s'il se parlait à lui-même. Mais je n'ai pas l'énergie de batailler avec toi ce soir. Parce que je suis sûr que tu ne vas pas te laisser faire. Je me trompe ?

Elle ferme les yeux, tâchant de chasser le dégoût qui lui vrille l'estomac. Anatoli ricane et pose un petit baiser sur son front.

— Tu apprendras à m'aimer.

Il ramasse leurs bagages et les emmène dans la chambre à coucher.

*Jamais.*

*Pas même en rêve !*

Son cœur appartient à un autre. Il sera toujours à Maxim.

— Va te déshabiller, ordonne-t-il.

— Je vais dormir comme ça, déclare-t-elle, méfiante.

Anatoli incline la tête, la mine sévère.

— J'ai dit : va te déshabiller. Si tu es nue, tu n'iras nulle part.

— Non, réplique-t-elle en croisant les bras sur sa poitrine.

— Non, tu ne vas pas t'enfuir ? Ou non, tu ne veux pas ôter tes vêtements ?

— Les deux.

Il pousse un long soupir, à la fois d'agacement et de lassitude.

580

— Pour le premier, je ne te crois pas. Même si je ne comprends pas pourquoi tu veux te sauver.

— Parce que tu es un homme violent et colérique, Anatoli. Comment pourrais-je vouloir passer ma vie avec toi ? lâche-t-elle d'une voix monocorde.

Il hausse les épaules.

— Je n'ai pas la force de me disputer avec toi. Va te coucher.

Avant qu'il ne change d'avis, elle file vers le lit le plus éloigné. Elle retire vite ses chaussures et se pelotonne sur un coin du matelas en lui tournant le dos.

Elle l'écoute marcher dans la pièce, se déshabiller et plier ses vêtements. L'angoisse monte dans son ventre à chaque bruit. Après ce qui lui paraît une éternité, les pas s'approchent de son lit. Il se tient au-dessus d'elle, le souffle court. Elle sent son regard courir sur elle. Partout sur elle. Elle serre plus fort les paupières, faisant semblant de dormir.

Elle l'entend soupirer, puis elle perçoit le froissement d'un dessus-de-lit. À sa surprise, il étend une couverture sur elle. Il éteint la lumière, plongeant la pièce dans l'obscurité, et le lit bouge sous son poids.

*Non ! Il devait aller dans l'autre lit ! Pas dans le mien !*

Elle se raidit, mais il se glisse sous les draps, alors qu'elle est dessus.

— Comme ça, je sentirai si tu te lèves, annonce-t-il en lui embrassant les cheveux.

Elle se recroqueville davantage et touche sa croix en or.

Au bout de quelques minutes, la respiration d'Anatoli ralentit. Il s'est endormi.

Elle scrute les ténèbres. Elle aimerait tant que, cette fois, elles l'avalent. Ses larmes refusent de couler. Elle a trop pleuré.

*Que fait Maxim ?*

*Est-ce que je lui manque ?*

*Est-il avec Caroline ?*

Elle la revoit dans les bras de Maxim. Et elle a envie de hurler.


Alessia a trop chaud. Une voix résonne près d'elle. Quelqu'un parle à voix basse. Elle ouvre un œil. L'espace d'un instant, elle ne sait plus où elle est. Puis ça lui revient…

*Non…*

Une onde de peur la traverse. L'angoisse la submerge.

*Anatoli.*

Il est au téléphone dans l'autre pièce. Alessia se redresse et tend l'oreille.

— Oui, elle va bien… Non. Au contraire… Elle n'a aucune envie de rentrer. Je ne comprends pas pourquoi.

Il parle à quelqu'un, en albanais. Il paraît troublé, inquiet.

— Je ne sais pas… peut-être… Peut-être qu'il y a un homme. Son employeur. Celui dont parle le mail.

*Maxim !*

— Elle dit qu'elle est juste sa femme de ménage, mais je n'en suis pas sûr, Jak.

*Jak! Il parle à mon père!*

— Je l'aime tellement. Elle est si belle.

*Aimer? Il ne sait même pas ce que c'est!*

— Elle ne m'a encore rien raconté… Oui, moi aussi, je veux savoir. Pourquoi elle est partie comme ça?

Sa voix se brise. Il est ému.

*À cause de toi!*

Elle est partie pour le fuir, lui! Pour mettre le plus de distance entre eux deux!

— Oui. Je te la ramène. Oui. Indemne.

Instinctivement, Alessia pose ses mains sur sa gorge meurtrie.

*Indemne? Il ne manque pas d'air!*

— Avec moi, elle ne risque rien.

Alessia se retient de sourire. Quelle ironie!

— Demain soir… Oui…. Au revoir.

Elle l'entend marcher dans le salon, et soudain il apparaît dans l'encadrement de la porte, en pantalon et en marcel.

— Tu es réveillée?

— Oui, malheureusement.

Il lui lance un regard perplexe et choisit d'ignorer la pique.

— Il y a de quoi petit-déjeuner.

— Je n'ai pas faim.

Une nouvelle témérité s'est emparée d'elle. Elle se fiche de ce qui peut lui arriver. Tant que Maxim ne risque rien, elle n'en fera qu'à sa tête.

Anatoli se frotte le menton, toujours aussi perplexe.

— Comme tu voudras. On s'en va dans vingt minutes. On a encore une longue route.

— Je ne pars pas avec toi.

Il lève les yeux au ciel.

— *Carissima*, tu n'as pas le choix. Ne complique pas les choses. Tu ne veux pas revoir ton père ? Ta mère ?

*Mama !*

Ses sourcils se redressent une fraction de seconde. Il a trouvé la faille et, sentant la victoire, il veut porter le coup fatal.

— Elle te manque, bien sûr.

Alessia se lève, attrape son sac et, passant loin de lui, se rend dans la salle de bains.

Sous la douche, une idée germe dans sa tête.

Elle a ses économies. Elle pourrait rentrer en Albanie, obtenir un nouveau passeport. Et un visa. Et retourner en Angleterre.

*Au fond, c'est peut-être une bonne idée de rester en vie.*

Alors qu'elle se frotte les cheveux avec une serviette rêche comme du crin, elle sent une nouvelle détermination grandir en elle.

Elle va revenir vers Maxim. Et savoir enfin. Savoir si leur histoire n'a été qu'un mensonge !

## 29

Alessia somnole sur le siège côté passager. Ils sont sur l'autoroute et roulent bien trop vite. Ils voyagent depuis des heures… ils ont traversé la France, la Belgique. Ils doivent être quelque part en Allemagne. Il fait froid et gris, comme un jour d'hiver. Le paysage est aussi sinistre que ses pensées. Non, c'est pire. Elle n'est plus qu'un champ de ruines.

Anatoli semble déterminé à rentrer en Albanie au plus vite. Pour l'instant, il écoute une émission en allemand. Alessia ne comprend rien à cette langue. La monotonie des voix, le ronronnement du moteur, le paysage hideux, tout l'anesthésie. Dormir est sa seule échappatoire. Quand elle dort, son angoisse reflue. L'étau qui lui arrache des larmes se desserre.

Mais dès qu'elle pense à Maxim, la douceur l'envahit.

*Stop !*

Elle jette un coup d'œil à son « fiancé ». Tandis que la Mercedes avale les kilomètres, ses traits sont tendus par la concentration. Son teint est clair, héritage de ses origines italiennes. Son nez droit, ses lèvres pleines, ses cheveux blonds sont longs et laissés détachés – ce qui est assez rare chez ses compatriotes. Elle a enfin l'occasion de le regarder avec objectivité. Oui, on peut dire qu'il est séduisant. Mais sa bouche a quelque chose de cruel, et ses yeux perçants sont implacables quand ils se posent sur elle.

Elle se souvient de leur rencontre. Et de son numéro de charme ! Son père lui avait dit qu'il était un grand homme d'affaires, qu'il travaillait dans beaucoup de pays. Lors de ce premier rendez-vous, Anatoli avait paru brillant, intelligent. Il avait beaucoup voyagé et elle avait écouté ses récits, fascinée. La Croatie, l'Italie, la Grèce… tous ces endroits exotiques. Alessia était restée sur la réserve, mais elle s'était sentie secrètement honorée que son père ait choisi pour elle un homme aussi érudit.

Si elle avait su…

Après quelques rencontres, le vernis avait commencé à craqueler. Ses coups de gueule contre les gamins qui s'agglutinaient autour de sa voiture quand il se garait dans sa rue, ses emportements quand il parlait politique avec son père, et son petit sourire quand son père houspillait sa mère lorsqu'elle renversait du raki sur la table au moment de servir. Les indicateurs étaient là. À plusieurs reprises, les signaux d'alarme étaient passés au rouge. Mais Anatoli cachait bien son jeu.

C'est lors du mariage d'un dignitaire local, où Alessia jouait du piano, qu'Anatoli avait révélé sa véritable nature. Deux garçons, qu'elle avait connus à l'école, s'étaient approchés d'elle après qu'elle eut fini sa prestation. Ils avaient commencé à lui parler, visiblement sous le charme, jusqu'à ce qu'Anatoli entraîne la jeune femme dans une pièce à l'écart. Alessia avait cru qu'il voulait lui voler un baiser puisque c'était la première fois qu'ils se retrouvaient seuls tous les deux. Mais non. Anatoli était furieux. Il l'avait giflée. Deux grandes claques qui l'avaient sonnée – et pourtant elle avait l'habitude des coups, son père ayant la main leste.

La deuxième fois, elle était à l'école. Un jeune homme était venu lui poser quelques questions après son récital. Anatoli l'avait chassé avant d'entraîner Alessia dans le vestiaire. Il l'avait de nouveau frappée, encore deux gifles, puis il lui avait pris les doigts, la menaçant de les briser s'il la reprenait à faire la belle avec des garçons. Elle l'avait supplié et il s'était arrêté à temps, mais il l'avait projetée au sol et laissée en pleurs.

La première fois, elle n'avait rien dit. Elle lui avait trouvé des excuses. C'était de sa faute à elle. Elle s'était mal comportée en souriant à ces garçons, qui s'étaient permis de la courtiser.

Mais, la seconde fois, Alessia avait été anéantie.

Elle avait cru pouvoir rompre cette malédiction. Mais sa mère l'avait trouvée prostrée au sol, en larmes.

« Je ne veux pas que tu vives toi aussi avec un homme violent. »

Elles avaient pleuré ensemble.

Et sa mère avait pris les choses en main.

Malheureusement, tout avait très mal tourné. Ç'avait été pire encore.

Et aujourd'hui elle est là, assise à côté de lui.

Anatoli lui lance un bref coup d'œil.

— Quoi? Qu'est-ce qu'il y a?

Alessia détourne les yeux et contemple le morne paysage par la fenêtre.

— On va s'arrêter. J'ai faim. Et tu n'as rien mangé.

Elle continue de l'ignorer, malgré la faim qui la tenaille. Ça lui rappelle ses six jours de marche pour rejoindre Brentford.

— Alessia!

Sa voix la fait sursauter.

— Quoi?

— Je te parle!

Elle hausse les épaules.

— Tu m'as kidnappée. Je ne veux pas être avec toi. Et tu espères que je vais faire la conversation?

— Je ne savais pas que tu pouvais être aussi désagréable.

— Ce n'est que le début.

Anatoli grimace. À la surprise de la jeune femme, il semble amusé.

— C'est sûr qu'on ne s'ennuie pas avec toi, *carissima*!

Il met son clignotant et quitte l'autoroute pour rejoindre l'aire de repos.

— Il y a une cafétéria. Allons casser la croûte.

Anatoli dépose un plateau devant elle : un café noir, des sachets de sucre, une bouteille d'eau et un sandwich au fromage.

588

— Je n'en reviens pas que ce soit moi qui te serve ! marmonne-t-il en s'asseyant. Mange.

— Bienvenue dans le monde moderne, rétorque Alessia en croisant les bras d'un air de défi.

Il crispe les mâchoires.

— Je ne te le répéterai pas.

— C'est ça. Menace-moi. Je n'y toucherai pas. Puisque tu l'as acheté, mange-le, toi, réplique-t-elle en ignorant son estomac qui crie famine.

Les yeux d'Anatoli brillent de surprise puis il se pince les lèvres. Apparemment, il s'empêche de sourire. Finalement, il pousse un soupir, prend le sandwich et mord dedans. Une bouchée énorme. Il se sent ridicule avec la bouche aussi pleine et, à la fois, tout content de lui. Alessia laisse échapper un petit rire.

Anatoli sourit. Un vrai sourire qui lui monte jusqu'aux oreilles. Il la regarde avec tendresse sans plus chercher à cacher son amusement.

— Tu es vraiment une emmerdeuse, dit-il en lui tendant le reste du sandwich.

C'est le moment que choisit son estomac pour gargouiller. À ce bruit, le sourire d'Anatoli s'élargit encore. Elle observe le sandwich, puis Anatoli. Elle a tellement faim. Avec un soupir, elle le prend et commence à manger.

— Voilà qui est mieux, commente-t-il en attaquant son propre repas.

— Où on est, au juste ? demande Alessia au bout d'un moment.

— On vient de dépasser Francfort.

— Et on arrive quand, en Albanie?

— Demain. Dans l'après-midi, j'espère.

Ils finissent leur déjeuner en silence.

— Dépêche-toi. Je veux repartir. Tu as besoin d'aller aux toilettes?

Anatoli se lève déjà. Alessia attrape son café et l'avale sans sucre.

*Comme Maxim.*

C'est amer, mais elle fait passer le goût avec une rasade d'eau. La station-service, avec son grand parking et ses vapeurs d'essence, lui rappelle son voyage avec Maxim. À la différence qu'elle était avec lui de son plein gré. Grande différence. Son cœur se serre. Maxim... Chaque minute qui passe l'éloigne de lui.

Je suis assis dans le salon des classes affaires de la British Airways pour attendre mon vol à destination de Tirana. Tom feuillette le *Times* en buvant une coupe de champagne. Et moi, je broie du noir. Depuis qu'Alessia a été enlevée, j'ai les nerfs en pelote.

Est-ce qu'elle voulait partir finalement?

N'aurait-elle pas changé d'avis pour nous deux?

Je refuse de le croire mais, malgré moi, le doute s'immisce dans mon esprit.

Un doute insidieux.

Auquel cas, je veux en avoir le cœur net. Pour me changer les idées, je poste quelques photos sur mon compte Instagram. Ensuite, je passe en revue mes démarches du matin.

J'ai d'abord acheté un téléphone pour Alessia. Il est dans mon sac. J'ai vu Oliver qui m'a fait un rapide compte rendu concernant les affaires de la famille. À mon grand soulagement, il n'y a pas de problème majeur. J'ai signé les papiers que réclamait le Crown Office pour m'inscrire officiellement au Registre des lords, avec pour témoin Rajah, mon avocat. J'ai fait à Oliver et Rajah un résumé écrit des événements du week-end et j'ai demandé à Rajah de mandater un avocat spécialiste des questions d'immigration pour que nous puissions obtenir au plus vite un visa pour Alessia.

Puis, sur un coup de tête, je suis passé à notre banque à Belgravia, où sont entreposés les bijoux des Trevethick. Si je retrouve Alessia, et qu'elle veut toujours de moi, je lui demanderai de m'épouser. Au fil des siècles, mes aïeux ont amassé une belle collection de joyaux réalisés par les meilleurs artisans de leur époque. Quand ce trésor n'est pas exposé dans un musée quelque part sur la planète, il est conservé à l'abri dans les sous-sols de la banque.

Il me faut une bague, une bague qui soit à la mesure d'Alessia, de sa beauté, de son talent. Il y en a deux qui pourraient faire l'affaire, mais j'ai choisi la Cartier des années 1930, en platine et diamant, que mon grand-père, Hugh Trevelyan, a offerte à ma grand-mère, Allegra, en 1935. C'est une bague toute simple, fine et élégante : 2,79 carats et évaluée à quarante-cinq mille livres.

J'espère qu'Alessia l'aimera. Si tout se passe comme prévu, elle rentrera en Angleterre avec la bague au doigt, comme *ma* fiancée.

Je tâte à nouveau ma poche, pour m'assurer qu'elle est bien là et lance un coup d'œil inquiet à Tom qui se goinfre de cacahuètes.

— Pas de panique, Trevethick. Elle va bien. On va la sauver ta demoiselle en détresse.

C'est lui qui a insisté pour m'accompagner. Il a laissé un de ses hommes pour veiller sur Magda. Tom aime l'aventure. C'est pour ça qu'il s'est engagé dans l'armée. Et il a déjà enfourché son blanc destrier.

— J'espère bien.

Si toutefois Alessia est d'accord… si elle nous voit comme ses sauveurs, et non comme des trouble-fête. Je ne sais plus quoi penser. J'ai hâte de prendre cet avion et d'arriver chez ses parents. J'ignore ce que je vais trouver là-bas. Mais j'espère qu'Alessia y sera.

— Pourquoi as-tu quitté l'Albanie ? s'enquiert Anatoli quand ils sont de nouveau sur l'autoroute.

Son ton est doux. Alessia se demande si c'est un piège. Elle n'est pas aussi stupide !

— Tu sais très bien pourquoi. Je te l'ai dit.

Au moment de prononcer ces mots, elle se rend compte qu'elle ignore ce qu'il sait, lui. Elle pourrait peut-être embellir son histoire, maquiller la vérité. Ce serait moins douloureux pour elle, et pour sa mère. Tout dépend de ce qu'a raconté Magda.

— Que disait l'amie de ma mère ?

— Ton père a intercepté le mail. Il a reconnu ton nom et m'a demandé de le lui traduire.

— Qu'est-ce qui était écrit ?

— Que tu étais en vie, que tu allais bien et que tu partais travailler chez un homme.

— C'est tout ?

— En gros, oui.

Alors Magda n'a pas parlé de Dante et Ylli.

— Et comment mon père a réagi ?

— Il m'a demandé d'aller te chercher.

— Et Mama ?

— Je ne parle pas à ta mère. Ça ne la concerne pas.

— Ben voyons ! Tu es vraiment préhistorique !

Il redresse un sourcil.

— Préhistorique ?

— Oui. Tu es un dinosaure. Elle a le droit de savoir !

À voir sa tête, il est évident qu'il ne comprend rien. Agacée, Alessia poursuit :

— Tu viens d'un autre siècle ! D'un autre temps ! Toi et tous les hommes comme toi. Partout ailleurs, votre attitude de néandertaliens envers les femmes ne serait pas tolérée.

Il secoue la tête.

— Tu es restée à l'Ouest trop longtemps, *carissima* !

— J'aime l'Ouest. Ma grand-mère venait d'Angleterre.

— C'est pour ça que tu es allée à Londres ?

— Non.

— Pour quoi alors ?

— Anatoli, tu le sais. Je crois avoir été claire sur ce point. Je ne veux pas t'épouser.

593

— Tu changeras d'avis, répond-il en balayant cette remarque d'un revers de la main.

Cette réaction blessante renforce en même temps sa détermination. Anatoli ne peut pas lui faire grand-chose tant qu'il est au volant.

— Je veux choisir mon mari, insiste-t-elle. C'est pas compliqué à comprendre.

— Tu déshonorerais ton père ?

Alessia rougit. Sa défiance, son entêtement, jettera sans aucun doute l'opprobre sur sa famille.

Elle détourne les yeux mais, dans son esprit, le sujet n'est pas clos. Peut-être pourra-t-elle demander à son père d'intervenir pour elle. Une fois de plus.

Elle s'autorise à penser à Maxim, mais le chagrin l'envahit aussitôt. C'est si douloureux. Son courage s'évapore, et le désespoir la submerge. Son cœur bat, mais à vide.

Maxim… le reverra-t-elle un jour ?

Quelque part en Autriche, Anatoli s'arrête à nouveau dans une station-service. Cette fois, c'est juste pour faire le plein. Il ordonne à Alessia de l'accompagner jusqu'à la caisse. Elle le suit de mauvaise grâce, tête baissée.

— On sera bientôt en Slovénie, annonce-t-il, une fois de retour sur l'autoroute. Quand nous arriverons en Croatie, tu devras remonter dans le coffre.

— Pourquoi ?

— Parce que la Croatie ne fait pas partie de l'espace Schengen et qu'il y a une vraie frontière.

Alessia blêmit. Elle déteste être dans ce coffre. Elle déteste le noir.

— Quand on s'est arrêtés pour prendre de l'essence, j'ai acheté des piles pour la lampe.

Ils échangent un regard.

— Je sais que tu n'aimes pas ça. Mais on ne peut pas faire autrement. (Il reporte son attention sur la route.) À Dunkerque, j'ai cru que tu étais dans le coma à cause du monoxyde de carbone. Empoisonnée, asphyxiée, quelque chose comme ça.

Son visage se crispe. Pour un peu, on croirait qu'il s'est vraiment inquiété ! Et cet après-midi au restaurant, il y avait comme de la tendresse dans son regard.

— Qu'est-ce qu'il y a ? demande-t-il en voyant son expression songeuse.

— Je ne suis pas habituée à ce que tu te tracasses pour moi. Pour le moment, je ne connais que ta violence.

Anatoli serre plus fort le volant.

— Alessia, si tu ne fais pas ce que je te dis, il y aura des conséquences. J'attends que tu te comportes en bonne épouse albanaise. C'est tout ce que tu as besoin de savoir. Tu es restée trop longtemps à Londres. Ça t'est monté à la tête.

Elle ne répond rien et contemple à nouveau le paysage, pour dissimuler son chagrin.

Notre avion atterrit à Tirana à 20 h 45, heure locale, sous une pluie battante. N'ayant que des bagages en cabine, Tom et moi passons aussitôt la douane et nous nous retrouvons dans un hall parfaitement moderne. Je ne sais pas à quoi je m'attendais, mais l'endroit ressemble à n'importe quel aéroport européen, avec toutes les commodités ad hoc.

Notre voiture de location, en revanche, est une surprise. L'agence de voyages m'a prévenu. Il n'y a aucun véhicule de luxe à louer. Je me retrouve donc au volant d'une Dacia. Je n'ai jamais conduit une voiture aussi simple et basique. Je trouve cependant une prise USB sur l'autoradio, où je peux brancher mon iPhone pour avoir Google Maps. Contre toute attente, cette voiture me plaît. Elle est pratique et robuste – Tom la surnomme Dacy. Après quelques négociations à la sortie du parking et un petit pot-de-vin au gardien, nous pouvons prendre la route.

Conduire la nuit – sous une pluie torrentielle et du mauvais côté de la route, dans un pays où personne n'avait de voiture avant les années 1990 – n'est pas une mince affaire. Mais, quarante minutes plus tard, Dacy et Google Maps nous arrêtent devant le Plaza au centre de Tirana.

— Putain, c'était chaud ! s'exclame Tom alors que je me gare devant l'hôtel.

— Tu l'as dit.

— Bon, c'est vrai que j'ai connu pire.

Je coupe le moteur sans répondre. Tom fait allusion à son service en Afghanistan.

— Elle est où exactement la ville de ta nana ? Loin d'ici ?

596

— Elle s'appelle Alessia ! (Cela fait bien dix fois que je le lui répète ! J'en viens à me demander si c'était une bonne idée qu'il m'accompagne.) À trois heures de route, je crois.

Tom est un chic type, mais la finesse, ce n'est pas son truc.

— Pardon, vieux. Alessia. (Il se tapote le front.) Faut que ça rentre ! J'espère qu'il aura cessé de pleuvoir demain. Posons nos valises et allons boire un coup.

Dans le coffre de la Mercedes, Alessia se cramponne de terreur à la lampe. Soudain, le véhicule s'arrête. Ce doit être la frontière avec la Croatie. Elle ferme les yeux, remonte le manteau d'Anatoli sur sa tête et éteint la lumière. Elle ne veut pas qu'on la trouve. Elle veut juste rentrer chez elle. Elle perçoit des voix. Des gens qui parlent calmement. Puis la voiture repart. Elle pousse un soupir de soulagement et rallume la lumière. Elle se remémore le petit abri qu'ils s'étaient fait sous les draps avec Maxim et son dragon. Ils étaient dans son grand lit, leurs genoux se touchaient et… Un souvenir si heureux. La douleur la transperce jusqu'au tréfonds de son âme.

Bientôt, la Mercedes s'arrête de nouveau. Le moteur tourne au ralenti. Quelques instants plus tard, Anatoli ouvre le capot. Alessia éteint la lampe et se relève en battant des paupières.

Ils sont sur une petite route. Un bungalow se dresse devant eux. Anatoli est éclairé par les feux arrière de

597

la voiture. Dans cette lumière rouge, il a un visage démoniaque, et son haleine forme un halo inquiétant autour de lui. Il lui tend la main pour l'aider à sortir. Elle est si fatiguée et endolorie qu'elle l'accepte. Dès qu'elle a posé le pied à terre, il l'attire à elle.

— Pourquoi tu es si revêche ? chuchote-t-il dans son oreille.

La plaquant contre lui, il lui attrape les cheveux. Malgré le froid, elle sent son souffle chaud. Aussitôt, il presse ses lèvres contre sa bouche, tente d'y introduire sa langue. Un mélange de peur et de dégoût l'envahit. Elle essaie de le repousser, se débat pour échapper à son étreinte. Lorsqu'il redresse la tête pour la regarder, elle lui donne une claque. Le coup est parti tout seul. Sa paume en fourmille encore. Il recule d'un pas, sous le choc. La jeune femme retient sa respiration, l'adrénaline bout dans son sang, chassant sa peur et décuplant sa colère. Anatoli la fixe des yeux en se frottant la joue et, dans la seconde, lui retourne une violente gifle. Puis une deuxième. Sa tête est projetée de droite à gauche. Elle vacille. Il la soulève et la jette brutalement dans le coffre comme un vulgaire sac. Son épaule et sa tête heurtent le fond. Et avant qu'elle ait prononcé un mot, il a refermé le capot.

— Tant que tu ne sauras pas te tenir, tu resteras là-dedans !

Alessia referme les mains sur ses tempes douloureuses, tandis que la colère lui brûle la gorge et les yeux.

Voilà ce qu'est devenue sa vie.

J'avale une gorgée de mon Negroni. Tom et moi sommes dans un bar à côté de l'hôtel. Le mobilier est contemporain, élégant et confortable, le personnel aimable et attentif, mais juste ce qu'il faut. En plus, ils servent un très bon Negroni.

— On est bien tombés, commente Tom en prenant une longue gorgée de son cocktail. Je ne sais pas à quoi je m'attendais exactement. À des chèvres. À des cabanes de torchis.

— Oui. Pareil. Cet endroit est bien mieux que je ne l'imaginais.

Il me lance un regard appuyé.

— Excuse-moi, Trevethick, mais j'aimerais comprendre. Qu'est-ce qu'on fout ici ?

— Comment ça ?

— Pourquoi on traverse toute l'Europe pour retrouver cette fille ?

— L'amour.

*Il n'a toujours pas compris ?*

— L'amour ?

— Oui. C'est tout simple.

— Pour ta femme de ménage ?

Je lève les yeux au ciel. Pourquoi ça étonne tout le monde ? Oui, elle faisait le ménage chez moi ! *Et elle veut continuer !*

— Il va falloir que tu t'y habitues, Tom. Parce que je vais l'épouser.

Il s'étrangle et asperge la table d'alcool. Maintenant, j'en suis convaincu, c'était une erreur de l'emmener.

599

— Tout doux, Trevethick ! Elle est mignonne, d'accord, mais ce n'est pas une raison.

— Je l'aime, dis-je en haussant les épaules.

Il secoue la tête, incrédule.

— Tom, tu es mal placé pour me faire la leçon. Henrietta attend toujours ta demande en mariage. Et Dieu sait que c'est une sainte de te supporter. Mais tu ne cesses de te débiner.

Il fronce les sourcils, puis une lueur belliqueuse passe dans son regard.

— C'est mon devoir, en tant qu'ami, de t'ouvrir les yeux. C'est pourtant gros comme une maison !

— Quoi ?

— Tu es en deuil, Maxim, répond-il d'une voix plus douce. Ce béguin soudain... tu n'as pas pensé que cela pouvait avoir un rapport avec la perte de ton frère ?

— Ça n'a rien à voir avec Kit. Et ce n'est pas un béguin. Tu ne la connais pas ! C'est une femme exceptionnelle. Et des femmes, j'en ai connu. Elle n'est pas comme les autres. Elle se fiche de l'argent et des choses matérielles... Elle est intelligente. Drôle. Courageuse. Et si tu l'entendais jouer au piano... Une véritable virtuose.

— Carrément ?

— Oui. C'est sérieux. Depuis que je l'ai rencontrée, je vois les choses sous un autre jour. Je remets en question ma place dans ce monde, mon utilité sur cette terre.

— Tu t'emballes.

600

— Non, Tom. C'est toi qui ne comprends rien.
Elle a besoin de moi. Et c'est un sentiment nouveau,
très agréable. Et j'ai besoin d'elle.

— Mais ça ne suffit pas pour construire une
relation.

Je serre les dents.

— C'est bien plus que ça, Tom. Toi, tu as combattu
pour ton pays. Et maintenant tu diriges une entreprise
prospère. Mais moi? Qu'est-ce que j'ai fait?

— Tu vas inscrire ton nom dans la généalogie des
Trevethick, reprendre le flambeau pour les générations à venir, protéger l'héritage.

— Je sais, dis-je en lâchant un soupir. C'est une
grande responsabilité et je veux quelqu'un à côté de
moi, quelqu'un en qui j'ai confiance. Quelqu'un qui
m'aime. Quelqu'un qui m'apprécie autrement que
pour mon titre et mon argent. C'est trop demander?

Tom se renfrogne. Je poursuis :

— Toi, tu as quelqu'un. Henrietta. Mais tu ne
mesures pas ta chance.

Il baisse les yeux sur son verre presque vide.

— Tu as raison. Je l'aime, mon Henry. Et je vais
l'épouser.

— Il serait temps!

Il acquiesce.

— Commandons une autre tournée!

Tandis qu'il fait signe à un serveur, je me demande si
je vais devoir me justifier comme ça avec tous mes amis.

— Réclame-leur une double dose!

601

Alessia se rend compte que la voiture s'est arrêtée. Cette fois, le moteur est coupé. Le capot s'ouvre sur le visage d'Anatoli.

— Tu as retenu la leçon ?

Alessia lui retourne un regard noir, se redresse et se frotte les yeux.

— Sors de là. On va dormir ici.

Il ne lui tend pas la main, mais récupère son manteau qu'il enfile aussitôt. Le vent est glacial. Elle grelotte, elle a mal partout en s'extirpant toute seule du coffre. Elle s'immobilise à côté de la voiture dans l'attente des instructions d'Anatoli.

Il l'observe en pinçant les lèvres.

— On est plus docile tout à coup, hein ?

Alessia ne répond pas.

Il se penche pour ramasser leurs bagages. Alessia regarde autour d'elle. Ils sont sur un parking au milieu d'une ville. Un hôtel imposant se dresse devant eux. Il fait plusieurs étages et il est éclairé comme un cinéma de Hollywood pour une première ; le mot « Westin » surmonte sa façade. Avec brusquerie, Anatoli lui attrape la main et l'entraîne vers l'entrée. Il presse le pas. Elle doit trotter derrière lui.

Le hall est tout en marbre et en miroir. Moderne. Alessia repère un petit panneau. Ils sont au Westin de Zagreb. Anatoli procède à l'enregistrement dans un croate apparemment parfait et, quelques minutes plus tard, ils sont dans l'ascenseur qui les emmène au quinzième étage.

Anatoli a réservé une belle suite, décorée dans les tons crème et brun. Il y a un canapé, un bureau, une table basse. Derrière les portes coulissantes, elle aperçoit un lit.

Un seul !

Elle reste figée sur le seuil, épuisée, impuissante.

Anatoli ôte son manteau et le lance sur un fauteuil.

— Tu as faim ? s'enquiert-il en ouvrant les portes du meuble sous la télévision.

Visiblement, il cherche le minibar.

— Alors ? insiste-t-il une fois qu'il l'a trouvé.

Voyant Alessia acquiescer, il désigne un carnet relié de cuir posé sur le bureau.

— On va appeler le service d'étage. Choisis quelque chose. Et retire ce manteau.

Alessia ouvre la carte et tourne les pages jusqu'à la section « plats ». C'est rédigé en anglais et en croate. Elle choisit aussitôt ce qu'il y a de plus cher. Sans le moindre état d'âme. Elle fronce les sourcils, en se souvenant de sa gêne quand Maxim payait… Anatoli sort deux mignonnettes de whisky, les ouvre l'une après l'autre. Non, elle n'a aucun scrupule à le faire payer ! Elle a été kidnappée, elle est sa victime, et il l'a maltraitée. Il lui doit bien ça ! Avec Maxim, c'était différent. La balance penchait de l'autre côté. C'était elle qui lui était redevable. Maxim… *Monsieur Maxim*. Elle s'efforce de le chasser de son esprit. Elle le pleurera plus tard.

— Je vais prendre le steak New York, annonce-t-elle. Avec une salade. Et des frites. Et aussi un verre de vin.

603

Anatoli la regarde, surpris.

— Du vin ?

— Oui.

Il réfléchit un moment.

— Tu as vraiment des habitudes d'Occidentale.

— Du vin français, précise-t-elle.

— Rien que ça ?

— Oui, du vin français.

Après un silence, elle ajoute :

— S'il te plaît.

— D'accord. On va prendre une bouteille, répond-il en haussant les épaules avec nonchalance.

*Il paraît normal. Mais c'est un monstre !*

Anatoli verse les deux mignonnettes de whisky dans un verre et se dirige vers le téléphone.

— Tu sais que tu es très attirante, Alessia.

Elle se fige. *Qu'est-ce qu'il va me faire ?*

— Tu es encore vierge ? demande-t-il d'une voix cajoleuse.

Elle manque de défaillir.

— Bien sûr, réplique-t-elle, feignant le courroux et la gêne mêlés.

Il ne doit pas savoir.

— Tu sembles différente, insiste-t-il avec un regard dur.

— Oui, je suis différente. J'ai ouvert les yeux.

— Toute seule ou avec l'aide de quelqu'un ?

— Juste avec l'expérience, murmure-t-elle.

Elle n'aurait pas dû s'aventurer sur ce terrain. Elle a affaire à un serpent.

Anatoli appelle le service d'étage pour passer commande pendant qu'Alessia enlève son manteau et s'assoit sur le canapé, guère rassurée. Quand il raccroche, il attrape la télécommande, choisit une chaîne d'informations locale et s'installe au bureau pour boire son whisky. Pendant un moment, il suit le journal TV, sans s'occuper d'elle, en sirotant son alcool. Alessia préfère ça. Elle essaie de suivre ce qui se dit à l'écran, saisit çà et là quelques mots. Elle se concentre. Surtout ne pas penser à Maxim. Elle ne veut pas montrer son désarroi à Anatoli.

Quand le bulletin se termine, il se tourne vers Alessia.

— Alors tu t'es enfuie à cause de moi…

*De quoi parle-t-il ? D'hier ?*

— Enfuie d'Albanie, précise-t-il en vidant son verre.

— Tu as menacé de me casser les doigts.

Il se frotte le menton d'un air pensif.

— Alessia…

— Il n'y a aucune excuse, Anatoli. On ne peut pas traiter un autre être humain comme ça. C'est impardonnable. Regarde mon cou !

Elle tire sur le col de son pull et lui montre les ecchymoses de la veille. Elle lève le menton pour les mettre encore plus en évidence.

Il rougit.

On frappe doucement à la porte. Il lance un regard agacé à Alessia, puis va ouvrir. Un jeune homme en livrée de l'hôtel est dans le couloir avec un chariot.

Anatoli lui fait signe d'entrer et se tient en retrait pendant que le serveur transforme le chariot en table. Il y a une nappe blanche et de beaux couverts pour deux ; au milieu trône un vase avec une rose jaune citron.

Le parfait dîner en amoureux !

Alessia sent les regrets l'assaillir à nouveau, lui ronger les entrailles. Elle s'efforce de contenir ses larmes. Le jeune homme débouche la bouteille, dépose le bouchon sur une soucoupe et sort des assiettes d'un chauffe-plat caché sous la table. D'un geste théâtral, il soulève les cloches d'argent. L'odeur est délicieuse. Anatoli dit quelque chose en croate et lui glisse un billet. Tout sourire, le serveur quitte la pièce.

— Viens manger ! ordonne Anatoli d'un ton bourru.

Affamée et lasse de se battre, Alessia s'assoit à la table improvisée.

Voilà comment ça va se passer, une lente et implacable érosion de sa volonté, jusqu'à devenir son esclave.

— C'est assez occidental, comme ça ? lance-t-il en remplissant son verre.

Alessia réfléchit à sa dernière remarque. Si Anatoli désire une épouse albanaise traditionnelle, alors il va l'avoir. Elle ne mangera pas avec lui. Ne dormira pas avec lui, sauf quand il voudra du sexe. Elle attendra qu'il ait fait son affaire, c'est tout. Il n'aura rien de plus ! Tandis qu'elle contemple son assiette, elle sent les murs de la chambre se refermer peu à peu sur elle comme une prison.

606

— *Gëzuar*, Alessia !

Elle redresse la tête. Anatoli a levé son verre et la couve d'un regard affectueux. Un frisson la parcourt. Trinquer avec une femme ? C'est un insigne honneur de sa part ! À contrecœur, elle lève à son tour son verre, puis boit une gorgée.

— Mmm…, murmure-t-elle en fermant les yeux.

Le vin est délicieux. Quand elle rouvre les paupières, Anatoli la dévisage. Dans ses yeux sombres, elle perçoit la promesse de quelque chose qui lui fait horreur.

Ça lui coupe l'appétit.

— Tu ne vas pas t'enfuir à nouveau, Alessia. Tu seras ma femme. Maintenant, mange.

Elle regarde sans la voir la viande dans son assiette.

## 30

Anatoli remplit à nouveau le verre d'Alessia.

— Tu as à peine touché à ton assiette.

— Je n'ai pas faim.

— Dans ce cas, allons au lit.

Au ton de sa voix, elle redresse la tête. Il se laisse aller au fond de sa chaise, les yeux posés sur elle. Il attend, tel un prédateur. Il se tapote la lèvre de l'index, comme s'il était plongé dans d'intenses réflexions. Il a bu au moins trois verres. Plus le whisky. Il termine son vin d'un trait et se lève. Lentement. Ses yeux luisent d'une flamme sombre et intense. Elle est paralysée.

*Non...*

— Pourquoi attendre d'être mariés?

Il s'approche.

— Non. Anatoli. Je t'en supplie.

Elle s'agrippe à la table.

— Tu es très belle, dit-il en effleurant sa joue. Debout! Ne complique pas les choses.

— On devrait quand même attendre, bredouille Alessia, prise de panique.

— Non, c'est mon dû. Et si je dois me battre avec toi, alors allons-y.

Il la saisit brusquement et la force à se mettre debout. Sous la rudesse de son geste, la chaise d'Alessia se renverse. La peur et l'angoisse s'emparent aussitôt de la jeune femme. Elle tente de s'échapper, donne des coups de pied pour le tenir à distance. Un coup trouve le tibia, un autre heurte la table. Les couverts tintent, le reste du vin s'étale sur la nappe.

— Putain ! lâche-t-il sous la douleur.

— Non !

Il fond sur elle, l'attrape par la taille et la soulève de terre. Elle se tortille, elle se débat avec ses pieds et ses poings. En vain.

— Non, hurle-t-elle. S'il te plaît !

Ignorant ses cris, il la juche sur son épaule et l'emporte dans la chambre.

— Non ! Non !

— Silence !

Il la jette sur le lit, la plaque sur le ventre. Pendant qu'une main la maintient sur le matelas, l'autre lui retire ses chaussures.

— Non !

Elle crie, se contorsionne, le martèle de coups de poing dans l'espoir de lui faire lâcher prise.

— Arrête, Alessia !

Elle est comme une tigresse, sa colère et sa rage décuplent ses forces. Elle hait cet homme !

— Arrête ça !

Anatoli se juche sur elle, l'écrase de tout son poids. Elle ne peut plus respirer. Elle tente de le repousser mais il est trop lourd.

— Calme-toi, souffle-t-il dans son oreille. Laisse-toi faire.

Elle se fige, rassemble ses dernières forces pour soulever sa cage thoracique et avaler un peu d'air. Anatoli se redresse et la retourne. Ils se retrouvent nez à nez. Il l'immobilise en passant une de ses jambes en travers de ses cuisses, et en lui attrapant les poignets qu'il maintient au-dessus de sa tête.

— Je te veux. Tu es ma femme.

— S'il te plaît, non.

Les yeux d'Anatoli brillent d'une lueur sauvage. Elle peut y voir son excitation. Son corps maigre est tendu comme un arc. Contre sa hanche, elle sent son excitation. Il la contemple, le souffle court, sa main libre explore ses seins, son ventre, vers son jean.

— Non, Anatoli, je saigne. Je t'en prie. Je saigne !

Elle ment, mais c'est son dernier espoir pour l'arrêter. Il fronce les sourcils, perplexe, puis soudain il comprend. Et son désir se mue en dégoût.

— Oh…

Il la lâche, bascule sur le dos et contemple le plafond.

— Tu as raison, on devrait peut-être attendre, grommelle-t-il.

Alessia se pelotonne sur le côté, replie ses jambes, se roule en boule pour se faire toute petite. Le désespoir, la répulsion, la peur… seront désormais ses compagnons. Les larmes lui montent aux yeux. Le matelas tressaute quand Anatoli quitte le lit pour retourner au salon.

Combien de temps faut-il pour pleurer toutes les larmes de son corps ?

Des minutes ? Des heures ?

Plus tard, Anatoli pose une couverture sur elle. Elle sent le matelas s'enfoncer sous son poids. Il se glisse sous les draps. Il s'approche d'elle, referme son bras sur ses épaules et la serre contre lui.

— Tu vas me convenir à merveille, *carissima*, murmure-t-il dans son cou.

Et il dépose sur sa joue un léger baiser, curieusement tendre.

Alessia se mord le poing pour ne pas hurler.

Elle se réveille en sursaut. La pièce est encore dans la pénombre, baignée par le clair-obscur de l'aube. À côté d'elle, Anatoli dort profondément. Son visage ainsi détendu est moins inquiétant. Alessia fixe le plafond des yeux, l'esprit en alerte. Elle est encore habillée, ses chaussures sont au pied du lit. Elle pourrait fuir.

Partir ! Lui échapper…

Lentement, elle sort du lit et quitte la pièce sur la pointe des pieds.

Les restes du repas sont toujours sur la table. Alessia repère les frites, en pioche en hâte une poignée qu'elle fourre dans sa bouche. Tout en mangeant, elle fouille dans son sac à la recherche de ses économies. Elle glisse les billets dans la poche arrière de son jean.

Elle s'immobilise, tend l'oreille.

C'est bon, il dort toujours.

La valise d'Anatoli se trouve à côté de son sac. Garde-t-il son argent là-dedans ? Si c'est le cas, ça pourrait lui être utile pour fuir. Sans bruit, elle l'ouvre, ne sachant pas ce qu'elle va découvrir. Elle est bien rangée. Il y a des vêtements... et son arme.

*Le pistolet.*

Elle le prend.

Elle pourrait le tuer. Le tuer avant qu'il ne la tue.

Son cœur tambourine dans sa poitrine, sa tête tourne.

Elle en a le pouvoir maintenant. L'arme pèse lourd dans sa main.

Elle se redresse, s'approche de la chambre et regarde Anatoli dormir. Il ne bouge pas. Un frisson traverse le dos de la jeune femme, son souffle s'accélère. Il l'a kidnappée, frappée, étranglée – et ce soir, il a failli la violer. Elle n'a que du mépris pour lui et ce qu'il représente. Du mépris et de la terreur. Elle lève sa main tremblante et le met en joue. Doucement, elle retire le cran de sûreté. Son sang bat à ses tempes, la sueur ruisselle sur son front.

Maintenant !

L'heure de la vengeance.

Sa main tremble, les larmes lui brouillent la vue.

*Non, non, non...*

Elle essuie ses yeux et baisse l'arme.

Elle n'est pas une meurtrière.

Elle retourne l'arme vers elle et observe la gueule noire du canon. Elle sait ce qu'elle a à faire. Elle a souvent vu ça dans les films.

Pas question d'accepter son sort. C'est la seule issue.

Elle en aurait terminé, alors. Sa souffrance cesserait. Elle ne ressentirait plus rien. À jamais.

Elle voit le visage dévasté de sa mère.

*Mama !*

Elle pense à Maxim. Mais chasse aussitôt cette image. Elle ne le reverra plus jamais.

Sa gorge se serre. Elle grimace. L'air lui manque.

Mieux vaut mourir de ses propres mains que de celles du bourreau.

*Mais quelqu'un devra nettoyer après…*

Non, non.

Elle se recroqueville au sol. Vaincue. Un nouvel échec. Elle n'a pas le courage. Elle n'est bonne à rien. Pis encore : au fond d'elle, elle veut vivre, dans le fol espoir de revoir Maxim. Elle ne peut pas s'enfuir. Elle veut rentrer à la maison. Mais Zagreb n'est pas à cinq jours de marche de Londres ! Elle est coincée, impuissante. Elle se balance d'avant en arrière, l'arme pressée contre sa poitrine, submergée de chagrin. Anéantie. Jamais elle n'a autant pleuré. Jamais. Même pendant son long périple jusque chez Magda. Elle avait pleuré à la mort de sa grand-mère, mais elle ne s'était pas sentie aussi anéantie. Son regret aujourd'hui est infini. Elle ne peut pas le tuer, ni se

613

tuer. Elle a perdu l'homme qu'elle aime et va être prisonnière de celui qu'elle déteste.

Son cœur est en miettes. Non, il n'est plus que poussière et le désespoir l'a emporté !

Alors que le soleil pointe à l'horizon, elle cesse de sangloter et regarde le pistolet à travers le voile de ses larmes. Son père a le même.

Oui, ça, elle peut y arriver…

Elle a vu son père le faire bien souvent. Elle éjecte le chargeur et découvre quatre balles à l'intérieur, juste quatre. Elle les retire du compartiment et tire la culasse pour dégager la dernière balle de la chambre. Elle remet le chargeur en place et glisse les balles dans sa poche. Puis elle repose l'arme dans la valise et la referme.

En se relevant, elle essuie son visage. Assez pleuré ! Elle se tourne vers la fenêtre et contemple la ville qui émerge de l'ombre. Du quinzième étage du Westin, Zagreb est un immense patchwork de terre cuite. Le panorama est magnifique. Elle se demande si Tirana ressemble à ça aussi vue du ciel.

— Tu es réveillée ?

La voix d'Anatoli la fait sursauter.

— J'avais faim, répond-elle en désignant les restes du repas sur la table. Maintenant, je vais aller prendre une douche.

Elle saisit son sac, file dans la salle de bains et s'y enferme.

Quand elle en sort, Anatoli est debout et habillé. La table a été débarrassée, la nappe changée et un petit déjeuner continental est servi.

— Tu ne t'es pas enfuie, constate-t-il.

Il semble calmé, mais demeure aux aguets.

— Pour aller où ?

— Tu as bien tenté le coup l'autre fois…

Alessia le regarde en silence. Découragée. Épuisée.

— C'est parce que tu t'attaches à moi, n'est-ce pas ? murmure-t-il.

— Ne rêve pas !

Elle s'assoit et pioche un pain au chocolat dans la panière.

Il s'installe en face d'elle. Elle remarque son sourire ; un sourire plein d'espoir.

Tom et moi traversons la place Skanderbeg, qui est proche de l'hôtel. C'est une matinée ensoleillée et froide, le soleil se réfléchit sur les dalles de marbre coloré. D'un côté de l'esplanade, se dresse une statue de bronze du héros national à cheval et, de l'autre, le Musée national historique qui lui fait face. Je suis impatient de rejoindre la ville d'Alessia et de trouver sa maison, mais nous devons attendre notre interprète.

Je bous d'impatience. Pour tuer le temps, Tom et moi allons visiter le musée. Je prends des photos et poste les plus intéressantes. À deux reprises, je me fais réprimander par les gardiens. Mais je continue en catimini. L'endroit fait pâle figure à côté du British Museum, mais je suis séduit par l'artisanat illyrien.

615

Tom, évidemment, s'intéresse à la section « armes médiévales ». Car l'Albanie a un passé mouvementé et sanglant !

À 10 heures, nous descendons une avenue bordée d'arbres vers le café où nous avons rendez-vous avec l'interprète. Malgré le froid, il y a beaucoup de gens en terrasse. Que des hommes.

*Où sont les femmes ?*

Thanas Ceka a les yeux aussi noirs que ses cheveux. Il est doctorant à l'université de Tirana et prépare une thèse sur la littérature britannique. Son anglais est excellent. Il a le sourire facile, des manières avenantes. Et il est venu avec sa petite amie, Drita, étudiante en licence d'histoire. C'est une petite brunette dont l'anglais est beaucoup plus approximatif que celui de son compagnon. Elle aimerait venir avec nous.

*Ça risque de compliquer les choses.*

Tom me regarde en haussant les épaules. Je n'ai pas le temps de discuter.

— Je ne sais pas trop combien de jours tout ça va nous prendre, dis-je en vidant mon café avec une grimace.

Cet expresso pourrait décaper de la peinture ! Jamais je n'en ai bu d'aussi fort.

— Aucun problème. Je suis libre toute la semaine, répond Thanas. Je n'ai jamais mis les pieds à Kukës. Mais Drita connaît.

Je me tourne aussitôt vers la jeune femme.

— Ah oui ? Comment c'est, là-bas ?

Elle lance un regard nerveux à Thanas.

— C'est aussi terrible que ça ?

— La ville a mauvaise réputation, explique le garçon. À la chute du communisme, la région a connu une période… trouble.

Tom se frotte les mains.

— Parfait. J'adore les défis !

Par politesse, Thanas et Drita sourient.

— On a de la chance avec la météo, continue Thanas. L'autoroute est ouverte. Il n'a pas neigé depuis deux semaines.

— Alors, c'est parti ! dis-je en me levant.


Le paysage a changé. Adieu les champs mornes de l'Europe du Nord. Le sol, désormais aride et rocailleux, est baigné par le soleil d'hiver. En d'autres circonstances, Alessia aurait apprécié ce voyage. Mais elle est avec Anatoli, l'homme qu'elle doit épouser contre son gré… et il lui reste à affronter la colère de son père à son retour à Kukës. Elle n'est pas pressée d'avoir cette confrontation, car c'est sa mère qui va de nouveau supporter le plus gros de sa fureur.

Ils traversent un autre pont à toute vitesse. Sous eux, miroite une grande étendue d'eau. On croirait le Drin.

*C'est la mer !*

La mer avec Maxim…

Avant de le connaître, elle n'avait jamais vu la mer.

*Maxim… te reverrai-je un jour ?*

— La côte de la Croatie est très pittoresque. Je fais beaucoup d'affaires ici, explique Anatoli pour rompre le silence qui s'est installé entre eux depuis leur départ de Zagreb.

Alessia le regarde discrètement. Elle se contrefiche de ses affaires. Elle ne veut rien savoir. À une époque, elle était curieuse, mais ce temps est révolu. D'ailleurs, une bonne épouse albanaise ne pose pas de questions. Jamais.

— J'ai plusieurs propriétés ici, insiste-t-il avec son sourire de prédateur.

Il essaie de l'impressionner ! Comme la première fois qu'ils se sont rencontrés.

Elle détourne la tête, contemple la mer, tandis que ses pensées s'envolent vers les Cornouailles.

Le trajet pour sortir de Tirana est éprouvant pour les nerfs. Les piétons ont la manie de traverser n'importe où, sans regarder, et sur les ronds-points c'est la loi de la jungle. Voitures, camions, bus ! La lutte est sans merci. C'est à celui qui impressionnera l'autre. À ce rythme-là, je ne tiendrai pas jusqu'à Kukës. Tom passe son temps à frapper le tableau de bord en criant sur tout le monde, piétons comme chauffeurs. Je n'en peux plus.

— Nom de Dieu, Tom, ferme-la ! J'essaie de me concentrer.

— Pardon, Trevethick.

Par je ne sais quel miracle, nous sortons indemnes du centre-ville. Une fois sur la grande route, je commence à me détendre, mais je préfère rouler prudemment. Les conducteurs ici sont imprévisibles.

Il y a plusieurs vendeurs de voitures le long de la route et des stations-service partout. Au moment de quitter Tirana, nous passons devant un grand bâtiment néoclassique qui ressemble à une pièce montée.

— C'est quoi ?

— Un hôtel, me répond Thanas. Il est en construction depuis des années.

Remarquant mon regard étonné dans le rétroviseur, il hausse les épaules.

Les terres dans les vallées paraissent vertes et fertiles malgré le frimas de février. Les champs sont parsemés de petites maisons aux toits rouges. Pendant que nous roulons, Thanas nous résume l'histoire de l'Albanie et nous parle un peu de sa famille. Ses parents ont connu la fin du régime communiste et ont appris l'anglais en écoutant la BBC, même si c'était interdit. Apparemment la BBC, comme presque tout ce qui est britannique, est très appréciée ici. L'Angleterre ou les États-Unis. C'est là que veulent aller tous les Albanais.

Tom et moi échangeons un regard.

Drita parle doucement à Thanas et il traduit pour nous. Kukës a été nommée pour le prix Nobel de la paix en 2000 parce qu'elle a accueilli plusieurs centaines de milliers de réfugiés kosovars.

Ça, je le sais. Je revois Alessia rayonnante de fierté quand elle me parlait de sa ville et des merveilles de son pays dans le pub de Trevethick.

Voilà deux jours qu'elle est partie, et j'ai l'impression d'être amputé d'une jambe.

*Mon amour, où es-tu ?*

Nous rejoignons l'autoroute pour Kukës. Et bientôt nous grimpons vers le bleu étincelant du ciel, de plus en plus haut vers les majestueux sommets des Alpes des Balkans. Le Grand Korab et les monts Šar chapeautés de neige nous dominent. J'aperçois des gorges où coulent des eaux cristallines, des canyons escarpés, des falaises déchiquetées. Le paysage est à couper le souffle. S'il n'y avait cette route bitumée, on pourrait se croire dans une bulle hors du temps. Parfois, un hameau surgit, avec ses maisons aux toits de tuiles en terre cuite, ses cheminées d'où s'élève un filet de fumée, flanquées de meules de foin saupoudrées de neige. Il y a des chèvres partout en liberté.

Le pays d'Alessia !

Ma douce et tendre Alessia.

J'espère que tu vas bien.

J'arrive ! Je viens te chercher !

La température chute à mesure que nous montons. Tom m'a relayé au volant pour que je puisse faire le DJ et prendre des photos. Thanas et Drita sont silencieux, ils profitent du panorama en écoutant Hustle and Drone qui passe via mon iPhone. Nous émergeons d'un long tunnel sous la montagne pour nous retrouver au milieu des montagnes. Hormis leurs cimes enneigées, leurs flancs sont curieusement nus.

620

Thanas explique qu'à la chute du régime communiste le fioul s'est mis à manquer et tout le monde a coupé les arbres pour se chauffer.

— Je pensais qu'on était trop en altitude, au-dessus de la limite des forêts, intervient Tom.

Au beau milieu de ce paysage lunaire, nous tombons sur un péage. Alors que nous faisons la queue, mon téléphone se met à sonner. Je n'en reviens pas d'avoir du réseau dans ces montagnes au fin fond de l'Europe.

— Oliver ? Qu'est-ce qui se passe ?

— Je suis désolé de vous déranger, mais la police m'a appelé. Ils voudraient interroger votre… fiancée. Mlle Demachi.

*Alors lui aussi sait…*

Je ne relève pas l'allusion à son statut.

— Comme je vous l'ai expliqué, Alessia est retournée en Albanie. Il va falloir attendre son retour.

— C'est ce que je leur ai répondu.

— Ils ont dit autre chose ?

— Ils ont retrouvé votre ordinateur portable et un peu de votre matériel de mixage.

— C'est une bonne nouvelle !

— L'affaire est désormais aux mains de Scotland Yard. Les agresseurs de Mlle Demachi sont connus des services de police et font l'objet de plusieurs avis de recherche pour d'autres crimes.

— Scotland Yard ? Parfait. Le sergent Nancarrow supputait que ces deux salauds étaient fichés.

Tom me regarde brièvement.

— Ils ont été inculpés ?

— Pas encore, monsieur.

— Tenez-moi au courant, s'il vous plaît. Je veux savoir s'ils sont à l'ombre ou sortis sous caution.

— Comptez sur moi.

— Et passez le message à la police pour Mlle Demachi. Expliquez-leur qu'elle a dû retourner en Albanie pour raisons familiales.

— Dacodac, monsieur.

— *Dacodac?* C'est ça.

Je raccroche, et tends quelques billets à Tom pour qu'il règle le péage.

Si Dante et son compère sont encore sous la garde de la police, c'est que l'affaire leur paraît sérieuse. Vont-ils les faire tomber pour trafic d'êtres humains ? Je croise les doigts. J'espère qu'ils vont enfermer ces salopards pour toujours !

Quelques minutes plus tard, un panneau indique Kukës et je reprends espoir. Nous sommes presque arrivés. J'aperçois un gigantesque lac. À en croire Google Maps, il s'agit en fait d'un fleuve, le Drin, qui alimente le lac de Fierza. Je me souviens de l'émotion d'Alessia quand elle me parlait des alentours de sa ville. Mon impatience s'accroît. Je demande à Tom d'accélérer. Je vais la retrouver. Enfin !

La retrouver et la sauver.

*Mais veut-elle vraiment être sauvée ?*

*Ne préfère-t-elle pas rester ici ?*

*Non !*

Au détour d'un virage, Kukës apparaît enfin. La ville est nichée au fond d'une vallée, environnée par les eaux émeraude du fleuve-lac et les montagnes. Le panorama est à couper le souffle.

C'est cette vue qu'Alessia avait tous les jours devant elle.

Nous traversons un pont massif. Sur un promontoire, telle une sentinelle, se dresse un bâtiment laissé à l'abandon. Encore un hôtel inachevé ?

Dans les faubourgs de Nikšić, au Monténégro, Anatoli s'arrête sur le parking d'un snack-bar, en bord de route. Alessia continue de regarder ailleurs.

— J'ai faim. Toi aussi, non ? Allons-y.

Alessia n'a plus la force de discuter et le suit. Contre toute attente, l'endroit est plaisant et propre. Le thème de la décoration est original : l'automobile. Au-dessus du bar, une grande peinture représente un magnifique *hot rod* rouge. Le lieu est accueillant. Mais pas pour Anatoli. Il est d'une humeur de chien. Les deux dernières heures, il a passé son temps à cogner le volant et à jurer contre les autres voitures. Patience et pondération ne sont pas ses qualités premières.

— Commande-nous à manger. Je vais aux toilettes. Inutile de te sauver. Je te retrouverai.

Il lui adresse un regard noir et lui laisse le choix de la table.

Maintenant, elle est pressée d'arriver. Au souvenir du comportement d'Anatoli la veille au soir, elle n'a aucune envie de passer une soirée de plus avec lui. Mieux vaut encore affronter la colère paternelle. Elle étudie la carte, tâchant de voir des similitudes avec l'albanais ou l'anglais, mais elle est trop fatiguée pour se concentrer. Anatoli revient déjà. Lui aussi paraît épuisé – ça fait sept jours d'affilée qu'il conduit. Mais la jeune femme n'a aucune intention de le plaindre.

— Qu'est-ce que tu as commandé ?

— Rien. Tiens, choisis.

Elle lui tend la carte avant qu'il n'ait le temps de réagir. Un serveur arrive. Anatoli compose le menu sans lui demander son avis. Elle est étonnée de le voir parler aussi le monténégrin. Le serveur s'éloigne et Anatoli sort son téléphone.

— Silence ! ordonne-t-il en la fixant de ses yeux bleu acier.

Il compose un numéro.

— Bonjour, Shpresa. Jak est ici ?

*Mama !*

Alessia se redresse. Il est en train de parler à sa mère !

— Oh… dis-lui qu'on sera chez vous vers 20 heures. (Il jette un coup d'œil à Alessia.) Oui, elle est là… Non… elle est aux toilettes.

— Quoi !

Anatoli met son doigt en travers de ses lèvres.

— Anatoli ! Je veux parler à ma mère, insiste Alessia en tendant la main vers le portable.

— Oui, c'est ça, on se verra tout à l'heure. Au revoir.

Il raccroche.

— Anatoli !

Des larmes de fureur montent aux yeux d'Alessia. Jamais elle n'a eu autant le mal du pays !

*Mama.*

Comment a-t-il pu l'empêcher de dire quelques mots à sa mère ?

— Si tu étais plus docile et reconnaissante, je t'aurais laissée lui parler, annonce-t-il. J'ai traversé tout un continent pour venir te chercher !

Alessia le fusille du regard, puis baisse la tête. La lueur de triomphe dans les yeux de cet homme lui est insupportable. Surtout après ce qu'il a fait la veille. C'est un être cruel, despotique, colérique. La haine palpite dans toutes ses veines.

Jamais elle ne lui pardonnera.

Jamais !

Son seul espoir désormais : plaider sa cause auprès de son père, le supplier d'annuler ce mariage.

En s'approchant, Kukës ne tient pas ses promesses. Il s'agit d'une cité dans le plus pur style soviétique, aux immeubles cubiques mornes et vétustes. Drita nous explique, par l'intermédiaire de Thanas, que la ville a été construite dans les années 1970, et que la vraie Kukës gît au fond du lac. Toute la vallée a été inondée pour alimenter le barrage hydroélectrique qui alimente la région en énergie. Les routes, bordées de sapins, sont couvertes de neige et presque désertes. Il y a quelques échoppes, proposant des produits d'entretien, des vêtements, du matériel de jardinage, et deux supermarchés. J'aperçois aussi une banque, une pharmacie et plusieurs cafés. Comme d'habitude les clients sont dehors, emmitouflés sous le soleil d'hiver.

Encore une fois, aucune femme.

La ville est cernée de montagnes, bouchant la perspective de chaque rue. C'est vraiment étonnant ces murs de roche présents partout. Je regrette de ne pas avoir apporté mon Leica.

L'agence de voyages nous a réservé une chambre à l'hôtel Amerika – ça ne s'invente pas ! Google Maps nous y mène par un dédale de petites rues. Le bâtiment est un curieux mélange : à la fois moderne et vieillot. L'entrée ressemble à celle d'une crèche de Noël. Et la neige renforce encore cet effet.

À l'intérieur, le hall est un summum de kitsch, décoré de breloques pour touristes, dont une imposante collection de statues de la Liberté en plastique. L'impression d'ensemble est indéfinissable, un méli-mélo de styles, et pourtant cela reste joyeux et amical. Le réceptionniste, un type d'une trentaine d'années, filiforme avec une grosse barbe, nous accueille avec un large sourire. Dans un anglais rudimentaire, il nous indique le minuscule ascenseur qui mène à nos chambres. Tom et moi choisissons celle avec des lits jumeaux, et laissons celle au grand lit à Drita et Thanas.

Je tends au jeune homme le papier avec l'adresse des parents d'Alessia.

— Vous voulez bien demander au réceptionniste le chemin pour s'y rendre ?

— Bien sûr. À quelle heure voulez-vous qu'on y aille ?

— Dans cinq minutes. Le temps de défaire nos valises.

— Hé, tout doux, Trevethick ! intervient Tom. Un petit coup nous requinquerait, non ?

— Un seul, alors. Et vite fait. Je vais rencontrer mes futurs beaux-parents. Je veux avoir les idées claires.

Tom hoche la tête avec enthousiasme et préempte le lit près de la porte.

Je pousse un soupir en ouvrant ma valise.

— J'espère que tu ne ronfles pas.

Une heure plus tard, nous nous garons devant un portail rouillé. Les deux battants sont ouverts. De l'autre côté, une allée mène à une maison sur les berges du Drin. De l'endroit où je me trouve, j'aperçois juste un toit de tuiles.

— Thanas, venez avec moi.

Nous laissons Tom et Drita dans la voiture. Le soleil couchant projette de longues ombres dans le jardin. Le terrain est plutôt grand, entouré d'arbres nus, avec çà et là des sapins bien fournis, et il y a un potager aux dimensions plus qu'honorables. La maison est peinte en vert pâle avec deux étages et deux balcons face à l'eau. Elle est plus grande que celles des alentours. La famille d'Alessia est-elle aisée ? Je n'en sais rien. Sous les reflets rougeoyants du couchant, le lac est magnifique.

Je remarque une antenne satellite et ça me rappelle l'une de mes conversations avec Alessia.

*Et je suis allée en Amérique grâce aux séries télévisées.*

*Des séries américaines ?*

*Oui. Sur Netflix. HBO.*

Je frappe. Je suppose que c'est la porte d'entrée. Elle est faite dans un bois massif, très épais. Puis je recommence. Plus fort. Mon cœur s'emballe, et malgré le froid, la sueur coule dans mon dos.

Le moment de vérité.

*À toi de jouer!*

Je suis sur le point de rencontrer mes beaux-parents… mais eux ne le savent pas encore.

La porte s'entrouvre sur une femme d'une quarantaine d'années, plutôt frêle et coiffée d'un fichu. Dans la lumière du soir, je distingue son regard interrogateur. Les mêmes yeux qu'Alessia.

— Madame Demachi?

— Oui.

— Je m'appelle Maxim Trevelyan et je viens pour vous parler de votre fille.

Sa bouche s'agrandit de surprise, elle bat des paupières et ouvre davantage la porte. Elle a des épaules menues et porte des vêtements plutôt disgracieux : une grosse jupe de laine et une blouse de ménage. Ses cheveux sont cachés sous le fichu. J'ai l'impression de revoir Alessia dans mon couloir, tétanisée comme un lapin pris dans les phares d'une voiture.

— Alessia? murmure-t-elle.

— Oui.

Elle fronce les sourcils.

— Mon mari n'est pas à la maison.

Son anglais est rouillé et son accent plus prononcé que celui de sa fille. Elle inspecte avec anxiété l'allée derrière nous. Je ne sais pas pourquoi. Puis elle reporte son attention sur moi.

— Vous ne pouvez pas rester ici.

— Pourquoi ?

— Parce que mon mari n'est pas là.

— Mais il faut que je vous parle d'Alessia. Je crois qu'elle est en chemin pour rentrer ici.

Elle incline la tête, soudain inquiète.

— Oui, elle arrive ce soir. Vous êtes au courant de son retour ?

Mon cœur se gonfle de joie.

*Elle rentre. Je le savais !*

— Oui. Je suis venu vous demander, à vous et votre mari… (Je déglutis avant de poursuivre :) Je suis venu vous demander la main de votre fille.

— Notre dernière frontière, *carissima*, annonce Anatoli. Enfin chez nous ! Honte à toi de t'être ainsi enfuie du pays comme une voleuse. Tu as déshonoré ta famille. Quand nous serons chez toi, tu présenteras tes excuses à tes parents pour les soucis que tu leur as causés.

Alessia détourne les yeux, le maudissant en pensée. Comment ose-t-il lui reprocher de s'être enfuie ! C'est à cause de lui ! Et puis beaucoup d'hommes albanais quittent le pays pour tenter leur chance à l'étranger. Évidemment, pour les femmes c'est plus compliqué.

— C'est la dernière fois que tu monteras dans ce coffre. Mais d'abord, je dois récupérer quelque chose.

Elle recule d'un pas et regarde vers l'Ouest, vers les collines derrière lesquelles le soleil a disparu. Le froid glacial la transperce et lui étreint le cœur.

Elle se languit du seul homme qu'elle a jamais aimé. Elle refoule les larmes qui lui montent aux yeux.

*Pas maintenant!*

Pas question de donner cette joie à Anatoli.

Elle pleurera cette nuit.

Dans les bras de sa mère.

Elle prend une profonde inspiration. Voilà à quoi ressemble la liberté à présent : un vent glacé, étranger. La prochaine fois qu'elle respirera à l'air libre, elle sera dans son pays, et son aventure ne sera plus qu'une… Comment disait Maxim? *Une folie de jeunesse.*

— Monte! s'impatiente Anatoli en tenant le coffre ouvert. Il va bientôt faire nuit.

*La nuit appartient aux djinns!*

Et elle en a un sous les yeux. C'est ce qu'il est : une créature malfaisante. Elle grimpe dans le compartiment sans se plaindre, sans le toucher. Ils ne sont plus loin de la maison. Pour la première fois de ce voyage, elle est impatiente d'arriver. Elle va voir sa mère.

— Bientôt, *carissima*…, lance-t-il avec une lueur étrange dans le regard.

— Ferme le coffre! réplique-t-elle en agrippant la lampe.

Au moment de claquer le capot sur elle, les lèvres d'Anatoli se retroussent en un sourire sardonique.

Mme Demachi laisse échapper un hoquet de stupeur. Après un autre coup d'œil inquiet en direction de l'allée, elle s'écarte.

— Entrez.

— Attendez-moi dans la voiture, dis-je à Thanas en suivant la femme dans la petite entrée.

Elle me désigne un rack à chaussures.

*Oh.*

Je retire vite mes souliers, soulagé de voir que je porte des chaussettes assorties.

*Merci, Alessia!*

Les murs sont peints en blanc. Au sol, un kilim coloré habille le carrelage. Elle me fait signe d'entrer dans une pièce avec deux canapés décorés de tissus aux motifs dorés. Au milieu, se trouve une petite table basse, également recouverte d'un tissu chatoyant. Derrière, se dresse une cheminée, dont le manteau est couvert d'une série de photos sous cadre. Je plisse les yeux dans l'espoir de reconnaître un portrait d'Alessia. J'aperçois celui d'une jeune fille avec de grands yeux graves, assise devant un piano.

*C'est elle!*

L'âtre est rempli de bûches, mais le feu n'est pas allumé. Ce doit être le salon où les Demachi reçoivent les invités. À la place d'honneur, un piano droit occupe tout un mur. Il n'est plus de première jeunesse, mais je suis certain qu'il est accordé à la perfection. C'est là où elle joue.

*Ma chérie si talentueuse.*

À côté de l'instrument, il y a des étagères avec des livres tout écornés.

La mère d'Alessia ne m'a pas proposé d'ôter mon manteau. Visiblement, elle ne souhaite pas que je m'attarde.

— Asseyez-vous, indique-t-elle.

Je m'installe sur l'un des canapés et, mal à l'aise, elle se perche sur celui d'en face. Elle joint ses mains et me regarde, attendant que j'en dise plus. Ses yeux sont aussi sombres que ceux d'Alessia. Mais chez Alessia il y a du mystère, alors que chez sa mère, c'est juste de la tristesse. Sans doute est-ce parce qu'elle s'inquiète pour sa fille. J'observe son visage fatigué, ses cheveux déjà grisonnants, je me dis qu'elle a porté son lot de souffrance.

*Le quotidien à Kukës est difficile pour certaines femmes.*

Les paroles d'Alessia me reviennent en mémoire.

Sa mère bat des paupières. Visiblement, ma présence l'inquiète, la rend nerveuse. Ce que je regrette.

— Mon amie Magda, elle m'a parlé d'un homme qui l'aidait, elle et mon Alessia. C'est vous ?

Sa voix est hésitante, et douce.

— Oui.

— Comment va ma fille ?

Elle scrute mon visage, impatiente d'avoir des nouvelles.

— La dernière fois que je l'ai vue, elle allait bien. Mieux que ça même. Elle était heureuse. J'ai fait sa connaissance quand elle travaillait pour moi. Elle venait faire le ménage dans ma maison.

Je veille à employer un anglais simple et à parler lentement pour être sûr de me faire comprendre.

— Vous êtes venu d'Angleterre ?

— Oui.

632

— Pour Alessia ?

— Oui. Je suis amoureux de votre fille. Et je crois qu'elle m'aime aussi.

Ses yeux s'écarquillent.

— Elle vous aime ? répète-t-elle d'une voix blanche de terreur.

*Ce n'est pas la réaction que j'attendais.*

— Oui. C'est ce qu'elle m'a dit.

— Et vous voulez l'épouser ?

— Oui.

— Vous croyez qu'elle va accepter ?

*Bonne question !*

— En vérité, madame Demachi, je n'en sais rien. Je n'ai pas eu l'occasion de le lui demander. Je crois qu'elle a été kidnappée et qu'on la ramène en Albanie contre son gré.

Elle se penche vers moi et me regarde avec intensité.

— Mon amie Magda dit beaucoup de bien de vous. Mais je ne vous connais pas. Pourquoi mon mari accepterait-il que vous épousiez notre fille ?

— En tout cas, elle ne veut pas épouser l'homme que son père a choisi pour elle.

— C'est ce qu'elle vous a dit ?

— Elle m'a tout raconté. Et moi, je l'ai écoutée. Je l'aime.

Mme Demachi se mord la lèvre. Le même tic que sa fille ! J'essaie de cacher mon sourire.

— Mon mari va rentrer bientôt. C'est à lui de décider pour Alessia. Et il l'a promise à un homme. Il a donné sa parole. (Elle regarde ses mains jointes

633

sur ses genoux.) Mon Alessia, je l'ai laissée partir une fois et ça m'a brisé le cœur. Je n'aurai pas le courage de la voir partir une deuxième fois.

— Vous préférez qu'elle soit prisonnière d'un mari violent qui la terrorise ?

Elle lève brusquement les yeux vers moi. J'y vois du chagrin, du regret, mais aussi de la surprise.

*Oui, je sais tout.*

Et tout ce qu'Alessia m'a raconté sur son père me revient en mémoire.

— Vous devez partir, murmure Mme Demachi. Maintenant.

Elle se lève.

*Merde !*

Je l'ai offensée.

— Je vous présente mes excuses, dis-je en me relevant.

Elle fronce les sourcils, paraît déconcertée, indécise. Puis elle lâche soudain :

— Alessia rentre à 20 heures ce soir, avec son fiancé.

Elle détourne la tête, se demandant sans doute si c'est une bonne idée de me le dire.

J'ai envie de prendre ses mains dans les miennes pour lui exprimer ma gratitude, mais je me retiens. La toucher serait sans doute inconvenant. J'opte pour un sourire.

— Merci, madame. Votre fille compte plus que tout au monde pour moi.

Elle est émue. Elle me retourne un petit sourire. Encore une fois, je reconnais mon Alessia.


634

Elle me raccompagne à la porte. Je remets mes chaussures.

— Au revoir, lance-t-elle du seuil.

— Vous allez dire à votre mari que je suis venu ?

— Non.

— Parfait. Je comprends.

Je lui offre mon sourire le plus rassurant et retourne à la voiture.

De retour à l'hôtel, je ne tiens pas en place. Nous tentons de regarder la télévision. Mais, comme Tom, je ne comprends rien. Nous essayons de lire un peu. En vain. Nous montons au bar – un bar en terrasse sur le toit. La journée, on doit avoir une belle vue sur Kukës, le lac et les montagnes. Mais c'est la nuit et les quelques lampadaires qui percent l'obscurité sont plutôt sinistres.

*Elle est de retour.*

*Avec lui.*

*J'espère qu'elle va bien.*

— Assieds-toi et prenons un verre ! me suggère Tom.

Je lui lance un regard agacé. C'est dans ce genre de moment que je regrette de ne pas fumer. L'attente et la tension sont insupportables. Après un premier whisky, que je bois cul sec, je n'en peux plus.

— On y va !

— Mais c'est trop tôt.

— Je m'en fiche. Je ne vais pas rester ici à tourner en rond. Je préfère attendre là-bas avec ses parents.

635

À 19 h 40, nous sommes de retour devant la maison des Demachi.

*Il est temps de prendre mes responsabilités.*

Tom reste encore dans la voiture avec Drita, pendant que Thanas et moi remontons l'allée.

— Souvenez-vous : on n'est jamais venus ici. Je ne veux pas que Mme Demachi ait des problèmes.

— Des problèmes ? s'étonne Thanas.

— Avec son mari.

— Je comprends.

— Vous comprenez ?

— Oui. Ici, ce n'est pas comme à Tirana. C'est plus traditionnel. Les hommes. Les femmes…

Il grimace de dégoût.

J'essuie mes mains moites sur mon manteau. Je ne me suis jamais senti aussi nerveux. Pas depuis mon entretien pour entrer à Eton. Je dois absolument faire bonne impression sur le père d'Alessia, le convaincre que je suis une meilleure option que le connard qu'il a choisi pour elle.

*Si c'est bien ce qu'elle veut !*

Je frappe à la porte et j'attends.

Mme Demachi vient ouvrir et nous regarde tour à tour, Thanas et moi.

— Madame Demachi ?

Elle hoche la tête.

— Votre mari est là ?

Elle hoche à nouveau la tête et, dans le cas où l'on nous entendrait, je répète mon laïus, le même que plus tôt dans la journée, comme si je venais ici pour la première fois.

636

— Entrez, dit-elle. Vous devez voir ça avec mon mari.

Une fois que nous avons retiré nos chaussures, elle nous prend nos manteaux et les suspend dans l'entrée.

M. Demachi est debout dans une grande pièce au fond de la maison. Un vaste séjour avec une cuisine ouverte, les deux parties étant séparées par une arche. Un fusil à pompe est accroché au mur – à portée de main.

Demachi est plus âgé que sa femme. Son visage est buriné par l'air des montagnes, ses cheveux sont gris. Il porte un costume sombre. Il ressemble à un parrain de la mafia. Ses yeux sont impénétrables. Je suis heureux de constater que je le dépasse d'une tête.

À mesure que Mme Demachi s'exprime, son expression devient méfiante.

*Merde ! Qu'est-ce qu'elle lui raconte au juste ?*

Thanas me chuchote à l'oreille :

— Elle dit que vous êtes venu pour sa fille.

— D'accord.

Demachi nous serre la main, avec un sourire hésitant, puis nous invite à nous asseoir sur un vieux canapé. Il me dévisage avec des yeux perçants qui ont la même profondeur que ceux d'Alessia. Pendant ce temps, Mme Demachi se replie dans sa cuisine.

Le père se tourne vers Thanas et commence à parler. Il a une voix grave, presque apaisante. Thanas traduit instantanément.

— Ma femme prétend que vous êtes là à cause de ma fille.

— Oui, monsieur Demachi. Alessia travaillait pour moi, à Londres.

— Londres ? (Il paraît impressionné mais se renfrogne aussitôt.) Quoi comme travail, au juste ?

— Elle était ma femme de ménage.

Il ferme les yeux, comme si cette information lui était douloureuse. Il doit penser que c'est indigne d'elle… ou peut-être qu'elle lui manque tout simplement. Je prends une grande inspiration pour me calmer et poursuis :

— Et je suis venu vous demander la main de votre fille.

Il écarquille les yeux et fronce en même temps les sourcils. Une expression curieuse ! Je ne sais pas trop comment la décrypter.

— Je l'ai déjà promise à quelqu'un d'autre.

— Elle ne veut pas épouser cet homme. C'est pour cette raison qu'elle est partie d'ici.

Ma franchise le surprend. Et j'entends son épouse lâcher un petit cri dans sa cuisine.

— C'est elle qui vous a raconté ça ?

— Oui.

Le visage du père est indéchiffrable. Les rides de son front se sont creusées.

— Pourquoi voulez-vous épouser ma fille ? demande-t-il, perplexe.

— Parce que je l'aime.

Kukës n'a pas changé. Même dans la nuit. Alessia est à la fois impatiente et inquiète de revoir ses parents. Son père va la battre. Sa mère la prendre dans ses bras. Elles vont pleurer toutes les deux.

Comme toujours.

Anatoli passe le pont pour rejoindre la péninsule et tourne à gauche. Alessia se redresse dans l'espoir d'entrevoir la maison. Une minute plus tard, lorsqu'elle découvre les fenêtres éclairées chez ses parents, elle fronce les sourcils : une voiture stationne devant l'entrée, et deux personnes sont appuyées contre le capot. Ils regardent le fleuve en fumant une cigarette. Ça l'étonne mais elle ne s'y attarde pas. La rencontre avec ses parents occupe tout son esprit. Anatoli s'engage dans l'allée.

Alessia ouvre la portière avant que la Mercedes soit complètement à l'arrêt et se précipite vers l'entrée. Sans prendre le temps d'ôter ses chaussures, elle s'élance dans le couloir.

— Mama !

Elle déboule dans le salon, s'attendant à trouver sa mère.

Maxim et un autre homme, auquel elle ne prête pas attention, se lèvent. Ils étaient assis avec son père, qui l'observe avec des yeux ronds.

Alessia se fige. Le temps s'arrête. Jusqu'à ce qu'elle comprenne ce qui se passe.

Elle bat des paupières et, dans une secousse, son cœur se remet à battre. Elle n'a d'yeux que pour l'un d'entre eux.

*Il est là !*

## 31

Mon cœur tambourine dans ma poitrine. Alessia est au milieu de la pièce. Tétanisée.

Elle est ici !

Enfin ! Ses immenses yeux noirs, rivés sur moi.

*Oui. Je suis venu te chercher.*

*Je suis là. Pour toujours.*

Elle est magnifique. Fine. Gracieuse. Les cheveux en bataille. Mais elle est très pâle. Plus que dans mon souvenir. Et elle a un hématome sur une joue, et une égratignure sur l'autre. Ses yeux sont cernés, ils brillent de larmes contenues.

Une boule se forme dans ma gorge.

*Que s'est-il passé, mon amour ?*

— Salut… Tu es partie sans me dire au revoir.

Maxim est ici. Pour elle. Elle ne voit plus que lui. Les autres ont disparu. Il a les cheveux ébouriffés, le visage pâle, les traits tirés, mais il paraît si soulagé de la voir. Ses yeux verts la dévorent, ses paroles la touchent au plus profond de son âme. Il avait dit la même chose quand il était venu l'attendre sur le quai.

Elle perçoit toutefois une question silencieuse dans son regard. Pourquoi est-elle partie ? Il ignore à quel point elle tient à lui. Et pourtant, il est venu.

Ici.

Sans Caroline.

Comment a-t-elle pu douter de lui ? Et lui douter d'elle ?

Elle laisse échapper un petit cri et se jette dans ses bras. Maxim la serre contre lui. Il respire son odeur. Son parfum si doux, si familier.

Maxim.

*Ne me laisse plus partir !*

Un mouvement attire son regard. Son père s'est levé, il les regarde bouche bée. Il s'apprête à dire quelque chose quand une voix résonne dans l'entrée.

— On est arrivés !

C'est Anatoli. Il débarque dans le salon, le sac d'Alessia sur l'épaule, prêt à être accueilli en héros.

— Fais-moi confiance, souffle Alessia à l'oreille de Maxim.

Il contemple avec intensité son visage illuminé par l'amour. Il se penche pour l'embrasser sur le front.

— Toujours.

Anatoli s'immobilise sur le seuil.

Le père d'Alessia nous quitte des yeux pour regarder l'ordure qui a kidnappé sa fille. Comment est-ce qu'il s'appelle déjà ? Anthony ? Antonio ? En tout cas, il a bien une tête de salopard. Ses yeux froids, d'abord agrandis par la surprise, se plissent en nous voyant, Alessia et moi, enlacés. Je resserre mes bras autour d'Alessia pour la protéger. Elle se tourne vers son père.

— *Babë, më duket se jam shtatzënë dhe ai është i ati.*

Tout le monde dans la pièce laisse éclater sa stupeur.

Qu'est-ce qu'elle a dit ?

— Quoi ! rugit l'autre en anglais.

Il lâche le sac, le visage tordu par la haine.

Son père nous regarde, Alessia et moi, éberlué.

Thanas se penche à mon oreille :

— Elle vient de dire à son père qu'elle est enceinte et que c'est vous le père.

— Non...

J'ai le tournis. C'est impossible... on a toujours... jamais sans...

*Elle ment...*

Son père décroche son fusil.

*Merde...*


— Tu m'as dit que tu saignais ! hurle Anatoli tandis qu'une veine bat sur sa tempe.

Mama se met à pleurer.

— Je t'ai menti ! Je ne voulais pas que tu me touches ! s'écrie-t-elle avant de faire face à son père. *Babë*, je t'en prie. Ne me marie pas avec lui. C'est un homme violent et plein de colère. Il finira par me tuer.

Baba la regarde fixement, à la fois confus et furieux. À côté de Maxim, le jeune homme qu'elle ne connaît

642

pas traduit à voix basse toutes ses paroles. Mais elle n'a pas le temps de s'attarder sur son cas. Elle poursuit :

— Regarde ! s'exclame-t-elle en tirant sur le col de son pullover pour montrer les traces violacées de sa gorge. Regarde ce qu'il m'a fait !

Mama pousse un cri d'horreur.

— Espèce d'ordure ! hurle Maxim en se jetant sur Anatoli.

Il l'attrape par le cou et ils roulent tous les deux à terre.

*Je vais le tuer !*

L'adrénaline inonde mon corps. J'ai pris ce salaud par surprise. Sa chute lui a coupé le souffle. Je l'écrase de tout mon poids.

— Fumier !

Je lui balance un coup de poing. Sa tête part sur le côté. Je le frappe encore, mais le type contre-attaque. J'esquive le coup. Il est costaud, il rue sous moi, alors je referme mes mains sur sa gorge et je serre. Il attrape mes poignets pour me faire lâcher prise. Il me crache à la figure, mais je m'écarte et son crachat lui retombe sur le visage. Ça décuple sa rage. Il se débat de plus belle, me crie des injures dans sa langue. Je ne comprends pas, mais je m'en fiche.

Je serre plus fort.

*Crève, ordure !*

Sa face vire au cramoisi. Il a les yeux exorbités.

Je soulève sa tête et écrase son crâne contre le carrelage. Le bruit que ça fait m'est très agréable.

Quelqu'un derrière moi pousse un cri.

Alessia !

— Lâche-moi, connard ! hoquette l'autre, en anglais.

Soudain, des mains me tirent en arrière. Je résiste, et je me penche sur le visage de ce salaud, si près que je sens son souffle.

— Si tu la touches encore une fois, je te tue !

— Trevethick ! Maxim ! Max ! ça suffit !

C'est Tom qui a débarqué. Il me retient par les épaules. Je me relève en haletant, tout mon corps tremble de fureur. Je veux tellement lui faire payer ce qu'il a fait. Le salopard me regarde. Le père d'Alessia, debout entre nous deux, brandit son fusil. Avec un regard noir, il pointe le canon sur moi pour me faire reculer.

J'obéis de mauvaise grâce.

— Du calme, Maxim. Ne va pas provoquer un incident diplomatique ! insiste Tom en m'agrippant avec l'aide de Thanas.

L'autre connard se relève, plein de haine.

— Tu es comme tous les Anglais. Tu es mou et faible. Ce sont vos femmes qui portent la culotte.

— Je peux quand même te démonter ta sale gueule !

Et lorsque ma rage finit par se dissiper, j'entends les sanglots d'Alessia derrière moi.

*Merde.*


Le père d'Alessia se tient entre les deux hommes, les regardant l'un après l'autre avec consternation.

— Vous venez dans ma maison apporter la violence. Devant ma femme et ma fille ?

Il s'adresse à Maxim et à son ami Tom.

*Comment est-il arrivé ici, celui-là ?* s'étonne Alessia. Elle l'a rencontré à Brentford. C'est lui qui était dans la cuisine de Maxim, avec cette cicatrice à la jambe. Tom passe une main dans ses cheveux roux en dévisageant son père.

L'interprète s'avance pour traduire. Maxim lève les bras et recule d'un pas.

— Je vous prie de me pardonner, monsieur Demachi. J'aime votre fille et, moi vivant, personne ne lui fera du mal. En particulier cet homme.

Baba fronce les sourcils et se tourne vers Anatoli.

— Et toi. Tu me ramènes ma fille couverte de bleus ?

— Tu sais comment elle est, Jak. Il faut la mater.

— La mater ? Comme ça ? lance-t-il en désignant les marques sur le cou de sa fille.

— Ce n'est qu'une femme, répond Anatoli en haussant les épaules.

Maxim serre les poings. Il va l'étriper.

— Non, lui murmure Alessia en posant la main sur son bras pour le calmer.

— Silence ! déclare le père.

Il se tourne vers sa fille.

— Et toi, tu as apporté la honte sur cette maison. Tu t'es enfuie. Et tu reviens comme une catin. Après avoir ouvert tes cuisses à cet Anglais !

Alessia blêmit et baisse la tête.

645

— *Babë*, Anatoli va me tuer. Si c'est ça que tu veux, alors tue-moi maintenant. Je préfère mourir des mains de quelqu'un qui est censé m'aimer.

Elle lève les yeux vers son père qui pâlit à ces mots. Thanas continue de traduire pour Maxim.

— Non ! s'écrie Maxim avec tant d'ardeur que tout le monde se tourne vers lui.

Il avance d'un pas, protégeant Alessia de son corps.

— Personne ne la touche ! Ni vous ni personne.

Baba observe fixement Maxim, mais Alessia ne sait pas si son père est impressionné ou outragé.

— Ta fille est un fruit gâté, Demachi ! s'écrie Anatoli. Je ne vais pas prendre les restes d'un autre, ni son bâtard ! Garde-la ! Et tu peux dire adieu à ton prêt.

Baba est furieux.

— Tu me ferais ça ?

— Ta parole ne vaut rien.

L'interprète traduit l'échange entre les deux hommes.

— Un prêt ? s'étonne Maxim. (Il chuchote à l'oreille d'Alessia :) Ce salaud t'a achetée ?

La jeune femme rougit. Maxim fait volte-face vers son père.

— Je peux vous prêter n'importe quelle somme.

— Non ! s'exclame Alessia.

Son père lance un regard noir à Maxim.

— Tu le déshonores, explique Alessia.

— *Carissima*, intervient Anatoli depuis le seuil. J'aurais dû te baiser quand j'en avais l'occasion !

Il parle en anglais pour que Maxim comprenne.

Celui-ci s'élance vers lui, mais cette fois Anatoli est prêt. Il glisse la main sous son manteau et sort son pistolet qu'il braque sur Maxim.

— Non ! hurle Alessia en s'interposant.

— Je ne sais qui tuer en premier, toi ou ton amant, déclare-t-il en albanais.

Il jette un coup d'œil à son père, attendant sa permission.

Baba hésite.

Un lourd silence s'abat dans la pièce, telle une chape de plomb.

Alessia s'approche.

— Vas-y, Anatoli. Fais ton choix. Lui ou moi ?

Thanas continue de traduire.

Maxim attrape le bras d'Alessia mais elle le repousse.

— Qui se cacherait derrière une femme ? ironise Anatoli en anglais. De toute façon, j'ai assez de balles pour vous deux !

Cet air de triomphe. C'en est trop pour elle.

— C'est ce que tu crois ! réplique la jeune femme.

— Comment ça ?

En fronçant les sourcils, il soupèse l'arme dans sa main.

— Ce matin, à Zagreb, j'ai vidé le chargeur pendant que tu dormais.

Anatoli met Alessia en joue et referme son index sur la détente.

— Non ! rugit son père en donnant un coup de crosse à Anatoli.

L'impact est si violent que ce dernier en tombe à la renverse. Furieux, Anatoli tourne son arme vers Jak et presse la détente.

— Non ! hurlent Alessia et sa mère à l'unisson.

Rien ne se passe. Juste un clic, le chien venant frapper la chambre vide.

— Putain ! peste Anatoli en fixant Alessia avec un mélange de mépris et d'admiration. Tu es vraiment une emmerdeuse !

Il se relève tant bien que mal.

— Dehors ! crie Baba. Va-t'en, Anatoli, avant que je ne te tue de mes mains ! Tu veux une vendetta entre nos deux familles, c'est ça ?

— Pour ta pute ?

— Il s'agit de ma fille. Et ces gens sont mes invités. Va-t'en ! Tu n'es plus le bienvenu dans cette maison.

Anatoli observe le père, la colère et la frustration déforment son visage.

— Vous entendrez parler de moi. On n'en a pas terminé, crache-t-il à Baba et Maxim.

Il tourne les talons, bouscule Tom au passage et sort de la pièce. Quelques instants plus tard, la porte d'entrée claque.

Demachi se tourne lentement vers Alessia, les yeux brillant de colère. Toute sa fureur se porte désormais sur sa fille.

— Tu m'as déshonoré, me traduit Thanas. Tu as déshonoré ta famille. Toute la ville. Et tu reviens dans cet état ? (Il désigne le ventre de sa fille.) Tu t'es déshonorée toi-même.

Alessia baisse la tête, des larmes de honte roulent sur ses joues.

— Regarde-moi ! gronde son père.

Quand elle relève la tête, il tend le bras pour la gifler, mais je fais passer Alessia derrière moi. Je la sens trembler dans mon dos.

— Ne vous avisez pas de toucher à un seul de ses cheveux ! dis-je en me postant devant lui. Cette femme a connu l'enfer. Et tout ça à cause de vous et de votre choix stupide pour lui trouver un mari. Elle a été kidnappée par des gangsters, des trafiquants sexuels. Elle est parvenue à leur échapper. Elle a été privée de tout. Elle a marché pendant des jours sans manger. Et malgré tout ce calvaire, elle est parvenue à trouver la force de travailler, de se reconstruire, toute seule. Et vous la traitez comme ça ? Quel père êtes-vous ? Où est passé votre honneur ?

— Maxim ! C'est mon père !

Horrifiée, Alessia me tire le bras pour me faire taire, mais rien ne peut m'arrêter. Je m'avance un peu plus et le domine de toute ma hauteur.

— Comment osez-vous parler d'honneur alors que vous traitez votre fille ainsi ! Et pire encore : elle porte peut-être votre petit-fils et vous menacez de la frapper ?

Du coin de l'œil, j'aperçois la mère d'Alessia qui triture son tablier, livide de terreur. Ça me calme d'un coup.

649

Demachi me dévisage comme s'il avait affaire à un dément. Il jette un coup d'œil à Alessia puis reporte son attention sur moi, avec dans ses yeux noirs un mélange de dégoût et de courroux.

— Comment osez-vous me parler ainsi dans ma propre maison? Vous! Vous qui ne savez pas tenir votre zob! Ne me parlez pas d'honneur. (Thanas me traduit en pâlissant.) Vous nous avez tous déshonorés. Vous avez déshonoré ma fille. Et il n'y a qu'une seule façon de laver ça…

Dans un mouvement rapide, il arme son fusil.

*Merde!*

*Je suis allé trop loin.*

*Il va me tuer.*

Tom se raidit sur le seuil. Je ne le vois pas, mais je le sens. Demachi pointe le canon sur moi et crie :

— *Do të martohesh me time bijë!*

Tout le monde est sidéré. Tom est prêt à bondir. Mme Demachi. Alessia. Thanas… Tous me regardent pendant que Thanas me traduit à l'oreille :

— Vous allez épouser ma fille.

## 32

*Oh ! Babë, non !*

Alessia n'a pas pensé aux conséquences de son mensonge. Elle n'est pas enceinte ! Prise de panique, elle se retourne vers Maxim, oubliant son père et son fusil. Elle ne veut pas qu'il soit contraint de l'épouser !

Mais Maxim a un grand sourire.

Il y a même de la joie dans ses yeux. Ce que tout le monde peut voir.

Elle ne s'attendait pas à ça !

Lentement, il pose un genou à terre et, de la poche intérieure de sa veste, il sort… une bague ! Une bague magnifique avec un diamant. Alessia pousse un cri et porte ses mains à ses joues. Elle est stupéfaite.

— Alessia Demachi, déclare Maxim, me ferais-tu l'honneur de devenir mon épouse et comtesse ? Je t'aime. Je veux vivre toute ma vie avec toi. À tes côtés. Pour toujours. Alessia, veux-tu m'épouser ?

Les yeux de la jeune femme s'embuent de larmes.

*Il a apporté une bague !*

*C'est pour ça qu'il est venu jusqu'ici.*

Elle n'en revient pas.

D'un coup, elle comprend tout. C'est une révélation puissante comme un train lancé à pleine vitesse, un souffle qui emporte tout, porteur d'allégresse. Il l'aime vraiment ! Il veut être avec elle. Pas avec Caroline. Et il veut qu'elle soit avec lui. Pour toujours !

— Oui, répond-elle dans un murmure, les yeux pleins de larmes.

Tout le monde en est bouche bée. Surtout elle, quand il lui passe la bague au doigt et lui baise la main, et que, dans un élan de bonheur, il la prend dans ses bras pour la faire tournoyer.

Je vous aime, Alessia Demachi !

Je la repose au sol et l'embrasse. Avec fougue. Les yeux fermés. Je m'abandonne à elle. Je me fiche qu'on nous regarde, que le fusil de son père soit toujours pointé sur moi, que sa mère soit encore en pleurs dans sa cuisine, et que mon meilleur ami m'observe, inquiet, comme si j'étais tombé sur la tête.

Là, maintenant, au fin fond de l'Albanie, je suis le plus heureux des hommes.

*Elle a dit oui !*

Sa bouche est si tendre, si irrésistible. Sa langue caresse la mienne. Cela ne fait que deux jours, mais elle m'a tellement manqué.

Ses larmes coulent sur mes joues. C'est mouillé, c'est chaud.

M. Demachi toussote, et nous refaisons surface, étourdis, exaltés par notre baiser. Du bout de son canon, il nous sépare. Je m'écarte, mais garde la main d'Alessia dans la mienne. Plus jamais je ne la lâcherai. Alessia est à la fois radieuse et rougissante. Et moi, ivre d'amour.

— *Konteshë?* articule son père en regardant Thanas.

L'interprète se tourne vers moi attendant ma réponse, mais je n'ai rien compris.

— Comtesse? me traduit le jeune homme.

— Oh. Oui. Comtesse. Alessia sera Lady Trevethick, comtesse de Trevethick.

— *Konteshë?* répète son père.

Apparemment, il apprécie la sonorité de ce nom, et ce qu'il représente.

J'acquiesce. Alessia explique :

— *Babë, zoti Maksim ёshtё Kont.*

Les trois Albanais nous regardent, Alessia et moi, comme s'il nous avait poussé à chacun une seconde tête.

— Comme Lord Byron? s'enquiert Thanas.

— Il était baron, je crois. Mais oui, je suis comme lui. Un noble.

M. Demachi baisse son arme, toujours aussi stupéfait. Personne ne bouge dans la pièce.

*Ça commence à être gênant.*

— Félicitations, Trevethick! lance Tom, en s'avançant. Je ne m'attendais pas à ce que tu fasses ta demande si tôt!

Il me serre dans ses bras et me donne une grande tape dans le dos.

— Merci, Tom.

— Ça fera une belle histoire à raconter à vos petits-enfants !

J'éclate de rire.

— Félicitations à vous aussi, Alessia, ajoute-t-il en la gratifiant d'une révérence.

Elle lui répond par un sourire ravi.

M. Demachi aboie des instructions à sa femme. Elle file au fond de sa cuisine et revient avec une bouteille d'alcool blanc et quatre verres. Je jette un coup d'œil à Alessia. Métamorphosée, elle rayonne de bonheur. La femme pâle et tourmentée qui a franchi le seuil de cette maison, un peu plus tôt, n'est plus.

Elle est radieuse.

*Je suis l'homme le plus chanceux de la terre.*

Mme Demachi remplit les verres et fait la distribution – seulement pour les hommes. Le père d'Alessia lève son verre.

— *Gëzuar !* lance-t-il, visiblement soulagé.

*Enfin un mot que je connais !*

— *Gëzuar !*

Tom et Thanas m'imitent. Et nous vidons nos verres d'un trait. C'est explosif. Je n'ai jamais rien bu d'aussi fort.

J'essaie de ne pas tousser. En vain.

— C'est très bon, dis-je poliment.

— C'est du raki, me murmure Alessia en s'efforçant de cacher son amusement.

Demachi pose son verre, le remplit aussitôt et sert une nouvelle tournée.

*Un autre ? Oh non !*

654

Je me prépare à nouveau au choc…

Le père d'Alessia porte un toast :

— *Bija ime tani është problem yt dhe do të martoheni, këtu, brenda javës.*

Il repose brutalement son verre sur la table et brandit son fusil d'un air triomphant.

Thanas me traduit à voix basse :

— Ma fille est désormais ton problème. Et le mariage aura lieu ici, dans une semaine.

*Ici ?*

## 33

*Dans une semaine ?*

Je regarde Alessia, perplexe. Elle m'adresse un grand sourire et me lâche la main.

— Mama ! s'écrie-t-elle en courant vers sa mère qui attend patiemment dans la cuisine.

Elle se jette dans ses bras. Elles s'étreignent comme si elles n'allaient plus jamais se lâcher. Toutes les deux sanglotent en silence.

C'est tellement… émouvant.

Ces deux-là se sont beaucoup manquées. Plus que ça. Ça a été un déchirement.

La mère essuie les larmes de sa fille et lui parle rapidement dans sa langue maternelle. Je ne sais pas ce qu'elles se disent. Le rire d'Alessia ressemble à un gazouillis. Elles s'étreignent encore.

Son père contemple un moment leurs effusions, puis se tourne vers moi.

— Les femmes. Toujours hystériques, me traduit Thanas.

La colère de Demachi semble passée. Enfin, je crois.

— Oui, dis-je d'une grosse voix. (J'espère qu'elle sonne suffisamment virile.) Sa mère lui a beaucoup manqué.

*Mais toi, pas du tout !*

Sa mère relâche Alessia, qui revient près de son père.

— Baba, murmure-t-elle.

Je retiens mon souffle, prêt à intervenir si ça dégénère.

Demachi lève la main et lui prend doucement le menton.

— *Mos u largo përsëri. Nuk është mirë për nënën tënde.*

Alessia lui sourit timidement et il lui embrasse le front. Je le vois fermer les yeux pendant son baiser.

— *Nuk është mirë as për mua*, chuchote-t-il.

Je regarde Thanas, attendant la traduction, mais mon interprète détourne la tête. Il veut leur laisser ce moment. Il a sans doute raison.

Il est tard. Je suis épuisé mais je ne trouve pas le sommeil. Il s'est passé tant de choses que j'ai le cerveau en ébullition. Je regarde les reflets de l'eau danser au plafond. Ces formes ondulantes m'apaisent, et me bercent. C'est si agréable que j'en souris. C'est comme si j'étais à la maison. Mais je ne suis pas à Londres, je suis chez mes futurs beaux-parents. C'est la lune, la pleine lune, qui se mire dans les eaux sombres et profondes du lac de Fierza.

Je n'ai pas eu le choix. Demachi tenait à ce que je dorme ici. Ma chambre se trouve au rez-de-chaussée.

657

Elle est spartiate, mais confortable, et bien chauffée. Et la vue sur le lac est magnifique.

J'entends un bruissement derrière ma porte. C'est Alessia. Elle entre en catimini et referme doucement le battant. Tous mes sens s'éveillent, mon cœur se met à battre la chamade. Sur la pointe des pieds, elle s'approche du lit, le corps entièrement caché par une épaisse chemise de nuit de coton – comme du temps de la reine Victoria ! J'ai l'impression d'être transporté dans un roman du XIXᵉ siècle et le ridicule de la situation manque de me faire rire. Mais elle place ses doigts en travers de mes lèvres et, d'un mouvement plein de grâce, fait tomber le vêtement au sol.

J'arrête de respirer.

Ses courbes magnifiques resplendissent sous le clair de lune.

Elle est parfaite.

Dans tous les sens du terme.

Brusquement, j'ai la bouche sèche, et ma peau fourmille.

J'ouvre les draps et elle se glisse dessous, nue, merveilleuse.

— Bonjour, Alessia.

Mes lèvres trouvent aussitôt les siennes.

Nous nous enlaçons en silence. Son appétit me surprend. Elle est déchaînée. Ses doigts, ses mains, sa langue, sa bouche… elle est partout !

Je suis perdu.

Elle m'emporte avec elle.

*Oh, elle contre moi, en moi…*

Quand elle rejette sa tête en arrière, égarée, en pleine extase, je plaque ma bouche sur la sienne pour étouffer son cri, j'enfouis mon visage dans ses superbes cheveux et la rejoins.

Nous gardons le silence. Elle est nichée contre moi, enroulée à moi et somnole. Elle doit être épuisée.

Je laisse mon bonheur me pénétrer jusqu'aux os.

Je l'ai retrouvée. La femme de ma vie est dans mes bras, là où elle doit être. Mais si son père découvre qu'elle est dans mon lit, il va nous tuer tous les deux !

À la voir avec ses parents ces dernières heures, j'en ai beaucoup appris sur elle. Ses retrouvailles émouvantes avec sa mère. Avec son père aussi. C'était touchant. Je pense qu'il l'aime. Beaucoup même.

Mais j'ai l'impression qu'Alessia a dû beaucoup lutter contre son éducation depuis notre rencontre, pour se délivrer de ses chaînes, pour être enfin elle-même. Et elle y est parvenue. Elle m'a emmené sur ce chemin initiatique. Moi aussi, je me suis révélé. Je veux passer le restant de mes jours avec cette femme. Je l'aime tant. Et je veux décrocher la lune pour elle. Et plus encore.

Elle remue, ouvre les yeux. Elle me sourit, et sa joie éclaire toute la pièce.

— Je t'aime.

— Je t'aime, répond-elle en me caressant la joue, ses doigts effleurant ma barbe naissante. Merci de ne pas m'avoir abandonnée.

Sa voix est comme une brise d'été.

— Je suis là. Pour toujours.

— Moi aussi, je suis là.

— Je crois que ton père va me tuer s'il te découvre ici.

— Non, c'est moi qu'il tuera. Toi, il t'aime bien.

— C'est mon titre qu'il aime.

— Peut-être.

— Ça va ?

Je lui pose cette question avec gravité. Je scrute son visage, n'osant imaginer tout ce qu'elle a enduré ces deux derniers jours.

— Oui. Maintenant que je suis avec toi.

— Je tuerai ce salaud de mes mains s'il t'approche de nouveau.

Elle pose son doigt en travers de mes lèvres.

— Ne parlons pas de lui.

— Tu as raison.

— Désolée encore. Pour le mensonge.

— Quel mensonge ? Sur le fait que tu sois enceinte ? Elle acquiesce.

— Alessia, c'était une idée de génie. En plus, je n'ai rien contre des enfants.

*Un héritier et un joker.*

Elle sourit, se redresse et m'embrasse. Titillant mes lèvres de la pointe de sa langue, éveillant mon appétit.

Je la retourne sur le dos pour lui faire l'amour encore une fois.

Sensibilité. Beauté. Gratitude. Amour.

Et ce sera comme ça, toujours.
Parce qu'à la fin de la semaine, je serai marié.
J'ai tellement hâte.
Reste à l'annoncer à ma mère…

Il ne sera comme au toujours
Parce qu'à la fin de la sentence je sens monter
le ruissellement bas.

Nous n'annoncez à nul merci...

# LA MUSIQUE D'ALESSIA

Chapitre 2
*Le Coucou* de Louis-Claude Daquin (le morceau d'échauffement d'Alessia)
*Prélude n° 2 en do mineur,* BWV 847, de J. S. Bach (le prélude d'Alessia quand elle est en colère)

Chapitre 4
*Prélude n° 3 en do dièse majeur,* BWV 848, de J. S. Bach

Chapitre 5
*Prélude n° 15 en ré bémol majeur* (« La Goutte d'eau »), de Frédéric Chopin

Chapitre 6
*Prélude et Fugue n° 15 en sol majeur,* BWV 884, de J. S. Bach
*Prélude n° 3 en do dièse majeur,* BWV 872, de J. S. Bach

Chapitre 7
*Années de Pèlerinage, 3ᵉ année,* S. 163 IV, *Les Jeux d'eaux à la Villa d'Este*, de Franz Liszt

Chapitre 12
*Prélude n° 2 en do mineur,* BWV 847, de J. S. Bach

Chapitre 13
*Prélude n° 8 en mi bémol mineur,* BWV 853, de J. S. Bach

Chapitre 18
*Concerto pour piano n° 2 en do mineur,* op. 18-1 de
Sergueï Rachmaninov

Chapitre 23
*Prélude n° 15 en ré bémol majeur* (« La Goutte d'eau »),
de Frédéric Chopin
*Le Coucou,* de Louis-Claude Daquin
*Sonate pour piano n° 17 en ré mineur,* op. 31, n° 2
(« La Tempête »), de Ludwig van Beethoven

Chapitre 26
*Prélude n° 23 en si majeur,* BWV 868, de J. S. Bach

Chapitre 28
*Prélude n° 6 en ré mineur,* BWV 851, de J. S. Bach

# REMERCIEMENTS

À mon éditrice et amie, Anne Messitte, merci. Pour tout.

Un grand merci à toute l'équipe chez Knopf et Vintage. Pour votre attention aux détails, votre dévouement, votre soutien, vous avez été *au-dessus* de tout. Vous avez accompli un travail fantastique. Un merci spécial à Tony Chirico, Lydia Buechler, Paul Bogaards, Russell Perreault, Amy Brosey, Jessica Deitcher, Katherine Hourigan, Andy Hughes, Beth Lamb, Annie Lock, Maureen Sugden, Irena Vukov-Kendes, Megan Wilson, et Chris Zucker.

À Selina Walker, Susan Sandon, et toute l'équipe à Cornerstone, merci pour votre excellent travail, votre enthousiasme et votre bonne humeur. C'était très précieux.

Merci à Manushaqe Bako pour les traductions en albanais.

Merci à mon mari, mon roc, Niall Leonard, pour les premières corrections et les multiples tasses de thé.

Merci à Valerie Hoskins, mon agent hors pair, pour tes conseils et toutes tes blagues.

Merci à Nicki Kennedy et son équipe à ILA.

Merci à Julie McQueen pour le soutien sans faille.

Merci à Grant Bavister du Crown Office, à Chris Eccles de Griffiths Eccles LLP, à Chris Schofield et Anne Filkins pour leurs conseils en héraldique, titres de noblesse, fonds fiduciaires et domaines terriens.

Un énorme merci à James Leonard pour ses cours de langue concernant les jeunes gens de la haute société.

Pour leurs informations concernant le ball-trap, merci à vous, Daniel Mitchell et Jack Leonard.

Pour mes « lecteurs-testeurs » Kathleen Blandino et Kelly Beckstrom, et mes premières lectrices Ruth Clampett, Liv Morris, and Jenn Watson, merci pour tous vos retours.

Merci au Bunker – cela fait près de dix ans maintenant. Merci à vous d'avoir fait ce voyage avec moi. Mes amis auteurs. Vous vous reconnaîtrez. Merci d'être, tous les jours, une source d'inspiration pour moi. Et aux résidents du Bunker 3.0, merci pour votre soutien indéfectible.

Majeur et Mineur, merci, pour votre aide dans le domaine de la musique, et pour être des jeunes gens exceptionnels. Vous êtes brillants et beaux, les garçons ! Vous faites ma fierté.

Et enfin, je serai éternellement reconnaissante à ceux qui lisent mes livres, qui regardent mes films, et apprécient mes histoires. Sans vous, cette aventure extraordinaire n'aurait jamais été possible. Merci.

DE LA MÊME AUTEURE
AUX ÉDITIONS LATTÈS :

*Cinquante nuances de Grey*, 2012.
*Cinquante nuances plus sombres*, 2013.
*Cinquante nuances plus claires*, 2013.
*Grey*, 2015.
*Darker*, 2017.

Le Livre de Poche s'engage pour l'environnement en réduisant l'empreinte carbone de ses livres. Celle de cet exemplaire est de : 450 g éq. $CO_2$
Rendez-vous sur www.livredepoche-durable.fr

Composition réalisée par Belle Page

Achevé d'imprimer en France par
CPI BRODARD & TAUPIN (72200 La Flèche)
en mai 2020
N° d'impression : 3038966
Dépôt légal 1re publication : juin 2020
LIBRAIRIE GÉNÉRALE FRANÇAISE
21, rue du Montparnasse – 75298 Paris Cedex 06

39/1812/9